BİNNUR ŞAFAK NİGİZ

KÜL

YANGIN MAVİSİ SERİSİ

V

DOKUZ

KÜL

Binnur Şafak Nigiz

Türü Roman

Yayın Yönetmeni Ali Osman Başkuyu
Editör Aycan Sarıahmet
Sayfa Tasarımı Binnur Şafak Nigiz
Kapak Tasarımı Gizem Ulaş

1. Baskı Ocak 2020, İstanbul

Yayınevi Sertifika No 23136
ISBN 978-625-7050-10-4

BASKI VE CİLT

MY Matbaacılık San. ve Tic. Ltd. Şti.

Maltepe Mah. Yılanlı Ayazma Sk. No: 8/F

Zeytinburnu / İstanbul

Tel: 0212 674 85 28

Matbaa Sertifika No: 34191

DOKUZ YAYINCILIK

Kartaltepe Mah. 49. Sokak No:10/A

Bayrampaşa / İstanbul

0212 640 00 35

Binnur Şafak Nigiz

KÜL

Yangın Mavisi Serisi

V

DOKUZ

Bu son, aslında benim başlangıcımdı.
Başlangıcıma...
Aycan bu kitap senin için.

1.KIRMIZI KADER İPLİĞİ

Kaderin kırmızı ipliği, birbirlerinin kaderleri olanları gözle görülmesi imkânsız bir şekilde birbirlerine bağlıyor ve sonunda alnında yazan sevda yaşanmaya başlıyordu. Başta karmakarışık bir şekilde birbirine dolanmış olan bu ipliği takip ederken başka sokaklara sapıp, yanlış yerlerde arayarak nihayetinde onu yakalardın.

Şimdi anımsıyordum da, onun hakkındaki ilk izlenimim çok korkunçtu.

Sessizlik...

Araba hızlı bir şekilde ileri doğru atılırken arabanın içinde yükselen şeyin adıydı bu. Bakışlarım yavaşça omzumun üstünden ona doğru kaydı. Yangın mavisi gözlerini yola dikmiş, yüzünde kasvetli gölgelerle pürdikkat aracı kullanıyordu. Ona baktığımda gerçeği ve yalanı görüyordum. Ölümü ve yaşamı görüyordum. Katili ve kurbanı, ölüyü ve diriyi görüyordum.

Sıraç direksiyonu o kadar sıkı kavramıştı ki; parmak boğumlarındaki kan geri çekilmiş, uzun kemikli parmakları bembeyaz kesilmişti. Elimi elinin üstüne koyup yalan uykusuna gözlerimi yummak istiyordum. Gözlerim yavaşça dikiz aynasının yüzeyine kaydı. Temmuz arabanın bir ucundayken Sılay arabanın diğer ucundaydı. Hemen ortalarında Mavi ve Umut her şeyden habersiz uyukluyorlardı. Erkek kardeşimin gözlerinde yaşadığı şaşkınlığın tortuları kabuk kaldırırken, Sılay'ın yanakları hâlâ kıpkırmızıydı.

Nural ablanın söylediği şeylerin ilk etkisi, Temmuz'un çayını üstüne dökmesi olmuştu. Temmuz sıcak çayı üstüne dökünce, Nural ablanın eşi telaşla bahçe hortumunu Temmuz'un üstüne tutmuştu. Aradığımız Sılay'a bir süre ulaşılamadığı gibi, Sıraç da kapsama alanı dışındaydı.

Yavaşça öksürerek boğazımı temizledim ve bu kulaklarımda uğuldayan sessizlik balonuna parmaklarımın arasındaki iğneyi batırdım. Sıraç göz ucuyla kısaca bana baktı, sonra gözlerini tekrardan yola çevirdi. En sonunda dayanamayıp arabanın müzik çalarına uzandığımda Sıraç kaşlarını çatarak elimin başlattığı hareketi takip etti. Sert bakışlarının radarına düştüğümü fark ettiğimde ben de kaşlarımı çatarak ona baktım. "Ne var?" dedim sert bir sesle. "Bu aptal sessizliği bozmaya çalışıyorum."

Sıraç cevap vermedi ama gümüş yarıklarla kabaran mavi gözlerini de gözlerimden çekmedi. Kaşlarım tamamen çatıldı. Bir elimi onun dizine koyup, "Senin sorunun ne?" diye sordum kıskanç pandaya. Moralimi düzeltmeye çalışan oyken, şimdi yer değiştirmiştik resmen. Şimdilik düşüncelerime sünger çekmeyi başarıp, o beni zehirleyen gerçekleri kapının arkasına bırakmayı başarmıştım. Ama gece olduğunda ve ben dolup, kelimeleri kulaklarından akıtacak olan kafamı yastığa koyduğumda, biliyordum ki her şey çok daha ağır bir şekilde omuzlarıma çökerek yattığım yatağı bana mezar edecekti.

"Benim sorunum arkadaki fazlalık," dedi lafını sakınmadan. "Neden arabayı durdurup onu indirmiyoruz? Yürüyerek gelsin."

"Kardeşimden mi bahsediyorsun?"

"Kardeşime göz koyan kardeşinden bahsediyorum," diye homurdandı. Dikiz aynasından Temmuz'a kötü bir bakış attı. Temmuz o kadar dalgındı ki, Sıraç'ın söyledikleriyle ilgilenmediği gibi bakışlarını da umursamamıştı.

"Benim kardeşim senin kardeşine göz falan koymadı," dedim kaşlarım tamamen çatılırken. "Bir fal yüzünden çocukça davranıyorsun. Hem ikisi de birbirine karşı bir şeyler hissediyor. Kovalayan tek kişi Temmuz değil."

"Ben mi kovalıyorum?" diye çıkıştı Sılay bir anda. Sıraç ile aynı anda omuzumun üstünden Sılay'a kayan bakışlarımız ateş saçıyordu. Sılay, ağzına görünmez bir fermuar çekerek gözlerini yan tarafındaki cama çevirdi.

"Bunu daha sonra konuşalım, Mayıs," dedi Sıraç düz bir sesle. Söz konusu Sılay olduğunda tam bir ağabey gibi davranıyordu. Tamam, bu çok normal görünebilirdi ama şu an yoluna taş koyduğu çocuğun ablasını ayaküstü götürdüğü zamanları bu kadar çabuk unutmamalıydı.

"Bence hiç konuşmayalım, Sıraç," dedim sert bir sesle. Önüme dönüp kollarımı göğsümün üstünde topladım. Şu an bu aptal atışma yüzünden gülmek istiyor olsam da, madem tavır istiyordu severek yapardım ben de ona tavır.

Hem de alasını.

Yolculuk olabildiğince sakin bir şekilde devam ediyordu. Kemal'in cansız bakan gözlerini anımsar gibi olduğumda içimdeki kusma isteğini bastırmaya çalışarak bakışlarımı ön camdan uzaklaştırıp dizlerime çevirdim. Sıraç arada bir elimi tutmaya çalışıyor olsa da benden herhangi bir karşılık göremediği gibi bir de çatılan kaşlarımın altındaki uyuz bakışlarıma maruz kalıyordu. Sılay ve Temmuz cephesi bizim göz kontağı ile sürdürdüğümüz tartışmanın aksine oldukça sessizdi.

"Köşede durdur arabayı," dedim düz bir sesle. Sıraç birkaç saniye yalnızca yüzüme baksa da dediğimi yaptı ve bir köşede arabanın motorunu durdurdu. Hızlı bir şekilde arabadan inip Sılay'ın olduğu tarafın kapısını açtım. Sılay kaşlarını kaldırarak bana baktı. "Çık iki dakika," dedim bebeklerin çantasına uzanarak. "Altlarını değiştireceğim. Popoları pişmesin sıcakta."

Sılay arabadan indi. Umut'u içinde olduğu şeyden çıkardım ve koltuğun üstüne yatırdım. Çantadan temiz bezi, ıslak mendili ve pudrayı aldıktan sonra Umut'un altındakini çıkarttım. Bezin cırt cırtlarını açarken, Sıraç dikiz aynasından beni izliyordu. Ona bakmıyordum ama o kadar yoğundu ki bakışları, hissetmemek imkânsızdı.

"Eşek seni," diye homurdandım Umut'un çıplak bacaklarını yavaşça severken. "Çişini mi yaptın sen? Benim oğluşum çişini mi yapmış?"

"Bu kadar sevineceksen ben de çişimi yapabilirim," dedi Sıraç kolunu koltuğa atıp bize doğru dönerken. Kaşlarımı çatarak ona baktığımda, "Yapayım mı?" diye sordu masumca gözlerini kırpıştırarak.

"Sıraç Karayel?" diye sordum alay eder gibi.

Gözlerini kırpıştırıp dudaklarını bana doğru uzattı ve havaya küçük bir öpücük attı. "Küs kalamıyorum kız sana, şanslı köfte."

"Midemi bulandırıyorsunuz," dedi Temmuz gözlerini camdan çekmeden. "Ayrıca şu çocuğun altını bağla artık. Bir sidik mümkün değil böyle kokamaz. Sülfürik asit mi içiriyorsunuz siz bu çocuğa?"

"Sana ne benim oğlumun çişinden, kakasından?" diye terslendi Sıraç. Ardından gözlerini Umut'a çevirdi. "Kaldır pipiyi, dayıyı hedef al."

Temmuz gözlerini camdan çekmedi, kafasını cama yasladı ve boğuk bir soluk verip, arabanın camını buğulandırdı. "Çocuk yaparsam sizden uzak bir alanda büyüteceğim onu."

Sıraç dilini dişlerinin altına alıp hırladı ve yumruğunu havaya kaldırdı. "Bak çocuk diyor, Mayıs. Bak çocuk yaparsam diyor! Çocuk diyor! Yapamazsın, çocuk mocuk. Önündeki fazlalığı budarım, gider veterinerde kısırlaştırırım seni."

Homurdanarak Umut'un altını değiştirdikten sonra Mavi'nin de altını büyük bir hızla değiştirdim ve kullanılmış bezleri poşete bağlayıp yol kenarındaki çöp bidonunun içine attım. Sılay tekrar arabaya binerken ben de ön koltuğa yerleştim ve elimi ıslak mendille temizledim. Sıraç uzanıp yanağıma sulu bir öpücük kondurdu.

Sonunda dayanamayıp genişçe gülümserken, bir kez daha gamzemden öptü ve kulağıma doğru, "Maymun ettin beni, minik şeytan," diye fısıldadı. "Sana küssem, otomatikman kendime kırılıyorum."

Yüzümdeki gülümseme genişledi, başımı onun omzuna yasladım ve Sıraç arabayı kullanmaya devam etti. Fethiye sınırları içine girdiğimizde kafamı Sıraç'ın omzundan kaldırmadan kısaca etrafa göz gezdirdim. Güneşin en kızıl olduğu saatlerdeydik, gri yolun üstündeki boş görüntüde sıcağın oluşturduğu şeffaf dalgayı gördüm. Etrafta gecekondu tarzında evler, seralar ve büyükbaş hayvanlar vardı. Başında örtüsü olan birkaç teyzenin yol kenarında oturduğunu gördüm, hemen yanlarındaki ağaca bağlı büyükbaş bir hayvan vardı ama ne olduğunu tam olarak kestirememiştim.

Bir an için uzun zamandır görmediğim yolların üstünde ilerleyen en yabancı şeyin ben olduğumu düşündüm. Ne Sıraç, ne Temmuz, ne Sılay ne de buraya ilk kez gelen ikizlerim benim kadar yabancı değildi. Görüntüsü aynı, kişiliği tamamen değişmiş biri olarak tekrar geldiğim bu şehrin başlarda tanıdığı o masum kız çocuğu değildim artık.

Sıraç, başını başıma yasladı ve, "Sorun ne?" diye fısıldadı. Karnımdaki uyuşukluğu geri itmek için parmaklarımı karnımın üstünde dolaştırdım ve derin bir nefes aldım. "Hiç."

"Kafandaki şeylere eğer senin kafanı meşgul edip, canını sıkmaya devam edecek olurlarsa, onların kemiğini sikeceğimi söyler misin?" diye fısıldadı bir kez daha. Direksiyonu sola kırdı ve dar bir sokağa giriş yaptık. "Seni böyle görmeye katlanamıyorum."

Burnumdan derin bir nefes alarak gülümsedim ve yanağımı onun omzuna sürttüm. "Emin ol bunu yapmanı istemezler."

Arabanın camları otomatik olarak aşağı indiğinde, sert bir rüzgâr saçlarımı uçuşturdu ve boğazıma dolan tuz tadının yakıcı kokusuyla yüzümü buruşturup, kafamı Sıraç'ın omzundan kaldırdım. Dalgaların küçük darbelerini indirdiği kayalıklardan çıkan sesleri işittim. Tanıdık kordon odağıma girerken dudaklarım aralandı. Uçuşan saçlarımın bir kısmı yüzümü örtmüştü.

Elimi camdan dışarı çıkarıp rüzgârın parmak boğumlarımda esmesine izin verdim. Parmaklarımı küçük hareketlerle tıpkı piyano çalıyormuş gibi oynatırken, rüzgârın her bir darbesini kanımın içinde hissetmiştim.

Anılar karnımın içinde tutuştu, karnımda yükselen alevler kalbime sıçradı.

Parmaklarım rüzgâra ayak uydurdu, saçlarım pencereden dışarı uçuşurken Sıraç radyoyu açmıştı. Radyodan dökülen hoş bir melodi gözlerimi yummama neden oldu. Ben o kızdım. Geçen yıl buraya ilk kez ayak basan, masumiyetini sırtında taşıyan, her şeyi tek bir adamda bulan... Ben o kızdım.

Parmaklarım kan kokuyor olabilirdi, geçmişim karanlığın pençelerinde can çekişiyor olabilirdi, ben kötü şeyler yapmış olabilirdim... Ama tüm bunların geleceğimi de etkisi altına almasına izin vermeyecektim.

Tuz kokusunu içime doldurdum, rüzgârı hissettim ve her şeyin başladığını düşündüğüm yere aynı bedendeki çok daha güçlü bir ruhla geldim.

Gözlerimi açtığımda odağıma giren ilk şey büyük su sarnıcı olmuştu. Kalbim atışlarını hızlandırırken omzumun üstünden Sıraç'a baktım. Pürdikkat yola bakarken, onun da gözlerinde bir şeyler görebilmiştim.

Bir değil, birçok şey görebilmiştim. Tüm yaşanılanlar gözlerinin mavi perdesinde dönmeye başlamıştı.

O küçük arayı döndük ve uzun, yaşlı hurma ağacı tüm ihtişamıyla gözlerimin önüne döküldü. Hemen ardından Merve ile Savaş'ın kaldığı beyaz bina... Ve sonrasında Sıraç'a ait olduğum gecekonduyu andıran ama iki katlı olan ahşap bina.

"Tilkinin dönüp dolaşacağı yer," diye mırıldandı Sılay esnerken. Araba gittikçe daha da yavaş adımlarla asfaltta ilerlerken sert bir nefesi dudaklarımın arasından dışarı bıraktım. Tam evin önünde durduğumuzda göz ucuyla arka koltuğa baktım. Mavi hafifçe esnerken Umut her zaman olduğu gibi uyuyordu.

"Onu bunu bırakın da, o evi şu an bok götürüyordur. Çocukları nasıl sokacaksınız siz o eve?" diye sordu Temmuz kollarını göğsünün üstünde toplayıp başını camdan çekmeden.

"Alnımda mal mı yazıyor benim, çürük bamya?" diye homurdandı Sıraç. "Çocuklarımı tozun toprağın içine sokacak değilim. Halim mahalleden bir temizlikçi ayarlamış, kadın güvenilirdi. Temizledi evi."

"Alnında ne yazdığını burada söylemeye niyetim yok," dedi

Temmuz ters bir sesle. Sıraç tam ona doğru dönecekti ki bileğinden tutup onu durdurdum.

"Siz ikiniz... Biriniz yakında on sekiz olacaksınız, diğeriniz yirmi beş yaşında ve iki çocuk babası. Az olgunluk istiyorum beyler."

"Vur yüzüme ya," dedi Sıraç bir anda kaşlarını çatıp, bileğini elimden kurtararak. "Yirmi beş yaşında, iki çocuk babasıymış. Sen nesin?"

"On sekiz yaşında, iki çocuk annesi," dedim saf saf. Kısa bir sessizlik yaşandı.

"Vur yüzüme on sekiz yaşında olduğunu."

"Ya Sıraç!"

"Ya hani çıkmıştı bu yaş sendromundan?" diye homurdandı Temmuz. "Yaşlı bir Sıraç Karayel hiç çekilmiyor."

"İn lan arabamdan," dedi Sıraç bir anda. "İnin lan arabamdan. Yirmi yaşından küçük olan herkes insin arabamdan."

"Aaa!" diye bağırdı Sılay. "Tek kal o zaman be! Menopozlu karı gibi, şu hareketlere bak. Yürüyün inelim, tek başına kalsın da aklı başına gelsin!"

Gülüştük. Sıraç tip tip bize bakarken onun yanağından makas aldım ve, "Olgun erkekler bir harika bence," dedim kısık bir sesle. "Aşırı seksisin, haberin yok."

Hınzırca gülümsedi, bu gülümsemenin anlamını çok iyi biliyordum ben. Mesajını almıştım. Aynı şekilde ona karşılık verdiğimde Sılay ve Temmuz çoktan arabadan inmişlerdi.

"O olgun erkekler bir harika cümlesindeki erkekleri sikerim, Mayıs," dedi gülümsemeye devam ederken. Bu kez o gülümsemenin altında yatan anlamları görmüş, irkilmiştim. "Olgun Sıraç Karayel diyeceksin, olgun erkeklerin iskeletlerindeki kemikler sağlam kalsın."

"Kıskanç," dedim kapıya uzanırken.

"Senin de senin gibi bir karın olsa, görürdüm ben seni," diye homurdanarak kendi tarafındaki kapıyı açtı, içten bir kıkırtı döküldü dudaklarımdan. Güneş henüz batmamıştı ama hava kızıl görünüyordu. Uzun hurma ağacının önünde derin bir nefes aldım ve İzmir'den çok daha farklı, temiz bir havaya sahip olan Fethiye'nin oksijenini ciğerlerime doldurdum.

Yerdeki her bir taşta, gözümün dokunduğu her bir noktada kendime ait bir şeyler bulmuştum. Bu tuhaftı. Sılay'ın kucağında Mavi, Temmuz'un kucağında Umut vardı. Umut uyanmıştı. Sılay kolundaki bebek çantasını düzelttikten sonra evin demirden bahçe kapısına yöneldi. Ben de küçük adımlarla onu takip etmeye başladığımda, Sıraç çoktan elini omzuma atmıştı bile.

Kapı bir geçmişe açıldı. Gözlerim önce sert bir karanlığı, ardından evin mutfağından geçen dar koridoru odağına aldı. Sonrasında yemek yediğimiz sandalye ve masa, Mehmet Ali Karayel'in önünde kafama silah dayadığı buzdolabı... İçeriye doğru bir adım attım ve gözlerim kısaca duvarlarda turladı. Rutubet yoktu, oysa buraya ilk girdiğimde rutubet kokusunun ciğerlerimi parçalayacağını düşünmüştüm.

"Burası buram buram geçmiş kokuyor," dedi Sıraç omzumu sıkarak. Sesini yalnızca ben duyabilmiştim. Başımı sallayarak onu onayladım ama gözlerim onu bulmadı, etrafı incelemeye devam ediyordum. Bu evden Sıraç'ı terk ederek çıkmıştım, şimdi onun karısı olarak tekrar bu eve gelmiştim. Kendi ayaklarımla. Parmağımda soyadımı değiştiren adamın taktığı yüzükle ve asla kopmayacak kırmızı bir iplikle.

Üst kata çıktık. Burada her zaman tek bir yatak odası olduğu için duraksadım. Oda da ahşap bir beşik vardı. Beşiği incelerken, "Sıraç, biz altı kişiyiz şu an," dedim kaşlarımı çatarak. Sıraç yatağın üstüne oturduktan sonra kaşlarını çatarak, "Ee?" diye sordu.

"Bu evde tek bir yatak odası var."

"Ee?"

"Sılay ve Temmuz ne olacak?"

"Banyodaki küvete yatak yaparım ben ona," dedi Sıraç gayet sakin bir sesle. "Sılay da alt katta, koltukta yatar."

"Şaka?" dedim inanamayan gözlerle ona bakarken.

Kollarını yatağa yasladı ve derin bir nefes aldı. "Burayı özlemişim," dedi buruk bir sesle. "En son bu odadayken yaptığımız konuşmayı hatırlıyorum."

Kalbime doluşan sancıyla gözlerimi Sıraç'tan kaçırırken, "Amacım seni üzmek değildi," diye mırıldandım. "Özür dilerim."

"Biliyorum, miniğim." Güldüğünü duyunca göz ucuyla ona baktım. Gözleri boşluğa takılı kalmıştı. "Her ne kadar onu affetmiş olsam da içimdeki kırık çocuk bir köşede onun açtığı yaralara üflemeye devam ediyor."

Onun yanına oturdum ve başımı omzuna yasladım. "Bir şeyleri unutmaya geldik. Kes şunu."

Aradan dakikalar geçtikten sonra, "Sana tapıyorum," diye mırıldandı. "Her şeyi unut, bunu unutma."

Gözlerimi yumdum ve başımı bir aşağı bir yukarı yavaşça salladım. "Her şeyi unuturum ama seninle ilgili hiçbir şeyi unutmam."

"Alzheimer olsan bile mi?" diye dalga geçti beni kendine çekerken.

Göğsüne yumruğumu vurdum ve dudaklarımı büzerek ona baktım. "Aptal, takma dişlerimin yerini unutsam bile senin yerin her zaman burada..." Elini alıp şakaklarıma bastırdım. Ardından elini şakaklarımdan indirip, kalbimin üstüne koydum. "Ve burada olacak. Ve ben senin yerini hiçbir zaman unutmayacağım."

Gülümsemeye çalışarak beni ensemden kavradı, parmaklarının sıcaklığını tenimde hissettim. Başparmağını alt dudağımın üstünde dolaştırdıktan sonra gözlerini ağır ağır kırpıştırarak yüzüme baktı. Ben onun yangınının mavi derinliklerine çekilirken, üst dudağını iki dudağımın arasına yerleştirdi ve dudağımın üstünde duran parmağı yavaş bir hareketle boynuma indi. Başparmağıyla boynumu yavaşça ovup okşarken, dudaklarımı büyük bir şefkatle yavaşça öpmeye başladı. Kollarımı onun boynuna doladım ve onun öpüşüne karşılık vermeye başladım.

Kalbim saatli bir bomba gibiydi, Sıraç'a ait olan her bir kablonun sonu yangındı. Kurtuluş yoktu.

Tıpkı suça alışmış, öldürmek isteyen bir hapishane kaçkını gibi arsızca dudaklarıma saldırdığında dudaklarımızın hareketleri hızlandı. Açık duran kapının önünde dikilen ikinci bir gözün varlığını hissettim ama Sıraç dudaklarımı öyle sert bir şekilde esir almıştı ki, kafamı çevirip gözlerin sahibine bakamıyordum bile.

"Su aygırı ve hipopotamın çiftleşme anına şahit olmuş zavallı bir safarici gibi hissediyorum kendimi," dedi Sılay bir anda. "Bakma halacığım, baban ananın azı dişini çekiyor şu an."

İrkilerek kendimi geri çektiğimde Sıraç da şaşkındı. Bir anda kapıya doğru döndüm ve bize şaşkın şaşkın bakan Mavi'yi, Mavi'yi kucağında tutup bize iğrenen gözlerle bakan Sılay'ı gördüm. Yanaklarım kızarmasa da ince derisinin altına kan oturduğunu hissedebilmiştim.

"Kızım neden sessizce geliyorsun ya!" diye çemkirdiğimde, "Ne yapayım davul zurna çalarak gelişimi mi ilan edeyim?" diye sordu kaşlarını kaldırarak. "Evli barklı insansınız, liseli âşık gibi flörtöz flörtöz hareketler. Midemi bulandırıyorsunuz."

"Fritöz?"

Sılay gözlerini devirdi. "Ay bir de cahil cühela."

Kaşlarımı çattım. "Umut ve Temmuz nerede?"

Sılay omuz silkerek, "Marul, Umut'a ayakta işemeyi öğretecekmiş," dedi. "Kovdular bizi."

Sıraç'la aynı anda ayağa kalkarken, "Ne?" diye bağırdık.

Pek tabii aşağı indiğimizde Umut'u bir şekilde yaralanmadan dayısının elinden kurtarmayı başarmıştık. Sıraç, Temmuz'u dinlenerek dövmüş, sonrasında da onun yatağını dediği gibi banyoya yapmıştı.

∞

"Dolap tam takır kuru bakır, haberiniz olsun," dedi Sılay yüzünü buruşturarak salona girerken. Bebeklerin karnını doyurmuştum doyurmuş olmasına ama bizim karnımız için aynısını söylemek pek de mümkün değildi. Nural ablanın yerinde yediğimiz gözlemelerleydik. Sıraç televizyonun ayarını yapmaya çalışıyordu. Etraf temizdi ama geçen yıl kullandığımız tüm eşyaların yeri dahi değiştirilmemişti.

Temmuz üstündeki tişörtü çıkaracaktı ki, Sıraç televizyonun yanında duran bibloyu alıp Temmuz'a doğru hedef aldı. "Striptizci gibi soyunma. Plajda mı sandın sen kendini?" diye çemkirdi.

Şu an Temmuz'a ekstra uyuz oluyordu, normalde anlaşmaya başlamışlardı ama sanırım Sılay'la alakalı faldan sonra bu hallerini normal karşılamam gerekiyordu.

Temmuz gözlerini tavana doğru kaydırıp, "Abla şu kocana bir şey söyle, Allah aşkına," diye homurdandı.

Kocana... Temmuz'un kurduğu cümlede, belki de en çok bu kelime dikkatimi çekmişti. Hafifçe gülümserken, "Bir şey," dedim düz bir sesle ve Sıraç gözlerini yumup başını öne eğdi. Temmuz kafasını başka bir yöne çevirip yüzünü elinin tersiyle örttü.

Sılay, "Bakın bunu ben bile yapmazdım yalnız," diyerek yüzünü buruştururken, koltuktaki tanıdık yastığı Sılay'ın yüzüne hedef alarak ona fırlattım ve Sılay kıkırdayarak geriye doğru kaçtı. "Osman ağabey dehşet içinde Mayıs."

"Üzüyorsun beni minnoş," dedim dudaklarımı büzerek. Mavi'nin dudaklarından tatlı bir kıkırtı döküldüğünde tüm gözler aynı anda ona döndü. Yattığı yerde pürdikkat bana bakıyor, damaklarını göstererek gülüyordu. Gülerken kısılan gözleri, pembe damakları ve köpüren ağzıyla tapılası görünüyordu.

"Annem!"

Mavi bir kez daha kıkırdadı ve yumruk yaptığı sol eliyle bir gözünü ovuşturdu.

"Kikirik yemin ediyorum," dedi Sıraç dizlerinin üstünde emekleyerek koltuğun önüne gelip Mavi'nin burnuna dokunarak. "Kız yine neye gülüyorsun Zaraliye? Zilli olacak bu benim başıma, Mayıs."

Mavi, esniyor gibi ağzını genişçe açtıktan sonra tuhaf bir ses çıkarıp parmaklarını Sıraç'ın burnuna uzattı. Küçük elleriyle babasının burnunu avuçladıktan sonra bir kez daha gözlerini kısarak tatlı bir kıkırtı çıkardı. Konuşsa bu kadar sevinmezdim sanırım, içim kıpır kıpır olmuştu. Yedi ve onuncu aylar arasında birkaç kelimeyi söyleyebileceklerini doktorumdan öğrenmiştim ama bu şapşal tepkiler konusunda hiç bilgi sahibi olmamıştım. Bazı bebekler daha geç konuşabiliyormuş, bunu öğrendiğimde erken konuşmaları için dua etmiştim. Henüz konuşmalarına çok vardı ama yine de bu tepkiler bile yetiyordu bana. Mavi çok gülüyor, Umut çok uyuyordu ve umursamazdı.

"Yani Mavi burada, dayım ve halamın özel hayatına burnunu sokma babacığım demek istiyor," dedi Temmuz kısık bir sesle. Sılay gözlerini kaçırmış, Sıraç ise Mavi'yle oynadığı için Temmuz'un söylediklerini duymamıştı.

Tüm geceyi aç geçiremeyeceğimizi anladığımızda dışarıdan bir şeyler sipariş etmiş, itişme kakışma halinde yemeklerimizi yemiştik. Temmuz, banyoda onun için yapılan yatağı gördüğünde gayet rahat bir şekilde, "Bana uyar," demişti. Bu beni çok şaşırtıp, kavga çıkmayacağı için rahatlatsa da bir yanım hiç rahat etmemişti. Sılay da aşağıya kendine yatak hazırlayınca uyuyan ikizleri ahşap beşiğe yerleştirdim ve üstümdeki kıyafetleri bir çırpıda çıkararak yatağın kenarında duran valizden koyu mor renkteki saten geceliğimi çıkardım. Burası İzmir'e nazaran daha sıcaktı ve evin ahşap ağırlıklı olmasından kaynaklanıyor olsa gerek, hareket etmeden bile terliyordum.

"Ciddi ciddi kardeşimi banyoda yatırdın ya," diye homurdandım geceliği üstüme geçirirken. "Bravo."

"O banyoda yatmış biri olarak oranın çok konforlu olduğunu biliyorum, minik şeytan," dedi Sıraç gayet düz bir sesle.

Kendimi yatağın üstüne bıraktım ve bağdaş kurarak oturdum. Sıraç bana doğru yaklaşıp askılı geceliğin açıkta bıraktığı omzuma pürüzlü bir öpücük bıraktı. Yeni yeşeren sakal izlerinin pürüzlü dokusunu hissetmiş ve bundan hoşlanmıştım. Başımı geriye atıp ona yaslandım ve gözlerimi kapayarak gülümsedim. Pencereden içeri sızan ay ışığını saymazsak karanlıkta bile sayılabilirdik. Derin bir nefes aldım, aldığım nefes ciğerlerimdeki kirli havayı temizlerken bu nefesin parmaklarımdaki kanı da temizlemesini istedim.

"Yine cennetin kokusunu giymişsin tenine," diye fısıldadı dudaklarını omzuma bastırırken.

"Tuhaftır ki ne zaman sen sarılsan, böyle kokuyorum ben."

"Mayıs..."

"Hı?" dedim uykulu bir sesle. Başımı tamamen onun göğsüne yaslayıp bedenimi onun kollarına teslim ederken.

"Üçüncünün çalışmalarına başlasak mı?"

Tek kaşımı havaya kaldırdım. "Pardon?"

Eli geceliğimin eteklerine giderken dudaklarını kulağıma yakın bir yere getirdi. "Yola çıkmayı bekleyen üçüncü diyorum," diye fısıldadı boğuk bir sesle. "Ona yolu açsak mı?"

"Valla ona yolu açar mıyız bilmiyorum da, sen benim bacakları yavaş yavaş açıyorsun."

"Valla ben bir coştum şu an," dedi Sıraç keyifli bir fısıltıyla. "Açılıp saçılsak mı biraz?"

"Ne kadar da açılgan bir erkek..."

"Kalk git," dedi bir anda kendini geri çekerek. "Kalk git, bozdurma benim ağzımı. Kalk."

İçten bir kıkırtı döküldü dudaklarımdan. Sıraç, yatağın kendine ait olan kısmına yattıktan sonra, "Libidom içi dolu bir balondu, tek bir iğneyle patlattın onu Mayıs. Söyle o üçüncüye, yol falan açmıyorum ona," dedi düz bir sesle.

Bedenimi yatağa devirirken onun arkasından ona sıkıca sarıldım ve yüzümü boynuna gömdüm. Göğsümü sert sırtına tamamen yapıştırıp, kolumu ince beline doladım ve derin bir nefes aldım. Tüm nefeslerim bu adamın ruhuna adanmıştı. Sıraç'ın ruhunun ciğerleri vardı ve o ciğerlerin solunumunu benim bedenim yapıyordu.

Çok kısa süren bir sessizliğin ardından, kulağıma dolan ağustos böceklerinin tatlı ninnisini dinlerken, "Şşş," diye mırıldandım Sıraç'a daha sıkı sarılarak.

"Hı?"

"Sana tapıyorum, küçük adam."

"O zaman bir tur bineyim mi?" diye sordu başını kısaca bana çevirip hınzırca gülerek.

"Hayvan! Yat zıbar!"

Derin bir kahkaha atıp beni kollarının arasına çekti ve sıkıca sarılıp saçlarıma sert bir öpücük kondurdu.

"Sana tapıyorum, minik şeytan."

∞

Sılay Karayel'den...

Bir koyun... İki koyun... Üç koyun... Dördüncü koyun ne kadar da Temmuz'a benziyor. Beş koyun... Altı koyun... Yedi koyun... Sekizinci koyun nerede? Hah, orada. Dokuz, geç şöyle.

Uyuyamıyorum.

Tavandaki çitte atlayan koyun sürüsüne gözlerimi kısarak baktım, üstünde yattığım koltuğun rahatsızlığından bahsetmeme gerek var mıydı? Hangi öküzümsü, biricik kız kardeşini rutubetli bir odanın tahtaları çıkmış koltuğunda yatırırdı ki? Biz Mayıs'la koyun koyuna yatabilirdik, bu hiç de fena bir fikir değildi. Geçen yıl olduğu gibi o da Marul'la burada yatardı.

Marul... Neden marulsun sen? Osman ağabey ürkek gözlerle bana bakınca onu daha fazla ürkütmemem gerektiğini hatırlayarak derin bir nefes alıp gözlerimi hemen yan tarafımda çalışan milattan önceki ilk televizyona çevirdim.

Odayı aydınlatan tek ışık, bu ölmeyi unutmuş, tüpü can çekişen televizyondan etrafa yayılan boğuk ışıktı. Ağabeyimin zoruyla kısa şortumu kamufle etmek için üstüme örttüğüm ince battaniyeyi ayaklarımla ittim ve bacaklarımı battaniyenin dışına çıkardım. Terleyen bacaklarım nemliydi, yeşil mini penye şortuma uyumlu önünde ağaç kakan olan yeşil askılı tişörtümün eteğini göbeğime kadar sıvadım ve karnımı açıkta bıraktım.

Ulan bu ev yanıyordu.

Osman ağabey, oyalı halay mendilini yelpaze şeklinde sallayarak serinlemeye çalışırken merdivenlerde duyduğum bir tıkırtıyla üçlülerimi yaktım ve pürdikkat merdivenlere baktım. Perili köşkün merdivenlerinden daha az ses çıktığına emindim, başımı tamamen yana yatırarak merdivenlere daha dikkatli bir şekilde baktım ve bir çift ince bacak görüş alanıma girdi.

İnce bacakları siyah bir şort, siyah bir şortu ise çıplak ve kaslı bir göğüs, kaslı göğsü kıvırcık saçlar ve toz mavisi gözler tamamladı. Ben Ceren Karamaça'nın yarattığı şahesere bakarken o şaheser merdivenlerin üstündeki kalın ahşap kirişe tutundu ve kafasını eğerek kısaca beni süzdü.

Çıplak bacaklarımı battaniyenin altına sokmak istesem de şimdi bunu yapacak olursam ikinci bir Kezorella tacını kafama konduracaktı. İfadesiz tutmaya çalıştığım yüzümle bedenimi doğrultma gereği bile duymadan, "Ölmekle bayılmak arasındaki ince çizgide dolaşıyorsun şu an," dedim kısık bir sesle. "Yukarıdaki terminatörü nasıl atlattın acaba?"

Gözleri bir kez daha bacaklarımdan başlayarak yüzüme kadar süren ağır bir yolculuğa çıktı. Gözlerimiz televizyonun ışığının aydınlattığı kadarıyla birbirine tutunurken karnım kasılmıştı.

"Uyumalarını bekledim," diye fısıldadı ve kirişi bırakarak son iki merdiveni de yavaşça indi. Her ne kadar yavaşça inmiş olsa da merdivenden zurna sesi çıkmıştı.

"Onlar mı uyudu? Sıraç ve Mayıs çiftinden bahsettiğimizden emin miyiz?" Kaşlarımı çattım. "Oynaşıyor olmaları gerek lan onların. Çıkalım bakalım, ölmüş olmasınlar?"

"Sakin ol," diye fısıldadı hemen önüme gelirken. *Çek o kaslarını gözümün önünden de olayım,* demek istedim ama diyemedim. "Uyuduklarından emin olmadan inecek değilim. Kapılarını dinledim ve onların iğrenç diyaloglarına şahit oldum."

Gözlerimi ondan kaçırırken başımı sallamakla yetindim. Temmuz ayakucuma oturduktan sonra kısaca televizyona baktı, o televizyona baktığı için ben de fırsattan istifade ona bakmıştım. Çabuk uzayan kıvırcık saçları, çenesinde yeşermiş sakalları, Mayıs'ın burnunu andıran burnu ve dolgun dudaklarıyla yan profili kusursuz görünüyordu. Osman ağabey kaşlarını çattı ve elindeki halay mendilinin oyalarıyla oynamaya başladı. Midemdeki halay ekibi tüm hızla halaya devam ederken Osman ağabeyin öğrettiği eşsiz figürleri sergiliyorlardı.

"Sılay," diye mırıldandı Temmuz gözlerini televizyondan çekmeden. Televizyonun ışığı yüzünde ve kaslı vücudunda patlıyordu. Kolları ince olmasına rağmen kaslı görünüyordu, bedeni zarifti.

Ellerimi çıplak karnımın üstüne koyduktan sonra nefesimi tazeledim ve ardından dudaklarımdan dökülecek olan sesi ayarladım. "Hı?"

"Rahat edemedim hiç banyoda," dedi düz bir sesle. Bir an içim acıdı, nasıl bir vicdansızdı benim ağabeyim? Kısa zamanda ona bir CanKan dansı yapmam gerektiğini zihnimin bir köşesine not ettikten sonra sessizce Temmuz'u izlemeye devam ettim.

Sertçe yutkundu, çok da belirgin olmayan âdem elması tatlı bir kavisle hareket etti. Boynu sıcaktan olsa gerek terliydi ve hafif bronz duran tenindeki ter tıpkı elmas parçacıkları gibi parlıyordu. Temmuz'un teni, benim tenime oranla çok daha açıktı. "Yanına yatayım mı?"

Ağabeyim de seninle kamasutra pozisyonlarına bir yenisini eklesin.

"Ağabeyim..."

"Onlar uyanmadan giderim banyoya," dedi bir anda bana doğru dönerek. Doğrudan gözlerimin içine bakıyordu, toz mavisi gözlerine hayır diyebilmek ne yazık ki mümkün değildi.

"İyi," dedim yavaşça geriye kayarak. "Gel."

Temmuz istediğini almış gibi parlayan gözlerle yüzüme bakarken bir an vazgeçeceğimi düşündüm. Çocuğun hayatını tehlikeye atıyordum resmen, bu düpedüz acımasızlıktı. Dar koltukta duvardan tarafa yattı ve taze meyve kokusu burnuma dolarken beni çıplak belimden tutarak kendine doğru çekti. "Düşme," diye fısıldadı kulağıma doğru. Vay çakal vay. Koltuk dar olduğu için ona sırtımı dönmek zorunda kalmıştım. Omuriliğimden yükselen ürpertiyle dudaklarımı birbirine bastırırken karnımdaki halay ekibi ayaklarını yere vurarak çok daha büyük bir gürültüyle halay çekmeye başladılar.

Çıplak belimi kavrayan parmaklarının boğumlarında uğuldayan kanın varlığını hissettim. Parmaklarından tenime akan en gerçekçi hisler, mantığıma indirilmiş kanlı bir tekmenin en gerçek sancısıydı. Nefes almaya çalıştım ama başarısız oldum, oksijen ciğerime uğramıyordu ve beynimde büyük bir hava kabarcığı yaratıyordu. Gittikçe büyüyen ve kafatasımın şeklini alan hava kabarcığı mantığımı içine hapsetmişti şu an.

Kaslı ve çıplak göğsünü sırtıma dayadığında kendimi geri çekmeye çalıştım ama bunu yaptığım an yeri boylardım. Üstelik Temmuz'un parmakları hâlâ belimdeydi ve beni çok sıkmasa da sarmıştı. Her ne kadar şu an onu göremiyor olsam da gözlerinin açık olduğunu hissedebiliyordum. Tatlı ve yakıcı nefesi saç diplerime sızıp enseme çarparken kasılan karnımı rahat bırakmaya çalıştım. Elinin altında kasılan karnımın beni ele vermesini istemiyordum.

Ayrıca Allah aşkına nasıl bir çılgınlıktı bu? Hemen üst katta onun kanına susamış bir kız ağabeyi uyuyordu, farkında mıydı?

"Sıcacıksın," diye fısıldadı yavaşça.

Halaymen kaşlarını kaldırdı, şu an kendini ortamdaki en büyük fazlalık olarak hissediyordu. Osman ağabeyin bakışlarını yok saymaya çalıştım ama mümkün değildi, tüm dikkatiyle yüzüme bakıyordu. Temmuz'un uzun parmakları karnımın üstünde daireler çizerken alt dudağımı dişlerimin arasına aldım. Bir yanım onun yüzünün ortasına bir yumruk çakmam gerektiğini söylese de diğer yanım şu an olduğu konumdan öylesine mutluydu ki, eğer ilk fikrini belirten yanımın dediğini yapacak olursam bu kez de diğer yanım tarafından ben yumruklanacaktım.

Temmuz yüzünü saçlarıma gömdüğünde kalbimden ılık ılık bir şeyin aktığını hissettim. Mantığım ve dikkatim beynimin bir lobunda körebe oynadıkları için olan biteni henüz idrak edebilmiş değillerdi. "Marul, bence ölmek için çok genciz."

Parmaklarını karnıma bastırdı. "Bana marul deyip durma," diye hırladı sinirle. "Benim adım Temmuz."

"Ben de Temçilek."

Kısa bir sessizlik yaşandı, kalbim boğazımda attığı gibi karnımdaki parmaklar yüzünden midem de fokurduyordu.

"Ne?"

"Sen Temmuz'sun dedin ya hani... Ben mizah katmak istedim, muz falan ya hani... Meyve falan ya hani..." Temmuz bir anda beni ileriye çekip, bacaklarını açarak beni altına aldığında gözlerim kocaman açıldı ve göğsüm körüklenir gibi yukarı kalktı. İki bacağımın üstüne oturduktan sonra kollarımı bileklerimden tutarak ileriye doğru açtı ve beni kafesledi.

"Şu hallerine deli oluyorum," dedi şeytani bir fısıltıyla. Tüm tüylerim dikilirken kocaman olmuş gözlerle ona baktım. Yüzünün televizyonun ışığının aydınlattığı tarafı görünürken diğer tarafı karanlıktı. Yine de parlayan toz mavisi gözleri görebilmiştim. "Böyle şapşal şapşal..." Yüzünü yüzüme yaklaştırdı. "Olduğu gibi..." Biraz daha yaklaştı, tatlı nefesi yüzüme çarpınca gözlerim farkında olmadan kısıldı. "Masum."

Gözlerimi kırpıştırdım, kalbimin atışını kulaklarımda duyuyordum. Sanki kalbim şu an göğsümün altında değil de kulaklarımda çarpıyordu. Temmuz kirpiklerini ağır ağır kırpıştırdıktan sonra gecenin karanlığını yırtan toz mavileriyle gözlerimin içine baktı. Yüzümüz çok yakındı, gözlerindeki mavi tozları benim çakır gözlerime döküyordu. Gözlerime dökülen mavi tozlar yeşilimin üstünde canlanıp, gözlerimi iki renge bölüyordu.

Şüphesiz benim gözümün mavi tarafı Temmuz'dan ibaretti.

Sertçe yutkundum. "Çok yakınsın şu an," diye fısıldadım acı çeker gibi. "Böyle bir tuhaf oldum ben şimdi." Halay müziği durmuştu, tüm gerçekliğimle onun gözlerine dökülürken kanımda dolaşan tek his korku değildi şu an.

"Nasıl oldun?" diye sordu kaşlarını kaldırarak. Sesi o kadar kadife ve ıssızdı ki, gecenin perdesi bile sağır olmuştu onun tınısına. Bir tek benim kulaklarım algılıyor, bir şekle sokuyordu onun söylediklerini.

Gözlerim kısaca dudaklarına düştü. "Bilmem, bir dumur oldum."

"Her zamanki halin o senin," diye fısıldadı. O da benim dudaklarıma bakıyordu. Şu an bedenim yattığım yerde titriyordu, bu titremenin kaynağının ruhum olduğunu düşündüm. Alnını alnıma bastırdı ve gözlerini gözlerimden bir an olsun çekmedi. "Aşırı hoşuma gidiyorsun, haberin yok Kezorella."

Tenimin altına gömülü kelimelerin hepsi onunla ilgili bir cümlenin boyunduruğunda toplanmak, bir bütün olmak istiyordu. Birbirimizin gözlerinin içine baktıkça, gördüğüm mavinin içinde daha da kayboluyor gibiydim. Harelerine dağılan toz, ona karşı olan duygularıma tıpkı bir ilaç gibi dökülüyor, duygularımı iyileştireceğine çok daha hasta bir hisle yoğunluğu üçe beşe katlıyordu.

"Temmuz, ağabeyim falan inecek şimdi," dedim panik içinde. Bu benim sanırım son çırpınışlarımdı. Temmuz güler gibi bir ses çıkardı, bu halim onun komiğine gitmişti sanırım. Haklıydı da, bildiğin titriyordum şu an.

"İnmez," diye fısıldadı. Hemen ardından dudaklarını alnıma bastırdı ve alnımdan çekmeden sürterek burnuma indirdi. Burnumun ucunu öperken içimdeki Halaymen kapsama alanı dışındaydı. Bileklerimi serbest bırakmıştı. Tüm sesler susmuş, ikimizin sessizliğinin çığlığı yankılanıyordu düşüncelerimin bulvarlarında.

"Temmuz," diye fısıldadım korkuyla. Dudaklarını burnumdan çekmedi, gözlerini kapatmıştı. Parmaklarım güçsüzce onun çıplak sırtına tutundu. Falcı kadının söyledikleri kulaklarımda uğulduyordu, aklıma mantığıma sığmayacak bir şeydi bu. Ben ve çocuk yapmak? Nasıl da uzaktı bana o kavram, anne olmak için fazla uçuktum ben. Hem Temmuz'la tensel bir birleşme benim için hiç de kolay olmazdı, o tür şeyler söz konusu olduğunda kapalı bir kitap olduğumu düşünüyordum. Temmuz bedeninin ağırlığını bedenime bıraktığında, her bir kıvrımını hissettim onun. Parmaklarım sırtından dolanarak çıplak göğsüne geldi ve güçsüz bir şekilde onu itmeye çalıştım.

"Sorun ne?" diye sordu nefes nefese.

"Çok yakınsın şu an, nefes alamıyorum ben," dedim bir çırpıda.

"Sana yakın olmayı seviyorum," diye fısıldadı. "Bir iki dakika nefes almayıver, oksijeni sömürdüğün yetmedi mi?"

"Öküz," dedim kısık bir sesle.

Temmuz, göğsünün üstünde duran ellerimi bileklerinden yakaladı tekrardan. Göğsüm korkuyla kabarırken kalbim göğsümdeki ince kafese öyle bir tekme geçirdi ki, kafes parçalara ayrılacak sandım.

"Bak ölürüm buracıkta," dedim nefes nefese. "Vallahi ölürüm, Temmuz. Ne diye bu kadar yaklaştın sen şimdi bana?"

Güler gibi bir ses çıkardıktan sonra yüzünü boynuma gömdü ve boynumda derin bir nefes aldı. Aldığı nefes sanki benim ciğerlerime dolmuştu. Beklenmedik doluluk hissiyle patlayacağını düşündüm ciğerimden kalbime doğru bir baskı fırladı.

"Kanlı Emin," diye fısıldadı bir anda boynuma doğru. "Kanlı Emin şu an burada, bu odada Sılay."

Çocukluğumun içinde olduğu demir parmaklıklar genişlerken, korku saklandığı yerden göğsüne yumruklar sallayarak çıktı ve tüm ihtişamıyla kükredi. Ağabeyimin aşıladığı korkuyla bir anda Temmuz'a sığınmak istedim. Yüzümü onun boynuna sokarken, sıkıca tuttuğu bileklerimi güçlü ellerinden kurtarmaya çalıştım. "Burada mı sahiden?" dedim korkuyla. Burada olmadığını biliyordum, o olmayan bir şeydi.

"Burada ama sen benim kollarımdayken sana hiçbir şey yapamaz."

"Çok alçaksın," dedim tamamen ona sığınırken. "Alçak Marul."

"Çok alçağım," dedikten hemen sonra dudaklarını dudaklarımın üstüne örttü. Kalbimdeki kanın baskısını dudaklarımda hissederken farkında olmadan ona karşılık vermeye başladım. Düşüncelerim altüst olmuştu, mantığım kör bir makasın arasından geçmiş, lime lime edilmişti. Hemen üst katta uyuyan tehlikeye aldırmadan, tüm benliğimi dudaklarımın ucuna bırakıp Temmuz'la öpüşmeye başladım. Bileklerimi sıkıca kavrayan parmakları gevşedi, bileklerimi serbest bıraktı ve elleri kolum boyunca turlayarak belime kadar indi. Tişörtüm sanki mümkünmüş gibi daha da yukarı sıyrıldı, sutyenimin teline takıldı ve beni çıplaklıktan korudu. Temmuz çıplak belime dokunurken, bilincim dışında bacaklarımı onun çıplak beline doladım. Belindeki kavisi ona sarıldığım an da hissedebilmiştim. Dili dudaklarımı araladı ve ağzımın içinde hâkimiyetini sürdürmeye başladı. Burnundan verdiği her bir nefes üst dudağıma çarpıyor, onun dokunuşları altında bilincim karanlığa gömülüyordu.

Nefes nefese dudaklarımdan ayrılırken, iki bacak arama girdi ve eli bir bacağımı kavradıktan sonra, terden nemlenmiş alnını alnıma yasladı. Dudaklarından dökülen sert nefeslerin, hırçın rüzgârlarını dudaklarımın üstündeki yarıklarda hissedebiliyordum. Kör edici bir histi, gözlerimin önüne siyah perdeler çekiyordu.

"Nasıl güzelsin..." Dudaklarını burnuma bastırdı. "Nasıl benim..."

"Aptal," dedim dişlerimin arasından, gözlerim kapanmıştı ben farkında olmadan. "Yakalanırsak bu kez gerçekten çükünden tavana asar seni. Avize gibi sallanırsın."

"Benimsin," dedi üstüne basarak. "Bunu söyle."

"Ya Temmuz."

"Söyle," diye bastırdı ve sertçe üst dudağımı öpüp geri çekildi.

"Çok klişesin," diye mırıldandım yavaşça gülümserken. "Nereden senin oluyormuşum?"

"Birine sahip ve ait olmak ne zamandan beri klişe?" diye sordu. O da gülmüştü. Parmaklarım usulca kıvırcıklarına dokundu, uzun zamandır istediğim buydu belki de. Doyasıya dokundum hırçın tutamlara, parmaklarım kıvırcıklarını keşfetti.

"Sen ait misin ki bana?" diye sordum kıvırcıklarını sevmeye devam ederken.

"Türkçen mi kıt, Kezorella?" diye sordu ve burnunu burnuma sürttü. "Öyle olmasa ölüm riskini alıp, ecelin kardeşinin üstüne çıkar mıyım?"

"Ay öküz öküz konuşmasan ölürsün zat-"

Dudakları bir kez daha dudaklarıma kapandı. Kelimelerim hastalıklı bir şekilde havada asılı kalırken yoğun bir sis bulutu çöktü o hariç tüm gerçeklerin üzerine. Halaymen Osman ağabey tüm halay ekibini etrafına toplayıp sert bir açık oturum yaparken, tüm halayboylar şaşkındı. Onlara sonra bir açıklama yapmayı kenara not ederek kollarımı Temmuz'un boynuna doladım.

Tamamen iki bacak arama girmiş, onu hissetmem için tüm ağırlığını üstüme vermişti. Dudaklarıma döktüğü kesik nefeslerin yaşam bağışlayan bir güzellikle içime işlediğini ve ömrümün önüne küçük köprücükler kurduğunu hissettim.

Kesinlikle ömür uzatabilecek bir şifayı dudaklarındaki pembe yarıklarda taşıyordu.

Nefes nefese dudaklarımdan uzaklaşırken, "Adı Mehir olsun," dedi düz bir sesle. Bir an duraksadım ve kaşlarım hayretle havalandı. Neyden bahsettiği konusunda hiçbir fikrim yoktu ama yine de heyecanlandırmıştı beni söyledikleri.

"Ne?"

Elini çıplak karnımın üstüne koydu ve yavaşça bastırırken doğrudan gözlerimin içine baktı.

"Sana benzeyecek olan ay parçasının ismi diyorum, Mehir[1] olsun."

[1] **Mehir:** Ay Parçası.

2. SEN BENİM ON DOKUZUMSUN

Mayıs Karayel'den...

Uykumun en tatlı noktasında, zihnimin bir köşede dinlendiği sırada kulaklarımın içinde rahatsız edici bir şekilde dolaşan ve uykumun içine çomağı sokan sinir bozucu ses yüzümü buruşturarak gözlerimi aralamama neden oldu.

Soluk mavi bir ışık pencereden içeri sızmıştı, tül perdeler uçuşuyordu. Şafak sökmüştü ama güneş henüz kendini göstermemişti, damağımdaki ekşi tadı gidermek için sertçe yutkundum ve hemen sağ tarafımda uyuyan kocama kısaca göz gezdirdim. Üstü çıplaktı, altında siyah dar bir boxer vardı ve beyaz çarşaf yalnızca bacağının bir tanesini örtmüştü. Diğer bacağı tapılası bir güzellikle gözler önündeydi, göğsü hafif terliydi. Saç diplerinin de terli olduğunu fark ettim. Dirseğime yaslanarak yavaşça doğruldum ve diğer elimin tersiyle alnını yokladım.

Rahatsız edici ses daha net bir şekilde öttüğünde kaşlarım çatılmıştı. Sıraç'ın diğer bacağını da çarşafın altına aldıktan sonra, geceliğimin sabahlığını üzerime geçirdim ve kuşağı bağladıktan sonra ahşap beşiğin içinde uyuyan ikizlerime kısaca göz gezdirdim. Üstlerini mavi battaniye ile güzelce örttükten sonra odanın çıkışına ilerledim.

Eski, ahşap ve beni zor taşıyan merdivenleri parmak uçlarımda inerken elimin tersiyle ağzımı kapatarak yavaşça esnedim. Son merdiveni de indikten sonra, gözüm ister istemez hemen yan tarafımda koltuğun üstünde uyuyan Sılay'a kaydı.

Koltuğun üstünde mi demiştim? Lafımı geri alıyorum. Kardeşimin üstünde uyuyan Sılay'a.

Ağzım büyük bir o harfi şeklinde aralanırken anın getirdiği panikle merdivenin köşesinde duran ev terliğini aldım ve Sılay'ın kafasına attım. Sılay yüzünü buruşturarak gözlerini açınca, Temmuz da Sılay'ın kıpırdanmalarından rahatsız olmuş olacak ki o da gözlerini açtı.

"Siz ne bok yi-" Bir an duraksadım, sesim çok yüksek çıkmıştı. Kısaca üst kata baktıktan sonra tekrar onlara döndüm. Çok daha kısık bir sesle, "Siz ne bok yiyorsunuz?" diye sordum, kaşlarım hâlâ çatıktı.

Sılay sol eliyle saçlarını dağıtarak yüzünü buruşturdu. Gözleri uyku mahmuruydu, Temmuz'un da ondan bir farkı olduğunu söyleyemezdim.

"Ne bok yiyormuşuz?" diye sordu Sılay uykulu bir sesle.

"Uyuyoruz?" Temmuz bunu normal bir şeyden bahsediyor gibi söylemişti ama şu an hayatı tehlikede olan ben değildim, oydu.

"Ne kadar da eceline susamış uyuyan bir çift," dedim gözlerimi devirerek. "Sıraç uyanmadan kalk banyoya yürü. Bu kez ne ben kurtarabilirim seni ne de kozmik güçler. Budar bamyanı."

"Öz ablam bile bamya diyor bana," dedi Temmuz. Sılay yavaşça doğruldu ve Temmuz'un ayakucuna oturup dağınık saçlarını yüzüne örttü. Halka filmindeki Samara'ya benzediğine yemin edebilirdim.

Dışarıdaki horoz bir kez daha gırtlağına basılmış gibi öttüğünde, "Hay ben şimdi senin!" diye söylendim. "Çabuk banyoya git, zıbar. Katil etmeyin benim kocamı." Katil kelimesini telaffuz ederken dilimin yandığını hissettim. "Ben şu horozu kışkışlayıp geliyorum, uyandıracak ikizlerimi ve koca bebeğimi."

Temmuz şakaklarını ovalayarak ayağa kalktıktan sonra kısaca Sılay'a baktı. Sılay saçlarının arasından küçük bir aralık açıp

Temmuz'a bakarken bir an ikisinde bize çok benzeyen bir şeylerin varlığını sezinledim.

Hızlıca bahçeye çıktıktan sonra demir kapıyı araladım ve sabahın tuzlu soğuğunu ciğerlerime doldurdum. Sabahlığımın açıkta bıraktığı ayak bileklerim soğuğun etkisiyle tatlı tatlı sızladı. Sabahlığımın kuşağını daha sıkı bağladım ve gözlerimi kısarak etrafı kısaca kolaçan ettim.

Gördüğüm şey, sanırım sabahın bu saatinde oturup ağlamama neden olacak kadar nostaljikti.

Cibilliyetsiz.

"Cibilliyetsiz?" Dudaklarımdan şaşkınlıkla karışık dökülen bu kelime, karşımdaki taşın üstünde dikilen Cibilliyetsiz'in de ilgisini çekmişti. Beni tanımış gibi büyük bir ilgiyle bana bakarken kanatlarını açtı ve yavaşça silkeledi. Ardından kırmızı gulu gulusunu salladı.

Sorar gibi, "Üü?" dediğinde dudaklarımı birbirine bastırdım ve dolan gözlerimi hızlıca kırpıştırdım.

"Sensin?"

"Üü?"

Ona doğru bir adım attım, kafasını yavaşça sola büktü ve bana tuhaf bir şekilde baktı. Beni tanıdığına yemin edebilirdim, iyi de onun burada ne işi vardı?

"Seni tek mi bırakmışlardı yoksa Fethiye'de?" diye sordum dolan gözlerimi önemsemeden.

Küçük bir sessizlik yaşandı. Birkaç kez kanat çırptıktan sonra tekrar öttü.

"Şş," dedim işaret parmağımı dudaklarıma örtüp hemşire edasıyla sus işareti yaparken. "Çocuklarımı uyandıracaksın."

"Üüü?"

Sanırım beni didiklemeyeceğini bilsem ona sıkıca sarılırdım, bu çok saçma bir fikir gibi görünüyor olabilirdi ama şu an hissettiğim yoğunluğun hiçbir açıklaması yoktu. Kendimi on yedisini henüz bitirmemiş, Sıraç Karayel tarafından kaçırılmış Mayıs Karamaça gibi hissediyordum. Ve bu his... Güzeldi.

Eve döndüğümde yaptığım ilk şey Merve'yi aramak olmuştu,

ona Cibilliyetsiz Rıfkı'dan bahsettiğimde, "Onu başlarda yanımıza aldık ama ayak uyduramadı. Sanırım Fatma teyzenin kümesindeki tavuklarla iyi anlaşmıştı, onları bize tercih etti anlayacağın," demişti.

Ayrıca aldığım bilgiler arasında Başak'ın, Savaş'ın motorunun lastiklerini indirdiği, Ayda'nın Başak'ı korumak için suçu üstlendiği vardı. Bu beni güldürmüştü, sanırım Başak ciddi anlamda Savaş'a karşı bir şeyler hissediyor olabilirdi ve bu hisleri belli etmemek için bir şekilde böyle küçük oyunlar oynuyordu. Henüz aklının ermediği bir şey varsa, bu kesinlikle bu davranışlarının onun hislerini daha da ele verdiğiydi.

Sılay elindeki pembe sineklikle enseme vurduktan sonra, "Vurdim oni!" diye bağırdı gözlerini kısarak.

Yüzümü buruşturarak yumurtaları çırpmaya devam ettim. Yaklaşık bir buçuk saattir elindeki pembe sineklik ile olmayan sinekleri avlıyordu. Tamam sinekler vardı ama Sılay'a yakalanmayacak kadar uyanıklardı. Sılay kalçasını mutfak tezgâhına yasladı. Üstünde koyu yeşil, önünde I'm not normal yazılı bir tişört vardı, altında tişörtünden bir ton daha açık yeşil olan, kısa penye bir şort. Bir an duraksadım ve bu tişörtün ona çok uygun olduğunu düşündüm.

"Fethiye'ye tatile geldiğimizden emin miyiz?" diye sordu yanaklarının içini şişirerek. İki yandan bol bir şekilde ördüğü saçlarının ucunu normal turuncu birer lastikle bağlamıştı.

"Evet?" dedim sorar gibi kaşlarımı kaldırarak. Sılay, yanağını omzuna koyduktan sonra, "Neredeyse akşam olmak üzere ve hiç dışarı çıkmadık, Mayıs."

"Ne acelen var?"

"Ufacık bir evde bir tam, üç yarım, iki çeyrek insanız." Gözlerini devirdi. "Ve bu ev çok küçük olduğu gibi çok da sıcak! Çocuklarınızın çişleri kokuyor, bu koku beni delirtiyor!"

"Bir tam, üç yarım?" Yüzümü buruşturdum. "Anlamadım."

"Şaşırmadım," dedi alayla. "Ağabeyim, bir tam. Sen, ben ve annenin sebzeler âlemine ithaf ettiği en yakışıklı marul olan kardeşin, üç yarım. Buruşuk götlü çocuklarınız da iki çeyrek." Eliyle yüzüne yelpaze yaptı. "Ve bu ev gerçekten yanıyor. Bakın kendimi düşünmüyorum şu an, buruşuk götlü yeğenlerimi düşünüyorum. Ve sidikli. Ve sık sık pişik olan. Ve durmadan gaz çıkaran. Ay çok tatlılar."

Çırptığım yumurtaları yağı kızmış tavaya döktükten sonra, "Çocuklarıma buruşuk götlü demekten vazgeçer misiniz?" diye söylendim. "Ayrıca git ve ağabeyine dırdır yap Sılay. Benim yapabilecek hiçbir şeyim yok şu an."

"Ay kocamın dediği olur diyen eziklerdensin sen," dedi Sılay, ona bakmasam da yüzünü buruşturduğunu hissedebilmiştim. Bir an duraksadım, hiç de öyle değildi bir kere. Sıraç benim dediklerimi yapıyordu, tamam ben de onun dediklerini yapıyordum ama bu ailede sözü geçen tek kişi Sıraç falan değildi.

"Hiç de bile," derken, sesimde katıksız bir meydan okuma vardı. Sılay'ın istediğini almış gibi kıkırdadığını duydum, amacı tam da buydu.

"Tabii tabii," dedi gülerek. "Ağabeyim ayaklarını da yıkatıyor mu sana?"

"Ağabeyini bilmem ama Temmuz'un sana ayaklarını yıkatacağından hiç şüphen olmasın," dedim yumurtayı pişirirken. "Sen Temmuz'un gerçek yüzünü daha görmedin."

"Muma çeviririm kardeşini, muma," dedi tekrardan gülerek. Ona alaycı bir bakış attıktan sonra tekrar işime döndüm. Sılay, "Bu saatte o yumurtayı kime yaptığını sorabilir miyim?" dedi, sesi tuhaftı. "Hem bu sıcakta yumurta yemek de nereden çıktı? Kızamık çıkartmak falan mı istiyorsun?"

"Ağabeyine sor bunu," dedim ocağın altını kısarken. "Canı yumurta istemiş. Pek sevmez aslında ama canı istemişken yedireyim."

"Oha!" Bir anda bağırınca otomatikman ona bakma gereği duydum. "Ay ben dedim sana, ağabeyimin sözü geçiyor! Kız kalksın kendisi yapsın, kaldırma şunun kıymetlisini!"

Sıraç kapıyı açarak, kafasını mutfağa uzattığında, "Ay geldi," dedi Sılay gözlerini devirerek. "Hoş geldin, öküzümsü. Biz de tam senin öküzlüklerinden bahsediyorduk."

Sıraç, tuhaf ve alaycı bir şekilde güldükten sonra, "Heh," dedi ve içeri girip, elini belime dolayarak yüzünü boynuma bastırıp, boynumda derin bir nefes aldı. Genişçe gülümseyerek başımı geri attım ve ona boynumda daha fazla yer açtım.

"Ay sizin aşkınız benim mideme kramplar sokuyor," dedi Sılay yüzünü buruşturup, sahteden bir öğürme sesi çıkararak. "Hadi oturun karşılıklı yumurta yiyip öpüşün, tam sizin romantizm anlayışınıza uygun."

"Sen git içeride Kral'ı aç, Nostalji'de CanKan klibi çıkar belki," dedi Sıraç bana daha sıkı sarılırken. "Hadi ikile, devamını senin yaşın kaldırmaz."

Sılay öğürerek mutfaktan çıktığında, Sıraç parmaklarını tişörtümün eteklerinden içeri sokarak çıplak karnımı avuçladı. Parmak boğumlarını tenimde hissedince dudaklarımı birbirine bastırıp, "Bu sıcakta yumurtayı nasıl yiyeceksin?" diye sordum, sesim boğuk çıkmıştı ve işim bitmiş olmasına rağmen hâlâ ocaklığın önündeydik.

"Zehir koy önüme, yerim ben," diye homurdandı ve burnunu boynuma sürttü.

"Bamya yemiyorsun ama!"

"Ya resmen kardeşimin çükünü ye der gibi koyuyorsun önüme bamyayı, Mayıs. Nasıl yiyeyim?" diye isyan ederek geri çekildi bir anda.

Kaşlarımı çatarak bedenimin büyük bir kısmını ona çevirdim. O da kaşlarını çatmış bana bakıyordu. Siyah sporcu tişörtünün önü ıslaktı, altında penye bir şort vardı, basketbol şortuna benziyordu. "Üstüne ne oldu senin?" diye sordum kaşlarımı çatarak.

"Mavi'ye su içirmeye çalışırken oldu."

"İyi de kapalı biberonda bu kadar ıslanman imkânsız," dedim kaşlarımı kaldırarak.

"Biberonun kapağı açıktı."

Avucumu alnıma vururken, "Bardaktan içirseydin, Sıraç. Ne gerek vardı biberona?" diye sordum, sesim haddinden fazla gür çıkmıştı. Sıraç kaşlarını çattı, tapılası güzellikteki yüzü her zaman sert görünürdü ama kaşlarını çattığında çok daha kurşungeçirmez bir ifadeye bürünüyordu.

"Regl zamanın mı yaklaşıyor?" diye sordu, kaşları hâlâ çatıktı. "Eğer yaklaşıyorsa ona yakalanmadan sevişmek istiyorum."

Belli belirsiz sırıttım, onun bu tarz konuşmaları başlarda bana rahatsız edici gelse de şimdilerde bu konuşmalara alışmıştım. Hatta hoşuma gittiğini bile söyleyebilirdim. Zihnimdeki doluluğu bir köşeye iterek, Sıraç'ın boynuna kollarımı doladım ve parmak uçlarımda yükselerek onun burnuna küçük bir öpücük kondurdum. Sıraç'ın gözlerindeki sert ifade yavaşça çözülürken, parmaklarını belimin kavisine yerleştirdi ve beni yavaşça kendine bastırdı.

"Tadına bakmak istiyorum. Hem de hemen," dedi davetkâr bir ses tonuyla, sesinin hırçın rüzgârı iliklerimi titretirken, gözlerimi kısarak mavi gerçeğime baktım.

"Tadıma bakmanı istiyorum," diye mırıldandım kısık bir sesle. "Hem de hemen."

Sertçe yutkundu, âdem elması titremişti. Yangın mavisi gözlerindeki yangın harelerini etkisi altına alırken, "Bizi tutan hiçbir şey yok, istersen onları burada bırakabilir ve birkaç saatliğine bir otele kaçabiliriz," dedi. Bir an durdum ve ciddi olup olmadığını sorgulayan bir bakış attım ona.

Hiç olmadığı kadar ciddi görünüyordu.

"Biricik ikizlerimi o iki manyakla evde tek bırakacağımı düşünüyor olamazsın."

"Ben de biricik ikizlerimden biraz daha ayrı kalabileceğimi sanmıyorum," derken, göğsünü göğsüme bastırdı ve bakışları tişörtümün dekoltesinden görünen göğüslerime kaydı. "Seni emmek istiyorum. Hemen."

Alt dudağımı yavaşça ısırdım, kasıklarımın ısındığına yemin edebilirdim. Çok değil, bundan bir yıl önce böyle şeyler hissedeceğimi söyleseler, koca bir kahkaha patlatır ya da düz düz bakardım sanırım.

"Bu kulağa çok hoş geliyor," diye fısıldadım ve yüzümü yüzüne yaklaştırdım. "Çok çok hoş."

"Siktir, kes şunu," dediğinde dudağı serseri bir kavisle yukarı bükülmüş, gözleri zevkle kısılmıştı. "Boxerımı parçalamasından korkuyorum."

"Biz artık birer ebeveyniz," dedim kısık kısık nefesler alırken. "Daha mantıklı hareket etmeliyiz ve tam şu anda bu yakınlığımız beni mahvediyor. Kes şunu."

Sıraç, aniden beni kaldırdı ve ocaklığın yanındaki tezgâhın üstüne oturttu. Kocaman olmuş gözlerle ona bakarken, bacaklarımı beline dolamak zorunda kalmıştım. Sert bir nefes alarak, "Biz liseli değiliz," dedim nefes nefese. "Kesmeliyiz şunu."

"Sence bu ne kadar umurumda? Ayrıca yanındayken kendimi bir liseliden daha ergen hissediyorum. Hormonlarına sahip çıkamayan, her an ereksiyon halinde bir ergen gibi."

Yavaş ama sert bir yutkunuşun ardından, "Yumurtan..." diye mırıldandım.

Sıraç umursamadı bunu, eli tişörtümün eteklerini yakaladı ve camgöbeği rengindeki tişörtümü tek seferde yukarı çekti. Siyah saten sutyenime bakarken, yangın mavisi gözlerinde hınzır bir ışıltı gördüm. Gözlerim kısaca mutfağın kapısını kolaçan etti ama hemen yan tarafımızda buzdolabı olduğu için, mutfağın kapısını açan biri kafasını uzatmadan bizi göremezdi.

"Çok dolgunlar," dedi dişlerinin arasından. "Onları ağzıma almak ve morarana kadar emmek istiyorum."

"Edepsiz!" Küçük bir kıkırtı döküldü dudaklarımdan. Sıraç, ellerini tezgâhın üstündeki kalçalarıma yerleştirdi ve siyah ince taytımdan net bir şekilde hissetmemi sağlayarak kalçalarımı yoğurmaya başladı. Nefesim gittikçe daha da hızlanıyor, arsızlaşıyordu. İnlememek için dudaklarımı birbirine bastırdım ve, "Kes şunu," diye fısıldadım. Yüzünü göğüslerime gömdü ve dudaklarını, sutyenin üstünden taşan göğüslerimde dolaştırdı. Burnundan verdiği sert nefesler göğsümün derisini yakıp geçiyor, en derimin alt tabakasındaki ince zara işliyordu.

Kasıklarımın zonkladığını hissettim. Sıraç, "Göğüslerinin kokusunu anlatamıyorum," dedi boğuk bir sesle. "Biraz süt... Biraz da vanilya gibi. Eşsiz."

"Yakalanmamız an meselesi," diye mırıldandım. Karı koca olmamızın bir önemi yoktu, evde on yedi yaşında iki genç insan vardı ve bunlar bizim kardeşlerimizdi. Ayrıca ilgi bekleyen iki şey daha vardı ve bunlar bizim bebeklerimizdi. Yine de şu an Sıraç'ın dokunuşları altında erimek varken, beynimin mantıklı tarafını ne yazık ki harekete geçiremiyordum.

Sıraç, "Aç onları, lütfen," diye inledi. Korkarak geri çekildiğimde, yüzünü göğüslerimden çekmeden, gözlerini kaldırarak bana baktı. "Yalnızca birkaç saniye."

Sutyenimi yavaşça aşağı çektiğimde, sol göğsüm gözlerinin önüne dökülmüştü. Yangın mavisi gözlerinin içindeki ateşin büyüdüğünü gördüm, şehvet irislerini kaplamıştı. Bulanık nefesleri o kadar sertti ki, bana her çarpışında bir kasım seğiriyordu.

Göğsümü avucunun içine aldıktan sonra, "Ele avuca sığmıyorsun," dedi biraz alay ama bolca şehvet yüklü bir sesle. Parmak boğumlarını göğüslerimin etrafında hissettim, kalbim göğsümü parçalamak ve avucunun içine yerleşmek istiyordu.

"Biri gelecek," dediğim andan gerisini dinlemedi ve dudaklarını göğüs ucuma yerleştirdi. Islak ağzı göğsümü yakalarken kasıklarımda ıslak ayaklı karıncalar yürümeye, hatta koşmaya başlamıştı sanki. "Ah!" Üst dudağını öne çıkararak göğsüme tamamen yapıştı ve dilini göremesem de dilinin arsız hareketlerini göğüs ucumda hissettim. Sağa, sola, aşağıya, yukarıya hareket ettirdiği dili, tüm bedenimin ilkel bir istekle sızlamasına neden olmuştu.

Bacaklarımı tamamen ona doladım ve onu o noktaya bastırdım. İnce şortunun zorladığı varlığını kadınlığımın saklandığı taytın üstünde hissedebiliyordum. İlkel bir dürtüyle kendimi şortunun üstünde kaydırmaya ve kumaş parçalarının arkasında saklanan mahrem noktalarımızı birbirine sürtmeye başladım. Varlığının zonklayan damarlarını taytımın kumaşından bile hissedebiliyordum ve bu... Baş döndürücüydü.

Göğüslerimin ucunu ısırarak emmeye, vakumlamaya başladığında parmaklarım bilinçsizce asi saçlarına takıldı. Saç dipleri nemliydi, parmaklarımı soktuğum her bir noktada sıcak bir nem hissediyordum. Siyah saçlarını tamamen avuçladım ve usulca çekiştirdim. Kendimi ona sürtmeye devam ediyordum ve Sıraç sanki mümkünmüş gibi gittikçe daha da sertleşiyordu. Hırıltılı nefesler verdiğini işittiğimde yavaşlamaya çalıştım ama parmaklarını kalçalarıma geçirerek daha da hızlanmam için benimle birlikte ritim tutmaya başladı.

"Islandın mı?" diye sordu nefes nefese. "Benim için ıslandı mı o tapılası..."

"Şşş," diye fısıldadım. Dilini bir kez daha göğsümün ucunda gezdirdikten sonra, ağzını boynum boyunca sürterek dudaklarıma ulaştı ve dili ağzımın içine sorgusuz bir şekilde dalarken, kendini tamamen bana bastırdı. Dillerimiz mahremiyetin olmadığı, edebin kalmadığı bir savaşın ortasında birbirlerine takılıp, şehvetli bir savaşın ortasına düşmüştü. Kendimi tamamen ona bastırdım ve her bir zonklamasını oramda hissetmeye çalıştım. Ahlakın şu an için mantığıma yaklaşmak gibi bir niyeti yoktu.

"Islandın," dedi dudaklarıma doğru, gözlerini kapatmıştı. Uzun kirpikleri elmacık kemiklerini gölgelendirmişti, kalbimin vuruş seslerini duyduğuna emindim.

"Islandım," dedim dişlerimin arasından. "Senin için."

Kendini sertçe bana bastırdı ve tamamen onu hissettim. "Bunu irdelemene gerek yok. Yalnızca benim için ıslanabilirsin," dedi tehlikeli bir sesle. "Seni soymadan, külotunu yana çekerek içine dalmak istiyorum."

"Sıraç..."

"İçinde dolanmama izin ver. Damarlarımın içinde zonklamasını istemez misin? Duvarların beni sarsın ve seni tamamen doldurayım. Bunu istemez misin?"

EVET! diye bağırdı içimdeki iflah olmaz âşık.

"Tapılası kadınlığın tıpkı bir kalp gibi çarpıyor," diye hırladı. "Beni istiyor."

Son anda kendimi toparlamam gerektiğini düşünerek onu yavaşça itip göğsümü sutyenimin içine geri gönderdim ve soluk soluğa ona baktım. Dudakları kıpkırmızıydı, her öpüştüğümüzde böyle oluyordu. Nasıl bir ateş, nasıl bir arzuyla öpüşüyorsak, her öpücüğümüz kızarmış veya yaralanmış dudaklarla son buluyordu.

Nefes nefese bir süre bekledikten sonra bana sıkıca sarıldı. Hâlâ tezgâhın üstündeydim.

"Senin göğsünün gökyüzüyle bir akrabalığı var."

∞

Kordon boyunda balıklara yem atabildiğin, koyu renk ahşap banklardan masalara sahip olan güzel bir kafe vardı. Özellikle geceleri burada oturduğunda, rıhtımın diğer ucundaki adalarda yanan ışıkları izleyebiliyordun. Bu mükemmeldi. Ilık bir meltemin saçlarımın arasından geçtiğini hissettim, saat 21.00'ı çok da geçmemişti. Önümdeki seramik kahve kupasını dudaklarıma götürmeden hemen önce, önümüzde canlı müzik yapan ve benden birkaç yaş küçük olduğunu düşündüğüm gençlere çevirdim gözlerimi.

Sezen Aksu'nun sevdiğim şarkılarından biri olan İzmir'in Kızları'nı çalıyorlardı. Haliyle Sılay ve ben biraz böbürlenmiştik, hoşumuza gitmediğini söyleyemezdik.

Açık alanda olduğumuz için sigara yasağı yoktu, Sıraç dudaklarının arasına yerleştirdiği sigarayı yakmadan hemen önce onay bekleyen gözlerle bana baktı. Bebek arabasından yeterince uzaktaydı ama ben yine de çocuklarımın yanında sigara içilmesinden yana değildim açıkçası.

"İçmesen?" dedim kaşlarımı kaldırarak. Yanaklarının içini şişirdikten sonra sigarasını paketin içine geri tıktı ve zippoyu cebine attı. Önündeki çaydan büyük bir yudum aldıktan sonra, Sılay dirseklerini masanın üstüne koyarak yüzünü avuç içlerine yerleştirdi. "Ağabey?"

"Ha?"

Sılay gözlerini devirdi, Temmuz hemen yanımda Mavi'yle oynamaya çalışıyordu ama Mavi'nin onu kaile aldığını söylemek pek de mümkün değildi. "Bu ne biçim tatil?" diye sordu Sılay.

"Ben hiç zevk almıyorum bilesin. Osman ağabey ile ağır depresyon durumundayız. Memleketimizi özledik, okulda daha çok eğlendiğimize inanabiliyor musun? En azından memesiz Duygu ve Bitlis Spor Takım Kaptan'ı olan Mısra'nın dedikodusunu yapıyorduk."

"Güzelim sen şimdi başla yürümeye, biz sana yetişiriz," dedi Sıraç. "Senin tatil anlayışın ne? Şahsen benim tatil anlayışım biraz uzaklaşmak."

Sılay iki eliyle çarpı işareti yaparak, "Tatil anlayışımız da diğer anlayışlarımız gibi hiç uyuşmuyor, Mr. Karayel," diye söylendi.

Temmuz ve Sıraç'ın bakıştıklarını gördüğümde kaşlarımı çatarak ikisine baktım. Sıraç çenesiyle küçük bir hareket yaptığında, Temmuz bana çaktırmamaya çalışarak başını salladı ve bana kaçamak bir bakış attı. Bir an göz göze geldiğimizde telaşla gözlerini kaçırarak, "Ben bir lavaboya gidiyorum," dedi ve masadan kalktı.

"Dadadadada!" diye bağırdı bir anda Umut. Sıraç gözlerini kısarak, "Ha dadadada, yat zıbar," diye homurdandı.

Karşı masadan ben yaşlarında, süper mini etekli, dehşet çekici bir kız bebek arabasına bakarken yüzünde geniş bir gülümseme belirmişti. "Ay, çok tatlı!" diye bağırarak yanımıza geldiğinde, bir an kaşlarım çatıldı. Benimdi o, tabii tatlı olacaktı. Kıskançlığımı bir kenara iterek yapmacık bir tebessümle kızın yüzüne baktım. Koyu sarı saçları beline kadardı, iri ela gözleri yeşile dönüktü. Güzel bir burun, ince dudaklar ve ince bir bedene sahipti. Kirpiklerinin maskarasız bile uzun görüneceğinden emindim. Asker yeşili mini eteğinin üstünde, vizon renginde göbeği açık bir bluz vardı.

"Merhaba," dedi sevecen bir tavırla. Şu an Sılay da, ben de kaşlarımızı çatmış kıza yapay bir şekilde gülümsüyorduk çünkü hatun *ben yürüyen bir seks tanrıçasıyım* modundaydı. Yavaşça bebek arabasına doğru eğildikten sonra, Umut'un avucuna bir parmağını uzattı. Çapkın oğlum anında kızın parmağını yakalayıp, avucunun içine kenetlerken, ona düşmancıl bir bakış attım. Damaklarını göstererek gülümsedi, pembe gülümsemesi içimde ikamet eden kiraz çiçeğini bile kıskandıracak kadar güzel bir renge sahipti.

"Merhaba," diye homurdandım isteksizce. Gözlerimiz masanın üstünde Sılay'la birbirlerine çarptı. Sılay'ın bakışlarındaki kırmızı alarmın sinyalini alabilmiştim, Sıraç ikimize baktıktan sonra bakışlarını kıza çevirdi ve aynı saniye içinde masanın altından okkalı bir tekme yiyince yüzünü buruşturup acıyla inledi.

"Ne yaptım be?" diye fısıldadı ama bu bir çeşit feryattı, biliyordum. Gözlerimi belerterek, tehlikeli bir şekilde gülümsedim. Sıraç'ın mesajı almış olmasını umuyordum.

"Bunlar çok şeker," dedi kız, bunları vurgulayarak. Onlar, onun *'bu'* diye vurgulayabileceği şeyler değildi. Benim çocuklarımdı! Gözlerimi kısarak, "Öyledir onlar," dedim onların üstüne basarak. Aptal sarışın anlamadı, tatlı tatlı gülümsedi ve sanki mümkünmüş gibi biraz daha bebek arabasına doğru eğildi. Tişörtünün dekoltesinden bariz bir şekilde görünen iri göğüsleri, sutyen takmadığını doğrulamıştı. Giyimi kuşamı umurumda değildi ama bir an önce memelerini kocamın olduğu bu masadan uzaklaştırması gerekiyordu. Çünkü çok güzeldi!

"İsimleri ne?"

"Mavi ve Umut," dedim gözlerimi kıza dikerek.

"İkizler mi?"

"Evet."

"Aman Allah'ım! Çok tatlılar gerçekten!" Mavi'nin burnuna hafifçe dokunduğunda, Mavi'nin huysuzca homurdandığını ve kıza rahatsız olmuş bir bakış attığını gördüm. İçimdeki iflah olmaz ses, *işte benim kızım,* diye bağırmıştı resmen. "Annesi ve babası nerede? Ablası mısınız?"

"Annesi benim," dediğimde kızın gözleri aniden bana döndü. Ela gözlerindeki şaşkınlığı görünce bir an böbürlenmek istedim ama ondan hoşlandığım söylenilemezdi. Kızda itici olan bir şeyler vardı ve bu her neyse, beni gereğinden fazla rahatsız etmişti.

"Gerçekten çok güzelsiniz," dedi kız gözlerini büyüterek. "Manken gibi görünüyorsunuz ve iki çocuğunuz var. Muhtemelen beş aylık bile değiller ve siz inceciksiniz. Bir peri size sihirli değneğiyle dokunmuş olabilir mi? Kocanız çok şanslı!"

"Öyleyim," diye atıldı bir anda Sıraç. Tam ikinci bir tekmeyi alttan ona geçirecektim ki, "Sözüm sizin için de geçerli," dedi kız ani bir şokla. Gözlerindeki hayranlığı görmüştüm ve bu içimdeki seri katilin silahına kavuşma ânı gibi bir şeydi.

"Karınız çok şanslı."

"Öyleyim," dedim dişlerimin arasından.

"Sizin yüzünüz çok tanıdık," dedi kız bir anda çenesini kaşıyarak. Gözleri Sıraç'ın üstündeydi. Derin bir nefes alarak gözlerimi kıstım. Sinirin içimdeki çığlığı, öfkenin alevini körüklüyordu. Boyası kavlamış duvar gibi her saniye biraz daha kabarıyordum. "Dünyaca ünlü bir mankene benzediğinize yemin edebilirim. Adını hatırlayamıyorum..."

Sıraç gözlerini bana çevirdi ve kıza cevap vermedi. Dudakları düz bir çizgi şeklinde gerilmiş, gözleri sertleşmişti. Sıraç'ın belki de en sevdiğim huyu buydu, bir başka dişinin onu övmesinden falan hoşlanmıyordu. Hatta buna benden daha çok bozulduğuna yemin edebilirdim.

"Bence sen artık git canım," dedi Sılay dümdüz bir sesle. "Ailevi bir meseleyi tartışıyoruz."

Kız saçını kulağının arkasına iterken, "Ah," dedi mahcup bir tavırla. "Üzgünüm. Sadece... Gerçekten deli olduğum, müthiş çekici bir mankendi ve onu karşımda görmüşüm gibi... Aşırı heyecan vericiydi..."

Aniden ayağa kalktığımda olacaklar umurumda değildi. Öfke kontrolümü kaybetmiştim, içimdeki sabır ağacı devrilmişti ve devrilirken saldırganlığımı kilitlediğim kapıyı yıkıp, saldırganlığımı serbest bırakmıştı. Kızın saçlarını yakalayıp onu masaya doğru yatırırken tüm yabancı gözlerin üstümüze döndüğünü hissettim. Sılay panikle masadan kalktı, Sıraç hareketsizce oturuyor doğrudan bana bakıyordu.

Kız dehşetle inlerken, "Neler oluyor?" diye sordu, sesinde bastırılması imkânsız bir korku vardı. Sırf bu adam için birinin kafasını dağıttığımı biliyor muydu? Bu konu hakkında ufacık bir fikri var mıydı? Gözü dönmüş, öfkeli ve tutkulu bir âşığın kocasına kur yaptığının farkında mıydı?

"Adını bile hatırlamadığın bir mankeni bu kadar sevmen sence de tuhaf değil mi?" diye sordum zehirli gözlerle ona bakarken, sesim ürkütücü bir tonda yükselmişti. Birkaç garsonun bize doğru yaklaştığını fark ettim ama Sıraç elini kaldırarak onları durdurdu. Kocam bu anı izlemek istiyordu.

"Ben..." Kız acıyla inlemeden hemen önce saçlarını daha sıkı kavradım ve iki bacak arasına girerek onu tamamen masayla aramda sıkıştırdım. İçimde gürleyen kan, onun kanını akıtmam için asi bir dürtüyü ruhuma aşılamıştı.

"Şşş," diye fısıldadım. Gözlerim kızın gözlerine kilitlendi, kız korkuyla bana bakarken ağlamak üzereydi. Bir şey söylemek istiyordu, kendini savunmak... Ama bakışlarım altında buna cüret edemiyordu, korkuyordu ve ben bu korkunun keskin kokusunu alabilmiştim.

"Hanımefendi?" dedi bir garson.

Sıraç, "Uzak dur," dediğinde garson afallamıştı. Kızın geldiği masadaki diğer kızlar pürdikkat bize bakarken, yanımıza gelmeye cüret edemediklerinden emindim.

"Yanında karısı olan evli adamlar iştahını kabartıyor sanırım?" diye fısıldadım kulağına doğru, Sıraç ve Sılay dışında kimsenin duymadığından son derece emindim. Fısıltım kızın titremesine neden oldu, umurumda değildi. Bana ait olan bir şeye patilerini uzatacak olursa, ona pençelerimi geçirmekte hiçbir sakınca duymazdım.

"Yanlış anladınız," dedi dehşet içinde. "Öyle bir amacım yoktu, yemin ederim."

"Mayıs, tamam," dedi Sılay kolumu tutup beni geri çekmeye çalışırken. Ondan kurtuldum ve, "Bırak!" diye tısladım. Gözlerimdeki ifadenin nasıl olduğunu bilmiyordum ama Sılay'ın bir iki adım gerilemesine neden olmuştu.

"Bu yaptığınız büyük saygısızlık," dedi kız bu kez, bir de konuşuyordu! Elimi tamamen saçlarına doladım ve ona bir adım daha yaklaşıp, "Senin kocama sulanman saygının hangi evresine dahil?" diye sordum, sesim tehlikeliydi. Ben bu adam söz konusu olduğunda gerçekten tehlikeliydim ve bu korkunçtu.

"Ağabey bir şey yapsana!" diye çemkirdi Sılay. "Temmuz nerede?"

"Tam bir yabanisin," dedi kız bir anda saygıyı bir köşeye iterek. "Çok yakın zamanda seni kapının önüne koyacaktır. Güzelliğini örten bir saygısızlığın var. Mahalle karısı gibi üstüme saldırmandan belli. Kocan senden daha iyilerini hak ediyor! Medeniyetten uzaks..."

Kızın yüzüne kafamı gömdüğümde sesi kesilmişti. Cümlesini tamamlamasına izin vermemiştim. Alnımda, onun burnundan fışkıran kanın nemini hissedince geri çekildim ve bomboş gözlerle ona baktım. Çevreden yükselen uğultulu seslerini, dudaklarından dökülen kelimeleri yakalayamıyordum ama tam şu anda kendimi daha iyi hissediyordum.

Kız bir an duraksadı, ardından eli burnuna kaydı ve gözlerinin dolduğuna şahit oldum. Dudaklarından acıyla karışık bir inilti döküldüğünde, elime doladım saçını çekiştirerek kafasını geriye doğru yatırdım. "Henüz medeniyetin sınırlarından çıkmadım. Çıkmamı ister misin?" diye sordum dişlerimin arasından.

Sıraç masadan kalkarken, "Bu kadar yeter," dedi düz ve sakin bir sesle. Göz ucuyla ona baktım, çevrede kıza yardım etmek için gelen hiç kimse yoktu. Tamam, sinirliydim ama bu tutumlarına da şaşırmıştım.

Bir kadının bir kadına gösterdiği şiddete tepki vermeyenler, bir erkeğin kadına gösterdiği şiddete nasıl tepki verecekti? İnsanlar bu kadar sessiz kalmamalıydı.

"Seni mahkemelerde süründüreceğim!" diye bağırdı kız. "Manyak yobaz! Her mini etek giyen gözünüzde böyle mi sizin?!"

"Altına her mini etek çeken karşısındakine ne hakla yobaz diyor? Eteğine bir şey mi dedim ben senin?" diye bağırdım bir anda. Mavi ağlamaya başlamıştı, Sılay'ın ona yöneldiğini gördüm ama bir gözünün de bende olduğundan emindim. "İstediğini giy, bize ne kızım? Namussuzluk yapmak isteyen perdelerin arkasında da yapar. Kimsenin giyimine kuşamına laf edecek değiliz! Edenlerin de Allah belasını versin!"

Sıraç'ın eli bileğimi kavradı. "Tamam bebeğim," dedi sakin bir tavırla.

"Onu gördünüz mü?" diye bağırdı kız Sıraç'a. "Bana saldırdı! Ben kötü bir şey yapmadım! Ona nasıl katlanıyorsunuz?"

Sıraç tam beni geri çekiyordu ki, "Ne çekiyorum lan?" diye bağırdı bir anda ve beni serbest bıraktı. "Uzlaşın aranızda." Dişlerini sıktığını gördüm.

Kendimi Sıraç'ın kollarından kurtarmış bir şekilde tam kıza atılıyordum ki, Temmuz'un arkamdan, "Hande?" dediğini duydum. Aynı saniyeler içinde kız eteğini çekiştirip, kanayan burnuna eliyle tampon yaparken, kaşlarını çatarak Temmuz'a baktı.

"Temmuz?"

"Siktir!" Temmuz bir anda bize doğru koştu ve kıza yaklaştı. Ardından gözleri bana kaydı, üstündeki kareli gömleğin ilk üç düğmesi açıktı. "Abla, neler oluyor?"

"O senin ablan mı?" Adının Hande olduğunu öğrendiğim kız şaşkındı, Temmuz ve biz de öyle.

"Ablam," dedi Temmuz düz bir sesle. Karşı masadaki kızlar bize doğru yaklaşırken, "Sorun ne?" diye sordu Temmuz. "Burnuna ne oldu?"

"Manyak ablan kafa attı!"

Sıraç'ın çenesinin seğirdiğini gördüm. "Düzgün konuş," dedi mekanik bir sesle. Ardından beni kolunun altına çekti ve sahiplenici bir tavırla sarıldı. Sılay, kucağında Mavi'yle, Hande'ye bakarken, "Kucağımda yeğenimin olduğuna dua et," dedi dümdüz bir sesle.

"Sen bu paçavrayla nereden tanışıyorsun?" dedim sinirle Temmuz'a. Temmuz masadaki peçeteyi kıza uzattıktan sonra, "Araba yarışlarından," dedi dümdüz bir sesle. "Denizli'de tanışmıştık. Her ne boksa işte, şu an önemli olan bu değil. Sorun ne, neden kavga çıktı?"

"Sıraç'a asıldı!"

"Ben kimseye asılmadım!" diye bağırdı kız ve burnuna peçeteyi bastırdı. "Bana saldırdı, Temmuz. Kafa attı!"

"Hâlâ konuşuyor ya!" diye bağırdım.

Sılay, Mavi'yi bebek arabasına koyduktan sonra, "Sen kimi kime şikâyet ediyorsun?" diye sordu kıza doğru yürüyerek. Kız bir an duraksadı ve Sılay'ın tehditkâr bir şekilde ona yaklaştığını fark edince geriye bir adım atıp, "Siz hepiniz çıldırmışsınız!" diye bağırdı. "Şikâyetçi olacağım senden!"

"Güle güle git ol şikâyetçi canım," dedim Sıraç'a tamamen sokularak. "Adliyede görüşürüz. Darp raporu almayı unutma, sorana bir kadının önünde kocasına yavşadım dersin."

Kız homurdanarak masadan uzaklaşırken, canlı müzik kaldığı yerden devam etmeye başladı. Sinirden titriyordum, bu kadar ilgi çekici olmak zorunda mıydı Allah aşkına? Sılay ve Temmuz'un arasında geçen bakışma dikkatimi çekmişti, birbirlerine attıkları uyarı dolu bakışları fark eden tek kişinin yalnızca benim olmamı diledim.

Sıraç, Temmuz'a kısaca baktıktan sonra, "Artık gitsek iyi olacak," dedi düz bir sesle.

"Ben konuşurum, şikâyetçi falan olmaz. Alırım gönlünü," dedi Temmuz ortamı yatıştırmak ister gibi. Bu benim daha da çok canımı sıkmış, sinirimi zıplatmıştı ama bana gerek kalmadan Sılay cevabı yapıştırdı.

"Artık gönlünü mü alırsın, başka bir şeyi mi alırsın bilemiyorum," dedi iğneleyici bir sesle. "Hadi gidelim artık, tadım kaçtı benim."

"Gönlünü almaya falan gerek yok," dedi Sıraç mekanik bir sesle. "Hiçbir şey yapmaz." Beni yavaşça kendine doğru çekip, alnıma sert bir öpücük kondurdu. Bunu yalnızca ben duyabilmiştim, yanaklarım anında ısındı ve Sıraç'a olumlu tepki verdi.

Temmuz ve Sıraç'ın arasında anlam veremediğim birkaç bakışma daha geçmiş, sonunda evin olduğu mahalleye girebilmiştik. Araba kullanmak yerine tabanlara kuvvet yürümüş, biraz da olsa hava almıştık. Kolumdaki camgöbeği rengindeki kayışlı saate baktım. Saatin gece yarısı olmasına on dakika kalmıştı. Bebek arabasını Sıraç sürüyordu. Sılay koluma girdi ve Temmuz'a kötü bakışlar göndermeye devam etti.

Evin önüne geldiğimizde, açık bırakarak çıktığımız evin tüm ışıkları kapalıydı. Diğer evlere kısaca göz gezdirdik, tüm evlerin ışıkları yanıyordu. Kalbim bir anda karanlık bir kasvetle doldu ve korkunun bir mürekkep gibi yayıldığı mavi gözlerimi Sıraç'a çevirdim.

Mimiklerine yansıyan gerginlik sertti. Hemen karşısında ona ait olan ve biraz sonra yemek için sakladığı avın başında bir çakal grubu görmüş aslan gibi bakıyordu. Kesinlikle ürkütücüydü.

"Ben bir içeri göz atsam iyi olacak," dedi Sıraç soğukkanlı bir sesle. Sılay'ın bana daha da sokulduğunu hissettim. Kemal yaşıyor olabilir miydi? Belki de intikam almaya gelmişti, ya da başka bir bela? Kalbim korkuyla tekledi. Sıraç bebek arabasını bana doğru sürüp, "Burada bekleyin," dedi temkinli bir sakinlikle.

Kalbimin boğazıma tırmandığını hissettim. Düşüncelerin kanlı kelimeleri boca ettiği zihnimde birçok görüntü vardı. Birçok olay döngüsü. Midem bulanmaya başlamıştı, şeffaf kanın kokusunu almıştım.

"Belki de sigortalar atmıştır," dedim panikle. "Kesinlikle sigortalar atmış olmalı."

Sıraç yüzümü avuçlarının arasına aldı. Sılay bebek arabasını sıkıca kavradı ve derin bir nefes alırken, doğrudan Sıraç'ın yangın mavisi gözlerine baktım. "Gitme," dedim düz bir sesle. "Hep birlikte bakabiliriz. Sigortalar atmıştır."

"Belki de bizim eve giden kablonun olduğu trafoya kedi girmiştir," dedi Sılay boğuk bir kahkaha atıp ortamı yumuşatmaya çalışarak.

"Hemen geliyorum, sorun yok miniğim," dedi Sıraç ve dudaklarını alnıma bastırdı. İçime dolan sıkıntıya rağmen başımı sallayarak onu onayladım. Sıraç hızlıca eve girerken, biz hemen kapının önünde dikilmiş onu bekliyorduk.

Temmuz kolunu Sılay'ın omzuna attı ve başını onun başına yasladı. Sılay'ın kızardığını görebilmiştim ama şu an aklım tamamen evin içinde yalnız olan kocamdaydı.

"Yılışma," dedi Sılay düz bir sesle. "Sen git Hande'nin gönlünü al. O da sana versin." Dişlerini sıktı. "Gönlünü!"

"Kıskandın mı sen, Kezorella?" diye sordu Temmuz. Sılay'ı iyice kendine doğru çekti ve, "Bu aralar sarışınlar hiç ilgimi çekmiyor. Teni bir çikolatan daha lezzetli esmerlerle ilgileniyorum," diye fısıldadı.

"Önümde flörtleşmeyi keser misiniz?" Gözlerimi bir an olsun evden çekmedim, evin ışıkları hâlâ yanmıyordu. "Temmuz, Sıraç neden hâlâ ışıkları yakmadı?"

"Bilmem. Karanlıkta bulamamış olabilir."

Kalbimdeki kasvetin uçup gitmesini diledim. Gitmesini istiyordum. "Bir baksak mı?"

Eve doğru bir adım atacaktım ki, Temmuz bir anda Sılay'ı bırakarak, "Hayır," diye önüme atıldı. "Bebekleri bırakma, biz kötü örnek oluyoruz onlara!"

"Siz de gelin?"

"Hayır!" Temmuz bir anda önümde etten duvar örmüştü resmen.

"O zaman çekil. Hemen bakıp çıkacağım."

"Abla!" dedi Temmuz ve bir anda Sılay'ı kendine doğru çekip, dirseğini kırarak Sılay'ın boynunu sıkıştırdı. "İçeri girersen kezo ölür."

Kaşlarımı havaya kaldırarak, "Ha?" dedim, karman çorman olmuş zihnime ve kasvetin çöktüğü kalbime bir de bu iki salağın dengesizliği eklenince yolumu tam sapıtmıştım. Zaten hâlâ sinirliydim, kızı istediğim gibi pataklayamamıştım, şimdi de kocam ortadan kaybolmuştu. "Çekilin, canımı sıkmayın benim!"

"Bak ölürsem görersin," dedi Sılay. Görürsün dememişti, gerçekten *görersin* demişti.

"Ya siz manyak mısınız?" dedim aniden ciddileşerek. "Sıraç hâlâ ışığı yakmadı diyorum, ses soluk yok. Bu kadar mı gamsızsınız?"

"Gamsızsın diye bir şarkı geldi aklıma!" dedi Temmuz bağırarak. Sılay da onun boğazında dirsek yokmuş gibi başını heyecanla sallayarak, "Ay bilirim bilirim," dedi panik içinde. "Ne güzel söylemiş Tarık Mengüç."

"Söyleyelim mi kezo?"

"Söyleyelim bence marultarator."

"İşte benim kezopatram!"

Kaşlarım tamamen çatılırken, "Ne dolaplar çeviriyorsunuz?" diye sordum. İkisinin de yüzleri kireç gibi beyazlarken, "Dolap çevrilmez ki bebişim," dedi Sılay sırıtarak. "Şişe çevrilir. Şişe çevirmece mi oynasak?"

"Olmaz," dedi Temmuz aniden. "Yani doğruluk falan. Bana göre değil bunlar."

Sılay kaşlarını çattı. "Sakladığın bir şey mi var marultarator?"

Temmuz kolunu kaydırarak Sılay'ın boğazını açıkta bırakırken, kolu Sılay'ın göğsünün üstünde durunca, "Yok daha memeler," dedi düz bir sesle. Sılay'ın gözleri kocaman açılırken, Temmuz, "Sıçtım bir de sıvadım gibi bir şey oldu..." diye mırıldandı.

"Çek mememden elini! Sen onun değeri ne kadar biliyor musun?" Sılay bir anda ondan uzaklaştı. "Bugün bir çift memenin piyasadaki değeri nedir sen bilemezsin. Memen yok çünkü!"

Ben şok olmuş gözlerle onları izlerken, Temmuz'un cebindeki telefonun yanıp sönen ışığını gördüm ve hemen ardından telefon iki kez titredi. Temmuz derin bir nefesi dışarı bırakırken, "Bence de bir bakalım, adamdan ses soluk yok," dedi sakin bir sesle.

"Şükür!" Gözlerimi devirerek demir kapıya abandım. Sılay ve Temmuz bebekleri bebek arabasından çıkarıp kucakladılar ve beni takip ettiler. Ahşap kapının kilidini çevirdikten sonra içeri bir adım attım ve karanlığın yakıcı kokusu ciğerlerime doldu.

"Sıraç?" diye mırıldandım, sesimde korkunun her bir tınısını duyabilirdiniz. Dar koridorda yürüdüm ve mutfağın içinden geçerek salona yöneldim. Salonun kapısının karanlık olduğunu, mutfağın penceresinden içeri sızan sokak lambasının fersiz ışığından net bir şekilde görebilmiştim.

"Sıraç?" dedim bir kez daha. Sılay'ın ve Temmuz'un mutfak kapısından girdiklerini duyabilmiştim ama aldırmadım. Salonun kapısına dokunurken, içimi saran ürperti o kadar dondurucuydu ki, kanımda çağlayan buzun kırıklarının hücrelerime battığını hissettim.

Kapıya yavaşça abandım ve kapı açıldı. İçerisi zifiri karanlıktı ve nedense içeride tek olmadığım kanısına varmıştım, yabancı nefeslerin varlığını hissediyordum. Kalbimden yükselen sesin içeride yankılandığına yemin edebilirdim.

Ardından bir gitar sesi kulaklarımı doldurdu ve kapıdan dışarı bir adım gerilerken Temmuz'un parmaklarını sırtımda hissettim. Temmuz beni tekrar içeri iterken, gitar sesine dünyamın düzenini kuran adamın sesi eklenmişti.

"Hadi bana sor.
Sevmek bu kadar mı zor?
Senden başka yok bildiğim yol.
Hadi bana sor.
Gezginci ruhumuz bir gün biterse,
Korkmadan döneriz, gururluyuz.
Eksilirse ağlayanlar ağlayanlar çevremizden,
Ya gerçeği söyleriz ya da nasıl istersen.
Ne güzel şeysin sen,
Hep yaşın on dokuz.
Gel yanıma sar beni,
Bugün var, yarın yokuz."

Gitar tek başına melodiyi sürdürürken ışıklar bir anda açıldı. Bir sürü konfeti arka arkaya patlatılırken gözlerim kocaman açılmıştı. Küçücük salonda bütün dostlarım ayaktaydı. Sıraç elinde gitarla ortada oturuyordu. Parmakları ustaca gitarın telleriyle sevişirken, yangın mavisi gözlerini gözlerime dikti. Yüzünde serseri bir tebessüm belirmişti, kalbimi zonklatacak kadar güçlü ve serseri bir tebessüm.

"Ne güzel şeysin sen,
Hep yaşın on dokuz.
Gel yanıma sar beni,
Bugün var, yarın yokuz."

Gözlerim dolarken ellerimi dudaklarımın üzerine kapattım. Savaş elindeki üstünde on dokuz yazısı olan, mumları yanan pastayı havaya kaldırdı. Merve, Doğukan, Halim, Ümran, Melek, Başak ve Ayda. Hepsi buradaydı.

"Ne güzel şeysin sen..."

Sıraç gitarın son teline basarken, genişçe gülümsedi. Beyaz dişlerini bana göstermişti, tapılası gülüşüyle kalbimi ödüllendirmişti.

Hepsi bir ağızdan, "İyi ki doğdun Mayıs!" diye bağırırlarken, gözyaşlarımı daha fazla tutmanın bir anlamı olmadığını anladım.

Onlar benim ailemdi.

3. ŞİŞE ÇEVİRMECE

Şaşkındım.

"Siz buraya nasıl geldiniz?" diye sordum.

Hayretler içinde mumlara üflemiştim ama şaşkınlığımı hâlâ üstümden atabilmiş sayılmazdım. Sıraç beni kolunun altına çekip, "Bu benim planım değildi," diye fısıldadı kulağıma doğru. "Benim planım kesinlikle baş başa kalmaktı."

"Doğum gününü unutacak değildik," dedi Merve şen şakrak bir sesle. "Ayrıca eşkıya kocan yalan atıyor, geleceğimizi söylediğimizde senin çok sevineceğini ve bunun harika bir fikir olduğunu söyledi bize."

Sıraç duraksadı, Merve'ye atabileceği en tehditkâr bakışı atarken, Ümran, Umut ve Mavi'yi mıncırmakla meşguldü. Yüzümde geniş bir gülümsemeyle bakışlarımı Ayda ve Başak'a çevirdim.

"Hadi bu delileri anladım, siz nasıl izin koparıp gelebildiniz?"

Ayda eğrelti yeşili şalını düzeltirken Başak tam konuşacaktı ki, Ayda onu eliyle durdurdu. Başak biraz patavatsız ama sevimli, Ayda onun aksine olgun ama eğlenceliydi. "Annem ve Başak'ın annesi iyi arkadaşlar, Sılay'ın telefonda iki depresyon nutku çekmesi yetti. Çok severler Sılay'ı, dayanamadılar yolladılar bizi. Okullardan rapor aldık, zaten derse falan girdiğimiz yoktu."

"Çok sevindim sizi gördüğüme," dedim içten bir samimiyetle. Doğrusunu söylemek gerekirse böyle bir şeyi beklemiyordum. Yaşadığım son şeylerden sonra sıkıntılarımı atlatabilmiştim değildim, üstelik doğum günümü bile unutmuştum. Bu gerçekten büyük bir sürpriz olmuştu benim için.

"Teyzem, siz büyüdünüz mü?" diye sordu Ümran onları severken.

"Gören de aylardır görüşmüyoruz sanacak," diye kıkırdadım, benimle birlikte kızlarda kıkırdamıştı.

"Gözümde tüttünüz, gözümde! Hem memleketimi de çok özlemişim," dedi Ümran burukça gülümserken. Sılay pastayı servis ederken küçücük bir salonda tıkılı kalmıştık ve herkes neredeyse birbirinin üstündeydi. Halim, Savaş, Doğukan ve Temmuz yerde oturuyorlardı, ben Sıraç'ın kucağında tekli koltuğa oturmuştum. Ümran, Umut ve Mavi'yi uyutmaya çalışıyordu, onları uykusundan sevmek için uyandırmıştı. Ayda ve Başak hemen çaprazımızda, Sılay ve Temmuz'u bastığım kanepenin üstüne tünemişlerdi.

"Buraları ben de özlemişim," dedi Halim. "Aylardır İzmir'deyiz, insanın ailesi neredeyse, o da otomatikman orada yaşamaya alışıyor. Düştük peşinize, yerimizden yurdumuzdan olduk." Güldü. "Hep bir arada olalım da, olduğumuz yerin coğrafi konumu önemli değil."

Göğsüm ısınırken Sıraç'a biraz daha sokuldum. Taze çekilmiş kahve kokusunu içime doldurdum ve, "Çok güzelsin," diye fısıldadım kulağına. Dudağı şeffaf bir kavisle yukarı kıvrılırken, ben hariç kimse onun tebessüm ettiğini fark edememişti.

"Ee, siz nerede kalacaksınız? Bu ev çok küçük, Marul'u bile banyoda yatırıyoruz haberiniz olsun," dedi Sılay bira bardağına doldurduğu fantasından büyük bir yudum alırken. Sıraç ona omzunun üstünden kötü bir bakış attı ama Sılay aldırmadı. "Ne var be? Sarı kola bu, önünde alkol alacak kadar beynimi yemedim henüz," diye çıkıştı.

Sıraç bir süre Sılay'a tip tip bakarken, Merve içinde büyük bir dilim pasta olan porselen tabağı bize uzatarak, "Bakma kıza süzecek dana gibi, eşkıya. Hadi karına ellerinle pasta yedir," diye takıldı Sıraç'a.

"Ankaralı, köstebek kardeşini gözümün önünden çek. Yemin ediyorum oyun salonunda köstebeklere vurulan tokmakla kafasına kafasına geçireceğim."

Savaş, Sıraç'ı umursamadan, "Doğukan Halimlerin evinde kalacak, kızlar bizim evde kalacak," dedi düz bir sesle. "Ev sahibine evi kiraya vermemesini söylemiştim, geri dönme ihtimalimizden dolayı. Yani karşıdaki bina hâlâ bizde."

Ayda'nın bariz bir şekilde kaşlarını kaldırdığını gördüm, beyaz teni birkaç ton daha beyazlamış, şeffaflaşmıştı. "Pardon?" dedi kısık bir sesle, Savaş anında Ayda'ya doğru dönerken, "Pardon?" dedi o da Ayda'yı taklit ederek.

Ayda keskin bir sesle, "Kızlar?" dedi sorar gibi. "Bu 'kızlar' genellemesinde ben ve Başak yokuzdur umarım?"

"Tam olarak sizden bahsediyorum. Halim'in annesi tutucudur, Doğukan'ı tanır ve sever ama tanımadığı iki genç kızın onlarda kalacak olmasına pek de sıcak bakmaz. Hakkınızda yanlış düşünür."

Ayda'nın yüzü biraz daha sertleşirken, Başak, "Kalalım, ne olacak?" diye çemkirdi. "Mızıkçılık yapmasana Aydakuzum."

"Tanımadığım bir adamın evinde kalmam," dedi Ayda mekanik bir sesle.

Savaş hiç ummadığım bir şey yaptı, başını sol omzuna düşürerek, "Tanışalım o zaman?" diye sordu ve alıcı siyah bakışlarını Ayda'nın yüzüne sabitledi.

Dudaklarımdan farkında olmadan küçük bir 'ooo' dökülürken, Ayda'nın beyaz teni kızardı ve Başak'ın bakışları boşlaştı. "Hadsiz," diye söylendi Ayda gözlerini kaçırırken.

Savaş bir süre Ayda'yı izledikten sonra bakışlarını bana çevirdi ve, "Hadi bir şeyler yapalım, kös kös oturacak değiliz," dedi alaycı bir sesle. Ardından bakışlarını Sıraç'a çevirdi. "Oyun oynayalım."

Sıraç bana biraz daha sıkı sarıldı. "Ne oyunu bebe?" diye homurdandı. "Ayrıca ben artık karımla yalnız kalmak istiyorum, sürprizinizi yaptınız, artık gidebilirsiniz."

Dirseğimle Sıraç'ın karnına vurup, ona yandan uyarıcı bir bakış attığımda bana düz düz baktı ama hiçbir şey söylemedi. "Öneriniz nedir?" Bakışlarımı Ümran'a çevirdim. "Meleğim, uyudularsa ver onları yukarı çıkarayım ben."

"Ben çıkarırım, bir tanem," dedi Ümran genişçe gülümseyerek. "Siz oyunu kararlaştırın, iki dakikaya geliyorum."

Sılay çenesini kaşıdı, ardından Temmuz'a kaçamak bir bakış attı ve gözlerini kısarak, "Şişe çevirmece kulağa hiç de fena gelmiyor şu an," dedi kısık bir sesle. Temmuz gözlerini kaçırırken, "Çocuk işi," diye homurdandı.

"Sen kendini yetişkin sanıyorsun galiba kayınço," dedi Sıraç yüzünde alaycı ve tehditkâr bir tebessümle.

"Yok enişte ama kendimi yirmi beş yaşında iki çocuklu ve kendinden altı yaş küçük karısı olan bir dingil gibi de hissetmiyorum açıkçası."

Sıraç hırlayarak Temmuz'a bakarken, Temmuz da aynı şekilde Sıraç'a bakmaya başlamıştı. Gerginliğin voltajını düşürmek için Sıraç'a sırnaşsam da Sıraç şu an siyah bir Doberman gibi görünüyordu, Temmuz ise toz mavisi gözlere sahip beyaz bir Doberman.

"Şişe çevirmece iyi aslında," dedi Merve telefonunu dizlerinin üstüne koyup, koyu renk tişörtünün ucunu çekiştirerek. "Ama aramızda bazı sorunlu eşkıyalar olduğu sürece, herkes kartlarını açık oynayamayabilir. Dürüstlük olmazsa, şişe çevirmecenin de bir anlamı olmaz."

"Konuştu Şaziye," diye homurdandı Sıraç.

Onları izlerken kendimi tam olarak olmam gereken yerde gibi hissediyordum. Merve'nin Sıraç'a yüzünü buruşturarak dilini çıkarıp, kendi kendine homurdanması, Temmuz'un ve Sılay'ın çaktırmadan girdiği ufak tartışmalar, Halim'in çaktırmadan Sıraç'ın uzun bacağını okşayışı, Sıraç'ın çaktırmadan Halim'in boşluğuna indirdiği tekmeler, Doğukan'ın Savaş'a korkunç bir canavar görüyor gibi bakışı, Ayda'nın Başak'ı zapt etmeye çalışması.

"Evet, evet," dedi Melek ellerini birbirine çarparak. "Doğyuluk cesayetlilik hayika biy fikiy."

Halim tek kaşını kaldırarak, Melek'e, "Sen uyuyacaksın, prenses," dedi tehditkâr bir sesle. Melek elini ağzıyla örterken, "O niyeymiş, düğün olmadan Temmuzcuğumun yanına niye yaklaşamıyoyum anlamıyoyum baba, hangi çağda yaşıyoyuz Allah aşkına?" diye çıkıştı. Herkes kıkırdarken, Sılay Melek'e ruhsuz, dümdüz bakışlar atmakla meşguldü.

"Bak bak," dedi Melek yüzünü buruşturarak. "Hasedinden çatladı, kuyu popolu."

"Kurban ol sen benim kuru popoma," dedi Sılay gözlerini dikerek. "Bacaksız."

"Hah, güleyim de boşa gitmesin. Sende iki metye bacak vay da ne işine yayıyoy? İki uzun sopa yutmuş gibi göyünüyoysun."

"Halim ağabey şu kızına bir şey söyle," dedi Sılay gözlerini ufacık kıza dikerek.

"Yenge, bu kız yukarıda uyuyabilir mi? Giderken alırım ben onu," dedi Halim dik dik Melek'e bakarak. "Saat çok geç oldu ve bu saatlerde bu küçük hanımın dili ek mesai yapıyor."

"Ya baba! Temmuzcuğumu ne kaday özlediğimden habeyin vay mı senin?" Burnuna vurarak, "Buynumda tütüyoy, buynumda!" diye bağırdı.

Başımı geriye atarak tok bir kahkaha atarken, Halim köşedeki ev terliğini Melek'e hedef alarak, "Doğru yukarı, kaynamış da çıkmış," diye bağırdı.

Sonunda Melek yukarı çıkmış, Ümran da birkaç dakika sonunda aşağı inmişti. Her ne kadar Sıraç baş başa kalmak istiyor dâhi olsa, şişe çevirmece oynamakta karar kılmıştık. Sılay buzdolabındaki neredeyse boşalmış olan viski şişesini getirdi ve yere bağdaş kurarak oturdu, Temmuz pürdikkat onu izliyordu.

"Oyunun kurallarını anlatıyorum, mızıkçılık yapan yukarı çocukların yanına çıkar ve zıbarır yatar," dedi Sılay gözlerini ağabeyine dikerek. Bunu özellikle Sıraç'a söylediği her halinden belliydi, Sıraç burnunun kemerini sıkarak gözlerini devirdi. Ona biraz daha sokuldum ve boynunda derin bir nefes alıp, "Bu yalnızca bir oyun, mızıkçılık yok," diye fısıldadım.

"Şu an cesaret olayına dalmayalım, ev küçücük ve yapabilecek hiçbir şeyimiz yok," dedi Sılay. Yere koyduğu şişeyi yavaşça çevirdikten sonra omuzlarını dikerek, "Sorulan her soruya, mızıkçılık yapmadan ve hile katmadan en yalın, en gerçek cevap verecek. Kimse kimseden çekinmeyecek, ne olursa olsun," dedi ve herkese tek tek bakarak onay bekledi. Gerekli onayı aldıktan sonra başını sallayarak, "Biri ışığı kapatsın, televizyonun ışığı yetecektir," diye mırıldandı.

Başak ışığı kapattıktan sonra hepimiz yere oturduk ve şişenin etrafında bir daire oluşturduk. Bu oyun belki de oynamam gereken son oyundu, sakladığım şeyler vardı. Yalnızca Sıraç'ın ve benim bildiğimiz şeyler, ben de onlara yalan söylemekten hoşlanıyor değildim ama buna mecburdum. Onların gözünde ruhu kanın tadını almış bir katil değil, iki çocuk annesi, dostları Mayıs olarak kalmak istiyordum.

İçimde yaşadığım depremin kalıtsal yıkıntılarını ve kayıplarını Sıraç'tan başka kimse anlamazdı. Sıraç hemen yanımda bağdaş kurarak oturmuş, parmaklarını parmaklarıma kenetlemişti. Başımı onun omzuna yaslayarak, "İlk kim döndürüyor?" diye sorduğumda, Sılay şişeyi bana uzatarak, "Tabii ki de doğum günü kızı," dedi ve sırıttı. "Şişenin siyah kapağı kime gelirse, o soruyu yanıtlıyor."

Başımı Sıraç'ın omzundan çekmeden şişeyi yavaşça çevirdim ve şişe halıda ağır ağır dönerken Sıraç'a baktım, gergin bir ifadeyle dönen şişeyi izliyordu. Şişe durdu. Soran kişi Doğukan, cevaplayacak olan kişi Savaş'tı.

Doğukan gerilmişti, alnındaki ter tabakasını görebiliyordum. Merve'den ciddi bir şekilde etkileniyor ve Merve'den ne kadar etkileniyorsa, Savaş'tan o denli korkuyordu. Savaş, siyah gözlerini dikerek Doğukan'a düz bir bakış attı. "Sabaha kadar beklemeyeceğim abisi. Sor artık."

"Şey, evet." Doğukan gözlerini Merve'ye çevirdi ve ardından hızlıca Savaş'a baktı, Savaş dik dik Doğukan'a bakıyordu. "Şu an sevdiğin birisi var mı ağabey?"

Sıraç'ın kolundaki tüm kaslar seğirirken, Savaş gayet normal bir şekilde, "Var," diye cevapladı Doğukan'ı, ardından şişeye uzandı ve hiçbir şey söylemeden şişeyi çevirdi.

Şimdi soran kişi Sılay, soracağı kişi bendim.

Sılay dizlerini karnına çekerek, "Ağabeyimden ilk ne zaman etkilendin?" diye sordu ve yüzüne alaycı bir sırıtış ekledi. "Eve geldiğim ilk gün beni kıskandığını hissettim, o zamanlar ondan etkileniyor muydun?"

"Hey, sadece bir soru sorabilirsin," diye söylendim.

"Pekâlâ, ağabeyimden ilk ne zaman etkilendin?"

"O zamanlar ciddi anlamda anlama kıtlığı yaşıyordum, ne hissettiğimi bile anlamayacak kadar aptaldım. Ciddi anlamda tam bir aptal. Sıraç'ı ilk gördüğüm saniye, hoş bir tanışma olmasa bile ondan etkilendim." İç geçirdim ve göz ucuyla Sıraç'a baktım, yüzünde serseri bir tebessümle beni izliyordu. "O gerçekten çok güzeldi, aklımı başımdan almıştı."

Sıraç beni kendine doğru çekti, Savaş'ın bakışlarını üstümüzde hissedebiliyordum, yüreğim burkulsa da kocama sokuldum ve onun ince beline sıkıca sarıldım. Saçlarıma sert bir öpücük kondurduktan sonra, "Sen benim içtiğim en tatlı rakısın," diye fısıldadı. "İzmir güzeli."

"Şşş," diye fısıldayıp yüzümü göğsüne gömdüm ve şişe Ümran ile Merve de durdu.

"Neden bu kadar erken evlendiniz?" diye sordu Merve, Ümran'a.

"Kimsesiz kalmıştım," dedi Ümran gözlerini kaçırarak. "Halim'i seviyordum, o da beni... Hâlâ seviyoruz biz birbirimizi, ilk aşkımdı o benim. Yaş farkımız yüzünden pek yaklaşamıyorduk birbirimize, kaçıyordu benden. Ama ben... Erken yaşta kimsesiz kalınca Halim'den başka kimse sahip çıkmadı bana. Halam vardı, ona verdiler beni ama itip kakıyordu beni. Ben de Halim'e kaçtım, halam kaçtığım için zil takıp göbek atacaktı neredeyse."

Halim öne doğru uzanarak Ümran'ı kolunun altına çekti ve yavaşça saçlarını öpüp, "İnsanlar konuşur, ne hissettiğini bilmeden," dedi. "Ondan kaçmaya çalıştım ama şunu anladım, insan kaderinden kaçamıyormuş."

Şişe bu kez Ayda ve Savaş'ın önünde durdu, soruyu Savaş soracaktı. Ayda'nın bariz bir şekilde gerildiğini gördüm, gözlerini kaçırdı ve Başak'a baktı. Başak, bu durumdan pek hoşlanmamış gibi duruyordu ama yüzündeki gülümsemeden feragat etmedi, bunun yerine buruk bir şekilde şişeye çevirdi gözlerini.

Savaş, Ayda'ya dikkatli gözlerle bakarken, "Şu ana kadar kaç sevgilin oldu?" diye sordu, sesi mekanikti. Siyah gözler Ayda'yı radarına almıştı, yüzünde herhangi bir alay ya da ima yoktu, dümdüz bakıyordu.

"Hiç," dedi Ayda.

"Güzel."

Ayda kaşlarını kaldırdı. "Ne güzel?"

Savaş omuz silkerek şişeyi çevirdi. Şişe bu kez Temmuz ve Sıraç'ın önünde durmuştu, soran Sıraç'tı. Sıraç beni daha sıkı sararak yangın mavisi gözlerini kardeşime dikti. "Daha önce âşık olduğunu düşünerek kaç kızla çıktın?" diye sordu Sıraç, sesinde Sılay'ı hedef alan bir ima vardı. Amacı belliydi, aralarına nifak tohumu serpmek.

"Şu ana kadar zamana kadar birine âşık olduğumu hiç düşünmedim," dedi Temmuz mekanik bir sesle. "Kardeşini tanıyana kadar."

"İbne."

"Teşekkürler enişte," dedi Temmuz ve uzanarak şişeyi çevirdi. Gözlerim Sılay'ı odağına alırken, Sılay kıpkırmızı olmuş, dönen şişeye bakıyordu.

Halim önlerinde duran şişeye baktıktan sonra, Savaş'a, "Hâlâ aynı kişiyi mi seviyorsun?" diye sordu, kaşları çatılmıştı.

"Evet," dedi Savaş. "Uzun bir süre de bu böyle sürecek gibi."

Yutkundum, damağıma doluşan metalik kan tadını gidermeye çalıştım. Savaş'a o gözle hiçbir zaman bakmamıştım, benim için en başından beri her zaman Sıraç vardı, Savaş'a hiçbir zaman ümit vermemiştim, yine de yüreğimin onun için acıyan yanına söz geçiremiyordum.

Ortam gerilmişti ama oyuna ara verilmedi, Ayda ve Başak'ın, Savaş'ın bana olan duygularından habersiz olduğunu biliyordum, bu iyiydi. Başak'ın Savaş'a bir şeyler hissettiğini düşünüyordum ama Savaş nedense daha çok Başak ile ilgiliydi sanki, şişe Başak ile Sıraç'ı hedef aldı. Soran Başak, cevaplayan Sıraç'tı.

"Mayıs ablayı ilk kez öptüğünde ne hissettin?" diye sordu Başak, yüzüne geniş bir gülümseme eklemişti. Ayda onu çimdiklediğinde, "Oyunun kurallarını unutma, Aydakuzum," dedi Başak.

"Gecenin soğumuş kumunu patlayarak döven dalga sesini ve tuz kokusunu düşün. Boğucu bir dans pistinde, ortalığı yıkan müziğe rağmen dudaklarımız birleştiğinde o dalgaların sesini duydum. Dalgalar dudaklarımda köpürdü."

Başak hayran hayran ikimize bakarken bir an nefesimi kontrol edemediğimi düşündüm. Beni ilk kez öptüğü anın çerçeveli resmi önümde asılı duruyordu sanki. O anı tekrar yaşadığımı hissettim, bir an için aynı dalga seslerini duydum ve o dalgalar dudaklarımda köpürmüş gibi irkildim.

Şişe bir kez daha Savaş ve Ayda'nın önüne geldiğinde, Ayda Savaş'a, "Sevdiğin biri var ya hani," dedi düz bir bakış atarak. "En çok neyini seviyorsun?"

"Gülüşünü."

Şişe, Savaş ve benim önümde durduğunda bir an gerildim. Savaş'ın soruları beni geriyordu, onu bir dost olarak seviyordum ama fazla uyanık olması işleri yokuşa sürebiliyordu. Savaş, siyah gözlerini yüzümde gezdirdikten sonra bakışlarını şişeye indirdi ve derin bir nefes aldı. Tüm bakışlar ikimizin üstünde odaklıydı, Sıraç pek hoşnut olmasa da o da sessizce ikimizi izliyordu. Elim elinin içindeydi, parmakları terli ve güven vericiydi.

"Bir anda Fethiye'ye kaçma kararı nereden çıktı?" diye sordu Savaş gözlerini yüzüme dikerek. "Yani çok ani oldu."

Kalbimin göğsüme indirdiği tekmenin sesi beynimin loblarında çığlık attı, gözümün önüne Kemal'in kafasının patladığı görüntü düşmüş, zihnimdeki sinema perdesi kana bulanmıştı. Bir süre, belki uzunca bir süre bomboş gözlerle Savaş'a baktım. Pürdikkat bana bakıyor, vereceğim cevabı bekliyordu. Sessizliğim onu daha da kuşkuya itecekti, bunu biliyordum. Sıraç, onu kuşkulandırmamak için herhangi bir atak yapmadı ve benim sakin bir cevap vermemi bekler gibi elimi yavaşça sıktı. Kuruyan ağzımın içini ıslattıktan sonra, "Sıraç ve ben ani kararlar vermeyi severiz, biliyorsun. Ayrıca Umut ve Mavi'ye Fethiye'deyken gebe kalmıştım, belki de üçüncüye de burada gebe kalmak istiyorumdur, ha?" diye sordum ve yüzüme yapmacık bir tebessüm geçirdim.

Savaş'ın gözlerindeki siyah dünya sarsıldı, yer kabuğunun magmaya uzandığı siyah şeritli yol çatladı ve bakışları beni odağından çıkarırken, dudakları düz bir çizgi şeklinde gerildi.

Oyunun devamında ben neredeyse kimseye soru sormamıştım, Sıraç sorularıyla birkaç kişiyi sıkıştırmış ve kedinin fareyle oynadığı gibi onlarla oynamıştı. En sonunda oturmaktan ağrıyan bacaklarımı uzatarak, "Ben kendime bir kahve yapacağım," diye mırıldandım. "İsteyen?"

Yavaşça yerimden doğruldum, onlar oyuna devam ederken mutfağa geçtim. Ahşap mutfak dolabından siyah, seramik bir kahve kupası çıkardıktan sonra tezgâhın üstüne koydum ve ağrıyan şakaklarımı işaret ve başparmağımla ovalayıp, su ısıtıcısının içini suyla doldurarak düğmesine bastım. Su fokurdayarak kaynamaya başladığında, mutfak penceresinin önüne geçtim ve turuncu sokak lambasının aydınlattığı geceyi izlemeye başladım. Arkadaşlarıma, kısacası aileme yalan söylediğim için kendimi suçlu hissediyordum ama bazı sırlar ölene dek benimle kalmalıydı, bunu saklamaktan başka çarem yoktu. Karşılarına geçip, sevdiğim adam için katil olduğumu söylemem, benim bir suçsuz olduğumu göstermezdi. Ortada bir cinayet vardı, nefsi müdafaa söz konusuydu ama bu, benim birini öldürdüğüm gerçeğini değiştirmiyordu.

Mutfağın kapısı yavaşça aralandığında pencerenin önünde kollarımı göğsümün etrafında dolamış dikiliyor, geceyi izliyordum. Yaz böceklerinin çıkardığı sesler mutfağın içine doluyordu. Omzumun üstünden içeri giren kişiye baktığımda, sarsıcı bir ürperti bedenimin üstünde dolaşıp kanıma sindi. Savaş, yavaşça kapıyı kapatıp tezgâhın önüne yürüdü ve kalçasını tezgâha yaslayıp kollarını göğsünün üstünde topladı.

"Selam," dedim gözlerimi tekrar pencereden dışarıya çevirerek, her nedense tam şu anda patlayacak kadar gergin ve dolu hissediyordum. Savaş'ın bahanelerime inanmadığı kesindi, şüpheleniyordu.

"Selam," dedi düz bir sesle. "Düşüncelisin, dolunay surat."

"Hayır," diye savunmaya geçtim. "Düşünceli falan değilim, içeride başım ağrıdı o kadar."

"Savunmaya geçtiğine göre var bir şeyler," derken sesi eğleniyor gibiydi. Omzumun üstünden ona kaşlarımı çatarak baktım, beyaz teninin altında bariz bir şekilde görünen mavi, yeşil damarları alnının ince derisini zorluyordu. "Hiçbir şey yok, beni sıkıştırmaktan vazgeç. Sıraç nerede?"

"Kardeşinle uğraşıyor."

"Seni yanımda görürse bundan rahatsız olabilir," dedim düz bir sesle.

"Sıraç, sana yanlış bir hareket yapmayacağımı çok iyi biliyor, dolunay surat," derken sesi gergindi. "Benden şüphen mi var?"

"Hayır. Sadece... Eğer ben birinin Sıraç'a bir şeyler hissediyor olduğunu bilseydim, o kişiyi Sıraç'ın etrafında barındırmazdım. Kendimi kocamın yerine koyuyorum ve ona hak veriyorum."

Evet, hak veriyordum. Sıraç'ı bir mankene benzettiği için kızın tekine saldırmıştım, kız Temmuz'un arkadaşı çıkmıştı. Bir de Sıraç'tan etkilenen birinin varlığını düşününce, kuduz köpekten beter olacağım kesindi. Düşüncesi bile... Katil damarlarımın içine ölüm sıvısını enjekte ediyordu.

"Sana duyduğum şeyleri bastıramadığım için beni suçlayamazsın, yine de adil oynuyorum. Kenara çekildim, herhangi bir atak yapmayacağım, biliyorsun. Ben öyle bir adam değilim, hiç olmadım. Tek istediğim senin etrafında olmak, varlığın bana iyi geliyor."

Yorgun gözlerimle ona hiddetle bakmaya çalışsam da, ne bedenim ne de zihnim bu tür bir güç harcayamayacak kadar güçsüz düşmüştü. "Bu konuyu burada kapatalım," dedim ve su ısıtıcısının ıslığı mutfağın duvarlarında yankılandı. Seramik kupanın içini kahveyle doldurduktan sonra suyu ekledim ve göz ucuyla ona baktım. "Ayrıca Başak'ın senden hoşlandığına yemin edebilirim."

Aslında Başak anlaşılması güç bir kızdı. Görünen buydu yalnızca. Belki de hoşlanmıyordu. Tek amacım Savaş'ın kafasına birisini sokmaktı sanırım.

Savaş omuz silkti. "Onunla ilgilenmiyorum."

"Çok şeker bir kız," derken bir yandan da kahvemi karıştırıyordum.

"Biriyle ilgilenecek olursam bu diğeri olur."

Bir anda ona doğru döndüm. "Ayda mı?"

"Evet," dedi omuz silkerek. "Diğeri bana göre değil."

"Ayda da sana göre değil, Savaş," dedim açıkça. Ayrıca ciddi bir şekilde şaşkındım, Ayda gerçekten çok güzel bir kızdı ama Savaş göz önünde bulundurulduğunda fazla masumdu.

"Kesinlikle bana göre değil," diye onayladı beni. Ellerini tezgâhın kenarlarına koydu ve gözlerini tavana çevirdi. "Yediğim boklardan haberdar olsa bırak benimle konuşmayı, olduğum yerde nefes almak bile istemezdi. Dinine bağlı bir kız." Güldü. "Silahlı adamlardan hoşlanacak birine benzemiyor."

Kupayı avuçlarımın arasına alırken, gözlerimi büyüterek, "Sen ondan etkileniyorsun," dedim.

Yüzünü buruşturdu, burnunun kemerini sıktı ve bana omzunun üstünden küçük bir bakış attı. "Ben aşkıma sadık bir adamım, dolunay surat," diye takıldı. "Şu an gözüm yalnızca seni görüyor." Güldü. "Sadece takılıyorum, senin arkadaşlığına ihtiyacım var. Bu bana yetiyor."

"Başak ve Ayda yakın arkadaşlar, Başak'ın sana karşı bir şeyler hissettiğini de net bir şekilde görebiliyorum, biliyorum ki bunu Ayda da görebiliyor. O yüzden hevesini kırmak istemem ama..."

"Emin ol, dolunay surat. Şu gezegende benim kadar hevesi kırılan birini daha bulamazsın. Bünyem fena halde heves kırılması çekiyor bu sıralar." Güldü, ruhsuzdu ama neşesini kalbimde hissetmiştim.

"O zaman Ayda tam sana göre?"

"Onu kendimle kirletmeyeceğim," dedi Savaş düz bir sesle, gözleri dalmıştı. "Ee, bana ne olduğunu anlatacak mısın artık?"

Başımı iki yana sallarken, sesimi ciddi tutmak için ekstra bir çaba harcadım. "Hiçbir şey olmadı. Bu konuyu açıp duruyorsun ve yeni yeni toparlamaya başladığım moralimi tekrar dağıtıyorsun."

"Peki," dedi Savaş gözlerini kısarak. "Şimdilik sana inanıyor gibi yapacağım ama taşıyamayacağını düşündüğün zaman burada olacağım. Anlattığın her şeyi dinlerim, dolunay surat. Biliyorsun."

Genişçe gülümserken, "Biliyorum, çok şanslıyım," diye mırıldandım ve kahvemden büyük bir yudum aldım.

Gözleri gülüşüme takılırken o da gülümsedi. "Ben de öyle."

∞

"Bir an hiç gitmeyecekler sandım," dedi Sıraç sert bir nefesi dudaklarının arasından bırakırken. Amacı neydi bilmiyordum ama Temmuz ve Sılay'ın, Savaş'ta kalmasını istemişti. Tamam, az çok tahminlerim vardı.

Salonun ortasında dikilmiştik, bizi aydınlatan tek şey televizyonun ışığıydı. Sıraç, kollarını belime sardıktan sonra beni yavaşça kendine doğru çekti ve, "Geçen yıl, bu geceyi dün gibi hatırlıyorum," diye fısıldadı, fısıltısı tenimdeki tuzu kabartmıştı. Yutkundum ve gözlerimi kaldırarak ona baktım. Uzun boyu yüzünden, kollarının arasında minicik kalmayı seviyordum.

"Ben de hatırlıyorum," diye fısıldadım. "Bana verdiğin burç taşımızı hâlâ saklıyorum." Yanaklarımın içini dişledim. "Her şey ilk günkü gibi, hâlâ aynı heyecanı kalbimde hissediyorum. Yukarıda bebeklerimiz uyuyor. İkimizin. Evliyiz." Gözlerim parmaklarımızdaki alyanslara kaydı. "Her şeyi geride bıraktık. Gerçek bir aile olduk ama ben... Hâlâ sana karşı ilk günkü aptal âşığım. Aynı." Kıkırdadım. "Ne çok konuştum yahu." Başımı öne eğdim ve alt dudağımı dişlerimin arasına aldım.

Uzun parmakları çenemi kavradı, yüzümü kaldırıp ona bakmamı sağlarken, kalbim göğsümü dövüyor, onu sıkı sıkıya saran kemikleri acımasızca tekmeliyordu. Gözlerimi kaldırıp, yangının en mavi tonuna, onun dipsiz bir okyanusu andıran mavi gözlerine baktım. Uzun kirpikleri, televizyonun ışığının etkisiyle elmacık kemiklerini gölgelendirmişti, dolgun dudakları aralıklıydı ve güzel yüzünün etrafındaki her bir minik çizgiye bin dua sığdırmak istiyordum.

"Gülümse, minik şeytan," diye fısıldarken sesi boğuktu. Bir an parmaklarımın üstünde havalanmak ve onun ağzına ağzımı örtmek istedim, dolgun dudakları dikkat dağıtıcıydı.

Dişlerimi göstererek gülümsediğimde, bakışları önce dudaklarıma, ardından yanağımdaki gamzeye, ardından da gözlerime tırmandı. Uzun parmakları çenemi okşayarak tutarken, yangın mavisi gözleri hiç olmadığı kadar talepkârdı.

"Gülen gözlerinin içinde kendimi görmek, bir yangının en mavi yerinden ikiye bölünmesi gibi."

Gülüşüm dudaklarımda asılı kalırken, kalbim hızla çarpmaya başladı. Bakışları derinleşti, dudaklarından verdiği nefesler yüzüme çarpıyor, yüzümdeki çizgilerin içine yerleşip, benden bir parça oluyordu.

"İyi ki doğdun," diye fısıldadı. "Sen doğmasaydın, bir anlamım olmazdı benim."

"İyi ki doğdum," diye fısıldadım parmaklarımın üstünde yükselirken. "Ben doğmasaydım, bir anlamın olmazdı. Başka bir kadına ait olduğunu düşünmek bile delirmeme yetiyor, o yüzden iyi ki doğdum."

Gözlerini kıstı, burunlarımızın arasında santimler kala duraksadım ve onun kemikli yüzünü avuçlarımın arasına aldım. Onun yüzü tam avuçlarıma göreydi.

"Sıraç, sen sahip olduğum her şeyi bana veren adamsın. Her şeyi sana borçluyum ben."

Gözlerini yumdu, dudakları yukarı büküldü ve bir karanlığı yırtacak kadar keskin bir mavi ışık saçarak gülümsedi. Yanaklarının içeri çöküşü, elmacık kemiklerinin keskin kavisi, derin gamzeleri, uzun kirpikleriyle benimdi. Dudaklarımı dudaklarına örttüm, aç bir evsiz gibi araladım ağzını ve dudaklarının arasındaki cennete daldırdım ağzımı. Öptüm, ilki yırtan son gibi ve sonu parçalara ayıran ilk gibi. Dipsiz, sonsuz, uçsuz bucaksız. Nefesi nefesime karıştı, ıslaklığıyla ıslaklığımı nemlendirdi. Yüzü avuçlarımın arasında, ben parmaklarımın ucunda ona hükmetmeye başladım. Dudaklarından dökülen kısık iniltiler, ağzımın içinde can buluyordu. Dilimi inciden daha beyaz, kremadan daha tatlı dişlerinin üstünde gezdirdim. İçime doldurdum mavimi, içine doldum.

Dudaklarımız ayrılırken elini cebine attı. Kan kırmızı kadife kutuya düştü gözlerim. Sıraç, kutuyu ikimizin arasına soktuktan sonra gözlerini gözlerime sabitledi. "Sana verdiğim taş yarım bir parçaydı," diye fısıldadı. Kutuyu kaldırırken, gözlerini gözlerimden çekmemişti. "Bu taşın diğer parçası."

Gözlerim karanlığı yarıp geçen taşa dönerken, huzurlu bir ifadeyle gülümsedim. "Beni deli ediyorsun," diye fısıldadım. "Bu kadar mükemmel olmak zorunda mısın?"

"Ben mükemmel değilim Mayıs," diye fısıldarken beni kendine doğru çekmişti. "Ben yalnızca âşığım. Çok âşık."

"Bence," diye fısıldadım ve alnımı alnına yasladım. "Seni üstümde görmek hoşuma gidebilirdi. Çıplakken."

Sertçe yutkundu. "Halının üstünde," diye fısıldadı. "Salonun ortasında."

"Pantolonunu yarıya kadar indirirsin ve külotumu yana sıyırırsın. Bunu sevdiğini biliyorum," diye fısıldadım.

"İçine gelmek istiyorum," diye fısıldadı. "Sıcaklığımı özledin mi?"

"Çok özledim," derken kıkırdıyordum. Yanaklarıma oturan kanı geri kovdum. "İçime gelmeni."

Sıraç beni kendine bastırırken karnımda ereksiyonunu hissetmiştim. Duvarları çınlatan ağlama sesi ikimizin de donakalmasına neden olurken, Sıraç merdivenlere düşmancıl bir bakış attı.

"Anladık," diye huysuzlandı. "Şu an tek ilgi odağı siz olmak istiyorsunuz ve istediğiniz son şey bir kardeş."

Kıkırdadım. Sıraç gözlerini merdivenlerden çekmeden, "Ama keşke bana biraz acısanız," diye homurdandı. Ardından beni merdivenlere doğru çekerken, "Sanırım şu an yapacağımız şeyden çok daha önemli iki şey bizi bekliyor, hadi gel," diye fısıldadı.

"Bence hissediyorlar," diye kıkırdadım. "Babalarının annelerini..." Alt dudağımı dişleyerek sessiz kaldım. Sıraç, elimi tutarak merdivenleri tırmanırken, "Çok sert bir şekilde..." diye mırıldandı ve onun sırtına yavaşça vurup, "Yürü öküz," diye homurdandım.

Odaya girdiğimizde Mavi de Umut da uyanıklardı, beşiğin içinde kocaman gözlerle tavanı izliyorlardı ve bizi gördükleri anda Mavi boğuk bir çığlık atarak damaklarını gösterdi.

"Babası yesin küçücük poposunu, hadi bu tirreği anlıyorum, çomak sokmaya bayılıyor. Kız sen ne diye bağırıyorsun Zaraliye?" Sıraç, Mavi'yi kucağına alıp onu kokladı ve gözlerini yumdu. "Anası gibi kokuyor, öldürecek bunlar beni."

"Öküz," diye homurdanarak Umut'u kucakladım, Umut benim kucağıma geldiği anda kulağımı yakaladı ve minik parmaklarıyla kulak mememi hapis aldı. "Annem, uyandın mı sen küçük erkeğim? Çiş mi yapmış benim oğlum? Yoksa acıktı mı?"

"Başlatma küçük erkeğine Mayıs," diye söylendi Sıraç Mavi'yi yavaşça sallarken. Mavi kocaman bir tebessümle Sıraç'ın burnunu oynuyordu, ağzına emziğini uzattığım an emziğini emmeye başladı ama elini Sıraç'ın burnundan çekmedi, iri mavi gözleriyle doğrudan Sıraç'ın burnuna bakıyordu.

Acıkmamışlardı, altları temizdi ama sanırım huysuzluk etme sırası onlardaydı. Sıraç, bir eliyle yatak örtüsünü kaldırdıktan sonra yavaşça yatağın üstüne çıktı ve bağdaş kurarak oturdu, Mavi hâlâ Sıraç'ın burnuyla oynuyor, tatlı sesler çıkararak emziğini emiyordu.

"Babacığım, hadi uyu da baban da bir tur annene binsin, ne dersin?" diye sorarken sesi tatlıydı. Burnunu Mavi'nin boynuna gömdü ve yavaşça hareket ettirip Mavi'yi gıdıkladı. Mavi boğuk sesler çıkararak gülerken, Umut bomboş gözlerle etrafa bakıyor, uykulu gözlerini elinin tersiyle ovuşturup aheste aheste emziğini emiyordu. Duamı yaşarken bulmuştum kendimi, onları izlemek harika hissettiriyordu.

"Mayıs, bence bunları beşiğe bırakalım. Bu buruşuk götlüler ağlar ağlar susarlar, biz de bir otele gideriz, sen beni sağarsın. Burada kalırsak içimiz elvermez ağlamalarına, konsantre olamayız. Ya da dur Sılay'la Bamya'yı geri çağırayım, onlar göz kulak olsun." Durdu ve düşündü. "Yok, o salaklara kim göz kulak olsun. Valla geldiğimizde Umut ve Mavi'yi ikisine göz kulak olurken buluruz."

"Yangınımın mavisi, sen istesen de istemesen de bu iki buruşuk bize ait. Ve biz onların kaprislerini çekmek zorundayız." Sırıtarak yanına oturup başımı omzuna düşürdüm. Umut kafasını geriye atarak dikkatli bir şekilde Sıraç'a baktığında, Sıraç ona belli belirsiz gülümsedi.

"Yakışıklı pezevenk."

Her kalp kendi çiçeğinin kokusunu verirdi. Sıraç benim göğsüme bir kiraz çiçeği dikmişti ama kalbim onun gibi kokuyordu.

Mavi bir begonya.

∞

Sılay Karayel'den...

Osman ağabey bir köşeye çekilmiş, yorgun gözlerini oyalı halay mendiline dikmişti. Bacaklarımı uzatarak Merve'nin geniş yatağının tadını çıkarmak istercesine gerindim ve yatağın ucunda oturan Başak, Merve, Ayda üçlüsüne baktım. Merve, Ayda'ya telefondan bir şey gösteriyor, Başak da onları izliyordu. Merve, Başak'tan pek hoşlanmasa da bunu belli etmemek için ekstra bir çaba harcıyordu şu an.

Osman ağabey, diye fısıldadım içimden ama Osman ağabey omuz silkerek halay mendiliyle oynamaya devam etti. Şu an bana trip atıyordu, tribinin sebebini henüz çözebilmiş sayılmazdım ama onu yalnız bırakmanın en doğrusu olduğu kanısına varıp, Halaymen'imi düşünceleriyle baş başa bırakıp kızlara odaklandım.

"Porno mu izliyorsunuz?" diye sordum gözlerimi onlara dikerek. Merve kaşlarını kaldırarak bana bakarken, "Ne? Yeni gelin gibi hevesli hevesli başka ne izliyor olabilirsiniz? Çük mü gördünüz? Ne gördünüz?" diye söylendim.

Ayda, ayakucundaki yastığı bana fırlattıktan sonra, "Aklın bir bunlara çalışıyor, değil mi?" diye söylendi.

"Kanka aklı fikri şu an diğer odadaki Temmuz'da onun, ondan çük mük diyor, bakmayın siz ona," dedi Başak genişçe sırıtırken.

"Ay oturgaçlarım," diye homurdandım yüzümü buruşturarak Başak'a bakarken. "Git beynini park ettiğin yerden al da yer kaplıyor diye ceza kesmesinler."

"Çekici gelip beynini çekerse daha kötü," dedi Ayda ve kıkırdadık. Başak eliyle küs işareti yaptıktan sonra kıçını bize döndü ve duvarları izlemeye başladı.

Karnımın içindeki halayboyların her an halay için hazırlıklı olduklarını biliyordum ama başları Halaymen şu an düşünceliydi, halay ertelenmiş gibi görünüyordu. Telefonumu cebimden çıkardım ve mesaj bölümüne girdim. Yaklaşık on dakika boş boş mesaj yazılan kutucuğa baktıktan sonra telefonu tam cebime koyacakken telefonum titredi.

Kimden: Marulların Efendisi
Doğukan hani Halimlerde kalacaktı? Adam hayvan gibi horluyor, ayrıca Savaş'ın uyurken de kaşlarının çatık olduğunu biliyor muydun? (03.49)

Halayboylar yavaşça kafalarını kaldırıp Halaymen'e baktılar. Osman ağabeyden tepki yoktu ama ben kıkırdamıştım. Ayda bana kaçamak bir bakış attığında dilimi çıkararak tek gözümü kapattım ve dudaklarımı oynatarak, "Aganigi naganigi," diye fısıldadım. Gülerek önüne döndü.

Kime: Marulların Efendisi
Ne çabuk uyudular, benimkiler hâlâ uyanık, telefondan bir şey izliyorlar. (03.51)

Kimden: Marulların Efendisi
Porno mu?" (03.52)

Ruh ikizim, diye fısıldadım kendi kendime, Osman ağabey mendilini idam ipi gibi boynuna dolarken, *Ruh öküzün,* diye karşılık verdi bana. Ona gözlerimi devirerek küçümseyici bir bakış attım.

Kime: Marulların Efendisi
Bilmem. Canım sıkıldı. (03.53)

Kimden: Marulların Efendisi
Atlat onları ve arka bahçeye gel. Arka bahçeye açılan bir kapı var mutfakta. Sıfır tehlike, ıssız. (03.55)

Kime: Marulların Efendisi
Ne diye gelecekmişim? *-* (03.56)

Kimden: Marulların Efendisi
Çünkü seninle öpüşmemi istiyorsun. (03.57)

Yanaklarım anında kızarırken, karnımdaki kasılmaları geçirmek için elimi yavaşça karnıma bastırdım ve derin bir nefesi ciğerlerime gönderdim, düşüncelerimin aldığı yol, yol değildi ve ağabeyim bizi bir kazığa bağlayıp, Fethiye'nin sıcak güneşinin altında kuzu gibi çevirebilir, döner bıçağıyla pişen etlerimizi yavaşça tenimizden sıyırabilirdi. Yapardı, biliyordum. O, Sıraç Karayel'di, onun bir sınırı yoktu.

O, gözü dönmüş bir kız ağabeyiydi.

"Ben bir lavaboya gidiyorum," diye mırıldandım ama telefona o kadar çok odaklanmışlardı ki, beni fark etmediler. Merve'nin kasvetli siyah odasından çıkarken, holde kısaca etrafı kolaçan ettim. Duvarlarda eski Rock Grupları'nın posterleri, pahalı birkaç portre ve büyük guguklu bir saat vardı. Mutfağın aralıklı kapısına bakınca, Temmuz'un biraz önce buradan dışarıya, arka bahçeye çıktığı kanısına vardım. Kanımdaki adrenalin en üst seviyede kaynamaya başlamıştı.

Mutfağın aralıklı kapısından içeri girdim, alizarin rengi mutfak dolapları ve granit tezgâh ay ışığının etkisiyle parlıyordu, içerisi karanlıktan sıyrılmış, ay ışığının beyazlığıyla gri bir renk almıştı. Buzdolabının üstündeki saat ve derece göstergesinin kızıl, turuncu ışığı da mutfağı aydınlatan küçük bir sigara ateşine benziyordu.

Arka bahçeye açılan balkon kapısını araladım ve hava her ne kadar sıcak olsa da tatlı bir ürperti önce kollarıma, ardından Merve'nin şortunu giydiğim için açıkta kalan bacaklarıma dokundu ve tenimi yarıp geçti. Hafifçe titreyerek, kollarımı göğsümün üstünde topladım ve balkondan dışarı çıkıp, kapıda duran Merve'nin olduğu her halinden belli olan parmak arası siyah terlikleri ayağıma geçirdim, bahçeye doğru yürürken ürpermiştim. Etraf kapkaranlıktı, sokak lambasının turuncu ışığı buraya gelmiyordu, bir sürü limon ağacı vardı, limon ağaçlarının arasından etrafa kısaca göz gezdirdim. Temmuz yoktu.

"Temmuz?" diye fısıldadım ama ses vermedi, sanırım henüz inmemişti. Tam cebimdeki telefonu çıkaracaktım ki biri belime sıkıca sarıldı ve beni kendine çevirirken, sırtımı limon ağacının gövdesine yasladı. Nefes nefese kalmıştım, Halayboy'lar büyük bir dehşetle mendillerine sarıldılar ve adrenalin tıpkı bir kapsül gibi karnımın içinde patladı.

Tatlı meyve, çilek ve kavunu andıran baştan çıkarıcı kokusunu içime doldururken, gecenin karanlığının ürpertici bir esrar kattığı yüzüne hayranlık, biraz da korkuyla baktım. "Ödümü kopardın," diye fısıldadım nefes nefese. Bedenini bedenime o kadar çok yapıştırmıştı ki, korkuyla havalanan göğsüm onun hafif kaslı göğsüne çarpıyordu. Üstünde hiçbir şey yoktu, altında koyu lacivert olduğunu bildiğim dar bir kot vardı ve kıvırcık saçları dağınık görünüyordu. Karanlığa rağmen parlayan toz mavisi gözleri kalbimin derisini yırtacak kadar güçlü tekmeler atmasına neden olmuştu.

"Çok mu korktun sen?" diye fısıldadı kulağıma doğru, ardından kulağımın boşluğuna küçücük bir buse kondurdu ve ben tamamen ürperirken, "Senin için buradayım Kezorella, korkmana gerek yok. Yanındayım," dedi. Sesinde tatlı bir alay, biraz da içimi okşayan bir güven duygusu vardı.

"Biraz uzak mı dursan," dedim nefes nefese ve parmaklarımı onun kaslı göğsüne yerleştirdim, yavaşça itmeye çalıştım ama nafileydi, onu yerinden bir santim bile oynatamamıştım.

"Tüm gün gözümün önündesin, dokunamıyorum ve bu canımı sıkıyor. Bırak da tadını çıkarayım," dedi tok bir fısıltıyla. Burnunu boynuma dayadı ve yavaşça sürttü, burnunu sürttüğü yerde yangın çıktı sandım. "Çok güzel kokuyorsun."

"Nasıl kokuyormuşum?"

"Yasemin gibi," diye mırıldandı.

Aniden gözümün önünde çakan şimşekle ve parmaklarıma doluşan deli gücüyle onu üstümden ittim ve, "Yasemin kim, köpek?" diye sordum, sesim bu kez gerçekten güçlü çıkmıştı.

"Hayda!"

"Ne hayda be!" Gözlerimi kısarak ona baktım. "Ah doğru, Yasemin'den önce sormam gereken biri daha var. Bugünkü yellozdan bahsedelim, Mayıs'ın gırtlakladığı sarışın yellozdan. Adı neydi! Hah, evet Hande!"

Temmuz kaşlarını çatarak, "Cırlama iki dakika," dedi net bir sesle. "Ya yalnız yakalıyorum, yine yaklaşamıyorum. Gerilim hattı gibisin kızım, az kasma da biraz tadını çıkarayım."

"Açıkla," dedim bir bacağımın üstüne yüklenip, sırtımı ağaca dayayarak. "Aranızda ne geçti o pislikle?"

"Yakışmıyor bunlar ağzına, Sılay."

"Ne yakışıyor ağzıma?" diye çemkirdiğimde, gözlerinde muzip bir ifade belirdi.

"Göstermemi ister misin?" diye sorarken gözleri gibi sesi de muzipti.

"Öküz," dedim bir anda cırlayarak. Kan yanaklarıma oturmuş, cumhuriyetini ilan etmişti. "Seni ağabeyime şikâyet edeceğim!"

Bir anda bana doğru atıldı. İki kolumu da kaldırıp, bileklerime mühürlediği elini ağaca yasladı ve gözlerini kıstı. Burunlarımızın arasında santimler kala duraksadı, toz mavisi gözleri karanlığı yırtıp, yüzümü tararken yüzümdeki dağılmasına ramak kalan ifadeyi sabit tuttum. Sertçe yutkundum ve gözlerimi gözlerine odakladım, uzun kirpikleri ay ışığında parlıyordu. Halaymen

Osman ağabey siyah çalılıkların arkasına giderken, Halayboylar da sahneyi terk etmişlerdi. Şu an sadece ben, sadece o ve benim arsız bir şekilde kapılarını yumruklayan kalbim vardık.

"Cadalozun tekisin," diye fısıldadı, tatlı nefesi dudaklarıma takıldı ve pembe yarıklarımdan içeri sızdı. Kalbim saatte bin beş yüz elli altı kilometre atıyordu, nabzım da kalbime meydan okuyordu. Anında terleyen alnıma, alnını bastırdığı için şu an ikinci bir teri algılayamayacak kadar terliydim ama yine de onun da alnının terli olduğundan emindim.

"Cadalozun tekiysem, bırak gideyim o zaman," dedim kısık bir sesle. Bir kez daha yutkundum, bu kez o da yutkunmuştu ve çok da iri sayılmayacak bir çıkıntıya sahip olan âdem elması küçük kavisler çizerek hareket etmişti.

"Bırakmaya hiç niyetim yok açıkçası." Burnunun ucunu burnuma sürttü, karnım kasılırken, "Acayip hoşuma gidiyorsun, kızım," dedi boğuk bir sesle. "Uzak duramıyorum ben senden."

Öfkenin ve heyecanın buğulaştırdığı sesimde, titrek bir tını vardı. "Uzak duramıyorsan, başka kızlarla da işin olmayacak o zaman," diye fısıldadım. Titreyen sesime rağmen kendimden emin konuşmayı başarabildiğim için şükrediyordum.

"Başka kızlarla işim yok zaten," dedikten sonra vücudunu vücuduma yasladı ve ben tam karşı çıkacakken dudaklarını sertçe alnıma bastırdı. Alnımdaki varlığını en ince detayına kadar hissettiğim dudakları yüzünden olduğum yere çakılmış gibi kalakalırken, tüm düşünceler bir sürüngenin arkasında bıraktığı ikinci derisi gibi zihnimden sıyrıldı.

"Ben sadece tek bir kızla ilgileniyorum."

"Yasemin mi?"

"Salak, Yasemin bir çiçek ve onun kokusuna bayılıyorum. Sen de o çiçek gibi kokuyorsun. Sığır yemin ediyorum ya," diye homurdandı ve dudaklarını saçlarıma kaydırıp, "Benim sığırım," diye fısıldadı.

"Odun, iltifat ederken gömdün bana resmen."

"Daha gömmedim, bebek," diye fısıldarken eli kalçalarıma kaydı ve kalçalarımı hatırı sayılır bir şekilde sıkarak, dudaklarımdan acı dolu bir inilti dökülmesine neden oldu. Kıpkırmızı olmuş yanaklarımı saklarken, boynum da bu kızarıklığa ayak uydurmuştu. Bedenimde dolaşan kırmızı alarmın camı kırılmış, düğmesine basılmıştı.

"Pislik!" diye çıkıştım dehşet içinde. "Ne yapıyorsun sen? Bırak!"

"Şşş," diye fısıldadı dudaklarını yanağıma indirip, yanağımı yavaşça dişlerken. "Güzel bacaklarının tadını çıkarıyorum, hepsi bu."

"Temmuz!"

"Cırlama, bu saatte bizi bu halde yakalamaları pek de uygun olmaz, değil mi? Sessiz ol."

Nefes nefese ona bakarken ellerini kalçalarımdan aşağıya kaydırdı bacaklarımın arka tarafını yavaşça okşarken, beni tamamen ağaçla arasına aldı. Nefesi hızlanmıştı, boğuk meyve kokusu başımı döndürüyordu. Birinin bizi bu halde görmemesi için dua ederken, Temmuz, "Sılay," diye inledi, sesi o kadar cezbedici çıkmıştı ki, bir an ben de inleyeceğim sandım.

"Temmuz, olmaz böyle. Çekil," dedim dehşet içinde. Pantolonunda kasıklarımı zorlayan bir şey vardı, kaşlarımı çatarak, "Bir şey batıyor, mal! Çekil," dedim ve onu itmeye çalıştım.

"Bir şey mi batıyor?" diye sorarken nefes nefeseydi. Başını geriye atarak güldükten sonra, "Senin yüzünden," dedi, sesi boğuktu.

"Ağabeyim beni ağaç köşelerinde sıkıştırdığını bilse seni öldürürdü," dedim gözlerimi kısarak. "Ayrıca bir daha orama burama dokunmaya çalış, pekmezini akıtırım senin. Kafanı gözünü yararım yeminim olsun."

"Sert, ha?" diye sorarken eğlenir gibiydi. "Bu halin çok hoşuma gidiyor. Zorsun, elde ettiğim zaman daha çok zevk alacağım." Gözleri kısaca beni süzdü. "Baksana, iki gece sonra salı pazarı meydanında bir yarış var," dedi ve gözlerini gözlerime sabitledi. "Arabayı ayarladım ama yanımda oturacak birine ihtiyacım olacak."

Kaşlarımı kaldırdım. "Ee?"

"Hande gibi kızlar orada erkek avında olacak," derken gözlerinde muzip bir ışık vardı.

"Geliyorum," dedim dümdüz bir sesle. Hızdan çok korkardım, bir kez onunla birlikte olduğum arabada zaten kaza yapmıştım ama tuhaf bir şekilde ona güvendiğim gibi, bir sürü çakalın olduğu yere de kuzumu gönderemezdim.

"Buna sevindim."

Gözlerimi kaçırdım, Temmuz elini çeneme koyup bakışlarımı ona çevirirken, sinirden alt dudağımı dişliyordum. Toz mavisi gözleri kısaca alt dudağıma dokundu, ardından sert nefesini burnundan dışarı vererek, dudaklarımın yüzeyini acımasızca dağladı. "Seni öpeceğim," diye fısıldadı. "Şimdi."

Nefesim hızlanırken, gece böceklerinin çıkardığı sesleri dinledim ve genzi yakan tuz kokulu meltemi içime doldurdum. Gözlerim yavaşça kapanırken, Temmuz üst dudağını, iki dudağımın arasına yerleştirdi ve önce yavaş, ardından büyük bir açlıkla dudaklarımı emmeye, ağzının ıslağını benimle paylaşmaya başladı. İçimdeki Halaymen surların arkasında halaya başlamıştı, kalbim beynimin içinde yuvarlandı ve tüm düşüncelerimi istila etti. Temmuz'un boynuna kollarımı doladım ve onun açlık dolu öpüşüne hoyratça karşılık vermeye başladım. Dudaklarının dudaklarıma bıraktığı her bir iz, karnımın kasılmasına neden oluyordu. Nefeslerimiz hızlanmıştı, Temmuz'un dudaklarından küçük iniltiler dökülüyordu. Gözlerimi yumdum ve onu hissederek, parmaklarımı saçlarının arasından geçirdim. Asi kıvırcıklarını okşadım, çekiştirdim ve derin bir nefes almak için kendimi geri çektim.

"Sana dokunmak istiyorum," diye fısıldadı Temmuz. Yüreğim ağzıma tırmanırken, puslanmış toz mavisi gözlerine titrek bir ifadeyle baktım, bir sınırımız olmalıydı ve o sınırın ihlalini yapmamalıydık. Henüz on sekizime girmemiştim, birkaç ay daha sınırın etrafında dolaşmalı, o sınırdan içeri adım atmasına engel olmalıydım.

"Sılay," diye inleyerek ellerini karnıma indirdi ve tişörtümün eteğini kaldırırken, bir kez daha açlıkla dudaklarıma kapandı. Parmağı, göbek deliğimin etrafında dolaşıyor, şortumun lastiğinin etrafından teğet geçiyordu. Sıklaşan nefesimi saklama gereği duymadan, nefes nefese Temmuz'un dudaklarına odaklandım, kasıklarım istekle sızlıyordu ve bu isteği gidermek için bacaklarımı sıkıca kapatmak istiyordum. Deli edici bir şey beynimin içinde uğulduyor, iştahlı gözlerle daha fazlası için bana yalvarıyordu.

"Temmuz," diye inledim ağzına doğru, sesim kısık çıkmıştı. Mantığım beyin üstü yere çakılmış, her daim yanımda tuttuğum Osman ağabey gözden kaybolmuştu. Hislerden ibaret bir şekilde Temmuz'un kendisini bana bastırmasına izin verdim.

"Deliriyorum sana," dedi Temmuz kısık bir sesle.

Ona daha sıkı sarıldım, saçlarını okşarken Temmuz hem kendini bana bastırıyor hem de göbeğimi okşuyordu. Eli şortun lastiğine bir kez daha uğradığında, karnımdaki tüm kaslar kasıldı ve nefesim kaburgamın etrafında asılı kaldı. Bir misina ipi boğazıma dolanmıştı ve beynime oksijenin çıkmasına engel oluyordu.

Temmuz'un eli lastiği aralayıp, iç çamaşırımın üstüne kayacakken bir horoz bahçeyi ayağa kaldıracak şekilde ötmeye başladı. Aniden irkilerek Temmuz'a tokadı yapıştırdığımda Cibilliyetsiz hemen karşımızda, kanatlarını kabartarak bizi izliyor, durmadan ötüyor, bağırıyordu.

Temmuz, "Bu ne?" diye sordu şok içinde yanağını tutarken.

"Sen dua et pekmezini akıtmadığıma! Mayınlı bölgeye giden elini oturgaçlarına sokarım, sürahi gibi gezersin!"

Hızlı adımlarla içeri kaçarken yüzümde geniş bir tebessüm asılı kalmıştı ve kalbim hâlâ çığlık çığlığa bağırarak, bedenimdeki değişikliğin yankısını zihnime taşıyordu.

"Hadsiz!" dedim sırıtarak odaya yürürken. "Sapık Marul."

4. YARIŞ

Sıraç Karayel'den...

Yağmurun ıslattığı kaldırım taşları karanlık gölgelerle boğulurken, hiç şüphesiz kokusuyla kirlenen ruhların omzuna dokunurdu.

Kan lekesini yağmur suyundan başka hiçbir şey temizleyemezdi.

Gözlerim bir süre ahşaptan bozma, eski tavanı odağında tutmayı başardı. Yaz yağmuru kontrplakları dövüyordu. Gözlerim yatağın son tarafındaki küçük kadına kaydığında, uyku mahmurluğunu bir kenara itekledi.

Buz mavisi saten geceliği kalçalarına kadar açılmıştı, uzun, siyah ve hafif dalgalı saçları, bembeyaz yatak çarşaflarına kara bir leke gibi düşmüş, yağmurun kaldırıma bıraktığı izlerin aynısını yatağıma bırakmıştı. Uzun, siyah kirpikleri göz çukurlarına kadar değiyordu. Vişne kokulu avuçlarını sıkı bir yumruk yaptı, ardından yaptığı yumrukla yavaşça gözlerini ovalayıp, tatlı bir uyku homurtusu çıkardı.

Kemiklerime kadar âşık olduğumu bir kez daha hatırladım.

Yavaşça pikeyi bacaklarına çektikten sonra, uzun, pürüzsüz bacaklarını örtmeyi başardım. Yattığım yerden doğruldum ve sırtımı eski yatak başlığına yaslayıp, şakaklarımı ovaladım. Bir sigaraya ve sert bir kahveye ihtiyacım vardı. Gözlerim ahşap beşiğe takıldı, içi görünmüyordu ama içimden bir his, bana ait olan şeylerin gözlerinin açık olduğunu fısıldıyordu.

Yataktan kalktım. Ahşap beşiğin önünde dikildiğimde Umut, tembel mavi gözlerini açmış, uzun kirpiklerinin arasından bana uykulu gözlerle bakıyordu. "Uyandın mı, sıpa?" diye sordum, burnunu yavaşça çekti ve dudaklarını aralayarak hafifçe esnedi, esnerken gözleri kırışmıştı.

"Gel." Onu kucakladım, biraz süt, biraz da bebek pudrası kokuyordu. Güzel kokusunu içime doldurdum, cennetten bir parça önüme sunulmuştu. Cennetimden bir parça.

Umut, küçük parmaklarıyla kulak mememi kavradı ve yavaşça oynarken uykulu gözleriyle yüzümü izlemeye başladı. Ahşap sandalyeye oturdum ve yağmurun kontrplaklara vururken çıkardığı sesleri dinlemeye başladım, bir yandan da oğlumun sırtını sıvazlıyordum.

"Baştan anlaşalım, junior bamya." Ona yandan bir bakış attım. "Öyle çok samimiyete gelemem, hele şu an sırtını okşuyorken pırt yaparsan, götünü Cibilliyetsiz Horoz'a didikletirim."

Tuhaf, tatlı bir ses çıkardı. "Erkek adam tatlı sesler çıkarmaz, keserim çükünü, it."

Dilinin arasında boğukça, "Dada," dediğini işitir gibi oldum.

"Dada değil, lan. Baba diyeceksin, baba," dedim üstüne basarak. "De bakayım. Ba-ba. Baba. De."

Umut suratıma boş boş baktı.

"Desene."

Düz bir bakışma.

"Dada."

"Baba."

"Dadadadada."

"Sus, anneni uyandıracaksın, it."

Pembe ağzını gererek güldüğünde bir an duraksadım. Baba-oğul ilişkisi hakkında bilgim yoktu, bunu herkes biliyordu, belki de benim yetersiz bir baba olduğumu düşünüyorlardı. Belki de bu düşüncelerinde haklıydılar. Ama yine de elimden geleni yapıyordum. Burnumu Umut'un pürüzsüz, süt kokulu yanağına bastırdım ve yavaşça sürttüm, gözlerini yumduğunu ve beni hissettiğini gördüm, varlığından şüphe duyduğum şey sızladı.

"Aramızda bir mesafe olmasına izin vermeyeceğim, söz. Gerçek bir baba-oğul gibi olacağız. Hep yanında olacağım. Söz." Umut tatlı bir homurtu çıkardı, kulağımı yakaladı ve küçük avuçlarıyla, "Tamam," dercesine sıktı.

Yağmur hızlandığında, Umut hâlâ kucağımdaydı. Tekrar uykuya dalması çok uzun sürmedi, tembel gözleri uykunun kollarına düştükten hemen sonra onu beşiğine bıraktım ve Mavi'nin küçük battaniyesini yavaşça üstüne çekip, onu örttüm. Tekrar yatağa girdiğimde Mayıs kolunu benden tarafa atmıştı, kolunu kaldırdım ve çıplak karnımın üstüne koydum. Onu yavaşça kendime çekip kollarımın arasına aldım ve uzun, siyah saçlarının cennet kokusunu içime doldurdum.

Uzun, narin parmaklarını göğsüm boyunca kaydırdı ve boynuma dokundu. Gözlerini yavaşça kırpıştırdı ama açmadı. Onu sürüklediğim her şeyden nefret ediyordum. Benim yüzümden yaşadıklarından, hissettiklerinden, kaldırmak zorunda kaldıklarından nefret ediyordum.

Onu yaşamla ölümün arasındaki o ince çizgide cambazlık yaparak seviyordum.

"Özür dilerim," diye fısıldadım, duymayacağını bile bile. "Özür dilerim, miniğim. Gördüğün kanlar için, omuzlarına düşürdüklerim için. Her şey için. Affet beni, miniğim."

Dudaklarımı saçlarına bastırdım, gözlerimi sıkıca yumdum ve onu hissettim. Kâinatı parmaklarının ucunda yönetebileceğine inandığım küçük kadını hissettim.

"Affet..."

Yavaşça yutkundu, yağmur hızlandı ve griyle mavinin arasında kalan gökyüzünün ışığı yavaşça odaya süzüldü. Gözlerini kırpıştırarak açtığında, ne kadar süredir kollarımdaydı bilmiyordum, gözlerim hemen karşımızdaki gardırobun aynasındaki yansımamızdaydı.

"Günaydın," diye mırıldandım, sesim düzdü.

"Günaydın," dedi uyku çatlağı sesiyle. Gözlerini ovuştururken hâlâ kollarımdaydı. "Saat kaç?"

"Uyanmak için erken bir saat, miniğim. Uyu."

Burnunu çekti ve yanağını göğsüme sürttü. "Yağmur mu yağıyor?" Sesi şaşkındı. Başını kaldırmaya çalıştığında onu tuttum ve göğsüme gömdüm. "Yağmur yağıyor," diye fısıldadım. "Uyusana."

"Kocamın kollarında uyumak elbette şahane ama günü kaçırmak istemiyorum, Sıraç," dedi uykulu bir sesle. "Ayrıca bugün için hayallerim vardı, dışarı çıkacaktık."

"Yağmur yağarken sokağa çıkamazsın diye bir yasa mı var?"

"Yok ama bizim ikizlerimiz var." Sesi iğneleyiciydi. Çenesini göğsüme bastırdı ve uykulu, cennet yangını gözleriyle gözlerimin içine baktı. Uzun kirpikleri birbirine girmişti, dudakları aralıklı duruyordu ve kızarmıştı. Bir an onu arzuladığımı hissettim, tam da şu an. Onun zarif boynunu yatağa gömerek... Hırlayarak gözlerimi yumduğumda kıkırdadı.

"Ne düşündüğünü biliyorum."

Gözlerimi açmadan, "Öyle mi?" diye sordum. Dilini göğüs kaslarımın üstünde hissettiğimde dişlerimi sıkarak, "Siktir, minik şeytan, kes şunu," diye inledim. Dilinin ıslak dokusu, kaslarımın seğirmesine neden olmuştu. Bedenimin dilinden anlıyordu, aslında bedenimin dilinden sadece o anlayabilirdi. Bundan emin olmam için başka bir kadınla yatmama gerek yoktu.

"Kocam karısını istiyor," diye kıkırdadı. "Yirmi beşlik koca dana seni, azdın mı?"

Kaşlarımı çattım. "Lafını geri al."

"Almam."

"Lafını geri almazsan başka şeyler almak zorunda kalacaksın, minik şeytan," diye fısıldadım ve gözlerimi yavaşça açtım.

Alt dudağını dudaklarının arasına aldı ve gözlerimin içine ürkek bir bakış attı. Güzelliğini içime çektim, pekâlâ ona dokunmadan, yalnızca izleyerek bile onunla yaşayabilirdim.

"Ne gibi?"

"Çok yaramaz küçük bir kız çocuğusun," diye mırıldandım ve yüzünü avuçlarımın arasına aldım. "Sana doyamıyorum."

Avuçlarımın içinde küçücük kalan yüzünün küçük yanağını avucuma bastırdı ve gözlerini yumdu, yavaşça yanağını avucuma sürttü. Parmaklarımın arasında cennetin elmastan anahtarını tutuyormuş gibi büyük bir heyecanla ona bakarken, bu heyecanın ne zaman son bulacağını sorguladım. "Her şey geride kaldı, değil mi?" diye sordu, gözlerini açmadan. "Bundan sonra üzülmeyeceğiz, değil mi?"

Zihnimin gerisinde patlak topunu sektirmeye çalışan dizi yaralı küçük erkek çocuğu gözlerimin içine baktı. Mayıs'ın güzel yüzünü izlerken, "Üzülsek bile bu kadar derin yaralar almayacağız, söz veriyorum," dedim kısık bir sesle. Dudakları titredi ama herhangi bir tepki vermedi.

"Sen yanımda ol da, ben paramparça olsam ses çıkarmam Karayel. Yeter ki sen ol yanımda. Ben parçalandıktan sonra, birinin benim parçalarımı toparlayacağını bileyim."

Dudaklarımı onunla geleceğimizin yazılı olduğu alnına bastırdım. İçli bir şekilde iç çekti. "Toplarken ellerimin parçalanacağını bilsem, o parçaları toplamak benim boynumun borcu, minik şeytan."

"Ben var ya..." dedi yavaşça gözlerini açarken. Kirpikleri çeneme temas etti, dudaklarımı alnından çekmeden, "Sen var ya?" diye sordum.

Kollarını iki yana açıp, kucağıma oturdu ve alnını dudaklarımdan çekti. "Seni koskocaman seviyorum, yirmi beşlik dana," dedi genişçe gülümseyerek. Kollarını daha da açtı ve, "Koskocaman!" diye kıkırdadı. Onu belinden yakalayıp, üstüme devirirken, büyük bir açlıkla kucakladım. Küçük kalbinin çırpınışını, sağ göğsümün boşluğunda hissediyordum. Büyük ve küflü kalbim, onun küçük ve parlak, mavi umutlar vaat eden kalbinin olduğu kafese girebilmek için derimi yırtmak istercesine tekmeledi.

"Kız, sidikli. Bak hemen bitişiğindeki beşikte iki tane sıpa var, senden çıktı onlar. Sen neden hâlâ böyle bıcırık bıcırık hareketler yapıp, aklımı alıyorsun benim?"

"Yaparım," dedi dudaklarını bükerek. "On dokuzumdayım ben, çocuk doğurdum diye kırk yaşında gibi mi davranacakmışım?"

"Vur on dokuz yaşında olduğunu yüzüme, Mayıs, vur, vur."

"Baksana," diye fısıldadı kulağıma doğru. "Şu otel işine sıcak bakmaya başladım."

Kasıklarımda yankılanan sıcaklıkla onu kendime bastırdım. "Canın yeter ki istesin, otele gitmemize gerek bile yok, biliyorsun," diye fısıldadım kulağına.

"Ben sensiz ne yaparım be? Ölürüm sana!"

"Benim sensiz ölmeye niyetim yok, senin de bensiz ölmene iki cihan bir araya gelse izin vermem." Burnumu burnuna sürttüm. "Birlikte."

Öğlene doğru yağmur dinmişti ama gümüşi gri ve boğuk mavi rengindeki gökyüzü hâkimiyetini koruyordu. İki üç gün içinde İzmir'e dönecektik, İzmir'e dönmeden önce Yer Altı'na gitmek için Şahin'le iletişime geçmiştim. Tirrek Halim kedilerimi evde tek bırakmıştı ama Yavuz sık sık eve uğrayıp, kedilerle ilgileniyordu. Telefondan Yavuz'un gönderdiği dosya ile ilgili maillerimi kontrol ettim ve yabancılarla olan anlaşma için düşünmeye başladım. Şafak Uzar'ın şirketiyle çalışmak... Yabancılar beni katil etmek için bilerek önüme sürmüş gibiydi bunu. Kaşlarımı çattım ve telefonu masanın üstüne bıraktım.

Sılay önündeki portakal suyundan büyük bir yudum aldıktan sonra, "Sorun ne?" diye sordu, Mayıs salonda ikizleri emziriyor, Temmuz banyo yapıyordu. Omuz silktim, kardeşime bunu yansıtmak istemiyordum ve her ne kadar bihaber olduğumu düşünüyor olsa da Şafak Uzar hakkındaki birkaç gerçeği biliyordum.

"Ağabey, söylemeyecek misin?"

"Yok bir şey," dedim keskin bir sesle. "İşle ilgili küçük bir problem çıktı, onu hallettim."

Kaşlarını kaldırdı. "Karamaça Holding'le ilgili mi? Yoksa Karayel Holding'le mi? Ağabey... İkisiyle aynı anda ilgileniyorsun, bu zor olmuyor mu?"

"Benim için zor değil, daha zorlarıyla başa çıktım, biliyorsun." Göz kırpıp, yanağından makas aldım. Sırıtarak yüzüme baktı ve yeşilin yoğun olduğu gözlerini kırpıştırdı. "Yakışıklım benim!"

"Mayıs duymasın, yolar seni."

Yüzünü buruşturdu. "Ay yapar o, beklerim ben ondan, ha." Kıkırdadı. "Kızı nasıl gırtlakladı."

"Yalnız iyi gırtlakladı," diye takıldım.

Sılay, portakal suyundan bir yudum daha aldıktan sonra sırtını ahşap sandalyeye yasladı ve bakışlarını tavana odakladı. Bana benzeyen yüzünde oluşan ifade bir an duraksamama neden oldu. Önümdeki sade kahveden büyük bir yudum aldım.

"Seni çok seviyor, ağabey," dedi gözlerini tavandan çekmeden. Kollarını geriye doğru atarak esnetti. "Birçok kadının cüret edemeyeceği şeylere cüret edecek kadar çok hem de..." Mideme takılan ve boğazıma sarılan yumrunun varlığıyla gözlerimi kaçırdım. Sılay'ın bilmediği şeyler vardı, buna rağmen Mayıs'ın benim için cüret gösterdiği şeylerden bahsediyordu. O gecenin kanlı izleri zihnimin siyah denizinin kıyısında pantolonunun paçalarını ıslatacak şekilde suyla oynayan küçük çocuğun irkilmesine neden olmuştu. Benim için birini öldürürken ki kararlılığı, gerçekliğini yüzüme çarptı.

Sessizliğim Sılay'a bir söz hakkı daha doğurdu. "Senin mutluluğun beni mutlu ediyor, gerçekten." Gözlerini kaçırıp elini kaldırdı ve, "Sakın bana cevap verme, bunu içimden geldiği için söylüyorum," diye mırıldandı, bana bakmadan konuşuyordu. "Kolay bir çocukluk yaşamadık ve... Senin benden daha fazla sevgiye ihtiyacın vardı, babam bana karşı daha anlayışlı davrandı ağabey. Sen gerçekten... Bu sevgiyi dibine kadar hak ediyorsun."

Hak ediyor muydum? Düşüncelerimin ortasında büyük bir soru işareti belirdi. Onun hayatını mahvediyordum, bana verdiği yüce sevginin ne kadarını hak ediyordum ki? Beni tanımadan önce masumdu, bir şeyleri üç dört kez söylemeden anlamayacak kadar saftı. Ona yaptıklarımdan dolayı kendimi suçlu hissetsem de yüzük parmağımdaki kırmızı iplik beni kadersel bir çekimle beni ona bağlıyordu. Onun tadını almıştım ve bundan böyle onsuz bir hayat imkânı yok düşünemiyordum.

Bakışlarımı önüme çevirdim ve kahvemden bir yudum daha aldım. "Mayıs da aradığım her şeyin en fazlası var minik fare, beni kafana takma. Sen kendi önüne bak."

"Benim için değerlisin, koca kafalı, anlamıyor musun?" Sesi sertti. Göz ucuyla ona baktığımda kaşlarını çattığını gördüm. Kaşlarını çattığında, annemin vazolarını kırdığımdaki bakışını andırıyordu yüzündeki sert ifade. "Senden başka hiç kimsem yok, ağabey." Gözleri yumuşadı. Çakır gözlerinde bir mumun rüzgârlı bir ortamda yanmaya çalışırken ki titrek parlaklığı vardı. "Benim senden başka hiç kimsem yok."

Yutkunamadığımı hissettim. Küçük ellerinin arasında tuttuğu paramparça edilmiş kalbini bana gösterirken, ilk kez bu kadar açıktı. Sandalyesini yerde sürüyerek yanıma yaklaştı ve başını omzuma yasladı. "Senden başka gidecek kimsem yok."

"Sılay?"

"Çok yalnızım," dedi kısık bir sesle. "Ağabey, çok yalnızım."

"Yalnız değilsin," derken kaşlarım çatılmıştı. "Bu da nereden çıktı?"

Burnunu omzuma yasladı ve, "Yanımdasın, değil mi?" diye sordu, sesi içliydi. Dağıldığımı hissettim. Sokak arasında misket yuvarlayan küçük çocukların, birbirine vurduğu bilyeleri gibi oradan oraya savruldu içimdeki her şey.

"Elbette yanındayım." Kolumu kaldırıp onu kolumun altına aldım ve sıkıca sarılıp, yüzünü göğsüme bastırdım. "Ağabeyin seni bırakır mı hiç, şaşkaloz? Ben nefes aldığım sürece asla yalnız değilsin."

"O zaman hep nefes al," dedi boğuk bir sesle. "Tamam mı?"

"Tamam zilli," derken sesim yumuşamıştı. Ona sıkıca sarıldım. "Ama nefesimin yetmediği yerde Mavi ve Umut var, unutma."

"Ağabey, öyle deme!" diye çemkirdi.

"Çemkirme bana, geceleri yatağına işeyip, su döküldü dediğini anlatırım bamyaya, yalan ederim senin tüm karizmanı," dedim sırf biraz olsun güldürebilmek için.

Sılay kafasını göğsümden kaldırıp, "Hiç de bile, işemedim ben hiç yatağıma, su dökülüyordu hep," dedi dudaklarını bükerek.

"Tabii, işemedin hiç. Sarı sarı koca halkaları da su bırakıyordu çarşafına."

"Ya ağabey!" diye bağırdı ve kapıya korkulu gözlerle baktı. "Küçücüktüm bir kere! Ben Mayıs'a senin sünnet olmamak için konuklardan birini elinde sünnetçinin usturasıyla rehin aldığını söyledim mi hiç?"

Gözlerimi kıstım. "Öyle bir şey olmadı, hayal görme."

"Çok küçük olabilirdim ama nasıl çığırdığını hâlâ hatırlıyorum, kesmeyin, kestirmem onu, ne istiyorsunuz ondan, neden kesecekler, diye bağırıp ortalığı birbirine kattın. En son İsmail amcanın kucağında *kestirme, keserlerse kız olurum* diye ağlıyordun. Sonra da adamı rehin aldın."

"Zaraliye, benim canımı sıkma," diye homurdandım. Sanırım küçüklüğümle ilgili güzel birkaç anı sıkıştırabilmiştim onun zihnine. Onun önünde ağlamamak için dişlerimi sıktığım, babamın şaka yaptığını söylediğim zamanları hatırladım. Sılay'ın babama ördürmek istediği saçlarını örmeye çalışmıştım, örme işlemi düğümle sonuçlanmış olsa da o şekilde okula gitmişti. Daha birinci sınıftaydı. Gözlerimi yumdum ve bu buruk hatırayı silmeye çalıştım.

"Nasıl da kızdırıyorum seni," diye kıkırdadı. "Öküzümsü seni, çok seviyorum be seni. Büyümüşte çocukları olmuş!"

"Tamam, yavşama," diye takıldım ve yavaşça geri çekildim.

"Ağabey, ne zaman dönüyoruz?"

"İki üç güne dönüyoruz, işler beni bekler."

"Şey, peki Savaş'ın buraya gelmesine bozuldun mu?" Gözlerini yüzüme dikti.

Tabii ki de bozuldum. "Hayır," dedim düz bir şekilde. "Neden?"

"Yani... Biliyorsun... Mayıs..." Gözlerini kaçırdı. "Ay siz evlisiniz sonuçta. Savaş da kötü biri değil."

Omuz silktim, bunu yaparken olumsuzluklar omuzlarımdan aşağı döküldü ama renk vermemeye çalıştım. "Ankaralı kötü biri değil, Mayıs da benim karım. Bana ait." Sesimin sertleştiğini son anda fark ettim, Sılay gözlerini kırpıştırarak bana bakıyordu.

Uzun saçlarını sol omzunun üstüne attıktan sonra yavaşça tebessüm etti.

"Onu öldürmek istiyorsun."

"Daha fazlası?" dedim sorar gibi ve Sılay başını arkaya atarak güldü.

"Bazen ona ben bile katlanamıyorum, Allah sana kolaylık versin, öküzümsü."

Sana ait bir şeye el uzatıldığında hırçınlaşırdın, bu doğası gereğiydi doğanın. Ankaralı benim olan şeye el uzatmasa da o şeyin varlığı için birçok şeyden vazgeçeceğini bilmek beni deli ediyordu. Şüphe duymak başka, bilmek bambaşkaydı. Bilerek yaşaması daha zordu, seni yoruyor, yıpratıyordu.

Sılay'ın uzun saç tellerinden bir tanesine dokunduktan sonra, "Şşş, Zaraliye," diye fısıldadım, bana soru işareti dolu, iri, çakır gözlerle baktı. "Gel saçlarını öreyim."

Bana gözlerini patlatarak baktı. "Oldu, başka? En son bunu yaptığında okulda kafama bir yumurta atmadıkları kalmıştı. Öreceğim diye bir sürü düğüm atmıştın kafama, saçlarımı kısacık kestirdiler senin yüzünden," dedi dehşet içinde.

Onu o şekilde utandıktan sonra sırf bir daha utanmaması için saç örmeyi öğrenmiştim ama sonra da Sılay çok ağlamış ve rezil olduğunu söyleyip benden kaçmıştı. "Artık örebiliyorum," dedim kaşlarımı çatarak. "Geliyor musun, yolayım mı pırasalarını?"

Bana yandan bir bakış attı, ardından yavaşça sokuldu ve, "İyi be öküzümsü, ör hadi," diye sızlandı. "Bak yine düğüm atar da beni saçımdan edersen, aynısını Mayıs'a yaparım."

Saçlarını yavaşça yoldum ve kafasını hızlıca sallayıp, "Gırtlağını sıkar valla," diye takıldım ve onu önüme çekip saçlarını parmaklarımla düzelttim. Saçlarını üçe ayırdıktan sonra yavaş yavaş örmeye başladım.

"Sana bir sır vereyim mi, sidikli?"

"Ver," dedi, omuzlarını düşürüp derin bir nefes aldı.

"Seninle CanKan dansı yapmayı özledim Zaraliye."

Başını arkaya atarak kıkırdadı ve örgüyü bozarken, göğsüme yaslandı. "Seni çok seviyorum ağabey," diye fısıldadı. Gözlerimi yumdum, dudaklarımı onun saçlarına bastırdım ve, "Ben de seni çok seviyorum minik fare," diye fısıldadım.

Sılay'ı iyileştirmek istiyordum, geçmişten sıyırmak ve yeni bir gelecek vaat etmek. Ama bu pek de mümkün değildi.

Bizim gibiler, kendi kendilerini iyileştirmek zorundaydılar. Zamanla. Acıyarak. Belki de acıtarak.

∞

Mayıs Karayel'den...

Bebek mavisi akşamüstü güzelliğinin üstüne bayrak gibi çekilen uçuk pembe, açık mor rengindeki bulutlara baktım ve ciğerlerime derin bir nefes doldurdum. Yağmur suyunun kabarttığı toprak kokusu, en içten dokunuşunu kondurdu ciğerlerime. Mayıs ayında olmamıza rağmen hava serindi, ince, uzun kollu, camgöbeği rengindeki kazağıma sarındım ve kollarımı göğsümün üstünde topladım.

Mavi ve Umut içeride uyuyorlardı, bir bebeğin yaptığı tek şey buydu sanırım. Ayağımda parmak arası terlikler vardı, soğuk hava çıplak ayaklarıma çarptı. Sıraç'a ait koyu gri eşofman altı bacaklarımdan dökülüyordu ama yine de sıcak tuttuğu için bunu giymiştim.

Yokuşun başındaydım, hemen önümden uzun bir yokuş aşağıya, dar bir mahalleye iniyordu. Olduğum konum yüksekte kaldığı için denizi ve iskeleyi, gemilerin uzun direklerini görebiliyordum. Güneş, belli belirsiz siluetini dağların arkasına saklamak için büyük bir çaba sarf ederken, uçuk pembe bulutlar yavaşça hareket ediyordu. Henüz gün yerini geceye bırakmamış da olsa, hilal şeklindeki ayı ve birkaç yıldızı görebilmiştim.

"Ne yapıyorsun fıstık?" diye sordu Merve, yanında Ayda vardı, Ayda telefonla konuşuyordu. Birkaç kez anne dediğini duydum ve bir ebeveyn görüşmesi yaptığını hemen anladım, bizden birkaç adım ileride duruyordu, bu kez fuşya renginde bir şal takmıştı, uzun bol siyah bir pantolon giymişti, güzel bir fiziğe sahipti, yine de tesettür ona çok yakışıyordu.

"Hiç, gökyüzünü izliyorum öyle. Anca uyudular, Sıraç da Halim'le bir yere kadar gitti biraz önce. Tek kaldım."

Sırıttı. "Eşkıya kocanı mı özledin, kız?" Omzuma yavaşça vurduktan sonra hemen yanıma dikildi ve gözlerini görünen denize çevirdi. "Şu Fethiye'nin en çok bu yüksekteki mahallelerini seviyorum. Sokağa bir çıkıyorsun, deniz ayaklarının altında. Baksana şu güzelliğe," diye fısıldadı. "Yaz geldi, hâlâ denize giremedik."

"Daha mayıs ayındayız ve bugün yağmur yağdı. Baharın son, yazın ilk yağmuruydu sanırım."

Merve dudaklarını büküp, omuz silkti. "Ama hava sıcak, tamam şu an biraz serin olabilir ama Fethiye'nin havası kancıktır, sabah bir kalkarız, çöl sıcağı."

"Aslında İzmir'e dönmeden ben de bir denize gitmek istiyordum, Fethiye'deki koyları daha çok seviyorum, İzmir çok kalabalık oluyor." Bir an geçen yıl bana giydirdiği civcivli çocuk mayosunu hatırlayınca yüzümü buruşturdum. "Kıskançlığı en üst seviyelerde yaşıyor benimki."

"Çünkü o bir eşkıya," dedi Merve gözlerini büyüterek. Ona memnuniyetsiz bir bakış attığımda, "Ne? Ciddiyim. O gerçek bir eşkıya. Aşkına eşkıya," dedi ve kıkırdadı. "Adam seni kanayan gül resmi gibi seviyor Mayıs. Kıymetini bil bence."

"Heh, çok komik."

"Ya şaka yapıyorum," diyerek dudaklarını büktü. "Hep depresyon modunda dolaşmamı mı istiyorsun? Bir de bu Başak bende kafa yaptı galiba, kız etrafımda dolaştığından beri tuhaf espriler yapıyorum, ağabeyime göreyse sadece espri yaptığımı sanıyorum. Alın şu kızı evimden, Mayıs. Başak ile yirmi dört saatten fazla vakit geçirmemeli insan."

"Bence de Savaş haklı, espri yaptığını sanıyorsun." Bir süre birbirimize tip tip baktıktan sonra, Ayda telefonunu cebine koyarak bize yöneldi ve hemen önümüzde durduğunda, "Merhaba," dedi gülümseyerek. Küçük burnu, üstü ince, altı dolgun pembe dudakları, iri gözleri vardı ve şal onun yüzünü olduğundan çok daha küçük gösteriyordu. Gülümsemesi ışıl ışıldı.

"Merhaba Ayda, iyi ki geldin," dedim Merve'ye korku dolu bir bakış atarak. "Şu kız tüm gününü Başak'la geçiriyor, değişmiyor ama sen bir gün içinde nasıl bu hale geldin benim aklım almıyor, Merve."

"Benim bünye alışık," dedi Ayda sırıtarak. "İşlemiyor artık, bağışıklık kazandım ben Başak'a karşı."

Merve, "Bak, gördün mü? Kız bağışıklık kazanmış, ben hazırlıksız yakalandım," dedi gözlerini devirerek. Biraz sonra Fatma Teyze'nin büyük bahçesinde bir horozun kanat çırpışlarını, ardından bir kızın, "Gelsene, çok yalnızım, ilgilen benimle," diye bağırdığını duyduk. Üçümüzün de kafası aynı anda bahçeye döndüğünde, Cibilliyetsiz kanatlarını kocaman açmış, yardım dilenir gibi feryat ederek koşuyor, arkasında da Başak koşuyordu.

"Al işte. Bakın diyorum size, bu kız normal değil," dedi Merve korku dolu gözlerle Başak'a bakarak.

Başak, "Rabbiiiiiim! Çok yalnızım!" diye bağırdı.

"Yine niye anırıyor bu?" diye sordu Merve hoşnutsuz bir ifadeyle ona bakarken, Başak bir anda yine koşmaya başladığında Merve korkarak arkama saklandı. "Ya korkuyorum ben bu kızdan!"

"Selim ve Zehra'nın çıkmaya başladığını görmüş Facebook hesabında. Selim ilk aşkıydı bu saftiriğin, birinci sınıftan yedinci sınıfa kadar umutsuzca çocuğu izledi." Ayda derin bir iç çekti. "Arada girer böyle depresyonlara, çıkar birazdan. Merak etmeyin, ısırmıyor."

"Sılay!" diye bağırdı Başak dramatik bir şekilde yüzünü örterek. "Kankam! Neredesin? Bu kör olasıca Ayda kız kurusu beni anlamıyor! Neredesin Sılaaay, sevgilim aşkım sensiz yapamıyorum..."

"Ne bağırıyor bu kız kıçına ağaç dalı batmış orangutan gibi?" diye bağırdı Savaş bir anda balkonun kapısını çarparak açarak. Altında siyah bir eşofman altı vardı, üstü çıplaktı ve saçları darmadağındı. Uykudan yeni kalktığı her halinden belli oluyordu.

Ayda'nın duraksadığını ve bakışlarını kaçırdığını gördüğümde bilinçaltım yaptığı yumruğu göğe salladı ve zaferle sırıttı. Onun da Savaş'a bir ilgisi vardı! Savaş uykulu gözlerini bir süre bizim üstümüzde dolaştırdıktan sonra Başak'a baktı. Başak ağzı açık Savaş'a bakarken, "Kaslarını çek, öyle konuşalım," diye ağzından kaçırıverdi. Belki de bilinçli yapmıştı, bilmiyordum. Biraz fevri bir kızdı, onu sevmedim desem yalan olurdu. Böyle insanlara ihtiyacım vardı.

"Bağırma satır görmüş dana gibi, canımı sıkıyorsun. Dün gece de hiç uyuyamadım senin patırtın yüzünden," dedi Savaş düz bir sesle. "Ağzını bantlayıp elini kolunu sandalyeye bağlarım senin."

"Üzüyorsun beni, kas kütlesi," dedi Başak dudaklarını bükerek. "Bak şu an yalnızlığın zirvesindeyim, bir de sen vurma."

"Allah aşkına şunu susturun, çok uykum var," dedi Savaş yalvarır gibi bize bakarak. Siyah bakışlar bir süre yüzümde oyalandıktan sonra gözlerini kaçırdı, bakışlarını tekrar Başak'a çevirdi. "Yemin ediyorum yaparım, kızım. Bağlarım seni sandalyeye, gemici düğümü atarım. Bir sus gözünü seveyim ya, bir sus."

"Gözümü seversen susarım, nasıl seviliyor göz? Göstersene bir," dedi Başak elini beline koyarak. "Hem ne bu? Ayı mısın sen? Bu ne uyku doyumsuzluğu? Saatlerdir öküz gibi uyuyorsun."

"Ulan senin yüzünden sekiz saat uykumun yedi saatini sabır dilenerek geçirdim ben." Savaş tırabzanlara tutunup kaşlarını kaldırarak Başak'a baktı. "İndirme beni aşağıya, kız mız dememem..."

"Mız demene gerek yok zaten," dedi Başak, Savaş'a dik dik bakarak.

"Çattık ya! Kızım, bak son kez söylüyorum. Sen o koca ağzını kapatacak mısın, yoksa ben senin ağzını kapatacak acılı bir yol bulayım mı?"

"Ya sen işkembe ve paçayı karıştırtıp, yanında iki tabak yeşil sivri biber yiyen kızı acıyla korkutabilir misin?" dedi Ayda bir anda Savaş'a dönerek. "Git uyu, ben sustururum onu."

Savaş duraksadı. Ayda'ya kısa bir bakış attıktan sonra başını yavaşça salladı ve arkasını dönüp, kapıya yöneldi. Ardından duraksadı ve omzunun üstünden arkasına kısaca baktı. "Sağ ol," dedi, sesinde düz, anlaşılması güç ama Ayda'nın iradesini paramparça edecek kadar sert bir ima vardı. Ayda gözlerini kaçırdı, Başak bir an için sessizleşti ve Merve telefonuyla ilgilenirken hiçbir şeyin farkına varmadı.

Sıraç'a ait olan eşofmanımın geniş cebindeki telefonum titrediğinde, ortamın gerginliğinden sıyrılarak telefonumu çıkardım.

Kimden: Karayelim
Yoldayım, birazdan orada olurum. Gelirken almamı istediğin bir şey var mı? Sor o güzel göbüşüne, canı bir şey istiyor mu? (18.05)

Kime: Karayelim
Canım seni istiyor, çabuk gel. (18.06)

Merve kafasını ekrana doğru uzatıp, "Sanal sekse devam mı?" diye sordu kaşlarını kaldırarak. Ayda duymadığı için şanslıydım ama yine de omzuna sertçe vurarak Ayda'yı işaret ettim. Tamam, biz arkadaş olabilirdik ama Ayda gencecik bir kızdı, Merve'yle aynı yaşta olabilirdi ama bu tür bir konuya şahitlik etmek istemeyeceğinden son derece emindim.

Kimden: Karayelim
Coşturup coşturup bırakıyorsun fakiri, intikamım acı olacak minik şeytan. (18.07)

Kime: Karayelim
Nasıl eğleniyorum anlatamam. Şu hallerin bu aralar en büyük eğlencem. (18.08)

Kimden: Karayelim
Elbet yalnız kalacağız Mayıs Efendi. O zaman kork benden. Nasıl doluyum bir bilsen, beni boşaltmak birkaç gününü alacak. Her anlamda BOŞALTMAK. (18.09)

Kime: Karayelim
Beni heyecanlandırıyorsunuz Karayel. (18.10)
Kimden: Karayelim
Kasıklarındaki damarlar heyecandan çatlayacak. Bu gece kaçışın yok Bayan Karayel. (18.11)

Kime: Karayelim
Bana Karamaça demeni özledim, sanırım. (18.12)
Kimden: Karayelim
Ağzına ağzımla bir çakarım, on gün ekmek yiyemezsin Mayıs. (18.13)
Kime: Karayelim
Teşekkürler ayı. Ayrıca hadi yiyorsa bir çak da seni sakat bırakayım. (18.14)

Kimden: Karayelim
Estağfurullah... (18.15)

Gözlerimi devirerek telefonu geniş cebime attım. Sılay, üst katın penceresinden kafasını uzattı ve, "Mayıs, Mavi terlemiş, değiştireyim mi?" diye bağırdı.

"Sakın!" diye bağırdım. "Kolunu bacağını kıracak çocuğumun! Sırtındaki bezi al sadece, bez çekmiştir terini."

Sılay yüzünü buruşturarak, "Ay iyi be," diye söylendi ve pencereyi çarparak kapattı.

"Neden ayakta dikiliyoruz? Bacaklarımız varis olacak," dedi Merve gözlerini devirerek. "Şu kenarda oturalım. Islak mı yerler?" Eliyle kaldırımın yüksek tümseğini analiz ettikten sonra, "Kurumuş, çökün," dedi ve kendini tümseğin üstüne atıp, bağdaş kurarak oturdu.

Hemen yanına oturdum ve Ayda da benim yanıma oturdu. Başak hâlâ bahçede Cibilliyetsiz'i koşturuyordu. Bir an için ne kadar masum bir ortam yakaladığımı düşündüm, her şey olması gerektiği gibi, belki de olması gerektiğinden çok daha masumdu. Benim aksime. Kanın kokusunu parmaklarına hapsetmiş biri olarak, onların yanında kendimi fazla aykırı buluyordum. Acaba benim birini öldürdüğümü bilseler nasıl bir tepki verirlerdi? Özellikle Ayda gibi biri, kesinlikle benden nefret bile edebilirdi. Gözlerim Ayda'ya kaydı, parlak gözlerini gökyüzüne dikmiş, gittikçe daha da kasvetli bir şekil alan gökyüzünün boğuk mavisini izliyordu.

"Ayda?"

Bir an duraksadı ve ardından omzunun üstünden bana baktı. "Efendim abla?"

"Mayıs yeterli," dedim gülümseyerek.

"Ağız alışkanlığı."

"Sana bir şey sorabilir miyim?" diye sorduğumda, başını hızlıca sallayarak, "Tabii," dedi. Uzun, beyaz ve ince parmaklarıyla şalını düzeltti ve bana ilgi dolu parlak, iri, kahverengi gözlerle baktı.

"Yanlış anlama... Yani ben de Müslüman'ım ama sen benden daha bilinçlisin, birçok şeyi benden daha iyi bildiğin kesin..."

"Estağfurullah," dedi Ayda başını sallayarak.

"Öyle..." Güldüm ama gülmek için gülmemiştim. Kendime zaman yaratıyordum, dilime konacak kelimeleri düzgün seçmeli, onlardan renk vermeyecek cümleler kurmalıydım. Yavaşça yutkundum ve, "Sence en büyük günah nedir?" diye sordum.

"En büyük günah kalp kırmaktır abla."

Başımı hızlıca salladım, bizim kalbimiz çok kırılmıştı. Bizim kalbimizi kıranların günahı daha büyüktü, en ince kemiğimizden kırmaya çalışanların günahı daha büyüktü. İçimden durmadan bunu tekrarladım, vicdanımı hafifletmeye çalıştım. Ben yapmasaydım, o yapacaktı. Bana ait olan bir şeyi benden çalacaktı.

"Peki başka?"

"En büyük günah... Günahı bilmemektir." Tatlı bir tebessüm etti.

Duraksadım. "Peki sence birini öldürmenin günahı çok mu büyüktür?"

"Derine indiğinde, işlenen her günah büyüktür bence abla. Ama Allah en iyisini, en doğrusunu bilir. Bunun cevabını vermek bana düşmez," dedi kısık bir sesle. "Nasıl adalette Meşru Müdafaa diye bir şey varsa, İslamda da Meşru Müdafaa diye bir şey var."

Sanki içimi okumuş gibi verdiği cevabı biraz olsun yüreğimi soğuturken, elimi onun omzuna koyup yavaşça ovaladım. "Sılay çok şanslı," dedim yavaşça gülümserken. "Onun gibi lisedeyken bu kadar sağlam arkadaşlıklarım yoktu."

"Abla... Şey yani, Mayıs... Bence şu an en güzel arkadaşlıklara sen sahipsin." Başını omzuna düşürerek gülümsedi. "Seni çok seven bir sürü gerçek dostun var ve seni canından çok seven bir eşe sahipsin. Sıraç ağabey seni çok seviyor."

Gri bir motor önümüzde durduğunda, gümüşi gri kaskın içinden Doğukan çıktı ve kumral saçlarını geriye atarak düzeltti. Merve kaskatı olmuş ona bakarken, Merve'ye omzumla yavaşça vurdum ama renk vermedi. "Selam yenge," dedi kısaca bana baktıktan sonra, hemen ardından bakışları Merve'yi yakaladı ve ona kısık bir bakış attı. Motor çalışıyordu, Doğukan ayaklarını yere basarak motorun üstünde duruyordu, kaskı diğer koluna taktı ve, "Sıraç Ağabeyim burada mı?" diye sordu.

"Birazdan gelecek. Ne oldu?"

"Bana bir görün demişti, yenge. Neyse, uğradığımı söylersin," dedi ve kaskı tekrar takacakken Merve'nin onu biraz daha görebilmesi için onu durdurdum. "Motor nereden?" diye sordum ve bacağımla yavaşça Merve'nin bacağına değerimi bil, vuruşu yaptım.

"Kiraladım yenge. Geceleri Savaş ağabeyin evinde kalıyorum, gündüzleri oyalanacak bir şey arıyor insan."

"Şimdi nereye gidiyorsun?" diye sordum, kendimi sorgu memuru gibi hissediyor olsam da Merve'nin bana minnetle baktığını hissedebilmiştim.

"Eski bir arkadaşımın yanına uğrayacağım," dedi ve saçlarını bir kez daha karıştırdı, göz ucuyla sık sık Merve'ye bakıyordu, Ayda'yla kısaca kıkırdaştık.

Merve'nin çenesinin seğirdiğini gördüm. "Kim o arkadaşın?" diye sordu, sesindeki düz sertliğin rüzgârı Doğukan'ın kumral saçlarına çarparken, Doğukan duraksadı ve altın rengindeki gözlerini kırpıştırarak Merve'ye baktı.

"Sana ne?"

Merve kaşlarını kaldırarak, "Bana ne?" dedi sorar gibi. Sonra başını iki yana sallayarak, "Bana ne?" diye söylendi. "Tabii ki de bana ne!"

Doğukan'ın dudaklarından titrek bir tebessüm geçti, o kadar silikti ki, varlığını yakalamakta güçlük çekmiştim. "Sorun mu var Merve?" diye sordu, sesindeki yakıcı ima beni güldürdü. Başımı yavaşça sallayarak yanaklarımın içini dişledim ve kahkahamı bastırdım.

"Ne sorunu olacak Doğukan?" Merve'nin çenesinden köpükler akacak diye korkuyordum, kuduzlu gibi Doğukan'a bakarken gerçekten tehlikeli görünüyordu.

"Bilmem, ben de sana soruyorum?" Doğukan resmen dalga geçiyordu.

"Hadi bas git, canımı sıkma benim," dedi Merve çenesiyle motoru işaret ederek. "Kalkarsam indiririm motorunun jantlarını, ekstra ücret ödemek zorunda kalırsın."

"Hırçın."

"Bok," dedi Merve dişlerinin arasından.

"Terbiyesiz kız çocuğu."

"Sarı bok."

"Sarı değilim ben."

"Sapsarısın, cıvık bok." Merve gözlerini baydı. "Midemi bulandırıyorsun, git hadi."

Ayda'yla gülmemek için yanaklarımızın içini dişlerken Merve bize ters bir bakış attı. "Gönderin şunu, elimden bir kaza çıkacak. Gitsin o 'eski arkadaşının!' yanına. Bekletmesin o 'eski arkadaşını!' hadi."

"Tamam," dedi Doğukan üstüne basıp gülerek. "Gidiyorum ben o *'eski arkadaşımın'* yanına."

"Defol!"

Doğukan kaskı kafasına geçirmeden hemen önce, "Ben de seni," dedi ve kaskı kafasına geçirip motoru hareket ettirdi. Merve boynuna kadar kıpkırmızı olmuş şekilde oturduğu yere siyah dallarını bırakırken, Ayda'yla biz kocaman olmuş gözlerle Doğukan'ın arkasından bakakaldık.

"O neydi?" diye sordum şaşkın bir sesle.

"Aşk ilanı gibi," dedi Ayda, onun da sesi şaşkındı.

"Kapayın çenenizi be!"

"Siz çıkıyor musunuz?" diye sordum ona dönerek. Merve gözlerini devirdiğinde, "Ciddi bir soru sordum," diye bastırdım.

"Çıktığımız falan yok. Ağabeyimden korkuyor, hem de öyle böyle değil. Savaş hazretleri buna ne yaptıysa, çocuk bana imalarda bulunup bulunup kaçıyor." Omuz silkti. "Korkak sarı."

"Ben olsam ben de ağabeyinden korkardım, Merve. Çocuk haklı, hiç kusura bakma. Savaş'ın normal bir insan üstünde bıraktığı etkileri biliyorum. Adamın bakışı bile belayım diye bas bas bağırırken senin evde kalman bence gayet normal olur."

"Sağ ol," dedi Merve yüzünü buruşturarak. "İnanılmaz moral veriyorsun, hayran kaldım."

"Dost acı söyler, kuşum," dedim ve başımı omzuna yaslayıp koluna girdim. "Üzülme, kandırırız Savaş'ı, ayıramaz sizi."

"Bizi mi? Ortada biz diye bir şey var da ben mi kör oldum, göremiyorum? Neyse ya, bırakın. Kendimi kandırmaktan hiç hoşlanmam, kandırılmaktan da." Merve başını başımın üstüne devirdi ve derin bir nefes aldı, nefesini dışarı bırakırken omuzları düşmüştü. "Sanırım cidden evde kalacağım Mayıs."

Siyah Range Rover köşeyi döndüğünde üçümüz hâlâ kaldırımdaki yüksek tümsekte oturuyorduk. Sıraç arabayı hemen karşımızdaki büyük hurma ağacının önüne park ettikten sonra emniyet kemerini çözdü ve zarif bir şekilde arabanın içinden çıkıp arabanın siyah uzaktan kumandası ile arabayı kilitledi. Uzaktan kumandayı siyah kotunun cebine attıktan sonra kaşlarını çatarak, "Ne yapıyorsunuz siz sokağın ortasında?" diye sordu ve bize doğru yürümeye başladı. Ayak bastığı yerden mavi cennet çiçekleri filizlendi.

"Oturuyoruz?" dedim başım hâlâ Merve'nin omzundayken, Merve'nin başı da benim başımın üstündeydi.

Sıraç hemen önümüzde dikildi. Gözlerimi kaldırarak ona baktım, uzun bacaklarını saran siyah kotun içinde ilahi görünüyordu, bensiz dışarıya çıktığı için ona küfredip ona bakanlara lanet ettim.

"Çeker misin patilerini karımın üstünden, köstebek?" Merve'ye düz bir bakış attı. "Koca kafanı karımın kafasının üstüne park etmişsin. Beyin kanaması geçirttireceksin karıma."

"Heh, geldi evin komiği," dedi Merve bir kez daha yüzünü buruşturup tuhaf bir hareket yaparak, ardından kafasını geri çekti ve, "Çekil, uğraştırma beni denyo kocanla," diye çemkirdi.

"Denyo diye bana mı dedin sen?"

"Var mı burada başka denyo? Görebiliyor musun?"

"Sana bakıyorum şu an," dedi Sıraç ve başını yavaşça salladı. "Senden başka denyo göremiyorum."

Aralarına girerek, "Denyo ne demek?" diye sorduğumda Sıraç elini bana uzattı ve cennetten uzatılan uzun parmaklarını kavrayıp elini tuttum. Beni yavaşça kaldırdı ve kendine doğru çekti. Yüzümü göğsüne gömerken uzun kollarıyla beni sıkıca sardı ve saçlarımı koklayarak, "Nasıl da özlemişim," diye mırıldandı.

"Iy ıy," dedi Merve yavaşça yerinden kalkarken. "Hadi Ayda, eve gidelim de iştahım daha fazla kaçmadan bir şeyler yiyelim. Şu an parmak at kus konumundayım, mıç mıç aşk gösterisi izleyesim yok hiç."

"İkile," dedi Sıraç dudaklarını saçlarıma bastırırken. Onun ince beline sıkıca sarıldım ve göğsündeki temiz kokuyu içime doldurdum, sıcacık, dumanı tüten bir fincan kahve gibi kokuyordu. Sakinleştirici bir aroması vardı, beynime hükmediyordu.

Ayda ve Merve uzaklaşırken, hava daha da kararmıştı. "Halim nerede?" diye sordum Sıraç'a sıkı sıkı sarılırken. "Beraberiz demiştin."

"Evine bıraktım geçerken," dedi sakin bir sesle. Belimi yavaşça okşadı ve dudaklarını saçlarımdan kaydırıp alnıma bastırdı. "Ateşin mi var senin?"

"Evet," diye kıkırdadım. "Yanıyorum, söndürecek misin?"

Bana kararan yangın mavisi gözlerle ciddi bir bakış gönderdi, yaptığım şakanın altında ezilirken, kasıklarımdan yukarı fırlayan havai fişeğin kalbimde patladığını hissettim. Rengârenk kalıntılar kaburgalarımdan aşağı dökülürken midemi doldurmuşlardı. Yutkundum. Sertçe.

Kararmış gözler, düzleşmiş dolgun dudaklar ve kısık gözlerle bana bakarken, "Nasıl istiyorum seni, anlatamam," dedi sakin bir sesle. Sesindeki sakinliğin altında zincirlenmiş şehvet vardı.

"Anlatmaya çalış?"

Sert bir nefesi burnundan verdi, burnundan verdiği sert nefes alnımın çizgilerine çarptı ve beynimin düşünebilen kısmı kısa devri yaparken kendimi pantolonunun önüne bastırdım ve, "Kaç gündür..." diye fısıldadım. "Nasıl açım..."

Pantolonundan anında bana tepki veren ereksiyonu zaferle sırıtmama neden olurken, Sıraç dolgun üst dudağını yaladı ve alt dudağını yavaşça dişledi. "Boğazım kurudu," dedi boğuk bir sesle. "Susadım."

"Sokaktayız."

"Biliyorum," dedi boğuk bir sesle ve belimi tutup beni kendine tamamen yapıştırdı. "Benimsin. Söylesene bunu. Sesli, gözlerime bakarak. Benim olduğunu söyle."

Parmaklarım onun yüzüne kayarken favorilerine dokundum ve dokunuşumla gözleri daha da kısıldı. "Seninim," dedim aynı boğuk sesle. "Sadece seninim. Sana aitim."

"Biraz daha sesli."

"Seninim," dedim sesimin volümünü yükselterek. "Sadece sana aitim. Tamamen. Her şeyimle. Tüm kalbimle, ruhumla, bedenimle."

Alt dudağımı dişlerinin arasına alarak yavaşça çekti ve ben panikle kendimi geri çekmeye çalışırken belimi daha sıkı tuttu. İki dudağımın arasına dilini kaydırdı ve ıslak dili ağzımın içine girerken, büyük bir tutkuyla karşıladım onu. Sokağın ortasında birbirimizi uzun uzun öptük, dudakları dudaklarıma hükmederken dili ağzımın içindeki cumhuriyetinin bayrağını dikmişti. Nefes nefese ayrıldığımızda karşıdaki binanın, Mervelerin balkonunun yanındaki pencerede elinde sigarası, pencerenin camına yaslanmış bizi izleyen Savaş'ı gördüm. Kalbim acıyla inlerken, Sıraç son kez alt dudağımı ısırarak geri çekildi.

Bir süre pencereye dayanmış bize bakan Savaş'a baktım. Sıraç nefes nefese, "Sorun ne?" diye sorduğunda, bakışlarım otomatikman ona döndü. Gözlerimiz birbirine takılırken kaşlarını çattı ve arkasına baktı.

Savaş orada yoktu.

"Ee, denyo ne demek?" diye sordum konuyu dağıtmak için.

"Aptal, salak, avanak, mal, geri zekâlının bir değişik versiyonu," dedi ve iki parmağıyla burnumu kıstırdı. "Yarın hava günlük güneşlik, denize gidiyoruz haberin olsun."

"Gerçekten mi?"

Başını yavaşça sallayıp, muzip bir sesle, "Gerçekten," dedi ve beni bir kez daha sertçe ama çok daha kısa bir şekilde öptü. Dudaklarımızın kısa teması, yerkürenin çatırdamasına neden olacak kadar sertti.

Birlikte eve girdiğimizde, Mavi ve Umut'un karnını doyurdum ve Sıraç dışarıdan karnımızı doyurabilmemiz için bir şeyler söyledi. Temmuz salonun bir köşesinde, ben diğer köşesinde, Sılay ve Sıraç bir diğer köşesinde darmadağın şekilde yemeklerimizi yedikten sonra, Sılay'la birlikte yediğimiz şeylerin kaplarını atmak ve bardakları yıkamak için mutfağa geçtik. Neden beni takip ettiğini bilmiyordum ama sessiz kalarak, eteğindeki taşları dökmesini bekledim.

Kapları çöp tenekesine atarken Sılay da bardakları tezgâha diziyordu. "Dökül," diye mırıldandım ve çöp kutusunun kapağını yavaşça kapatıp, sırtımı buzdolabının kapağına yasladım. Bana Shrek Animasyon Filmi'ndeki Çizmeli Kedi'nin masum şeytani bakışlarıyla bakarken, "Senden başkası bana yardım edemez," dedi dudaklarını bükerek.

"Dökülmeni bekliyorum."

İşaret parmaklarını gözlerinin etrafında tatlı tatlı oynatarak, "Yarın gece beni idare edebilir misin, Fethiye'deki son günlerimiz hatırına?" dedi ve kocaman olmuş çakır gözlerle bana baktı. "Lütfen!"

"Yarın gece ne olacak?" Kaşlarımı kaldırdım ve göğüslerimin üstünde topladığım kollarımı sıkılaştırıp, parmaklarımı kollarımın üstünde vurmaya başladım.

"Onu söyleyemem ama Temmuz'la birlikte olacağım, yani yanımda o olacak." Gözlerini kaçırdı. "Ağabeyim onunla birlikte olduğumu öğrenirse ikimizi de keser. Hatta beni kesmez ama kardeşinin fazlalığını kesin keser. Osman ağabeyim ve ben buna dayanamayız Mayıs."

"Yarın gece nereye gideceğinizi söylerseniz sizi idare ederim."

"Ya!" Dudaklarını büktü. "Çok fenasın! Neden dünyalar tatlısı görümcene yardım ve yataklık etmiyorsun ki? Ölür müsün?"

"Ölebilirim de, bilemiyorum."

"Mayıs, siz boş zamanlarınızda ağabeyim yatakta internet videolarımı izliyorsunuz? Sen gittikçe ağabeyime dönüşüyorsun, bu beni endişelendiriyor." Ayağını yere vurdu ve gözlerini kocaman açıp, yüzünü limon yalamış gibi ekşitti. "Lütfen, lütfen, lütfen, lütfen, lütfen!"

"Kötü bir şey yapmayacağınıza dair söz ver."

Gözlerini kaçırdı. "Söz."

"Ellerini göstererek söz ver."

Ellerini gösterdi ve gözlerini kaçırdı. "Söz."

"Ayağını da indir Sılay."

"Ay ama yamulurum bak!"

Başımı hızlıca sallayarak, "Kötü bir şey yapacaksınız, beni kızdıracak bir şey," dedim ve kaşlarımı çattım. "Size yardım ve yataklık etmeyeceğim."

"Ya... Gören de sevişeceğiz sanacak ya. Vallahi sizin gibi evlenmeden çocuk peydahlamam ben. Ne olursun bir kere de bana güven ya. Bak valla atarım kendimi pencereden," dedi ve mutfak penceresini açıp bacağını pencereden dışarı attı.

"Sılay, birinci kattayız."

"Ölecek insan birinci katta da ölür, onuncu katta da Mayıs. Ecel bu. Deme öyle."

Yanaklarımın içini şişirdim, ondan kaçış yoktu. Ayrıca bazen o kadar sevimli oluyordu ki, olmayan kız kardeşi özlemini çekiyordum ama aratmıyordu da. En fazla ne olabilirdi ki? Birlikte vakit geçirmek istiyorlardı, hepsi buydu. Omuzlarımı düşürdüm ve kollarımı serbest bırakıp ellerimi pes ederek havaya kaldırdım. "Tamam, ama abartmak yok. Bir şekilde oyalarım ama seni aradığımda, sana ulaşabileceğim. Telefonu iki saniye geç açarsan, seni ben kendi ellerimle ispiklerim Sıraç'a."

Kendini kollarıma atıp, bana sıkıca sarıldı. "Seni çok seviyorum," dedi bacağını havaya kaldırarak. "Çok çok çok!"

"Yılışık!"

"Osman ağabey halay kadrosuna eklemek istiyor seni, bak onun halay kadrosu özeldir, herkesi dahil etmez. Seni sevdi," dedi ve yanağıma kocaman, sulu bir öpücük kondurdu.

∞

Bir adam, bıçakla tahtayı kanatır gibi işlemişti içime. Her bir sıyrılış, tahtadan dökülen talaşın kanıydı. Derin düşüncelerinin izi dolaşıyordu üstümde. Seven bir insan kıskanırdı muhakkak, fakat tapan bir insanın kıskançlığı okyanusa düşen felçli yüzme bilmeyen bir çift bacaktı.

"Sen ciddi misin?" diye sordum, önümde duran sarı civcivli, kırmızı mayoya bakarken. Bu mayoyu hatırlıyordum, Sıraç yatağın üstünde yatıyordu, kolunu başının altına almış keyifle beni izlerken, "Gayet tabii," dedi ve göz ucuyla ahşap sandalyenin üstünde duran şortu gösterdi. Şort diz kapağıma kadar uzundu. "Onu da giyeceksin tabii ki, sadece o mayoyla olmaz."

"Sıraç, ben on dokuz yaşındayım."

"Ve benim karımsın," derken gözlerinde muzip bir ışık vardı. "Günlerdir sana dokunamıyorum, neler çektiğimi tahmin bile edemezsin. Ayrıca kırmızı giymene izin verdiğim için dua edeceğine, sen ciddi misin diye hesap soruyorsun. Hiç yakıştıramadım, miniğim."

"Sıraç, bu çocuk mayosu." Kaşlarımı çattım.

"Ne zamandan beri çocukların senin kadar memesi oldu? Kafam kadar memelerinle çocuk mayosu giymene izin vereceğimi falan mı düşünüyorsun? Bu sadece fiziğini kamufle edebilecek türden bir mayo ve gerçekten sevimli." Kaşlarını çattı. "Civcivlerle sorunun ne senin? Horozla da anlaşamıyorsunuz."

Ayaklarımı yere vurarak, "Ya yeni bir bikini alırız ya da ben denize falan gelmiyorum!" diye üsteledim. "Anlatabiliyor muyum?"

Sıraç'ın kaşları tehditle havalandı. Yangın mavisi gözlerin derinlerinde kara bir ateş yandı, siyah çatırtıları duyar gibi oldum. "Ha sen bayılmak değil, ölmek istiyorsun?"

Dudaklarımı bükerek Sıraç'a baktım. Kandıramayacağımı biliyordum, denemelerim boşaydı. O istiyorsa bu civcivli mayoyu tekrar giymek zorundaydım. Omuzlarım düşerken yanaklarımın içini şişirdim ve, "Kötü adam," diye homurdandım. "Benmerkezci."

"Bizde böyle güzelim," dedi Sıraç ve yavaşça yataktan doğruldu. Altında siyah, dizinin altında biten bir kot şort vardı, üstüne kolları kesik koyu gri bir tişört giymişti ve olduğundan çok daha genç görünüyordu. Siyah saçları dağınıktı, uzun zamandır saçlarını kestirmediği için saçlarındaki belirsiz bukleler çok daha asi görünüyordu. Uzun, güzel parmaklı ellerini saçlarının arasından geçirdikten sonra siyah şapkasını taktı ve şapkanın gölgesini arkaya çevirdi.

Hava dünkü yağan yağmura rağmen şu an Merve'nin de dediği gibi çöl kadar sıcaktı. Umut'un bebek bezinin üstünden mavi, kısa bir şort giydirdim ve üstünü çıplak bıraktım. Mavi'ye de eteği fırfırlı mavi bir elbise giydirdim, bebek bezi görünüyordu. İkisinin de kollarında Sıraç'ın özel olarak yaptırdığı beyaz altından bileklikler vardı ve doğum tarihleri ile isimleri bilekliğin üstüne işlenmişti. Büyük şapkaları kafalarına geçirdikten sonra, "Kim kimin arabasıyla gelecek?" diye sordum ve Sıraç'a kısık bir bakış attım, öfkem hâlâ tazeydi.

Sıraç sırt çantasına havlu ve güneş kremi koyarken, "Ankaralı araba kiralamış, bir kısmı Halim'in arabasıyla, bir kısmı Ankaralının arabasıyla gelecek," dedi ve bana yandan bir bakış attı. "Sevimli mayonu çantaya koruyorum bebeğim."

"Bir de dalga geçiyorsun Sıraç."

"Ne ya?" diye çemkirdi. "İki tane doğurdun kızım, bu kadar kısa zamanda eskisinden daha seksi bir şekil aldın. İnsan salar götü göbeği, ben öyle de severim seni. Ne gerek var Victoria Secret mankeni gibi geziyorsun ortalarda? Dua et sana zorla vitamin içirip seni Buldozer Nevin ablaya çevirmiyorum."

"İnsanlar karılarını güzel görmek ister, bakımlı görmek ister, senin söylediklerine bak ya!"

Kaşlarını çattı. "İstemiyorum Mayıs. Pilates topu gibi ol istiyorum, benden başkasına güzel görünme istiyorum."

Yüzümü buruşturarak, "Sen bu kadar yakışıklı olunca suç olmuyor ama, değil mi?" diye çemkirdim. "Ben de senin yüzüne kezzap atayım o zaman?

Yüzüne şeytani bir tebessüm ekledi, yangın mavisi gözlerini yavaşça kırpıştırdı ve bana boğuk, kasıklarımı sızlatacak kadar derin bir bakış attı. Bacaklarımı birbirine bastırma isteğiyle yanıp tutuşurken, birkaç adımda yanıma geldi ve belime sarılıp beni kendine çekti. Aramızda artan gerilimin sert çekimini hissettim. "Sen beni mi kıskanıyorsun?" diye sordu, sesi boğuktu, o an aklından geçen şeylerin bir kısmının yansımasını ses tonundaki perdede gördüm.

"Kıskanıyorum," dedim yüzümü yüzüne yaklaştırarak. "Var mı?"

"Bu gece kaçışın yok," dedi kısık bir sesle. "Hiçbir güç seni elimden alamaz."

"Bak sen, ne yapacakmışsın?"

Burnunu burnuma sürttü, kasıklarıma batıp çıkan iğnelerin sızısını hissettim. Onu istiyordum, hemen şimdi. Mavi tuhaf bir ses çıkararak kıkırdadığında, Sıraç yan gözle ona baktı ve, "Dizi izler gibi izliyorsunuz değil mi buruşuklar?" diye sordu ve her ne kadar saklamaya çalışsa da, büyük bir şefkati yangının en mavi tonunu kirpiklerinin altında taşıyan mucizelerinde gördüm.

Sılay, başında büyük bir hasır şapka, altında yırtık, buz mavisi bir kot şort, üstünde göbeğini açıkta bırakan beyaz bir tişörtle kapıda belirdikten sonra, "Hadi artık!" diye bağırdı ve olduğu yerde yavaşça zıpladı. "Bir buçuk yıldan fazla oldu ben denize girmiyorum! İskeleden atacağım kendimi!"

"Ayağına taş da bağla, tamam mı?" diye homurdandı Sıraç. Sılay başını sallayarak yüzüne tuhaf, komik bir ifade yerleştirdi ve bakışlarını bana çevirdi.

"Herkes sizi bekliyor, ayaküstü sevişmeniz bittiyse yeğenlerimi de alıp aşağı iner misiniz?"

"İniyoruz," dedim ve Sıraç'a döndüm. "Sılay giyebilir ama değil mi?"

"Ona karışması gereken kişi şimdilik ben değilim gibi bir his var içimde," diye fısıldadı kulağıma. Bir an şaşkınlıkla kalakalsam da sessizliğimi korudum ve çocukları kucaklayıp pusetin içine koydum.

Pusetleri alt kata indirirken, Temmuz ahşap kapıya yaslanmış, tehlikeli gözlerle Sılay'a bakıyordu, kollarını göğsünün üstünde toplamıştı. Sılay gözlerini Temmuz'dan kaçırarak yanıma koştu ve içinde Mavi'nin olduğu puseti elimden alıp çıkışa yöneldi. Temmuz'un yanından geçerken Temmuz dişlerini sıkmış ve yanakları içine gömülürken Sılay'ın şortuna öyle bir bakış attı ki, bir an benim bile Sılay'a şortu çıkartması gerektiğini söylemek geldi içimden.

Ayda, Başak ve Merve, Savaş'ın kiraladığı arabadaydı, Ümran, Melek, Doğukan da Halim'in arabasındaydılar. Temmuz ile Sılay ellerinde pusetlerle arka koltuğa yerleştikten sonra ön taraftaki yolcu koltuğuna yerleştim ve kapıyı yavaşça kapatıp, emniyet kemerimi bağladım.

Savaş çoktan Siyah Mercedes Benz'i çalıştırmış, önden yola koyulmuştu bile. Sılay emniyet kemerini bağlarken dikiz aynasından göz göze geldik. Sılay bana, Temmuz Sılay'a bakıyordu. Temmuz'un bakışlarından yalnız kaldıkları an kopacak kıyametin artçı sinyallerini almıştım.

Sıraç emniyet kemerini bağladı ve arabanın motorunu çalıştırdı. Ona bozuk attığımı anlamıştı, bu umurumda değildi. Başımı pencereden tarafa çevirdim ve yavaşça pencereye yaslanıp sokağı izlemeye başladım. Güneş keskin, uzun sütunlarını arabanın penceresinden içeri uzatmıştı, rahatsız bir şekilde yüzümü buruşturdum. Araba hareket etti, uzun, dik yokuştan yavaş yavaş inerken ayaklarımı kastım, arabayla yokuş aşağı inmek beni geriyordu.

Şu an için eşofmanın içinde olan ama birazdan kocamın da izniyle -ki ondan izin istemek zorunda falan değildim ben- siyah, dizaltı bir şortun içinde olacak bacaklarıma bilerek dokundu ve bu iç gıdıklayıcı dokunuşu nefesimin kesikleşmesine neden oldu. Uzanıp arabanın radyosunu açtı. Radyoda güzel bir Sezen Aksu şarkısı çalıyordu, arabanın camına iyice yüklendim ve bakışlarımı sokaktan çekmedim.

Hemen dibimden Halim'in arabası geçiyordu, Halim camdan bana yavaşça el salladı, Melek de arka cama yapışmış, Temmuz'a öpücük atıyordu. Sılay'ın arka koltukta huysuz bir ses çıkardığını duydum, Sıraç elini bir kez daha bacağımın üstüne koydu ve yavaşça dizimi sıktı. Omzumun üstünden ona düz bir bakış attığımda alt dudağını ısırdı ve arkadakilere çaktırmadan bana küçük bir buse gönderdi. Gözlerimi kıstığımda serseri bir şekilde sol dudağını yukarı kıvırarak güldü ve önüne döndü. Gülümsememe engel olamadım. Böyleydi, hep de böyle olacaktı. Avucumun içine yanan bir ateş bıraksa da ben avuçlarımın yanacağını bile bile o ateşin sönmemesi için elimden geleni yapacaktım. Belki avuçlarımın derisi kavlayacaktı, kömür olup yere dökülecekti ama o ateş hep yanacaktı.

Alışveriş Halim'e bırakıldığı için araba hiç durmadı ve Küçük Samanlık Koyu'nda durduğumuzda, geçen yıl ile bu yılki farklılık net bir şekilde gözüme çarptı. Yeni kafeler, restoranlar inşa edilmişti ama deniz kenarında herhangi bir değişiklik yapılmamıştı. Yine her zaman olduğu gibi büyük köşkler, şezlonglar vardı ama sanırım onlar da sıkı bir tadilattan geçmişti. Arabadan indiğimizde yaşlı bir adam Sıraç'tan giriş ücreti aldı.

Merve, deniz kıyısına en yakın köşkün üstünde ayağa kalkmış, iki kolunu da sallayarak bize kendini göstermeye çalışıyordu. Elimi kaldırdım ve onu gördüğümü belli ettim. Savaş, deniz kenarında dikiliyordu, sırtı dönüktü ama onu tanıyabilmiştim. Henüz saat erken olduğu için birkaç aileden başka hiç kimse yoktu, ağaçlara bağlı hoparlörlerden eski bir Adele şarkısı çalıyordu.

Sıraç elini elime kaydırdı, diğer elinde pusetin içinde Umut vardı, benim de diğer elimde pusetin içinde Mavi vardı. Sılay ile Temmuz sırt çantalarını aldıktan sonra köşke doğru yürümeye başladık. Halim'ler daha gelmemişti, muhtemelen alışveriş için bir markete girmişlerdi. Ayda ve Başak bağdaş kurmuş köşkün içinde oturuyordu, Merve'nin elinde telefonu vardı ve kaşları çatıktı.

"Günaydın," dedim yorgun bir sesle. Ayda hemen fırladı ve elimden puseti alıp, Mavi'yi mıncırarak yere oturdu.

"Günaydın," dedi Başak genişçe sırıtarak.

Sıraç puseti köşke bıraktıktan sonra elini tekrar elimin içine kaydırdı ve elimi sıkıca tuttuktan sonra bana bıraktığı sıcak şefkatle gevşememi sağladı. Kulağıma doğru, "Ömrüm, yürüyelim mi biraz?" diye sordu, dolgun üst dudağının baskısını kulağımın üstünde hissettim.

"Çocuklar?"

"Bir sürü insan var Mayıs," dedi gözlerini devirerek. Ayda elini kaldırdı ve, "Bana emanet," dedi sempatik bir tavırla.

"İyi madem." Sıraç'ın elini sıkıca tuttum. "Yürüyelim." Birlikte köşkün olduğu yerden ayrılırken parmak arası terlik giydiğim içim ayaklarım kuma batıyordu. Düzlüğe çıkana kadar parmakların kuru kumla doldu, rahatsız bir tavırla yüzümü buruşturdum. Sıraç bizi yüksek patika yola doğru yönlendirdi. Patika yolun dik yokuşunu tırmanırken taşlar ayaklarıma takılıyordu. Birbirine dolanan parmaklarımız terlemişti.

"Nereye gidiyoruz Karayel?" diye sordum, yürüdüğümüz yolun sonu uçurumdu, ayrıca çok yüksek yerlerden hoşlandığımda söylenemezdi.

"Miniğimle baş başa kalabileceğim bir yere," derken bana değil ileriye bakıyordu. Altın sarısı saçları beline kadar uzanmış, iri yeşil gözleriyle bize bakan küçük bir kız çocuğunun önünden geçtik, yedi yaşlarındaydı, Mavi'yi de böyle görebilecek miyim diye iç geçirdim.

Patika yokuşun sonunda, yolun ikiye ayrıldığını, Koy'un diğer tarafına inen küçük, kayalıklı bir yokuş olduğunu gördüm. Sıraç bizi o yokuştan indirdi, beni kucaklayıp, taşlara takılmamam için yavaşça aşağı çekti. Bu tarafın denizi daha dalgalıydı, hırçın deniz dalgalarıyla koyu renkli kayaları dövüyor, tamamen siyaha boyuyordu.

Sıraç bizi dalgaların nemlendirdiği ama bir türlü ıslatamadığı büyük kayalığa yönlendirdi ve beceriksizce kayalığın üstüne oturdum. Beyaz parmak arası terliklerime çarpan dalgaların köpüklü suları yüzüme kadar tırmanıyordu, denizin tuzu gözlerimi yaktı. Sıraç kolunu omzuma attı ve beni kendine çekip göğsüne bastırdı. Başımı onun konforlu göğsüne yasladıktan sonra denizin kabaran dalgalarını izlemeye başladım.

Sonunda yalnızdık.

"Seni bu kadar sıkboğaz etmeme katlanamıyorsun, değil mi?" diye sordu, sesi sakindi ama arkasında saklanan anlam, en az ayaklarıma çarpan dalgalar kadar köpürmüş ve hırçındı.

Bir süre kendime düşünmek için zaman tanıdım. Öyle miydi? Değil miydi? Tamam, bazen bunu abartıyordu ama kalbimdeki yeri buna bağışıklık kazanmamı sağlamıştı. Ben bir boğa kadınıydım, kıskançtım; o bir akrep erkeğiydi, o da kıskançtı. Ortada buluşmuştuk ve birbirimizi bu denli kıskanırken, birbirimize laf etmeye de pek hakkımız yoktu doğrusu. Elimde olsa onu bacaklarından zincirler, gözümün önünden ayırmazdım.

"Katlanabiliyorum..." Kaşlarımı çattım ve hemen önümde büyüyen, bize doğru yaklaşan koyu mavi dalgaya baktım, kıyıya yaklaştıkça rengi açılıyor, köpüğü çoğalıyordu. "Hem hangi kadın abartılmadığı sürece kıskanılmaktan hoşlanmaz ki?"

"Arabada tavır yapıyordun ama," dedi sakin bir sesle. Kolumu yavaşça ovaladı ve çenesini saçlarımın arasında sürttü, keskin çenesinin hatlarını kafa derimde hissettim. Benim bu adama doyabilme imkânım yoktu.

"Canım tavır yapmak istedi, yaptım."

"Hele hareketlere bak sen," dedi ve başını geriye atarak bana üstten alay dolu bir bakış attı. Çenemi göğsü boyunca kaydırdım ve gözlerimi kaldırarak ona baktım.

"Hoşuma gidiyor beni kıskanman."

"Şu canımı zaten ya seni kıskanırken vereceğim ya da severken." Yangın mavisi bakışları derinleşti. "Sen bana ne yaptın?"

"Sen bana ne yaptıysan, aynısını ben de sana yaptım, Karayel." Gözlerimi yumdum ve burnumu çenesine dayadım. "Ben civcivli mayo da giyerim senin için."

Uzun, tapılası parmaklarıyla çenemi kavradı ve ben gözlerimi yavaşça aralarken, başımı havaya kaldırdı. Çakmak çakmak bakan yangın mavisi gözlerini örten uzun, siyah kirpiklerini yavaşça kırpıştırdı. "Ölürüm sana."

"Yaşa bana." Dudaklarımı çenesine değdirdim ve küçük dokunuştan hemen sonra geri çektim. "Benim için yaşa."

"Sen yoksan yaşamayı, sen varsan ölmeyi istemiyorum." Bana sıkıca sarıldı, kemiklerimiz birbirine geçecek gibi. Ruhum ruhunu bir kuytu köşede yakalamış, birbirlerinin eteklerinin uçlarına düğüm atmışlar gibi.

Gözlerimi yumdum ve yüzümü göğsüne sürttüm. "Senin için ölürüm de, öldürürüm de."

Bedeni kasıldı. Kanlı görüntülerin onun da zihninin perdesini yırttığını anlayınca yavaşça geri çekildim ve yüzünü avuçlarımın arasına alıp, alnımı alnına yasladım. Teni sıcaktı, alnındaki çizgilerin sert geçişlerini kendi alnımda hissedebilmiştim.

"Sakın," diye fısıldadım gözlerimi yumup, alnımı tamamen alnına bastırırken. "Sakın pişman olduğumu düşünme. Sakın... Sakın olanları düşünüp kendine eziyet edeyim deme."

"Mayıs..."

"Sakın," derken sesim titriyordu. "Sakın. Pişman değilim, olmayacağım da. Sakın bu yükün omuzlarını ağrıtmasına izin verme."

"Seni bu dünyaya ben sürükledim," derken sesi kısıktı. Sert bir rüzgâr bacaklarımıza çarptı. Yavaşça Sıraç'ın kucağına yerleştim ve onun boynuna sarılıp, alnımı alnının üstünden çekmeden derin bir nefesi ciğerlerime doldurdum. Ciğerlerime sızan nefes, yakıcı bir gerçeğin illüzyonunu içimin sinemasına döktü. Gözümün önünden etrafa sıçrayıp zihnimin duvarlarına bulaşan kanı silmeye çalıştım. Silmeye çalışırken parmaklarımın derisi soyulmuştu, kan izleri silinmiyor, ben sürttükçe daha da genişleyip çirkin bir görüntü yaratıyordu.

"Sen beni bu dünyaya sürüklemedin. Sen bana yaşadığımı hissettirdin. Ben senin beni kabul ettiğin bu dünyanın içinde nefes aldığımı hissettim ilk defa..." Gözlerim yaşların tuzuyla yandı. Tuz kasırgası döne döne tüm tozlarını gözlerime çarparken, birkaç damlanın göz çukurlarımdan aşağı sarktığını hissettim. Kendilerini buldukları ilk boşluktan aşağı bırakmak, çektikleri acıyı sonlandırmak istiyorlardı.

Kendini affedemiyordu, hissediyordum. Kendini suçluyordu. Geleceğimin dantelini işlediğim tığ, tüm olanlardan kendini sorumlu tutuyordu. Sessizliği canımı yaktı. "Kendini suçluyorsun," dedim dehşet içinde. "Bunca zamandır... Kendini suçluyorsun?"

"Babama benziyorum," dedi kısık bir sesle. "Bunu kabul et, Mayıs. Ona benziyorum. Girdiğim hayatları mahvediyorum."

"Sen... Gerçekten kendini suçluyorsun."

Yüzünü avuçlarımın arasına aldığımda, ellerini ellerimin üstüne koydu ve kaşlarını çatarak bana baktı, kaşlarındaki çatıklığın her bir kıvrımına gizlenmiş büyük bir suçluluk duygusu gördüm.

"Ben... Birini öldürdüm, Sıraç," dedim her bir kelimenin üstüne tek tek basarak. "Ve sen tetiği çekmemi söyleyen kişi değildin. O tetiği çekmemi kalbim söyledi. Evet, sen benim kalbimdeki en büyük yere sahipsin ama kalbim kendi kararlarını verebiliyor."

Gözlerini yumdu. "Söyleme böyle. Geride kaldı, tamam mı? Sen suçsuzsun."

Başımı hızlıca sallarken yanağını yavaşça okşadım. "Biliyorum, ben suçsuzum. Yine olsa, yine yapardım ve hepsi geride kaldı. İçim soğudu, gerçeği gördüm. Senimi benden alabilirdi, buna engel oldum. Çocuklarımızı, ikimize ait olan şeyleri bizden alabilirdi. Bunun intikamını da aldım. O adam... Bana ait olan her şeyde gözü olan bir manyaktı. Ve ben... Mayıs Karayel. Ona hak ettiği cezayı verdim. Keşke biraz daha zamanım olsaydı ve ona daha fazla acı verebilseydim. Ölümü çok kolay oldu, çektiğimiz acılardan sonra ona daha sancılı, ıstıraplı bir ölüm vermek isterdim."

Gözleri yumuşadı. Yangın mavisi gözlerin içinde, yirmi beş yıldır yanan ateşin yumuşak kıvılcımlarının bir şömine ateşinden yükselen çatırtılar gibi kırmızı kor taneleri şeklinde uçuştuğunu gördüm.

"O gece iyi ki ağlayarak çıktın o mekândan. O gece iyi ki arkandan geldim. O gece iyi ki seni alıkoydum. Bencil piç kurusunun tekiyim, biliyorum. Ama yine de... Seni bu boktan hayatımın içine çektiğim için mutluyum. Sen bu boktan hayatımdaki en doğru şeysin. Karanlığımda masmavi parlıyorsun." Aramızdaki mesafeyi tamamen kapattığında yüzü hâlâ avuç içlerimde, elleri ellerimin üstündeydi. "Ağlarken bana çarpmıştın, hatırlıyor musun?"

Gözyaşlarımın arasında duyduğum o keskin kahve kokusu... Kalabalığın içinde deli gibi bakmak istediğim ama gözyaşlarımı görmesinden çekindiğim için bakamadığım o heybetli bedenin sahibi...

Dolmuş gözlerle yavaşça başımı salladım.

"İşte o bizim birbirimize ilk çarpılmamızdı." Yutkundum ve yaşlı, kıpkırmızı gözlerle ona baktım. "İşte o... Benim, senin bana olan aidiyetini ilan ettiğim, sana temas ettiğim ilk zamandı. Yıllarca izlediğim o minik şeyin, tenime dokunduğu ilk zamandı. Sen bana çarpıp gittikten sonra... Bir süre olduğum yerde hareket edemedim ben."

"O gece... Kaderimin önünde diz çöktüm ben."

∞

Melek, kavuniçi rengindeki bikinilerinin ve turuncu kolluklarının içinde, ayakları ıslak ve kumla dolmuş bir şekilde bize doğru koşarken, Temmuz kucağını açtı ve Melek kendini Temmuz'un kucağına atıp onun boynuna sıkıca sarıldı. Sılay üstündeki tişörtü hâlâ çıkarmamıştı, kollarını göğsünün üstünde toplayarak ikisine düz düz baktı.

Ben Sıraç'ın kucağındaydım ve birlikte hamağın içindeydik. Hamak yavaşça sallanırken çıplak ayaklarımız birbirine dolanmıştı. Deniz kıyısından birkaç metre ileride, köşk ile ağacın arasındaki hamaktaydık. Ümran ve Halim köşkte uyukluyorlardı.

"Yapıştın çocuğa, yapıştın," diye söylendi Sılay. "Baksana kıyıda bir sürü yaşıtın var, olgun erkek sevmenin de bir sınırı olmalı."

Melek ıslak saçlarını arkaya atarak Temmuz'un kucağında, Sılay'a bilmiş bir bakış attı. "Şu kucağa tıymanamayanlay çatlasın da patlasın."

"Kart fasulye."

"Kuyu popolu."

Sıraç, üstündeki tişörtü çıkarmıştı. Kaslı göğsünün üstünde benim yansımam vardı. Dövmenin çizgilerinin sert geçişlerine yüzümü yasladım ve bir bacağımı Sıraç'ın üstüne atıp, uykuyla uyanıklık arasında yavaşça esnedim. Mavi ve Umut da Halim ile Ümran'ın yanında, pusetlerinin içinde uyukluyorlardı. Ağustos böceklerinin ve dalgaların çıkardığı sesler beni de mayıştırmıştı.

"Temmuzcuğum," dedi Melek bilmiş bir sesle, tek gözümü açarak ona baktım, hâlâ Temmuz'un kucağındaydı. Ayda deniz kıyısında, şezlonglardan birinin üstünde oturuyordu, Başak denizin içinde Ayda'ya saçma sapan hareketler yapıyordu. "Biylikte denize giyelim mi? Hazıy babam da uyuyoy zaten." Göz kırptı ve Temmuz'un kıvırcık saçlarını okşadı. "Ay çok yakışıklısın."

Temmuz genişçe gülümserken yanağındaki derin gamzeler daha da derinleşti ve düzgün dişleri ortaya serildi. Beyaz tenli olduğu için çıplak ve kaslı omuzları güneşin etkisiyle kızarmıştı, altında koyu renk bir şort vardı. "Girelim cimcime," dedi Temmuz, göz ucuyla Sılay'a baktı. "Girelim."

Sılay gözlerini devirerek Ayda'nın yanındaki boş şezlonga oturdu ve bacak bacak üstüne atıp dirseklerini dizlerinin üstüne, yüzünü avuçlarının içine koydu. Sıraç burnunu yanağıma bastırdı ve tatlı bir homurtu çıkararak bana daha sıkı sarıldı, uyku onu derinlerine çekmişti, ben o uykunun kıyılarında onu izliyordum.

Savaş, iskeleden kendini suyun dibine bıraktıktan sonra Temmuz kucağında Melek'le kıyıdan denize girdi ve Melek nazlı çığlıklar atarken birlikte suyun yüzeyinde, derinlere doğru ilerlemeye başladılar. Sılay'ın kıskanç bakışlarını izlerken sırıtmadan edemedim.

"Neye gülüyorsun sen?" diye sordu Sıraç, sesi uykuluydu. Büyük elinin sıcak avucuyla civcivli mayomun üstünden belimi okşadı.

"Uyandın mı?"

Cevap vermeden aniden hamaktan inip beni kucakladığında ona sıkıca sarıldım ve çığlık atmamak için dudaklarımı birbirine bastırdım. Birkaç adımda deniz kıyısını bulduk ve Sıraç alışmamı beklemeden bizi suyun en derinliklerine bıraktı. Ciğerlerime dolan tuzlu su, midemi ayırarak içime dolarken gözlerimi kocaman açtım ve kendimi yukarı ittim. Suyun yüzeyine çıktığımızda çoktan kıyıdan uzaklaşmıştık bile. Kollarımı boynuna dolayıp derin bir nefes aldım ve, "Manyak," diye huysuzlandım. "Su çivi gibi."

"Yavaş yavaş, alışarak girmeye çalışırsan daha çok üşürsün. Tek seferde dalmak daha iyidir, kendine eziyet etmene gerek yok," dedi ve göz kırptı. Yangın mavisi gözler, tuzun ve güneşin etkisiyle daha parlak ve canlıydı. Gözlerindeki yangının tüm denizi tutuşturacağını düşündüm.

Sıraç beni iskele demirlerine doğru geri geri itti ve bacaklarımı hareket ettirerek suyun yüzeyinde kalmaya çalıştım. Sırtım, iskelenin küflü, soğuk demirine değdiğinde, boynumuza kadar suya batmıştık. Bu açıdan bizi kimse göremezdi, kollarını demirlerin üstünden geçirdi ve beni iskeleyle arasında hapsetti. Demirlere tutunana kaslı kollarının şişen pazılarına iştahla baktım.

Dudaklarından, burnundan ve uzun, siyah kirpiklerinden tuzlu sular damlıyordu. Dolgun üst dudağı ve alt dudağı arasında birkaç santimlik bir aralık vardı, dudakları tuzun etkisiyle kızarmış, daha da şişmişti. İştahla alt dudağımı yaladım ve bacaklarımı onun beline sarıp üstteki demirlerden birine tutundum.

"Bu açıdan kimse bizi göremez," diye fısıldadı, sesindeki ima o kadar yakıcıydı ki, açlık kasıklarımı damar damar yardı.

"Biliyorum."

Su yavaşça dalgalanıyor, dudaklarımıza kadar çıkıp tekrar boynumuza kadar iniyordu. Sıraç'ın ereksiyonu şortumun ıslanan kumaşını zorladı. Farkında olmadan ona kendimi yavaşça sürttüm, sürtünmemizle su biraz yükseldi, ardından tekrar alçaldı.

"Sana açım," dedi net bir sesle. "Çok fazla."

Yutkunurken tutunduğum demir boğazıma batmıştı sanki. "Ben de."

"Şortu yavaşça indirip, mayonun külotunu kenara çekmem yeterli olacaktır, biliyorsun," derken gözleri kararmıştı, iskelenin altına kadar girdiğimiz için güneş bu açıdan bize uğramıyordu. Sert solukları ıslanan yüzümün derisini sızlatacak kadar sıcaktı.

"Bu delilik."

"Biz de çok akıllı bir çift değiliz, minik şeytan." Sesindeki kör isteğin tadını aldım. Dilimi uzatsam, isteğinin mayhoş tadı damaklarımda yankılanabilirdi.

"Sıraç..." Kendimi ereksiyonuna sürttüm. "Bunu geri çekmen gerekecek."

Kendini o noktaya bastırdı. "Neden?"

"Çünkü istiyorum, bok herif."

"Suyun içinde seks yapmak istiyorsun, değil mi?" Dudaklarını şehvetle yaladı ve pazılarının üstünden geçen damarların zonkladığını gördüm.

"Sorun şu ki... Seni her yerde istiyorum, Karayel. Zaman, mekân fark etmiyor."

"Mayıs içine girmek istiyorum."

"İçimi doldurmak istiyorsun."

"Dibine kadar," diye inledi.

Elimi yavaşça şortunun üstüne kaydırdım ve şişmiş ereksiyonunu yavaşça okşadım. "Benim için," diye fısıldadım ve avuçlayıp yavaşça sıktım. Hisler içimde yere düşüp patlayan kavanozun içindeki nohut taneleri gibi etrafa saçıldı.

Başını geriye atarak, "Sadece senin için. Hep senin içindi," diye inledi. "Dokun, Mayıs. O ve ben sana aitiz."

Elimi şortunun içinden kaydırdığımda karın kasları kasıldı. Sert ereksiyonunu yakaladım ve avuçladım, parmaklarım bir türlü birleşmiyordu. Arzuyla inledim. "Sıraç..." Alt dudağımı ısırdım ve onu iskelenin biraz daha altına çektim. Bu açıdan yanımızda biri bile olsa ne yaptığımızı anlayamazdı ama yine de temkinliydim. Avuçlarımın etrafında zonklayan ereksiyonunun damarlarının genişlediğini hissedebiliyordum. Onu aşağı yukarı okşamaya başladım, Sıraç hırlıyordu.

"Miniğim..." diye inledi zevk içinde. "Daha hızlı."

Biraz daha sıkıp hareketlerimi hızlandırdığımda artık kısık bir şekilde inleyip, kısık gözlerinin arkasından yüzümü izliyordu. Bir kolunu aşağı indirdi ve suyun içine daldırdı, diğer kolu hâlâ demire tutunuyordu ve tek koluna yüklendiği için pazıları artık daha da şişkin duruyordu. Eli şortumun içine girdi ve mayonun külotunu sıyırarak klitorisimi yakaladı. Parmağını tepeme bastırıp aheste aheste okşarken gözlerim kısıldı ve alt dudağımı kanatacak kadar kuvvetli bir şekilde dişledim.

"Ahh! Hayır. Dur!" Nefes nefeseydim. Ereksiyonu parmaklarımın etrafında kasılıyordu, aynı şekilde kadınlığım da kasılıyordu.

"Tatlı ve kaygan," diye inledi Sıraç.

Birinin iskelenin üstünden, "Götlek Sıraç, neredesin ibne?" diye bağırdığını duyunca korkuyla ellerimizi aynı anda geri çektik ve nefes nefese iskelenin üstüne baktık ama altında olduğumuz için tahtalardan başka hiçbir şey göremiyorduk. Tahtalar yosunlanmıştı. Kalbim, kapakçıklarını parçalayacak kadar hızlı çarparken, "Lan neredesin?" diye bağırdı Halim. "Hadi top oynayacağız."

"Topunun ıstırabını siktirme bana, tirrek," diye hırladı Sıraç kendini tutamayarak. Halim bir anda kafasını iskelenin altına uzattığında korkuyla çığlık attım. Bize ters bakıyordu.

"Ne yapıyorsunuz lan orada?"

"Siktir git, kemiğini çaprazlama sikerim," dedi Sıraç ve elini suya vurarak Halim'i ıslattı.

"Liseli ergen gibi suyun altında oynaşmayı bırakın da gelin top oynayalım lan," dedi Halim ve o da suya vurdu.

"Lan geyik, top oynayınca yetişkin oluyorsun da, suyun altında oynaşınca ergen mi oluyorsun? Lan bak oraya çıkarsam gerçekten ağır sikerim kemiğindeki yayları. Siktir git, canımı sıkma benim."

Halim aşağı doğru biraz daha abandı ve Sıraç bir anda onu boynundan tutarak suyun içine çekti. Halim yüz üstü suya çakılırken etrafında koca bir patlama yarattı ve ben yüzüme çarpan suyla gözlerimi kapatıp çığlık atarken Halim suyun içinden çıkıp, su sıçanına dönmüş bir şekilde, "Hain köpek," diye hırladı ve Sıraç'ın üstüne atladı. Onlar suyun içinde birbirlerine tekme tokat girişirken, ben de payımı almamak için yüzerek onlardan uzaklaştım.

Hemen ileride suyun içinde Başak ve Sılay top oynuyorlardı, Doğukan ve Merve ortalarda yoktu, Ümran ve Ayda şezlongun üstündeydiler ve ikizler yanlarındaydı. Temmuz ve Melek suyun içinde oynarlarken Savaş da benden birkaç metre ileride yüzüstü suyun üstüne yatmış, gözlerini kapatmıştı. Ona doğru kulaç attım ve hemen altından geçip diğer tarafından çıktım. Siyah kaşlarını çatarak bana baktı ama yerinden kıpırdamadı. "N'aber?" dedim sırıtarak ve ona su sıçrattım.

"Uyuyorum," dedi düz bir sesle.

"N'aber?"

"Uyuyorum." Gözleri kapalıydı.

"N'aber?"

"Kızım dalga mı geçiyorsun?" diye tısladı ve tek gözünü açarak bana baktı. "Dolunay surat, ne olur biraz uyumak istiyorum."

"Boğulacaksın. Böyle uyunmaz."

Gözlerini devirdi. "Kocanın yanına git."

"Şu an arkadaşımın yanındayım." Sırıttım ve ona bir daha su sıçrattım. "Top oynayacakmışız, hadi gel."

"Ne topu ya?"

"Top. Yuvarlak hani. Oynanıyor."

"Bakın bu Başak denen kızı almayın aranıza, hepinize bir şey yapmış o kız. Korkuyorum o kızdan ben," dedi ve kulaç atarak önüne dönüp, bacaklarını oynatarak suyun üstünde durdu.

"Aman senin huysuzluğun üstünde," diyerek ileri doğru kulaç attım ve çok geçmeden Sıraç'ın kıyıya çıktığını, Umut'un bezini açtığını gördüm. Kaşlarımı çatarak ne olduğunu anlamaya çalışırken, Sıraç Umut'u çırılçıplak bir şekilde kucakladı ve oğlumun namahremini herkese sergileyerek ayaklarını suya soktu. Kocaman gözlerle kıyıya kulaç atarken Sıraç da Umut kucağında suyun içinde yürüyordu. Umut, ayakları suya değdiği an irkilerek kocaman olmuş mavi gözlerle etrafa baktı ve tuhaf bir ses çıkardı. Sıraç başını arkaya atarak güldü. "Tepkilerine tükürdüğüm," diye söylendi. Biraz sonra Temmuz da elinde Mavi'yle suya girdi. Mavi'nin altında sadece bebek bezi vardı.

Mavi, pembe damaklarını göstererek kıkırdıyor, suya giren ayaklarını hareket ettirip suyu sıçratıyordu ve bu ona daha da komik geliyor, daha derin kahkahalar atmasına neden oluyordu. Suyun içindeki herkes onlara şefkatli, imrenen gözlerle baktı. Sıraç Umut'u iki eliyle kavrayıp kendinden uzaklaştırdı ve, "Hoppala babasının erkeği," dedi ve başını ileri atarak sırıttı. Umut kocaman açtığı gözlerle heyecanlı bir şekilde kafasını salladı. Korkmuş gibiydi. Sıraç suyun içinde Umut'u kaydırdı. "Hoppala! Korktun mu sen? Tirrek seni." Bir kez daha suyun içinde kaydırdı ve Umut dudaklarını küçük bir o şeklinde açarak, "Uuuaa," diye tuhaf bir ses çıkardı.

Mavi'yi Temmuz'un kollarından aldığımda, Mavi kocaman bir gülümsemeyle kucağıma geldi ve ellerini yavaşça suya vurup, kıkırdadı. "Annem? Denizlere mi girmiş benim kızım? Denizlere mi getirmiş babası benim kızımı?" diye mırıldandım ve burnumu Mavi'nin boynuna bastırdım. "Kikirdeğim benim. Annesinin lokumu bu lokumu."

"Kız Zaraliye, o damaklarını ısırırım," dedi Sıraç ve burnunu kırıştırarak Mavi'ye kafasını salladı. Mavi bir kez daha kıkırdadı ve onu suyun içinde kaydırdım. Dudakları aralandı ve kocaman, heyecanlı gözlerle bana baktı, ardından tekrar kocaman tebessüm etti. "Annem benim ya! Ölürüm sana!"

Sıraç tek koluyla Umut'u tutarken, beni kendine çekti ve ben de kucağımda Mavi'yle, Sıraç'a sığındım. Sıraç, dudaklarını ıslak saçlarıma bastırdı ve, "Ölürüm size," diye fısıldadı. Bir süre suyun içinde dördümüz öylece durduk.

Bize bakan imrenen bakışları hissedebiliyordum ama aldırmadım. Yaklaşık yarım saat sonra birinin Sıraç'ın kafasına top atmasıyla tüm büyü bozuldu.

"Son kemik dürtücü kardeşim, top oynayacağız çıkarın şu çocukları, götleri buruştu suyun içinde," dedi Halim. Birkaç genç kız kıkırdayınca, Ümran, "Halim senin tepeni delerim," diye bağırdı.

"Arkandayım kurbanlıkların en güzeli," diye bağırdı Sıraç. Omzuna yavaşça vurup uyarıcı gözlerle ona baktım. İçimde yeni doğmuş bir huzurla kıyıya çıktıktan sonra Umut ve Mavi'yi kuruladım, onlara temiz bezlerini bağladıktan sonra sıkıca giydirdim ve kendi üstüme de bir havlu alarak şezlongun üstüne tünedim.

Kumsalda, kumların içinde düşe kalka oynamaya başladığımız voleybol, Ümran'ın sık sık yeri öpmesi ve Sıraç'ın da kurbanlık diye onunla dalga geçmesi şeklinde kısır bir döngü yaratmıştı. Merve sert bir manşeti Doğukan'a doğru atarken, kızgın kumlar boyunca dizlerinin üstünde kaydı ve yavaşça kalkıp dizlerindeki kumları silkti. Doğukan topu karşılayıp Savaş'a atarken, Savaş yavaşça öne doğru sendeledi ve son anda topu yakaladı, filenin üstünden topu Sıraç'a postaladı. Sıraç, uzun bacaklarının avantajını kullanarak zarifçe zıpladı ve bilekleriyle topa esaslı bir tane vurduktan sonra beni belimden yakalayıp alnıma sert bir öpücük kondurdu.

Savaş'ın bakışlarını üstümüzde hissedip rahatsız olarak geri çekildim ve Ayda'nın topu Sılay'a atmasını izledim. Sılay zarif bir şekilde topu yakaladı ve bileğiyle geri postaladı. Top tekrar Sılay'a döndüğünde, Sılay kumlara takıldı ve dizlerinin üstüne sertçe düşerken, dudaklarından sert bir inilti döküldü. Temmuz fileyi sökecek kadar kaba bir kuvvetle filenin altından geçti, Sılay'ı kaldırdı ve dizlerindeki kumu silkip, "İyi misin?" diye sordu, sesindeki endişe herkesin duraksamasına neden olurken, Sıraç pürdikkat ikisine bakıyordu.

Sılay yere bağdaş kurarak oturdu, dizleri soyulmuştu, eliyle yüzünü örterek, "Bakmasana be," diye çemkirdi. Temmuz, elini havada yakaladı ve avucunun içine bakarken, yüzünü buruşturdu. "Elin de soyulmuş kezo," dedi kısık bir sesle.

"Acımıyor," diye yalan söyledi Sılay, gerçeği görebilmiştim. Ona doğru bir adım atacakken Sıraç elimi tutarak durdurdu beni. Temmuz, Sılay'ı yavaşça kaldırdıktan sonra eliyle mola işareti verdi ve onun koluna girerek köşklere kadar eşlik etti. Filenin etrafında sert bir rüzgâr esti ama bu gerçek bir rüzgâr değil, ruhani bir rüzgârdı. Sıraç bir süre ikisini izledi, hiç kimse yorum yapmıyordu. Temmuz köşke oturttuğu Sılay'ın önünde diz çökerek Sılay'ın bacağına temiz su döktü ve Sılay acıyla inleyip yüzünü buruşturunca o da yüzünü acıyla buruşturdu.

"Kardeşim," dedi Halim topu yere atarken. "Bence bu maç bitti, kazanan da belli."

Sıraç sessiz kaldı. Sadece ikisini izledi. Belki zordu, bir ağabey için kabullenmek gerçekten zor olabilirdi. Belki de Temmuz'a inancı yoktu, Temmuz'un on sekizine girmesine daha koskoca iki ay vardı, hislerinin oturmamış olduğunu düşünüyor olabilirdi. Ama bir akrebin kendi zehriyle kendi hayatına son verebildiği gerçeği kadar net bir gerçek vardı ki: Temmuz'un gözlerinde daha önce görmediğim kadar parlak bir ışık, yalnızca Sılay'a baktığında yanıyordu.

Grinin maviye söylediği aldatıcı ninni, karanlığı çağıran bir senfoninin orkestra şefi gibi elindeki çubukla manasız hareketlerini gökyüzünde konuştururken, deniz tuzunun ağırlığını saçlarımda taşıyordum. Yol boyunca arabanın radyosunda konuşan adamın saçma sohbetini ve araya kattığı müzikleri dinlemiştik. Mavi ve Umut çoktan uyumuştu, deniz tuzunun taze tenlerini yakmamasını istediğim için onları koyda yıkamıştım ama benim üstümdeki tuz tüm ağırlığını koruyordu.

Eve geldiğimizde saat neredeyse dokuza gelmek üzereydi, Sılay'ın gözleriyle yaptığı işaretlerden anladığım kadarıyla bir bahane uydurmam gerekiyordu. Yorgunluk kesik sancısını bacaklarımdan başlayarak şakaklarıma kadar kaydırarak çıkardı. Tuzlu üstümle başımla kendimi koltuğun üstüne atarken, Sılay banyo yapmak için üst kata çıkmıştı bile. Temmuz da banyosunu koyda yapan şanslılardandı.

Kalçamı kaydırarak koltuğun üstünde küçüldüm ve ağırlaşan göz kapaklarımı zorlayarak, "Bu gece yalnız kalabilmemiz için Sılay ve Temmuz'a bir program hazırladım, diğerleriyle olacaklar," diye fısıldadım. Sıraç, bebekleri yatak odasına çıkardığı için rahatlıkla sigarasını içiyordu. Uzun işaret ve orta parmağı arasında tuttuğu sigaraya aldırmadan şakaklarını ovalarken, "Sen ciddi misin?" diye sordu.

"Hiç bu kadar ciddi olmamıştım," dedim gözlerimi kısarak. Bu benim Sıraç'a olan açlığımın yarattığı belki de en güzel bahaneydi. Sılay da ben de istediğimize kavuşacaktık. Ben kocamı istiyordum, Sılay kardeşimi istiyordu. Hafif bronzlaşmış ve kızarmış üstünde parmaklarımı dolaştırmak istiyordum. Sinir bozucu bir ağırlıkla sigarayı dudaklarıyla buluşturdu. Siyahın içindeki mavim sigarasının gri dumanını ciğerlerine doldururken, yangın mavisi gözlerini kısarak gözlerimin içine bakıyordu. "Bu gece kaçışın yok o zaman, minik şeytan."

"Emin ol Karayel, kaçışım olmasın diye sepetliyorum onları."

Hemen karşımdaki tekli koltuğa oturdu ve bir ayağını, diğer bacağının dizine koyup, koltuğa iyice yayıldı. Bir süre sadece sigarasını içerek beni izledi ve onun tenindeki tuzu, dudaklarımla toparlamak için dakikaları saymaya başladım.

Arzu, kör bıçaklarını biliyor, keskinleştirmeyi başardığı uçlarını aramızdaki çekimin gergin hatlarının üstü boyunca çizerek, çıkardığı seslerle kalbimin atışını yarıştırıyordu.

Sılay, sırtında sırt çantasıyla merdivenleri indikten sonra Sıraç'a görünmeden mutfağa geçti ve ben de onun arkasından mutfağa girdim. Altında siyah, dizleri yırtık bir tayt, üstünde ince penye, uzun kollu bir kazak vardı, kazağın bir kolu omzundan düşüyordu. Taytın yırtık kısmından dizindeki yaraları görebiliyordum. Islak saçlarını silkeledikten sonra, "Kandırabildim de, ne olur," dedi kocaman açtığı çakır gözleriyle.

"Hallettim," dedim ve sırtımı buzdolabının kapağına yasladım, tuzdan gözlerim yanıyordu. "Bak telefonun açık olacak, Sılay. Sana ulaşamazsam, ağabeyinden önce ben yakarım çıranı."

Bana minnet dolu, iri gözlerle baktıktan sonra kollarını boynuma doladı ve sıkıca sarıldı. Tatlı, yasemin çiçeğine benzer bir kokusu vardı. Annemin hanımeli kokusunu anımsatıyordu. Onu şefkatle kucakladım ve bana, "Tuz kokuyorsun," dedi yüzünü buruşturarak. "Hemen bir duş almalısın, tenini yakacak."

"Hallederim, sorun etme. Bak, dikkatli olacaksın. Arayıp sana ulaşamazsam, Osman ağabeyin bile kurtaramaz seni elimden."

Sırıttı. "Tabii beni arayacak zamanı bulursan, yengoş," dedi ve yanağımdan makas aldı. "Şey... Temmuz nerede?"

"Şimdi dışarı çıktı, sanırım seni bekliyor. Bak, aradığımda sana ulaşacağım, tamam mı?" dedim ciddiyetim ağzımdan dökülen her bir kelimeye sağlam bir kalkan olurken. "Saçma sapan bir halt yemeye kalkmayın, alırım kokusunu."

Yanaklarının içini şişirdi. Pürüzsüz çakır bakışlarından özlemle karışık bir sis bulutu geçer gibi olduğunda, onun bu tür ikazlara alışık olmadığını fark ettim. Annesiz büyümüştü, iliklerine kadar onu dağlayan bir özlem rüzgârının kollarında savrulan sarı, üstüne birçok kez basılmış ve orta yerinden çatırdamış bir sonbahar yaprağından farksızdı.

"Sen tıpkı minik, sevgi dolu, diktatör bir anne gibisin ve ben senin varlığını öyle çok seviyorum ki..." Bir kez daha sarıldı. "Hâlâ eşcinsel olabilirim, geç değil," diye takıldı.

Sılay, evden ayrıldığında bir süre tezgâha yaslanıp, mutfağın içindeki sessizliği dinledim. Mutfağın beyaz duvarları kavlanmıştı, kireçler kabarık duruyordu ve dokunsam dökülecek gibiydiler. Tıpkı benim gibi. Dokunsalar, dökülebilirdim ama benim görüntüm, bu duvarın görüntüsünden daha sağlamdı. Parmaklarımı granit tezgâha bastırdım ve soğuk tuzlu avuçlarımı ısırırken, başımı geriye atarak, alçak tavanda yanan küçük lambaya odaklandım. Sarı, fersiz ışığı, mutfak küçük olduğu için her yana ulaşabiliyordu. Zihnimin kulvarlarında kanlı parmak izlerini üstündeki beyaz gömleğe silen iri mavi gözlere sahip küçük kız, düşüncelerin yarattığı soğuk rüzgârla titredi. Yalnızlığımdan sıyrılırken, kocamın varlığıyla dirildim.

Bu tıpkı açılmış bir yaranın, kapandıktan sonra bıraktığı o sancılı iz gibiydi. O ize ne zaman baksan o zamanı hatırlayacaktın ama acımayacaktı. Yalnızca bir hatıra olarak seninle yaşayacaktı. Tüm yaşanılanları bu şekilde yorumlamak istedim. Şimdi acıyordu, yavaşça kapanacaktı, izi kalacaktı. Baktıkça hatırlayacaktım. Ama bir daha asla acımayacaktı.

Sıraç mutfağın kapısından kafasını uzattığında, daldığım düşünceler beni sert bir dalgayla kıyıya itti ve ıslak kumlara çakıldım. "Sorun ne?" diye sordu, sesi sakindi. Mutfağa bir adım attı, omuz silkerek tezgâhın üstüne çıktım ve bağdaş kurarak oturdum. "Dalmışım öyle."

Önümde dikildi ve gözlerini yüzüme dikerek, sorgulayan bakışlarını yüzümün derisini zorlayacak kadar kuvvetli bir aurayla üstümde dolaştırdı.

"Gittiler mi?"

"Evet," dedim ve bacaklarımı tezgâhtan sarkıttım. Sıraç, iki bacağımın arasına girerek, "Hım," diye fısıldadı, sesi yakıcıydı. Güneşin önüne düşen gölgenin pişen sırtı gibi.

Bacaklarımı beline dolarken, "Hıhı," diye fısıldadım.

Elini yavaşça kaldırdı ve boynuma düşen saçımı geriye atarak, boynumu açıkta bıraktı. Kendini tamamen bacak arama yerleştirdikten sonra, yüzünü yavaşça boynuma yaklaştırdı ve onun sıcak, derimi kabartan nefesinin dokunuşunu boynumun ince derisinde hissettim. Hafif bir ürperti omurgamdan yukarı yükseldi. Nefesim ve kalbimin çırpınışı büyük bir yarış içerisindeydi. Boynunda dudaklarının ruhani varlığını gezdirdi ama katiyen boynuma temas etmedi pembe uçurumları. Sesi arzu kokan satırlarda bir çift yangının yoğun dumanlı bakışı esti. Satırbaşları gürledi. Kanım damarımda çağladı. Sıraç, boynumu yavaşça öptüğünde, temasın etkisiyle bacaklarım uyuştu ve ayak bileklerimdeki damarların içinde yürüyen karıncaların küçük ayak izlerini hissettim.

Avuçları kalçalarıma yerleşti. Beni ağır, aheste bir şekilde boynumdan öpmeye başladı. Dolgun üst dudağının yapraksı dokusunu, ucundan kızıl bir zehir akan mavi çiçeğin şifalı göbeğinden sızan merheme benzetmiştim.

Ruhumdaki soyut çatlakları, avuçlarından tenime doğan şifayla kapatıyordu.

"Tenine hasretim," diye fısıldadı, sesi kısıktı. Omzumu öptü, dudakları omzumdan yukarı kaydı bir kez daha. Boynumda ruhani bir gezintiye çıktı, dudaklarından önce nefesi yardı geçti derimi, ardından dudaklarıyla yarıkların üstünden geçti. "Sana hasretim."

"Ben de," diye mırıldandım, parmaklarım saçlarının arasından geçti ve tuzun sertleştirdiği asi, siyah saçlarını çekiştirerek avuçladım. "Çok istiyorum seni."

"Tüm noktalarından doldurmak istiyorum seni, minik şeytan," diye inledi, karanlık bir sesle. Bacaklarımla onu kafesleyip kendime bastırdım, kasıklarım istekle sızlıyordu. Kalbim kapılarını sahibine araladı, bedenim kendini sahibinin iştahına sundu.

"Eziyet etme bana, Karayel. İstediğimi ver."

"Bana istediğinin ne olduğunu söyle, minik şeytan."

"Seni istiyorum," diye inledim. "Tenime karışmanı istiyorum. Günlerdir deli gibi istiyorum, aynı yatakta acı çekiyorum."

"Ne yapmak istediğini söyle, Mayıs. Cesurca."

Kendimi ona bastırıp, ilkel çekimin kollarında arsızca inledim. "Benimle sevişmeni istiyorum, aptal."

"Kocaya aptal denmez," dedi ve kendini ağır ağır bana sürttü. "Günlerdir bu anı bekliyorum ama sen ne yapacağımızı açık açık söylemezsen, ben senin istediğini sana vermem, Mayıs."

"Sıraç..."

"Ömrüm."

"Sen de istiyorsun, duymak istediğin ne ki? Bırak işte... Bak kimse yokken. Hadi." Kendimi ağır ağır ona sürttüm. Hemen burada, bu tezgâhın üstünde bana sahip olabilirdi, mekân önemli değildi. Onu istiyordum.

"Ne yapacağımızı söyle, bu hoşuma gidiyor," dedi ve kalçalarımı kavrayıp sıktı. "Hadi, utanma benden. Sen benimsin."

"Seks yapalım," diye mırıldandım utanç içinde. "Hain, sen de istiyorsun. Acı çektirme bana."

"Bir daha söylemeni istiyorum," derken sesi inliyor gibi çıkmıştı. Alt dudağımı sertçe dişledim. "Seks yapmak istiyorum," diye fısıldadım. "En az senin kadar."

"Bu gece seni saatlerce doldurup, bacakların tutmaz hale gelene dek içinden çıkmayacağımı biliyorsun, değil mi?" diye sordu, sesi sertti.

"Evet ve bunu istiyorum."

"İşte benim karım," dedi ve beni bir anda kucakladı. İçimdeki tüm organların aynı anda arşa yükselip titrediğini hissettim. Sıraç, beni sıkıca kavrayıp kalçalarımı yoğurarak, mutfak kapısını ayağıyla açtı ve merdivenlere yöneldi. Merdivenleri sanki bir kuş kadar hafifmişim gibi zorlanmadan çıkarken, bir yandan boynumu emiyor, bir yandan da kalçalarımı yoğurup, boynuma hırlıyordu.

Banyonun kapısını çarparak açtığında, dudaklarımı ısırarak endişeli gözlerle yatak odasının kapısına baktım. Mavi ve Umut'un uyanmasını istemiyorum, lanet olsun ki şu an sadece kocamı istiyordum. Sıraç küvetin dolması için suyu açtıktan sonra beni kucağından indirmeden seramik duvara yasladı ve sırtım duvarın soğuk yüzeyine yapıştı. Ağzı ağzımı kavradı, dili dudaklarımı araladı ve ağzımın içine arsızca daldı. Göğsüm aldığım nefesle ürkekçe kabarırken Sıraç'ın yüzünü avuçladım ve yeni yeşeren sakal izlerini okşayarak ağzımın içindeki savaşını pasif bir şekilde bir köşede seyrettim. Dili dilime dolanıyordu, dişlerimin üzerinde dolaşıyordu ve damaklarımın üstünden yüzeysel geçişler yapıyordu.

Beni aşağı indirmeden üstümdeki tişörtü sıyırdı ve yere attı, altımda mayomla kalmıştım. Nefes nefese mayomun askılı kollarını omzumdan indirdi ve kollarımı mayonun içinden çıkardım. Arsız bir şekilde beni tamamen duvara yaslayıp bacağıyla sabitlerken, mayoyu aşağı asıldı ve göğüslerim gözlerinin önüne döküldü.

"İşte bunları emmekten asla vazgeçmeyeceğim, biliyorsun, değil mi?" diye inledi boğuk bir sesle. Cevabımı beklemeden göğüslerime gömülürken, arzuyla karışık bir inilti dudaklarımdan döküldü ve dudaklarımı birbirine bastıramadım. Aralıklı kalan ağzım ve kısılan gözlerimle onun siyah saçlarını izlerken, o çoktan sol göğsümün ucunu ağzının içine almış, diliyle etrafına daireler çizmeye başlamıştı bile. Kasıklarımdaki ateş, göğüslerime kadar tırmandı. Göğsümün ucu yanıyordu. Dilini göğüs ucumun etrafında döndürdü, kasıklarım arsız bir inilti kopardı.

"Sıraç... Lütfen..." Parmaklarımı saçlarının arasından geçirdim. Sertleşen saçlarının tuzlu dokusunda zorlu bir yol kat eden parmaklarım, sonunda onun asi tutamlarını avuçlamayı başardı. Saçlarını çektim ve onu tamamen göğsüme yapıştırdım. Diğer elinin uzun işaret parmağıyla göğüs ucumu ovalıyordu, tüm damarlarımdan yüklü miktarda adrenalin geçiyordu.

Küvetin tamamen dolduğunu gördüğümde, "Küvet," diye inledim. "Sıraç..." Kendini geri çekti. Dilini son kez göğüs ucuma değdirdikten sonra kısık, koyulaşmış, laciverte dönmüş gözlerle gözlerimin içine baktı ve, "Şimdi bu küvetin içinde sahip olacağım sana," dedi sert bir sesle. "İçine öyle bir çarpacağım ki, yavaş olmam için yalvaracaksın, minik şeytan."

"Buraya gel," dedi ve beni kucağından indirmeden küvete yöneldi. Beni küvetin tümseğine oturttuktan sonra üstündeki rambo tişörtü ve şortu bir çırpıda çıkarıp, beni bacaklarımdan tutarak çekti. Bedenim sert bir şekilde küvetin içine düşerken, kafamı çarpmamak için küvetin kenarlarına tutundum ve kocaman olmuş gözlerimle, nefes nefese ona baktım. Şortumu ve mayomun karnıma kadar inen kısmını tek seferde çekti ve bacaklarımdan çekip çıkardı, su ılıktı.

Boxerının üstünden ereksiyonunu okşarken, nefes nefese bana bakıyordu. Gözleri suyun içinde kalan kadınlığıma kaydığında bakışları daha da kısıldı. "Kendine dokun," dedi nefes nefese. "Hadi."

"Ne?" Nefes nefeseydim. Bazen adımların yönlendirirdi seni, gittiğin yerin bir önemi olmazdı. Şimdiyse beni yönlendiren yine adımlarımdı ama gittiğim yönün çok büyük bir önemi vardı. Bacaklarımı araladım ve küvetin dışına attım. Birkaç damla su yere döküldü. Sıraç, ereksiyonunu okşayarak beni izliyordu, dar boxerını zorlayan ereksiyonu kılcal damarlarımın sızlamasına neden oldu. Parmaklarım kadınlığıma kaydığında, utanarak gözlerinin içine baktım ve kendime yavaşça dokundum. Dudaklarımı ısırarak kendimi okşarken, Sıraç da kendini okşayarak beni izliyordu. Boxerını yavaşça aşağı indirdi ve çıplaklığının karnına uzanan yolunu izledim. Çıplaklığına dokundu ve küvetin üstüne abanarak, "Durmaya hiç niyetim yok," dedi, sesinin erotik dalgası kasıklarımın gri kayalarına vurdu.

Her şey birkaç saniye içinde gelişmişti. Sıraç, küvetin içine girdikten hemen sonra bacaklarımı omzuna attı ve dudaklarını ayak bileklerimde kaydırırken, suyun içindeki kadınlığıma erkekliğini sürtmeye başladı. Ereksiyonunun genişlediğini hissedebiliyordum, kendini hızlıca kaydırıyordu, kadınlığım arsız bir istekle seğirdi ve, "Lütfen," diye inledim. "Lütfen, durma artık."

Kollarını küvetin yanlarına koydu ve pazıları genişledi. Sert nefeslerini yüzüme bırakırken gözleri kapalı sayılabilecek kadar kısıktı ve uzun, siyah kirpikleri birbirine girmişti. Karnımdan başlayıp, göğüs kafesime kadar süren ılık meltemin bedenimde yarattığı yıkıntıyı hissettim. "Ne istediğini söyle," diye inlerken, kendini acımasızca oraya sürtüyordu. Hayalarının kalçalarıma sürtünüşünü hissettiğimde acı bir inilti koydum dudaklarımdan dışarıya. Küvetteki su kenarlardan taşıyor, seramik parkeye tok sesler çıkararak dökülüyordu.

"Seni istiyorum. Şimdi. Ne olursun, Sıraç. Sana tapıyorum, lütfen," diye inledim acı içinde, kalçamı kaldırıp onu karşılıyordum. Zihnimin bulvarlarında eteklerinin soğuk tarafını avuçlayan kız çocuğu görünürlerde yoktu. Sıraç ağzımın içine doğru inleyerek dudaklarımı yakaladı ve ben onu daha rahat bir şekilde öpebilmek için kafamı kaldırıp ellerimi çıplak göğsüne yerleştirdim. Ağzımız kanlı bir savaşın ortasındaki iki farklı cephenin askeri gibi savaşırken, "İçime gir," diye inledim. "Yalvarırım."

"Böyle mi?" diye sormasıyla içimi doldurması bir oldu. Başımı arkaya doğru attım ve kafam küvetin seramiğine hafifçe çarptı, acıyla karışık bir rahatlama duygusuyla inlerken, "Evet," diye inledim. Geri çekildi ve bir kez daha içimi doldurdu, küvetteki su sarsılarak dışarı döküldü.

"Böyle mi?"

"Evet!" Dudaklarımı ısırarak kendimi ona bastırmaya çalıştığımda geri çekildi, sinirle ellerimi kalçalarına indirdim ve sıkı kalçalarını avuçlayıp onu kendime bastırmaya çalıştım. "Lütfen!"

"Böyle mi, miniğim?" dedi nefes nefese ve içimi doldurup, içimden çıkmadan kalçalarını yavaşça hareket ettirdi. "Böyle hoşuna gidiyor mu?"

"Sıraç!" Acıyla kendimi ona ittim ve kasıklarımdaki kasırganın yarattığı hortuma kapılıp ruhumun savrulmasına izin verdim. Sıraç ardı arkası kesilmeyen hareketlerini daha da hızlandırıp eziyet edici bir zevkin kollarında beni boğarken, ikimiz de birbirimizin adını haykırıyorduk boşluğa. Çarpışmamızın çıkardığı erotik sesler, suyun seramiğe dökülürken çıkardığı sesler ve ikimizin dudaklarından dökülen sesler, her şey birbirine karışmıştı.

Gittikçe daha da hızlandı, içimdeki her şey büyük bir gürültüyle yer değiştirmeye başladığında, zirveye tırmanmaya başladığımı anlamıştım. Kadınlığım onun ereksiyonunun etrafında kasılmaya başladığında, "Siktir," diye hırladı. "Beni nasıl kavradığına bir bak."

"Sıraç!"

"Geliyorum, ömrüm," dedi hırlayarak. "İçine boşalacağım, minik şeytan. Bunu istediğini söyle. Söyle bana bunu."

"Evet!" diye haykırdım. "Gel, içime gel!"

Kendini bana son kez çarptığında erkekliği kadınlığımın etrafında, kadınlığım da erkekliğinin etrafında dalgalandı ve Sıraç'ın sıcağını hissettim. Üstüme yığılırken bacaklarım hâlâ titriyordu.

Dudaklarını alnıma bastırıp terle karışık nemini benimle paylaştı ve usulca fısıldadı, "Bir gün bu şey bitse bile, sana yemin ediyorum sana olan aşkım hiç bitmeyecek benim. Ömür boyu bir daha birleşemeyecek olsak bile, sadece yanında olmak yeter bana. Ben senin için yirmi dört yıl tek bir el tutmadan bekledim, geri kalan elli yılı da yalnızca seni izleyerek geçirebilirim."

∞

Sılay Karayel'den...

Gecenin soğuğu ıslak saçlarımdan içeri sızıp kafamın derisini sızlatırken, ince penye kazağıma sıkıca sarıldım ve bahçenin demir kapısını gürültü çıkarmamaya özen göstererek yavaşça kapattım. Turuncu sokak lambasının aydınlattığı sokak bomboştu, bakışlarım hızlıca etrafı kolaçan etti, Temmuz ortalarda yoktu.

Sabırsız bir şekilde taytımın cebindeki telefonu çıkardım, ekranı kaydırdım ve mesaj bölümüne girerken, bir kez daha etrafı kolaçan ettim. Daha birkaç harfi ekrana düşürememişken mesaj geldi.

Kimden: Marulların Efendisi

Beni ararken ne kadar sevimli göründüğünü tahmin bile edemezsin. (21.35)

Osman ağabey halay mendilinin ucuyla oynarken, kafasını uzatarak telefonun ekranına baktı.

Kime: Marulların Efendisi
Neredesin? (21.36)

Kimden: Marulların Efendisi
Bu açıdan inanılmaz güzel göründüğün bir yerde. (21.38)

Yanaklarımın içini dişledim diz kapaklarım hâlâ sızlıyordu ve gecenin ayazı taytımın yırtıklarından içeri sızdıkça canım daha da çok yanıyordu.

Kime: Marulların Efendisi
Benimle oynama, marul. Neredesin? (21.39)

Kimden: Marulların Efendisi
Kırmızı arabaya doğru yürü. (21.40)

Kaşlarımı çattım. Bakışlarımı yolun sonundaki büyük dut ağacının önünde park halinde duran kırmızı spor arabaya çevirdim. Ön camları siyah olduğu için içeride biri olup olmadığını tam olarak anlamak güçtü. Kalbim hızlı bir manevrayla göğsüme tekmesini indirdi. Halayboylar midemde tepinmeye başlamadan hemen önce, Osman ağabeyin çağrısını beklediler.

Hızlıca arabaya yöneldim, çöp kovasının etrafına tüneyen kediler yemek artıklarını yiyordu. Yavru, gri bir kediyle göz göze geldiğimde, bana korkunç bir canavarmışım gibi ürkek büyük yeşil gözlerle baktı. Yeşil gözlerden nefret ederek önüme döndüm ve adımlarımı hızlandırdım. Kırmızı spor arabanın ön yolcu koltuğunun kapısını açıp, kendimi alçak arabanın içine yerleştirdim ve kapıyı çarparak kapattım. Temmuz direksiyonun başındaydı, arabanın içi siyah deri döşemeydi. Omzumun üstünden Temmuz'a baktığımda, bronzlaşmış ve hafif kızarmış yanık teniyle burun buruna geldim. Arabanın tepe lambasını yakmamıştı, toz mavisi gözleri yüzündeki en parlak ayrıntıydı.

"Bu arabayı ne ara ayarladın? Evden yeni çıkmışsın," dedim gözlerimi kısarak. Toz mavisi bakışlar yüzümde gereğinden fazla oyalandı. Halaymen bu durumdan rahatsız olsa da ben bu yakıcı bakışlardan son derece memnundum.

"Kapıya çıktığımda araba benim için hazırdı," dedi ve yavaşça göz kırpıp direksiyonu sıkıca kavradı. "Şu bebeklerin direksiyonları bile bir başka oluyor, Kezorella," dedi kaşlarını kaldırarak. "Acayip özlemişim."

"Cidden bir yarışa mı gidiyoruz?" diye sordum, sesimde hayret vardı ve Mayıs'a ihanet ediyormuşum gibi hissediyordum. Yüzüme gelen ıslak saç telimi arkaya iterek, omzumun üstünden Temmuz'a baktım.

"Şaka yapıyor gibi bir halim mi var? Salı pazarı meydanında bir yarış var ve ben de ona katılıp meydanın tozunu attıracağım."

"Sen ciddisin," dedim gözlerimi devirerek. "Bunun yerine bir yerlere gideriz sanmıştım. Ayrıca ben hızdan hoşlanmam."

"Hadi ya, Hande aramıştı oysa, partner bulamadıysan seninle gelirim demişti," dedi sahte bir şekilde dudaklarını bükerek. "İstersen onu arayayım ben?"

Karnımı yakan bir kıskançlık dalgasıyla, Osman ağabeyin halay mendilini alıp, o mendille Temmuz'u boğmak istedim. "İyi git ara, Temmuz," dedim gayet sakin bir sesle ve arabadan çıkmak için kapıya uzandım. Temmuz üstüme abanarak elimi yakaladı ve arabadan çıkmama engel oldu, onunla arabanın penceresi arasında kaldığımda, karanlığı ikiye ayıran toz mavisi gözleriyle bana yukarıdan bir bakış attı.

"Hiçbir yere gitmiyorsun ay parçası," dedi kısık bir sesle. "Bırakmıyorum seni." Bakışları derinleşti, gözlerimi kaldırarak ona bakarken, kalbim göğüs kafesimin etrafında sabun gibi kayıyordu.

"Hande meraklıdır hıza Temmuz, ara işte onu."

Üstüme biraz daha abandı ve kesik kollu tişörtünün altında kasılan kollarında atan damarları yanağımda hissettim. Yüzünü yüzüme yaklaştırdı, yakıcı, meyve kokulu nefesini dudaklarıma bıraktı. "Ama ben onu değil, seni istiyorum?"

Sertçe yutkundum. "O zaman neden ondan bahsediyorsun?"

diye sordum, sesim kısık, içime kaçmış gibi çıkmıştı. Osman ağabey yavaşça karanlıkta kayboldu, tüm sesler sustu ve irice açılmış gözlerimi, yüzüme odaklanmış toz mavisi gözlere diktim. "Çok sinir bozucusun."

Tek kaşını kaldırdı. "Öyle miyim?"

"Evet."

Burnu burnuma dokunduğunda, karnım kasıldı ve sırtımı tamamen siyah, deri koltuğa yaslayarak, korku dolu gözlerle onun birkaç santim yakınımda duran gözlerine baktım. Kıvırcık bir saç tutamı aramızda duruyordu. Teni yanık meyve kokuyordu.

"Sen de öylesin," diye fısıldadı. "Ve ben seni yanımda istiyorum."

"Ve ben şu an senin yanındayım, Karamaça."

"Ve benden başka kimsenin yanında da olamazsın, Karayel," dedikten sonra burnuma küçük bir öpücük kondurup geri çekildi. Ben, artçı şoklarla sallanan kalbimi avuçlamamak için kendimi zor tutarken, Temmuz arabanın motorunu çalıştırdı ve araba uğursuz bir uğultu çıkarıp yavaşça ileri doğru kaykıldı. Ani hareketi yüzünden koltuktan kayarak ön cama çarpacakken kendimi frenledim ve Temmuz bana yandan bir bakış attı.

"Emniyet kemerini bağla, ay parçası."

Siyah bandı göğsümün üstünden geçirdim ve yavaşça yutkunarak emniyet kemerini sıkıca bağladım. Temmuz arabayı yavaşça hareket ettirdi ve yokuş aşağı karınca adımlarıyla inmeye başladık. Arabadan uğultular yükseliyordu, homurdanıyor gibiydi. Başlarda bu beni çok rahatsız etse de bir süre sonra buna alıştığımı fark ettim.

"Senin ehliyetin var mı?" diye sordum kaşlarımı kaldırarak. Temmuz çok rahat bir şekilde omuz silkerek, "Yok," dediğinde çoktan ana caddeye çıkmıştık. Korkuyla yerimden doğrulurken, "Trafik polisleri?" diye sordum, bir kez daha omuz silkti ama cevap vermedi.

Araba ana caddenin düz, pürüzsüz yolunda yağ gibi kayıyordu. İlk kez bu kadar alçak bir arabanın içindeydim, sanki yerde sürünüyormuşuz gibi hissediyordum, pencereden dışarı baktığımda ciddi anlamda arabanın çok basık olduğunu fark ettim, normal arabalardan daha aşağıda duruyorduk.

Ara bir sokağa girdiğimizde, Temmuz'un toz mavilerinin parladığını gördüm. Hemen ilerideki geniş meydanda bakır bir kovanın içinde dev bir ateş yanıyordu. Sıralı duran rengârenk arabalara gözlerimi büyüterek baktım. Neredeyse hepsi aynı modeldi ama renkleri farklıydı. Arabaların etrafında yaşıtım olduklarını düşündüğüm bir sürü kızlı, erkekli karışık gruplar vardı. Osman ağabey kafasını uzatarak ileriye kısık bir bakış attı ve uyarı dolu bakışlarını bana çevirdi, gerginlik içimde yavaş yavaş yukarı doğru tırmanmaya başlamıştı.

Araba gittikçe yavaşladı ve meydanda ilerlemeye başladı. Birkaç meraklı göz bizi odağına aldığında bacaklarımı karnıma çekip, ufacık olma isteğiyle kavruldum. "Gerilme," dedi Temmuz düz bir sesle. "Yanındayım."

"Gerilmedim ben."

"Gerildin Kezorella, hissedebiliyorum."

Yavaşça yutkundum, gözlerim arabanın penceresinden dışarıdaki kalabalığa kaydı. Uzun, platin sarısı saçları beline kadar uzanan kızlar, altlarında kısacık şortlar ve ayaklarında kaba topuklu ayakkabılarla neredeyse aynı ürünün klonlanmış hali gibi görünüyorlardı. Halaymen onlara yüzünü buruşturdu, doğallıktan milyonlarca ışık yılı kadar uzaktılar.

Temmuz arabayı durdurup bir düğmeye bastı ve arabanın otomatik camı mekanik bir ses çıkararak aşağı indi. Serin yaz havası açık kalan camdan içeri sızarken, kollarımı birbirine bastırdım ve camdan dışarı baktım. Ağabeyim yaşlarında bir adam kafasını uzattı ve, "Karamaça?" diye sordu, sesinde samimiyet vardı.

"Uzun zaman oldu Ekrem ağabey," dedi Temmuz sıcak bir sesle.

Adam bana kısa bir bakış atıp kafasıyla selam verdikten sonra, "Nasılsın?" diye sordu Temmuz'a. "Fethiye de olduğunu bilmiyordum, ne tesadüf ama..."

"Küçük bir tatil amacıyla geldik, senin burada olduğunu ve yarış düzenlediğini duyunca durmadım, kaptım bir bebek, geldim," dedi ve direksiyonu sıkıca kavradı. Ah, buradaki bebek ben değil, içinde olduğumuz kırmızı spor araba oluyordu. Osman ağabey yüzünü buruşturup, oyalı halay mendiliyle sırtımı sıvazladı. Sen benim bebeğimsin, dert etme.

"Hâlâ olayların çocuğuyum diyorsun, ha? Adam olmayacaksın, Karamaça," dedi adam sıcak bir sesle. "Kız kim?" Temmuz'a göz kırptı.

"Ablamın eşinin kardeşi," dedi Temmuz, bir an dönmek ve ona sert bir yumruk geçirip, ben onun sevgilisiyim, diye bağırmak istedim, ama öyle miydim?

"Merhaba," dedi adının Ekrem olduğunu öğrendiğim adam. "Çok yanlış bir herifin arabasındasın, kemerlerini sakın çözeyim deme."

Duraksadım. Temmuz'a ürkek bir bakış attığımda, sessizce bana bakıp, tekrar Ekrem ağabeye döndü. "Yarış ne zaman başlıyor ağabey?" diye sordu, sesi sakindi.

"Birazdan. Hande buralardaydı, gördün mü?" diye sordu ve tekrar göz kırptı. "Birini arıyor gibiydi, şu an sen olduğundan o kadar eminim ki."

Gergin bir şekilde Ekrem denen adama baktığımda, adama takılan bakışlarımın radarına koyu kahverengi gözleri düştü ve bana şaşkınlık dolu bir bakışla karşılık verdi. Zaman kavramından sıyrılarak, adama düşmanlığın gölgesine sinmiş gözlerle bakarken, "Şu an onunla hiç uğraşamam," dedi Temmuz. "Ablamla kavga etmişler geçenlerde."

"Hadi canım, ciddi misin, Mayıs'la mı?"

"Aynen ağabey." Küçük bir anons geçtiğinde, Temmuz tekrar motoru çalıştırdı ve araba huysuz bir homurtu çıkardı. "Sanırım başlıyor?" dedi Temmuz sorar gibi.

Ekrem ağabey, "Bol şans Karamaça," dedikten sonra arabanın tavanına yavaşça vurdu ve, "Yerini al, iyi olan kazansın," diyerek arabadan uzaklaştı.

Kor kızılı saçları beline kadar inen, siyah kot şortu kalçalarının bir kısmını gözler önüne sunan, siyah kalın platformlu ayakkabılarının üstünde eğreti bir şekilde duran manken fizikli kız, elindeki kırmızı bayrakla arabaların ortasına geçti ve dalgalı kızıl saçlarını arkaya atarak genişçe sırıttı.

Temmuz diğer arabaların hizasında durduktan sonra, "Bu küçük bir yarış, çok kısa sürecek ve meydan sanıldığı kadar geniş değil. Üstüne gelen arabalar seni korkutmasın, ölmeyeceğiz," dedi tok bir sesle. Ona inanamayan gözlerle baktığımda, dizimin üstünde duran elimi avuçlarının arasına alıp, dudaklarına götürdü ve sertçe öptü. "Güven bana, ay parçası, bu gece sana adrenalin neymiş göstereceğim."

Araba bir hırıltı çıkardığında, Temmuz elimi serbest bıraktı ve direksiyona sıkıca sarıldı. Toz mavisi gözlerindeki kararlı ifade midemi yakmıştı, kendine güveni tamdı, bu onun açısından iyi olabilirdi ama ilk kez böyle bir platformdaydım, daha önceden onunla aynı arabadayken kaza yapmışlığımız zaten vardı. Korku kara köpüğüyle boğazımda fokurdadı ve damağımdaki ekşi tada rağmen yutkundum.

Kızıl saçlı kız arabaların ortasında saçlarını savurdu ve yanan ateşin önünde dikildi. Saçları, yanan ateşle hemen hemen aynı renkteydi, teni kusursuz derece güzel görünüyordu. Vücudu bir mankenin vücudunu aratmayacak kadar güzeldi. Beyaz teninin üstünde yanan kızıl saçlarını geriye doğru salladı ve elindeki bayrağı yavaşça yukarı kaldırıp, sürücülere doğru omzunun üstünden bakarak, cilveli bir şekilde göz kırptı.

Mikrofona benzer bir şeyden birinin bir şeyler söylediğini duyabiliyordum ama midem o kadar yoğun bulanıyordu ki, söylenenlere odaklanamıyordum. Seçebildiğim tek şey bir erkeğin başarılar dilediği, ödülün sıkı olacağı, herhangi bir sorumluluk almayacağıydı. Parmaklarımı deri koltuğun etrafına geçirerek, tamamen koltuğa yapıştığımda, Temmuz arabanın arka tekerleklerini inletti ve araba ileri atılmak için yumruklarını sıkar gibi yapacağı saldırıyı bekledi.

Kız bayrağı uçuşturarak yere indirdiğinde bir alkış kıyameti koptu ve ardından tüm organlarımın yer değiştirmesine sebep olan hız, iliklerimin çığlık atmasına neden oldu. Temmuz direksiyonu sıkıca kavramış, alt dudağını ısırarak doğrudan ileriyi izlerken, birkaç arabayla aynı hizada gidiyorduk ve hız o kadar sertti ki, damarlarımdaki kan akmıyor, uçuyordu. Temmuz sert bir viraj aldı ve arabanın arka tekerleklerinden dökülen çığlıkla birlikte, dikiz aynasından gördüğüm alevler karnımı yaktı. Korkuyla tamamen deri koltuğa yapıştığımda Temmuz iki kez kendi etrafında döndü, arabanın arka tekerleklerinin feryadı, diğer arabaların arka tekerleklerinden dökülen feryatlarla birbirine karışmıştı.

"Nasıl?" diye bağırdı Temmuz, hız yüzünden alnındaki tüm damarlar kabarmıştı. Ateşin etrafında bir kez döndük, aynı anda iki araba daha bizim etrafımızda döndü. Nefesim sıkışırken, "Öleceğim!" diye çığlık attım ve genişçe gülümsedim. Temmuz da genişçe gülümsedikten sonra direksiyonu hızlıca çevirmeye başladı ve araba kendi etrafında zikzaklar çizerek dönmeye başladı, arka taraftan yükselen alevleri gördüm ve başımı geriye atarak boğuk bir çığlık attım. Hadi be, çok iyi hissettiriyordu!

"Şimdi oyun başlıyor, Kezorella," dedi ve birkaç düğmeye bastıktan sonra arabanın basları çalıştı. Kulakları sağır eden, sözleri anlamayacağım kadar karışık şarkı arabanın içini ve muhtemelen dışını inletmeye başladı. Araba bir anda düz yolda ileri atıldığında o kadar hızlıydı ki, müziğe odaklanamıyordum. İçimde yankılanan sözler melodiye dökülemiyordu da, yolun şeritlerinde parçalara ayrılıyordu sanki.

Temmuz'un direksiyonu kavrayan parmakları sertleşti, parmak boğumlarındaki kan çekildi ve boğumlar kesik bir şekilde beyazladı. Pazıları şişmişti, alt dudağını ısırdı ve, "Hadi bebek," diye bağırdı, arabaya daha sıkı tutundu ve gaza basarken araba bir çığlık koparttı.

Hemen yanımızdan geçen bir arabanın bize sürtündüğünü gördüğümde korkuyla yerimden sıçradım ve Temmuz, "Temmuz araba!" diye bağırdım ama Temmuz bunu umursamadı. Direksiyonu sağa kırdıktan sonra, hızı arttırdı ve meydandaki şeritlerin ikiye ayrıldığı noktada kendi etrafında iki kez döndü. Dikiz aynasından arkasındaki arabalara baktıktan sonra karanlık bir şekilde sırıttı, yüzündeki karanlık tebessüm beni ürkütmüştü. Tırnaklarım deri koltuğa saplanırken, daha hızlı bir şarkı çalmaya başladı ama sözleri tam olarak anlayamıyordum, ses çok fazlaydı ve her şey birbirine giriyordu.

"Bitiş noktasına geçmek için önce şu iki acemiyi atlatmam gerek," dedi ve direksiyonu sıkıca kavradı. Biri yeşil, diğeri siyah iki spor araba bizi arasına alarak sıkıştırmaya çalıştı. Pencereden baktığımda siyah arabanın içindeki siluetin bana baktığını hissettim ama camlar siyah filmli olduğu için içerideki kişiyi görememiştim.

"Neden bizi sıkıştırıyorlar?" diye sordum, sesimde panik vardı ama Temmuz benim aksime oldukça sakindi. Osman ağabey kalbini tutmuş, beyaz atletinin açıkta bıraktığı boynu kızarmıştı, korku dolu gözlerle hızdan bulanıklaşan yola bakıyordu.

"Çünkü ben bu pistte olduğum sürece kazanamayacaklarını çok iyi biliyorlar," dedi ve gözlerini kısıp, sırıtarak ön camdan dışarıya baktı. "Şimdi biraz hareket vakti. Sıkı tutun, Kezorella ve sakın döşemelere kusayım deme."

"Ha?"

"Uçuyoruz."

"Ne?"

"Uçuyoruz," dedi Temmuz ve gamzelerini göstererek bana yandan bir bakış attı. Ardından arabanın havalandığını hissettim, içimdeki her şey arabayla birlikte havalanırken, gözlerim kocaman açılmıştı. Araba yükseldi, içimdeki her şey yükseldi. Tırnaklarımı Temmuz'un pazılarına geçirirken, ağzım kocaman aralanmıştı. Temmuz bir kahkaha patlattı.

Araba sert bir şekilde yere vurduğunda, kafamı tavana çarpacağımı sandım. Osman ağabey baygınlık geçiriyordu.

"Ne yaptın?"

"Parkurlardan atladım," dedi Temmuz sakin bir sesle.

"Temmuz! Bu delilik!"

"Biz de akıllı değiliz, ay parçası," dedi Temmuz ve ardından gözleri dikiz aynasına kaydı, şaşkınlığını görür gibi oldum. Bakışlarımı dikiz aynasına çevirdiğimde, biraz önceki siyah spor arabanın parkurlardan atladığını ve sertçe yere konduğunu gördüm. Hızlı bir şekilde bizi takip ederken, Temmuz bitiş noktasına doğru gaza bastı ve dişlerini gıcırdattı. Bundan pek hoşlanmamıştı. Gözleri sık sık dikiz aynasından arkayı kontrol ediyor, yüzü gittikçe daha da karanlıklaşıyordu. Düzgün hatlarındaki karanlık gölgelere hayranlıkla baktım.

Ve Temmuz'un arabası kırmızı kurdeleye benzeyen şeyi yararak geçtiğinde, kızıl saçlı kız bayrağı kaldırdı ve olduğu yerde zıpladı. Ardından yerden havaya ateşler yükseldi ve Temmuz direksiyona sağlam bir tane vurarak, "Bu kadar!" diye bağırdı.

Nefes nefese, "Kazandın, kazandın!" diye bağırdığımda, bana dönerek, "Kazandık!" dedi, gamzeleri derinleşmişti ve toz mavisi gözleri zaferle parlıyordu.

Osman ağabey yüzüne halay mendiliyle rüzgâr yapıp kendine gelmeye çalışırken, Temmuz emniyet kemerini çözdü ve bana doğru abandı. Yüzündeki geniş gamzeleri kapatmadan, zafer dolu gülümsemesiyle bir eliyle yüzümü avuçladı ve yüzünü yüzüme yaklaştırdı. Nefesim hızlanırken, arabanın ön camından yüzümüze çarpan ışıkları hissedebiliyordum. Gözlerimi kıstım, içimdeki her şey bir köşeye çekildi ve kocaman bakışlarıyla surların arkasından bizi izlemeye başladı. Temmuz'un tatlı nefesi dudaklarımı dövdü, mesafe kısalırken yavaşça yutkundum.

"Sen benim şansımsın," dedi kısık bir sesle. "Kazandık, ay parçası."

Üst dudağı, iki dudağımın arasına yerleştiğinde, bizi ışıkların arkasından izleyen gözleri hissedebilmiştim. Önemsemedim. Orada bir yerde Hande'nin de olmasını dileyerek, avuç içimi Temmuz'un yüzüne yerleştirdim ve Temmuz'un dolgun dudakları aralanıp, dudaklarımı kavradı. Yavaş, kadife izi bırakan dokunuşları altında parçalarıma ayrılırken, başparmağımla yüzündeki belirsiz sakal izlerini okşadım ve Temmuz dudaklarımın içine sıcak, kısık bir şekilde inledi.

Gözlerimi kısarak geri çekilirken, Temmuz da kısık toz mavisi gözleriyle bana bakıyordu. Terli alnını alnıma yasladı, ben de alnımı onun alnına bastırarak genişçe gülümsedim. O gülümserken, tatlı nefesi dudaklarıma çarpmıştı. Yakıcı bir çift bakışın rüzgârını yan profilimde hissettiğimde bakışlarımı yavaşça ön cama çevirdim.

Siyah dar bir gömlek, siyah kotu ve dağılmış koyu kumral saçlarıyla onu gördüm. Koyu yeşil gözlerindeki hayal kırıklığı o kadar keskindi ki, koyu yeşil camlar göz çukurlarından yere düşüyordu.

Dudaklarım aralandı. Temmuz'un bakışlarını yüzümde hissedebiliyordum.

"Şafak?"

Sanırım benim kendimle olan yarışım esas şimdi başlıyordu.

5. YER ALTI

Sılay Karayel'den...

Gözlerinin önüne bir perde çekildiğinde, genelde görmek istediğin filmi oynatırsın o perdenin üstünde. Benim gözlerime bir perde çekilmişti ve ben görmek istediğim gibi kurgulamıştım onu kafamda. Perdeye yansıyan onun ruhu değil, benim kurgumdu.

Küçücük kalbimle, kocaman sevdiğimi sandığım, kendi kafamda yarattığım ve çürüklerini yaralı avuçlarımla örtmeye çalıştığım ruhu.

Temmuz'un kokusunu ciğerlerime doldururken, önümde duran şeyin artık benim kurgum olmadığını, tamamen tüm çıplaklığıyla, gerçeği yansıttığını biliyordum. Ben o kurgunun olduğu kısmı yırtmıştım, belki defterimi yaralamış, birkaç sayfayı da yanında feda etmiştim ama o kurgu artık parçalara ayrılmıştı.

Spor araba pürüzsüz yolda yağın üstünde ilerliyor gibi kayıp giderken, arabanın içinde kulakların zarına dikiş iğnesiyle baskı yapan bir sessizlik yaşandı.

Kalbim, kendi yarattığı baskının mengenesi altında sıkışıp kalmıştı. Bir şeyler söylemek istesem de kelimelerim dilimin arkasındaki karanlık odaya saklanmayı tercih etmiş, tüm kapıları yüzüme çarparak kapatmıştı.

Osman ağabey saklandığı yerden kafasını uzattı, gözlerinde beni sorgulayan bir ifade belirmişti, bakışlarımı ondan kaçırdım.

Temmuz'un parmak boğumları bembeyazdı, direksiyonu o kadar sıkı kavramıştı ki, şu an direksiyonun yerinde bir boyun olduğunu hayal ediyor bile olabilirdi. Göz ucuyla çaktırmadan ona bakmaya çalıştım, gamzelerinin içeri çökmesine neden olacak şekilde dişlerini sıkmış, ön camda önümüzden akıp giden yolu izliyordu.

Sertçe yutkunup, "Ödülü almadın," diye fısıldadım, sesim o kadar kısık çıkmıştı ki, kendi kulağım bile zor algılamıştı.

"Zamanı geldiğinde alırım," dedi kısa bir şekilde. Sessizlik tekrar üstümüze çöktü. Onun nereden çıktığını anlamıyordum, nasıl olurdu da her şeyi berbat ederdi? Ondan ve onun acı kusan yeşil gözlerinden nefret ediyordum.

Kafamı cama yasladım, Fethiye'nin ışıkları göz alıcıydı; sanki şu an gecenin bir yarısı değil de, akşam sıraları gibiydi. Sokak kalabalık olmasa da ışıklar şehri canlı tutuyordu. Bomboş bir şekilde uğuldayan yoldan geçtik, market panolarının ve birkaç mekânın ışıkları gözümü almıştı.

Araba, gitmemiz gereken yönün aksine yöneldiğinde, kaşlarım çatıldı ama sesimi çıkarmadım. Saat göstergesinin ışığını saymazsak, araba kapkaranlıktı. Göstergeye baktığımda, saatin gece yarısını çoktan geçtiğini, sabah saatlerine doğru ilerlediğini gördüm. Mayıs beni öldürecekti!

Osman ağabey, Temmuz'a doğru tekinsiz bir bakış attı.

"Nereye gidiyoruz?" diye sordum, araba dar bir yola girdi ve karanlığı yararak ilerlemeye başladı.

Temmuz cevap vermedi.

Yavaşça ona doğru döndüm, kalbim ona baktığımda ekstra mesai yapıyordu. Yan profilinden bile görünen, parıl parıl parlayan toz mavisi gözleri bir şahin kadar keskin bakıyordu şu an.

"Nereye gidiyoruz? Ev geride kaldı?"

Sessizliği sinir bozucu bir hal almaya başladığında, bedenimi tamamen ona çevirdim. "Temmuz, nereye gidiyoruz? Bana bir cevap vermeyecek misin?"

"Az kaldı," dedi, sesi sakindi.

"Bak Mayıs'tan kara zorla izin aldım, eğer gecikirsek bizi öldürür," dedim, her ne kadar şu an Mayıs'ın bana uygulayacağı işkenceyi düşünmüyor dahi olsam da bunun arkasına sığınmıştım. Midemde buruk bir tat vardı, kendimi kapanın tellerinden dışarı çıkmaya çalışırken, teller yüzünden boğulan fare gibi hissediyordum.

"Emin ol şu an bizi umursamayacak kadar meşgullerdir." Sesi netti, gözleri kararlı ve yakıcıydı ama yine de söylediği şey iliklerime kadar kızarmama neden olmuştu.

"En azından nereye gideceğimizi söyle."

"Sadece beni umursayacağın bir yere," dedi tok bir sesle. Bir için nefesin boğazımda bir haykırışa dönüştüğünü hissettim, boğazım sızladı ve göğüs kafesimdeki tüm kemikler artçı bir şokla sarsıldı.

Cevap vermek istesem de dudaklarımın ağına takılan kelimeler bir türlü aralanıp kendine bir yol bulamadı. Arabanın rahat koltuğuna yaslandım ve küçücük kalana kadar oraya sindim. Dimdik yokuşu hiç zorlanmadan çıkıp, karanlık bir araya sapan arabanın hareketleri yavaşladı ve taşların üstünden geçen tekerleklerden tuhaf sesler çıkmaya başladı.

Biraz sonra olduğumuz yerin Âşıklar Tepesi olduğunu anlamış, yine de beklediğim tepkiyi verememiştim. Tepe ahşap banklar, ahşap korkuluklarla doluydu ve hemen önü ormandı. Kafamı camdan tarafa çevirdiğimdeyse, dilimi damağımı kurutan o müthiş manzarayla burun buruna geldim. Fethiye ayaklarımın altındaydı ve bir ışık şöleniyle önümde dans ediyordu. Limandaki gemilerde dahil olmak üzere, her şey bir karıncadan çok daha küçük görünüyordu.

Dudaklarım aralandı ama hiçbir şey söyleyemeden tekrar kapandı. Temmuz, arabayı karanlığın büyüdüğü bir düzlüğe park ederken, sarkan bir ağaç dalı arabanın ön camının bir kısmını örtmüştü.

Temmuz, başını geriye atarak arabanın koltuğuna dayandı ve bakışlarını arabanın tavanına çevirdi. Hafif kavisli âdem elması hacim kazanmış, gür kirpikleri yukarı doğru kıvrılmıştı. Soluk kesen güzelliğine bakarken, ne diyeceğimi bilemiyordum.

"Neden buradayız?" diye sordum, en azından sessiz bir yolculuk yaparak eve dönmediğimiz ve haftalarca konuşmamak zorunda kalmadığımız için mutluydum. Bir yanımsa, kafasının içinde dönüp duran o görüntüyü silmeye çalışıyordu, bu görüntüyü düşünmek bile midemi allak bullak etmeye yetiyordu. Hesap soran yeşil gözlerin küreği durmadan aklımın içine açtığı kuyuya kum atmayı sürdürse de dikkatimi Temmuz'a verdim.

"Susmak için," diye mırıldandı, gözleri hâlâ bomboş araba tavanındaydı.

"Susmak için güzel bir yer seçmişsin," dedim daha çok mırıldanmış gibi çıkan sesimle. Kendimi ona karşı mahcup hissediyordum.

"Güzel yer," diye tekrarladı beni.

"Onun orada olmasını beklemiyorum," dediğimde, sonunda bu konunun açılması gerektiğini biliyordum. Temmuz sessizliğini korudu, sanki benim devam etmemi istiyor gibi bir hali vardı. Sertçe yutkundum. "Hiçbir şey söylemeyecek misin, Marul?"

"Şu an bir şey söylemesi gereken ben değilim, Sılay," dedi, sesi sertti. Bir an için bana tekrar Kezorella demesini istedim, adımı söylemesi suratıma kapı kapatmasından daha kötü hissettirmişti. Tamam, suratıma kapı kapatmamıştı ama kapatmış olsaydı bundan daha kötü hissetmezdim.

"Onu umursamıyorum," dedim kelimelerin üstüne basarak.

Gözlerini yumdu, uzun kirpikleri yüzünün karanlığına daha koyu renkli gölgeler halinde düştü. Genç görünüşüne hayranlıkla bakarken, biri içime taşla vuruyordu sanki.

"Onun ağzını burnunu dağıtmalıydım," dedi, sesi gergindi. Ardından gözlerini açtı, toz mavisi gözler karanlıkta parladı ve kalbim gümbürdedi.

"Onu umursamadığımı söyledim, Marul. Sadece onu orada görmeyi beklemiyordum, şaşırdım o kadar."

Osman ağabey kafasını kaldırıp, sorgu dolu gözlerle bana baktı. Neler yaşadığımı en iyi o bilirdi, o yüzden bana inanması zaman alacak gibiydi ama ben o defteri düreli çok olmuştu. Hatta defteri dürmeden önce o sayfaları da bir bir koparmıştım.

Başını yavaşça bana doğru çevirirken, kafası hâlâ koltuktaydı. Kıvırcık kısa bukleleri koltuğun üstüne döküldü ve parladı. "Ona karşı bir şeyler hissediyor musun?" diye sordu, yavaşça.

Başımı dikleştirdim, bu yarışın galibi belliydi. "Hayır," dedim kendimden emin bir sesle. "Ona karşı hiçbir şey hissetmiyorum."

Dişlerini sıktı ve yanağı çukurlaştı. Kendiyle büyük bir savaşın kucağındaymışçasına bana bakarken, kanım uğulduyordu. Gözlerini yavaşça kırptı ve tekrar toz mavisi gerçekleriyle bana baktı, burnumdan derin bir nefes alırken, son çarem olan oğlana yavaşça yaklaşıp koltuğa düşen kıvırcık buklelere dokundum.

"Yemin ederim," diye fısıldadım. Gözleri doğrudan gözlerime perçinleşmiş, bulabildiği tüm gerçekleri sökmek ister gibi bakıyordu bana. Ama en büyük gerçek oradaydı işte. Gözümün aynasında. Onun yansımasında.

"Ona nasıl baktığını gördüm," dedi kaşlarını çatarken. Sesi ifadesiz soğuk bir kutup rüzgârı gibiydi, Osman ağabeyi bile üşütmeyi başarmıştı, ki Osman ağabey kış aylarında bile atletle dolaşan bir adamdı. Bir an düşüncelerime gözlerimi devirdim, ciddiyet benim masama neden uğramıyordu?

"Nasıl bakmışım ona?" Kaşlarımı çattım ve ona biraz daha sokuldum, vites aramızda büyük bir engeldi.

"Her ne boksa," dedi, sesi daha da sertleşmişti. "İşi yokuşa sürme, ay parçası. Bana o ritmine ölüp ölüp dirildiğim kalbinin içinden geçenleri söyle. Söyle bana, Sılay. Bu benim canımı sıkacak olsa da o şeyin içinden geçenleri duymaya hakkım var."

"Ritmine ölüp ölüp dirildiğin?" Osman ağabey halay mendilini ararken, kalbim babasının dönüşünü yol kenarında bekleyen o yaramaz kız çocuğunun, babasının yokuştan çıktığını gördüğü andaki gibi pır pır etmişti. Pekâlâ, ben o ana hiç şahit olamamıştım ama sanırım öyleydi.

Gözlerini gözlerime dikti. "Aynen."

Bakışları, beni yutmak için etrafımda dönmeye başlayan mavi bir hortum gibiydi.

"Temmuz..."

"Sılay, adımı söyleyip durma. Bana bir cevap ver." Erkeksi olgun ve pürüzlü sesi tüm dikkatimi dağıtırken, omuzlarım düştü ve tekrar arabanın bana ait olan tarafındaki koltuğa kayıp, başımı koltuğa vurdum. "Onu gördüğüm için şaşırdım, hepsi bu," diye fısıldadım. "O defter kapanalı çok oldu. Hem o herif... Hayatımızı mahvedecekti."

"Peki neden ona öyle baktın?" Sesi sakin olsa da onun sakin olmadığını biliyordum.

"Ona nasıl baktım ya?" diye bağırdım aniden. "Paranoya bu yaptığın."

"Hiçbir sik yaptığım yok," dedi gergin bir sesle. Çenesi kaskatıydı, gözlerindeki toz buz olup donmuştu.

"Sanki ona karşı bir şeyler hissediyormuşum gibi davranıyorsun." Ona karşı hiçbir şey hissettiğim falan yoktu. Arabanın kapısını açıp, kendimi geceye emanet ettim. Adımlarım taşlı yola düştüğünde, Temmuz hâlâ arabanın içindeydi. Kapıyı açık bırakarak manzaranın önündeki korkuluklara doğru yürüdüm. Kollarımı birbirine doladım ve başımı geriye atarak, gecenin kokusunu içime doldurdum. Yıldızlar gökyüzünün üstünde siyah kadife bir kumaşa dökülmüş elmas parçaları gibi parlıyordu.

Gece sefasıyla karışık çam kokusunu içime doldururken, ağaçlardaki böceklerin sesi, hafif meltemin sesine karışarak kulaklarıma doldu. Temmuz'un kayarak, açık bıraktığım kapıdan dışarı çıktığını duydum. Hemen arkamda biten nefesi, enseme uyuşuk bir his bırakırken, kollarımı tamamen birbirine sarıp, başımı indirdim.

"Temmuz, cidden tartışmak istemiyorum. Ona düşündüğün gibi bakmadım, şaşkınlıkla alakalıydı." Temmuz'un büyük avuçlarını omuzlarımda hissedince duraksadım, devam etmemi ister gibi omzumu yavaşça sıktı ve çenesini saç diplerime bastırdı.

"En azından sessiz kalmadığın ve bir şeyleri sorguladığın için teşekkürler," diye fısıldadım. "Evet, ona karşı bir şeyler hissetmiştim ama bu çok geride kaldı Temmuz. O benim kalbimi kırdı ve ben çok küçüktüm, hâlâ öyleyim, büyüdüğümü iddia etmiyorum. Ama artık daha mantıklı düşünebiliyorum, hissettiklerime gerçek bir isim koyabiliyorum. Kalbimin içinde ona ait tek bir köşe bile bulamazsın."

Yavaşça ona doğru döndüğümde, aramızda bir kafa boyundan çok daha büyük bir mesafe vardı, kafamı kaldırarak ona baktığımda o da kafasını eğmiş bana bakıyordu. Toz mavisi gözler, ay ışığının da etkisiyle gümüş renginde parladı. Elini avucumun arasına alıp çekinerek de olsa kalbimin üstüne bastırdım. Temmuz'un yüzündeki ifade donarken, "Bak," diye fısıldadım. "Kalbimin içinde ona ait tek bir köşe bulamazsın ama sana ait koca bir köşe var."

Kafamda kurulu ahşap masaya dizdiğim tüm duygularımı dakikalarca evirip çevirmiştim, bulduğum tüm aralıkları o duygularla doldurmuştum. Masadaki yapbozun bütününe baktığımda, gördüğüm tek şey bir çift toz mavisi gözdü.

Hiç ummadığım anda olduğumuz yerde döndük ve artık benim sırtım arabaya bakıyordu, onun sırtıysa manzaraya. Gözlerimi kırpıştırarak ona bakarken beni arabaya yasladı ve bunu o kadar hızlı yapmıştı ki, etrafımızda bir rüzgâr uğuldamıştı. Onun yarattığı rüzgâr.

Vücudunu tamamen bana yaslandığında, Osman ağabeyin radarında olmadığımız için memnundum. Ona sokuldum. Tıpkı bir kâse süt görmüş, küçük bir kedi yavrusu gibi. Kollarıyla beni iki yerden kafesleyip, tamamen boyunduruğu altına aldığında, kafamı kaldırarak parlak gözlerine baktım. Gözündeki ışıklar, gecenin derisini parçalayacak kadar kuvvetli ve yakıcıydı.

"Bu cevap yeterli," diye fısıldadı düz bir sesle. "Alacağımı aldım."

Alt dudağımı farkında olmadan dişlerken, "Güzel," diye mırıldandım. Yine de alacağını almadığını biliyordum, en azından bunu hissediyordum. Bu gecenin tekrar edeceğini, o herifin durduk yere ortaya çıkmayacağını düşünüyordum. Yine de kollarında olduğum saniyelerin tadını çıkarmak istercesine kollarımı Temmuz'un boynuna doladım ve farkında olmadan ona erişebilmek adına parmak uçlarımda yükseldim.

Parmaklarım, ensesinden sarkan kıvırcık buklelerine dokunurken, parmak uçlarıma biraz daha yüklendim ve Temmuz hafif nemli alnını alnıma bastırıp, "Endişelendim," diye fısıldadı, ani itirafı avuç içlerimin karıncalanmasına neden oldu.

"Ne için?" Nefesim, nefesine çarptığında o tatlı sıcaklığın etrafa yayıldığını hissettim.

"Seni çalacağını düşünmek beni endişelendirdi," dedi, nefes nefeseydi. Dudaklarımızın arasında saniyeler vardı, artık uzunlukla değil, zamanla yarışıyorduk.

"İmkânı yok," diye fısıldadım dudaklarına doğru. Gözlerimiz kısa mesafede bir kez daha birbirlerine dokundu, soluğu yavaşça içime akmaya başladı. Dudaklarımız birbirine dokundu. O kadar yavaş hareket ediyordu ki, bunu bana eziyet etmek için yaptığını düşünmüştüm. Parmaklarım tamamen ensesini aşıp saçlarının arasına daldı ve o hırçın bukleler parmaklarımın arasında kaymaya başladı. Ağzımın içine hafifçe inleyip, diliyle dudaklarımı araladığında, bacaklarım titremeye başlamıştı.

Bir bacağımı yavaşça beline doladı ve beni tamamen arabaya yasladı. Hemen iki bacağımın arasında onu hissetmek, omuzlarımdan başlayarak, ayak bileklerime kadar cızırdayan statik bir elektriğin kan dolaşımıma etki etmesine neden olmuştu. Ürkek bir duygu yoğunluğuyla bacağımı tamamen beline, kalçasının biraz üstüne sardım ve dizimdeki yara gerilmeyle yandı ama umursamadım.

"Dizin acıyor mu?" diye fısıldadı, dudaklarımız o kadar yakındı ki, nefesi içime dolmuştu. Sanki ağzımın içinde konuşuyordu. Nefesindeki taze meyve kokusu, onun bakımlı ağzına deli olmam için beni omuzlarımdan tutarak ona itiyordu.

"Biraz yanıyor, o kadar," diye fısıldadım, teninden çok hafif deniz tuzu kokusu alabiliyordum. Güzel sabunlanmamış olsa gerekti, dudaklarım yukarı kıvrıldı ve kirpiklerimin altından ona baktım.

"Devam edebiliriz yani?" Sorusu içimi bir televizyon ekranı gibi karıncalandırdı.

"Hıhı."

Kendimi daha iyi hissediyordum, son birkaç saati geride bırakabildiğimiz için şanslıydım. Belki de değildim ve bu bir başlangıçtı, bilmiyordum. Nefesimi tuttum, onun dudaklarıma saldırısını bekledim ve çok gecikmeden güzel kokulu nefesini dudaklarımın arkasına, ciğerlerime itti.

Dili dişlerimin üstünde hareket ettiğinde farkında olmadan kasılmış ve nefesimi tutmuştum. Başım dönüyordu, midem sanki pinpon topu gibi olduğu yerde zıplayıp, kendini duvarlara çarpmaya başlamıştı. Temmuz bir elini bacağıma kaydırıp yavaşça kalçama dokunurken, bilincim dışında tuhaf bir mırıltı çıkardım, ardından açık kapıdan içeri süzüldük ve vitese çarpmadan sırtüstü yattım. Çok geçmeden Temmuz da üstümdeydi. Dünya ters dönmüş, yıldızlardan aşağıyı izliyormuşum gibi bir his göğsümün altında tomurcuklandı.

Bilinçaltım tüm sesleri, kokuları, isimleri birbirine karıştırırken; bedenim tüm gerçekliğiyle büyük bir kan selinin altında uğuldamaya başladı. Köpüren kanım, damarımda haykırıyordu. Sırtımın bir kısmı boşluktaydı ve kolum vites kolu tarafından dürtülüyordu ama şu an onu hissedemeyecek haldeydim. Temmuz, dudaklarını boynumda dolaştırmaya başladığında, eli kazağımın eteklerinde duruyor, çıplak karnıma yavaşça temas eden soğuk parmakları, tenimin dalgalanmasına neden oluyordu.

"Temmuz," diye fısıldadım, gözlerim camdan sarkan yeşil yapraklı daldaydı, hafif bir esinti onu hareketlendiriyordu. Temmuz, boynumun açıkta kalan kısmına dudaklarını yavaşça sürterken, "Hı?" diye fısıldadı, ardından bakışlarını kaldırıp, çenesi göğsümün biraz üstünde öylece bana baktı. Kıvırcık bukleleri alnına dökülmüş, gözleri boğuk bir mavi tarafından çevrelenmişti.

"Ne yapıyorsun?" diye fısıldadım, korkuyu beklerken çok daha değişik bir duygunun mengenesi altına girmiştim. Osman ağabey de dahil olmak üzere bedenimde yaşam sürdüren formsuz tüm ruhlar geri çekilmişti.

"Bedeninin istediği şeyi," diye fısıldadı. "Sen bilmesen de o çok iyi biliyor." Alt dudağını yavaşça ısırdığında, aklımı kaçırmak üzereydim. Bu çok yanlıştı, arabanın içindeydik ve arabanın kapısı açıktı.

Parmaklarımı saçlarında kaydırdım, ima ettiği şeyle uzaktan yakından alakam yoktu, olamazdı da. Ama şu an alerjik bir reaksiyon gösteriyor gibi ona çekiliyordum ve buna bir dur diyemiyordum. Temmuz, dokunuşumu hissederek gözlerini yumdu ve tıpkı bir kedi yavrusu gibi ona dokunmama, sevmeme izin verdi.

Dudakları tekrar boynuma gömülmeden önce, eli artık tamamen kazağımın içinde, kaburgalarımın biraz altında, göbeğimin biraz üstündeydi. Nefesim sıkışırken, "Marul," diye fısıldadım. "Durmalısın."

Cevap vermedi. Elleri yavaşça yukarı tırmandı ve sutyenimin üstünde durdu. Göğsüm körük gibi inip kalkıyor, dehşet dolu gözlerim yerini sakinliğe bırakıp, kısılıyordu. Bir an mantığıma meydan okuyan tarafım çökecek ve Temmuz'un iki bacak arasına tekmeyi gömeceğim sandım ama bunu yapamadım.

"Durmak istemiyorum," dedi, acı çeker gibi. "Ve sen de istemiyorsun."

Durmayacağını biliyordum, bunu bilmek için kâin olmaya gerek yoktu. Bacaklarımı tamamen araladı ve ben farkında olmadan onun beline doladığım bacaklarımla, kendimi tamamen ona sunarken, boynuma doğru hafifçe hırladı. Göğsümden taşan duyguyla, bilincim dışında yavaşça inledim ve Temmuz'un eli sutyenimin kulpundan içeri girdi. Çıplaklığımın üstünü örten avuç içleri sıcacıktı, gözlerim dehşetle irileşti ve hemen ardından kaynar su bacaklarımdan aşağı döküldü, tenimin cızırdadığını hissettim.

Parmakları göğüslerimin ucuna dokunduğunda, artık bacaklarımın arasındaki hâkimiyeti daha derindi. Kendini bana bastırdı, gözlerim kısıldı ve kedi yavrusundan çıkan ses, benden de çıktı. "Te..."

"Ay parçam," diye inledi kendini bana bastırırken. "Tam avuçlarıma göresin."

"Dur... Durmalıs-" Sözlerimi kesen yine dokunuşu oldu, avucunun içinde yoğurduğu göğüslerimin etrafında elektrik kabloları vardı ve biri o kabloları kesip, elektrik sızıntısına neden olmuştu sanki. Kendini bana bastırdı, o tuhaf sertliği tekrar hissettiğimde artık içgüdüsel olarak bunun ne olduğunu anlayabilmiştim. Korku, eski bir çarşafla taşınmaya çalışan ağır yük gibiydi. Çarşaf ortadan ikiye ayrılmış, yükü düşürmüştü.

Bedenim tıpkı bir yay gibi gerilirken, içimde patlamaya başlayan hava kapsülleri, ciğerimdeki havayı yutuyordu. "Temmuz," diye fısıldadım, tıpkı acı çekiyor gibi. Belki de çekiyordum, çok yabancı bir his bedenimde vızıldıyordu.

"Bebeğim," diye inledi, sesinin sıcak rüzgârı boynumun girintisini cayır cayır yakarken, titreyen parmaklarımı onun omuzlarına bastırdım ve o da kendini tamamen bana bastırıp hırladı.

Parmaklarının göğsümdeki hareketi nefes almamı kısıtlıyordu. Artık her şey dönmeye başlamıştı; başım, uzuvlarım, hatta tüm dünya. Temmuz'un telefonundan yükseldiğini düşündüğüm melodi arabanın içinde çınlamaya başladığında, kotundaki titreşimi kasıklarımın üstünde hissettim ve telefonun rahatsız edici melodisi, titreşimiyle birlikte beni dürttü.

Ellerini göğüslerimden çekip kazağımdan çıkarırken nefes nefeseydim. Sırtımdaki boşluk yüzünden tüm kemiklerim ağrımaya başlamıştı ama tuhaftır ki az önce o ağrıyı hissetmiyordum bile. Temmuz, dizlerinin üstünde doğruldu; nefes nefese kıvırcık buklelerini geriye doğru atarken pazıları yine şişmişti. Kararmış toz mavisi gözlerini gözlerimden ayırmadan, pantolonun içinde çınlamaya devam eden telefonuna uzandı ve telefonu çıkardıktan sonra ekrana gergin bir bakış attı.

"Ablam," dedi, sesi kesik kesik geliyordu. Yanaklarım morarmıştı, onu tekmelemek istiyordum. Hiçbir şey söyleyemedim, Temmuz da söylemedi ve telefonu açıp, kulağına bastırdı. Mayıs'ın ince ama sinirli sesini duyabilmiştim. "Tek parça halinde derhal eve gelmenizi istiyorum!"

Temmuz, yüzünü buruşturarak telefonu kulağından uzaklaştırdı ve, "Birazdan geliyoruz," dedi, huysuz bir sesle. "Bağırmasana."

"Derhâl, Temmuz!"

Temmuz, gözlerini gözlerimden ayırmadan derin bir nefes

aldı. Bakışları kalbimin üstüne sıcak su döküp damarlarımı fokurdatıyordu. Aralanmış dudaklarım, kısılmış gözlerimle ona bakarken, aynı bakışların karşılığını o eşsiz gözlerinden alıyordum şu an.

"Geliyoruz," dedi Temmuz düz bir sesle. Mayıs'ın cevabını beklemeden telefonu kapatıp kotunun cebine attı. Kalkabilmem için arabadan çıktı ve ben de zorlanarak olduğum yerden doğrulup, yolcu koltuğuna geçtim. Temmuz, arabanın ön camından dolanıp, dalı kaldırdı ve sürücü koltuğuna yerleşti. Hâlâ açık olan kapıyı kapatırken, tüm beyin fonksiyonlarım durduğu konumda tekrar gürültüyle çalışmaya başladı.

Az önce bana dokunmuştu! *Abartma,* diye gözlerini baydı Halaymen. O an, onun da oralarda bir yerde olduğunu fark ettim ve alt dudağımı ısırırken, Temmuz arabanın motorunu çalıştırdı. Arka tekerlekler uğuldadı, topraklı taşları savurdu ve araba ileri doğru atıldı.

Geldiğimiz yoldan değil, başka bir yoldan dönüyorduk. Tıpkı çıktığımız dik yokuş gibi, bir başka dik yokuştan inerken, odağıma marketler girdi. Tekel Bayi önünde dikilen gençler, gazetelere sardıkları o iğrenç kokulu şeyden içiyorlardı. Rahatsızca kıpırdandım, Temmuz'dan tarafa bakamıyordum. Karagözler Yolu'na çıktık ve araba düz yolda ilerlemeye başladı. Deniz kıyısından gidiyorduk, Marina'nın içi pahalı ve lüks tekneler, yatlarla doluydu ve hepsi gecenin karanlığında bembeyaz parlıyordu, bazılarının ışıkları yanıktı ve içinde insanlar vardı.

"Bu burada bitmedi," diye mırıldandı Temmuz, gözlerini yoldan çekmeden konuşmuştu ve içimdeki her şeyin sıkışmasına neden olmuştu. Cevap veremedim. Kafasını kırmakla tehdit etmek istiyor olsam da hiçbir şeyin benim isteğim dışında gerçekleşmediğini biliyordum. Utanç, kırmızı bir kan topu olarak yanaklarımda dolanmaya başladı. Ağabeyimin yüzüne nasıl bakacaktım? *Aa merhaba ağabey, az önce memelerimi mıncıklattırdım.*

Ağabeyimin elindeki kanlı bıçağı ve bakışlarındaki boşluğu düşününce, kanım dondu. Tamamen koltuğa yaslandım ve bu gece olanları zihnimdeki kullanılmayanlar klasörüne tıkmaya çalıştım. Şafak'ın planları hakkında düşünmem gerekti, ortaya bir anda çıkmış olması nedense pek hayra alamet gelmiyordu gözüme, yine de kazağımın altında bir yangın vardı ve ben ne diyeceğimi bilemiyordum. Tek istediğim şu yolculuğun bir an önce son bulması ve Mayıs tarafından haşlanırken, olanları unutmamdı.

Evin olduğu sokağa girdiğimizde, göz ucuyla Temmuz'a baktım. Kararlı ve alev alev yanan toz mavisi gözler yola odaklanmıştı, parmakları direksiyonu kelepçelemişti ve öyle sıkı kavramıştı ki, aynı şekilde az önce tuttuğu şeyleri kavradığını düşününce, bilincim dışında acıyla inleyip yüzümü buruşturdum.

Osman ağabey elinde halay mendiliyle, bilinçaltıma korkunç bir bakış fırlattı. Bu bakışı tanıyordum: Aklın fikrin nelere çalışıyor senin?

Temmuz bana endişeli bir bakış attı, bakışlarının radarına düşünce panikle gözlerimi kaçırdım. "Sorun ne?"

"Hiçbir şey."

"Acı çekiyor gibiydin, bir yerini mi vurdun, sakar?"

"Hayır," dedim yüzümü buruşturarak. Araba, büyük dut ağacının önünde durduğunda, Temmuz'a bakmamaya özen göstererek kapıya uzandım ama o benden önce davranıp, kapının üstünde duran elimi tuttu. Bakışlarım, ellerimizin üstünde sabitlenirken, göğsüm yine körük gibi inip kalkmaya başlamıştı.

"Bak bana," dedi, sesi, bir babanın, kızına ninni söylerken ki sesi gibiydi.

Gözlerimi elimin üstünde duran elinden çekmeden, "Neden?" diye sordum.

"Bir nedeni yok, yalnızca bak bana."

Sertçe yutkundum. "Mayıs beni öldürecek, gitmemiz gerek."

"Bu birkaç saniyeliğine bana bakmana engel değil, Kezorella," dedi, sesi sakindi. Yakıcı bakışlarını yan profilimde hissedebiliyordum, kalbim göğsümün etrafında akışkan bir hal aldı ve göğüs kafesim boyunca aktı.

"Evet, engel."

"Utanıyor musun?" Sesinde tatlı bir alay, belki de yakıcı başka bir şeyler vardı, tam olarak algılayamamıştım. Yanaklarım kırmızıdan mora geçiş yaparken, elimi elinin altından kurtarmaya çalıştım, sonuç başarısızdı.

"Neden utanacakmışım? Bıraksana."

"O zaman sen de bana baksana."

Duraksadım. Dokunduğu yerler karıncalanıyordu, birazdan yanaklarımdan kan sızmaya başlayacaktı sanki. Boğazımdaki yumruyu yutmaya çalıştım. Başımı yavaşça omzumun üstünden çevirdiğimde, Temmuz'un keskin hatlı yüzüyle burun buruna geldim. Elmacık kemikleri belirgindi ve ay ışığı ön camdan içeriye doluşmuş, onun kemikli hatlarını gölgelendirerek önüme sunmuştu.

İçimde her şey tepetaklak oldu.

"Sana dokunmam seni..."

"Sus!" diye çemkirdim, kendimi geri çekerken. "Sussana ya!"

Duraksadı ve aval aval yüzüme baktı, kapıya abanıp, kapıyı hızlıca açtığımda, bakışları hâlâ üstümdeydi ama ben ona bakamadım. Mosmor yanaklarıma avuçlarımı bastırarak eve doğru adımlarken, Temmuz arabadan çıkmadı. Tam bahçeye giden basamakları tırmanıyorken, cebimdeki telefonum titreşti.

Kimden: Marulların Efendisi
Kesinlikle çok güzeller. (02.35)

Dudaklarım aralandı, hemen ardından bir mesaj daha geldi.

Kimden: Marulların Efendisi
Ama sen daha güzelsin. (02.36)

Olduğum yerde ayağımı yere vurduktan sonra omzumun üstünden arabanın olduğu yöne baktım ve ön camdaki karartıya rağmen onun parlak gözlerini görebildim. Yukarı kıvrılan dudağı ise hayalimde canlanmayı başarmıştı.

"Düzenbaz," diye fısıldadım, duymayacağını bile bile. "Ben sana çok fena kapıldım."

"Biliyorum," dedi ince bir ses karanlığın içinden. Olduğum yerde sıçrarken, Mayıs demir kapıdan yavaşça kafasını uzattı ve ıslak, uzun, siyah saçları demirlere döküldü. "Yani ona kapıldığını." Gözleri parlıyordu.

"Sen ne zamandan beri oradasın ya!" diye çemkirdim, kalbim saniyede bin beş yüz kere sekiyordu şu an. Halaymen artık bu ani çıkışlara katlanamaz olmuş, elinde tansiyon aletiyle geziyordu.

"Uzunca bir zamandır," dedi Mayıs. Ardından bahçenin kısa demir kapısını açtı, içeri sıyrılırken bir yanım olan biteni Mayıs'a anlatmam için beynimi didikliyordu. Diğer yandan Şafak'tan bahsedip, onun huzurunu kaçırmak da istemiyordum.

"Üzgünüm, bu kadar gecikeceğimi tahmin edemedim," dedim kollarımı göğsümün üstünde toplayıp, merdivenleri çıkarken. "Hem beni arayacağını söylemiştin ama hiç aramadın."

"Seni aradım," dedi Mayıs, sesi kısıktı ve ağabeyimin duymaması için bilerek alçak sesle konuştuğunu anladım. "Telefonun kapalıydı."

Kaşlarımı çattım ve telefonumu kaldırıp ona gösterdim. "Hayır, kapalı falan değildi."

"O zaman çekmedi sanırım bilmiyorum, seni iki kez aradım," dedi keskin gözleri üstümde dolaşıyordu. "Sana ulaşamayınca Temmuz'a dadandım ben de. Sahi, o nerede?"

Arabayı gördüğü an hayatımızı bitirirdi bu manyak anne. Ahşap kapıyı açarken, "Şey, biraz geride kaldı. Biliyorsun, pek anlaşamıyoruz. Yine birbirimize girdik yolda," diye salladım.

"Bilmez miyim," derken gözlerinde muzip bir ifade vardı. Ardından vücudundan yükselen hoş sabun kokusunu aldım, ıslak saçları omuzlarına dökülmüştü. Gözlerimi kısıp sinsice sırıttığımda, "Edepsiz!" diye homurdanıp kıçıma sağlam bir tekme geçirdi.

"Sıhhatler olsun, bebek," dedim dudaklarımı bükerek. "Misler gibi de kokuyorsun."

"Yılışma hiç, hâlâ kızgınım sana!"

"Ağabeyim almıştır o kızışıklığını senin," dedim gülümsemem yüzümde büyürken, Mayıs da gülecek gibi oldu ama son anda ifadesini toplayıp gözlerini kıstı.

"Hayrola, kardeşim de senin kızışıklığını aldı herhalde?" dedi sinsi gözlerini yüzümde dolaştırırken.

Etraftaki her şey hareketini kesti. Ayaklarım aralığı nasıl yürüdü, mutfağa nasıl ulaştım hiç bilmiyordum. Mayıs da arkamdan geliyordu, çarpıntıdan bayılacak gibiydim ve yoğunluk bedenimden akmaya başlamıştı. Mayıs hemen önüme dikilip, "Sen iyi misin?" diye sordu, narin elini omzuma koymuştu. Bu kız yüzünden ciddi anlamda eşcinsel olunurdu. "Betin benzin attı."

Gözlerimi kaçırdım. "Yok canım, hava serindi o çarptı sanırım. Denize falan da gittik ya hani."

"Emin misin?" Gözlerini kıstı. "O kıvırcık zekâlı sana bir şey yapmadı, değil mi?"

Göğüslerimi mıncıkladı! Gözlerimi kocaman açarak ona baktım ve başımı hızlıca sağa sola salladım, Mayıs'ın gözleri daha da kısıldı, tiyatro eğitimi almalıydım! FBI gibi bir yengem vardı, korkunçtu!

"Hi-hiçbir şey yapmadı."

Gözlerini tamamen kıstı, mavileri yerini kirpiklerine bıraktı. "Kekeledin."

"Ha-hayır kekelemedim."

"Yine kekeledin!"

"Ya ha-hayır."

Dudakları aralandı, ardından gözlerini hafifçe açtı. "Yoksa..."

"Ne?" diye bağırdım. "Öyle bir şey olmadı!"

Başını geriye atarak gülerken gamzeleri derinleşmişti. Ah, Temmuz'a çok benziyordu. "Kızım, daha bir şey söylemedim ki. Ama bir şey olduğu da kabak gibi ortada."

Mutfağın kapısı açıldığında, ikimiz de duraksadık. "Ne olduğu kabak gibi ortada, abla?" diye sordu Temmuz, sesi umursamazdı. Buzdolabını açtı ve soğuk su şişesini çıkarıp, kafasına dikti. Boğazımdaki yumru kalbime indi ve kalbim olduğu yerde ters taklalar atmaya başladı.

"Hiç," dedi Mayıs, omuz silkerek. "Konuşuyorduk öyle. Ayrıca bir daha ki sefere daha dikkatli olun. Sıraç'ı biliyorsunuz. Kocamın mahpus damlarında çürümesini istemiyorum." Parmağını

Temmuz'a uzattı ve yavaşça salladı. "Kardeşimin de mezarını bayramdan bayrama ziyaret etmek zorunda kalmak istemiyorum."

"Vay, bayramdan bayrama ha? Ne kadar da sevgi dolusun," dedi Temmuz gözlerini devirerek. Şişeyi buzdolabına koydu ve kapağı kapattı.

"Ağzını şişeye sokmandaki amaç neydi?" dedi Mayıs, gözlerini kısarak. "Ayrıca içip, doldurmadan koyuyorsunuz. Sıraç da aynı senin gibi."

"Bugün yarın gideceğiz zaten, amma tantana yaptın, ha," diye homurdandı Temmuz.

"Yolarım kıvırcık tepeni." Mayıs bakışlarını bana çevirip, beni boydan boya süzdü. "Seninle de konuşacağız. Ama şimdi değil, zombi gibi görünüyorsun. Git de bir güzel uyku çek. Sen de Savaşlara git yat, Temmuz. Banyo ıslak."

"Ya Allah aşkına yatağımı mı alet ettiniz o iğrenç emellerinize," dedi Temmuz, gözlerini bayıp, yüzünü buruşturarak. Bir an gözüme o kadar güzel göründü ki, Osman ağabeyin elindeki dizginlerimi kopartıp, kollarına atılmak istedim.

"Sus be, terbiyesiz. Ne biçim konuşuyorsun sen?" Mayıs kıpkırmızı olmuştu. "Hadi git Savaş'ta kal sen. Yürü kız sen de içeriye."

"Abla yemin ediyorum potansiyel kayınvalide ruhu taşıyorsun sen içinde," dedi Temmuz. "Sabah olmak üzere, insanlar uyuyor."

"Ben mesaj attım Merve'ye, geleceğini biliyorlar," dedi süper anne. Temmuz, her ne kadar istemese de Savaşların evine gitti ve ben de Mayıs'ın sorgusundan bir şekilde sıyrılmayı başarıp yatağıma, evet koltuğuma diyecektim, kıvrıldım. Mayıs, üstümü örterken çoktan yan dönmüş, elimi başımın altına yastık gibi yerleştirmiştim bile.

Saçlarımı anne edasıyla okşadı ve ayakucuma oturup, "Dizin acıyor mu?" diye sordu, sesi kısıktı. Ağabeyimin ve yeğenlerimin derin bir uykuda olduğunu anlamak çok da imkânsız değildi.

Uyku gözlerimin yoluna park etmek üzere olduğu aracının dörtlülerini yaktı. "Biraz," diye mırıldandım.

"Krem sürelim mi?" Saçlarımı bir kez daha okşadı. "Ve sen iyi misin?"

"İyiyim," diye homurdandım. "Gerçekten. Kreme gerek yok Mayıs."

Karanlıkta, yüzüne çarpan televizyon ışığı onun yüzünün bir kısmını aydınlatıyordu. Yavaşça gülümsedi ve örtüyü biraz daha çekip, omuzlarıma kadar örttü beni. "Konuşmak istersen her zaman buradayım," diye fısıldadı. Yüreğim, sıcacık bir yatağın içinde kar şerbetini kaşıklayan çocuğun izlediği çizgi filmlerden yükselen kahkaha sesleriyle ısındı.

"İyi ki varsın," diye fısıldadım. Sonrasında gözlerimi yumdum ve yalvardım: Şafak senin ve ağabeyimin huzurunu kaçırmasın, lütfen.

"Sen de iyi ki varsın, güzel kardeşim benim," diye fısıldadı ve eğilip yavaşça alnımı öptü. "Hadi uyu."

Gözlerimi açmadan gülümsedim ve onun bana verdiği şefkati memnuniyetle kabul ettim. "İyi uykular annecik."

Kıkırdadı. "İyi uykular meleğim."

Uykunun kollarına sürünürken, Mayıs'ın ahşap merdivenlerden çıktığını duydum. Ardından tüm sesler bıçak gibi kesildi ve televizyonun ışığı yüzüme çarparken gözlerimi yavaşça araladım. Bu gece olanlar, karlı görüntüsüyle beni aydınlatan televizyon ekranına yansımıştı sanki. Şafak'ın hayatıma dönüşü, ya da dönmeye çalışması, Temmuz ile olan tuhaf yakınlaşma. Göğsüm daraldı, bu daralma bir yandan heyecanımı vurgularken, bir yandan da beni ürküten bir huzursuzluğu kalbime yerleştirmişti.

Toplandığımız yerden dağıtılmaktan korkuyordum.

∞

Mayıs Karayel'den...

Şakaklarıma konan bir buse, iki dünya arasında asılı kalmış ruhumun omuzlarına dokunan bir parmak gibiydi. Beni ait olduğum, gerçek dünyaya itmişti. Kirpiklerim aralandı, ilk gördüğüm yüz benim bu dünyaya tutunma sebebimdi.

Uykulu yangın mavisi gözler, yüzümün her bir zerresini büyük bir ilgiyle incelerken, hemen üstümde ve onu saran boxerı haricinde tamamen çıplaktı. Uykulu gözlerinin etrafında çizgiler oluşuncaya kadar kıstı ve serseri bir edayla gülümsedi. Kalbim, yoğun güzelliğiyle zonkladı. Güneşin, sabaha uzattığı kolları, pencereden içeri girmişti. Uzun sütunlar halinde yatağa uzanan güneş ışığının etrafında küçük toz taneleri uçuşuyordu. Güneş gözümü aldı, belki de gözümü alan, kocamın güzelliğiydi.

"Günaydın, Sidikli," dedi Sıraç, uyku mahmuru bir sesle.

Kaşlarımı çattım ve zorlukla araladığım kirpiklerimin arasından ona baktım. "Ne?"

"Sidikli," dedi gülümsemesi yüzünde büyürken. Burnunu boynuma sürttü ve tekrar kafasını kaldırıp yukarıdan bana baktı. "Sabah güneşi sidikliye vururmuş."

Yüzümü buruşturup parmaklarımı onun çıplak göğsüne bastırarak onu üstümden ittim. "Öküz."

"Beni aldığında da böyleyim. Öküz her zaman öküzdür ve ben bir sana möölerim." Hemen yanıma devrilip beni yatağın ona ait olan ucuna çekti. Başımı çıplak göğsüne yasladım ve parmaklarımı ince belinin etrafına dolayıp ona sıkıca sarıldım.

"Benim öküzüm."

Derin bir nefes aldı, nefesi başımı havaya kaldırdı. "Yarın yola çıkıyoruz," dedi sakin bir sesle. "Burada son günümüz diyebilirim."

İçim kapkara bir isle dolarken, huzursuz bir şekilde kıpırdandım. İzmir'e dönmek istemiyordum, aynı şeyleri yaşamak istemiyordum; yaşamayacak olsam bile o şeylerle yüzleşmek istemiyordum. Kalbim bunu dillendiriyor olsa da dudaklarım mıhlanmıştı. Sessizce onun kucağında uzanmayı sürdürdüm.

"Endişelenme," dedi kısık bir sesle. "Her şey iyi olacak."

"Yanımda sen olduktan sonra hiçbir şey iyi olmasa da olur."

Dudaklarını kafamın üstüne bastırdı, derin bir nefes alırken dudaklarını geri çekti. "Ben varken sana hiçbir şey olmaz."

"Ben varken de sana hiçbir şey olmaz."

"Biliyorum," dedi, bunu derken sesi o kadar keskindi ki, gözlerinin önüne onun için birini öldürdüğümün sahnesi geldiğinden emindim. Midem büküldü ve kanın metalik kokusunu duyar gibi oldum. Oysa şu an kahve kokulu bir çift göğsün üstünde, bana ait bir portreye yaslanmıştım.

"İzmir'e döndüğümüzde ne olacak? Şu anlaşma işinden bahsediyorum," dedim konuyu dağıtmak için.

"Muhtemelen reddedeceğim. Şafak Uzar ile iş yapmak pek akıl işi gelmiyor bana." Sesi gergindi. "O herifi gördüğüm yerde öldürmek isterken hem de."

"Ama biliyorsun ki..."

"Biliyorum," dedi gergin bir sesle. "Onda büyük bir sırrımız var."

İçim çalkalandı. Endişe duymalı mıydım? Bilmiyordum. "Ondan bahsetmiyorum. O iş senin için önemli. Şafak'tan korktuğum falan yok."

"Sen ve Sılay benim için daha önemlisiniz, minik şeytan," dediğinde, bir an için duraksadım. Sılay... Sıraç... Biliyor muydu? Belki de bilmiyordu, sadece kardeşini bu pislikten uzak tutmak istediği için böyle demişti. Zihnimdeki kargaşayı dirseğimle kenara itekledim.

"Sen harika bir koca, harika bir baba ve harika bir ağabeysin."

"Ve harika bir enişte," dedi gözlerini kısarak. "Tabii arada kardeşini gırtlaklamak istiyorum ama orası ayrı. Seviyorum keratayı."

Kıkırdadım. Kafamı kaldırıp ona baktığımda yüzümdeki gülümseme silinmemişti. Sıraç, gözlerini gülüşüme indirdi ve bakışları dudaklarımda asılı duran tebessümde takılı kaldı. Yangının en parlak mavisini harelerine kazıyan o eşsiz gözlerindeki bakış, iki cihanı birbirine düşürecek kadar güzeldi ve insana varlığını sorgulatıyordu.

"Senin şu gülüşün bana bir ömür yastık döşek," diye fısıldadı, alt dudağımı dişlerimin altına çekerken, tebessümüm silikleşti ama kaybolmadı. "Sen şöyle güldükçe benim sırtım yere gelmez, minik şeytan."

"Hıım," diye mırıldanıp gözlerimi kaçırırken, bir anda öne eğildi ve burnumu dişledi. Geri çekilirken o kadar derin bakıyordu ki, içim allak bullak oldu.

"Nefesin için kaç milyon nefes keserim bir bilsen, o zamandan benden gerçekten korkardın," dedi, gözlerinin yangınında kendimi gördüm. Nasıl da yanıyordum onun için. Onun gözlerinde.

"Yine romantik tarafımızdan kalkmışız," diye mırıldanıp ona sokulduğumda, "Erotik tarafım da bir köşede sinsi sinsi bekliyor," diye mırıldanıp gözlerini kıstı.

"Sapık."

"Sapığım ama bir sana kalkar."

"Oha!" Kendimi geri çekip ona dik dik baktım. Başını geriye atarak güldüğünde âdem elması ortaya çıktı ve uzun kirpikleri gök kubbe boyunca kıvrıldı.

"Yalan mı?" diye sordu, bakışlarını bana indirirken. Bir an için büyülenmiş bakışlarımla karşılaşınca duraksadı. Aramızda yeni bir çağın izlerini takvime düşürecek bir bakışma yaşandı. Sanki yangından bir halenin içindeydik ve bu haleye ikimizden başka kimse giremezdi. Etrafımızda alevler dalgalanıyordu.

"Niye öyle bakıyorsun?" diye sordu, gözlerinin rengi boğulmuş, kararmıştı. Sesi kısık ve gırtlaktandı. İçim ürperdi.

"Güzelliğine bakıyorum."

"Yine aynısını yapıyorsun," derken dudakları yukarı kıvrılmıştı. "Erkekler güzel olmaz, yakışıklı olur."

"Sen çok güzelsin."

"Öyle miyim?" Gözleri derinleşti, dibi görünmeyen bir okyanus gibi dalgalandı. Okyanusun üstünde fırtına vardı ve bu okyanusun rengini karartmıştı.

"Öylesin," dedim, ona biraz daha yanaşıp dudağımı hafif sakallı çenesine sürterken. Gözlerini kıstı ve burnundan sert bir nefes verdi.

"Gel bakayım sen şöyle," dedi, hiç ummadığım anda yatakta ters dönmüştük ve şu an üstte olan o, onun altındaki bendim. Yan gözle beşiğe baktıktan sonra yastığa gömüldüm ve bakışlarımı ona çevirdim. Aç ve davetsiz bakışları beni süzerken önünde en sevdiği yemek varmış gibi bakıyordu. Alt dudağımı ısırıp, "Karnın acıkmış senin," diye fısıldadım.

"Kurt gibi," dedi boğuk bir sesle.

"Dün gece yetmedi mi?"

Alt dudağını ısırdı. "Hiçbir zaman yetmez."

"Ben de öyle olmasını ummuştum," diye fısıldadım bacaklarımı onun ince beline sararken. Kollarını kafamın iki yanında dikti ve bana üstten yakıcı bir bakış attı.

"Her dakika yesem yine doymam," dedi kısık sesiyle. Kasıklarım ürperdi ve bacaklarımı ona tamamen dolayıp, onu kendime bastırdım.

"Doyma hiç," dedim nefes nefese kalmış dudaklarım aralanırken.

"Asla."

"Hep iste beni."

"Daima."

Kendini bana sertçe sürterken beşikten bir mırıltı yükseldi. Olduğumuz yerde, pozisyonumuzu bozmadan donakalırken, aynı anda yüzümüzü buruşturup, "Lütfen," diye inledik. "Şimdi değil."

Dinlemedi. Umut bas bas bağırarak ağlamaya başladığında, tüm hayallerimiz yere çakılan bir vazo gibi darmaduman olmuştu. Sıraç gözlerini bayarak bir inilti çıkardı ve kendini yatağın diğer tarafına devirdi. Birkaç saniye olduğum yerde hareketsizce oturdum, ardından yavaşça doğruldum ve, "Zamanlaman müthiş," diye mırıldanarak beşiğe yöneldim.

Sustu.

"İbnenin evladı," dedi Sıraç, yattığı yerden huysuzca. "Ya da vazgeçtim, ibnenin torunu."

"Sıraç," diye hırladım ve Umut'u beşikten çıkartmadan beşiğe doğru eğildim. "Amacın ne, küçük bey? Kardeş istemediğinin farkındayım ama bu kadar hissiyatlı olman beni ürkütüyor. Gözün kulağın bizde mi senin?"

Gözlerini kırpıştırdı ve iri çakırlaşan mavileriyle bana baktı. Ellerini yavaş yavaş hareket ettiriyor, yanında huzur içinde uyuyan Mavi'ye farkında olmadan dokunuyordu. Yavaşça esnedi ve gözlerini gözlerime dikti.

"Mahsus yapıyor," diye homurdandı Sıraç. "Bana garezi var onun, bana. Barış antlaşması imzaladık sanıyordum ama ilk günden yan çizdi."

Kıkırdadım ve beşiğin içine elimi uzattım, Umut anında parmağımı yakaladı ve güven hissini yayan dairenin içine beni çekerek parmağımı avuçladı. Gözlerim yavaşça kısılırken ona hayranlıkla baktım. Kabuğumun altında, yeni bir kabuk yetiştirmiştim. Bir değil, iki. Diğer elimle Mavi'nin gürleşen saçlarını okşadım, dudakları öne bükülmüş, emziği düşmüştü. Yan yatmış, tıpkı bir melek gibi uyuyordu. İçim kıpır kıpır oldu.

"Sence de çok güzel değiller mi?" diye sordum beşiğe tamamen eğilirken.

"Çok güzeller," dedi Sıraç iç çekerek.

"Değil mi?" Omzumun üstünden ona baktığımda gözlerinin kalçalarımda olduğunu gördüm ve dudaklarım aralandı. "Evet," dedi iç çekerek. "Harikalar."

Dudaklarım yukarı kıvrıldı, kaşlarım çatıldı, gözleri hâlâ oradaydı. Kalçalarımı biraz daha geriye atarak, "Öyleler mi?" diye sordum, şu an bebekleri kastettiğimi sanıyordu. İçimdeki hınzır kız çocuğu sırıtarak bana baktı, ardından kızaran yanaklarını benden sakladı.

"Öyleler," dedi Sıraç, nefes nefese. "Siktir, nasıl da kıvrılıyorlar."

"Anlamadım?"

"Yani kıvrılmış nasıl da güzel uyuyorlar," dedi, gözleri hâlâ oradaydı.

"Sapık seni!" diye bağırdığımda irkilerek gözlerini yukarı taşıdı ve göz göze geldik. Muzip bir şekilde bana bakarken, gözleri küçük haylaz bir oğlan çocuğunun aksilik yaptıktan sonra parlayan gözleri gibi parlıyordu.

"Sen sapık ettin beni," dedi gözlerini gözlerime dikerek.

"Kalçalarım etmiş gibi görünüyordu."

"Kalçaların da senin bir parçan sonuçta," dedi gözlerindeki muzip edepsizlik büyürken. "Ayrıca kalçalarınla sınırlandırma. O dolgun göğüslerinin ve pespembe a..."

"Oha, çüş, yuh, öküz!" dedim arka arkaya sıralayarak. "Pislik."

"Pespembe ağzın diyecektim, fesat olan sensin," dedi yamuk bir şekilde gülümseyerek.

"Tabii."

İki parmağını açtı ve zafer işareti yaptı, ardından dilini iki parmağının arasından geçirip yavaşça iki parmağı arasında dilini bir ileri, bir geri hareket ettirdi. Şok içinde ona bakarken, "İster misin?" diye sordu ve kahkaha atarak başını arkaya doğru attı.

"Azmışsın sen, kuduruk."

"Azdım," dedi gülmeye devam ederken. "Gelip söndürsene."

"Kaldır o güzel kıymetlini de şuradaki son günümüzü dolu dolu geçirelim," dedim sırıtırken. Yavaşça yattığı yerden doğruldu ve ben de Mavi'nin uyanmasını bekledim. Mavi de uyandıktan sonra ikisini de doyurup altlarını temizledim ve Sıraç'la birlikte küveti doldurduk. Sılay hâlâ uyuyordu ve Temmuz, Savaşların evinde kalmıştı. Sıraç, bir kolunda Mavi, bir kolunda Umut'la arkamda dikilirken, küvetin içindeki suyun sıcaklığını dirseğimle ölçüp biraz soğuk su ilave ettim.

Ördekleri küvetin içine attıktan sonra üstümde iç çamaşırlarımla küvetin içine girdim ve Sıraç, Mavi'yi bana uzattı. O da altında yalnızca bir boxerla küvetin içine girerken kucağında Umut vardı. Umut'un suya olan tavrı biraz tuhaftı, dudaklarını garip bir şekle sokup tuhaf sesler çıkarıyordu ve bu Sıraç'ı bile güldürüyordu.

Ben küvetin bir ucunda, Sıraç küvetin bir ucunda, kucağımızda ikizlerimizle ılık suyun içindeydik. Sarı ördek yavruları etrafımızda yüzüyorlardı ve oyuncak ördeklerin sevimli görüntüsü Mavi'nin ilgisini çekmişti. Ellerini ördeğe uzatarak suya vurdu ve su sıçrayıp Umut ile Sıraç'ı ıslattı. Umut gözlerini kırpıştırdı, Sıraç hâlâ sırıtıyordu.

"Zaraliye suyu çok seviyor," dedi kısık bir sesle. Umut'u yavaşça suda kaydırdı. "Utan kardeşinden, erkek olacaksın bir de." Umut dudaklarını ve gözlerini kocaman açınca, Sıraç onu bağrına bastı. "Şu tipe bak ya," diye homurdandı.

Ayaklarım Sıraç'ın beline değiyordu. Aynı şekilde onun ayakları da benim belime değiyordu. Mavi'nin saçlarını yavaşça şampuanladım, göz yakmayan şampuanları bulana kadar tüm rafları indirtmiştim çalışan kıza. Çilek gibi kokuyordu, belki daha tatlı bir kokuydu. Mavi uslu uslu kucağımda otururken suyla oynuyor ve onun saçlarını şampuanlamama izin veriyordu. Sıraç'ın da yumuşak bir duş lifiyle yavaş yavaş Umut'un sırtını okşar gibi sürttüğünü gördüm. Umut, halinden epeyce memnun görünüyordu.

"Mayıs," diye fısıldadı Sıraç. "Onun saçlarını ben yıkayabilir miyim?"

Mavi, damaklarını göstererek Sıraç'a sırıtırken onu suyun içinde kaydırdım ve Sıraç'ın kucağına transfer ettim, aynı şekilde Umut'u da ben kucaklamıştım. İçimde baş kaldıran kiraz çiçekleri, pespembe yapraklarının üstünden huzurun kokusunu göğe bırakıyordu. Oğlumun saçlarını şampuanlarken, Sıraç Mavi'yi göğsüne yaslanması için kendine çekti ve saçlarını yavaş yavaş köpürtmeye başladı. Kızına büyük bir aşkla bakıyordu, bir babanın kızına bakması gerektiği gibi.

Mavi, ellerini Sıraç'ın yanaklarına kaydırdı ve muhtemelen sırıtan ağzını ona göstererek, Sıraç'ın sakallı yanaklarını okşadı. Sıraç da onun saçlarını yıkıyordu ve gözlerindeki ifade çuvallamama neden oluyordu. Aileden yoksun, şefkatin baş harfiyle bile tanışmamış bir adam, nasıl oluyordu da bu kadar şefkatli olabiliyordu? Kalbim kendi etrafında eğilip büküldü. Umut'u kendime bastırdım ve küçük sırtına bir öpücük kondurdum.

"Oğlumu da ben yıkayacağım," dedi Sıraç, pürdikkat ona bakan Umut'a bakarak. "Ama önce bayanlar, değil mi zırtinko?"

"Zırtinko?" diye sordum, yine de Umut'a olan ilgisi öylesine hoşuma gidiyordu ki...

"Benim dilimi sorgulama, sadece yaşa," dedi Sıraç, sonra bana göz kırptı ve kalbim hopladı. "Zırto gibi bir şey, benim mahsulüm bunlar, Türkçeyi zenginleştiriyorum."

"Bilmez miyim?" diye takıldım ve Sıraç, tıpkı Mavi'yi yıkadığı gibi Umut'u da yıkadı. Bazen fark etmeden onun ensesini, kollarını öpüyordu. Umut'un ilk kez damaklarını göstererek güldüğünü görmüştüm, içimde kökleri kalınlaşan aile bağlarının beni ne kadar değiştirdiğinin farkına vardım.

Onları yumuşacık havlulara sarıp odaya getirdiğimizde, Sıraç çantanın içinden bez ve pudra birkaç krem çıkardı. Yatağın üstüne koyduktan sonra, "Benim görevim burada sona ermiştir umarım, buruşuk popolarını kremlemeye hiç niyetim yok çünkü," dedi.

Mavi ve Umut'u giydirdikten sonra birlikte salona indik. Sılay yatağını topluyordu, Sıraç biraz onu sinir ettikten sonra mutfağa geçtik ve çok da sıkı sayılmayacak bir kahvaltı ettik. Temmuz hâlâ gelmemişti, Sılay çok gergin görünüyordu ve ben de haliyle dün gece ne olduğunu deli gibi merak ediyordum. Belki çok anaç bir hareketti ama sanırım yanlış bir şey yapmalarını istemiyordum. Tamam, ben yapmıştım. Pişman mıydım? Asla değildim. Ama Sıraç'ın ikisine yapacakları şeyi düşününce bile epilasyonla dibini sıyırttığım tüylerim dikiliyordu.

Öğlene doğru Temmuz eve döndü. Ev çok küçük olmasına rağmen Sılay ondan köşe bucak kaçmayı başarabiliyordu. Sonunda Ümran çıkageldi ve Melek Temmuz'un tüm dikkatini dağıtırken, Sılay rahat bir nefes alabildi. Sıraç, mutfak penceresini açmış sigarasını içerken, Ümran'la birlikte ahşap masada karşılıklı oturduk.

"Yarın dönüyormuşuz," dedi sakin bir şekilde. Ardından kendi yaptığı kahveyi yudumladı, sıcağa rağmen nasıl haşlak kahveyi içebilmişti, aklım almıyordu. Şu an buzlu çaydan başka bir şey içebileceğimi sanmıyordum. Hoş, Sıraç'tan önce çayın baş harfinden bile hoşlanmazdım. Bir an için kocama bakma isteğiyle doldum, gözlerim onu kıskacına aldı. Üstünde siyah sporcu bir tişört, altında bol gri bir eşofmanla pencerenin önünde dikiliyordu. Keskin bakışları sokaktaydı; uzun, kemikli parmakları sigarayı can yakıcı bir şekilde kavramıştı. İçimde bir şeyler darmadağın olurken, Ümran kıkırdadı. Dikkatimi hemen ona verdim.

"Kız gözünü alamıyorsun," diye fısıldadı, dirseğini masaya uzatıp, kolumu dürttü. Gözlerimi kaçırırken, kendimizi lise sıralarında hissetmiştim bir an. "Ee planınız var mı?"

"Birçok planım vardı ama bebekler var, onları Sılay'a emanet edemem." Omuz silktim ve ahşap masanın üstünde sürahinin içinde duran soğuk suyu, uzun, üstünde vişne desenleri olan su bardağına doldurdum. Suyun soğuğu damarlarımı ayaklandırırken, düşüncelerimin arasında ağır ağır ilerledi.

"Ben ne güne duruyorum? Buraya kafa dinlemeye, tatil yapmaya kaçmadınız mı? Çıkın dışarıya, alışveriş yapın, gezin tozun."

Ümran... Her zaman elim ayağım oluyordu, ona minnettardım. Gözlerim parlarken, "İyi de senin de gezip tozmaya hakkın var," dedim kısık bir sesle. Sıraç o kadar dalgındı ki, avuç içi kadar mutfakta bizi duymuyor gibiydi.

"Benim kafamda Melek ve Halim varken benim gezmeye vaktim mi olur?" Ümran kıkırdadı. "Benim öküzü bilmiyor musun, aklı fikri yatakta onun."

Yüzüm kıpkırmızı olurken, "Ümran!" diye homurdandım.

"Ne? Gerçi yatağa da rahat rahat giremiyoruz ki, Melek bu aralar göz açtırmıyor bize. Bir şeylerin farkında, sanırım kardeş falan istemiyor." Kıkırdadı. "Hoş, ben de bir çocuk daha istediğimi sanmıyorum, en azından şimdilik," diye fısıldadı.

"Aslında Melek bayağı büyüdü, ikinci bir çocuğa rahatlıkla bakabilirsin."

"Yapma Mayıs," dedi gözlerini devirerek. "Melek küçük olsaydı, daha kolay olabilirdi. Ama yavaş yavaş büyüme çağına geçmiş bir çocuğun varken ikinciyi yapmak büyük bencillik. Çocuk kendini dış kapının dış mandalı olarak hissedebiliyor. Bu çok sakıncalı."

Bir an duraksadım. İleride Mavi ve Umut, Melek yaşlarına geldiklerinde üçüncü bir çocuğu yaparsak sorun ederler miydi yani? Dışlanmış gibi hissederler miydi? Temmuz'la aramızda bir yaş vardı, hiçbir zaman öyle bir hisse düşmemiştim haliyle.

Kaşlarım çatıldı, ardından Nural ablanın dediklerini anımsadım, yine de üçüncü bir çocuk için çok erkendi.

"Ne düşünüyorsun?" diye fısıldadı ve kahvesinden bir yudum daha aldı, ardından bakışları Sıraç'a kaydı. "Ağabeyim pek düşünceli görünüyor, hayrola?"

Muhtemelen anlaşma işini kafasında ölçüp biçiyor, ya da Şafak'ı öldürme planları kuruyordu. İkinci seçeneği hızla eledim, bir daha ikimizin de eli kana bulanmayacağı gibi, silahları hayatımızdan uzak tutacaktık. Ölümleri kaldıramayacak kadar yorgun hisseden omuzlarım, kuş tüyü düşse parçalanacak gibiydi.

"Holdingle ilgili birtakım sorunlar varmış galiba, çok da önemli değilmiş ama Sıraç'ı biliyorsun," diye geçiştirdim. Bilmiyordu. Yangınımın mavisini benden iyi kimse bilemezdi.

"Çıkın gezin, Mayıs. Aşağıda mağazalarda indirim varmış, Halim'le akşam dolaşmaya çıktık arabayla, o sırada gördüm. Arabaya gerek yok, beş dakikalık yol."

Gözlerimi yavaşça Sıraç'a çevirirken, "Bilmem ki," diye fısıldadım. Şu an her şeyden çok onunla vakit geçirmek istiyordum, günün yarısını zaten kaçırmıştık. Masanın ucuna ittiğim sorunlar tekrar kapımı tıklatmadan onun elini tutmak ve birkaç saatliğine soyutlanmak istiyordum.

"Çocuklar bana emanet," dedi sırıtarak. "Şu kullandığın ek mamayı çıkar, tezgâhta dursun. Acıkırlarsa hallederim, senin oburlar hiç doymuyor maşallah. Sömürdüler seni."

"Sıraç'a sormam gerek," diye fısıldadığımda, Sıraç dolgun dudaklarının arasından dışarı saldığı gri dumanın çizdiği kavisleri izliyordu. "Çıkalım," dedi, o an kulağının bizde olduğunu anladım ve Ümran da ben de kıpkırmızı kesildik.

Ümran, Mavi ve Umut'un sorumluluğunu üstlenmeden hemen önce Sıraç'la birlikte üst kata tırmandık. Temmuz, salonda Melek'le oynuyordu, daha doğrusu Melek ona şaşkınlık yaratacak bir şekilde askıntı oluyordu. Sılay ortalarda yoktu. Mervelerde olacağını göz önünde bulundurarak, buz mavisi dar paça bir kot ve üstüne de beyaz, bol, kalçalarımı örten bir tişört giydim. Tişörtün bir omzu düşük ve kısayken, diğer omzu kapalı ve uzundu. Sıraç'ın onaylamaz bakışları altında beyaz sporlarımı da giydim ve saçlarımı sıkı bir at kuyruğu yaptım.

Sıraç her zaman olduğu gibi basit siyah bir kot, siyah bir gömleğin içinde bile güzelliğini konuşturmayı başarmıştı. Sanki usta bir mücevher sanatçısı, onun heykelden vücuduna milyonlarca mücevher işlemişti. Parlıyordu.

Makyaj yapmamdan nefret ettiği için dudaklarıma vişneli dudak kreminden başka hiçbir şey sürmedim. Umut'u ve Mavi'yi Ümran'a teslim ettikten sonra birlikte evden ayrıldık. Fethiye'nin öğleni o kadar boğucu ve sıcaktı ki, yürüyebileceğimi sanmıyordum çünkü bahçe kapısını açtığım an, büyük bir sıcak hava dalgası yüzüme çarpıp yüzümün ince derisini tutuşturdu. Güneşin haleleri o kadar yoğundu ki, karşıdaki düz yol dalgalanıyordu.

Arabaya ilerlerken, Savaş ve Doğukan bize doğru yürüyorlardı. Sıraç'ın gergin gözlerle onlara baktığını gördüm, bir an bu bakışlara anlam veremesem de sessizce arabanın önünde dikilip Sıraç'ın sürücü koltuğuna binmesini bekledim. Binmedi. Önce Doğukan'la, ardından da Savaş'la tokalaştıktan sonra Savaş'ın gözleri kısaca beni merceği altına aldı. "Selam," dedi uykulu bir sesle. Keza gözleri de öyleydi, uykudan yeni uyandığı her halinden belli oluyordu.

"Selam. Yeni mi uyandın?" diye sordum ve ön yolcu koltuğunun kapısına tutundum. "Gözlerin şişmiş, arı sokmuş gibi."

Bir elinin büyük avucuyla gözünü ovuştururken yamuk bir şekilde gülümsedi. Doğukan ve Sıraç bir şey hakkında konuşuyordu, Savaş da onların yanındaydı ama bana odaklanmıştı. "O kızla aynı evdeyken uyumak mümkünmüş gibi konuşmasana," diye homurdandı.

"Başak mı?"

"Anma şunun adını," dedi yüzünü buruşturarak. "Freddy'nin Kâbusu gibi çöktü evime."

Kendimi tutamadım, sesi o kadar komik çıkmıştı ki, gülmeden edemedim. Kıkırdadığımı duyan Sıraç, omzunun üstünden bana bakarken yanaklarım kızarmıştı. "Biraz tuhaf bir kız ama çok sevimli," diye fısıldadım, göz ucuyla da olsa Sıraç'ın gözlerinin üstümde olduğunu hissedebiliyordum. Doğukan ona bir şeyler anlatmaya devam ediyordu ama Sıraç tamamen bana odaklanmıştı.

"Ya, ne demezsin," dedi Savaş gözlerini bayarak.

"Ciddiyim, çok sevimli," dedim genişçe gülümseyerek. "Ama Ayda da çok sevimli." Bakışlarımı kısıp yüzündeki ifadenin değişimini keyifle izledim.

Savaş, siyah bir kuyuydu. Ayda, o simsiyah kuyuyu berrak suyuyla doldurup kuraklığını giderebilirdi. Savaş'ın siyah bir kuyu olduğu gerçeği, Ayda'yı siyahıyla kirleteceği anlamına gelmezdi. Bence Ayda gibi birisi, Savaş'ın umudu olabilirdi.

Savaş'ın siyah gözleri yavaşça benden sıyrıldı ve hemen yanımızdaki devasa büyüklükteki hurma ağacının gövdesine takıldı. Hurma ağacının gölgesinin altındaydık, ağacın gövdesi o kadar yaşlıydı ki, yer yer soyulmalar mevcuttu ve birkaç dalı yere düşmek üzere gibi sarkıyordu.

"Bilmiyorum," diye fısıldadı, Savaş. Duraksadım. Gözleri tekrar beni odağına aldığında siyaha yakın bir tonda parlayan gözlerinin içinde saf bir ıstırap karesi görür gibi oldum, ruhunda doymak bilmeyen bir açlık vardı ve bu açlık yüzünden Ayda'yı tüketmekten korkuyor gibi bir hali vardı.

"Hadi Mayıs," dedi Sıraç aniden. Bir an büyü bozulduğunda sersemleyerek Sıraç'a baktım. Hızlıca arabasının kapısını açıp içeri kaydı ve bunu bana bakmadan yapmıştı. Başımı sallayarak Doğukan'ı ve Savaş'ı son kez selamlarken, "Nereye gidiyorsunuz?" diye sordu, Savaş.

"Alışveriş yapacağız, biraz da gezeriz," dedim kapıyı açıp.

"Dikkatli olun," derken sesi samimiydi. Dostane bir şekilde güldüğünde şaşırmıştım. Savaş'ı gülerken gördüğüm zamanlar o kadar sınırlıydı ki, bu anı da o anların arasına iliştirirken hiç zorlanmamıştım. Bir ton boşluk vardı.

"Mayıs, bin artık," dedi Sıraç otoriter bir sesle. Tenimden karanlık bir ürperti geçerken başımı sallayarak zoraki bir biçimde gülümsedim ve kendimi arabanın içine kaydırıp kapıyı yavaşça kapattım. Doğukan ve Savaş kenara çekilirlerken, Sıraç arabanın motorunu çalıştırdı ve araba öksürür gibi tuhaf bir ses çıkardı. Sıraç, küçük bir u dönüşü yaptıktan sonra yokuş aşağı gitmek yerine su sarnıcının olduğu yolu tercih etti ve büyük dut ağacının önünden geçerek sokaktan ayrıldık.

Kusursuz parmaklarının sıkıca kavradığı direksiyona göz attım. Parmak boğumları beyazlamıştı, parmaklarından akan o tuhaf elektrik ruhani bir şekilde direksiyonun siyah yüzeyinde cızırdıyordu sanki.

Hiçbir şey söylemedi, elimi tutmadı, ya da beni öpmedi. Arabaya bindiğimizde yaptığımız ve artık alışkanlık haline gelen hiçbir şeyi yapmamıştı. İçimde büyük bir oyuk açıldı, bir an için endişeyle doldum. Sabah ki Sıraç değildi bu, farklıydı. Kahve kokusu bile yoğunlaşmıştı ve acılaşmıştı. Sinirlendiğinde kokusunun daha da yoğunlaştığını biliyordum, ona dokunma isteğiyle dolup taştım.

"Sıraç?" diye fısıldadım.

"Evet?"

"Her şey yolunda mı?"

"Evet."

Doğrudan yola odaklanmıştı. Caddeye çıktık, okulların önünde bir kalabalık vardı ama Sıraç o kadar hızlı geçmişti ki, bahçedeki kalabalığa bir anlam yükleyemedim. Araba, boş sayılabilecek kadar sakin olan yolda kayarak ilerlerken, sertçe yutkunup omzumun üstünden ona baktım.

"Emin misin?"

"Evet," dedi kısaca. Yan profilden kusursuz görünen yüzüne iştahla baktım, ardından sakince başımı sallayarak önüme döndüm. Eli elimin üstüne kaydığında bir an duraksasam da beklediğim şey tam olarak buydu. Bana bakmadan elimi büyük eliyle avuçladı ve onun elinin büyük avucunda küçücük kalırken, elimi dudaklarına götürüp avucumu öptü. "Her şey yolunda, minik şeytan," dedi gözlerini yoldan ayırmadan.

Gülümsedim. İlk kez ona karşı yapmacık bir şekilde gülümsediğimi fark ettiğimde dönüp kendime bir tane patlatmak istedim. "Pekâlâ."

Araba mağazaların bir ip gibi dizildiği sokağın başında durduğunda, Sıraç park edecek yer bulabilmek için çok da oyalanmamıştı. Boşluklardan bir tanesine kusursuzca park ettiği Range Rover'ın içinden estetik bir şekilde çıkarken, uzun boyuna rağmen ne kadar da kıvrak olduğunu bir kez daha görüp boynuma kadar kızardım. Edepsiz düşüncelerin uğuldadığı beynimin kulvarlarında ılık bir meltem esti.

Arabadan çıktım, Sıraç arabanın uzaktan kumandasıyla arabayı kilitlediğinde çıkan tık sesini duyamamıştım çünkü burası çok kalabalık ve gürültülüydü. Mağazalara ulaşabilmemiz için karşıdan karşıya geçmemiz gerekiyordu. Sıraç, büyük eliyle elimi avuçladığında ondan bana akan elektriğin çekimini karnımda hissettim. Yanaklarım pembeleşti, sanırım birbirimizden hiç sıkılmayacaktık, ya da ona hiç doymayacaktım.

O önde, ben onun arkasında el ele karşıdan karşıya geçtik, rengârenk şemsiyelerin tavana iplerle gerildiği dar bir sokağa girdik. Sokak tıpkı tepesinde iplerle gerilmiş gökkuşağı renklerinden şemsiyeler gibi rengârenkti. Mağazalar albenili ve çekici görünüyordu, alışverişi sevmeyen birini bile büyüsüne kaptırabilirdi. Burada alışverişi sevmeyen kişi de ben oluyordum, benim bile başımı döndürmüştü.

Sıraç, hâlâ benden birkaç adım önde olsa da elim onun güven veren avucunun içindeydi. Babasının elini tutan o küçük kız çocuğu gibi neşeyle tutuyordum elini ve hemen arkasından yürüyerek gözlerimdeki parıltıyı saklayamadan onu takip ediyordum. Mağazalardan birinin önünde duraksadığımda, Sıraç da benim adımlarımın bıçak gibi kesilmesi yüzünden durmak zorunda kaldı. Omzunun üstünden bana baktığında ben de hemen camının önünde durduğumuz mağazanın içinde duruyordum. Mağazanın camında ikimizin yansıması vardı ve... Çok güzel görünüyorduk.

"Oraya mı girmek istiyorsun?" diye sordu, sesindeki tınıdan ne hissettiğini anlayamamış olsam da başımla onayladım onu.

"Sade şeyler var gibi," diye fısıldadım. Bebe yaka gömleklere ve düz pantolonlara olan merakımı benden iyi bilirdi, mağazanın cam kapısını itip içeri girerken, ben de avucunun içinde olan elim aracılığıyla onu takip ettim.

Mağaza temizdi, ıslak odun ve portakal burukluğunda bir koku içeriyi doldurmuştu. Çok düzenliydi ve biraz da pahalı bir yere benziyordu. Bizi fark eden uzun boylu, etine dolgun bir kız, yüzüne cipslerin içinden çıkan çıkartmalara benzeyen bir tebessüm yapıştırarak bize doğru yürüdü. Üstünde mağazaya ait bir tişört, altında yırtmaçlı bir etek vardı. Sahiplenici bir edayla Sıraç'a tamamen sokuldum ve sınır ihlali dışında kıza yapabileceklerimi sıralayan bir bakış gönderdim.

"Merhaba," dedi kız, bakışlarımı fark etse de görmezden gelmeye çalışarak. "Hoş geldiniz."

Sıraç cevap vermedi. Kıza dilimi çıkarıp sırıtmak istesem de nazik bir yapaylıkla gülümsedim. "Hoş bulduk," dedim iğneleyici bir sesle. Ne zamandan beri avına yaklaşılan aslan pozisyonundaydım ben?

Bu adama âşık olduğumdan beri.

"Nasıl bir şeylere bakmıştınız?" diye sordu, sanırım gözümüzün ve ayağımızın olduğunu görememişti haspam.

"Kendimiz bakabiliriz, üçüncü bir göze ihtiyacımız yok," dedim yapmacık gülümsememi büyüterek. Kız bir an duraksadı, ardından dudakları titredi ama ne yapacağını bilemiyor gibi görünüyordu. Zordan da olsa gülümsemeyi başardı.

"Ah, tabii," diye fısıldayıp yanımızdan topukladı. Gözlerimi kısarak onun gidişini izlerken, el ele olmamıza rağmen Sıraç'ın koluna yapışmıştım resmen. Sıraç'ın tuhaf bir ses çıkararak güldüğünü duyduğumda kolunu çimdikledim. "Gülme," diye hırladım. "Yakışıklı ayı."

"Ne?" diye sordu, yan gözle bana bakıp kafasını eğerken. Çok kısa süreliğine de olsa, keyfi yerine gelmiş gibi görünüyordu.

"Yakışıklı ayı," diye tekrarladım. "Boynuna 'Evliyim ve iki çocuğum var, hem de ikiz,' yazılı bir pankart asmak istiyorum."

Sıraç artık tamamen sırıtıyordu. "Ben de," diye fısıldadı. "Aynısını sana yapmak istiyorum ve yandan bir ok çıkarıp, o okun üstüne kocam yazıp kendi fotoğrafımı bastırmak istiyorum."

Kaşlarım alayla havalandı. "Allah Allah?"

"Hıhı," diye mırıldandı, bakışları güneşin altında kazakla oturmak gibiydi. Ecel teri döktüğümü sandım.

Ondan ayrılıp, etrafta kocamı kesen ceylan var mı diye bakınarak askılara doğru yürüdüm. Siyah gömleklerin olduğu askıyı karıştırırken, bebe yakalı gömlek bulabildiğim için mutlu olmuştum. Bedenimi ararken arkamda Sıraç'ın ılık nefesini hissedebiliyordum. Şeytan diyordu sok kabine, indir pantolonunu! Ee sonra? Ben gittikçe bu adama benziyordum!

"Arkamda sapık gibi nefesini enseme verme," diye hırladım. Lanet bedenimi bir türlü bulamıyordum, gözlerimi kıstım ve gömlekleri birbirine çarparak geriye doğru savurup, bedenimi aramayı sürdürdüm. Sıraç bir adım daha attı, teni tenime değiyordu ama kumaş parçaları yüzünden onu tam olarak hissedemiyordum. Yine de yüksek gerilim hattı gibi çatırdadığımızdan hiç şüphem yoktu.

"Çocuk reyonundan giyinmelisin," diye fısıldadı, sesi karanlıktı. Mideme kramplar sokuyordu.

"Çok bilmiş."

"İncecik beline uygun bir şeyler olduğunu sanmıyorum," diye fısıldadı, pantolonunun önünü, pantolonumun arkasında hissettim. Gözlerim kocaman açılırken, "Geri bas," diye hırladım.

"Neden?" Sesi esrarengizdi.

"Toplum içindeyiz, hem de bir mağazada!"

"Tahrik mi oluyorsun yoksa minik şeytan?" diye sordu, içimden ılık ılık bardaklarca bir şeyler aktı sanki. Başımı arkaya atıp ona ters bir bakış attım. "Huysuzluğun üstünde senin," diye söylendim.

Dudak büküp, omuz silkti. "Belki."

Sonunda aradığım gömleği bulduğumda çekip çıkardım ve, "Nedenini sorsam?" diye sorup kabinlere yöneldim. Bedenimi biliyordum ama kalıp kalıba uymuyordu, denemekte fayda vardı.

Sıraç arkamdan gelirken, "Sorma," dedi. Ona düz düz bakıp boş kabinlerden birine girdim ve tam kapıyı kapatacakken, Sıraç da içeri süzülüp kapıyı kapattı. Daracık kabinin içinde, Yunan

Tanrısı gibi dikilen erkeğime bakarken, dişilik hormonum tavanda kafasını sektiriyordu.

Üstümdeki tişörtü bir çırpıda çıkardım, önünde beyaz sutyenimle kaldığımda gözleri gözlerimdeydi, hemen arkamızda bir ayna vardı ve kabinin duvarları kırmızı kadifedendi. İçerisi tütsü gibi kokuyordu, kanım damarımın içinde hareketlendi. Bir süre, gömleği giymeden yalnızca sutyenle, gözlerimi onun gözlerinden çekemeden öylece dikildim. Yangın mavisi gözler hararetli bir dinginlikle parlıyordu. Anlam veremiyordum. Harelerinin bir kısmında lavlar ortalığı ayağa kaldırırken, diğer kısmında alevlerden sızan dumanlar küçük bir bulut halinde dolanıyordu. Sertçe yutkunurken gömleği yavaşça üstüme geçirdim.

Sıraç bana doğru uzandı ama aramızdaki mesafeyi kapatmadı. Ellerim iki yana düştü, uzun parmakları karnıma dokunurken nefesim kesilmişti. Yavaşça gömleğin düğmelerini yukarı doğru iliklemeye başladı, bunu yaparken gözlerini gözlerimden bir an olsun çekmiyordu.

Sertçe yutkundu, bakışlarının önüne çöken sis bulutunun arkasından tüm çıplaklığıyla bana bakıyordu sanki. Sutyenimin kupundan taşan göğüslerime dokunarak üst düğmeleri iliklerken, bir an inleyeceğimi düşündüm ama dudaklarımı birbirine bastırıp sessizce onu izledim. Nefesim hızlanmıştı.

"Ne düşünüyorsun?" diye sordu, parmakları göğsümün dışarıda kalan kısmına bilinçli sürtünürken. Sesi boğuktu.

"Hiç."

"Hım." Dişlerini sıktığında, elmacıkkemiklerinin hâkimiyet kurduğu o eşsiz suratında kocaman çukurlar oluştu. "Benim ne düşündüğümü bilmek ister misin?" diye sordu. Gözleriyle ortalığı ateşe veriyordu.

Başımı yavaşça salladım, artık düğmeleri iliklemiyor, bilinçli göğsümün açıkta kalan kısmına parmaklarını sürtüyordu. Hırıltılı nefesim, göğsümün içinde patladı. Sanki bir yangının ortasında, kapkara dumanların içinde nefes almaya çalışıyor gibi hissediyordum.

"Yüzünü aynaya çevirmek, arkana geçip bir bacağını yukarı kaldırmak ve hırlayarak içine girmek," dedi boğuk bir sesle. "Bunu düşünüyorum. Aynaya dökülen nefesinin bıraktığı izleri, kimsenin duymaması için inlemeni yutmaya çalışmanı, içine girerken çarpışmamızdan dolayı çıkan o iç gıdıklayıcı sesleri..."

İleri atıldım, onun sırtını kabinin kilitli kapısına yaslarken, hırlayarak dudaklarına saldırdım. Dilim dudaklarını araladı, kollarım boynuna dolandı ve kendimi tamamen ona bastırdım. Pantolonunda kalp gibi atan ereksiyonunu hissedebiliyordum, ağzının içine ilkel bir istekle yavaşça inledim. Dışarısı o kadar gürültülüydü ki, top patlatsak kimse duyamazdı. Sıraç, alt dudağımı dudağının içine çekip arsızca emdi ve dilini dilimin etrafına dolayıp, dudaklarımın arasından ıslıklı bir ses çıkararak inledi. Büyük avuçları kotumu saran kalçalarıma indi ve kalçalarımı avuçlayıp topuklarımı yerden kesti. Parmak uçlarımda yükseldim ve o kalçalarımı yoğururken, kendimi tamamen ona bastırıp boydan boya sürttüm.

Bir lokma nefes için ayrıldı dudaklarımız, açlık içimi pençelerken kısılan gözlerimle gözlerine baktım. İfadesiz yüzü, yanan gözleriyle, soluk soluğaydı.

"Toplum içindeyiz," diye inledim. "Ama seni istiyorum."

"Yaramaz şeytan," diye fısıldadı, dudakları düz bir çizgi şeklinde gerilmişti ve göğsü körük gibi ileri meyilleniyordu.

"Öyleyim. Alışverişten vazgeçtim."

"Burada seni getirmemi istiyorsun. Kollarımda titremek istiyorsun," dedi ifadesiz sesiyle. "Ve ben bunu senden daha çok istiyorum."

Aç bir şekilde başımı salladım, kedinin ciğere baktığı gibi bakıyordum ona. Dudakları yukarı kıvrıldı, yüzü ruhsuz ve seksi görünüyordu. "Sana istediğini vermeyeceğim," diye fısıldadı, yalnızca dudaklarını oynatarak. Kalçalarımı sertçe sıktıktan sonra beni kendinden uzaklaştırdı ve yavaşça kabinden çıkıp kapıyı kapattı.

Olduğum yerde, darmadağın olmuş bir şekilde nefesimi dizginlemeye çalışırken, karman çorman bir his göğsüme akın etti. Alt dudağımı kemirdim ve metalik tadı hissedene kadar dudağımı kemirmeye devam ettim. Gömleği yavaşça üstümden çıkardıktan sonra tişörtümü giydim ve bir süre aynadaki dengesiz görüntüme bakıp kabinden çıktım.

Sıraç, sırtını kırmızı duvarlardan bir tanesine yaslamış, kollarını göğsünün üstünde toplamıştı. Gömleğin kumaşı, pazıları yüzünden gerilmişti ve nefes kesici görünüyordu. İçim çalkalanarak ona yöneldim, beni fark edince gözlerini kısarak beni baştan aşağıya süzdü. Günün geri kalanında, akşam karanlığı çökene kadar mağazaları gezmiştik ve Sıraç'ın tutarsız hareketleri o kadar belirgindi ki, bir türlü anlam veremiyordum. Bir an beni içine sokacak gibi şefkatle bakarken, bir an beni öldürecek gibi bakıyordu. Vahşi bir şekilde.

Mağazaların olduğu sokaktan çıktığımızda yıldızlar gökyüzünün üstünde asılı duruyordu. Sıraç kendine birkaç gömlek almıştı, ben de birkaç gömlek ve pantolon. Yine de bu kadar saati alışverişe nasıl adamıştık, hiçbir fikrim yoktu. Geceyle karışık yaz kokusunu içime doldururken, Sıraç'la arabaya bindik ve araba trafiğin içinden akıp, sakin bir yola saptı.

"Tüm günü alışverişte harcadık," diye huysuzlandım. Kordonun ışıkları caddeyi aydınlatıyordu, rüzgâr kulağımın etrafında uğulduyordu ve Sıraç sigara yaktığı için kendi tarafındaki camı indirmişti. İçeri doluşan rüzgâr, toplu saçlarımı arkaya doğru uçururken göz ucuyla Sıraç'a baktım. "Nereye gidiyoruz şimdi?"

"Karagözler'e," dedi dümdüz bir sesle.

Derin bir nefes aldım, orayla ilgili pek de güzel anılarım yoktu ama oranın şahane bir yer olduğunu da yok sayamazdım. Sırtımı tamamen arabanın konforlu koltuğuna yaslarken, "Sen nereye istersen oraya gidelim," diye mırıldandım.

Sıraç, Karagözler'in pürüzsüz yolunda ilerlerken, eski sahil güvenliğin önünden geçmiştik. Bir an için damarlarımda kan değil de buzlu su akıyor gibi hissettim. Gece olmasına rağmen kızıl ışıkların denizin yüzeyinde parladığı o binanın bahçesine bakarken, titrememin önüne geçemedim.

Sıraç, gaza bastı. Araba homurdandı ve tekerlekler daha hızlı bir şekilde, tıpkı birer rüzgârgülü gibi dönmeye başladılar. Bomboş yol tamamen bize aitti, rampalarda yavaşlamıyordu ve oturduğum yerde yukarı zıplarken, emniyet kemerimi bağladığım için şükrediyordum.

Hemen yanı uçurum olan kavisli bir yola girdiğimizde nefesimi tuttum ve Sıraç korkuluğu olmayan ve bir ucu uçurum olan yolu ustaca kat ederken, "Şey..." diye mırıldandım, kafamı kurcalayan durgunluğu değil, tutarsızlığıydı. "...sen iyi misin?"

Direksiyonu sıktı. "Evet."

"Biraz gergin gibi görünüyorsun," diye fısıldadım, başımı cama yasladım ve uçurumun dibinde parlayan denizi izlemeye başladım. "Şu anlaşma olayı yüzünd-"

"Hayır," dedi keskin bir sesle.

Başımı yavaşça camdan kaldırıp omzumun üstünden ona baktım. Düşünceli yüzü, dağın eteğine dikilmiş sokak lambalarının turuncu ışığıyla bir aydınlanıyor, bir karanlığa gömülüyordu.

"O herife güldün," dedi düz bir sesle. Robottan daha cansız ve mekanik çıkmıştı sanki sesi. Kulaklarım söylediği kelimelerin altına çizdi ve onu önce hecelerine ardından da harflerine ayırdı.

"Ki-kime?"

"Ankaralıya." Direksiyonu daha sıkı kavradı. "Benden başka birine."

Sıraç'ın üstümde dolanan bakışları aklıma gelince, midem ekşi bir hisle çarpıldı. "Bilinçli değildi," diye savundum kendimi sessizce.

"Bilinçli ya da değil. Benden bir başkasına o şekilde gülmen, bir de üstüne kıkırdaman can sıkıcı." Dişlerini sıkıp keskin virajı ustaca aldı, tekerlekler uğuldadı. "Avuçlarımın kahve kokmasını istiyorsun ama kan kokması için de elinden geleni yapıyorsun."

Olduğum yerde üstüme yıldırım düşmüş gibi kasılırken, dudaklarım minik bir aralığın içinden bıraktığım nefesimle titredi. Gözlerim kocaman açılmıştı. Bir an idrak edemedim. Kalbimin hızı, tekerleklerin dönüşünün hızını bastırmıştı, yutkundum ama kan tadı gelmesinden korkarak yaptım bunu. Şayet kelimelerim dudaklarımdaki jiletlere takılmış ve paramparça olmuştu. Sesim yukarı yükselse, ağzımdan dökülen tek şey kelimelerimin kanı olurdu.

"Ne?"

"Onunla arana bir sınır çizmiyorsun," dedi arabayı hızlandırırken. "Bu ne kadar rahatsız edici, farkında mısın?"

Benimle ne kadar ruhsuz konuştuğunun farkında mıydı? Kalbim gözyaşı sağanağına tutulmak üzereydi ve üstüne akan her bir tuz tanesi, acısının üstüne acı basacaktı.

"Ben..." Yutkundum. Buruk tat her yerdeydi. Damağımda, midemde, kalbimde.

"Sen ne?" diye sordu sakince. Bir viraj daha aldı, araba gittikçe yukarılara doğru çıkıyordu. Samanlık Koyu'na gittiğimiz yolda ilerliyorduk ama gece olduğu için yol daha korkunç görünmüştü gözüme.

"Ben..." Kaşlarımı çattım. "Onunla yalnızca arkadaşım. Bunu biliyorsun. Biliyorsun, değil mi? Savaş ve ben..."

"Şu herifin adını ağzına alma," dedi yüksek bir sesle. Direksiyonu tırnaklarcasına sıktı, belki de pençelercesine. Asimile edilmiş bir panikle ona baktım, ne diyeceğimi bilemiyordum. Şimdiye kadar bunu bu kadar sorun ettiğini nasıl anlayamamıştım? Sabahtan bu yana ne değişmişti?

"Onun adını ve kendini yan yana koymandan nefret ediyorum," dedi sakin bir sesle. Bana bakmıyordu. Bana baksa, daha kolay olabilirdi ama bana bakmıyordu. Kalbim iki güçlü demirin altında kaldı, iki demir de aynı anda üstüne kapandı ve duygularım dümdüz bir yolda kanlar içinde yere serildi.

"Sen... Neler diyorsun böyle Sıraç?"

Başını iki yana salladı ve çenesinde keskin bir kas seğirdi. Adaleleri kaskatı olmuştu, kokusu gürleşmiş ve arabanın içini doldurmuştu. Araba sert bir fenerle, uçurumun hemen burnunda durduğunda, Fethiye ve deniz ayaklarımızın altındaydı. Mayhoş dalgaların, uçurumun eteğindeki taşlara çarparken çıkardığı sesleri duyabiliyordum. İçim ürperdi, ardından buz gibi bir soğuk düşüncelerimin ortasına çöreklendi.

"Savaş'la arkadaşız..." diye fısıldadım. "Bunu en iyi sen biliyorsun."

"Bana âşık bir kadınla arkadaş olsam, ne hissederdin?" Sesi dümdüzdü.

Düşündüm, düşüncelerimde bir aslan kükredi ve keskin dişlerini o kadına gösterdi. Olmayan o kadına. Zehir, tıpkı bir yılan gibi kanımın içinde kıvrıldı. O kadını öldürürdüm! Sıraç'ı öldürürdüm! Farkında olmadan yumruklarımı sıktım.

"Cevap ver," diye tısladı gözlerini manzaradan çekmeden. Karanlığın içinde öfkeyle büyüyen nefesim, cümlelerimin üstünü kara bir örtü gibi örttü.

"Bu öyle değil," dedim hızlıca. "Bu aynı şey değil."

"Hadi ya?" Alay eder gibi tuhaf bir ses çıkardı. "Nesi farklı söyler misin?"

"Savaş dürüst bir adam, bize her zaman destek oldu ve yardım etti. Bunu görmezden gelemezsin, o zor zamanımızda yanımızda olan dostlarımızdandı."

İçimi kemiren kurt, beni haklı çıkarmak için yumruklarını kaldıran savunma mekanizmama saldırıyordu. Çürüyen bir mekanizmanın arkasına saklanmak istiyordum. Düşüncesi bile iğrençti, kanımı donduruyordu. Sıraç'a âşık bir kadının varlığı, kanın kokusuna alışan tarafımı fişeklemekten başka hiçbir halta yaramıyordu.

"Evet, ona minnettarım," dedi yapmacık bir sesle. "Yanımızdaydı, bu doğru. Ama bu... Sana nasıl baktığı gerçeğini değiştirmiyor Mayıs." Dişlerini sıkıp direksiyona sert bir tane geçirdi. "Bugün gözleri hep evdeydi."

Bir an Sıraç'ın mutfakta, pencereden dışarıya pürdikkat baktığı sahne belirdi gözlerimin önünde. Nabzım hızlandı.

"Seni seviyorum," dedi acı çeker gibi. "Sen benim karımsın. Seni nefes alan her şeyden kıskanıyorum, sırf incinme diye bir şeyleri sineye çekmekten yoruldum. Gittikçe daha yakın bir bağ kuruyorsunuz, onunla iki askerlik arkadaşı gibi konuşmanızdan nefret ediyorum."

"Sıraç..."

"Bana kendini savunma!" diye bağırdı aniden. Olduğum yerde sıçrarken gözlerim kocaman açıldı. Bir anda yükselttiği sesi, tüm kaslarımın seğirmesine neden oldu. Dudaklarım aralandı, Sıraç konuşmama izin vermedi. "Ne dersen de istemiyorum, anladın mı? Bundan böyle o herifle konuşmayacaksın!" Gözleri dehşetle irileşti ve bakışlarını bana çevirdi, korkunç bir ifadeyle gözlerimin içine bakarken, teninin altından bir canavar derisini parçalayacak ve çıkacak sandım. "Konuşmayacaksın, Mayıs! Ne düşüneceği umurumda bile değil, anladın mı? Elin herifine gülemezsin!"

"Bana malınmışım gibi davranıyorsun," dedim irkilerek. Kendimi geri çekmeye çalıştığımda kana susamış bir ifadeyle gözlerime baktı. Ürperdim. "Sıraç, eve gitmek istiyorum," dedim korkuyla karışık bir gerginlikle.

"Korktun mu?" diye sordu, sesi tehditkârdı. Gözleri bomboş bakıyordu.

Bakışlarındaki dengesizlik beni ürkütmüştü evet, ama ondan korktuğumu söyleyemezdim. Bana zarar vermezdi, bunu bir kez yapmıştı, bir daha yapmayacağından adım gibi emindim. Sertçe yutkunup, başımı iki yana salladım. "Şu an sağlıklı düşünmüyorsun."

"Onu öldürürüm," dedi bir anda. Bedenini tamamen bana çevirdi, aramızdaki mesafe kısaldı ve nefessiz kaldım. İçimi çevreleyen ölü his, yanık et kokusuyla burnumun direğini sızlattı. "Ciddiyim," dedi bomboş gözlerle bana bakarken. "Konuşursan, öldürürüm."

"Yapamazsın," dedim başımı iki yana sallayarak.

"Senden önce ve seninleyken bunu birçok kez yaptım, yapamayacağımı iddia edemezsin," derken gözleri de sesi de bomboştu. Kocamı tanıyamıyordum.

"Sen... Çıldırdın mı?"

"Evet," dedi keskin bir sesle. "Çıldırdım."

"Gitmek istiyorum," diye fısıldadım. "Böyle bakma bana."

"Nasıl bakıyorum?" diye sorarken biraz daha yaklaşmıştı. Ölümün bedene bürünmüş hali gibi bakıyordu, kaslarım hareket yetisini kaybetti. Tamamen arabaya yaslandım ve onu izledim. Gözlerindeki boşluk büyüdü, tüm suratını kapladı.

"Ölmemi istiyor gibi bakıyorsun," diye fısıldadım.

"Sana zarar vermem," derken sesi bunun aksini söylüyordu ve o kadar korkunç bakıyordu ki, sanki arabanın içindeki Sıraç değil, bir başkasıydı. "Bunu asla yapmam."

"Savaş'a da zarar vermezsin, sen artık öyle biri değilsin," dedim başımı iki yana sallayarak. Korku midemin içinde su gibi kaynıyor, fokurduyordu. "Bir daha kan görmeyeceğiz."

"Tek bir kurşunla onun kafasını dağıtırım," dedi boğuk bir sesle. Bana biraz daha yaklaşıp, burnunu burnuma sürttü. Ürperip kendimi geri çekmeye çalıştığımda, "Kaçma," diye fısıldadı. "Benden korkma."

"Sıraç," dedim acı çekiyor gibi. "Beni korkutmaya başladın."

"Öpüş benimle," dedi boğuk bir sesle. "Islak öpücüğünü istiyorum." Gözlerini açtı ve göz göze geldik, gözlerimiz birbirine çok yakındı, bomboş bakan gözler şu an büyük bir öfke ateşiyle alev alevdi. Alnını alnımdan çekmedi.

"Eve..."

"Gitmiyoruz!" diye bağırdı bir anda. Geriye doğru sıçradığımda beni yavaşça kendine çekip, "Gitmiyoruz," diye fısıldadı, sakinleştirmeye çalıştığı titrek sesiyle. "Gitmiyoruz."

"Sıraç..."

"Benden korkuyor musun? Neden? Ben senin kocanım." Arka arkaya kısık sesle söyledikleri zihnimi yırttı ve gerçeğe eriştim. Kocamdı. Kıskanmıştı. Hepsi buydu. O, eskisi gibi tutarsız, korkunç biri değildi. Değildi. Olmamalıydı.

"Sıraç, eve gidelim," diye mırıldandım. "Savaş'la konuşmayacağım, tamam." Ağlamak üzereydim, eskisi gibi bana nefretini kusmasından korkuyordum. Savaş'a zarar vermesinden korkuyordum. Yine o hiç gülmeyen adam olmasından korkuyordum.

"Adını anma," dedi, sert bir şekilde ve alnıyla alnıma yavaşça vurdu. Acıyla başımı geriye attığımda bir an duraksadı. "Benimsin sen," diye fısıldadı, ondan uzaklaştım ve arabanın camına yapıştım. "Kaçma."

"Neden... Neden böyle davranıyorsun?" Gözlerimdeki tuz titremeye başlamıştı. Sıraç iki eliyle kafasını tutup, "Anlamıyor musun?" diye bağırdı. "Tüm gün delireceğimi sandım. Günlerdir böyle. Hep böyleydi. Onun sana yakın olmasından nefret ediyorum! Ona güldün, önümde!"

"O benim arka..."

"Arkadaşını sikerim senin!" diye kükreyip üstüme abandı ve kocaman açılmış, parlayan mavi gözleriyle gözlerimin içine baktı. Altında küçücük olmuştum, sırtımı cama yasladım ve dehşet dolu gözlerle ona baktım. "Benimsin," dedi kısık bir sesle, bana biraz daha yaklaştırdı yüzümü. İçimdeki her şey sıkıştı. "Bir daha benden başkasına gülecek olursan..."

"Ne yaparsın?"

"Seni de mahvederim," dedi hiç düşünmeden.

"Hiç değişmedin," dedim bir anda, elimi göğsüne koyarken. "Sen hep buydun, değil mi?" Elimin altında atan kalbinin sarsıldığını avuçlarımda hissettim. Onu geriye doğru iterken, "Bir an olsun değişmedin. Şiddet yanlısı yanından kurtulmak için uğraşmadın bile, sadece onu bir köşeye sakladın."

"Mayıs..."

"Şu an bana vurmak istiyorsun, değil mi?" diye sordum, duygusuz bir sesle.

Gözlerini yumdu ve çenesi kasılırken yanakları içeri çöktü. Dişlerini gıcırdattı. Sanki o dişlerini boynuma geçirmiş gibi acıyla gözlerimi kıstım, kalbim hemen karşısındaki düz duvara doğru hızlıca koşup, kendini o duvara çarparak imha etmek istiyordu.

"Bana vurmak istiyorsun, değil mi?" diye sordum. "Tokadı indirmek istiyorsun suratıma."

"Asla!" diye bağırdı gözlerini açmadan. Gür nefesi yüzümün derisini yaladı. "Sana asla vurmam, anladın mı? Sana vurmayı aklımın ucundan bile geçirmedim. Sana asla vurmam, sen benim her şeyimsin, sana vuramam."

"Ama beni öldürürsün."

"Asla. Kendimi öldürürüm, sana dokunmam."

"Savaş bana kötü gözle bakmadı, bir kez olsun ikimize saygısızlık yapmadı," dedim kalbimin parçalarını bulup birleştirmeye çalışırken. "Hastalıklı bir şey bu yaptığın. Manyaklık bu."

"Manyağım lan ben," dedi dişlerinin arasından. Ardından üstüme abandı. "Manyağım ben, oldu mu? O gülüşünü bir başkasına gösterecek olursan, seni mahvederim. Beni mahvettiğin gibi mahvederim. Anladın mı?"

"İğrenç davranıyorsun," dedim bu kez ondan kaçmadan. Alnını alnıma yasladı ve tamamen üstüme abanıp, nefesini dudaklarıma bıraktı.

"İğrenç davranmıyorum, öyleyim," dedi düz bir sesle. Gözleri camın yüzeyi gibi parlıyordu. "Soluğunu soluğuma kattım, gülüşünle yaşadım. Biri yaşantıma gözünü dikerse, önce o kişinin hayatını, sonra da yaşantımı sonlandırırım. Ve sen benim yaşamımsın. Ölümün ucunda dikilip yanında kalabilmek için can aldığımsın. Ben senin nefesin için çok can alırım Mayıs."

"Delilik bu."

"Ben deliyim."

"Hastalıklı..." Sertçe yutkundum. "Korkutucu..."

"Çok konuşuyorsun," diye fısıldadı dudaklarıma doğru.

"Beni korkuttun."

"Benden korkmandan nefret ediyorum ama artık buna bir dur demek zorundayım. Ya o sınırı çizersin ya da olacaklardan ben sorumlu değilim," diye tehdit etti beni.

"Tehditkârsın."

"Söz konusu sensen, ben çok tehditkâr bir adamım."

"Onunla arama bir sınır çekerim," diye fısıldadım, bunu sırf kendimi onun yerine koyduğum için yapacaktım. Derin bir nefes aldığımda omuzlarım şişti ve aramızdaki mesafe daha da küçüldü. "Ama arkadaşlığımızı sonlandıramam."

"Düz cevaplar ona yeter, uzun cümlelere gerek yok," derken sesi boğuktu.

Başımı yavaşça salladım. "Artık sakin olabilir misin?"

"Olamam," dedi nefes nefese.

"Seni sakinleştirmemin bir yolu var mı?" diye sorduğumda bir yanım meşalesini yakmıştı. Böyle bir tutku, böyle bir delilik, böyle bir aşk yoktu. Akıl sağlığının sınırlarını zorluyordu, delim deşik ettiği mantığı bir kenara itiyordu. Çok hastalıklı seviyordu.

"Var," diye fısıldadı.

Sertçe yutkundum, hastalıklı kocanın, hastalıklı karısıydım. Bir an içimden bir ürperti geçti, tüm korkular kumdan bir kaleye çarpan dalganın etkisiyle, yıkılan kumdan kale gibi devrilip, toz parça oldu.

"Nedir?"

"Benden başkasına gülümseme," diye fısıldadı, dudaklarını dudaklarıma sürterek. "Bana güldüğün gibi kimseye gülme."

"Sen de benden başkasına böyle bakma o zaman," dedim kalbim hızlanırken.

"Sen benim gözümün ilk gördüğüsün," diye fısıldadı. "Ve aynı şekilde, son gördüğü de sen olacaksın. Ben senden başkasına böyle bakamam ki Mayıs."

Başımı yavaşça sallarken, güç bir şekilde aldığım nefesle ruhumu doyurdum. Sıraç beni kendine doğru çekip kucakladı ve sırtım direksiyona değerken, ona sıkıca sarıldım. Kırmızı iplerimiz, gecenin karanlığında parlıyordu sanki. "Bunca zaman seni üzdüysem, özür dilerim," dedim yüzümü boynuna gömerken.

"Şşş," diye fısıldadı belime yavaşça dokunurken. "Seni korkutmak istemedim. Yalvarırım bir daha benden korkma."

"Senden başkasına gülmeyeceğim," dedim kollarımı sıkıca boynuna dolarken. "Ama yeter ki bir daha bana o ruhsuz gözlerle bakma."

İçimde burgu burgu büyüyen fırtına rüzgârı, küçük bir hortumun ana hatlarıyla kıvrılmaya başladığında, nasıl olmuştu bilmiyordum. Dudaklarımız, karanlığın çığlının tam ortasında birleşti. Büyük bir açlık, zafiyet duygusuyla dili dudaklarımı araladı, ıslaklığıyla mest olurken, beni tamamen koltuğa yasladı. Nefesim, nefesine karışıyordu. Arabanın içindeki sessizliği nefeslerimizden dökülen iniltiler doldururken, onun hastalıklı aşkına dudaklarıma karşılık verdim.

"Lütfen," diye fısıldadım dudaklarımız ayrılırken. "Bana bir daha o ruhunu kaybetmiş gözlerle bakma."

"Sen de benden başkasına gülme," dedi kısık bir sesle. "Lütfen. Katlanamıyorum."

Beni arabanın ona ait olan kısmına çekti, sırtım direksiyona değerken, onun kucağındaydım. Bacaklarım belinin etrafından sarkmıştı. Çok rahat değildim ama bu kolların arasındayken cehenneme bile giderdim. Hoş, gideceğim yerin cennet olmadığı da kesindi onca şeyden sonra.

"Burada mı?" diye fısıldadım kasıklarımı zorlayan sertliğini hissettiğimde. Boynum kızarmış, yanmaya başlamıştı. İçimde kabarıp duran dalgalar, ruhumun gri duvarlarına çarpıyordu.

"Burada," dedi acı çekiyor gibi. "Beni sakinleştirmelisin." Alt dudağını ısırarak bana baktığında, tüm gerçekleri bir kenara ittim. Korkunç ya da değil, hastalıklı ya da değil, başkasının gözünde ne olursa olsun ben onundum. O da benimdi. Biz hiçbir zaman birileriyle aynı olmamıştık, o normal kalıbına hiçbir zaman girmemiştik.

"Ne istediğini söyle," diye fısıldadım kendimi ona sürterken. Parmaklarım onun ensesinin üstündeki kadifeden bozma saçlarının arasından geçti. Parmaklarım saç diplerini keşfetti. Sıraç başını geriye atarak hırladı, öfke bedeninde masmavi bir elektrik akımı şeklinde dalgalanıyordu.

"İçine girmeme izin ver," dedi nefes nefese. "Şu an her şeyden çok buna ihtiyacımız var. İkimizin de. Sen de sinirlisin, hissedebiliyorum," diye inledi. "Hadi."

"Beni kızdırdın," dedim dudaklarımı boynunda gezdirirken. Parmakları tişörtümün eteklerinden içeri sızdı ve belime dokundu. Parmaklarının boğumlarında fokurdayan kanın ve çarpan nabzın her bir dokunuşunu sırtımın altındaki kemiklerde, hatta kan dolaşımımda bile hissedebiliyordum.

"Emin ol, minik şeytan," diye hırladı Sıraç, arabanın içinde onun kokusunu oksijen olarak içime dolduruyordum ve içerisi çok havasızdı. "...benim ne kadar kızgın olduğumu tahmin bile edemezsin. Birilerinin kafalarını bedeninden sökmek için yanıp tutuşuyorum."

"Benden başka hiçbir şeye yanıp tutuşamazsın sen," dedim kendimi ona sürterken. İnledi, gırtlağından yükselen o ses, nabzımı ikiye katladı.

"Bu hoşuma gitti," derken sesi hırıltılıydı. Bir anda tişörtüm üstümden ayrıldı ve diğer koltuğa uçtu. Deniz karşımızda tüm ışıkları yüzeyinde parlatırken, ayın yusyuvarlak yüzeyi de suyun üstünde dalgalanıyordu. Sadece sutyenimle onun kucağında kaldığımda sanki ilk seferimizmiş gibi tuhaf bir heyecanla karıncalandığımı hissettim. Bedenim uyuşmuş, basınç yapan kanım yüzünden tenim kabarmıştı. "Korkma," diye fısıldadı karşı konulamaz Karayel sesiyle. "Burada kuş bile uçmaz şu an."

"Hem çok da karanlık," diye fısıldadım ensesindeki saçları okşarken.

"Az önce benden korkuyordun," dedi belimi tutup beni tamamen kendine bastırırken. Nabzının çarptığı sertliğini tam o noktada hissedince, dudaklarım aralandı. Susamıştım, kana kana içmek istiyordum onu.

"Korkunçken bile güzelsin sen."

"Hım." Parmakları kotumdan içeri girdiğinde nefesim kesildi. Külotumun içine giren parmaklarıyla kalçalarımı avuçladı ve ben belimi geriye doğru atarken Sıraç iliklerimi titreten hırıltılı nefesini boynuma bıraktı. Parmaklarım hâlâ onun saçlarında dolaşıyordu.

"Deli gibi istiyorum, her gün," dedi kükrer gibi. Parmaklarını tamamen kalçama bastırdı, kasıldım ve acıyla sızlandım. "Her saat, her an."

"İstediğini veriyorum," dedim kendimi tutamıyordum. Ona karşı koyamıyordum. Parmakları kalçalarımın arasına kaydığında dudaklarım aralandı. "Hayır!"

"Sus," diye inledi. Kalçalarımı araladı ve o noktaya baskı uyguladı. Omurgamdan yükselen o tuhaf sızıyla titredim ve irkilerek kalçalarımı sıktım. Biri beni arabalarla dolu bir otoyolun ortasına bacaklarımı kesip de bırakmıştı sanki.

"Sıraç lütfen," dedim kaşlarımı çatarken. "Oraya dokunmanı istemiyorum."

"Sadece dokunuyorum," diye inledi. "Lütfen."

Kaslarım tamamen kasılırken başımı geriye doğru attım ve sıkıca topladığım saçlarım bolarıp direksiyona döküldü. Dehşet içinde inledim, bu kadarı aykırıydı. İzin veremezdim, sınırlarımız olmalıydı. "Kes şunu," diye inledim, sesim titriyordu, başımı kaldırıp ona bakamıyordum. "Ah. Lütfen."

"Neyi?"

"Sıraç," diye inledim dehşet içinde. Kafamı kaldırmaya çalıştığımda gözlerimin önünde binlerce renk kapsülü patladı ve gözlerimin perdesini rengârenk boyadı. Gözlerimin önünde uçuşan mavi, yeşil, sarı, mor, kırmızı baloncuklara hayretle baktım. Sıraç'ın dokunduğu her bir nokta titriyor, seğiriyordu.

"Pantolonun bileğimi acıttı," diye fısıldadı elini daha derine iterken. "Onu çıkarmalıyız, minik şeytan."

"Oradan elini çekersen çıkarırım," diye inledim. "Lütfen. Çek elini."

"Hoşuna gitmediğini söyleme," diye hırladı. "Deli oluyorsun."

"Bu çok aykırı," diye inledim. "Hiç doğru değil. Lütfen, kes şunu."

"Parmaklarımı içine itmek istiyorum," dedi kararlı bir sesle. Afalladım. Dudaklarım aralanırken Sıraç beni diğer koltuğa devirdi ve ben diğer koltuğa devrilirken direksiyonun kolu sırtımı dürttü. Homurdandığımda Sıraç çoktan üstüme abanmıştı bile. Likralı pantolonu aşağı sıyırırken bana üstten yakıcı bir ifadeyle baktı.

Karnımdaki kiraz çiçeği kafasını kaldırdı ve elini kalbimdeki kiraz çiçeğine uzattı.

El ele tutuşup ritmi birlikte belirlediler.

Sıraç pantolonu arka koltuğa attığında, poşetlerin üstüne düşen kot tuhaf bir haşırtı çıkardı. Sertçe yutkundum, gecenin kollarında parlayan parlak mavi gözlere baktım, cayır cayır yanıyordu. Sanki ben onun ateşine atılan çıraydım, gittikçe tutuşuyorduk ve tutuşurken etrafımızı da tutuşturuyorduk.

"Bacaklarını ayır," dedi kesik bir nefesi dudaklarından bırakırken. Düz bakışlarının altındaki tutku o kadar derindi ki, içine düşen bir balığı bile akıntısıyla boğabilirdi. Doğasında yüzme olan her şeyin kökünü sıyırabilir, öldürebilirdi.

"Sıraç," diye inledim, sesim kendime o kadar yabancıydı ki şu an...

"Bacaklarını aç," dedi tekrardan. Gözlerini gözlerime dikmiş, şehveti bir düğme gibi gözlerine iliklemişti.

Bacaklarımı araladım, altımda külotumdan başka hiçbir şeyim yoktu. Bacaklarım, yeni doğmuş bir ceylan yavrusu gibi titrerken, kulaklarımda uğuldayan şeyin benim kanım olduğunu biliyordum. Vücudumdaki her şey kırmızı alarm yüzünden ayaklanmış, olacaklara dikkat kesilmişlerdi.

Sıraç yavaşça eğildi, rahat durmasa da yüzü iki bacağımın arasında duruyordu. Karnımdan yukarı bir ürperti yürüdü, göğsüme kadar tırmandı. Büyük elleriyle iki dizimi de tutup bacaklarımı tamamen ikiye ayırdı. Bir bacağım koltuğun arasındaki boşlukta, diğer bacağım torpidonun üstünde, başım kapıdaydı. Sıcak nefesini kalçalarıma bırakıp, gözlerini kaldırarak bana baktı.

"Sadece benim olduğunu her şekilde kanıtlayacağım sana."

"Bunun için bir kanıta ihtiyacın olduğunu mu sanıyorsun?" diye sordum kısık bir sesle.

"Hayır, sadece bunu yapmak istiyorum." Alt dudağını kemirerek külotuma baktı. Bacaklarımı kapatmak istiyordum ama bunu yapamıyordum. Dudakları yukarı kıvrıldı, gözlerinde arsız ve tehlikeli bir ışık parladı.

"Bana eziyet etme," diye fısıldadım.

"Ne istediğini söyle o zaman," dedi Karayel yakıcılığını kullanarak.

Simsiyah bir rüzgârdı o. Gelmiş, girmişti hayatıma ve tüm köklerimi dibinden söküp yepyeni tohumlar ekmişti. Yaşantımın içinde filizlenen her şey ona aitti.

"Senin istediğini istediğimden o kadar eminim ki."

"Evet, ben de eminim ve bunu sesli söylemeni istiyorum," diye hırladı. Dilini, dizimden aşağı kaydırdı ve pürüzsüz ıslaklığını hissederken, sırtım havalanıp kalçalarım yukarı dikildi. İnledim. Yaralı bir av gibi. Aç aslanın önündeydim. O sivri dişleri ve keskin pençeleriyle beni darmadağın edip, midesine indirecekti.

Gözlerimi sıkıca yumdum. "Seni istiyorum. Hem de burada. Arabanın içinde, sen bana bu denli kızmışken ve öfkeni bedenimden çıkarmak istiyorken... Deli gibi istiyorum. Köpek gibi âşığım sana." Gözlerimi açtım, gözleri gözlerimdeydi, dudakları aralanmıştı. "Çok âşığım sana."

Dişlerini sıkarak doğruldu ama tamamen kalkmadı. Bir süre yalnızca gözlerimin içine baktı, ardından öyle büyük bir açlıkla saldırdı ki bana, gecenin sakladığı tüm renkler gözlerimin önüne serildi. Uzun, bakmaya doyamadığım parmaklarından bir tanesi külotumu yana sıyırdı, külotumu çıkartmamıştı ama şu an tüm çıplaklığım gözlerinin önündeydi. Hırladı. Açlık ve yarayla mücadele eden bir yabani gibi, burnundan verdiği sert nefesi kadınlığıma haleler çizerek sindi. Kaskatı kesildim.

"Çok güzel," dedi dişlerinin arasından. "Öyle güzel ki, onun için yapmayacağım hiçbir şey yok." Gözleri beni buldu. "Senin için yapmayacağım hiçbir şey yok. Vücudundaki her bir noktaya tapıyorum."

Parmaklarım saçlarının arasına kaydı, göğsüm gururla kabardı. O hariç her şey anlamını yitirmişti şu an. Hoş, her zaman öyleydi ya zaten. Bez parçasını yana sıyırıp özgür bıraktığı kadınlığıma taze, sıcak ve nemli nefesini üflediğinde kaskatı kesilmiş adalelerime rağmen direndim ve kafamı kaldırıp ona baktım. Açlıkla parlayan gözlerinin ucunda dumanı tüten bir de hayranlık vardı ki, işte o akıllara zarardı.

Sıcak nefesini bir kez daha oraya üfledi ve ardından küçük bir buse kondurdu. İliklerim çekildi, dudaklarımdan bir feryat döküldü ama bu ses bana ait değildi, bir uçurumdan gelmişti sanki. İnledi. Bir buse daha kondurup, gözlerini kaldırarak bana baktı. Alnı şimdiden ter içinde kalmıştı. "Yumuşacık," dedi kısık bir sesle. Bir buse daha kondurdu, bu kez biraz daha uzun sürmüş, dudakları orada oyalanmıştı. Başım dönüyor, kulaklarım uğulduyor, nabzım derimi yırtmaya çalışıyordu.

"Çok tatlı," dedi diliyle yavaşça dokunup ıslatırken. Bacaklarımı öyle sıkı kavradı ki, yapmak istediğimi yapıp bacaklarımı kapatamadım. Bez parçası orayı örttüğünde kaşları çatıldı. Bez parçasına burnunu sürttü, burnunu, kumaş parçasına rağmen hissedebilmiş, delice bir dizginsizlikle inlemiştim.

Bir elini bacağımdan çekip kumaşı tekrar kenara sıyırdı ve bu kez çıplaklığıma sürttü burnunu. Burnu ıslaklığımla buluşunca orada derin, soluksuz bir nefes aldı. Karnımdaki tüm kaslar kasıldı, kasıklarım düğümlendi ve şehvet bir kartopu gibi yuvarlanırken, beni de içine çekti. Gittikçe daha da büyüyor, önüne geleni yutuyordu.

"Kadınlığı papatya kokulum," diye inledi, burnunu ortaya sürterek beni çileden çıkartırken. "Her şeyin bu kadar mükemmel gelmek zorunda mı bana? Hiç mi kusurun yok senin? Yoksa sendeki kusuru görmeyecek kadar kör müyüm sana? Ya da kusurlar mı benim güzellik anlayışım? Benim sende gördüğümü, bir başkası da görüyor mu gözlerine bakınca? Mümkün değil." Dudaklarını oraya bastırdı, nefessiz konuşmuş, içimi kilitlemişti.

Dili orayı araladı, özüme indi ve beni alaşağı eden darbeleriyle, dudaklarının da baskısını kesmeden, hırıltılar çıkararak dağıttı beni. Öpüyordu. Hayır, sadece öpmüyordu. Sevişiyordu. Mümkün olamazdı, benden hiç mi iğrenmiyordu? Dudaklarım içimde sıkışan nefesi dışarı itmek için aralandı. Buruk nefesim dudaklarımdan dışarı dökülürken, kadınlığım mengene gibi kasılıp sarıldı onun zarif parmağına. Tek seferde doldurdu beni, dudaklarını çekmeden. İçimdeki her şey, yüksek bir ses eşliğinde birbirine çarpıp paramparça olmaya başladı.

Tırmanıyordum, deli gibi çıkıyordum yokuşları. Sonu yoktu, merdivenler bitse, yokuşlar uzanıyordu önümde. Yokuşlar bitse, merdiven basamakları katlanıyordu. Sonu yok gibiydi, baldırlarımdaki tüm bağlar kopacak gibi sızlıyor, yürüdüğüm yol beni altına çekip, yerin yedi kat altında yakacakmış gibi hissediyordum.

Gözlerim aralandı, arabanın ön camında parlayan yıldızlara baktım, daha parlak görünüyorlardı sanki. "Ahh!" diye inledim, acıdan da değildi, hazdan da değildi. Bilinmezliğe yuvarlandığımdandı belki de. Sıraç'ın parmağının o inanılmaz eklemlerini hissediyordum, uzunluğunu ve yapısını. Dili ve dudakları da katılmıştı bu savaşa. Hiç şansım yoktu, bozguna uğrayacak, yenilecektim.

Dudakları çekildi ama nefesi çekilmedi. "Nasıl?" diye sordu nefes nefese, parmakları hâlâ oradaydı. "Hoşuna gidiyor mu minik şeytan? Deli oluyor musun, için dalgalanıyor mu? Nasıl hissettiriyorum sana, söyle bana."

"Öldüreceksin beni," diye inledim parmaklarım saçlarına daha sıkı tutunurken. "Son ver şuna, gel ben de sana istediğini vereyim. Ne olursun."

"Parmaklarımın etrafına akmanı istiyorum," diye hırladı. "Sonra da şu an nabız gibi çarpıp, senin içini doldurmak isteyen o şeyin etrafında akacaksın."

Arsızdı, beni deli ediyordu. Kulaklarımı, boynumu, tüm bedenimi karıncalandırıyordu konuşmaları. Yanıyordum, utançtan, ya da başka bir şeyden. Fark etmezdi. Ellerinde ölecek olsam, bu bile fark etmezdi.

Sıraç diğer parmağıyla tepemdeki o en hassas noktayı ovalarken, diğer parmağı içimde uzanıyordu. Dili bir kez daha katıldı savaşa, dudakları da öyle. Nefesim daraldı. İçim sarsıldı. "Hayır," diye inledim, parmak uçlarım ayakkabının içinde kıvrıldılar. Midemdeki her şey dalgalandı, tüm gerçekler bir kenara çekilip sahte bir cennetin kapıları aralandı gözlerimin önünde.

"Evet," diye hırladı, ağzını oradan çekmeden. "Boşalmanı istiyorum. İstediğin kadar yaparım senin için bunu, istediğin zaman boşal."

Kaslarım seğirdi, dudaklarım titriyordu ve kurumuştu. Dilimle dudaklarımı ıslatmaya çalıştım ama sanki dilimdeki tüm sular da çekilmiş gibiydi. İçimi amansız bir panik dalgası sarmaladı, duyularım açıldı ve gözlerim kapandı ama sanki alnımın ortasında bir üçüncü göz vardı ve dışarıda olup bitenleri görebiliyordum. Kaskatı kesildim ve epilepsi nöbeti geçiren bir hasta gibi titremeye, Sıraç'ın saçlarını çekiştirerek yüksek sesle inlemeye başladım.

"Ah, evet," dedim bilinçsizce. Fark etmeden saçlarını asıldım ve kendimi ona bastırdım. Dudaklarının, tam o noktanın üstünde yukarı kıvrıldığını hissettim. Belim yukarı kavisler çiziyordu. "Siktir!"

"Hım," diye mırıldandı oraya sert bir öpücük kondururken. "Tekrarla."

"Lütfen," dedim hırlayarak. "Son ver."

Başparmağıyla orayı ovdu, karanlık bir ses çıkararak güldü. "Neye? Buna mı?" Dudakları tekrar orayı yakaladı ve bir kez daha ayak parmaklarıma kadar çaresizce titredim.

Yükseldim, öyle bir yükselmekti ki bu, yukarı her tırmanış, dibe daha hızlı düşüşün habercisiydi. Jilet kesiği bir sancıyla irkildim, damarlarım kademe kademe taşıdılar tüm kanı kalbime. Kasıklarım kaynadı ve tüm evren bir saniyeliğine önümde diz çökerken, "Geliyorum!" diye bağırdım, bilinçsizce. "Bırak, ne olursun!"

"Evet!" diye haykırdı. "Benim için gel. Her şeyini istiyorum, özünü istiyorum." Deli gibi inliyor, parmaklarının hareketini sürdürüyordu. Kasıldım, belim havalandı ve tırnaklarım onun ensesine yapıştı. Bütün tırnaklarımın etini yırtarak içeri girdiğini hissettim. "Evet," diye hırladı, öfkeyle karışık bir şehvetle. "Boşal! Hadi, gel bana!" İliklerim titrerken Sıraç ağzını oraya dayadı ve ben onu itemedim. Darmadağın oldum, parçalandım, yenildim ve bir korun sönüşü gibi kızıldan griye çaldım. Tek bir rüzgâr, küllerimi savurup beni yok edebilirdi.

Açlıkla olan savaşını, darmadağın olmuş saçlarının alnına dökülüşüyle tamamladı. Bana, beni baştan yaratan bir bakış lütfettiğinde hâlâ önümde, iki bacağımın arasında duruyordu. Nefes nefeseydi, kaslı göğsünü örten gömleğin kumaşı birazdan parçalara ayrılacaktı sanki.

"Nasıl da lezzetlisin," diye fısıldadı bacağımın iç tarafını, oranın biraz yanını öperken. "Nasıl da güzelsin." Bir kez daha öptü. "Nasıl da benimsin."

"Ben de istiyorum," dedim gözlerim onun kasıklarına düşerken. Sıraç kaskatı kesildi ve öylece bana baktı. Dudakları aralanmış, öfke yerini boğuk bir şaşkınlığa bırakmıştı. İdrak edemiyor gibi bakıyordu. Yavaşça doğruldum, dirseklerimin üstünde. Sıraç'ın gözleri bir an olsun gözlerimden ayrılmadı.

Kemerini tutup onu kendime doğru çektiğimde dengesini kaybetti ve arabanın benden taraftaki camına tutunarak üstüme düşmekten kurtuldu. Kemerinin gümüş rengi tokasını çözerken, Sıraç, nefes nefeseydi.

"İstiyorum," dedim, gözlerim kemerinden ayrılmıyordu.

"Hayır," dedi şaşkın bir sesle. "Zorunda değilsin."

"Zorunda olduğum için değil," diye fısıldadım. Kemerini çözdüğümde Sıraç nefes nefeseydi ve muhtemelen verdiği nefesler arabanın camını buğulandırıyordu. Kafamı yavaşça yukarı kaldırdım, çenem kasıklarına denk düşüyordu. Parlayan gözlerle kafasını eğerek baktı bana ve ben o anda bir kez daha yandım onun için. Ona.

"Bebeğim," diye inledi. "Lütfen. İçine girmek istiyorum, oynama benimle. Buna mecbur değilsin."

"Seni dudaklarımla kavramamı istemiyor musun?" diye sordum gözlerimi kaldırıp ona büyük mavi gözlerle bakarak. Dudakları titredi, ereksiyonu pantolonun fermuarını yırtacak kadar sertti. Fermuarını gözlerimi onun gözlerinden çekmeden indirdim. Midem kasılıyordu, ondan iğrendiğim falan yoktu, bu kasılmanın sebebi heyecandı.

"Mayıs, öldürüyorsun beni," diye inledi. Umursamadım. Fermuarını tamamen indirdim ve siyah boxerının sarmaladığı ereksiyonuna avucumu bastırdım. Sıraç, başını geriye attı ve kalçalarını bana doğru itip hırladı.

Avucumla orayı okşarken öyle hızlı nefesler alıyordu ki, içim çalkalanıyordu. "Pantolonunu çıkarmadan," diye fısıldadım, içimdeki yaramaz kız çocuğu ellerini çırptı. "Senin bana yaptığın gibi."

"Sen tam bir şeytansın," dedi dişlerinin arasından. "Benim şeytanım."

"Senin," diye fısıldadım. "Senin minik şeytanın."

Pantolonunu indirmeden, bana sunduğu o küçük aralıkta indirdim boxerını onun. Erkekliği tüm çıplaklığıyla önüme döküldüğünde, dudaklarımın nemi çekildi ve kurak bir toprak gibi çatır çatır çatlamaya başladı. Ürkek gözlerim, onun beni izleyen gözleriyle buluştu. Tüm heybetiyle hemen karşımdaydı, çıplaktı ve benim içindi. Her bir damarı benim için çarpıyordu ve her bir seğirişi de benim içindi.

Onu avuçlarımın arasına aldım ama elimi tam olarak kapatamadım, heybetliydi. Çok fazla. Utançtan irileşen gözlerim bir kez daha onun gözleriyle birleşti. Kendini yavaşça avucum boyunca kaydırıp gözlerini kıstı. "Avuçların sıcacık," diye fısıldadı. "İçin gibi."

Onu sıkıca kavradım, dişlerini sıktı. Boydan boya okşadım ve Sıraç acı bir iniltiyi savurdu, savrulan iniltiye birkaç parça küfrü de sığdırmıştı. Yanaklarım alev topuna dönerken uslu bir kız çocuğu gibi önüne oturmuştum ama hiç uslu olmayan başka bir şey yapıyordum.

Kadife gibiydi, tek farkı o kadar sertti ki, kadife dokusunu bile sertleştirmişti bu. Dudaklarım arzuyla aralandı, gözlerimiz birbirinden ayrılmıyordu. Yüzüme düşen birkaç saç telini kulağımın arkasına itip, kafasını eğerek beni izlemeye devam etti. Karanlıktaki en belirgin noktaydı o, ben onun karanlığında yuvarlanıyordum şu an.

"Biraz daha hızlı..." diye fısıldadı, gözleri şimdi tamamen kısılmıştı. Hızlandım, dediği gibi. "İşte... Böyle." Sertçe yutkundu. "Aferin şeytanıma."

Ona tamamen yaklaştığımda, gözlerine perçinlenen hayranlık beni daha da fişekliyordu. Parmaklarımın etrafında seğirip kalp gibi atan erkekliğini daha sıkı kavradım, Sıraç tısladı. Bir yılan gibiydi, erkek bir yılan, dişi yılanına sarılıp onunla birleşmek istiyor gibiydi. Yabani bir dürtüyle, ilkel bir çekimle onu tamamen kavradım ve dudaklarımdan dışarı sıcak bir parça nefes bıraktım. Erkekliği boydan boya seğirdi. Sıraç dişlerini sıkıp kendini avucumun içinde kaydırdı. İçim ürperdi.

Dudaklarımı ona yaklaştırırken, kalbim öyle hızlı çarpıyordu ki. Günahın dibine batmıştık birlikte, daha da batardım. Günah bir bataklıksa, o bataklığın zeminine değerdi onunlayken ayaklarım.

Salınan saçlarımı avuçladı, gözlerimi gözlerine mühürledim ve dilimin ucuyla dokundum erkekliğine. Sıraç titredi, tıpkı sıtma tutmuş bir hasta gibi titredi. Oysa şu an boncuk boncuk ter dökülüyordu eşsiz alnından ve gömleği bile sırılsıklam olmuştu. "Siktir, minik şeytan," diye inledi hayranlık dolu bir sesle. "Hadi, aç güzel ağzını."

Dilimi boydan boya erkekliğinde kaydırdım, suçlayıcı gözler sırtımdaydı sanki. Umurumda değildi, arsızlıktı bu, hastalıklıydı, günahtı; birçok eksisi vardı ama hiçbiri umurumda değildi şu an. Onun ateşi beni içine çekip bedenimi çatırdatarak yakmak, korlarımı küle çevirmek istiyordu. Dilimin ucunda bir damarı seğirdi, Sıraç sarsıldı.

"Devam et," diye inledi.

Başımı uysalca sallayıp kirpiklerimi kırpıştırarak baktım ona. Yanağımı avuçladı ve büyük bir şefkatle dokundu bana. "Ma belle," diye fısıldadı. İçim sarsıldı, tıpkı onun sarsılan bedeni gibi. Kalbim olduğu yerde üç kere sekip kendini göğsümdeki kafese fırlattı.

"Je t'aime," diye fısıldadım, ardından dudaklarım kavradı onu. Sıraç boğuk bir inilti kopardı, büyük avucunu yanağımdan çekmedi. Avucundan yanağıma akan sıcak şefkatin içinde kaybolurken, onu dudaklarımla sürükledim o yokuşa.

"Je t'aime," diye inledi. "Ma belle."

"Tekrar," dedim dudaklarımla onu kavrarken. "Bir kez daha söyle."

"Sana âşığım, güzelim," diye fısıldadı bir anda. Kalbim yerinden hopladı ve Sıraç kendini bana bastırdı. "Benim güzel şeytanım."

Ona daha sert saldırdım, dudaklarım kanarcasına. Sıraç dengesini kaybetti, arkaya doğru meyillendi ve son anda düşmekten kurtulup dizlerini kırarak oturdu. Ben ise çekilmemiştim, hâlâ dudaklarımdaydı.

Dizlerini kırmış önümde otururken, dişlerini sıkıyor, kan ter içinde inliyor ve bir şeyler fısıldıyordu. İçimde bir şeyler yükseliyor, kasıklarım sızlıyor, bacaklarımdaki kanlar çekiliyordu sanki. Hissizleşiyordum.

"Mayıs," dedi dehşet içinde. "Getireceksin beni, minik şeytan. Emme." Dişlerimi sürttüğümde inledi. "Boşaltacaksın," diye inledi. "Kes şunu."

O geri çekilmeye çalıştıkça arabanın diğer ucuna gidiyorduk ve ben çekilmiyordum, onu sürücü koltuğunun tarafındaki camla kendim arasında sıkıştırdım ve dudaklarımın esareti altındaki sürgününü sürdürdüm.

"Bebeğim," diye hırladı. "Hadi, bırak onu."

"I-ıh," diye inledim. Utanma faslını sonraya saklıyordum, onun tadını almak iyi gelmişti. Diriltiyordu. Kemiklerime bir ağ gibi yaşam örüyordu, derim ışıldıyordu.

"Ah, siktir!" Beni itmeye çalıştı, sırtı tamamen kapının camındaydı. "Şeytan... Minik şeytan... Hayır. Ah."

Dudaklarımı çekip, parmaklarımla kavradım onu. "Yalvar," dedim nefes nefese. Gözleri parlıyordu; parlamıyordu, yanıyordu. Kendini avucuma iterken, "Asla," diye hırladı.

Kaşlarımı kaldırdım ve bir kez daha dudaklarıma karşıladım onu, çılgınca inledi, dudaklarımdaki tebessüme engel olamadım. "Mayıs!" Bacakları kasılıyordu, hissediyordum. İki büklüm oluyor, dudaklarını saçlarıma bastırıyor ve, "Geri çekil," diye inliyordu. İkimiz de iki büklümdük şu an, dudaklarının baskısını saçlarımda hissediyordum. Çok esnekti.

Saçlarımın arasına sert nefesler bırakmaya başladı. "Dur," diye inledi.

"Yalvar," dedim dudaklarımı çekmeden. Sesim boğuk çıkmıştı.

"Asla," diye inledi.

Dişlerimi sürttüm. Sırtı gerildi ve bir anda doğrulup çılgınca inledi. Bağırıyor gibiydi daha çok. "Lanet!" diye bağırdı dehşet içinde. "Yalvarırım, tamam mı? Bırak şunu. Yalvarırım."

Dudaklarımda kedinin ciğeri gördüğündeki o hınzır tebessümü belirdi. Kendimi geri çektim, yaptığım tek şey onun arabanın koltuğuna yaslanmasını izlemek oldu. Ardından külotumu kendim kenara çekerek onun üstüne ata biner gibi oturdum ve Sıraç'ın seğiren erkekliğinin üstünde sürtünmeye başladım, nefes nefese, çıldırmış gibiydik. Dudakları aralandı. "Öyle de böyle de beni boşaltacaksın," diye mırıldandı. "Değil mi? Ama o güzel ağzın öyle çok arsızdı ki, çok dayanabileceğimi sanmıyorum."

"Üstünden indirebilirsen, son verirsin," diye fısıldadım ve onu yavaşça içime kabul ettim. Acı vericiydi, ilk olmamasına rağmen onu kavramıştım ve sızıyı derinliklerimde hissetmiştim. Sıraç kafasını koltuğa vurarak, başını geriye atıp inledi. Elleri kalçalarımı yakaladı. Spor ayakkabılarım ayağımda olduğu için, ayakkabılarım dizlerine sürtünüyordu. Pantolonu altında olduğu için çok da sıkıntı yaratmadığından emindim. İçimdeki kasıntı büyürken parmaklarımı onun omuzlarına koydum ve boynuna gömüldüm.

Nefes nefeseydik, her şey buğulanmıştı ve resimdeki tek net ayrıntı ikimizdik. Üstünde devinmeye, onu derinlerime kabul etmeye başladığımda, birleşmemizin doğurduğu erotik sesler, onun dudaklarından dökülen iniltilere, benim nefesimdeki hırıltıya karışmıştı. Âdem elmasını ısırdım, en sevdiğimdi bu. Dudaklarım onun âdem elmasını kavradı, başı geride olduğu için, âdem elması daha da belirginleşmişti. Dilimi sürdüm, dudaklarımı bastırdım ve kendimi ona tamamen itip, onunla doldurdum kendimi.

"Benimsin," dedi beni hızlıca üstüne oturturken. "Bunu söyle, defalarca. Benden başka herkese yasaksın sen. Sadece benimsin. Gülüşün, sesin, kokun, yüzün, gözün, nefesin, ellerin, her şeyin benim. Sen benimsin!" Kalçalarını kaldırıp, beni karşılamaya başladı. İkimiz de ortada buluşuyor, deli gibi çarpışıyorduk.

"Seninim!" diye inledim, haykırdım, ya da ona benzer bir şeydi işte. "Sadece seninim! Sen de benimsin! Sadece benim!"

"Seninim," diye hırladı. "Seninim, minik şeytan. Hep senindim. Dünya henüz bir toz zerresinden ibaretken bile senindim. Yeryüzünde yaratılan tüm gezegenlerin temeli atıldığından bu yana senindim. En başından beri senindim."

"Sadece benim," diye hırladım, dudaklarımız birleşti. Ağzı, ağzımın içinde dua eder gibiydi. Tenimizdeki tuz kabarıyor, terden sırılsıklam yanıyorduk. Arabanın içindeki her hareketimiz, arabayı da hafifçe sallıyordu. Kollarımı onun kafasının olduğu koltuğun etrafına geçirdim ve sutyenden taşan göğüslerim onun çenesine sürtüp sakalının izinin tadına bakarken, gözlerimi gözlerinden çekmedim. Gözleri parlıyordu. Aşkla.

Sonra ağzımız tekrar buluştu.

"Senin için İzmir'i, sadece bana ait olman için tüm evreni yakarım," diye inledi, ardından kasıldı. İçimde hissettim her bir kasının hareketini. Darmadağın oldum. "Benimsin." İçime aktı, ılık ılık ama durmadı, bırakmadı. Sıcağını bana verdiği halde durmadan devam etti. Çarptı, çarptım. Birbirimize çarpıldık.

Arka arkaya üç kez.

Tüm gece birbirimiz için yandık.

Onu içime almıştım, tek vücut olmuştuk ve nabzı, nabzımın üstünde atıyordu. İçime boşalırken defalarca adımı söyledi, ter içinde kalan bedenlerimizin her bir çarpışmasında, ona olan aidiyetimi ilan etti.

6. YİRMİ ALTI

Genç adam, karanlığın kokusunu zihninde şekillendirip istediği kalıba sokarken, siyah gözleri keskin bir şekilde taradı geceyi. İçinde hiçbir şeyin saklanmasına izin vermedi. Gözleri her bir taşı didik didik edip, altında sakladığı gerçekleri aradı. Dudaklarındaki silik düzlükten sızdı sigaranın gri dumanı, karanlık gökyüzüne doğru dans ederek yükseldi. Düşünüyordu, balkonun tırabzanlarına yaslanmıştı. Savaş'ın tek başına kalınca yaptığı en büyük eylemdi bu belki de. Zihnine bir duvar örer, kendi düşüncelerine yabancılaşırdı.

Bir çift mavi göz, gözlerinin önünde asılı kalmıştı, kalmıştı kalmış olmasına ama o mavi gözün önünde bir göz daha düşer olmuştu şimdilerde. Genç adam, sigarasından bir duman daha aldı. Ucunda biriken gri, koru sönmüş külü, balkonun tırabzanlarından aşağı silkti. Bakışları geceye döndü, dolunay tüm ihtişamıyla gökyüzünün tavanında asılı duruyordu. Savaş'ın hangi göğsünün altında olduğunu unuttuğu kalbi, buruk bir acı vaveylası kopardı. Dingin bakışlarını dolunaydan çekmedi, soluğu çekildi ama bakışları dolunaydan çekilemedi.

Savaş, kalbinde bir kızın acısını taşıyordu, ona sadıktı. Mayıs'ı görmeden önce, gözlerinin önüne dökülen tek yüzün sa-

hibiydi Dolunay. Savaş'ın karanlığına doğmuş, ışığı olmuştu. Ne yazık ki, hayat herkese adil davranmadığı gibi, herkese gülümsemiyordu da. Bazı dudaklar tebessümlere kapalıydı, bazı kalplerin merhamete kapalı olduğu gibi.

Kozasını yakıp kökünü kurutan umut, artık onun olduğu yere uğramıyordu. Biliyordu. Tek bildiği, düştüğü kuyunun dibinde tek başına olduğuydu. Merve vardı, canından çok sevdiği kardeşi. Ona adamıştı kendini, Mayıs'tan ümidi kesmişti, ne derse desin Sıraç'a beslediği bir saygı ve sevgisi vardı, onu daha fazla rahatsız etmek de istemiyordu üstelik.

Balkonun kapısı aralandı. Savaş, bakışlarını bir an olsun parıldayan dolunayın üstünden çekmeden, "Ben yemeyeceğim, Merve," dedi, sesi dümdüzdü.

"Şey," diye fısıldadı ince, narin ses. Savaş irkildi, bu sesi tanıyor ve bir süredir kafasında dönen çarkların etrafından silkip atamıyordu.

"Merve sandım," dedi Savaş, kıza bakmadan. Kızın kalbinden yükselen paniğin sesini sadece gece duyabilirdi.

"Sadece hava almak için çıkmıştım," dedi Ayda tedirgin bir sesle. Başak'ın ilgi duyduğunu düşündüğü adamla aynı ortamda kalmak da istemiyordu, bu ona yakışmazdı. Başak ne kadar uçarı bir kız olursa olsun, Ayda'nın dostuydu. Ayda onu seviyordu, Başak'ın da onu sevdiğinden şüphesi yoktu. Yine de kalbi, bu karanlık adamın pençelerinin etrafında hızlanmadan edemiyordu. Savaş'ın temiz, yasemin çiçeğini andıran kokusunu içine doldururken, kalbi iki büklüm oldu. İhanet etme korkusuyla sarsıldı narin bedeni. "Gideyim ben," dedi, gitmek istediğinden değildi ama kaçmak zorunda hissediyordu kendini.

"Neden?" diye sordu Savaş. O an kızın gitmesinden hoşlanmadığını düşündü. Hangi göğsünün altında olduğunu unuttuğu kalbi, sol göğsünün altında yavaşça kıpırdandı.

"Rahatsız etmeyeyim seni," dedi Ayda, narin sesi o kadar güzeldi ki, Savaş yasak elmaya yaklaşmış gibi irkiliyordu, her bir harfin ses tellerindeki titreşiminde.

"Rahatsız olmuyorum."

Ayda'nın kalbi ağzına tırmandı, karnı allak bullak oldu ve tertemiz duyguları başını kaldırdı. Hayır, savaşacaktı Ayda. Onun güzelliğine teslim olmayacaktı. Ah, ondan kurtulmak için bile onun adını kullanıyordu. Savaşmak... Savaş'ın güzelliğiyle savaşmak... Nasıl da zordu. Ürkek kalbi zonkladı, Başak'ı anımsadı ve gözleri durgunlaştı. Güzel gözleri ışığını söndürdü. "Olsun, yine de gideyim ben," dedi, gitmeyi kafasına koydu minik ayakları.

"Sanırım sen rahatsız oluyorsun," dedi Savaş durgun bir sesle.

Ayda duraksadı, Savaş da duraksamıştı ama birbirlerine bakmıyorlardı. Savaş, Ayda'nın portakal çiçeğini andıran taze kokusunu içine doldururken, yasak bir şey yaptığını fark eden yaramaz çocuk gibi irkildi. Gördüğüne ilgi duyan bir adam değildi, en son Mayıs'ı kaskının altından gördüğünde böyle hissetmişti üstelik.

"Seninle ilgisi yok, hava soğuk biraz," dedi Ayda, tam aksine hava sıcaktı. Kalpleri gibi. Kız, mavi şalını düzeltti ve temiz bir nefesi ciğerlerine doldurdu. Savaş'ın kokusuyla karışmış oksijen ciğerlerine doldu, kız bir kez daha kendisiyle olan savaşta yenilmiş gibi hissetti. Durmadı. Balkon kapısına yürüdüğünde, incecik bileğinde sıcacık bir avucun baskısını hissetti. Yüreği titredi, bacakları dermansızlaştı.

"Ne yapıyorsun?" diye sordu, o ince ses bu kez kızgın gibi çıkmıştı. Savaş duraksadı, onun yüzüne bakma isteğine pranga vuramadı ve kızı yavaşça kendine çevirdi. İncecik kaşları, adını yansıtan ve dolunay kadar parlak yüzü, küçük dudakları, küçük burnu ve iri gözleriyle karşısındaydı, Ayda. Savaş biri karnına tekme atmış gibi irkildi, kız Savaş'ın şaşkın bakışları karşısında duraksadı. Bir süre gözleri konuştu, ay ışığının ninnisi altında.

"Sana bakıyorum," dedi bir anda çözülmüş gibi. Toparlamak istedi, gözlerine o sahte maskeyi geçirmek istedi ama çok geçti. Aralarında nabız gibi büyüdü o çekim, Ayda'nın saf ve tertemiz kalbine kondu. Savaş'ın kan kokulu avuçları, tertemiz

bileğinin etrafındaydı ve Savaş'ın avucu terlemişti, kızın teni onu yakıp geçmişti.

Kız gözlerini kaçırdı, bir kez daha. Savaş, hâlâ gözlerini kaçırabilen kızlar olduğunun o an farkına vardı. Saçlarını hayal etti, kim bilir şalsız nasıl görünüyordu? Siyah mıydı, gece gibi? Yoksa açık renkli miydi, bir parça çikolata gibi? Savaş kızın incecik, hilal gibi kaşlarına baktı. Siyahtı. Belli ki, saçları da gece gibi simsiyahtı. Savaş'ın omuzlarına dökülse, portakal çiçeğini koklasa, Savaş nasıl da dağılırdı, orasını Allah bilirdi.

"Bana bak," diye fısıldadı Savaş, birinin bileği, diğerinin avucu yanıyordu. Ayda içinden ona kadar saydı, Başak'ı düşündü ve midesi tepetaklak geldi. Yapamazdı. Olmazdı. Bu aykırıydı. Üstelik ablası gibi sevdiği Mayıs'a olan bakışlarını da görmüştü.

"Hayır," dedi titreyen narin sesiyle. "Bırak."

"Bakmazsan bırakmam," dedi Savaş, koymuştu kafasına, görecekti kızın büyük gözlerini.

Kız gözlerini yavaşça Savaş'a çevirdi. O an Savaş'ın kalbi öyle bir kükredi ki, göğsü yırtılacak sandı, Savaş. Aman Allah'ım, bu nasıl bir güzellikti? Duru su gibi, yosunsuz deniz gibi, lekesiz süt gibiydi.

"Sen..." diye fısıldadı Savaş. Sonra kendini topladı, süte leke çalmaya ne gerek vardı? Berrak suya karanlık sıçratmamalıydı. Yosunsuz denizin kapkara yosunu olmak onun ne haddineydi. Savaş, Ayda'nın narin kolunu yavaşça serbest bıraktı. "Git," dedi dudakları diline lâl olurken. Hakkı yoktu işte, Ayda küçüktü, güzeldi, temizdi. En iyisini hak ediyordu, onu değil. Istırap bir kez daha mermi gibi girdi düşüncelerine.

Afalladı Ayda. Hiçbir şey diyemedi ama bir süre orada öylece dikildi. Doğrusu buydu. Gitmek yakışırdı ona, dostuyla bu adamın arasına giremezdi. İçi kaldırmazdı Başak'a bunu yapmaya. Omuzları düştü, gözleri doldu ama ayakta durdu. Yavaşça açtı balkon kapısını ve içeri süzülürken karanlığın mesken tuttuğu o adama baktı.

"Hiçbir şey için," diye fısıldadı acı içinde. "Kendini suçlama. Sen iyi bir adamsın." Yavaşça kapıyı kapattı. Savaş duydukla-rının şokunu yaşarken, bir süre öylece olduğu yerde kalakaldı.

Ayda'da bir şey vardı, Savaş'ı içine çekip girdabına sürükle-yen bir şey. Savaş gözlerini yumdu, bu hissin geçmesini bekledi.

Ama biliyordu.

Bu his bu kez geçmeyecekti.

∞

Sılay Karayel'den...

"Ce-e!" diye bağırdım koltuğun üstünde yatan Mavi'ye. Bana bön bön baktı, Mayıs yaptığında damaklarını gösterirdi ama be-nim gerçek bir geri zekâlı olduğumu düşünüyor gibi bakmıştı bana.

Ümran hemen arkamda kıkırdadı.

"Mayıs yapınca oluyordu ama," diye huysuzlandım. "Halası-nı sevmiyor bu."

"Hayvan gibi bağırmıyor ama Mayıs. Çocuğun yüzüne iki kilo salya fışkırtıp kuduz köpek gibi köpürerek yaptın o hareketi. Ağlamadığına dua et," dedi Ümran gülerek. Umut üst kattaydı, uyumuştu.

Osman ağabey kaşlarını kaldırarak bana baktı, ardından şef-katli gözlerini Mavi'ye çevirdi. Omuz silkerek önüme döndüm. Temmuz hemen mutfaktaydı, Melek'le olan oynaşmalarının sesi-ni duyabiliyordum. Kaşlarımı çattım, kıkırdıyorlardı. Oysa daha dün gece beni mıncıklamıştı. Gerçek anlamda. İki eliyle. Benim. Mememi.

Bu zamanda meme sahibi olmanın, bir ev sahibi olmaktan daha kıymetli olduğunu bilmiyor muydu? Haneme tecavüz edil-miş gibi hissediyordum kendimi.

Yanaklarım fazlalık kanın baskısıyla kızardı, Ümran gözlerini yüzüme dikip, beni geniş ve kapsamlı bir inceleme altına aldı. Bakışlarımı televizyon kanalına çevirdim, aptal bir moda yarışması vardı ve iki aptal birbirini eleştirip, itin poposuna sokuyordu.

"Senin neyin var? Bugün bir tuhafsın," dedi Ümran gözlerini yüzüme dikerek. "Temmuz'dan kaçıyormuşsun gibi geldi bana."

Aniden ses duymuş kurt köpeği gibi diktim kulaklarımı. "Yo, hiç de bile. Ne alaka?"

"Tamam, canım. Ne panik yapıyorsun ki?"

"Ay siz Mayıs'la birlikte benim başıma Müfettiş Gadget kesildiniz. Hem sahi onlar nerede kaldı?" Salonun duvarında asılı duran siyah, yuvarlak saate baktım. Gece yarısına az bir zaman kalmıştı. Yüzümü buruşturup Mavi'ye baktım. "Sen de uyusana kız zilli, saat kaç oldu bak."

"He baktı," dedi Ümran gözlerini devirerek. Ardından dudaklarını büküp şefkatli gözlerle Mavi'ye baktı. "Ne diyor bu senin beyin fukarası halan? Aman da yerim o lokum gibi dudakları."

"Beyin fukarası mı?"

"Evet."

"Teşekkürler."

"Rica ederim."

Ona düz düz baktım. "Senin kocan nerede? Bu saate kadar burada durmana kızmıyor mu? Mavi'yi ben uyuturum, al kızını git hadi evine."

"Ha tabii sonra siz de Temmuz'la bebek Sılaylar ve Temmuzlar yapın, oldu, başka? Sıraç ağabeyim beni keser, Mayıs da falakaya yatırır. Hem sen Mavi'yi uyutmaya çalışırken kolunu bacağını kırarsın, güvenemiyorum."

Yanaklarım morarır gibi kızardı. Osman ağabey, halay mendilini tıpkı kanlı bir suç aleti gibi tutup keskin bakışlarını Ümran'a çevirdi. Sonra tek kaşını kaldırdı ve aklına dün gece arabada olanlar gelince bir an için Ümran'a hak verdi.

Şu mendille insan öldürme hayali kurması beni ürkütüyordu, yalnızca halay çekmeliydi.

Salonun kapısı aralandığında Başak ve Ayda içeri girdiler, Başak her zaman olduğu gibi sırıtırken, Ayda bu kez burnundan soluyordu. Gözlerini kaçırarak, "İyi akşamlar," dedi narin sesiyle.

"İyi akşamlar, Aydakuşum," diye mırıldandım. "Hoş geldin lan sevimsiz Başak."

Ön dişlerini göstererek başını salladı. Hemen yanımızdaki koltuklara kuruldular, Ayda o kadar durgun görünüyordu ki, Mavi'yi bile sevmeden oturmuştu koltuğa. Ümran'la kısaca bakıştık, ardından bakışlarımı Başak'a çevirdim ama o da omuz silkip dudaklarını büktü.

Ayda'yla yalnız kalmamız gerektiğini beynimin bir köşesine çentikledikten sonra, "Ee Mayıslar nerede kaldı?" diye sordum Ümran'a.

"Karı koca geziyorlar," dedi sakin bir sesle. Mavi'yi kucakladı. "Ben şu güzelliğin altını değiştireyim sonra da onu yatırayım. Mayıs geldiği gibi işe koyulmasın, yazık kızın canı çıkıyor."

Osman ağabey, gözlerinde hayranlık haleleriyle baktı Ümran'a. Bu herif gittikçe hayran gönüllü olmaya başlamıştı.

Ümran yukarı çıktığında Başak dirseğiyle Ayda'nın kolunu dürtüp, "Dut yemiş bülbül gibisin, hayırdır?" diye sordu.

Ayda omuz silkti. Gözleri beni odağına aldı, o gözlerde gördüğüm yardım çığlıkları kulaklarımda yankılanmış gibi irkildim. Tek kaşımı kaldırarak ona baktığımda gözlerini kaçırdı benden. Bir sıkıntısı vardı. "Hiç, öyle sıkıldım biraz. Aman, yarın döneceğiz zaten."

İnanmamıştım.

Başak, "Emin misin?" diye sordu. Ardından bir elini kaldırıp tavanı işaret ederek gözlerini kıstı. "Cinlilerime soruyorum şu an, yalan atarsan ağzın kıçına insin mi? İnsin mi, Ayda? İnsin mi ha?"

"Bir gün senin ağzın kıçına inecek," dedi Ayda, narin bir sesle. Sonra yavaşça gülümsedi, şefkatle baktı Başak'a. Bir an kendimi yanlarında fazlalık gibi hissettim. "Dalga geçme şunlarla, Başak. Bak musallat olacaklar sana, bilesin."

"Ay tövbe de be," diye bağırdı, Başak. Elleriyle kollarını okşayıp etrafı kolaçan etti. "Yallah cinler yallah," diye fısıldadı.

"Bak cidden çarpılacaksın."

Dudaklarını büktü. "Ay iyi be, Suzan'ın bile ilişki durumu

karışık, benim üç senedir ilişkisi yok. Profilimin ilişkiler kısmı paslandı."

Suzan diye bahsettiği kız, okulun bir numaralı... Şeylerindendi işte. Kötü kız diyelim ona. Osman ağabey tüm kızları sever sayardı, Mısra hariç. Ona karşı büyük bir kin besliyordu, hatta onun o Sarı Siyah Bitlis Spor kafasını sektirip, kaleye tam doksana vurmak istiyordu.

Futbolla ilgili tek bilgim on bir geri zekâlının bir topun peşinde koştuğuydu, kimse bu işsizliği sorgulamazken benim futbol bilgimi de sorgulayamazdı.

On bir artı on bir eşittir yirmi iki. Matematiği benden sorabilirdiniz.

Yirmi iki kazmanın sevgilisinin peşinden koşmayıp bir topun peşinden koşması da ayrı ironiydi.

"Bana ne Suzan'ın aşk ilişkilerinden," diye homurdandı Ayda.

"Aşk ilişkisi değil o, bebek," dedi Başak kaşlarını indirip kaldırarak. "Tamamen duygusal." Bir eliyle bir yuvarlak yapıp, diğer elindeki uzun parmağı o delikten içeri geçirip sırıttı.

Ayda'yla aynı anda, "Iy!" diye bağırdık.

Tam o sırada salonun kapısı açıldı ve Melek, Temmuz'un kucağında içeri girdi. Temmuz onu sıkıca kucaklamıştı ve sırıtıyordu. Gamzelerini göstererek. Bir an için ufacık kızın saçını başını yolma isteğiyle dolup taştım. Başak kaşlarını kaldırarak bana bakıp göz ucuyla onları işaret etti.

Sinek yutmuş gibi yüzümü buruşturdum.

"Ay, kuyu popolu ve saz arkadaşları da buradaymış," dedi Melek dudaklarını bükerek. "Buyanın havası kaçtı, kıvıycığım. Bahçeye mi çıksak?" diye sordu ve kollarını Temmuz'un boynuna dolayıp bana dilini çıkardı.

Hamamböceği bile kafasız günlerce yaşayabiliyorsa, bence Temmuz da yaşayabilirdi.

Gözlerimi kısarak Melek'e tatlı tatlı sırıttım. "Ay, kart fasulye de buradaymış," dedim sesimi incelterek.

"Siykte tahtanın üstünde yüyüyen adamın tahtalayını yutmana hiç geyek yoktu, Sılaycığım," dedi Melek, bir an kendi kaleme inen golle sarsıldım.

Gözlerimi kıstım. "Senin ağzına çele biberi sürerim."

"Ay, süy de göyelim."

"Küçük..."

"Şşş," dedi Melek, işaret parmağını sallayarak. "Dava edeyim seni."

Temmuz, Melek'i kucağından indirdiğinde Melek kollarını göğsünün üstünde toplayarak bana baktı. Aldırmadım ama bu canımı sıktığı gerçeğini değiştirmiyordu. Temmuz'un gözleri kısaca bana dokunduğunda, karnımdan göğüslerime doğru bir alev topu yuvarlandı. Yutkunamadım ve gözlerimi hızlıca kaçırdım.

"Cimcime," dedi Temmuz, gözlerini benden çekmeden. Ama bunu Melek'e söylediğini biliyordum. "Sen Ayda ve Başak ablanla markete gidip bana yedirmek istediğin o pizza şekerinden alsana. Hani demiştin ya, pizza şeklinde diye."

"Seninle gidelim," dedi Melek ve Temmuz'un bacağına, ağaç görmüş koala gibi yapıştı.

Başak mesajı almış gibi ayaklandı. "Birlikte gidelim, Melek! Hem sana telefonumdan bir sürü video izlettiririm. Temmuz ağabeyin Instagram'a attığı yarış videoları var, biliyor musun?"

"Ağabeyim değil o benim," dedi Melek gözlerini Başak'a dikerek. Küçük bir terminatör gibi bakıyordu.

"Gelecekteki kocanın videoları işte," dedi Başak sırıtarak. Bu kız işini biliyordu, Melek'in suratı anında aydınlandı.

"Ay, oluy! Ama bu Ayda bunlayla kalsın buyada," dedi gözlerini bize dikerek.

"Ama Ayda ablanın da sana gösterecekleri varmış," dedi Başak, Ayda'ya kaş göz yaparak. "Değil mi lan?"

Ayda hızlıca başını salladı. "Ta-tabii."

Melek'i alıp dışarı çıktıklarında salonun içindeki hava çekilmiş gibi hissettim. Oturduğum yerde küçücük oldum ve zorlukla yutkundum. Temmuz, sırtını kapıya yasladı ve gözlerini üstüme dikti. Yoğun bakışlarını o kadar net hissediyordum ki, içim kaynıyordu.

"Ee?" diye mırıldandı sonunda. Kalbim sıkıştı ama bakışlarımı ona çevirmedim.

"Ne ee?"

"Ne yapıyorsun?"

Yutkundum, dalga mı geçiyordu? "Oturuyorum, görmüyor musun?"

"Hım."

Nabız sesi kulaklarımdaydı. Hayır, duvarlardaydı. Aramızdaki sessizlik bir çember şeklinde etrafta dalgalandı. Yavaşça yutkundum, gözlerimi ona çevirdim ve kirpiklerimin altından ona baktım. Toz mavisi gözler parlıyordu, altında siyah, uzun bacaklarını sarmalamış eski bir kot, üstünde kolları kesik, koyu gri bir tişört vardı. Tişörtün ahengi, gözlerinin toz mavisi, toz grisine çeviriyor, gölgelendiriyordu.

Kollarını göğsünün üstünde topladı, pazıları genişledi. Kolundaki uzun damarlar o kadar belirgindi ki, içim ürperdi.

"Ne istiyorsun?" diye sordum, ona her bakışımda, üstümdeki hâkimiyetini hatırlıyordum. Dokunuşunu. Osman ağabey bir kenara çekildi, artık Temmuz'u fark ettiği an, bilincimin diplerindeki karanlığa çekiliyordu.

"Seni." Sesi dümdüzdü, bakışları dümdüzdü.

Karnımın içindeki halayboylar şaşkınlıkla ayaklandı, Osman ağabeyin onlara temin ettiği mendillere sarıldı ve aynı anda omuz omuza vererek midemdeki parlak pist boyunca ayaklarını yere vurarak halay çekmeye başladılar. Yer, ayaklarının çarpışı yüzünden sallanıyordu. Midem sarsıldı.

"Ne?"

"Ne istediğimi sordun," dedi kapıdan yavaşça ayrılırken. Gözleri parlıyordu, sanki o bir aslan, ben de o zavallı ceylandım. Kaçacak yerimin olmadığını fark ettim. Bana doğru adımladı. "Ben de ne istediğimi söyledim."

"Ne istiyorsun."

"Seni." Bana biraz daha yaklaştı. "Seni istiyorum."

Oturduğum koltuğun önünde dikildi, loş ışık yüzünü aydınlatıyordu. Elmacıkkemikleri ve gülmediği halde belirgin olan gamzeleri ışığın gölgesi altında yoğunlaşmıştı.

Midem tepetaklak geldi, halay ekibi durmadan zıplıyor, bağırıyor ve delice halay çekiyorlardı.

Gözlerimi kaçırdım. "Ümran yukarıda."

"Yukarıda olmasaydı istediğimi verecek miydin?"

Karnım kasıldı. "Ne?"

"Ay parçası," diye fısıldayıp yavaşça eğildi. Yüzünü boynuma yakın bir yere yerleştirip dudaklarını kulağıma hizaladı. "Benden mi kaçıyorsun sen?"

"Hi-hiç de bile."

Dudakları kulak mememe sürtündü, ağzım ikiye ayrılacak gibi aralandı. Diş etlerim hava yüzünden sızlıyordu. Şakaklarıma yoğun bir ağrı girdi. Dudaklarını bilerek kulak mememe sürtüp, nefesini kulağıma vererek konuştu: "Ay parçam."

"Te-temmuz."

"Kaçma benden," diye fısıldadı.

"Ümran yukarıda. Uzak dur." Elimi göğsüne koydum, kaslı göğsünün adaleleri seğirdi. Nefesim boğazıma yapıştı. Körüklenen ateşime bir odun daha savruldu.

"Uzak durabilsem dururdum. Duramıyorum senden uzak." Dudaklarını kulağıma, oradan da yanağıma sürttü. Yanağımda derin bir nefes aldı. "Kokuna cennet mi sürdüler senin?"

Damarımda çağlayan tüm kan ağzıma toplandı. Dudaklarımı aralasam kan kusacaktım sanki. "Kafana... Kafana saksı falan mı düştü senin?"

"İçime sen düştün," dedi kısık bir sesle.

Onu bir kez daha ittim, bu kez iki kolunu da etrafıma atıp beni koltukla arasında sıkıştırdı. Dikenli telleri çıplak ayakla atlatmaya çalışıyormuşum gibi kıvrandım, kollarından kurtulmaya çalıştım. Üstüme abandı, taze meyve, çilekle karışık böğürtlen kokusu içime işledi. Çok taze ve ferahtı. Biraz da... İçimi tuhaf eden bir kokuydu.

O etrafımdayken çişim geliyordu.

"Çekil."

"Çekilmiyorum," diye fısıldadı.

"Ne yapmaya çalışıyorsun?"

"Seni elimde tutmaya çalışıyorum," dedi açıkça. "Seni çaldırmaya hiç niyetim yok."

Şafak... Ondan bahsettiğinden emindim, kanımı akıtarak yemin edebilirdim. Beni kıskanıyordu! Halay ekibi kulaklarını dikerek, mendillerini bırakıp bize baktılar. Ardından Osman ağabeyin kaçtığı karanlığa civciv yavrusu gibi kaçıştılar.

"Sanki çaldıracakmışsın gibi."

"Olsun," dedi, dudaklarını alnıma sürttü. Saç diplerimde ılık nefesini hissettim. "Ben işimi sağlama alıyorum."

"Eşeğimi sağlam kazığa bağlıyorum desene sen ona."

"Eşeğim sensen, seni bağlamak yerine üstüne binmeyi tercih ederim, ay parçası," dedi bir anda.

Yüreğim ağzıma gelirken ona dehşet dolu gözlerle baktım. Göğsüne sağlam bir tane geçirdim. "Hayvan seni!"

"Sen şöyle hırçınlaşınca, benim hormonlar tavan," dedi kısık bir sesle. Başını geriye atarak güldü, Belediye Çukuru büyüklüğündeki gamzeleri oyuldu. Kalbim, derimi yırtıp ona sarılacak sandım.

"Bana dokundun," dedim kaşlarımı çatarak. "Bir daha tekrarlanmayacak bu. Elini koparırım senin."

"Başka yerlerimi koparma da en azından oralarımda dokunabileyim sana."

"Arsız!" diye homurdandım. Onu itmeye çalıştım, bu kez ellerimi göğsünün üstünde bileğimden yakaladı ve sıkıca tutup alnını alnıma yaslayarak gözlerimin içine baktı. "Benden kaçışın yok," dedi ürpertici bir sesle. "Seninle yapmak istediğim şeylere de engel olamayacaksın. Çünkü gördüm, Sılay. Sen de istiyorsun. Benim gibi."

Yanaklarım cayır cayır yanarken, "Hiç de bile!" diye çemkirdim.

Güldü. Çok hınzır, belki de tehlikeli bir gülüştü bu. Dudaklarını kulağıma sürterek fısıldadı: "Göğüs uçların avuçlarımın içinde kabardı. Bu bile tahrik olup, deli gibi istediğin anlamına geliyor, ürkek Kezorella."

Gözlerim kocaman açıldı. Bu kez itemedim onu. Dudaklarını boynuma kaydırdı, öpmedi ama nefesiyle dokundu. Ürperdim, parmaklarım bilinçsizce tişörtünün üstünde turlarken taş kesilmiştim.

"İstiyorsun," diye fısıldadı.

"Hayır," dedim, acı çeker gibi çıkmıştı sesim. Kokusu tarifsizdi, içimi meyve bahçesine sürüklüyordu.

"Bedenin bana verdiği tepkiyi unutmayacağım ve her fırsatta o tepkiyi tekrar görmek için sinsice yaklaşacağım sana, Sılay," diye fısıldadı, daha çok inler gibi çıkmıştı sesi.

"Avucunu yalarsın," diye fısıldadım boynuna doğru.

"Avuçladığım şeyleri yalamayı tercih ederim," dedi karanlık bir sesle.

Karnıma giren krampla birlikte, "Kızdan uzaklaşacak mısın, yoksa kaynar suyu getirip çiftleşen köpekleri ayırdıkları gibi ayırayım mı sizi, kızışıklar?" diye sordu Ümran. İkimiz de taş kesilirken, Temmuz'un omzunun üstünden merdivenlere baktım. Ümran gözlerini kısmış bize bakıyordu.

"Çekil oradan, buradan bakılınca Chihuahua yavrusunu taciz eden Doberman gibi görünüyorsun," dedi Ümran gözlerini kısarak. "Erkenden yavrulatmaya mı çalışıyorsun kızı?"

Temmuz yavaşça geri çekilirken kulağıma fısıldadı: "Kaç kaçabildiğin yere kadar, bu burada bitmedi."

Yutkundum. Bitmediğinden o kadar emindim ki.

∞

Mayıs Karayel'den...

Ucu yanık bir bıçakla kazımıştılar beni onun bedenine.

Bir süre çırılçıplak onun kollarında oturmuştum, içimden çıkmamıştı. Sonra beni yavaşça serbest bıraktı, öfkesi içime akmıştı. Daha gevşemiş, daha benim Sıraç'ım gibi görünüyordu şu an. Koltuğun diğer ucuna geçip tişörtümü üstüme geçirirken, kotunun fermuarını yukarı çekiyordu ama gözleri üstümdeydi. Hâlâ nefes nefeseydik.

Pantolonuma uzandığımda dudakları dudaklarımı yakaladı ve bir an yine kopamayıp tekrar yapacağımızı sandım. Dili ağzımın her yerindeydi. Zorlanarak ayrıldım ondan, nefesimi ciğerinde misafir bırakarak geri çekildim.

"Aşkım, artık gitmeliyiz," diye mırıldandım. Ardından dudaklarımdan dökülen kelimeyle donakaldık. Aşkım... Başkalarında olsa dalga geçerdim ama onun üstüne kalıp gibi oturmuştu.

"Bir daha söyle," dedi kısık bir sesle, kemerini bağlarken gözlerini üstümden çekmiyordu.

Alt dudağımı dişledim. "I-ıh."

Pantolonumu bacaklarımdan geçirirken o çoktan kemerini halletmiş, saçlarıma dokunuyordu. Avucu yanağıma kaydı ve onun büyük avucuna yanağımı bastırıp kalçamı havalandırarak kotumu yukarı çektim.

Pantolonumu hallettiğimde bakışlarının radarına yakalandım. Gözleri geceyi yırtan yangınını yüzüme püskürtürken yanaklarım kızardı. Yanağımı tamamen avucuna bastırdım. "Gidelim mi?" diye sordum, kısık bir sesle. Açıkçası inlemekten ve haykırmaktan sesim kısılmıştı.

"Gidelim, istediğin yere gidelim," dedi, gözleri hâlâ parlıyordu.

Gülümsememe engel olamadım, başımı düşürüp onun göğsüne yasladığımda, kolunu omzuma atıp beni kendine bastırdı. Bir süre denizi, ışıkları izledik. Sonrasında Sıraç benim rahatımı bozmamaya özen göstererek arabanın motorunu çalıştırdı, yaramazlık yaptığımız uçurumdan ayrılırken, son kez oraya baktım. İlk kez açık alanda böyle bir şey yapmıştık, tamam pek de açık alan sayılmazdı ama... Heyecanı damağımda pütür pütürdü.

"Yaşadığımı hissettirdin bana," dedi direksiyonu sağa kırarken. Araba toprak yolda takırdadı, tekerlekler yavaşça uğuldadı. Keskin virajı yavaşça aldı, hafif eğimli bir yokuştan inmeye başladı. "Hoş, ne zaman o gözlerine baksam hissediyorum ya."

Yanaklarımın allığı sadece sözlerinden değildi ama yine de tamamen ala bulandım. Sokak lambaları sırayla ön camdan içeri çarparak onun yüzünü bir aydınlatıp bir karanlığa gömerken başımı omzuna yasladım. İleriyi izledim. Onunla yaşayacaklarımızı. Göreceklerimizi. Kavgalarımızı.

Her kavganın sonu böyle olsun istedim.

"Saat epey geç olmuş," dedi ustaca kullandığı arabanın hâkimiyetini bir an olsun yitirmeden. "Aç mısın?"

"Doyurdun ya," diye fısıldadım, sonra ne dediğimi fark edince mosmor oldum.

Kafasını eğip bana baktı. Gözleri ateşlendi. "Belki hâlâ açsındır, senin için stoklarım hep dolu."

Alt dudağımı dişledim. "Tek gecede dört kez... Fazla olmaz mı senin için?"

"Senden önce dümdüz yaşıyordum, benim gibi bir sapık için ne kadar zor biliyor musun? Senin içini dolduracağım günü bekledim ben," dedi ve sonra kıs kıs güldü. "İçinden çıkmasam hakkım var, yirmi dört yıl uslu uslu bekledim ben. Bırak da tadını çıkarayım, minik şeytan."

Ciğerci kedi gibi sırıttım. "Hiç beni hayal ettin mi?"

"Her gece," dedi kısık bir sesle.

"Peki... Nasıl?"

"Bazen yanımda uyuduğunu, bazen bana sarıldığını..." Gözlerini yola çevirdi. "Bazen... Güldüğünü. Gözlerimin içine bakarak, neşeyle kahkaha attığını. Bazen saçlarımı okşadığını, bazen... Saçlarını okşadığımı. Bazen..."

"Bazen?" diye sordum, göğsüm sancıdı.

"Seni yatakta çatır çutur..."

"Oha!"

Kahkaha attı. "Pozisyondan pozisyona..."

"Sus be!"

"Hayallerimde de tıpkı az önce olduğu gibi kedi gibi inliyordun, biliyor musun?" Sırıttı ve yanağımı dişledi, bunu yaparken gözleri yoldaydı.

"Öküz, o kadar ayrıntılı mı hayal ediyordun?"

"Her noktanı. Sesini, bakışını, dokunuşunu. Sapık gibi bir şey olmuştum, hani elin elime değse orgazm olacak seviyeye ulaşmıştım." Başını başıma yasladı. "Yine de... Ne zaman seni görsem var ya... Şöyle kulağında kulaklık, pileli okul eteğin, yandan ördüğün o simsiyah saçların... O ifadesiz ama pasparlak bakışların... Arabanın içinde darmadağın oluyordum be."

İç çektim. İçim kıpır kıpır oldu. Vay be! Seviliyordum. Gizlice. Habersizce. Bu muhteşem şey tarafından, delice.

"Şey... İzliyor muydun beni hiç?"

"Hep," diye düzeltti beni. "Hele liseye başladığında, arabam o okulun önünden hiç ayrıldı mı diye sor sen. O gece... Seni kaçıracağım gece. Okuldaydın, bahçede. Arabanın içinden seni izliyordum. Çöp kutusuna geldin, kafanı kaldırıp beni hissetmiş gibi etrafı taradın... Sonra tam beni görecekken..." Gözleri kısılırken dişlerini sıktı. O anı hatırlıyordum. Biri tarafından izlendiğimi düşünmüştüm. Kalbim hızlandı, Yiğit gelmeseydi eğer onu görecektim. Arabanın içinde olsa da o yangın mavisi gözleri görürdüm.

"Sen hep ifadesiz bir surata sahipti. Yani... Fetih Karamaça öldükten sonra seni hiç içten gülerken görmedim." İçim dağlandı bir an. "Yanındaki kızlara bile o kadar yapmacık gülüyordun ki, bazen arabadan inip seni kucaklayasım geliyordu. Tabii arada da gırtlaklayasım." Sırıttı. "Biliyorsun, bir zamanlar seni boğazlamak benim hobimdi."

"Hayvan."

"Hani öküzdüm?"

"Tamam, o da hayvan."

"Doğru," dedi kaşlarını kaldırarak.

"Peki... Okuldan başka bir yerde izledin mi beni?"

"Bahçede çiçekleri suluyordun bazen, bazen Durkadın Sultan'la masada keyif yapardınız, bazen havuzun kenarında çömelip suyu izlerdin."

"Sen bildiğin sapık takipçi olmuşsun..."

"Aksini iddia etmiyorum, minik şeytan."

İnanamıyordum. Eve dönmeden önce, Sıraç'ın zoruyla köşe başındaki bir köfteciden köfte ekmek yaptırıp arabanın kapılarını açarak, köfteciyle sohbet ederek ekmeklerimizi yemiştik. Adamın yıllardır aynı yerde köfte sattığını öğrenmiştim, bayağı yaşlıydı ve karısı birkaç yıl önce vefat etmişti. İçimdeki hüznü bastıramadım.

Sıraç tam tamına üç yarım yemişti.

Bir de benim bıraktığımı yemişti.

Öküzüm benim.

Eve dönerken Sılay ve Temmuz'a da birer yarım yaptırmıştık. Sıraç nasıl bir enerji harcadıysa, onlarınkine de sulanmıştı. Yol boyunca poşete uzanan elini patiledim.

Araba evin önünde durdu, gece böcekleri ağaçların üstünde bağırıyorlardı. Kapıyı açıp dışarı çıktığımda gecenin çiçeğimsi kokusuyla kucaklaştım. Cibilliyetsiz horoz büyük taşın üstünde uyuyordu, hemen ötede çöp kovasının önünde ziyafet çeken bir kedi topluluğu vardı. Sıraç araban indi, arabanın uzaktan kumandasıyla kapıları kilitledi ve arabanın ön tarafına dolandım, ortada buluştuk.

Kolunu omzuma atarken, "Serinlemiş hava," diye mırıldandı. "Alışveriş torbalarını sonra alırız. Ya da almayız, yarın yola çıkacağız." Bir elinde köfte ekmek poşetlerini tutuyordu.

Karşıdaki balkon kapısı açılınca, karanlığı yarıp geçen sesle ikimizin de bakışları balkona çevrildi. Savaş uykulu gözlerini ovalarken, bir yandan da sigarasını yakmaya çalışıyordu. Sıraç kaskatı kesildi, aynı zamanda ben de kaskatı kesilmiştim.

Savaş'ın bizi fark etmesi birkaç saniyesine mal oldu. "Nereden böyle?" dedi hafifçe el sallayarak. Sigarasından büyük bir duman aldı.

Cevap vermedim, Sıraç bana biraz daha sokulup beni kendine bastırdı. "Dolaştık öyle Ankaralı."

Savaş başını salladı yavaşça, sigarasından bir duman daha aldı. "İyi bakalım," dedi, ardından külü balkondan aşağı silkti. "Yarın saat kaçta yola çıkıyoruz?"

"Erken," dedi Sıraç. "Uğrayacak yerler var, Sılay'ın arkadaşlarının da görmek istediğini biliyorum. O yüzden beni takip edersiniz."

"Tamamdır."

Sıraç hiçbir şey söylemedi. Dişlerini sıkıyordu, Savaş'a bir anda mı bu kadar gıcık olmuştu? Yoksa bunca zaman ben mi farkına varamamıştım. İçime oturan sisi ellerimle kovaladım ve kocamı takip ettim. Birlikte eve girdiğimizde Sılay koltukta uyuyordu. Hemen yanındaki koltukta Ümran nöbet askeri gibi gözünü dört açarken, Temmuz da diğer koltukta kollarını birbirine sarmış, halinden hoşnutsuz bir şekilde Ümran'ı izliyordu.

Saat geç oldu diye Melek de burada uyumuştu, Halim karısını ve kızını aldıktan sonra yolculuk hakkında kısaca konuştular ve biz de odamıza çekildik.

∞

Gecenin perdesinin arkasından parmaklarını uzatan şafak, gökyüzünün bağrında sökülüyordu. Hafif uykulu gözlerimi kırpıştırarak açtığımda ilk gördüğüm şey aşinası olduğum yolun ucu oldu. Burayı bir yerden çıkaracak gibiydim. Ayrıca yolculuk boyunca nerede uyumuştum. Erken çıkacağımızı sanmış, öğlenden sonraya kadar oyalanmıştık. Ama şu an İzmir de olmadığımızdan emindim, saatlerdir yol gidiyorduk. Birkaç kez Mavi ve Umut'u doyurup altını değiştirmek için arabayı durdurtmuştum. Sonunda olduğumuz yerin İstanbul olduğunu kavradığımda, kafamdaki yapboz parçaları yavaştan yerli yerine oturmuştu.

Sıraç üstüme el örmesi bir battaniye örtmüştü. Sılay ve Temmuz da ortalarında Mavi ve Umut'la arka koltukta uyuyorlardı ve üstleri ceketleriyle örtülüydü. Tuhaf bir tünele girdiğimizde anılar kesiti gözümün önünde dönmeye başladı.

Geldiğimiz yerin bilincine vardım, aydınlığı aradım ama tünelin ucu sonsuz gibiydi. Araba tünelin sonunda durduğunda, gözlerimi tamamen açtım.

"Sıraç..."

"Sevdam," dedi emniyet kemerini çözerken. "Uyandın mı sen?"

Hemen arkamızda iki arabanın hırıltısını duydum, Savaş ve Halim'in de bizi takipte olduğunu biliyordum. Yavaşça esneyip başımı aşağı yukarı salladım. Sıraç, başparmağıyla yanağımı okşadı. Fethiye geride kalmıştı... Bir daha ne zaman gidecektik? Ya da... Gidebilecek miydik?

Sılay ve Temmuz'u yavaşça uyandırdığımızda, arkamızdaki arabaların kapıları açılıp kapandı, uğultu şeklinde konuşmalar tünelin içinde yankılandı.

Arabadan çıktım, Temmuz ve Sılay bir süre kendilerine gelemese de sonunda ayıldılar ve Mavi ile Umut'un pusetlerini kucaklayarak arabadan çıktılar. Savaş kolunu Merve'nin boynuna dolarken, "Burası neresi, Karayel?" diye sordu, şakaklarını yavaşça ovdu.

Ayda'nın ona baktığını gördüm, Başak telefonuyla oynuyordu ve Doğukan'ın gözleri de uyuklayan Merve'deydi. Halim, kucağında Melek'le göründü. Melek uyuyordu, Ümran çantasını omzuna atıp esnedi. "Burası neresi yahu?" diye sordu.

Sıraç güldü, ben de gülmüştüm. Burası bizim için bir şeylerin başlangıcıydı.

Sıraç, büyük demir kapıya yürürken tüm gözler üstündeydi ama Sılay da benim gibi her şeyin farkındaydı, gözlerindeki ışık beni içine çekti, ona yavaşça gülümsedim.

Sıraç, demir kapının yanındaki ekrana bir şeyler tuşladı.

Kapı tok bir ses çıkararak açıldı. Açılırken, geçmişin metinleriyle dolu bir defter sayfası rüzgârın etkisiyle uçuşmuş ve gözlerimin önüne dökülmüştü sanki.

Sıraç beni kolunun altına çekerken içeriye gururla baktı. Aynı anda fısıldadık:

"Burası Yer Altı."

7. EN BAŞTAN

Geçmişi gövdesinin kalın kabuğunda taşıyan bir çınar ağacının gölgesinin altında soluklanmak gibiydi tekrar buraya dönmek.

Sırtımı kalın kabuğa yaslamışım da, geçmişi yüzüme duru bir su gibi çarpmışım gibi hissettirmişti.

Her saniye, her dakika, her saat, her gün ve daha sayılabilecek birçoğuna durmaksızın, yorgunluk nedir bilmeksizin çarpan kalbime, onun ruhunun yaralı avuçlarını dudaklarına basan ruhuma, yalnızca onun için düşünme eyleminin kilidini kaldıran zihnime olduğum konumdan memnun olduğumu rahatlıkla söyleyebilirdim.

Dipte yaşıyordum. Bataklığın zeminine ayak tabanlarımı basıp, zeminin altındaki boşluğu yakalamak istercesine daha da derine gömülüyordum.

İçerisi ilk zamanlar yaşadığım hissi yaşatıp iliklerimi kaldırırken, gözlerim etrafı taradı. Yer Altı'ndaki sokak lambaları fersiz ışığıyla kasvetli bir şehri andıran ortamı aydınlatıyordu. Savaş da dahil olmak üzere, Sılay hariç, herkesin gözlerinde büyük bir şaşkınlık vardı. Halim, yüzünü onun boynuna gömen Melek'i daha sıkı kucaklarken, Ümran kısık bir sesle, "Yeraltı?" diye sordu.

Sıraç yüzünde kas bile oynamazken, "Yer Altı," diye düzeltti. "Bu bir isim. Yer Altı Şehrinin ismi."

"Çok yaratıcı," dedi Merve, huysuz bir şekilde ağabeyinin ince beline kollarını dolarken. "Ama burası gerçekten bir şehri andırıyor."

"Benim yaratıcılığımı sorgulamak da sana kaldı zaten, köstebek." Sıraç, dümdüz bakışlarını Merve'ye çevirirken beni kendine daha doğru çekti ve başımı onun göğsüne gömerken, "Yoruldun," diye fısıldadı, sesi kahve kokulu bir ninni gibiydi.

Başımı yavaşça sallarken, irikıyım bir adam panik dolu büyük adımlarla bize doğru yürüdü. Üstünde siyah, kravatsız bir takım vardı ve bir an soğuk bir tanıdıklık hissiyle tamamen Sıraç'a sokulup, onun göğsünün mengenesi altında bize yaklaşan adama baktım. Aynı şekilde tüm gözler adamın üstüne dönmüştü, yeraltı şehrindeki evlerin ışıkları kapalıydı, ilerideki mekânlardan hafif bir müzik sesi buraya kadar ulaşmayı başarıyordu.

"Sıraç Bey!" dedi adam panik içinde. "Hoş geldiniz, efendim!"

Sıraç ağır bir tavırla başını sallarken, çenemi onun kaslı göğsüne bastırmış, aşağıdan onu izliyordum. "Şahin nerede?" diye sordu Sıraç, gergin bir sesle.

"Kulüplerden birinde olması gerek." Adam, Sıraç'a karşı büyük bir ilgi besliyor gibi hayranlıkla ona bakarken, Sıraç, "Biz eve geçiyoruz. Benim evin yanındaki dairenin anahtarları nerede?" diye sordu. "İki günlüğüne buradayız biz."

"Hemen getiriyorum, efendim." Adam başını yavaşça önüne eğip Sıraç'ı selamlarlarken gergin görünüyordu.

İrikıyım adam hızlı adımlarla gözden kaybolurken, karanlığı gölgelendiren sokak ışıkları boyunca yürüdük. Mavi ve Umut derin uykudaydılar, yeraltı şehrindeki her şeyi en ince ayrıntısına kadar incelerken, birkaç küçük değişim dışında her şeyin tamamen aynı kaldığını görmüştüm.

Tıpkı bizim gibi.

Buraya geldiğimizde değişen tek şey, ikimizin arasındaki şeyin ismiydi.

Hatta bizim bir ismimiz yoktu, o ismi bize yine biz vermiştik. Evin önüne geldiğimizde, irikıyım adam dairelerden iki tanesinin anahtarını çoktan getirmişti bile. Olduğum yerde sallanarak pusetin içinde uyuyan bebeklerime bakarken, Sıraç irikıyım adama kısaca bir şeyler söyledi ve anahtarları ondan alıp adamın uzaklaşmasını izledi. Buradayken biraz gergin görünüyordu, bu hali bana bir şeyleri anımsatmıştı. Anahtarlardan birini Savaş'ın, diğerini de Halim'in avucuna attıktan sonra, "Dairelerin numaraları anahtarların üstünde yazıyor, gidin biraz dinlenin," dedi, sesi düzdü ve burayla ilgili yoruma kapalı gibiydi.

"Soracak çok soru var ama benim de gerçekten uykum var," dedi Savaş, gözlerini kısıp avucunun içiyle şakaklarını ovarken. "Hadi Allah herkese rahatlık versin, saatlerdir direksiyon sallıyorum ben, daha fazla ayakta kalırsam şuraya yığılırım gibi bir his var içimde." Daireye doğru yürürken kardeşine sıkıca sarıldı. Ayda şalını düzeltirken, Savaş'ın göz ucuyla ona baktığını görmüştüm. Başak, Ayda'nın koluna girdi ve onu daireye doğru çekti. Halim'le Ümran da onlara ait olan daireye doğru yürürken, biz de bir zamanlar tutsak olduğum evlerden biri olan ama şimdi bakınca onunla aynı çatı altında olduğum için yuva olarak benimseyebileceğim eve girdik.

İçerisi havalandırılmıştı. Sıraç, uzun abajurun ipini aşağı doğru asılınca abajur odayı boğuk bir ışıkla aydınlattı ve titrek soluk sarı renkteki ışık, duvarlara büyük gölgelerimizi düşürdü. Temmuz ve Sılay pusetleri geniş kanepelerin üstüne bırakırken, tanıdık kanepeleri kısaca süzdüm.

"Biraz uyuyun," dedi Sıraç düz bir sesle. Kimse daha fazla diyaloga giremeyecek haldeydi; yorgunluk bedenlerde dalga dalga dolaşıyor, uyku göz kapaklarının üstünü örtmek ve bilinci karanlığa sürümek istiyordu. Sılay başını sallayarak, "Umarım benim odamı da havalandırmışlardır, çok gıcık bir kokusu var çünkü," diye homurdandı uyku sersemi bir sesle.

"Sen kendini Kraliçe Diana falan mı sanıyorsun?" Sıraç, Sılay'a dümdüz gözlerle baktı. "Ölmezsin, korkma."

"Yine bana karşı sevgi dolu, görüyor musun?" Sılay gözlerini devirip, dilini çıkararak Sıraç'a yüzünü buruşturdu. "Uykusuzluk sende huysuzluk yapıyor, bir an önce uyu, öküzümsü."

Güçsüz bir şekilde sırıttım. Temmuz'a benim ilk zamanlar tutulduğum odayı vermişlerdi, Sıraç ve ben ona ait olan geniş odaya geçmiş, bebekleri de beşikleri olmadığı için yatağa almak zorunda kalmıştık. Sıraç gömleğinin düğmelerini çözerken, kollarımı göğsümün üstünde toplayarak yatak odasının geniş penceresinin önünde dikildim. Kot pantolonum bacaklarımı sıkıca sarıyor, tenimin biraz bile nefes almasına izin vermiyordu sanki. Derime işleyen soğuğa rağmen, kotun içindeki bacaklarım nemliydi. Başımı sol omzuma düşürürken, tok kumaştan yapılma kalın, gece mavisi rengindeki perdeyi araladım ve kollarımı tekrar göğsümün üstünde toplayarak karanlıkta damar gibi şekiller alan soluk sokak lambalarının yaydığı fersiz ışığı izlemeye başladım.

Sıralı evler, karanlık ve tehlikeli görünen sokak, fersiz ışıkla buluşunca daha da ürkütücü görünmüştü gözüme. Kocamın parmağının ucuyla bu küçük dünyayı yönetiyor olduğunu bilmek, midem de tuhaf bir karıncalanmanın göğsüme doğru tırmanmasına neden oluyordu. Burada birkaç suçlunun tutulduğunu da biliyordum, hepsi Sıraç için çalışıyordu.

Ensemde hissettiğim sıcak nefes ve yoğunlaşan kahve kokusuyla anında karıncalanıp, gevşerken gözlerimi kıstım. Pencerenin parlak camında onun belli belirsiz yansımasını görmüştüm, hemen arkamda dikiliyor, aynadaki yansımadan beni izliyordu. Yüzü tam olarak görünmese de kara bir kalemle üstünden geçilmiş gibi duran detaylar onun kim olduğunu gözlerime kazımaya yetiyordu. Büyük avucuna ev sahipliği yapan güçlü kolunu belime dolayıp, büyük kahve kokulu avucunu karnıma bastırdı ve aramızdaki mesafeyi sıfıra indirirken, kişisel alanıma girdi. Ayakkabılarının burnunu, ayakkabılarımın arkasında hissedebiliyordum. Tenimizin arasındaki mesafe sıfırın altında eksilere düşecek kadar azalmıştı.

Saçlarımın arasında derin bir nefes alırken gözlerini kapadığını gördüm, camdaki yansıması karanlık olsa da parlak gözlerini örttüğünü hemen anlamama yetecek kadar harlı bir ateşle yanan yangın mavisi gözlere sahipti. "Başladığımız yerdeyiz," diye fısıldadı. "Beni ilk kez kabul edip el uzattığın yerde."

Boğazımda büyüyen yumru yuvarlandı ve kelimelerimin arasında zikzaklar çizerek cümlelerimi oluşturan kelimelerin harflerinin yerini değiştirmeye başladı. "Seni ilk kez burada kabul etmedim, buradan giderken düşmandık," dedim gözlerimi yavaşça yumarken. Annemin telefondaki sesi aklıma gelmişti, kalbim gözlerimin sağanağını bağrına basıp, kirpiklerimin ıslanmasına engel oldu.

"Beni ilk kez burada kabul ettin, minik şeytan," diye fısıldadı. "Sen her ne kadar bunun farkında olmasan da."

"Çok biliyorsun sen." Homurtum keyifliydi, Sıraç'ın da bundan keyif aldığına dair hiçbir şüphe yoktu içimde. Biraz daha yaklaştı ve kendime ait olan alanın içine girmekten ziyade, o alanı tamamen kapladı. Burnunu saçlarımın arasına daldırırken karnımda duran avucunun içini karnıma biraz daha bastırdı ve avucundaki sıcak kıpırtıyı hissetmemi sağladı. Nabzının vuruşunu hissediyordum.

"Bana ilk kez burada koştun." Sesi, burnu ve dudakları saçlarımın arasında olduğu için boğuk çıkmıştı. Dudaklarımı birbirine bastırarak camdaki yansımamıza odaklandım, ışığın çizdiği haleler bedenimizin büyük bir kısmını tıpkı silgi gibi silmiş olsa da kabataslak olarak camın üstündeki keskin yüzeyde parlıyorduk.

"Daha öncesi koşmayı dilerdim," diye fısıldadım, sesimdeki harflerin bile çaresizce bunu umut ettiğini biliyordum. Geçmişe dönemezdik, geçmişe dönemeyeceğimiz gibi geçmişi değiştiremezdik de. Ama geleceği görecektik ve birlikte adım attığımız sürece istediğimiz gibi şekillendirebilecektik.

Duydukları sanki ona bir armağanmış gibi saçlarımın kokusunu içine doldururken, bu adamın beni dua eder gibi sevdiğini bir kez daha fark etmiştim. "Hiç şansımı denemedim ki," diye fısıldadı. "O kadar öfkeliydim ki. Sana değil, her şeye. Kendime bile. Saçma sapan öfkemi bir köşeye itip karşına çıksaydım..."

"Şimdi beraberiz, bunları düşünmeye bile gerek yok," diye çıkıştım. "Tabii sapık gibi beni takip etmek yerine bana kendini göstermiş olsaydın, bir şansın olabilirdi."

Kaşlarını kaldırdığını hissettim. Yüzünü saçlarımdan seri bir şekilde çekerken, cama düşen yansıması hislerimi onaylamıştı. "Ne?" Sesi durgundu. "Bir şansım olabilirdi, öyle mi? Sadece şans yani?"

"Evet." Kıkırdadım. "Yalan atmamı mı isterdin? Biliyorsun, o zamanlar aklım biraz..."

"Bence bu cümleyi tamamlama," diye hırladı, sesi keskindi. Cümlenin devamında o adi herifin varlığını sezmişti, ki doğru da sezmişti. O böcek beyinliyi düşünerek harcadığım tüm enerjileri önüme koysalar, hiç düşünmeden kibriti çakar üstüne atardım. Onu hatırlamak ürpermeme neden oldu.

"Konu nereden nereye saptı yine." Yavaşça ona doğru dönüp ellerimi gömlekten kurtulan çıplak göğsüne bastırırken, avuçlarım bu ısıyı anında kavradı ve gevşedi. Ona dokunmak çok iyi hissettiriyordu. Uzun boyu, kısa boyumla kıyaslandığında o bana göre gerçek bir deveydi. Normal insanlar içinde bu böyle olsa gerekti, Sıraç gerçekten uzun boylu bir adamdı.

Onun yüzünü daha net görebilmek için çenemi yavaşça yukarı diktim ve onun aynası olmasını dilediğim gözlerimi gözlerine çevirdim. O, başını dahi eğmeden, yalnızca gözlerini aşağı doğru indirmiş, bana üstten bakıyordu. Böyle baktığı zamanlarda ne kadar seksi göründüğünü söylememe gerek var mıydı?

Parmaklarım çıplak göğsü boyunca dolandı ve avuçlarımı tamamen kalbinin üstüne bastırdım. Dikişin pürüzlü yüzeyini hissetsem de iz yoktu. Onun aksine aynaya bakıyormuşum hissi uyandıran bir dövme vardı. Gözlerimi gözlerinin irislerinde yanan ateşe odaklarken, kirpiklerim kırpılmamak için kendilerini zorluyor, bu güzellikten birkaç saniye olsun ayrılmamak için göz kapaklarımı çekiştiriyordu.

Sertçe yutkundu, âdem elması hafif bir pürüzle boynu boyunca kaykılıp hareket etti. Pürdikkat ona bakarken, o da tüm dikkatini bana vermiş, beni yangınının çatırdayan alevlerinin üstünde yalınayak yürümeye zorlamıştı.

"Ben ne zaman doyacağım sana, kötü adam," diye fısıldadım. "Sanki her gün ilk sabahımıza uyanıyormuşuz gibi. Çok acımasızca."

"Bana doyarsan..."

"Beni öldürürsün," diye tamamladım onu. Dudakları sinsi bir kıvrımla yukarı kıvrılırken, hâlâ nasıl bu kadar güzel kalabildiğini düşünüyordum. İlk gün yanağımda beşparmağının izini çıkaran adamın ürkütücü güzelliği vardı hâlâ üzerinde. Şeytani gülüşü hiç değişmemişti.

Onda şefkat vardı ama vicdan yoktu.

"Nasıl da tanıyor manyak kocasını." Sesi kısık, günaha davet eden bir tonda yükselmişti. "Akıllı karım benim."

"Sanki içimdeki her şey sana mahkûmmuş gibi..." Dudaklarımın aralığından bıraktığım nefes onun boynuna çarptı. Yangın mavisi gözler tüm alevlerini irislerine salmış, beni izliyordu. "... senden gelen ölümün bile başımın üstünde yeri varmış gibi."

"Sen böyle konuşunca..." Sertçe yutkundu. "Benim sana kötü şeyler yapasım geliyor."

Arabadaki nefes ve ilkel birleşme seslerimiz tıpkı nabız gibi kulaklarımda çarptığında, kalbim artçı bir şokla sarılıp, sert tekmesini kaburgalarıma indirdi. "Öküz."

"Mö," diye fısıldadı, ö harfini uzatmadan, kısaca. Başını yavaşça bana doğru eğerken, ilk öpücüğünü alacak kız gibi heyecanlanmıştım. Avuçlarımın terlediğini ve terini onun göğsüne bıraktığının farkındaydım. Gözlerimiz bir an olsun birbirinden ayrılamazken, Sıraç'ın gözleri hafifçe kısıldı ve upuzun kirpikleri gözlerinin yangından yükselen mavisini gölgeledi.

"Şey..." Dudakları dudaklarıma çok yakındı. "...inekler möler Sıraç."

"Tamam," diye fısıldadı, kısık gözlerinin arkasından beni izlerken. "İneğim o zaman ben."

"Şey..." Dudakları yakınlaştıkça yanaklarımdaki baskı çoğalıyor, kalbim içeride sarsılıyordu. "...inekler dişidir."

Kaşlarını çattı ama geri çekilmedi. Burnundan verdiği nefes şakaklarıma çarpıyor, alnımın çizgilerine işlediği isminin üstünde dolaşıyordu. "İneğin erkeği yok mu?"

"Var." Yavaşça yutkundum.

"Nedir?" Fısıltısı içimi yakıyordu.

Gözlerimde muzip bir ifade belirirken, "Sığır," dedim kısık bir sesle. Sesim inler gibi çıkmıştı, Sıraç'ın kaşları alayla yukarı kalkarken, eli yavaşça belime dolandı ve alnını alnıma bastırdı.

"Sığırım o zaman ben."

"Hıhı."

"Sığırlar neyle çiftleşir biliyor musun?" diye sordu alnındaki nemi alnıma bulaştırırken. Kısık gözlerinin arkasından beni izliyordu, azalan mesafe sayesinde irislerde tutuşan ve yukarı doğru kendini iten lavların kıvamını daha net görebiliyordum.

Yüzümü buruşturdum. "İnekle." Hırıltılı bir nefes vererek kıkırdadı, kıkırdaması bile boğuk ve baştan çıkarıcıydı. "Benim güzel ineğim," diye fısıldadı. "Buzağılarımız etrafta olmasaydı, çiftleşirdik."

"Buzağılar da çocuklarım mı oluyor yani?" Kaşlarımı kaldırarak ona bakmaya çalıştığımda, beni kendine bastırarak alnını alnıma yavaşça vurdu.

"Onlar bizim çocuklarımız, cimri. Sadece senin değil. Fabrika burada."

"Sor bakalım o fabrikaya, üretebileceği malzemesi olmasa nasıl kalkınırmış." Onu yavaşça itip kendimden uzaklaştırdım. "Buzağı deme çocuklarıma."

"Şşş," diye fısıldadı, gözlerini irice açıp, ellerini iki yana kaldırırken. "Anne ayı gibi yavrularını korumak için karşısındakine saldıracakmışsın hissi veriyorsun şu an bana."

"Ayı mı?" Duraksadım ve gözlerimi onun yüzüne diktim.

"Ömrüm, lafın gelişi..."

Elimi havaya kaldırarak onu susturdum. "Kilolu mu demek istedin sen bana şimdi?"

Sıraç duraksadı. "Ha?"

"Bana ayı diyor, kendisi ayı gibi cevaplar veriyor," diye homurdanarak tekrar pencereye döndüğümde Sıraç'ın şaşkınlığını hissedebiliyordum. Bir anda ne diye bu kadar çıkışmıştım bilmiyordum ama her ne olmuş olursa olsun, azıcık tavır yapmak iyi gelmişti.

"Lan şurada aşk sıçıyor, sekse düzenek hazırlıyorduk, ne yaptım da kıçını dönüyorsun şimdi bana?" Sesinde saf bir isyan vardı. Dudaklarımı birbirine bastırarak gülmeme engel oldum ve omuz silkerek sessiz kaldım.

Kollarımı sertçe kavrayıp beni kendine doğru çevirirken, yüzüme dümdüz bir maske kuşandım. Beni kendine bastırırken, "Ağzını ağzıma zorla dayarım, dilimle boğarım seni," diye hırladı. "İki gram cürmünle atarın kime senin?"

Gülmemek için dudaklarımı birbirine bastırırken kaşlarımı çattım ve derin bir nefes aldıktan sonra nihayet dudaklarımı aralayabilmiştim. Sıraç, kaşlarının arasında yarattığı uzun çizgi ve çatılmış kaşlarıyla bana bakarken, "Uykum var benim," diye homurdandım.

"Sen regl falan mı olacaksın?" Yüzümü sıcacık avuçlarının arasına alırken bana biraz daha yaklaştı. "Ha?"

"Ha deyip durmasana ya," diye çemkirdim gülmek üzereyken.

"Ha." Harfleri vurgularken ona dik dik baktım.

"Dalga mı geçiyorsun bir de?"

"Ha ha," dedi, hı hı der gibi başını aşağı yukarı sallarken.

"Çok sinir bozucusun."

"Ama bana âşıksın ve bizim ikizlerimiz var." Burnunu burnumun dibine sokup, avuçlarının arasında küçücük kalan yüzümü daha sıkı kavradı. "Ve korunmadan seks yapıyoruz. Yakında kadroya üçüncüyü de ekleyebiliriz."

Onu yavaşça iterken, "Sen çok biliyorsun," diye homurdandım. "Günlerimi biliyorum ben, unut o üçüncüyü sen."

"Ne diye unutacakmışım ya?" diye çemkirdi, kaşlarını çatıp yanaklarımı tekrar avuçlarken. "Geniş aile istiyorsam ya?"

"Bazen cidden hiç Sıraç Karayel gibi konuşmuyorsun." Öyleydi de. Bunun sebebinin aileye olan açlığıyla alakalı olduğunu biliyordum. Sıraç Karayel sevilmemişti. Ya da sevilmiş, ama bu sevgiden bir parça koparıp tadına bakamamıştı. "Mavi ve Umut biraz daha büyümeden üçüncüyü istemiyorum, Sıraç."

"Bazen cidden kendim gibi davranmadığımı biliyorum." Başparmağı yavaşça göz çukuruma sürtündü, şefkatli bir dokunuştu. Bakışları koyu renk lavları mavi bir hırsla kabartırken, "Ama yalnızca seninleyken böyle," diye fısıldadı. "Her insanın yanında çocuklaştığı biri vardır, minik şeytan. Maskelerini düşürüp ruhuna soyunduğu biri vardır."

Ona iyice sokulup, ellerini yüzümden çekmesine izin vermeden göğsüne yaslandım ve gözlerimi yumdum. "Çıplak ruhuyla seviştiğim adam, uyutsana beni."

"Ruhumu gözlerinin önüne serdiğim kadın, ömür boyu sığınağın olur, kollarımda uyuturum seni." Sesi kısık, vurgusu netti. Öyle ki, vurgusunun yankısını kalbimin duvarlarında, zihnimin bulvarlarında duydum. İçimde çağladı, ruhuma karıştı.

∞

İzini umutların toprağında bırakan şafak, ardından doğan güneşin yeni bir parça topraktan filizlenen umutla süslerken, bizim için hâlâ geceydi.

Yer Altı Şehri'nin bir kuralı vardı ki, o da buraya giren insanın güneşi zihninden çıkarıp, tamamen karanlığa odaklanmasıydı. Belki de bu Sıraç'ın gerçekten karanlık bir adam olduğunun, mavi tuvalete indirdiği siyah fırça darbeleriydi.

Sudan faydalanmış, bedenimi tüm yorgunluğun izlerini silecek kadar buharlı ve sıcak duşla ödüllendirmiştim. Kesik nefeslerim banyodaki buharın üstüne yeni buharlar ekleyerek mermer taşlara çarpmış, ardından tekrar ıslak bedenimi buğulandırmıştı. Siyah iç çamaşırlarımı giydikten sonra ince, siyah, uzun kollu badimi üstüme geçirdim ve altıma da likralı koyu lacivert dar paça kotumu giydim. Hâlâ nemli saçlarımı kırık beyaz rengindeki kurutma makinesiyle kuruturken; Sılay, yatağın üstüne tünemiş yeğenleriyle ilgileniyordu. Sıraç çıkmıştı, nerede olduğunu bilmesem de yeraltı şehrinde olduğumuza göre çok da uzakta olamazdı.

Saç kurutucusunun rahatsız edici sesinden pek de hoşlanmayan Mavi, huysuz homurtular çıkarıp ayaklarını yukarı dikiyor ve burnunu kırıştırıyordu. Umut için hava hoştu, bırakın davul çalmayı, yanına bir orkestra kursalar bile uyanmazdı. Yine de şu an kısık bakan içi iri gözleri açıktı, ifadesiz bakışlarını halasının yüzünde dolaştırıyordu.

"Burası son durak," diye fısıldadı Sılay. "Yine İzmir yolları göründü bize, ha?" Gözleri çocuklarda olsa da sözlerinin beni hedef aldığını biliyordum.

Yüzümü buruşturarak kurutma makinesini kapatıp sonunda beynimde çınlayan sesi susturdum. Makine öyle gürültülüydü ki, Sılay'ın sesini bile yutmuştu. Sonunda sükûta eren odada Mavi'nin kısık homurtuları yükseliyordu.

"Evet," dedim omuzlarımı silkerek. "Baksana, sen bu sene sınava girmeyecek misin?"

"Sınav zamanı çoktan geçti," dedi sırıtarak. "Seneye gireceğim ben sınava."

İçimde buruk bir his büyüdü, kendi mezuniyetime bile katılamamıştım. Dudaklarımın titremesine engel olmak adına dilimle ıslattım. "Çalışıyor musun?"

"Çabalamadan başaramazsın, başarının ekmeğini yemek istiyorsan çalışmak zorundasın." İnce ve narin parmakları Mavi'nin su yeşili tulumunda dolaştı. İlgili çakır renkteki gözleri Mavi'yi izliyordu. "Babam öyle derdi. Yani bana değil. Bana ya da ağabeyime hiçbir zaman nasihat vermedi. Arkadaşlarına öyle diyordu."

Biri midemin üstüne sağlam bir yumruk geçirmiş gibi acıyla sarsılırken, kıvranmak istiyordum ama bunu onun önünde yapamazdım. Parmaklarımı yavaşça büyük aynanın önündeki masaya koydum ve masadan aldığım güçle ayakta kalmaya çalıştım. Bakışlarım Sılay'ın üzerinde dolaşıyordu, uzun saçlarını yüzünü göremeyeceğim şekilde yüzüne örttüğünde, pişmanlık dört bir yandan beni sıkıştırıp, mengene altına aldı.

"Hangi üniversiteyi istiyorsun?" Sorum tamamen ortamı yumuşatmak adına dökülmüştü dudaklarımdan.

Omuz silkerken, gözleri hâlâ Mavi'deydi ama uzun saçları yüzünden yüzünü göremiyordum. "İstediğim bir üniversite yok açıkçası, istediğim tek şey iyi bir puan."

İç çektim. "Sıraç, Dokuz Eylül'de okumuş."

"Evet." Saçlarını kulağının arkasına iterken, burnunu çekti ve bir süre bekledikten sonra kızarmış bakışlarını bana çevirdi. "Puanı yüksekti. Yurtdışında da rahatlıkla okuyabilirdi ama o İzmir'i tercih etti."

"Ben de orada okumak istiyordum." Dudaklarımda hüsranın koyu kıvamı dalgalandı. "Eskiden."

"Neden eskiden?" Sılay'ın sorusu tıpkı bir tokat gibi hayallerimin üstüne düşerken, tenimde şakımıştı sanki.

Cevap veremedim, cevaplar bir kanepenin arkasına saklanmış ve kanepenin ucundan bizi gözetliyordu sanki. Çıkmaya güçleri yoktu, belki de benim bacaklarımın cevabı arayacak gücü yoktu. Bilmiyordum. Kapının çalındığını duyduğumda, derin bir nefes aldım ve bana yöneltilen silahın namlusundaki kurşundan sorunun hedefinden kurtularak odadan çıktım. Dar koridor boyunca yürürken Sılay'ın sorusunu bilincimin içindeki soru işaretinden ayaklarla ezip, onlardan kurtulmaya çalıştım.

Kapının diğer ucunda Ayda, Başak ve Merve vardı, yorgun görünmenin dışında, hâlâ oldukları yeri sorguluyor gibi bir halleri vardı açıkçası. Özellikle Ayda buradan pek de hoşnut değilmiş gibi görünüyordu. "Burası suçun göbeği gibi," dedi Merve, içeri buyur etmemi beklemeden içeri dalarken. Siyah deri montunun fermuarını indirdi ve, "Burada gerçekten güvende miyiz?" diye sordu, gözlerinde saf kuşku vardı.

Ayda ve Başak da her ne kadar burası hakkında yorum yapmamış olsalar da onların da düşüncelerini az çok tahmin edebiliyordum. Burayla ilgili bilmedikleri o kadar çok şey vardı ki. Avuçlarımın içini kotumun kumaşına silerken, onları kanepelere oturmaları için yönlendirdim. "Ağabeyim senin eşkıya kocanla birlikte," dedi Merve, kollarını geriye atarak esnerken. "Halim ağabey de onlarla. Melek biraz korkmuş sanırım, Ümran evden dışarı çıkamıyor."

Sıraç'ın Savaş'a olan tutumunu bildiğimden dolayı hafif bir rahatsızlık hissiyle hemen Merve'nin karşısındaki kanepeye yerleştim. İçimde büyüyen soru işaretleri, yan yana dizilmiş bir sıra halinde yüzüme bakarken, aralarına durmadan bir yenisi ekleniyordu. "Melek korkmuş ha." Dudaklarım düz bir çizgi şeklinde gerildi. "Keşke getirmeseydik buraya. Haklı çocuk, burası biraz tuhaf."

"Kabul et, senin kocanla ilgili olan her şey biraz tuhaf." Merve kıkırdadı, bu aralar daha sık gülüyordu, bu benim açımdan iyiydi. Sıraç'a olan gıcıklığının gerçekçi bir yanı yoktu, sadece pek anlaşamıyorlardı ama Merve'nin kötü bir niyeti olmadığını da biliyordum. "Tamam, biraz değil. Komple tuhaf."

"Aksini iddia etmiyorum."

Ayda, bordo şalını düzeltirken diğerlerine nazaran biraz daha uykusuz görünüyordu. Göğsü derin bir solukla şiştiğinde, bakışlarımın odağına düştü. "Uyuyamadın mı?" diye sordum kısık bir sesle. Ayda'nın cansız bakışları yavaşça bana dönerken, başını olumlu anlamda salladı. "Uyuyamadım, abla. Yoldayken namaz kılamamıştım, bir duş alıp namazımı kıldım sonra da uyku tutmadı zaten," diye fısıldadı. Sesi, uykuyu silkelemeyi başarmış sözcüklerinin etrafında buğulanmıştı.

"Vallahi ben uyudum, ben ki rahatsız sıraların üstünde genç İngilizce öğretmenimizin hayalini kurarak ağzının salyasını masalara akıtıp, hunharca uyuyan kızım. Benim sözlüğümde tutmayan uykunun belirli bir anlamı yok. Tanımlanamayan cisim o," dedi Başak, gözlerini telefonundan ayırmadan. "Aaa ayrıca Vurucu Okan ve Vurdurucu Sevil ilişki durumu yapmışlar... Dur beğeneyim de..." Ayda dirseğiyle Başak'ın boşluğuna hafifçe vurunca, Başak acıyla inledi. "Bakın diyorum size, bu kız bana düşman."

"Terbiyesiz terbiyesiz konuştuğun sürece durmadan böyle orana burana dirsek atacağım senin," diye hırladı Ayda. "Şakanın dozunu kaçırıyorsun, biz bizeyken tamam da, bunu erkeklerin önünde de yapmaya başladın. Yanlış anlayacaklar."

"Orama burama attığın dirsek olsun, başka şeyler atma da," dedi Başak, yayık bir şekilde sırıtıp, Ayda'nın yanağından makas alarak.

Bir süre yalnızca didiştiler. Onlar didişirken yaptığım tek şey gülümseyerek onları izlemek olmuştu. Yine de Ayda'nın kafasına bir şeyleri taktığı çok barizdi, gözleri bazen dalıyor ve farkında olmadan Başak'a karşı büyük bir şefkatle bakıyordu. Gözlerimi kısıp onları izlerken, ikisinin de Savaş'a karşı bir şeyler hissediyor olabileceği düşüncesi benim bile midemi çalkalamıştı. Ayda'nın ne hissettiğini Allah bilirdi. Başak pek farkında değil gibi olsa da bir süre sonra fark edeceğinden yana şüphem de yoktu.

Kapının kilidi açılırken, ortamda hâlâ koyu bir sohbet hâkimdi. Mavi ve Umut uyumuş, Sılay da bize katılmıştı. Dış kapı aralanırken, tüm gözler aynı anda kapıya döndü. Sıraç, üstünde siyah, dar bir gömlek, altında uzun bacaklarını daha da uzun gösteren siyah dar bir kotla kapıda duruyordu. Anahtar deliğinden anahtarı çıkardıktan sonra, kaşlarını çatarak içeriye kısaca göz gezdirdi. Yüzünde, gerginliğini ele veren fırça darbeleri vardı. Yangın mavisi gözlerin etrafına kapkara bulutlar gibi çöken o boğuk renk, bakışlarını da doğrudan etkilemişti. Kapıyı yavaşça kapatıp sessizce içeriye girdi.

Koridora doğru yöneldiğinde, kaybolana dek onu izledim. Kızlar sohbetlerine kaldıkları yerden devam ediyorlardı. Oturduğum yerden yavaşça kalkarken, çok şükür ki hiçbirinin ilgisini çekmemiştim. Yorgun adımlarım parkenin üstüne belli belirsiz dokunup, beni ona sürüklerken, güçlü ve esnek bedeni görüş alanıma girdi. Uzun bacaklarının attığı her bir adım vurguluydu, banyonun önünde duraksadığında, omzunun üstünden bana baktı ve aramızda neredense beş metrelik bir mesafe olmasına rağmen, burun buruna gelmişiz gibi irkildim.

"Neredeydin?" diye fısıldadım gözlerim onu merceğine hapsederken.

Omzunun üstünden bir kova buzlu suyu andıran bakışlarını bana yöneltirken, bir an afallamış olsam da yerimden kıpırdamadım. Yangın mavisi gözlerini yumdu, uzun siyah kirpikleri göz çukurlarına kadar inip, yüzünü loş bir karanlıkla gölgelendirirken, burnundan içeri derin bir nefes aldı. "Yer Altı'nı gezdirdim onlara." Buzdan bir kütleye çarpmışım gibi hissettiren ses tonu, koridordaki boşlukta büyüyüp düşüncelerime çarptı.

Ona doğru bir adım atarken, tereddüt ayak parmaklarımın ucuna yerleşmişti. Gözlerini açtı ve kısık bakışlarını bana odakladı, ona doğru bir adım daha attığımda, artık nefes bile almadan birbirimizin gözlerinin içine bakıyorduk sanki.

"Sıraç?" diye fısıldadım. Sesim, kendime güvenmediğimin yazılı bir metni gibiydi ve küçük bir şaşkınlık damarlarımdaki surları aşıp, kanıma karışmıştı. "Neyin var senin?"

"Bir şeyim yok." Sesi düz, vurgusu paramparça edecek kadar sağlamdı.

Ona doğru bir adım daha attım, artık neredeyse kişisel alanına girmiştim. Uzun boyu yüzünden kafamı kaldırarak bakmak zorunda olduğum güzel yüzünde ruhsuz bir ifade vardı, bir an kalbim dehşetin kucağında iki büklüm oldu. Burası ona iyi gelmemiş miydi? Yoksa bambaşka bir sorun mu vardı? Bir elimi yavaşça uzatıp, onun kaskatı omzuna dokunduğumda, herhangi bir tepki vermeden gözlerimin içine bakmayı sürdürdü. Bakışı, bir kutu dolusu iğneyi kafama dikip, tek seferde yutmaya çalışmak gibiydi.

"Bir şeyin var..." Sesim kısık çıkmış olsa da tellerine sıkıştırdığı kazma kürek onun gözlerinde bir kazı işlemi başlatmak ve sonuca varmak istiyordu. "...bana söylemeyecek misin?"

Bir anda eğildi. Dudakları şakaklarıma dokunurken, kalbim tozu dumana katan bir heyecan duygusuyla kıpırdadı. Gözlerimi yumdum ve onun pembe çikolatalarının dokunuşunu iliklerime kadar hissettim. Şu dokunuş, tüm gerçeklerin üstünü karalayıp, doğrulara ayırdığım satırlara yanlışları işlemek gibiydi.

"Bir şeyim yok, minik şeytan," diye fısıldadı, dudaklarını şakaklarımdan çekmeden. Sıcak nefesi kader çizgilerimin üstündeki vals gösterisini tamamlarken, içim açtığı kucağın damarlı kollarını ikiye bükmüş, büyük bir muhtaçlık duygusuyla ona tutunmuştu.

"Duş mu alacaksın?" diye mırıldandım, parmaklarım gömleğinin kumaşına tırmanıp, göğsünün biraz üstünde duraksadı. Gözlerimi yavaşça araladım ve bulutlarını kovmamış olmasına rağmen cayır cayır yanan mavi gözlerle burun buruna geldim. Başını yavaşça sallarken, gözlerini bir an olsun gözlerimden ayırmamıştı.

"Ben de seninle..." Alt dudağımı ısırıp, başımı sol omzuma düşürdüm. "Şey..."

"İçeride misafirlerin var ama," dedi, sesi boğuktu. "Fazla sesin çıkarsa rezil oluruz."

"Sapık... O anlamda dememiştim ben..." Gözlerimi kaçırdım ve alnımı onun göğsüne vurup, inledim. "...bir sıkıntın olduğunda benden saklama, olur mu?"

Cevap vermedi. Bunun yerine başımın üstüne, saçlarımın arasına sert bir buse kondurdu ve geri çekilirken boynunu çıtlattı. "Akşam Kulüp 26'dayız, minik şeytan," dedi boğuk bir sesle. "Melek, Mavi ve Umut'u Rafet'in karısına emanet edeceğiz." Bir anda kaşlarımı çatınca, işaret parmağımı kaşlarıma bastırdı. "Rafet'in karısı otuz sekiz yaşında, üç çocuk büyütmüş bir kadın. Birçok kez Sılay'ı emanet ettim ona. Zaten bir şey yapmayacak, evde oturacak ve bir şey olursa bize haber verecek."

"Çocuklarımı tanımadığım bir kadına emanet etmem." Sesim keskindi, parmağını alnımla iterek kaşlarımı bir kez daha çattım. "Sen güveniyor olabilirsin ama ben onu tanımıyorum bile."

"Şu hayatta görüp görebileceğin en güvenilir kadınlardan biridir ve benim kolay kolay birine güvenmeyeceğimi de çok iyi bildiğini biliyorum." Kaşlarını çatıp, çenemi kavradı ve kafamı kaldırarak bakışlarımızı buluşturdu. "Atarlanma hemen, seksi şeytan. Böyle yaptığında hakkında neler düşündüğümü az çok biliyorsun bence."

"O kadını tanımıyorum, Sıraç." Kaşlarımı o kadar sert çatmıştım ki titriyorlardı. Sıraç, düz bir çizgi şeklinde gerilen dudaklarına hafif, şeffaf bir kıvrım katıp, gözlerini kıstı. "İlk kez öpüştüğümüz yere karım olarak gelmek istemiyor musun yani?" Sesi boğuk, sesinin tonunun arkasında saklanan anlamlar nefes kesiciydi.

Gözlerimi kaçırdım. "Önce kadınla tanışmam gerek," diye homurdandım. "Tipine bir bakacağım, gözüm tutmazsa başka bir çözüm bulacaksın."

"Hım." Nefesi alnıma çarpınca, gözlerimi biraz daha kaçırabilmek adına başımı çevirmeye çalıştım. Çenemde duran parmakları biraz daha güç kazandı ve bakışlarımı ona çevirmeye zorlarken, kalbim yerinden çıkacak gibi çarpıyordu. "Bayılıyorsun beni kocan olarak ilan etmeye, değil mi?"

Elbette öyle, bunun aksini kim iddia edebilir? Başımı yavaşça sallarken, "Seni kendime zincirlemek istiyorum," diye fısıldadım.

"Alnına adımı dövme yaptırmak istiyorum." Sesi dümdüz, alaydan uzaktı.

"Ne?"

Parmaklarını alnıma kaydırdığında duraksadım. İşaret parmağı alnımın üstünde turlarken, hareketlerinin kıvrımını zihnimdeki perdeye yansıtmıştım. Düzgün kıvrımlar eşliğinde el yazısıyla alnıma adını çiziyordu, parmağının ucundaki nabzı alnımın ince derisinde hissedebiliyordum. Adının son harfinin üstüne basarak çizdikten sonra, parmağını bir süre orada bekletti. "İyi fikir bence. Ne dersin?"

Kıkırdadım. "Sen hastasın." Ruhsuz bakışları bir an için yumuşarken, başını hafifçe sallayarak beni onayladı. Dudakları hoş bir kıvrımla aralanırken, bakışlarım transa girmiş gibi onun dudaklarına odaklanmıştı. Üst dudağının dolgun kıvrımı fikirlerimin yanlış sokaklara sapmasına neden oluyordu.

"Hastayım." Her bir harf, tahrik edici bir sis bulutunu etrafına dolayarak dökülmüştü güzel ağzından.

Başımı sallayarak, "O zaman sen duş al, ben sana giysi getiririm," diye fısıldadım. "Sakın havluyla banyodan çıkayım deme, ikinci sünnetini ben yaparım, Sıraç."

Kaşlarını çattı ama bu alaycı bir hareketti. Gözlerimiz birbirine tutunup, birbirine düşman saniyeleri dakikaların merceği altında tutuştururken, doğrudan birbirimize odaklanmıştık. "Kıskanıyor musun?" diye sordu kısık bir sesle.

"İçeride bir sürü dişi varken, senin havluyla evin içinde gezmene izin vereceğimi falan mı düşündün?" Kaşlarımı çatarak ona dik dik baktım.

Eli yavaşça belime kayarken, "İyi o zaman sen bana giyecek bir şeyler getir," dedi gözlerini kısarak yüzümü incelerken. Başımı salladım ve yavaşça ondan uzaklaşıp, terleyen avuçlarımı bir kez daha kotumun kumaşına sildim. Bu adama olan düşkünlüğüm, aklım ve başımı birbirinden ayrı düşürecek kadar baskındı.

Topuklarımın üstünde yavaşça ona sırtımı dönerken, büyük avuçları aniden bileğimi yakaladı ve olduğum yerde beni hızlıca kendine doğru çevirirken, saçlarım uçuşup yüzüme çarptı.

Kocaman gözlerle Sıraç'a bakarken, "Eğer adımı alnına dövme yaptırırsak, ben de senin beni zincirlemene izin veririm. Üçe kadar sayıyorum, kararını söyle Mayıs," diye fısıldadı, pürdikkat yüzüme bakarken. Ardından tek solukta, "Üç," dedi.

Şaşkınlık damarlarımı ite kaka bedenimde kendine kovuk açarken, gözlerimi kırpıştırarak ona baktım. "Bir ve iki nereye gitti?" diye sordum, ki sormam gereken bu bile değildi. Ciddi bakan gözlerinde, istek körüklenmişti.

"Üçe kadar sayacağım dedim, bir ve ikiden bahsetmedim." Bana yaklaştı, attığı adımın parkede çıkardığı ses kalbimin ince duvarlarında yankılanıp, içimde haykırdı. "Hadi şimdi git ve benim için giysi getir, yoksa havluyla banyodan çıkarım ve beni sünnet etmek zorunda kalırsın."

Küçük yumruğumu, tüm kıskançlığımı içine depolayarak onun göğsüne indirdikten sonra, "Sen gerçekten hain, hasta, manyak, deli, zorba, gıcık, kötü adamın tekisin. Havluyla çık da bak neler yapıyorum ben sana," diye hırladım ve onu itip odaya giderken, hafif kıkırtısının mideme indirdiği tekmeleri hissettim. Onun gülüşü, ta şuramda içi masmavi güllerle ağzına kadar dolu bir kuyu açıyordu.

Sıraç için siyah boxer, koyu lacivert eskitilmiş bir kot ve siyah uzun kollu bir kazak çıkarttıktan sonra banyoya yöneldim. Burası dışarıya oranla gerçekten soğuktu. Sıraç'ın telefonu susmuyordu, yeraltına indiğini öğrenen tüm çalışanları onu görebilmek için sıraya girmiş durumdaydı. Bunu yadırgamıyordum, ona karşı duydukları saygı ve sevgi başlarda beni şaşırtmış olsa da onu tanıdıktan sonra sebebini idrak edebilmeye başlamıştım.

Sılay ve Başak'ın kahkahaları evin duvarlarını çınlatırken, banyodan yükselen suyun şakırtı sesi beni ikilemde bırakmıştı. Bir yerde iki gerzeğin kıkırtısı, bir yerde kocamın tapılası bedenini yalayıp, ızgaralara akıp giden suyun sesi. Sağlıklı her kadının etkileneceği türden hayaller gözlerimin önüne düşerken, kaşlarımı çatıp kapıyı yavaşça araladım. Banyo buhardan görünmüyordu ve içeride ıslak bir sabun kokusuyla, taze çekilmiş kahve kokusu hâkimdi. Duşa kabinin buhardan buzlanan camının arkasında onun karanlık gölgesini görebiliyordum.

Kıyafetlerini yavaşça sepetin üstüne bıraktıktan sonra, tam banyodan çıkacaktım ki duşa kabinin cam kapısı aralandı ve buhar tamamen dışarı sızarken, Sıraç'ın sıcak sudan kızaran yüzü ve şişen dudakları gözlerimin odağına düştü. Gözlerinin rengi, yeşil ve mavinin ortasında cayır cayır yanan bir yangın rengindeydi. Islak kirpikleri dengemi sarsacak kadar uzun ve hacimli görünüyordu. Sert nefesimi göğsüme indirmeye çalışırken, "Kıyafetlerini getirdim," diye fısıldadım, sanki karşımdaki kocam değilmiş gibi tuhaf bir utanç duygusu midemi tekmelemişti.

Bedeni cam kapının arkasındaydı, yalnızca yüzünü göstermiş olmasına rağmen hemen cam kapının arkasındaki buğudan bedeninin siyah gölgesini görebiliyordum. Gözlerimi kaçırmaya çalışsam da bakışlarımı ondan alamadığımı fark ettim. Sıcaktan aralanan pembe çikolataları çok daha koyu bir renkle, vişne gibi parlıyordu. Alt dudağını yavaşça ağzının içine çekip emerken, zaten dolgun olan üst dudağı tamamen odak noktasına çıktı ve kısık gözlerinin arkasından bana ıslak bir bakış gönderdi.

"Güzel." Sesi düzdü, banyonun duvarlarına toslayan tınısı ise uğultulu ve baştan çıkarıcıydı.

"Evet." Bakışlarımı kaçırdım. "Havluyla çıkma yani."

"Tamam." Bakışlarını profilimde hissedebiliyordum. Ayaklarıma yürüyüp, ondan uzaklaşmaları adına bir komut gönderdim ama komutu görmezden gelerek, oldukları yere kök salmışçasına tutundular.

Soluğum ben farkında olmadan hızlanırken, "Çıkayım ben," diye fısıldadım, şu an yerin dibine girmiş, yerin dibinde daha da dibi bulabilmek adına kazı çalışması başlatmıştım.

"Çıkmadan önce şu havluyu uzat," dedi kısık sesinin buğusu bir kez daha duvarlara çarpıp içimi dalgalandırırken. Uzun ve her erkeği kıskandıracak kadar estetik duran ellerindeki belirgin eklemlerin uzattığı yere baktığımda, siyah bir havlunun demir kirişin üstünde asılı durduğunu gördüm.

Başımı hızlıca sallarken, kirişe doğru yürüdüm. Zemin buğudan dolayı kayganlaşmıştı. Attığım adımların sağlam olması adına bildiğim tüm duaları ederken, yüksekte duran kirişe uzanabilmek adına parmak uçlarımda yükseldim ve havlunun ucunu yakalayıp aşağıya çektim. Havluyu avuçlarken, nabzım öyle hızlıydı ki, alnımdaki damarların belirginleştiğine yemin edebilirdim. Sertçe yutkunup Sıraç'a doğru döndüm. Bir kolunu cam kapının pervazına yaslamış, tamamen kapıya abanmış beni seyrediyordu ve bakışları avcı bir şahin kadar keskindi.

Ona doğru yürürken, gözlerimi gözlerinden bir an olsun ayıramıyordum. Sıkıca avuçladığım havluyu ona uzatırken, dili dolgun üst dudağı boyunca gezindi ve kızarıp şişen dudaklarını kendi sıvısıyla ıslattı. Kasıklarım tuhaf bir çekimle titreyip, kendi etrafındaki damarların üstünde ip atlamaya başlamıştı. Sıraç, ıslak ve eklemleri keskin olan kemikli parmaklarını taşıyan büyük elini bana uzatınca, kalbim yerinden hopladı. Islak parmakları parmaklarıma bilinçli bir şekilde temas ederken, parmak uçlarım uğuldamaya başladı, Sıraç havluyu yakaladı ve havluyla birlikte aniden beni de duşa kabinin içine çekti.

Tümsekte tökezleyen ayağım bedenimi aşağı çekerken, Sıraç'ın ıslak vücudunun beni sarmasıyla kapaklanmaktan son anda kurtuldum. Ayaklarım ve kotumun paçaları duşa kabinin zemininde birikip bir göl yaratan suyun içinde ıslanınca, dudaklarımdan huysuz bir homurtu döküldü ve Sıraç'ın çıplak göğsüne tutunurken, karnımdaki baskısını hissettim. İrkilerek geri çekilmeye çalıştığımda, beni daha sıkı tutup sırtımı duvara çevirdi ve seramik duvara sırtımı yaslarken, üstüme abanarak beni duvarla arasına aldı.

Kollarımı yukarı dikip, seramik duvara yaslarken, elleri beni bileklerimden kelepçelemiş ve hareketlerimi kısıtlamıştı. Kocaman gözlerle ona odaklandım, heybetli vücudu beni ezecek gibi görünüyordu. Başını eğerek bana bakarken, siyah saçlarından aşağı akan sular benim yüzüme damlıyor, yanaklarımda tıpkı gözyaşı gibi iz çizerek boynuma iniyordu.

"Sıraç?" diye fısıldadım nefes nefese.

"Haklısın," dedi kısık bir sesle. Sesi, içimin duvarlarını yumrukladı ve düşünceler bir köşeye çekilip kısık gözlerini yüzüme dikerken afalladım. "Neyin var demiştin ya hani, bir şeyim var, evet." Boğuk nefesi buğuluydu, sıcak buhar bedenimi nemlendirirken kendini tamamen bana yasladı ve çıplak vücudundaki ıslaklıkla beni de kendi ıslağına buladı.

Sertçe yutkunup, "Neyin var?" diye sordum, ani itirafı duyularımın açılmasına yetmemişti.

"Dizginleyemediğim sikik bir kıskançlığım var," diye hırladı. "Önüne geçemediğim, beni tüketen bir kıskançlığım var."

Öfkesini gözlerinin yangınında görmüştüm. Karanlık bakışlarında yüz hatlarını gölgeleyen uğursuz şeyler vardı. Kasveti beni içine emiyor, gözünün bebeğinde harlanan yangına bedenimi itip, diri diri yanmamı talep ediyordu.

"Yine ne yaptım?" diye fısıldadım güçsüz bir sesle. Yakınlığının dozunu arttırdı ve kendini tamamen bana bastırdı. Çıplaklığı tıpkı bir kalıp gibi bedenimin şeklini alırken, nefesim kesikleşmişti.

"Sen bir şey yapmıyorsun." Sesinde karmaşanın birçok tonuna şahit olmuştum. Karnımdaki baskısı gittikçe büyüdü, sertleştiğini hissedebiliyordum ve bu, konumuzun çok dışında bir yola sürüklenmeme neden olmuştu.

Gözlerimi gözlerine tırmandırıp, "O zaman?" diye fısıldadım.

"Soktuğumun yerinde bana Ankaralının kim olduğunu soran çalışanlarıma verecek cevabı düşünürken ecel teri döktüğümü hissettim." Dudakları düz bir çizgi şeklinde gerildi. "Çünkü soktuğumun çocuğu karıma karşı sikmek istediğim hisler besliyor."

"Yine mi aynı konu?" Bir yanım Sıraç'ın haklı olduğu konusunda bas bas bağırıyordu. Diğer yanım ise Savaş'ın bana karşı olan hislerinin köreldiğini, Ayda'ya olan bakışlarını net bir şekilde gördüğünü haykırıyordu. Sıraç sertliğini tamamen bana bastırırken, cinsel bir çekimle hırladı. Sinirlendiğinde hemen cinselliğe baş vuruyordu, ki benim de ondan bir farkım yoktu. Ama şu an imkânsızdı. İçeride kızlar vardı ve acımasız herif beni mahvediyordu.

"Sen benimsin." Hırıltısı gürdü, kasıklarım irkilerek yukarı çekildi. "Sinir oluyorum, Mayıs. Engelleyemiyorum ben. Beynimin içini dişliyor bir şey, düşüncelerimi kemirip benim fikirlerimden besleniyor."

"Senin olduğunu ispatlamam için daha ne yapmam lazım benim?" diye isyan ettim kaşlarımı çatarak. "Çocuk gibi aynı şeyi irdeleyip duruyorsun, Savaş bizim arkadaşımız ve o..."

"O ne?"

"Başka birinden hoşlanıyor." Gözlerimi gözlerine tamamen dikip, doğruluğumu görmesi için yalvaran bir ifadeyle ona odaklandım. Bir an duraksadı, gözlerinin içindeki mavi aynanın titrediğini gördüm. Büyük çatlaklar mavi aynasının etrafında çıtırdamaya başlamıştı. Tıpkı dikiş tutmaz bir yaranın yarığı gibi açılmaya başlayan ayna, pek de tatmin olmadığını düşüncelerime bir deniz feneri gibi tutmuştu.

Beni tamamen duvara yasladı ve başını eğerek, gözlerimin içine baktı. "İçine girebilir miyim?"

"Ne?" Afallamıştım. "Şey..." Gözlerimi kaçırdığımda, istekli bakışlarını hissedebiliyordum. "İçeride..."

"Kızlar var," diye tamamladı cümlemi. Başını ağır ağır sallarken, "Kimden hoşlanıyor ve sen bunu nereden biliyorsun?"

Banyodaki buhar ikimizin etrafında ruhani bir çift kol gibi dolaşırken, parmaklarının mengenesi altında duran bileklerimi yavaşça kıpırdattım ama onun hükmünden kurtaramadım. Derin bir nefes verirken, "Ayda'ya olan bakışlarını görmediğini söyleme bana," diye mırıldandım. Sertliğinin getirdiği hisleri kapının dışına itmeye çalışsam da istek kör bir bıçak gibi kasıklarıma saplanıyordu.

Sıraç hastalıklı bir ses çıkardı, daha çok hırıltı gibiydi ama bu beni ürpertmişti. Bakışlarımı hızlıca onun gözlerine odakladığımda, yüzündeki gölgeler gözbebeklerine toplanmıştı. "Sen o iskeletinde sikilmedik kemik bırakmadığım götünün bakışlarını mı takip ediyorsun?"

"Cidden hastalıklı davranıyorsun şu an," diye çıkıştım bir anda. "Normal bir insanın bunu anlayabilmesi için durmadan onu takip etmesi gerekmez." İki bacağının arasına sert bir tekme geçirmek istiyordum şu an. Nabzının vuruşunu karnımda hissedince, bu istekten anında vazgeçtim ve kör bir kuyunun dibinden bana el sallayan istek, tüm ışıklarını yakarak kuyunun duvarlarına çarpıp, yukarı tırmandı.

"O kız ve Ankaralı..." Sıraç bir an duraksadı. "Mümkün değil, Mayıs."

Yumruk yemiş gibi sarsılırken, "Ne alaka?" diye homurdandım. "Neden mümkün değilmiş?"

Sıraç'ın stabil bir şekilde gözlerinin içinde asılı duran karanlık ifade silinmedi. Beni sertliğinin kafa karıştırıcı baskısından kurtarıp, aramıza hafif bir mesafe ekledi. Parmakları hâlâ bileklerime dolanıktı ama artık daha tutuşu daha gevşekti. Bileklerimden parmaklarıma kanın akabildiğini hissedince rahat bir nefes aldım.

"Kız kapalı, dinine düşkün ve bizim içinde dolandığımız işleri bilse, eminim hepimizle olan samimiyetini bıçak gibi kesip gözden kaybolur. Ankaralı ve o tamamen farklı kulvarlardalar. Beraber olmaları mümkün değil. Kızın ailesi Ankaralıyı gördüğü an ne mal olduğunu anlarlar, bizim gibilerin ne olduğu alnında yazar emin ol."

"Sizin gibiler?" Sarsılmıştım.

"Bizim gibiler." Başını yavaşça salladı. "İnsan canını önemsemeyen, kan dökebilen ve her türlü pisliğe gözü kapalı girebilenler."

"Sen artık kan dökmüyorsun," diye haykırdım bir anda. Onun ellerinin yarattığı hapisten kurtulmaya çalışırken dehşet içindeydim. "O zaman ben de sizin gibilerdenim!"

"Saçma sapan konuşma!" Sesi ilk kez bu kadar gürdü, içeridekilerin bizi duymaması artık hemen hemen imkânsızlaşmıştı. Sıraç dudaklarını birbirine bastırdı ve yangın mavisi gözlerini kirpiklerinin arkasına saklayarak, sükûnetini geri kazanmaya çalıştı. Boynunda yoğun bir yeşili göbeğine geçirmiş damarın sert seğirişlerini görebiliyordum. Derin bir nefes aldı ve, "Sen hiçbir zaman bizim gibilerden olmadın. Sen benim çektiğim kuyuya düştün, seni bu kuyuya ben ittim."

"Yine aynı şeyler!" Sesim biraz öncekine oranla daha sakindi. Tartışmamızın duyulmasını ve alev alarak etrafa sıçrayıp büyük bir yangın çıkarmasını istemiyordum.

"Benim kim olduğumu biliyorsun, Mayıs. Ben de senin kim olduğunu biliyorum. Daha fazla büyütmeye gerek yok." Sesi sakinleşmişti. Bana biraz daha yaklaştığında, heybetini koruyan erkekliğinin baskısını hissettim. Damarlarımdaki kan çekilirken, bu kez şehvetin midesine tekmeyi indiren bendim.

"Beni deli ediyorsun. Kendine olan nefretinden nefret ediyorum."

"Ben senden gelen her şeye razıyım," diye hırladı, öfkesi durulmuş olsa da sesinde dizginleyemediği bir kızgınlık pıhtısı dolanıyordu. "Senden gelen nefrete bile razıyım. Benden nefret et, Mayıs. Ne kadar âşıksan, o kadar nefret et. Çünkü bizim yangınımızın benzini nefret." Bana tamamen sokulduğunda, sıcak nefesi boynuma akıyordu. "Anladın mı, minik şeytan?"

"Senden nefret ediyorum," diye homurdandım. "Ne kadar âşıksam, o kadar nefret ediyorum."

"Hım." Dudaklarını yavaşça boynuma indirdi ve ıslak saçları çeneme sürterken, dudaklarının ruhani tınısını tenimde yankılattı. "Ben de senden nefret ediyorum, minik şeytan. Senden nefret ediyorum." Sıcak nefesi, o her dudaklarını aralayıp harfleri kelimelerle yoğururken tenime akıyordu. "Nefret ede ede tapıyorum sana. Nefret ede ede âşığım. Bana hissettirdiğin tüm duyguları yangınıma atıp, üstüne benzini döke döke âşığım."

"Piç kurusu," diye fısıldadım, kelimelerinin bedenimdeki uyuşturucu hissini kucaklarken. "Beni mahvediyorsun."

"Sen de beni."

"Ayrıca Ayda ve Savaş hiç de imkânsız değil. Biz bile imkânsızı başarmışsak, onlar için bu hiç de zor değil." Burnumu boynuna gömüp, ıslak tenini kokladım. "Değil mi?"

"Her kadın senin kadar güçlü değil." Sesi umulmadık bir şekilde düşüncelerimin kapısını aralayıp, mantığımın köşesindeki kırık sandalyeye otururken, beni kollarının arasına çekti. Bileklerimi serbest bırakan büyük elleri belime dokunurken, dudakları dudaklarımla arasındaki mesafeyi hızla aşmaya başladı. Bir elini yavaşça belimden çekti ve uzun parmakları alnımın üstünde turladı.

"İstersen alnını bulaşık teliyle sürt. Yazıldım ben sana," diye fısıldadı, boğuk sesi kulaklarımın etrafında parçalara bölünüp zihnime kırıklarını batırırken sertçe yutkundum. "Çıkmam."

Buhardan zor görünen yüzüne bakarken, kalbim göğsüme en gerçek tekmesini indirip beni inletti. Dudaklarımız tam birleşecekken banyonun kapısı açıldı ve hemen ardından bir çığlık duyuldu: "Sakın bana o buğulu camın arkasında çıplak ve iş üstünde olduğunuzu söylemeyin! Gözlerim! Kör oluyorum!"

Bu, Sılay'dan başkası değildi.

∞

Ruhunda gezdirdiğin tebessümün bıraktığı ayak izlerini takip ettiğinde, şüphesiz önünde bariyerler olan ama sonunda seni kucaklayacak olan mutluluğa yaklaşırdın.

Bariyerleri aşa aşa, beni kucaklayacak mutluluğa yürüyordum. Bazı bariyerleri aşması zordu, hatta bazılarının ucunda ölümün gümüş zinciri vardı ve boynuna asıldığı an, ruhunun boynuna geçirilen darağacı ipi yaşamını sallandırırdı.

Bu adama baktığımda gördüğüm, yolun sonunda bana kucak açmış mavi ışığını karanlık duvarlarda çınlatan bir mutluluktu.

Jilet gibi dar takımının siyah gömleğini iliklerken, dalgalı saçlarımı fırçalıyordum. Umut ve Mavi'nin karnını doyurmuş, üstünü değiştirmiştim ve şu an naif bir uykunun pençelerindeydiler. Birkaç saatimi onlarla yatakta oynayarak geçirmiş, Sılay'ı bir şey yapmadığımız konusunda ikna etmeye çalışmıştım. Sıraç, ceketsiz takımının bileğindeki gümüş rengindeki düğmelerini iliklerken, omzunun üstünden kısacak Mavi ve Umut'a baktı.

"Perihan birazdan burada olur," dedi mekanik bir sesle. "Sen yapılacak bir şey varsa anlatırsın ona."

Kaşlarımı kaldırıp, gümüş rengindeki fırçayı aynanın önündeki ahşap masaya bırakırken, "Adını da biliyorsun, maşallah," diye homurdandım. "Perihancığının."

"Mayıs, kadın otuz sekiz yaşında," dedi diğer düğmeyi de iliklerken. "Ayrıca küçüklüğümü bilir."

"Sen de yirmi beş yaşındasın." Dudaklarım düz bir çizgi şeklinde gerildi. "Bazı kadınlar genç erkeklerden hoşlanıyor hem."

"Şunu yüzüme vurduktan sonra genç diye altını çizmenin gereği kalmıyor," diye homurdanıp simsiyah kemerini siyah pantolonunun etrafından geçirdi. "Ayrıca kadın benim çalışanlarımdan biriyle evli, üç çocukları var."

"O zaman yeraltında... Pardon Yer Altı'nda ne işi var hanımefendinin?" Gözlerimi devirdim ve tekrar önüme dönüp makyaj çantamın içindeki eyeliner ve rimeli çıkardım. Eyelinerın kapağını açıp dirseklerimi masanın üstüne dayarken, Sıraç'ın gözleri üstümdeydi. Onun isteği üzerine saks mavisi bir gömlek giymiş, altıma da kendi seçtiğim beyaz kotumu giymiştim. Ayakkabılarım topukları kalın siyah botlardı, benim açımdan iyiydi çünkü yürümesi en kolay topuklulardan birisiydi ve gerçekten çok rahattı. Sol gözüme incecik çektiğim çizginin kuyruğunu tamamladıktan sonra, sağ gözüme de aynısını kusursuz bir şekilde yapınca, "Vay be," diye homurdandı Sıraç. "İkisine de eşit yapabiliyorsun. Önümde atomu parçalasan bu kadar etkilenmezdim."

Rimelin kapağını açıp kirpiklerime hacim kazandırırken, "Ne sandın?" diye söylendim kıkırdayarak.

"Umarım Mavi de büyüyünce senin kadar kafayı yedirtecek derecede güzel bir şey olmaz. Hatta ona kavanoz gözlük alalım ve diş teli taktıralım diye düşünüyorum, nasıl fikir?"

"Tam senlik fikir." Gözlerimi devirdikten sonra rimeli iki gözüme de eşit miktarda dağıtıp, kapağını kapatarak çantaya attım. Sıraç, yüzünde memnuniyet dolu bir ifadeyle masanın önüne yürüdü ve eğilip çenesini omzuma koydu.

"Şuna hayranım," dedi kısık bir sesle. Gözlerimiz, aynanın yüzeyinde birleşmişti ve bakışları boğuktu.

"Neye?"

"Makyaja gerek duymamana."

"Yalaka."

"Yalarım."

Yüzümü buruşturup, oturduğum yerden aniden kalkarken inledim. "Ya Sıraç ya!"

"Ne Sıraç ya?" dedi gözlerinde muzip bir ifadeyle bana yaklaşırken. Aniden kapı çalınınca ikimiz de duraksadık ve Sıraç yüzünü buruşturup, "Perihan geldi galiba," diye homurdandı.

"Şu kadına Perihan deyip durma." Gözlerimi kısıp, odanın çıkışına yöneldim. "Otuz sekiz yaşında birine adıyla seslenilmez. Sinirlerimi bozuyorsun."

"Bence sen saygıdan değil, kıskançlıktan böyle çemkiriyorsun bana," dedi, arkamdan çıkarken.

"Neyini kıskanacağım senin? Çocuklarımı tanımadığım etmediğim bir Allah'ın Perihan'ına emanet etmek istemiyorum ben!" Koridorda yürürken ben önde, Sıraç hemen benim arkamdaydı. Sıraç arkamda keskin adımlarla yürürken sessizdi ama benim şu halimden delice haz aldığını da biliyordum açıkçası.

Sılay'ın odasının kapısı aniden açıldığında, Sılay üstüne bordo, dizlerinin biraz üstünde biten penye bir elbise giymişti. Elbisenin kolları dirseğine kadar uzundu ve Sılay dalgalı saçlarını sağ omzunun üstüne atmıştı. Ayağında bilekleri bantlı siyah topuklu ayakkabılar vardı ve sadece bordo bir ruj sürmüş, gözlerini boş bırakmıştı. Kirpiklerinde hafif bir şekilde hacmini koruyan rimelin izlerini görebiliyordum. Sıraç'ın huysuz homurtusunu duydum.

"Bacağına sıçarım senin, bu ne?" diye homurdandı. "Git adam akıllı bir şey giy üstüne!"

"Tuvalet varken neden bacağım?"

"Bir de cevap veriyor, mizah yapıyor bana!" Sıraç'ın orantısız öfkesini geride bırakarak kapıya yöneldim. Ben kapıyı açarken Temmuz da salonda gömleğinin düğmelerini ilikliyordu. O da Sıraç gibi siyah bir gömlek giymişti ama onun tek farkı altında buz mavisi, dizleri eskitilmiş bir kot vardı. Bana elini kaldırarak yavaşça selam verip ilikleme işine kaldığı yerden devam etti.

Kapıyı açtığımda, İrlanda kızılı saçları omuzlarına kadar dökülen, yaşını ele veren ama güzel bir yüze sahip olan, uzun boylu bir kadın hemen karşımda dikiliyordu. Üstünde normal bir kot, bir de kazak olmasına rağmen tüm ihtişamını koruyan kadına hayretle bakarken, damarlarımda kabaran şeyin adının ne olduğunu da çok iyi biliyordum. Kadın, yüzünde geniş bir gülümseyle, "Mayıs?" dedi sorgulayan bir sesle. "Aman Allah'ım, fotoğraflarda olduğundan daha da güzelmişsin!"

Şaşkınlık gözlerime mürekkep darbesini indirirken, kadın bir anda uzun kollarını boynuma doladı ve bana anaç bir tavırla sıkıca sarıldı. Kalbinin atışını duyabiliyordum, teni sıcaktı ve parfümü kadınsıydı. Pek hoşlanmadığım kokusundan uzaklaşmak adına kendimi ondan ayırırken, "Merhaba," diye fısıldadım. "Perihan Hanım?"

"Perihan diyebilirsin bana," dedi geniş tebessümü yüzünde daha da renk bulurken.

Kaşlarımı kaldırırken, "Teşekkürler," diye fısıldadım. Kadını içeri buyur ettiğimde, Temmuz pürdikkat kadına bakıyordu ve biraz da şaşkın gibiydi. Kaşlarını kaldırıp çenesini sallayarak, "Bu ne ayak?" mesajını anında iletti bana. Omuz silkip onu geçiştirirken, kadını koridora yönlendirmiştim. Kadın, Sılay'la çekişen Sıraç'ı gördüğü an, "Siz tuhaf kardeşler!" diye bağırdı coşkuyla. "Nasıl da özledim sizi!"

Sılay, bakışlarını ağabeyinden ayırırken gözleri bir an kocaman açıldı. Çakırın en acı tonunu harelerine işleyen gözlerindeki şaşkınlık kirpiklerine kadar bulaşıp, onu ele geçirdi. "Peri!" diye bağırdı bir anda. Sıraç ifadesizdi, her zaman olduğu gibi normalin dışında, düz karşılıyordu. Nedense bu seferlik bundan hoşlandığımı düşündüm.

"Sılay, kuzum!" Kadın hızlı bir şekilde Sılay'a yürürken bu kez kıskandığım kişi Sıraç değil, Sılay'dı. Kollarımı göğsümün üstünde topladım ve bu dramatik görüntünün damağıma batırdığı kırıkları görmezden gelmeye çalıştım. İrlanda kızılı saçlarını savurarak kız kardeşime sarılırken, tırnaklarımın dibinde sakladığım pençeler parmak uçlarımdaki deriyi sızlatmaya, zorlamaya başlamıştı. Bakışlarım kısaca Sıraç'ın yangın mavisi bakışlarıyla buluştu.

Keskin bakışları yüzümdeki çizgilerin kıvrımından bile ne hissettiğimi anlayabilecek kadar net bir şekilde tanıyordu beni. Ben, yangın mavisi sayfaların üstüne simsiyah mürekkeple akmış harflerin kelimelere kucak açıp, yan yana dizilerek cümleler oluşturduğu o romandım. Kahve kokulu bir çift avucun içine düşmüş, sayfa sayfa okunmuştum. Özetimi çıkartmaktan ziyade, o kadar keskin bir kararlılıkla okumuştu ki beni... Herhangi bir sayfamdaki herhangi bir noktalama işaretinin yerini bile adı gibi bilirdi.

"Nerelerdeydin?" diye sordu Sılay, neşeli bir sesle. "Çok uzun zaman oldu. Seni Rafet ağabeye sordum hep!"

Kaşlarımı kaldırarak Sılay'a çevirdim bakışlarımı ama o beni görmediği için bakışlarımdaki auranın çemberinde olduğunun da farkında değildi. Sıraç'ın bakışları doğrudan yüzüme kilitlenmişti. Derin bir nefes aldım ve kadın Sılay'dan ayrılırken gözlerimi kıstım. "Çoluk çocukla uğraşıyorum, bir de o yetmiyormuş gibi sınavlara giriyorum." Sesi bezgindi.

"Ne sınavı?" Sılay kaşlarını kaldırıp başını sağ omzuna yatırdı. "Oha! Düşündüğüm şey mi?"

"Evet! Okuluma açıktan devam ediyorum, her şeyi yarım bırakmıştım, biliyorsun. Her şey yolunda. Hem biliyor musun, benden daha yaşlılar bile orada." Kızıl saçlarını arkaya atarak kıkırdadı. "Daha otuz sekiz yaşındayım gerçi."

Kavlayan bir duvarın bıraktığı damar damar izin aralarında açtığı engebeli yarıklar gibi olduğum yerde kabuklarıma ayrılırken, bir an hissettiğim şeyin kıskançlıktan daha öte bir duygu olduğunun bilincine vardım. Okuyordu. Ne okuduğu umurumda değildi ama bir zamanlar en büyük hayalim olan şeyin ipini yakalamış, onu götüreceği yolda onu takip ediyordu. Şanslıydı. Yaşına göre çok güzeldi, azimliydi, hiç de bir sürü çocuk doğurmuş gibi de görünmüyordu. Üstüne üstlük yaşını önemsemeden hayallerinin peşinden koşuyordu.

Aralarındaki konuşma büyürken, sonunda buna katlanamayacağımı fark etmiştim. Sıraç'ın üstümde gezinen bakışları da zerre umurumda değildi. Ayağımı yavaşça yere vururken, kararlılık kanımdaki fitilinin ucunu ateşlemişti. "Artık çıksak diyorum, Umut ve Mavi uyanırsa onları bırakabileceğimi sanmıyorum da." Samimiyetten uzak, buz kütlesinin içinden dışarıya sesleniyormuş gibi çıkan sesim, herkesin dikkatini çekmeyi başarmıştı.

İrlanda kızılı kafalı omzunun üstünden bana bakarken, açık renk, yeşili andıran gözleri neşe saçıyordu ve bu beni daha da fitil etmişti kadına karşı. Yumuşak bir tebessümle, "Kusura bakma, alıkoydum gibi oldu biraz," dedi, sesi de en az tebessümü kadar yumuşaktı ve onun bu nazikliği benim içimdeki mahalle karısının ateşine odun atmaktan başka hiçbir işe yaramıyordu.

"Öyle demek istemedi." Sılay gözlerini büyüterek bana bakıp yamuk bir şekilde güldü. "Yani demek istediği... Mayıs, bebeklerine çok düşkündür, Peri! Seslerini duyarsa onu kimseler evden çıkaramaz. Değil mi, Mayıs?"

Başımı hızlıca sallarken gözlerim doğrudan İrlanda kızılının üstündeydi. Sıraç'ın bakışlarını da kendi üstümde hissedebiliyordum. "Öyle," dedim kısık bir sesle. "Uyanmadıkları sürece bir müdahaleye gerek yok, eğer uyanırlarsa da mutlaka bizi arayın."

Kadın kıkırdadı. "Keyfinizi kaçırmak istemem, Mayıs. Ben onlara iyi bakacağım."

Yapmacık bir kavis dudağımda vurgusu işlevsiz bir şekilde yukarı bükülürken, "Çocuklarım asla keyfimi kaçırmaz, Perihan Hanım," dedim, sesim tehditkâr bir tonda yükselmişti ve bu tamamen irademin dışında gerçekleşmişti.

"Sen harika bir annesin o zaman?" Kadının gözlerinde kısa süreli bir hayranlık geçince şaşırdım ama geri adım atmadım. Bakışları beni yok sayarak Sıraç'a döndüğünde, benim de bakışlarım trans olarak Sıraç'a dönmüştü. Sıraç'a döndüğüm anda yangın mavisi gözlerle burun buruna geldim. Elini ceplerine sokmuş, sırtını duvara yaslamış, başı hafif yukarıda, gözleri aşağıya odaklanmış bir şekilde beni izliyordu. Güzelliği nefesimi keserken, kadının da ona baktığı gerçeğinden nefret ettim.

"Öyledir." Sıraç'ın sesi düz, vurgusu yankılıydı ve gözlerimden kopardığı parçalarla kurduğu bağın üstünde minik adımlar atarak bana doğru ilerliyordu.

"Sıraç, gerçekten de ona aşkla bakıyorsun," dedi kadın, hayran kalmış bir sesle. "Biliyor musun, fotoğraflarına da tıpkı bu şekilde bakıyordu!" Sözlerin mızrağının ucundaki hedefin ben olduğumu biliyordum. Kalbim ani bir atakla kaburgalarımı yumrukladı ve hislerim tıpkı bir sis bulutu gibi bütün kemiklerimi sarıp sarmaladı.

"Hadi böyle bakışıp beni imrendireceğinize gidin ve eğlenin!" Kadın ellerini birbirine çarpıp, odaya doğru yönelirken hâlâ neşesinden hiçbir şey kaybetmemişti. "Ben de şu baldan tatlı ikizleri göreyim! Diğer kız çocuğunu ne zaman getireceksiniz?"

"Onu da şimdi getirirler, Peri. Ama kız çocuğu deme ona, şeytan o." Sılay yüzünü buruşturarak Perihan Hanım'ın arkasından baktı. "Hem de en çatallısından!"

"O daha çocuk," diye homurdandım. "Gönül meselelerin yüzünden küçücük bir çocuğa düşman olduğunun farkında mısın?"

"Asıl o bana düşman oldu." Yüzünü buruşturdu. "Ay öldüresi var beni!"

"Şu kızla aynı kanı taşıdığımı düşündükçe bileklerimi kesme isteğime dur diyemiyorum," diye homurdandı Sıraç, gözlerini yüzümden ayırmadan. "Çıkalım mı artık?"

Temmuz kafasını koridorun köşesinden uzatırken, "Halim ağabeyler geldi," dedi bezmiş bir sesle. "Melek'i içeriye yollayayım mı? İkizler uyuyor ama? Gürültü yapmaz, koskoca kız o."

"Ay koskoca kız diyor ya!" diye çemkirdi Sılay. "Nesi koskoca, bacak kadar boyu var!"

Melek pıtı pıtı adımlarla Temmuz'un yanında belirirken, "Eğey senin bacağın kadaysam ben bayağı büyümüşüm demektiy," dedi dudaklarını büzerek. "Ben de eğlenmeye gelmek istiyoydum hem! Haksızlık bu yaptığınız!" Burnundan solarak Temmuz'a baktı. "Aşk olsun, kıvıycığım... Yesmen beni almak için biyaz bile çabalamadın."

Temmuz, Melek'i kucaklarken, onun başına sert bir öpücük kondurdu. Melek, Temmuz'un kaşındaki küçük piercinge pürdikkat baktıktan sonra Temmuz'un yüzünü avuçladı ve onu burnundan öpüp, "Yakışıklım!" diye bağırdı. Sılay, kollarını göğsünün üstüne bağlamış onları izlerken halinden hiç de memnun görünmüyordu. Küçücük bir kızla saç başa girmeye yeltenecek kadar gözü dönmüş göründüğünü bile söyleyebilirdim. Hoş, ben de annem yaşında bir kadını yolmayı düşünüyordum az önce.

Temmuz, "Uslu ol, prenses," dedikten sonra Melek'in küçük yanaklarından arka arkaya iki kez öptü ve onu kucağından indirdi. Sıraç burada olmasaydı, Sılay'ın yapacağı şeylerden yana müthiş şüphelerim ve olağanüstü korkularım vardı. Zaman, aleyhimize bir şekilde işlerken, Ümran salondan içeriye doğru, "Hadi artık!" diye bağırınca, Melek'i de odaya bıraktık ve evden çıktık. Sokaklar, yaprak döken ağaçların kaldırımlara düşürdüğü parçaların üstünü acımasızca çiğneyen insanların çıkardığı ayak seslerini andıran ürkütücü bir sükûnla beslenmişti. Yer Altı'nın en görkemli yanı da buydu. Koca bir şehir, tek bir adamın egemenliği altındaydı ve burası bir nevi Sıraç'ın cumhuriyetiydi.

Ümran da Halim gibi bir adama sahip olduğu için giyimine dikkat eden bir kadındı, bir kazak ve kot giymiş olmasına rağmen kendini gayet iyi hissediyor gibi görünüyordu. Halim, onun elini sıkıca kavramıştı ve bizden bir iki adım geriden geliyorlardı. Sıraç'ın büyük avucu, benim küçük elimi yakalayıp içine esir ederken, aramızdaki mesafeyi kısmak adına ona biraz daha sokuldum. Savaş, Doğukan ve Temmuz yan yana yürüyüp bir şeyleri tartışırken; Ayda, Başak, Sılay ve Merve de hemen onların arkasında yürüyorlardı. Ayda'nın giydiği spor şıklıktaki kot, kalçalarını örten tunik tarzında kazak ve açık mavi tonlarında taktığı şal, kesintisiz bir şekilde güzelliğini gözler önüne sermişti. Başak onun aksine biraz uçarı olsa da, iyi bir kız olduğunu biliyordum. Altında kot bir şort, bacaklarını örten siyah çoraplar ve giydiği omzu düşük kazakla bize pek benzemese de, yaşını yansıtıyordu.

Sokak lambalarının altında, gökyüzünden mahrum bir şehirde, gökyüzümün elini tutarak yürüyordum.

Mekânlara yaklaştığımızda, kulüplerden yükselen sesler sokağın geniş çevresinde yankı uyandırıp, kulaklarımıza üç kez çarpıyordu. Sıraç'ın elini sıkıca kavradım, burayı tanıyordum. "Buraya kaç para bayıldın çok merak ediyorum," diye homurdandı Halim, hemen arkamızdan. "Ulan göt, Kraliçe Diana'nın kemiklerini sızlatacaksın. Götünü parayla mı siliyorsun?"

Sıraç, omzunun üstünden kısaca Halim'e bakıp kaşlarını kaldırdı. "Kıskanma tirrekus, boşuna da çalışma asla senin olmayacak." Sesinde bir parça neşe vardı, bu beni gülümsetirken, mekânlardan yükselen gürültünün organlarımı nasıl oynattığı gerçeğini de yok sayamıyordum. Sanki baslar bağrımdaydı ve göğsüme çarparak müziği dışarıya itiyordu.

Simsiyah giyimli, ızbandut gibi bir adam önümüzde dikildiğinde, bir yandan da ceketinin düğmelerini iliklemeye çalışıyordu. "Sıraç Bey!" dedi heyecanlı bir sesle. "Engin Bey geldiğinizi söylemişti, o da geçen hafta buradaydı. Hoş geldiniz!"

"Hoş buldum, Serkan," dedi Sıraç, düz bir sesle. "Kulüpler ne âlemde? Var mı sıkıntı?"

"Hayır, efendim." Adam resmi sesinin önüne büyük miktarda da saygı eklemişti. Cüssesine rağmen tıpkı bir karınca gibi duruyordu Sıraç'ın karşısında. Bu, onu küçük gördüğümden falan değildi. Bu tamamen kocamı gözümde devleştirmemle alakalıydı. "Her şey tıkırında işliyor. Engin Bey sık sık kontrol etmek için buraya geliyor, eğer isterseniz kulüpleri hemen boşaltabilirim. Zaten sizi gördüklerinde kesinlikle çok sevinecekler!"

"26'nın canlı müzik yapılan kısmına geçeceğiz," dedi Sıraç, beni kendine doğru çekip, elimi bırakarak, kolunu omzuma atarken. "Belki daha sonra diğer tarafına geçeriz, yine de çok kalabalık olmasın. İlerleyen saatlere göre gereken boşaltımı yaparsın sen."

"Kulüp 26 emrinizde efendim, hemen Recai'yi arıyorum!" Ön cebine davranıp, simsiyah kılıflı telefonunu çıkarırken, izin isteyerek yanımızdan ayrıldı. Sıraç, beni kendine bastırarak müziğin çoğaldığı yere yönelirken, herkes sessizleşmişti.

"Ulan adama bak," diye homurdandı, Temmuz. "Bakın şu herifi havalı bulacağım aklımın ucundan geçmezdi benim."

"Ne sandın lan ermemiş bamya," dedi Sıraç keyifli bir sesle.

Şakaklarımdan gözlerime vurup gözbebeklerimi yaran ağrının kaynağı, kulüplerden dışarı çıkmayı başaran o parlak, durmadan hareket ederek insanı şaşırtan ve karmaşasıyla körlüğe sebep olabilecek kadar keskin olan ışıklardı. Bir elimi yüzüme siper edip, gözlerimi kısarken huysuzca homurdandım. Sılay ve Başak yavaş yavaş dans ederken, şu an istedikleri canlı müzik yapılan sakin yere gitmek değil, eğlencenin inine sızıp, çılgınca dans etmekti.

Bir geceliğine daha düşünmem gerekenleri kenara itip, ışıklandırmalı bir levha gibi alnıma yapışan kaygının ışığını kapattım. Kocaman tabelanın etrafına şeytanın boynuzları vardı, kıpkırmızıydı ve mavi ışıklarla dev gibi sayılarla 26 yazıyordu. Nefesimi tutup, tabelaya bakarken, Sıraç'ın da gözlerinin yazı da olduğunu biliyordum.

Ayda'nın tuhaf bir ses çıkardığını duyunca, omzumun üstünden ona baktım. Rahatsız bir şekilde homurdanarak, "Buraya mı giriyoruz?" diye sordu. Gözleri şeytan boynuzlarının kırmızı ışıklarında dolaşıyordu. "Aman ne güzel."

Savaş, keskin bakışlarını Ayda'ya çevirirken, Ayda onun bakışlarının mengenesi altında olduğundan bihaberdi. Kafamda karaladığım kurguda kesinlikle çift olması gereken, tüm okların işaret ettiği bu ikisiydi. Sinsice ikisini izlerken, Savaş, Ayda'ya doğru bir adım atıp hemen yanında dikildi. Kolları neredeyse birbirlerine temas etmek üzereydi. Savaş, uzun boyundan dolayı başını yavaşça eğerek, Ayda'ya yaklaştı. "Şeytanlar sana göre değil, değil mi kedicik?" diye sordu kısık bir sesle. Şu an bunu duyan kişinin yalnızca ben ve Ayda olduğunu da biliyordum. Omurgamdan yukarı bir ürperti tırmanırken, Ayda yavaşça sıçrayarak dehşet dolu gözlerle Savaş'a baktı.

Savaş, Ayda'nın geri kaçmasını önemsemeden, "Şeytana uymazsın sen," dedi kısık bir sesle.

Karnım kasılırken, ikisinin diyalogunun fark edilmemesini diliyordum. Halim ve Sıraç bir şeyler konuşuyorlardı ve herkes başka şeylerle ilgileniyordu. Mekânın hazırlandığını biliyordum, o yüzden bekliyorduk. Ayda, omuzlarını dikleştirirken hilal gibi kaşlarını çattı ve çenesini kaldırarak Savaş'a baktı. "Ben şeytanı kendime uydururum," dedi dümdüz bir sesle. "Adam ederim."

İçimdeki arsız kız çocuğu dehşetle yerinden fırlayıp zafer naraları atarak alkış tutarken, yapabildiğim tek şey ciğerci kediler gibi sırıtmak olmuştu. Savaş'ın yüzündeki keskin ifade yumuşamadı ama bakışları derinleşti. Ayda, bakışlarını ondan kaçırırken, cesareti mum gibi sönmüş olsa da mumun geride bıraktığı duman, Savaş'ı onun kelimelerinde boğmaya yetmişti.

Kulüp 26'nın devasa büyüklükteki kapısı ağır ağır açılırken nefesimi tuttum. Geçmişle yüzleşmesinin, duyguların taze kokusunu ortama salmasının zamanı gelmiş gibiydi. Kızıl ışıklar yavaşça hareket etti, mekânın içi odağıma düşmeye başlamıştı. Sıraç'ın sırtıma hafifçe yaptığı baskıyla hareket ettim. Kapının diğer ucuna, benim hikâyemin yazılmaya başladığı, dudaklarımın kaderiyle buluştuğu kısma geçerken, heyecan kanımda ilk günkü kıvamını koruyordu. Adımlarımız yavaşça büyüdü, bedenlerimiz soluğunu çarpıştırdığı duvarlarla buluştu. İçeride değişen hiçbir şey yoktu.

Kırmızı loş ışık dönerek ortamı sakinleştirdi. Deri koltuklar bomboştu, içerisi hoş bir esansın pahalı kokusuyla ferahlatılmıştı. Dj kabini boş olsa da hafif müzik ortamı yumuşatmayı sürdürüyordu. Ayda, ürkek bakışlarını etrafta tur attırdıktan sonra, "Tabelasıyla çelişen bir huzuru var," diye fısıldadı. "Gerçekten çok güzel görünüyor."

"Görünüşe aldanma." Savaş'ın sesi düzdü. Kimse bunun altında bir anlam aramaya kalkmasa da şu an ortamın fesadı bendim. Ayda kaskatı bir şekilde Merve'nin yanına yönelirken, Sılay işaret parmağının ucunun ok gibi işaret ettiği kısmı bana çenesiyle gösterdi.

Gördüğüm şey, geçmişimin geleceğine tuttuğu aynaydı. İrkildim. Bu masa, o masaydı. Loca. En görkemlisiydi ve yakınlaşmamızın temelini attığımız masaydı. Kalbim, duvarları etrafında çatlak bir sızıyla titrerken, heyecanın kalbimin kapıları arkasında fokurdattığı suyun buharı, kalbimin kapısındaki küçük aralıklardan dışarı sızıyor, kaburgalarıma siniyordu.

Sıraç, beni masaya yöneltirken diğerleri de bizi takip etti. Hafif bir caz esintisi hoş bir tınıyla mekânın duvarlarında dönüp, yumuşak tınısıyla ortamın rengiyle birbirine tutunurken, parmaklarım deri koltuğun tanıdık yüzeyinde dolandı ve bacaklarım sonunda taşıdığı yükten mutsuz bir şekilde büküldü. Yavaşça koltuğa otururken, Sıraç da hemen yanıma oturmuştu.

"Abla, betin benzin attı," dedi Temmuz, tuhaf bir sesle. Kaşlarını çatmış, pürdikkat bakışlarını yüzüme odaklamıştı. Başımı iki yana sallarken, kalbim içeride devinmeye devam ediyordu.

Sıraç, belimden tutup beni kendine çekerken, sırtım onun kaslı göğsünün üstüne yerleşti. Çenesini kafamın üstüne koyup, saçlarımın arasına daldırdı ve derin bir nefes alırken göğsü huzurla yukarı kaykıldı. "Ne içiyorsunuz?" diye fısıldadı.

Sılay hevesle dudaklarını aralayacakken, "On sekizden küçüklere alkollü içecek yasağı getirdim bu gece," dedi Sıraç, sakin bir sesle. "Ne söyleyeyim kardeşime? Limonlu soda? Soğuk su?"

"Ya madem sınır getiriyorsun, ne diye soruyorsun ne içecek-siniz diye? Heveslendiriyor bir de beni ya!" Sılay kollarını göğsünün üstünde topladıktan sonra, bedenini yanında oturan Başak'a doğru çevirdi. "Limonlu soda diyor. Soğuk su diyor ya!"

Kollarımı Sıraç'ın incecik beline sarıp başımı onun göğsüne yaslarken, "Ben kokunu içime çekmeyi tercih ederim," diye fısıldadım, yalnızca onun duyabileceği bir ses tonuyla. "Kahve içiyormuş gibi."

Sıraç saçlarımın arasında fısıldadı: "Tüh, sarhoş etmeyi planlıyordum ben seni."

Çenemi göğsü boyunca kaydırarak ona baktım. Bakışlarım, onun yangın mavisi bakışlarına tutunurken, gözlerimin ondan başka her şeye kör olduğunu bir kez daha anımsamıştım. "Ne yapacaksın bana, beni sarhoş edince?" diye fısıldadım. Yaklaşan genç çocuk siparişleri alırken, kimsenin bizi duyamayacağı bir ses tonuyla konuşuyor, birbirimizin gözlerinin içine akıyorduk.

"Neler yapmayacaksın diye sor, anlatması daha kısa olur." Sesindeki tını kasıklarıma küçük iğneler batırırken, bakışlarım kısaca dudaklarına kaydı. Dolgun üst dudağı, alt dudağının dolgunluğunu saklıyordu ama genel olarak dolgun dudaklara sahipti.

"Heyecanlandırdın beni."

"Sen de beni evdeyken çok heyecanlandırdın," diye fısıldadı. "Koskoca kadına karşı olan tavrın... Erkeğinin etrafında başka bir dişi gören aslan gibiydin."

Yüzümü hoşnutsuz bir şekilde buruştururken, "Hatırlattığın için sağ ol," diye homurdandım. İrlanda kızılı saçlarının arasına parmaklarımı geçirip, hayvani bir güdüyü besleyerek yolmak istiyordum. Dudaklarımı büküp, yüzüme hoşnutsuzluğumu beyan eden bir ifade ekledim. "Size karşı olan samimiyetinden hiç hoşlanmadım. Olgun bir kadın olmalı ve yerini bilmeli. Ayrıca o kim oluyor da benim görümcemin ciğerini sökecek gibi sarılıyor acaba?"

Kaşlarını kaldırırken, yangın mavisi gözlerden yükselen ışık içimin karanlığındaki kayıp sazlıklara gün gibi doğarken, "Görümcen ha?" diye fısıldadı, nefesi yüzüme çarpınca ona biraz daha sokuldum ve başımı aşağı yukarı sallayarak onu onaylarken, tehditkâr bir edayla gözlerimi kıstım.

"Ay burada bir sakin durun artık, içecekleriniz geldi," diye homurdandı Sılay hoşnutsuz bir şekilde. "Ya ben neden her seferinde çiftleşmeden önce burunlarını tokuşturup birbirlerinin kuyruklarını koklayan kediler gibi yakalıyorum sizi!"

"Düzgün konuş, masada suratının portresini çıkarttırma bana," dedi Sıraç, yüzünde yapmacık bir gülümsemeyle. Bu gülümsemesini tanıyordum, şeytanın dudaklarını takıyordu sanki güzel kıvrımlı ağzına.

"Masada birbirlerinin kuyruğunu koklayan tek mart kedisi sizsiniz," diye homurdandı Sılay, genç çocuğun önüne koyduğu tozpembe rengindeki kokteylinden bir yudum aldı. "Bakma öyle be, alkollü değil."

Garson çocuğun önümüze koyduğu içkilere baktığımda, Ayda'nın bundan rahatsız olacağını biliyordum. O kendine bir kola söylemiş, kolayı içmek yerine bardağını incelemekle meşguldü. Şu an masada alkol almayan kişi sayısı, alkol alan kişi sayısından daha fazlaydı. Sırtımı tekrar Sıraç'ın göğsüne yaslarken, önümde duran viski kadehine uzandım. Kadeh yarısından daha az miktarda kehribar rengi sıvıyla doluydu. Pekâlâ, dolu değildi. Parmaklarım kadehe sarılırken, öne doğru eğildiğim için Sıraç'tan ayrılmak zorunda kalmıştım ve bundan pek de hoşlanmayan Sıraç, belimi sıkıca yakalayarak beni geri çekti.

"Sakin ol," diye fısıldadım bardağımı dudaklarıma götürüp, başımı geriye atarak Sıraç'a bakarken. "Bir yere kaçmıyorum."

"O gün de dizimde oturarak içmiştin içkini." Beni biraz daha kendine doğru çektiğinde, masadaki sohbet koyulaşmıştı. Sohbetin geneli yeraltı şehri hakkındaydı, Sıraç'ın kurduğu bu tuhaf dünyayı hâlâ yadırgıyor gibiydiler. Sıraç, burnunun ucunu yavaşça yanağımda dolaştırdıktan sonra, viskisinden büyük bir yudum aldı ve bardağını sallayarak kenara bıraktı. "Tekrar dizime oturarak içmek ister misin? Benim bardağımdan?" Fısıltısı can yakıcıydı.

Duygular yoğundu. Bir dal sigaranın dibinde kalan soluk sarı izmarit, sigaranın ucunu yakan fersiz turuncuyla birleşmek üzereyken çıkarttığı o eşsiz çıtırtı ve daha da kıvam kazanan o koku. İzmaritin özünden yükselen, ateşin perçinlediği o koku. Yoğunluk, tarifi belki de en zor histi. Pudingi ateşin üstünde karıştırırken ki yoğunlaşma evresi. Cidden, yoğunluk için belki de gereken şey ateşti. Belki de benim gözümdeki yoğunluğumuz bu yüzden yangınla eş değerdi.

Ayda, kolasının pipetini yavaşça döndürüp kolunu koltuğun sırtına atarken, gözleri dans pistinin etrafında hafifçe seğiren kırmızı ışıktaydı. Belki de boşlukta. Düşünceleri gözlerinden sarkmış, yanaklarını gölgelendirmişti sanki. Savaş, sert konyağından büyük bir yudum alırken gözleri Ayda'daydı ama Ayda bunun farkında bile değildi. Kızın yüzüne vuran ışıklar, güzelliğine gizemli bir büyünün ucundan akan parıltıları fırça darbesiyle onun beyaz tuvaline vuruyordu sanki.

Savaş'ın gözleri büyük bir ağırlıkla bana döndüğünde, bir an göz göze geldik. Kırmızı loş ışık onun siyah gözlerini perdeleyen uzun kirpiklerinin üstünde dans ediyor, kirpiklerinin aydınlık taraflarını kızıla boyayarak, siyaha çizik darbeleri indiriyordu.

Rahatsız bir şekilde bakışlarımı kaçırmak istesem de Savaş benden önce davrandı ve bakışlarını avuçlarının arasında sıkıca tuttuğu konyak bardağına çevirdi. Gözleri kısık, yüzü durgun ve dudakları düz bir çizgi şeklinde gerilmişti. Sılay, ıslıklı bir nefes aldıktan sonra, "Türkçe şarkı çalamazlar mı? İçim şişti gıydırı gıydırıdan çünkü benim," diye homurdandı.

"Caz o," dedi Temmuz gözlerini Sılay'a dikerek. "Soft caz."

"Sus, Marul. Bana caz yapma."

Temmuz hüsranla elini yüzüne götürüp yüzünü Sılay'dan saklarken, "Şunları yapmasan ölür müsün?" diye homurdandı. "Yıldım."

Sıraç, içkisinden bir yudum daha aldıktan sonra, bir eliyle belimi sararken, diğer eliyle dj kabininin önünde dikilen genç çocuğa işaret yaptı. Çocuk, Sıraç'ın bir şey söylemesine gerek yokmuş gibi hemen kabine çıktıktan sonra, "Zihin yoluyla iletişim galiba," diye homurdandı Sılay.

Tanıdık ritim vurduğunda, kaskatı kesildim. Rotası kaybolmuş bir duygunun ibaresi hastalıklı bir ritimle tutarsızca oynarken, sertçe yutkundum.

"Üvey," diye fısıldadım sesim çatlarken. Yüzümü Sıraç'ın göğsüne gömüp, ağlamak istiyordum. "Zemheri gözleri üvey..."

"Benim için söyle, miniğim," diye fısıldadı, kulağıma. "Senin sesini kâinattan kıskanan adam için söyle."

"Bu Mayıs'ın o gece söylediği şarkı," diye fısıldadı Sılay. Ceylan Ertem'in seslendirdiği şarkı...

Masada küçük bir alkış koptuğunda, ellerimle yüzümü kapatıp, başımı Sıraç'ın boynuna gömdüm. Sıraç, yüzüme kapattığım ellerimi yavaşça yüzümden çekerken, beni dizine doğru kaydırdı ve ben tıpkı küçük bir kız çocuğu gibi onun dizine otururken, bedenimi yan çevirip, onu daha net görebilmek için kendimi kucağına yerleştirdim. Sıraç, bakışlarını bana odaklarken, elini bir kez daha havaya kaldırdı ve *başa sar* demek olduğunu düşündüğüm hareketi yaptıktan sonra, gözlerini kıstı.

"Üvey..." Parmaklarım Sıraç'ın kemikli yüzüne kaydığında, gözlerini biraz daha kıstı ve uzun, simsiyah bir perdeyi andıran kirpikleri gözlerinin mavisinin üstüne iri siyah çizikler attı. "Zemheri gözleri üvey... Yer, gök, dört duvar sağır ağır ağır..." Yüzünü tamamen avuçladığımda, sesim tamamen kısılmıştı ve duyduklarından bile şüpheliydim. "Düşmedim daha."

Müziğin etrafında dönen küçük alkış seslerini duyabiliyordum. Derin bir nefesi ciğerlerime doldururken, tamamen ona odaklandım ve zihnimde yaşlanmasına izin verdiğim her şeyin kilidini kaldırdım. "Üvey zemheri gözler üvey, yer, dört duvar sağır ağır ağır... Düşmedim daha. Dar sokak vurgunları, kaldırın düşenleri ağır ağır... Düşmedim daha."

Parmakları yüzüme düşüp, burnuma inen bir saç telini kulağımın arkasına iterken, onun mucizeymişim, bu dünyada onun başına gelen en muhteşem şeymişim gibi bakıyordu bana. Ben onun mavi mucizesiydim. "Ayaz... Vur vuracaksan. Hiç utanmadan. Hey tarih sen de dön döneceksen... Çabuk, sön yetim yıldız. Dal derinlere. Kıyamet sen de kop kopacaksan." Yavaşça yutkunurken, etrafımızdakiler bir şeyler söyleyip, hafifçe alkışlamayı sürdürüyordu ama sanki onun dışındaki her şeye buzdan bir cam çekilmişti ve görüşüm yalnızca onu kabul ediyordu harelerime.

"Gecen günün beni neden tanımadı? Elin kolun beni nasıl saramadı? O bendeki canı henüz yoramadı..." Kısık bir sesle dudaklarına doğru mırıldanırken, parmakları yavaşça belime kaydı ve beni sıkıca sararken, ıslık seslerinin Halim'den geldiğini de biliyordum. Dudaklarım usulca yukarı kıvrıldı. Şarkıyı en başından Sıraç'ın dudaklarına doğru, dudaklarımda serseri bir kıvrımla mırıldanırken, her bir kelime de dudaklarımız birbirine çarpacak kadar yakınlaşıyordu.

Son kelimede, dudaklarıma belli belirsiz bir buse kondurup, iliklerime kadar adının baş harflerini çakıp, beni tamamen kendine zimmetledi. Müzik arkada tüm şiddetiyle devam ederken, benim kelimelerim ona susmuştu. Alkış sesleri bizim için birbirine çarpan avuçlardan yükseliyor, kalbim aniden salgıladığı mutluluk hormonunu yadırgıyordu.

"Bitmedi." Sesi keskin, kelimesinin altında yatan anlam her anlamda tatmin ediciydi.

Bitmezdi.

Bitti sandığımız yerde tekrar başlardı. Bu yangın öyle bir sıçramıştı ki, artık önü alınamaz, söndürülemez, durdurulamazdı.

Yanmaya mahkûmduk.

"Bitmez." Burnumu burnuna, alnımı da alnına yasladıktan sonra, "Bitmesine asla izin vermem," diye fısıldadım, bunu fısıldayan dudaklarım olsa da, kelimeler kalbimde boy veren kiraz çiçeğinin kökünü saran yaşam damarlarımdan yükselmişti.

"Dans et o zaman benimle." Beni yavaşça dizinden indirirken, saçlarımı kulağımın arkasına iterek ayağa kalktım. Sıraç, dans pistine yürürken, masadaki kimsenin yüzüne bakamayacak kadar utanmış ve yoğun hissediyordum. Adımlarımı sağlam basmaya çalıştım ama sanki altımdaki zemin çürümüştü ve ayaklarım tıpkı bataklığa batan bir beden gibi zeminin içine batıp çıkıyordu. Her bir adım, diğerinden daha ağır ve sancılıydı. Sıraç, dans pistinin ortasında sırtı dönük dikilirken, küçük adımlarım cansızdı. Birilerinin önünde benimle dans edeceğini bilmek, midemi ağzıma getiriyordu ve utancımı üçe katlayıp, beni mantığımdan ikiye bölüyordu.

Küçük sessizlik, benim onun sırtına dönük bir şekilde dikilmemle son buldu. Alt dudağımı ısırırken, müzik kulaklarımı doldurmaya başladı ve o anda yavaşça bana doğru döndü. Kırmızı loş ışığın ortasından geçen mavi ışık, kırmızı yardı ve birbirine karışmadan ince sütunlar çizerek üstümüze hücum eden ışık, Sia'nın asla unutamayacağım parçasının yükselen ritmiyle, şarkıya uyum sağlamaya başladı. Chandelier!

Sıraç'ın gözleri doğrudan gözlerime odaklanırken, sol eli, sağ elimin parmaklarını kavradı ve parmaklarımız birbirine sarılırken, elimizi havaya kaldırıp diğer eliyle belimi yakaladı ve belim sert bir şekilde ileri bükülürken, bedenim onun bedenine çarptı. Alnım, onun dudaklarının hemen altındaydı. Sıcak nefesi, alnımı yarıp geçerken, kalbimin gömleğimi hareket ettiren çarpışı, onun göğsünün boş kısmına yumruklarını indiriyordu.

Beni kendinden uzaklaştırırken eli elimi bırakmadı ve beni kendi etrafımda üç kez ustaca çevirdikten sonra bedenlerimiz bir kez daha çarpıştı. Arkada ortalığı ayağa kaldıracak kadar gürültü yapıp, bir şeyler söyleyen bizimkilerden başkası değildi. Sıraç sanki yıllardır dans ediyormuşuz gibi beni kendi etrafımda çevirip, bedenimizi birbirine çarparak, birbirini yakalayan bir ritim bulurken ben de ona uymuştum. Bacaklarım zikzaklar çizerek onun elinin altında kıvrıldım. Sıraç, büyük avucuyla belimi kavrayıp, karnımı karnına yapıştırırken, bacağını iki bacağımın arasına kaydırdı ve tehditkâr bir şekilde dizini iki bacağımın arasında kaydırdı.

"Siktir!" diye fısıldadı, nefes nefese beni kendine çekerken. Şarkı yükselmek üzereydi, o ana yaklaştığımızı biliyordum. Terden sırılsıklam olan alnının nemli yüzeyinde dolanan ışık oyunları gözümü alırken, yangının en koyu kıvamı harelerini tutsak almıştı. "O gece nasıl hissediyorsam, eksiksiz aynısını hissediyorum şu an." Sertçe yutkundu.

"Ben de." Nefes nefeseydim, omuzlarım hızla inip kalkıyordu. İçim körükleniyor, pervanem yangının ortasında alev almış, ateşi etrafa sıçratarak son hızla dönüyordu.

Sıraç, aniden beni kucakladığında bacaklarımı hızlıca onun beline doladım ve tam o anda Sia'nın çığlığı dudaklarımıza aynı emri gönderdi. Diğerleri umurumda değildi. Her şey bu şekilde başlamıştı. Öldürücü çekimine burada kapılmıştım. Beni tıpkı bir farenin ölümün ucunda olduğunu bile bile bir parça peynir için kapana girişi gibi kapanına sıkıştırmıştı. Açlıkla dudaklarına saldıran dudaklarım, anında dudaklarının aralanmasıyla dilinin sıcak ıslağına ulaştı. Ağzı, ağzımın her yerindeydi. Bacaklarımı beline daha sıkı sardım ve parmaklarım onun ensesindeki saçlarının bitiş çizgisine tırmanıp, yumuşak ama asi olan gür saçlarının arasına girdiler. Ağzı, ağzımın içindeki yangını körüklerken, parmaklarım arsızca onun saçlarında dolaşıyordu.

"Âşıklar amına koyayım!" diye bağırdığını duydum Halim'in.

"Paçanız yansın ulan!" Savaş'ın sesini duymayı beklemiyordum. Dudaklarım Sıraç'ın dudaklarında asılı kalırken, Sıraç hafifçe tebessüm edip dilini ağzımın içine itti.

"Ben o jartiyeri vermesem..." Ümran'ın sesi bir anda boğuklaştı ve birinin onun ağzını kapatmaya çalıştığını o anda anladım. Sıraç'ın ağzının içine kıkırdarken kapanan gözlerim yavaşça aralanmış, kirpiklerimin esaretinden çıkan gözleri, doğrudan bana bakan yangın mavisi gözlerle karşılaşmıştı. Dudaklarımın içine inleyerek gözlerini kıstı ve dudaklarımız ayrıldığında alnımı alnına yaslayıp derin bir nefes aldı.

"Bu gece madem kendimi kaybedeceğim, bu senin yanında olmalı," diye fısıldadı, her bir kelime dudaklarımın dudaklarına temasıyla renk buluyordu. "Bu gece ve geri kalan her gece."

8. AYDAKİ KIZ

Kaderinden hayatına sarkan ipi çürük olan insanlar, kaderi ve hayatını birleşmekten daima korkarlardı. Ki kader, hayatla bağlantılıydı ve eğer hayat kadere göre işlemezse, üç yanlış bir doğruyu değil, tüm doğruları sınav kâğıdınızdan tek hamleyle silebilirdi.

Ayda her zaman kadere inanan, kaderi ve hayatını bağdaştıran bir insan olmuştu. Olmuş muydu? Ayda'nın kaderinden hayatına sarkan ipi çürüten etkenler vardı ve Ayda o ipe asılıp, hayatını o ipten sarkarak yaşamaktan korkuyordu. İp koptuğu an, beyaz sayfaya çakılacak ve tıpkı o sayfaya bastırılan kalemin ucundaki mürekkep gibi sayfanın bir ucuna yayılıp, izini bırakacaktı. Ayda, insanların hayatında kötü bir iz olarak yaşamaktansa, kendi hayatındaki o silik iz olmayı tercih etmişti.

Başının ortadan ikiye ayrılacağını düşünüyordu, burası yalnızca canlı müzik yapılan kısımsa, diğer taraf nasıldı kim bilir? Rahatsız bir şekilde oturduğu yerden kalkarken, herkes o kadar kendi âlemindeydi ki, kimse onun oturduğu yerden kalktığını dahi fark etmemişti. Bir kişi hariç...

Ayda, az önce gördüğü o ateşli öpüşmenin izlerini göz kapaklarından silmek istiyordu, ona göre pek de doğru olmayan bu şeye bakış açısı her ne kadar katı olsa da Mayıs'ı ve Sıraç'ı çok seviyor, onlara saygı duyuyordu. Neticede onlar karı kocaydı, ona söz düşmeyeceği aşikârdı. Küçük adımlarla dans pistinin kenarındaki ışığın az olduğu bölmeden geçerken, az önce içeceklerini getiren genç çocuğun gözlerinin odağında olduğunu fark edince, rahatsızca gözlerini o kısımdan kaçırıp, ilerledi.

Şakaklarında kıvam kazanan ağrı yoğundu, bir an önce eve dönmek istiyordu. Kendi evine. Şalının sarkan ucunu düzeltirken, dar bir koridora girmişti bile. Deri ve kadifenin bir bütün halinde işlendiği, mimarisi güzel bir koridordu burası. İçerisi dans pisti göz önünde bulundurulunca ışıksız ve havasız olsa da güzel kokuyordu. Kollarını elleriyle ovalayarak ilerlerken, buraya ait olmadığını içten içe tekrar ediyor, yine de burada, bu insanların arasında olduğu için bir parça mutluluk duyuyordu.

Sonunda lavabonun nerede olduğunu saptayınca adımlarını hızlandırdı ve tuvaletin ileri doğru itilen metal kapısını nazik elleriyle iterek açtı. İçeri girdiği an otomatik lambalar sinir bozucu bir cızırtı çıkararak lavaboyu beyaza boyadı. İçerisi temizdi, klorla karışık çamaşır deterjanını andıran bir temizlik malzemesi kokuyordu. Belki de biraz tiner. Duvarlar yeni boyanmış gibiydi zaten.

Ayda, beyaz ışığın altında parlayan, tıpkı ışık gibi beyaz olan lavabo taşına avuçlarını bastırıp tertemiz aynaya düşen görüntüsüne çevirdi bakışlarını. Kalbinde adını koyamadığı, belki de ad vermekten korktuğu bir şeyin filizlendiğini biliyor, bundan nefret ediyordu. Biçimli kaşlarını çattığında gözlerindeki hüzün perdesi aralandı ve yüzündeki zoraki tebessüm maskesi düşüverdi.

Başak'ın Savaş'a karşı hisleri var mıydı gerçekten? Bunu sorguladığı için kendinden bir kez daha nefret etti. Elini musluğun altına tuttuğunda, tazyikli su bir anda açılıp onun narin, bembeyaz ellerine dökülmeye başladı. Su o kadar hiddetli akıyordu ki, onun ince derisini şimdiden sızlatmıştı. Allah'tan çok da soğuk sayılmazdı, gözlerini devirerek dezenfekte sıvı sabun-

dan avucuna biraz aldı ve sabunu avuçlarının arasında köpürtmeye başladı. Tuvaletin kapısı aniden araladığında, kızlardan birinin geldiğini düşünüyordu.

Onlara içecek getiren genç adamı arkasında görmeyi beklemiyordu.

Genç adam, yüzünde nazik bir gülümsemeyle kapının pervazından kafasını uzattı ve, "Merhaba," dedi kısık bir sesle.

Ayda'nın biçimli kaşları daha da çatıldı. Elindeki köpükleri musluktan akan tazyikli suyun altına tutarken, hızlıca avuçlarını ovaladı ve aynadan adamı takip etti. "Sorun ne?" Sesi keskindi, rahatsızlığını vurgulamak istercesine yeni bir ton kazanmıştı.

Genç adam duraksadı. "Şey..." Gözlerini kaçırdı ve yavaşça bayanlar tuvaletine girerken biraz olsun utanmadı. Ayda, dehşet dolu bakışlarını omzuna yönlendirip adama omzunun üstünden bakarken son derece gerilmiş, kanı panikle kabarıp damarlarını turlamaya başlamıştı.

"Ne yaptığını sanıyorsun sen?" Ayda bir anda parladı, tıpkı bir kuyruklu yıldızın dünyaya çarpmadan önce yaydığı gür ışık kadar keskindi. Ellerini suyun altından çekerken adam kabinlerden birinin önünde durdu, şaşkındı. "Hemen çıkar mısın şuradan?"

"Şey..." Adam gözlerini Ayda'nın ürkek yanını saklamaya çalışan sert bakışlarına çevirdi. "Ben yalnızca..."

"Sen yalnızca ne?" Ayda eliyle kapıyı gösterirken, parmak boğumları sinirden bembeyaz kesilmişti. Zaten beyaz olan teni bir parça daha beyazlamış, ürkek duygularını derisinin altında şeffaflaştırmıştı. "Çık, hemen!"

"Daha önce burada senin gibi birini görmedim." Adamın sesi şaşkındı, Ayda'ya doğru bir adım daha attığında Ayda irkildi ama yerinden kıpırdamadı. Herhangi bir hareket onun ürkekliğini ele verebilirdi ve bu hiç de hoş olmazdı. "Sadece..." Yutkundu adam. "Çok güzelsin."

"Ne? Ne saçmalıyorsun sen? Bu nasıl bir hadsizlik? Beni tıpkı bir sapık gibi takip edip, bayanlar tuvaletine girecek kadar

yürekli misin? Sıraç ağabey bundan hiç hoşlanmayacak!" Ayda dehşetle ellerini iki yana kaldırıp yüzünü buruşturdu. "Çık hemen!"

"Amacım tanışmak." Adamın ısrarı, Ayda'nın sinirlerini tamamen alt üst etmişti. Düşünceleri tutarsız bir şekilde, tıpkı küçük çocukların file torbada taşıdığı misketlerin kaldırımlara dökülüşü gibi oradan oraya dökülmüştü. Ayda, hınçla kapıya yönelirken, adam arsız bir tavırla önünü kesip kızın dışarıya çıkmasına engel oldu.

Genç kız, buz kesilen avuçlarını sıkıp küçücük yumruklarına tırnaklarını geçirdi. Avuçları yanmaya başlamıştı. Ürkek kalbi büyük bir hızla göğsünü tekmelemeye başladığında, çığlığı bassa bile kimsenin duymayacağının da bilincine varmıştı. Korku kokan saniyeler, panikle karışan dakikalara doğru istikrarlı adımlar atmaya başladı. "Haddini aşıyorsun! Bu yaptığın çok saygısızca! Ben Sıraç ağabeyin misafiriyim!"

"Kötü bir niyetim yok." Adam tamamen önünü keserek Ayda'nın tuvaletten çıkmasına engel oldu. Kabin ve duvar arasında çok mesafe yoktu, zorba adam iki kolunu da açmış ve etten bir duvar olarak genç kızın hareketlerini kısıtlamıştı. Alanı daralan Ayda, paniğine hâkim olmaya çalışarak, "Kötü niyeti olmayan insan bir kızın önünü bu şekilde keser mi?" diye sordu.

"Çok hırçınsın, başka çarem yok gibi hissettim." Adam, yeşil gözlerini Ayda'nın pürüzsüz bir mermeri andıran bembeyaz yüzünde dolaştırdı. Kızın güzelliği onun başını döndürmüş, yapmayacağı şeyler yapmaya zorlamıştı. Sıraç'tan deli gibi korkuyor, ona karşı büyük bir saygı duyuyor olsa da bu kız onun aklını başından almıştı.

"Çekil önümden, gerçekten sinirlenmeye başladım." Ayda, yumruklarını daha sıkı kavradı ve avuçlarının içinde hilal şeklinde izler bırakan tırnaklarının açtığı oyukta sızıyı hissetti. Tırnaklarını pek tabii bu adamın suratına geçirip, kendini savunabilirdi de. Buna rağmen insanca son kez şansını deneyip, "Sıraç ağabeyi biliyorsun, böyle bir saygısızlığa karşı sessiz

kalmayacaktır! Eğer şimdi geçip gitmeme izin verirsen, susacağım," dedi, insani bir ses tonu kullanmaya çalışarak. Ama çok geçti, öfke ses tellerine soba isi gibi sinmişti.

"Lütfen..." Eli, Ayda'nın incecik bileğine kaydığında, Ayda'nın dudaklarından tiksinti dolu bir ses döküldü ve aynı saniyeler içinde tuvaletin kapısı sert bir şekilde açılıp duvara çarparak tekrar kapandı. Kapı tekrar kapandığında artık tuvalette iki kişi değillerdi.

Savaş, simsiyah gözlerine indirdiği öfke perdesinin arkasında tırnaklarını sivrilten kaplanın pençelerini harelerinden dışarı bırakmak için an kolluyordu. Şu an duyduğu tek şey saf bir öfkeydi ve onun karanlık bir perdeyle üstü örtülmüş, sırlarla dolu yüreği bu öfkeyi kusmak için şiddete başvurmaktan hiç mi hiç çekinmiyordu.

Ayda ürkek bakışlarını, simsiyah gözlerin önüne toplanan öfkeye toslayarak Savaş'a çevirirken, bir yanı kurtulduğu için sevinç naraları atıyordu. Diğer yanıysa görmekten korktuğu karanlığın bir parça da olsa önüne düşecek olmasından yana şikâyetçiydi. Savaş, sıktığı dişlerinin arasından tıslamaya benzer bir ses çıkardığında, genç adam ürkmüş bir tavırla elini duvardan çekti ve sırtını kabin kapısına vererek Savaş'a baktı.

"Ne bok yiyorsun lan sen burada?" Savaş'ın sesi dümdüzdü, vurgusundaki ölümcül tehdit o kadar netti ki, bembeyaz fayanslara çarpmış, tuvaleti inletmişti. Gözlerinden geçen karanlık ifade, irislerindeki siyahı yutup karadelik haline getirirken, gözleri siyah bir küreden ibaretti şu an. Beyazı bile yutmuştu.

"Konuşuyorduk." Adamın içinde oluşan korku ses tellerine de bulaşmıştı. Derin bir nefes alıp, korkudan sık sık hareket eden gözlerinin odağını tek bir yere vermeye çalıştı. Avuç içleri şimdiden sırılsıklam olmuştu bile. Karşısındaki adam gerçekten ürkütücü ve tehlikeli görünüyordu. Patronu olan Sıraç'ın normal insanlarla takıldığını düşünmesi bile en başından beri büyük bir hata olduğunu şimdi kavramıştı. Karanlık karanlığı çekerdi.

Savaş'ın kaşları alayla yukarı kalkarken gözleri katran karasıydı. "Konuşuyorsunuz?"

"Evet." Adam panikle Ayda'ya baktığında Ayda duraksadı. Genç adam gözleriyle kıza yalvarıyor, onu ele vermemesi için haykırıyordu resmen. Ayda kaşlarını çatarken, içindeki insaniyet duygusu ağır basmıştı. Neticede kurtulmuştu, konuyu uzatmanın bir anlamı da yoktu. Kimseyi ekmeğinden etmek istemiyordu.

Ayda'nın dudakları aralanana dek, Savaş yapacağını yapmıştı bile. Işık hızıyla hareket eden çevik bedeni, genç adamın dibinde bittiğinde her şey bir anda gelişmişti. Savaş, uzun ve kemikli parmaklarını adamın boğazına doladığında, Ayda'nın dudaklarından bir çığlık döküldü ve genç kız ürkek bedenini geri iterek, lavabo taşına çarpana dek geri geri yürüdü. Kalçası lavabonun beyaz taşına çarptığında, korkudan kanı çekilen parmaklarını dudaklarına götürdü ve kocaman gözlerini kırpmadan ne olduğunu anlamaya çalıştı. Dehşete düşmüş bakışlarını Savaş'ın üstünden bir an olsun çekemiyordu, mantığı kelimelerini hapsetmişti ve dudaklarından sanki asma bir kilit sallandırılmıştı.

Savaş, adamın boğazını öyle sıkı kavradı ki, yılların öfkesinin parmak boğumlarında biriktirdiği kör edici bir güçtü bu. Biraz daha baskı yapsa, birkaç saniye beklemesine gerek kalmadan adamın yaşantısına oracıkta son verebilirdi. Genç adamın kafasını tuvalet kabinin kapısına çarparak, boğazına daha sıkı yapıştı. Gözlerinden uzanan pençeler, adamın ruhuna dalıp çıkıyor, içten yok eden bir zehir gibi adamı korkudan eritiyordu. "Gördüğün kıza nane mi oluyorsun, orospu çocuğu?" Sesi kısık olmasına rağmen, bağırsa bu kadar etki yaratmazdı sanırım. Adamın korkudan titreyen dizleri, sarıya çalan benzi ve azalan nefesi onu bir fare gibi köşeye sıkıştırmıştı.

"Ben..." Adam nefes alamadığı için sesi hava kaçıran bir balon gibi çıkmıştı. Sararan benzini leke gibi süsleyen kızarıklık, Savaş'ın acımasız avuçlarından ona yapılan baskı yüzünden

oluşmuştu. Alnındaki damarlar belirginleşmiş, gözleri can çekişiyor gibi kocaman açılmıştı. "...kötü bir niyetle yapmadım."

Savaş'ın göğsünde büyüyen öfke, tüm organlarına eşit uzunluktaki parmaklarını uzatıp sıçrarken, Savaş'ın dudaklarında kör edici bir tebessüm belirdi. Şeytani, kötü şeyleri sırtlanmış ve kesinlikle tehditkâr bir tebessümdü bu. Gözleri ruhsuzdu, bakışlarında kocaman çukurlar şeklinde açılmış içi boş mezarlar vardı.

"O zaman ben de şimdi seni tüm iyi niyetimle sikeceğim," dedi Savaş, ruhsuz ve kısık sesi Ayda'nın damarlarındaki kanın kristalleşmesine neden oldu. Kızın kilit vurulan dudakları, kelimelere gebe kalmış olsa da, arka arkaya yaptığı cümle düşükleri ağzındaki kanamayı durdurmak için dudaklarına kilit geçirmişti. Savaş, adamı sert bir şekilde geri çekip kabin kapısından ayırdığında, tepede cızırtılı bir şekilde yanan floresanlar titriyordu. Titreyen beyaz ışık Savaş'ın simsiyah saçlarının üstünde parlak haleler yaratmıştı, Savaş ani bir hareketle adamı tekrar kabine yapıştırdığında, adamın sırtı kabinin kapısına o kadar sert çarpmıştı ki, birkaç kemiğinin kırıldığından adı gibi emindi. Acı, kör bir bıçak gibi sırtına yayılıp ensesi boyunca turladı ve onu kıvrandırdı.

"Ah! Ağabey, gözünü seveyim yapma! Kötü bir niyetim yokt-" Savaş, adamın konuşmasına izin vermedi. Suratının ortasına indirdiği sert yumruk, yumruğundaki tok kemiklerin yarattığı kan şelalesinin parmaklarından boşalmasına neden oldu. Bu kan ona değil, genç adama aitti. Burnu ve ağzı tek bir darbeyle dağılan genç adam, acıyla burkulmuş bir ses çıkararak inledi ve inlediği an aralanan dudaklarından bir dolu kan boşalıp bembeyaz zemini kendi rengine buladı.

"Orospu çocuğu seni! Senin yüzünden insanlar artık anasını, kızını da sokağa çıkaramayacak! Sizin gibi orospu çocukları yüzünden!" Savaş, sert bir yumruğu daha çocuğun suratının ortasında çiçeklendirdi. Ayda, sonunda çözülebilmenin getirdiği kararlı bir ürpertiyle lavabonun kenarlarına tutunarak ken-

dini öne itti ve titreyen ellerini havaya kaldırarak, "Yapma," diye inledi. "Gözünü seveyim, öldüreceksin onu!"

Savaş, Ayda'yı dinlemedi. Her yumruk bir diğerinden daha sert, daha acımasız, daha gözü dönmüştü. Dinmesi gereken öfkesi, sanki üstüne benzin dökülüp, kibrit çakılmış gibi harlanmış, gittikçe daha da yoğun bir kıvam kazanmıştı. Savaş, tüm iradesini

çek sağlam olduğuydu.

Savaş elini yavaşça indirirken, Ayda'nın eli de onun eliyle birlikte usulca indi ama bileğinden ayrılmadı sıcak avucu. Adam, Savaş'ın onu bıraktığı saniyede dizlerine söz geçiremedi ve zavallı ayakları haşatı çıkmış bedenini daha fazla taşıyamadı. Kabinin kapısı boyunca kayarak pelte gibi yere kapaklanırken, dizleri içeri bükülmüştü ve tıpkı bir kukla gibi görünüyordu.

Ayda'nın kalbi öyle hızlı çarpıyordu ki, giydiklerinin üstünden bile belli oluyordu kalbinin göğsüne indirdiği o insafsız tekmeler. Şu ana kadar kana yabancı olan kız, az önce her şeye canlı bir şekilde şahitlik etmişti. Midesi burkuluyor, kanın metalik kokusu damağını yarıp, içindeki safrayı kaynatıyordu. Kusacağını düşündü ve bunu yapmamak için bilinçaltına keskin bir emir göndererek, elini yavaşça Savaş'ın bileğinden çekti. Korku dolu gözlerini genç adama çevirirken, ayak bilekleri titriyordu ve o bunun farkında bile değildi.

"O ölüyor mu?" Sesindeki korku, zaten ince sesinin daha da tizleşmesine neden oldu. Savaş, kaşlarını kaldırdı. Öfkeden körük gibi inip kalkan göğsü, şaşkınlıkla perçinleşince donakalmıştı.

Yüzünün rengine tamamen zıt siyah saçlarını temiz olan parmaklarıyla arkaya iterken, "Öldüğü falan yok, saçmalama," diye hırladı. "Hem sen tek başına neden ortalarda dolaşıyorsun, kızım?" Aniden sertleşen sesi tuvaletin duvarlarında eko yaptı. Keskin bakışlar birbirlerini bilemeye başladığında, artık ikisi de birbirine bakıyordu. Ayda, kanın kokusunu almamak için nefesini tutmuş olsa da sanki kanın kokusu ruhuna işlemişti.

"Onu öldüresiye dövdün." Ayda bir adım geri atıp, kandan yüzü görülmeyen adama bakmamak için doğrudan Savaş'a odaklandı. "Sıraç ağabeye söyleyebilirdik. Ya da ne bileyim konuşabilirdin."

Savaş, başkasının kanına bulanmış elinin yumruğunu sertçe sıkıp, dişlerini birbirine bastırdı. Her kadının hayali olabilecek kadar güzel detaylara sahip yüzündeki belirgin elmacık kemikleri kavislenirken, yanakları içeri çökmüş ve karanlık bir çukur oluşturmuştu.

Şu an gerçekten simsiyah görünüyordu.

Tenindeki ölüm beyazına rağmen.

"Eğer ben gelmeseydim bu orospu çocuğu sana zorbalık yapmaya devam edecekti." Sert bir tekmeyi yerde dizlerinin üstünde yığılmış şekilde kapıya yaslanan adamın karnına geçirdi. Adam, sanki bu sert darbeyi hissetmemiş gibi kısık bir inilti çıkartmaktan başka hiçbir şey yapmamıştı. Tekmenin çıkardığı ses, Ayda'nın yerinden sıçramasına neden oldu. Genç kız yutkunurken boğazından geçenin ıslaklık değil de, kızgın kömür tanesi olduğunu düşündü. "Bana çemkirmek yerine bir teşekkür etmeye ne dersin?" Savaş'ın uzun ve siyah kirpikleri bembeyaz bir tuvali andıran tenine koyu gri fırça darbeleri şeklinde gölgeler indirirken, keskin bakışları kızı bıçaklarının etrafından geçiriyordu.

Ayda tuvaletin kapısına korkuyla baktı. Buradan çıkmak, olabildiğince uzağa gitmek istiyordu ama bir yanı da tamamen buraya ait hissediyordu. Bu zorba, ölümü tenine giydirmiş adamın yanına. Düşünceler midesinin çalkalanmasına sebebiyet verirken, "Bir yardım çağırmalıyız," dedi kısık bir sesle. Dudaklarından dökülen kelimelerin harfleri devrik duruyordu ve hepsi birbirinin sırtına yaslanmıştı. "Durumu kötü görünüyor." Bakışlarını yavaşça Savaş'a çevirdi, Savaş kızın ürkek güzelliği karşısında bir an duraksasa da, çatık kaşları bir düzlüğe kavuşmadı ve yüzü biraz olsun gevşemedi.

"Siktiğimin çocuğunun durumunu mu düşünüyorsun bir de? Nesin sen, kanatlarını takmayı unutmuş bir iyilik meleği mi?" Savaş'ın aniden bağırması Ayda'yı tamamen irkiltmiş olsa da, kız bu kez geri adım atmadan çenesini dikleştirerek Savaş'a keskin gözlerle baktı. Gözleri, Savaş'ın dudaklarından dökülen kelimelerin harflerini boğazına geri çakacak kadar sivri ve deliciydi.

"İyilik meleği olmaya falan çalışmıyorum, insan olmaya çalışıyorum. Ne yapmış olursa olsun..." Titreyen elleriyle genç adamı işaret etti. "Onun haline bir bak, bir hata yaptı evet ama cezası bu kadar ağır olmamalıydı. Tamam, teşekkür ederim beni kurtardığın için." Ayda hızlı bir şekilde kapıya yöneldi. "Ama bu şekilde olmaz Sonyürek. Bu şekilde olmaz."

Savaş, çarptığı kapının arkasında bırakılmış gibi hissederken, göğsünün üstünde hareket eden öfkenin çok ötesinde daha değişik bir kıpırtıydı. Ayda'nın yanından geçip giden ürkek bedenine bakarken daha da paniklemişti. Ayda'nın az önce ona bakarken ki gözleri gözlerinin önüne perde gibi çekilince dişlerini sıktı. Ayda'nın tuvaletin kapısına uzanan elinin hızını ikiye katlayacak bir hızla kızın bileğine uzanırken, Ayda'nın sırtı ona dönüktü.

Savaş'ın kaslı göğsü, kızın narin sırtına değdiğinde, ikisi de bir anlığına donakaldılar. Ayda'nın eli kapının kulpunda, Savaş'ın eli ise Ayda'nın kapının kulpunda duran elinin bileğindeydi. Aralarındaki boy farkı, Savaş'ın nefesinin kızın şalının örttüğü saçlarına çarpmasına neden oluyordu. Ayda'nın göğsünün içindeki hastalıklı uzuv zangırdadı. Yoğun bir beklenti ve iğrenti duygusuyla kasılıp, hasarlı duvarlarını sertçe yumrukladı.

"Tam olarak böyle olması gerekiyordu," dedi Savaş kısık bir sesle. Kanlı elinin yumruğunu sıkarken, bu kızdan uzak duramadığı için kendine lanet ediyordu şu an. "Olması gerektiği gibi oldu, küçük kedi."

Ayda tuvaletin kapısına transa girmiş gibi bakarken, kapı-

nın kulpunu tutan elinin avucu ter içinde kalmıştı ve içi yanıyordu. Düşünceleri dizgin nedir bilmeyen, yeleleri uçuşan bir yarış atı gibiydi ve oradan oraya tutarsızca koşturuyor, önünde ne varsa yıkıp geçiyordu.

"Dışarı çıkıp yardım çağırmalıyız." Sesi titriyordu kızın, tıpkı içinde mum gibi titreşen duyguları gibi.

"Ona yardım çağıracağımı ve ona yardım edeceğimi falan mı sanıyorsun?" Savaş'ın kısık sesi tehditkârdı. "Hayır, kedi yavrusu. Eğer ona yardım edecek olsaydım, en başında ona bunu yapmazdım, değil mi? Şimdi ona yardım edeceğimi düşünüyor olamazsın. Birkaç saat baygın kaldıktan sonra kendine gelecektir hem."

"Bana kedicik, küçük kedi ya da kedi yavrusu demeni istemiyorum." Ayda sertçe yutkundu. "Ve burada da durmak istemiyorum."

"Eğer ben istiyorsam, senin istememenin hiçbir anlamı olmaz." Savaş bir adım daha attı ve göğsü tamamen kızın sırtına yaslanırken, kızı köşeye sıkıştırdı. Bunu yaptığı için kendine lanet etse de ondan uzak duramıyordu.

Ayda kapının kulpunu daha sıkı kavradı ve ileri doğru çekmek için hamle yapmak istedi. Savaş buna izin vermek yerine, elini kızın incecik bileği boyunca kaydırdı ve kızın kapının kulpunu avuçlayan narin elini avuçladı.

Hissetti, kız. Hissetti, adam. Hissettiler.

Kartopunun yuvarlanırken büyüyüşü gibi, yosun kokulu dalganın sahile çarparken tepetaklak getirdiği çakıl taşları gibi... Engin ve bir o kadar da derin duygu, adamın avuçlarının içindeki zarı yırtıp, saf ve katıksız bir yoğunlukla kızın eline baktı.

İkisi de afalladı. Ayda'nın durdurmayı başaramadığı nefesi daha da hız kazanırken, gözlerini yummuştu. Başak'ın yüzü gözlerinin önünde gibiydi, ona bakıyor ve gülümsüyordu sanki. Bu yanlıştı. Başak'ın düşüncelerini anlamadan böyle bir şeye değil kalkışmak, hissetmemeliydi bile. Ama yaktığın ve su top-

lattığın eline acımıyor dediğinde acın diniyor muydu? Zaten yanmış bir masa örtüsünün üstüne su döktüğünde o masa örtüsünü kullanabileceğini falan mı sanıyordu. Ama alevler ahşap masaya da sıçramadan buna bir çare bulmak zorundaydı.

"Çek elini." Ayda'nın çaresizlikle kavrulmuş sesi cansızdı. Ağacın dallarında intihara meyilli duran sarı yapraklar gibi titredi dudakları.

"Çekemiyorum."

Ayda duraksadı. "Neden?"

"Buna engel olan şeyi sen de hissediyorsun." Savaş başını eğdi. Dudakları kızın şalına çok yakındı ve kız sıcak nefesin çarpışını hissedebiliyordu. Kalbinin coşkulu uğultusu, ihanetin zil sesi gibi geliyordu ona. Olmazdı. "İkimizi çemberine alıp, parmağının ucunda oynatan şeyin varlığını hissetmediğini söyleme bana, küçük kedi."

Savaş kanını çıkarana dek ısırmak istiyordu dilini. Hayır, şu körpecik kıza bunu yapmaya elbette hakkı yoktu ama peki ya biraz olsun iyi hissetmeye de mi hakkı yoktu? Alkolün kanında küçük çizgiler çizerek dolaşan varlığı mıydı ona bu cesareti veren? Belki de çoktan beri düşündüğü şeyi yapmak adına alkolün arkasına saklanmıştı. Kim bilir?

"Ne demek istediğin konusunda ufacık bir fikrim bile yok. Şimdi elimi bırak da çıkıp yardım çağırayım. Sıraç ağabey gerekeni yapar." Dudaklarını ısırmak istiyordu, karnına ağrılar giriyordu ama yapacak bir şeyi de yoktu.

"Peki." Savaş yavaşça elini çekerken, Ayda boşluğa düşmüş gibi hissetti. Savaş, bir süre sessiz kaldıktan sonra içindeki karanlığı pençe izi gibi yaran gözlerini anımsadı kızın ve kızı bir anda kendine doğru çevirirken, sırtını tuvaletin kapısına yasladı ve kızı kapıyla arasına alıp, kollarını iki yana koyup, kafesledi.

Ayda'nın korkuyla irileşen gözleri, Savaş'ın simsiyah gözlerinin boyunduruğu altına girerken, Savaş dişlerini sıkarak kızın yüzünü incelemeye başladı. Düzgün bir burun, ince üst dudak, ince üst dudağının aksine oldukça dolgun bir alt dudak, yumuşak bir çene ve iri gözler. Porselen gibi teninin üstüne serpiştirilmiş bu güzelliğe bakarken karnı kasılmıştı.

Dişlerini serbest bırakıp alt dudağını yavaşça ıslattı ve kirpiklerini hafifçe gözlerinin üstüne çekerek, kısık siyahlarını kızın yüzünde gezdirmeye devam etti. Arkalarında yere yığılmış adam umurlarında bile değildi. Savaş yavaşça Ayda'ya doğru eğildiğinde, Ayda'nın yerinden hoplayan kalbi göğüs kafesine çarptı ve kemikten parmaklıklara takılarak geri sendeledi. Sıklaşan nefesleri, Savaş'ın gözlerinin Ayda'nın dudaklarına inmesiyle daha da sert bir kıvam kazandı ve yoğunlaştı.

Burnundan verdiği sert nefesler, Ayda'nın porselen gibi yüzüne çarpıyor ve sıcak dalgasıyla kızın gözlerinin kısılmasına neden oluyordu. İkisinin de midesi aynı şekilde kasılıp, dalgalanıyor ve midelerinden yukarıya, göğüs kafeslerine doğru havai fişekler patlıyordu sanki.

"Senin sorunun ne?" Ayda'nın sesi titriyordu. Savaş'ın dudaklarına baktığının farkındaydı, bu inanılmaz derecede ahlaksız gelmişti Ayda'ya ama çekime kurban gitmesine de ramak kalmış gibiydi. Kalbindeki irade yıkılmış olsa da mantığındaki iradeye sığınabiliyordu şimdilik.

"Benim sorunum sensin sanırım." Savaş kaşlarını çattı ve kısık gözleri yavaşça yukarı hareket edip, kızı odağına aldı.

"Sana ne yaptım ki?" Ayda, Savaş artık dudaklarına değil de ona baktığı için kendini biraz olsun gevşemiş hissediyordu ama yine de çok yakındılar ve bu yakınlık, Savaş'ın nefesinin sıcaklığını tamamen solumasına neden oluyordu.

"Bilmiyorum." Kısık erkeksi sesi gerçeği ifade ediyor gibiydi. Savaş gerçekten bilmiyordu.

"Bırak gideyim." Ayda yalvaran gözlerle baktı, Savaş'ın geceyi irislerine çekmiş gözlerine.

Sanki daha bir koyu, daha bir kuyuydu gözleri şu an.

"Bırakırım." Savaş dişlerini sıktı ve gözlerini yumdu. Ayda, hüsrana uğramış olsa da doğrunun bu olduğunu da biliyordu.

Olması gereken tam olarak buydu. Savaş, bir anda biraz daha alçalttı mesafeyi ve Ayda'nın sorgulamasına fırsat vermeden dudaklarını kızın alnına bastırdı. Alnındaki çizgileri dudaklarının kıvrımında hissederken kaşları çatık, gözleri kapalıydı. Ayda kocaman gözlerle olup biteni algılamaya çalışırken, tüm bedeni buzdan bir kütleye dönmüştü sanki. Savaş, dudaklarını alnından çekmeden fısıldadı: "Ama bu arkandan gelmeyeceğim anlamına gelmez."

Gözlerini keskin bir şekilde açarken, uzun kirpiklerinin aralığından gün yüzüne çıkan gözleri doğrudan ileriyi hedef almıştı. Dudaklarını usulca kızın alnından çekerken, derin bir nefes doldurdu ciğerlerine. Ciğerlerindeki hava odacıkları şişmiş ve bir iğneyle patlatılmıştı sanki. Kirli hava ciğerlerindeki baloncukların içinde saklanıyordu da, biri baloncukları patlatınca doğrudan ciğerlerine akın etmişti sanki. Bir kez daha derin bir nefes alıp kendini geri çekti ve kızın gözlerinin içine baktı.

Ayda, utancın ayak parmaklarından tüm vücuduna yayılarak yükseldiğini hissetti.

Savaş'ın gözlerine bir kez olsun bakamadan kapının kulpuna asılıp, kendini Savaş'ın esaretinden kurtararak tuvaletin dışına iterken, Savaş hâlâ orada öylece dikiliyordu. Kapıyı çekerek açtığı o ufacık aralıktan süzülmüş ve yok olmuştu. Kızın gittiğini sonunda idrak eden Savaş yaptığı şeyin bilincindeydi. Bunun nedeni alkol falan değildi.

Bunun nedenini az önce kusursuz bir alnın çizgilerine kazımıştı.

Sonyürek bu kez vazgeçmeyecekti. Bu kez sıra onundu ve bu kez kesinlikle kaybetmeyecekti.

∞

Sılay Karayel'den...

On yedi... Çok yakında on sekiz yıldır göremediğim sıcak şeyi şimdi yaralı avuçlarımla kavramıştım. Bir aile kavramı benim için belki de bu dünyadaki en uzak şeydi. Milyonlarca ışık yılı uzaklıktaydı belki de. Babaları tarafından sevilmeyen, sevilse de o sevgiden bir parça koparmayı başaramayan kızların kaderiydi belki de bu hiçbir yere ait olamama hissi.

Kavradığım o sıcak şey, kısa zamanda çok şeyi tamir etmişti. Gözlerime inen perde yukarı çekilmiş, günışığı uzun sütunlar çizerek etraftaki toz harelerini gözümün önüne sermiş, gözümün bebeğine girmişti. Işığın sıcaklığını hissedebiliyordum. Bu tıpkı floresanın etrafında incecik zardan kanatlarını çırpmaya çalışan kelebek gibi hissettirse de, bağışıklık kazanmaya başlamıştım.

Osman ağabey her zamanki miskinliğiyle bir köşeye çekilmiş, halay mendilinin ucundaki oyalarla oynarken, eğlenmek için diğer tarafa geçmiştik. Savaş'ın haşatını çıkarttığı barmen ve aynı zamanda DJ'lik yapan çocuk bir de üstüne ağabeyimden dayak yemiş, bir güzel hırpalanmıştı. İki adamda onu bir güzel benzetmekte haklıydı çünkü arsız Ayda'yı taciz etmişti. Kaşlarımı çattım ve elimde duran ucundan sarı şemsiyesi çıkmış içeceğimden büyük bir yudum alıp, hırsla dans eden bedenlere baktım. Elimdeki bardağı gidip o herifin alnının çatısında parçalamak istiyordum.

Ayda bir köşeye sinmiş, beti benzi atmış şekilde dans eden bedenleri izlerken, bunun sebebinin tacize uğramış olduğunu biliyordum. Belki de değildi. Kesinlikle şaşkın, düşünceler içinde ve biraz da durgun görünüyordu. Bizden farklı olduğunu düşünse de aslında bizimle aynıydı. Onun kalbindeki maneviyat duygusunu seviyordum. Bazen ona özendiğim bile oluyordu.

Elbisemin eteğini yavaşça aşağı doğru çekiştirirken, tanıdık kalabalıkta farklı yüzler arayışına girdim. Orhun ağabey, ağabeyimin sevdiği adamlardan birisiydi ve ağabeyim gerçek bir eğlence için mekânın boşaltılmasından vazgeçmişti. Hepsi zaten ağabeyimin emrinde çalışan, onun esareti altında yaşayan adamlardı ve zararsızlardı. O arkadaşıma salça olan ibneden bahsetmiyordum elbette.

Topuklu ayakkabılarımın bileklerimdeki bantları rahatımı bozsa da, ağabeyimin gazabına uğramadan istediğim şekilde burada olabildiğim için gayet halimden memnundum şu an. Ayrıca görünürlerde küçük şeytan Melek kadar tehlikeli bir hatun da olmadığı için Temmuz istediği yerde otlayabilir, dağ bayır koşabilirdi.

"Lan!" diye bağırdı, Başak. Müzik o kadar gür ve keskindi ki, onun bağrışını bile zor algılamıştım. Yüzümü buruşturarak ona baktığımda, elindeki kokteylin pipetini parmağıyla döndürerek, çenesiyle bar tezgâhının önünde dikilen Temmuz'u gösterdi. Hemen yanında Doğukan vardı ve bir şeyler konuşuyorlardı. Doğukan'ın bizimle gelmesi beni şaşırtsa da, Merve adına sevinmiştim açıkçası. "Gitsene seninkinin yanına, salak. Bak hazır ağabeyin de yok ortalarda."

Yüzümü buruşturarak Başak'a ters ters baktım. Osman ağabey her ne kadar Başak'a karşı delice hisler beslese de, ben bazen bu kızın kafasını meşeden bir masanın üstünde sektirmek istiyordum. "Nereden benimkiymiş o?" diye çemkirdim dudaklarımı bükerek. "Hiç de benimki falan değil." Tamam, mememi elledi.

"Ben de yedim bunu. Birbirinizi gözlerinizle soyuyorsunuz siz." Kıkırdadı ve omzuyla bana sertçe vurup, "Sizi gidi sizi, bana bak ne yaptınız?"

Sırtımı içi doldurulmuş kolonlardan bir tanesine yasladıktan sonra içeceğimden büyük bir yudum aldım. Gözlerim ışık oyunlarını takip ediyordu. Kulübün içi o kadar büyüktü ki, ağabeyim ve Mayıs'ı hiçbir yerde göremiyordum. Belki de şu an Başak'ın ima ettiği şeyleri onlar yapıyordu, kim bilir? Bunu düşününce...

Düşüncelerime harakiri yapmak istiyordum.

"Hiçbir şey yapmadık, saçma sapan konuşmasana sen." Burnumu kırıştırdım ve gözlerimi Temmuz'a çevirdim. Sırtı bana dönük değildi ama bana doğru da bakmıyordu. Şu an yalnızca yan profilini görebiliyordum. Uzun bar sandalyelerinin demir çubuklarına uzun bacaklarını bükerek ayaklarını basmıştı. Kıvırcık saçları biraz daha uzamış gibi görünüyordu, hafif kirli sakalı vardı, bu bebeksi suratına, erkeksi bir fırça darbesi indirmişti.

Yeşil, mavi, kırmızı ve sarı ışıklar birbirine girerek onun yüzünün görebildiğim kısmını aydınlatırken, elimdeki içecek bardağını uzun masalardan bir tanesine koydum ve kollarımı göğsümün üstünde toplayarak tekrar kolona yaslandım.

"Sana bir şey soracağım," dedi Başak, konsantremi altüst ederken. Başımı salladım ama bakışlarımı ona çevirmedim. "Ayda... Biraz düşünceli gibi, değil mi?"

Durumu anında kavradım. "Bana da öyle geldi," dedim yavaşça başımı sallayıp Başak'ı onaylayarak. "Şu tuvaletteki olay onu bayağı etkilemiş gibi."

"Durumun bununla sınırlı olduğunu düşünmüyorum, Sılay." Başak'ın sesi keskindi. Bir an duraksadım ve omzumun üstünden Başak'a baktım. Kaşları çatılmış, çatılan kaşları alnında huysuz bir çizgi oluşturmuştu. Dudakları düz bir çizgi şeklinde gerilmiş, gözleriyse ifadesizdi.

"Ne demek istiyorsun?"

"Başka bir sorunu var ve bizimle paylaşmıyor." Sertçe yutkundu ve kaşlarını daha sert bir şekilde çattı. "Belki de ona gereken güveni hiçbir zaman veremedim."

Dehşet içinde gözlerim irileşirken, "Saçmalama," diye çıkıştım. "Ayda sana güveniyor elbette!"

"Ben öyle olduğunu düşünmüyorum. Bir süredir sanki benimle ama değil. Benden saklanıyor gibi." Omuzları düştü. "Sanki bir şeyden dolayı kendini suçluyormuş gibi."

"Neyden dolayı suçlasın ki? Ayda o, genelde hatayı biz yaparız, o değil." Sırıttım ve Başak'ın neşelenmesi için ona omzumla yavaşça vurdum.

"Şey..." Başak gözlerini kaçırdı ve bakışlarını ışıklara çevirdi. "Sanırım şu kas kütlesinden hoşlandığımı düşünüyor."

"Kas kütlesi?"

"Savaş..." Elleriyle kollarını gösterdi ve, "...aha böyle kasları olan herif."

Kaşlarımı kaldırdım. Şüphelerim doğru yönde yılan gibi sürünüyordu demek ki. "Peki hoşlanıyor musun?" diye sordum, kısık bir sesle.

"Kabul!" Başını iki yana sallarken kıkırdıyordu. "Onu gördüğümde tanrı sandım. Işığı gördüm, kızım! Ama bana göre değil, beni bilmiyor musun üç günde bir âşık olurum ben. Bir de..." Yavaşça bana doğru yaklaştı. "Ayda'ya yiyecek gibi bakıyor."

Sarsıcı bir şaşkınlık göz kapaklarımın üstüne, kirpiklerime sürüldü. Tüm ağırlığımı tek bir bacağıma verirken, "Hadi be," diye fısıldadım şaşkınlık içinde. "Peki sen bunu sorun ediyor musun?"

"Elbette etmiyorum, Sılay. Ben prensimi henüz bulamadım ve bulamadım diye de en yakın arkadaşıma engel olacak değilim. Savaş'ı çok beğendim, kesinlikle harika olduğunu düşündüm ve ona dibim düştü ama ben zaten buyum, biliyorsun. Çapkınım kızım ben!" Başını geriye attığında uzun saçları beline döküldü ve saçlarını sallayarak kıkırdadı. "Beni biliyorsun, Sılay. Onu bulana kadar... Böyle olmaya devam edeceğim. O, Savaş değil. Üstelik Ayda'nın da ona karşı boş olduğunu düşünmüyorum. Ayda benim ondan hoşlandığımı düşündüğü sürece ona bir şans vermeyecektir."

"Sen harika bir arkadaşsın," diye fısıldadım. "Gerçekten. Ve... Onu çok kısa zamanda bulacakmışsın gibi bir his var içimde."

Gülümsedi. "Biliyor musun... Benim de!"

Gecenin ilerleyen saatlerinde Başak dans etmek yerine Ayda'nın yanında oturmuştu. Ümran ve Halim'in Türk filmlerini andıran ağır çekim birbirlerine koşma sahnesini gördükten sonra sislenen korneamı ak pak etmek için tuvaletin yolunu tuttum. En büyük korkum tuvalette ağabeyim ve Mayıs'ı basmaktı.

Sanmıyordum ikinci bir travmayla hayata tutunabileceğimi.

Müziği tamamen yutup ıssızlığı giyinen koridorda yürürken, hafif deri kokusu genzimi yakmıştı. Avuçlarımdaki nemi elbisemin kumaşına silerken, topuklu ayakkabılarımın takırtısı duvarlara çarpıp tekrar bana geri dönüyordu. Koridordaki oksijen ciğerlerime yetmiyormuş gibi büyük nefesler alarak etrafıma bakındım. Loş bir ışıkla aydınlatılan şık koridorun kasveti bana ağabeyimin iç dünyasını sunmuş gibiydi.

Onun hayatı Mayıs'tan önce ve Mayıs'tan sonra olmak üzere ikiye ayrılıyordu.

Acaba benim hayatımda Temmuz'dan önce ve Temmuz'dan sonra olmak üzere ikiye ayrılacak mıydı?

Bu düşünce Osman ağabey ve halayboyları telaşlandırdı. Halay müziği midemde raks etmeye başlamadan kendimi tuvalete atmak ve çişimi yapmak istiyordum. Tabii bir de Halim ve Ümran'ın ateşe verdiği korneama suyu çarpmalıydım.

Ayakkabılarımın topuğundan çıkan sesler beni bir korku filminin en can alıcı sahnesine sürüklemişti sanki. Gergin bir şekilde gittikçe daha da uzayan koridorun ucuna baktım. Ardından bir el ağzıma uzandı ve ben daha ne olduğunu anlamadan, ensemden yukarı tırmanan ürperti beynime sızıp, düşüncelerimi aralayarak içeri daldı. Buz kesen tenimde ardına kadar açılan gözlerim ve ihtiyaçla şişen göğsümle bakışlarımı hızla arkama çevirmeye çalışırken, bunu yapmama gerek kalmadan ona doğru çevrildim.

Temmuz, keskin ve yakıcı bir toz serpiştirilmiş gibi görünen maviliklerini diktiği gözleriyle her bir mimiğimi aç bir atmaca gibi izlerken, elini ağzımdan çekti ve derin bir nefesi dışarı bırakıp, "Ne yapıyorsun, Marultarator!" diye bağırdım dehşet içinde.

"Şşş," diye fısıldadı, etrafı kolaçan ederken. "Bağırmasana kızım."

"Bağırtma o zaman. İnsan hiç sinsi gibi yaklaşır mı öyle? Ödümü aldın!"

"Öd alınmaz, patlatılır," dedi Temmuz kaşlarını çatarak. "Koridora yürüdüğünü görünce takip etme isteği uyandı bende. Nereye gidiyorsun?"

"Çişimi yapacaktım," dedim dudaklarımı büzerek. Temmuz'un suratındaki ifade dondu ve bir süre bomboş gözlerle bana baktı. Karanlıkta büyüyüp ışık saçan gözlerine bakarken, az önce söylediğim şeyin çok da kötü olmadığını düşünüyordum açıkçası.

"Çişini."

Başımı salladım. "Evet, çişimi."

Bana doğru bir adım attığında, çoktan kişisel alanıma girmişti zaten. Uzaklaşmaya gerek duymadan kafamı kaldırıp ona baktım, topuklulara rağmen benden biraz daha uzundu. Ruhsuz bakışları kısaca yüzümü turladı. Toz mavisi gözlerinin üstünde kristalleşme başlamıştı sanki. Gözlerindeki soğuk kıymığı tenime batırırken afalladım. "Güzel olmuşsun." Sesi ruhsuz, vurgusu tehditkârdı.

Kaşlarımı çattım. "Sağ ol?"

Dudakları düz bir çizgi şeklinde gerilirken, derin gamzelerini daha da belirginleştirecek şekilde dişlerini sıktı ve yanağı gamzelerini ele vererek içeri çöktü. "Neden bunu giydin, ay parçası?"

Dümdüz ilerleyen çizgiler bir anda zikzak çizmeye başladı ve yürümediğim halde ayak bileklerimin birbirine dolandığını hissettim. Sanki ben bir iptim ve kendi etrafımda dönerek kendi kendime düğüm atıyordum.

"Çünkü güzel?"

Beni yok eden toz mavisi bakışların üstünde parlayan kristaller sanki bir sürü bıçağın keskin ucunu yüzüme tutmuştu. Aldığım bir parça nefes organlarımın beslenmesine yetmezken, gözlerimi kırpıştırarak ona baktım. Keskin bakışlarının filtresinden geçerken parçalanmamak mümkün değildi.

"İçinde sen olduğun için daha da güzel duruyor." Sesi bir buz kalıbının içinde donan su gibiydi. "Ve ben bundan hiç hoşlanmadım."

Dudaklarımdaki bordo ruju önemsemeden alt dudağımı dişledim ve bakışlarımı onun gözlerinden bir an olsun çekmeden ona bakmayı sürdürdüm. Karnımda kıpırdanmaya başlayan halay ekibi, yerlerini almaya başlamıştı bile.

"Bunun beni ilgilendiren kısmı?" diye sordum, ses tellerime tutunup onları bükeceğimi bile bile asılarak.

"Göstermemi ister misin?" Buz gibi bir duvara çarpmışım gibi sendelerken, ruhundan ruhuma uzanan buzdan kılıcı gördüm. Keskindi ve yüzeyindeki aynada kendimi görebiliyordum. Kesik sancısı o kadar netti ki, kılıç biraz öne kaykılsa beni boydan boya yarabilirdi.

"Bunu oraya döndüğümde de söyleyebilirdin. Beni takip etmene gerek yoktu," dedim dümdüz bir sesle.

Temmuz'un yüzü tamamen gerilmişti. "Ayda'nın başına gelenlerden sonra seni tek gönderecek değildim!" diye bağırdığında, koridorun duvarlarında yankılanan erkeksi sesi duraksamama neden oldu. Gözleri şimdi çivit mavisiydi, bakışları donuktu ve gerçekten gergin görünüyordu. Sebebini sorguladım ama bir cevap bulamayınca ona düz düz baktım.

"Burada çalışan herkes ağabeyimin adamı, bana hiçbir şey yapmaya yeltenmezler."

"Ayda da ağabeyinin misafiriydi ama!"

"Bağırma bana!" diye bağırdım, ben de sesimi yükselterek. Bir an duraksadık ve çatılmış kaşlarla birbirimize bakmaya başladık. Saniyeleri dakikalara deviren o bakışma, Temmuz'un aniden omuzlarımı tutup beni duvara doğru çevirmesi ve sırtımı duvara yaslamasıyla daha da büyüyüp, gözbebeğimden içeri daldı. Kollarımı tutup duvara yaslarken, nefesimi tuttum ve kocaman gözlerle ona baktım. "Ne yapıyorsun?"

"Öpeceğim seni," diye fısıldadı, çatık kaşlarının altında keskin gözleriyle bana bakarken. Bakışı karnımın kasılmasına neden oldu. "Sonra da dokunacağım sana."

Göğsüm endişe ve heyecanın yumak yaptığı bir duyguyla kabardı. "Ne?"

"Önce öpeceğim seni. Sonra da dokunacağım sana. Benim olduğunu kabul edene kadar durmadan yapacağım bunu."

Onun olduğumu. Osman ağabey halay mendilini kaptığı gibi karanlık surların arkasına kaçarken, göğsümde büyüyen tuhaf bir acıyla yüzümü buruşturdum. Sanki kalbimin hemen altında, göğüs kafesimin üstünde bir ağırlık vardı ve bağrım yanıyordu. "Ahmak," diye homurdandım. "Sinir ediyorsun beni."

"Benim yapacağım seni." Sesi keskindi. Gözlerimi kaldırarak titreyen kirpiklerimin arasından ona baktım. Tehdit gibi savurduğu kelimelerin, yüzüme tokat gibi çarparken çıkardığı şakımayı dinliyordum.

"Malın mıyım ben senin, öküz marul," diye homurdandım.

"Malım değil, benimsin." Kendini bana bastırıp, bedenini bedenime yaslarken geri çekilmeye çalıştım ama arkamda duvar vardı ve hareketlerim kısıtlanmıştı. Nefesim daha da sıklaşırken, terleyen avuçlarımı sıkı bir yumruk yaptım ve bileklerimi onun parmaklarının esaretinden kurtarmaya çalıştım. "Çırpınma işte. Karşı koyma bana. Benimsin sen." Sıcak nefesini boynuma bırakıp, burnunun kalkık ucunu boynumun ince derisinde gezdirdi ve ben tüm damarlarım üst üste binmiş gibi acıyla kıvrandım.

"Ağabeyim yakalarsa olacakları biliyorsun..." Tamamen kapana kısılmıştım. "Öldürür seni."

"Çok da sikimde. Öldürsün amına koyayım, bana ne?" Burnunu boynuma daha sert bastırıp, sıcak nefesini boynuma bırakarak bedenimde sayısını unuttuğum şok etkisi yarattı.

"Terbiyesiz marul," diye fısıldadım. "Biri görürse ağabeyime gerek kalmayacak, ondan önce onlar halledecekler seni. Her yer ağabeyimin adamlarıyla dolu!"

"Sikerim ağabeyinin adamlarını, tüm gece senden uzak durmaya çalışmak ne demek biliyor musun sen? İki dakika sus da kokunu içime çekeyim biraz. Sonra konuş istediğin kadar." Kafasını boynumdan kaldırıp, gözlerimin içine baktı. Toz mavisi gözlerinin etrafına şerit çeken çivit mavisi enfes görünüyordu.

"Bileğimi bırak bari, çok sıkıyorsun," diye homurdandığımda, dediğimi yapıp elimi bıraktı ama bu beni daha çok duvara yapıştırıp kendini bana yaslamasına neden oldu. Huysuzca homurdansam da yakınlığı aklımı başımdan alıyordu. Bedenimde yürüyen ıslak adımlı karıncalar uyuşmama neden oldu. Elinin varlığını sanki aynı yerde hissediyordum, yanaklarım ısındı ve kanın baskısıyla uğuldadı. Temmuz pürdikkat bana bakarken, çelikleşmiş maviliklerinin üstünde parlayan tozlar sanki harelerinden kalkıp, etrafa savruluyordu.

"Bu elbiseden hoşlanmadım." Sesi netti. "İçinde olmanı istemiyorum. Seni soymak istiyorum."

Sertçe yutkunurken derin harelerinin etrafındaki damarlaşan karanlığa baktım. O da benim gibi sertçe yutkunmuştu ve karanlıkta çınlayan yutkunuş sesi doğrudan kalbime akmıştı.

"Terbiyesizleşme." Sesim içime kaçmış gibi çıkıyordu. "Bırak da tuvalete gideyim işte. Bak altıma yaparım."

Yüzü yüzüme yaklaşırken, gözlerimi gözlerinden ayıramıyordum. Dudakları küçük bir kavisle aralandı ve eşsiz dişlerinin parıltısını görür gibi oldum. Taze ve meyve kokulu nefesi yüzüme çarparken, "Yap," diye fısıldadı. Hatta fısıldamamış, sadece dudaklarını oynatarak nefesini yüzüme üflemişti sanki. Bacaklarımın güçsüzleştiğini hissettim ve topuklu ayakkabıların üstünde durmanın daha da zorlaştığını fark ettim.

"Ne?"

"Yap altına." Karanlık bir şekilde gülümserken, gözleri bambaşka bir teldeydi. "Ben temizlerim..." diye fısıldadı. "Altını."

"Hayvansın sen." Cidden bacaklarım artık yeni doğmuş bir ceylandan daha güçsüzce titriyordu. Sanki bedeninin baskısını geri çekse, dizlerimin üstüne düşecektim.

"Bunu istiyorsun, Sılay." Sesi daha da kısılınca, kaçacak yerimin olmadığını fark ettim. "Elimin her yerinde dolaşmasını istiyorsun."

"Bok!" diye bağırdım ve avuçlarımı göğsüne basarak onu itmeye çalıştım. "Salak! Dangalak dangalak konuşmasana!"

"Böyle konuşmamdan hoşlandığını biliyorum." O kadar güçlüydü ki, onun bedenini itmek sandığım kadar kolay değildi. Belki de ben gücümü tüketmiştim şu an.

Dudaklarımı birbirine bastırarak, "Hiç de hoşlanmıyorum," diye tısladım. "Sen ne bilirsin ki!"

"Göğüs uçların avuçlarımın içinde sertleşti, seni pis yalancı." Nefes nefese beni sertçe duvara yapıştırdığında, herhangi birinin bizi bu şekilde yakalamaması için dua ediyordum şu an. Karnım gerilmiş, midem çalkalanmaya başlamıştı. Ağabeyimin adamlarından biri bizi bu şekilde gördüğü an, Temmuz'un kim olduğunu umursamadan onu haşat ederlerdi. Korkuyla inledim ve, "Lütfen," diye fısıldadım. "Bak gerçekten başımızı belaya sokacaksın."

"Başım senin için belaya girsin, kezorella," diye fısıldadı, dudaklarını şakaklarıma bastırırken. Dudaklarının dokunuşu beni darmaduman ederken, farkında olmadan derin bir soluk alarak, omuzlarına tutundum ve şakaklarımı onun dudaklarına bastırdım. Böyle masum olduğu sürece beni istediği kadar öpebilirdi.

"Seni gerçekten çıplak görmek istiyorum." Kafasını geri çekip bana baktığında, kaşları çatıktı. Yanaklarım kıpkırmızı olurken, olduğum yere kafamı bir deve kuşu gibi sokmak istiyordum. "Ama bu elbiseyle kulübün içinde dolaşmanı istemiyorum."

"Ne varmış elbisemde?"

"Sen varsın, aptal. Onun içindesin ve siktir, o kadar güzelsin ki!" Yüzümü avuçlarının arasına alıp, doğrudan gözlerimin içine baktı. "Senin güzelliğinin sadece bana özel kalmasını istiyorum, ay parçası."

Parmaklarım usulca onun göğsüne dokunduğunda gözlerimi yavaşça boynuna indirdim ve ona bakmadan, "Zaten sana özel," diye fısıldadım. Gözlerimi onun uzun boynundan bir an olsun çekmezken, o güçlü eliyle tenime dokundu. Çeneme yerleşen parmakları kalbimin etrafındaki baskıyı arttırırken, çenemi avuçlayan teni ateş gibi yanıyordu.

Parmakları o kadar kuvvetliydi ki, baskıyı biraz arttırsa çenemdeki kemikleri un ufak edebilirdi.

"Benim misin sen?" Sorusu öyle derin ve merak yüklüydü ki, bunun cevabını gerçekten istediğini o an kavramıştım. Gücü teninden tenime kayıyordu, parmakları çenemi yukarı dikmeye çalıştı ve bunu başardı da. Yine de kafamı kaldırıp, yüzümü odağına düşürmeyi başarmış olsa bile, gözlerimi gözlerine perçinleyemiyordum.

"Ay parçası?"

Gözlerimi gözlerine bir kez olsun uğratmadan, karşıdaki duvarı hedef alarak yavaşça başımı salladım.

"Cevap ver, Sılay." Kısık sesi nazikti ama düşüncelerinin pek de nazik olduğunu düşünmüyordum. Kırbaç yiyen kelimelerim güçsüzdü, dudaklarım aralansa bile dökülecek şey kelime değil, kırbacın acı şakıması olacaktı. O yüzden dudaklarımı sıkıca birbirine bastırdım.

"Cevap verecek misin yoksa bu kez farklı bir yerine mi dokunayım?"

"Seninim," diye fısıldadım, görüşüm bulanıklaşmıştı. Sanki karşıdaki duvarı net olarak göremiyordum. Her yer buğuluydu.

"Bunu bana bakarak tekrar söyle, ay parçası. Gözlerimin içine bakarak."

Sertçe yutkundum ve bulanık gören gözlerim yavaşça onu odağına alırken, gözlerimin aynasına düşen gözleriyle birlikte kaskatı kesildim. İliklerimi donduran bakışlarını gözlerime perçinlemiş bir şekilde, hevesle kaldırdığı kaşlarının altından bana bakıyordu. Alacağı tek bir cevap, etimden büyük bir parçayla birlikte ruhumdan bir parçayı da önüne serecekti.

"Seninim," diye fısıldadım gözlerinin içine bakarken. Sesim titriyordu ve kirpiklerim de buna eşlik ediyordu. Temmuz'un gözlerinde namludan fırlayan kurşun hızında bir renk değişimi yaşandı.

Dudakları savunmasızca karşısında duran dudaklarıma yaklaşırken, düşünecek hiçbir şeyim yoktu. Ne zehir kıvamındaki yeşil gözler umurumdaydı, ne de başka bir şey. Toz mavisi, zehirli yeşilin üstünü tozlarıyla kapatmış, onu dibe, en dibe, izini dahi bulamayacağım kadar derine gömmüştü.

Üst dudağı iki dudağımın arasına yerleşirken, elim yavaşça onun yüzüne kaydı ve sakallarının izinden dolayı pürüzlü bir his yaratan yanağına dokundum. Dudaklarım, dudaklarının etrafında gevşeyip, özgürlüğünün bayrağını tepeye dikerken, Temmuz beni tamamen duvara yasladı ve bir bacağımı kaldırıp yanına aldı. Kalçasının hizasından sarkan bacağımı sabit tutan kalçam onun avucunun içindeydi.

Aç bir muhtaçlıkla onun meyve kokulu nefesinin özüne inerken, onun da benden farkı yoktu. Yakalanmak bir kenarda dursun, bana yapabileceği hiçbir şeyden korkmuyordum şu an.

Dudaklarımdan dökülen nefes nefese kısık iniltiyle birlikte dudaklarımız ayrılırken, Temmuz alnını alnıma yasladı ve sert nefesini dudaklarımın üstüne bırakıp, bir sürü maviyi içine hapseden gözlerini gözlerime dikti. İkimiz de soluk soluğa kalmıştık ve hisler tavana doğru zıplayıp, mavi boyalı parmaklarını tavandaki renksiz yerlere çarparak, tavanı kendi rengine boyuyordu.

Kollarımı onun boynuna doladığımda, yaptığımın hiçbir mantıklı açıklaması yoktu. Osman ağabeyin boyunduruğu altında değildim şu an. Her şey net ve yalın bir şekilde gözlerimin önünde asılı duruyordu. Saklamanın bir anlamı yoktu. Rujumun dudaklarına dokundurduğu renge bakarken hafifçe tebessüm ettim, Temmuz doğrudan tebessümüme kilitlenmişti.

"Temmuz Karamaça," diye fısıldadım, dikkatini tekrar gözlerime çekebilmek için. Bakışları ağır ağır gözlerime tırmanırken, uzun kirpiklerinin yarattığı gölgeler onu olduğundan daha genç ve daha erkeksi göstermişti. Bakışlarımız buluşup, birbirine tutundu. "Seni seviyorum."

Sanki haresindeki her bir damar ateşle dövülmüş gibi parlayan gözleri, belli belirsiz bir şekilde irileşti. Örümceğin ağına takılmış bir böcek gibi hareketsizleştim ve söylediğim şeyin farkına vardım. "Hayır, sevmiyorsun." Sesi durgundu. Aniden tosladığım duvarı sarsmıştım ve sanki koskoca duvar benim küçücük darbemle üstüme yıkılmıştı. Molozdan ve kumdan taşların altında kalan bedenim değil, ruhumdu. Ruhumun parmakları taşları kavrasa da itemeyecek kadar şeffaftı.

Dudaklarım titrerken, karmakarışık bir ifade gözlerime küçük bir darbe indirerek, suya damlatılan mürekkep gibi anında irislerime yayıldı. “Ne?”

“Beni sevmiyorsun, Sılay.”

“Saçmala-”

“Sen bana âşıksın, Karayel.”

Duyguları katmanlarına ayırmam gerekse, temeli bu küçük adamın gözleri alırdı.

“Sanırım,” diye fısıldadım, gözlerimi ondan kaçırıp, alt dudağımı ısırırken. Temmuz beni kendine çekerken, tenine çarpan tenim kırbaç yemiş gibi şakıdı.

“O zaman mezun olduğumuz gibi evlenelim.”

9. KADERDEN KAÇAMAZSIN

Mayıs Karayel'den...

Alkolün damarlarımdaki kanın incecik ipinde büyük bir hızla hareket ederek beni ele geçirirken, bebek emzirdiğim gerçeğini tamamen aklımdan çıkartmıştım ama zaten bir süredir mamayla destekliyordum ve sütüm azalmaya başlamıştı. Şimdilik düşünmek değil, yaşamak istiyordum. Kollarında olduğum adamın tadına varmak, aldığım tadı unutmamak için damaklarıma kazımak ve tekrar tekrar kendime hatırlatmak.

Sıraç'ın kucağındaydım. Pantolonunun bağlarına baskı yapan ağırlığım onu pek de Wrahatsız etmiyor gibiydi. Kimsenin bizi göremeyeceği ama müziğin doğrudan beynimizin içinde zıpladığı bir yerdeydik. Dar ve havasızdı ama tamamen Sıraç gibi kokuyordu.

Yeni çekilmiş kahve.

Sıraç, kısık yangın mavisi gözlerini kısmış beni izlerken, kollarımı onun boynuna doladım ve yavaşça ona sürtünerek, yüzümü göğsüne gömdüm. Siyah gömleğinin ilk üç düğmesi açıktı ve alnım onun çıplak tenine temas ediyordu. Teni alev alev yanıyor, alnımın etrafında karıncalanıyordu. Büyük elleri belime kayarken, "Sarhoş şeytancık," diye fısıldadı, onun da sesi benimkinden farksızdı.

"Ben bir de çocuk emziriyorum," diye fısıldadım. "Ne anneyim ama..."

"Alkol aldıktan sonra ilk üç saat emziremiyorsun yalnızca," dedi dudaklarını başımın üstüne koyup derin bir nefes alırken. "Kafanı yorma."

"Araştırırmış da." Alkolün sesimin tellerine kadar bulaştığını hissediyordum. Tenimiz terlemişti ve ortam sıcaktı. Müziğin etkisiyle büyüyen boğucu his, ter ve sıcak da eklenince tamamen çekilmez hale gelmişti. Yüzümü onun göğsünden çekip, gözlerimi kaldırarak kocamın güzelliğinin tadına baktım. "Çok sıcak."

Alkolün mayhoşlaştırdığı yangın mavisi gözlerini aralamakta güçlük çekse de gözlerini üstümden çekmiyordu. Kısık bakışlar kısaca yüzümde turladı ve terli alnıma yapışan, uzun siyah perçemlerimi uzun kemikli parmaklarıyla arkaya iterek, "İçkiden dolayı," dedi, mezarın içindeki bir ölüden çıkan sesin bile daha yüksek olacağını düşündüğüm kısık sesiyle.

Buğulanan ve buzlanan bakışlarımı düzeltebilmek adına hızlıca gözlerimi kırpıştırdım ve işaret parmağımı onun biçimli burnunda, dolgun üst dudağında gezdirdim. Parmaklarımın darbe indirdiği her bir noktası o kadar kusursuzdu ki, bir kusur denizine düşse, denizi bile ak pak ederdi varlığı.

"Şu an mutluyum," diye fısıldadım, bayık baktığından emin olduğum donuklaşmış mavi gözlerimi onun güzel yüzünde turlarken. Parmaklarım hâlâ burnu ve üst dudağı arasında mekik dokuyordu. "Seninleyken hep mutluyum."

"Yalancı şeytan." Dudaklarındaki şeffaf kıvrım, elmacık kemiklerinin altında yer edinmiş derin gamzelerinin içeri çökmesine neden olmuştu. Gözümü dahi kırpmadan gülüşüne bakarken, benim gülüşüme bakarken ne hissettiğini şimdi daha net anlayabilmiştim.

Gülüşünde yaşattığım dizi kanlı çocukluğum vardı.

"Ben sana hiç yalan söylemedim." Gözlerimi dikerek baktım ona. "Hiç de yalancı değilim."

Gözlerinin tenine tezat oluşturan o kıvrak yangın mavisi doğrudan benim solmuş mavi harelerimin etrafına toplanırken,

"Ben de sana hiç yalan söylemedim," diye fısıldadı.

Kıvrak bir şekilde tamamen onun kucağına kaydığımda, artık tüm ahlaksız noktalarımız birbirlerine değiyordu. Alkol kokan nefesimden biraz olsun çekinmeden, Sıraç'ın yüzüne doğru yanaştım. Bir günlük sakalının kararttığı keskin çenesine hayranlıkla baktıktan sonra, o güzel çeneye içimden kopan bir buse kondurdum ve bakışlarımı onun gözlerine tırmandırdım. "Söyledin," dedim dudaklarımı bükerek. "Beni sevdiğini benden saklayarak benden yalnızca nefret ettiğini söyledin."

Güçlü elleri kalçalarıma inip, kalçalarımı iki avucunun arasına alırken, hırıltılı bir nefesi dudaklarımdan dışarı bıraktım. Başım dönüyor, kanım çağlıyordu. Parmaklarını etime gömmek istercesine kalçalarıma geçirdi. "Birincisi..." Yangın mavisi gözler koyu bir kıvam kazandı. "...sana hiçbir zaman yalan söylemedim. Sadece birkaç şeyi senden sakladım ama dürüst davrandım. Senden gerçekten nefret ediyordum." Kalbime yumruk yemiş gibi ona bakarken, konuşmaya devam etti: "İkincisi seni sevdiğimi değil, sana taptığımı senden sakladım. Seni sevdiğim, âşık olduğum kabak gibi ortadaydı ve sen koca bir salaktın."

"Salaktım?" Ağzım kocaman açıldığında, Sıraç hafifçe tebessüm ederek başını salladı.

"Bildiğin alıktın, Mayıs. Ciddi ciddi geri zekâlıydın."

Kıkırdarken kaşlarımı çattım ve tırnaklarımı onun ince boynuna geçirerek, "Hadi ya?" diye sordum alaycı ve iradesiz bir sesle. Sanki içki dudaklarıma şekli verecek kadar ele geçirmişti beni. Ağzımın kıvrımlarında alkolün erimiş tadını alıyordum.

"Hıhı." Büyüleyici dudakları hafifçe aralandı ve dudaklarını diliyle ıslatırken, sert kavisli âdem elması usulca hareket etti. "Başka bir kız olsaydı karşısındaki adamın duygularından biraz olsun şüphelenebilirdi ama benimki tam bir aptaldı. Sana açık açık söylesem bile sorgulayacak ve başka bir anlam çıkaracak kadar salaktın."

"Hakaretlerin bitti mi, Karayel?" diye fısıldadım, kollarımı boynuna daha sıkı sararken. "Çünkü sinirlenmeye başladım."

Kalçalarımdaki parmakların sert boğumlarında atan nabzı hissedebiliyordum. Onun dokunuşu, damar yolumdan verilen ağır dozda, ölümcül bir uyuşturucu gibiydi. "Sinirlensene." Sesindeki sert vurgu yutkunmama neden olurken, burnumu burnunun ucuna sürttüm ve onun dipsiz mavilerine bakarken bir anda beynimde bir şimşek çakıverdi.

Parmaklarımın sıkı sıkıya kavradığı boynundaki deri beyazlamıştı ve birazdan kızaracağını da biliyordum. Gözlerimi kıstım ve kanımda harlanan kıskançlığın altını kısmaya çalışarak, "Sence saçlarımı boyatmalı mıyım?" diye sordum, keskin bir kararlılıkla.

Sıraç bir an afallasa da, kaşlarını kaldırarak duraksadı. "Neden?"

Kendimi yavaşça ona sürtüp gözlerimi tavana kaydırdım. Havalandırmanın küçük delikleri karanlık noktalar gibi görünüyordu. Tavandaki düz renge çarpan ışıklar, tavanın tam olarak ne renk olduğunu seçmeme imkân bırakmıyordu. İçimde çarpışan duyguları sorguladım, şu an tam olarak ne hissettiğimi anlamaya çalışıyordum ama boğazımı yakan şeyin kıskançlık olduğunu da biliyordum. Dudaklarımı bükerken, "Kızıl saçlar hoşuna gidiyor mu?" diye sordum ona bakmadan.

"Bu da nereden çıktı?"

Gözlerimi devirerek bakışlarımı ona çevirdiğimde, alnı tamamen terlemişti. Boynunu ve kaslı göğsünün bir kısmını açıkta bırakan gömleğinin önüne ellerimi koyup, avuçlarımı çıplaklığına bastırdım. "Sana bir soru sordum, cevap verecek misin?"

"Saçlarını kızıla boyatmayı falan mı düşünüyorsun?" Duraksadı, aldığı derin nefes terli göğsünü şişirirken, göğsüne çarpan ışıklar terinin elmas parçacıkları gibi pırıldamasına neden oluyordu. "Bir dakika..." Gözlerini kıstı ve gözlerimin içinde büyük bir arayışa girdi. İrislerimdeki çekmeceleri karıştırıyor, gerçeğe giden anahtarı bulabilmek adına çekmecelerimi darmaduman ediyordu. "...sen beni mi kıskanıyorsun?"

"Ne?" Dudaklarımı büzdüm. "Alakası bile yok."

Gözleri saf ve işlenmemiş bir safir gibi parlarken, "Beni otuz sekiz yaşında bir kadından mı kıskanıyorsun?" diye sordu, şaşkına uğramış bir sesle.

Tırnaklarımı onun terli göğsüne hafifçe batırıp, uzun bir yay çizerken, "Otuz sekiz yaşında ve süper seksi, tanrıça gibi bir kadından bahsediyorsak..." diye mırıldanacaktım ki, dudakları büyük bir açlıkla dudaklarıma kapandı. Öpüşü aceleci, ateşli ve hırslıydı. Sanki dudaklarımdan bir şeylerin acısını çıkartmaya çalışıyor gibiydi. Şehvetle hırlayan erkeğimin göğsüne tırnaklarımı çivi gibi çakarken, kalçalarımdaki parmakları daha sert bir tutuşla beni kendine çekti ve dili ağzımı aralayıp, dilimin etrafına dolandı.

Dudaklarına tapındığım gerçeğini göz önünde bulunduracak olursak, uzun soluklu ama bize saniyeler gibi gelen yakıcı bir öpücüktü. Tenimde uğulduyor, duygularımın kalbimin etrafında parendeler atmasına neden oluyordu. Dudaklarımız ayrılırken nefesimize karışmış alkolün mide burkan kokusuyla çarpılsam da, onun kokusu her şeye baskın gelmişti.

"Gece gibi siyah saçlarına dokunacak olursan..." dedi nefes nefese. Sesi şehvetle kısılmış, hırsla sertleşmişti. "...ölümün elimden olur."

"Kızıl saçlar..."

"Kızıl saçlar sikimde bile değil, minik şeytan." Parmaklarını etime gömerken, belim yay gibi geriye doğru büküldü ve derin bir nefes alıp buğulanan bakışlarımı onun bakışlarına perçinledim. "Gece rengi saçlarına dokunacak olursan, hiç de hoşuna gitmeyecek şeyler yaparım."

Tüm geceyi belki de o köşede geçirmiş, sonunda gözlerim kapanana kadar onun kucağında öylece oturmuştum. Bedenimin heybetli bir bedene ait, tanıdık sıcaklıktaki güçlü kollar tarafından taşındığını bilmenin getirdiği rahatlıkla burnumu onun kahve kokulu boynuna gömdüm ve Sıraç beni tıpkı küçük, narin ve kırılgan bir prensesmişim gibi taşırken tamamen ona teslim oldum.

Etrafımdaki boğuk konuşmalardan hiçbir şey anlayamıyordum. Tek duyduğum, ya da duymayı kabul ettiğim, şey Sıraç'ın kalbinden yükselen o tutarsız ritimdi. Hoş bir enstrümandan yükselen bir melodiyi andırıyordu, huzur vericiydi ve ruhumu doyuruyordu. Parmaklarım güçsüzce onun boynuna tırmandı ve tamamen onun boynuna dolandım. Savaş ve Temmuz'un alçak perdeden yükselen seslerini duyabilsem de kelimelerini bir araya koyamıyordum. Sılay'ın dut yemiş bülbül gibi sessiz kalması beni şaşırtmıştı. Şu an 'bu haksızlık, Mayıs sarhoş oldu ve ben tüm gece lavaboya gitmeme neden olacak kadar çok içecek içip, idrar torbamı şişirdim,' diye çığlığı basmış olması gerekiyordu.

Belki de basmıştı da ben duymuyordum.

Eve girdiğimizi aniden biraz daha ısınan ortamdan anlamıştım. Ardından hiçbir sesi idrak edemeyen kulaklarım o yeni tanımladığı ve hiç hoşlanmadığı sesi idrak edince, midem bir kez daha çalkalandı. Perihan, "Hoş geldiniz!" dedi neşeli bir sesle. Gözlerimi açmak istiyordum ama yorgun ve tükenmiş hissediyordum. Kollarımı sahiplenircesine Sıraç'ın boynuna doladıktan sonra huysuz bir homurtu çıkarttım. Sıraç'ın göğsü hafifçe hareket etti, bu benim homurtuma verilmiş bir tepkiydi.

"Mayıs'a ne oldu yahu?" Kadının sesi şaşkındı. "İçti mi?"

"Evet, biraz fazla kaçırdı." Sıraç'ın cevabı düzdü, kesinlikle hiçbir şekilde yakınlık içermiyordu ve bu içime bir şişe limonlu su dökmüştü. Ferahlattığı yeri yakıyordu da.

"Sılay?" Perihan'ın sesi şaşkındı. Ne olduğunu görmek istiyor olsam da kafamı kaldıracak halim olmadığı gibi, gözlerimi bile açamıyordum. "Çok sessizsin, biri canını mı sıktı, kuşum?"

"Kuşmuş," diye homurdandım kendi kendime. "Kuşlar gagalasın seni. Kırmızı mı turuncu mu nedir belli olmayan kafana yuva kursunlar inşallah."

"Bir şey mi dedi? Sesi çok boğuk, anlayamıyorum. Su falan mı istiyor?" Perihan'ın sorusu, homurtumun içsel değil de, dışsal bir şekilde herkes tarafından duyulduğunu fark etmeme neden oldu. Tırnaklarımı Sıraç'ın boynuna bastırırken, Sıraç, "Uykusu var, homurdanıp duruyor işte," dedi mekanik bir sesle. Ardından dudaklarını kulağıma yakın bir yere indirip içimi eriten sıcak nefesini kulağıma vererek konuştu: "O güzel kıçını ısıracağım senin."

"Ah canım benim! Önce bir kahve içseydi..." *Beni düşünmesine ihtiyacım varmış gibi.*

"Yok, ben ona bir duş aldırır sonra da yatırırım. Birkaç saat uyusun, yolculuk yapacağız." Sıraç bir iki adım attıktan sonra, "Sılay, orada öleceğini hissetmiş ve sahibinin bıçakla bahçeye çıkmasını beklemeye başlamış umutsuz tavuk gibi dikileceğine odana git," diye homurdandı. "Bugün hepiniz bir tuhafsınız."

"Ben de yatıyorum," dedi Temmuz sakin bir sesle. "Ablama bir ağrı kesici ver, kör edici bir ağrıyla uyanacak çünkü. En azından hafifletir."

"Ağabey isterseniz benim odamda yatın, ben ikizlerle uyurum." Sılay'ın sesi, sönmüş bir balonun çıkarttığı sesten daha silik ve cansızdı. Daha çok sarsıcı bir şey yaşamış da şaşkınmış gibiydi.

"Olur. Perihan sen gidebilirsin, Rafet Kulüplerin önünde." Sıraç beni kucağına yerleştirmek adına yavaşça yukarı kaydırdı ve bedenim daha konforlu bir şekilde onun kollarında şekil bulurken, Perihan, "Telefon numaramı komodinin üstüne bıraktım. Melek de içeride uyuyor, haber verin de ailesi alsın onu. İrtibatta kalalım, arayı açmayın yahu," dedi neşeli bir sesle.

Perihan'ın gidişine mi sevineyim, telefon numarasını bırakıp irtibatta kalmak isteyişine mi delireyim şaşırmış bir halde, bilincin kanat takıp terk ettiği benliğimi karanlık bir odaya hapsettim. Anımsadığım tek şey, bedenimden akıp giden sıcak su, Sıraç kokulu bir kazağın bedenime geçişi, sırtımın benimsediği konforlu bir yatak ve kahve kokulu kolların arasında derin bir uykuydu.

∞

Şakaklarımdan burnumun kıvrımına kadar artçı şoklar göndererek, titreşim halinde tüm uzuvlarımı pençeleyen ağrı, kirpiklerimin zelzele anında titreyen eşyalar gibi zangırdamasına neden olmuştu. Boğazımı kazıyan, uzun ve sivri tırnaklarını geçiren o his o kadar gerçekçiydi ki, acının attığı çığlık soluk borumda yankılanıyordu. Kaşlarımı çatmaya çalıştığımda daha derin bir ağrı hissiyle sarsılıp parmaklarımın ucunu dürten yorganı sıkıca kavradım.

Uykunun bile bastıramadığı acı net bir şekilde kafamın içinde zıplayarak, topuklu ayakkabılarının sivri topuklarını beynimin kıvrımlarına sokup çıkarırken boğuk bir sesle inledim.

Kirpiklerim aralanmak uğruna birbirlerine çarpıp, tekrar ayrılmak için birbirlerini iterken sertçe yutkundum ve ikinci bir pençe darbesi çok geçmeden boğazımda üç ince ve uzun çizik açarak beni yutkunduğuma pişman etti.

Kavurucu bir darbeyle yanan boğazım, gözlerimi sonunda aralayabilmemin verdiği rahatlıkla biraz olsun etkisini azalttı ve hırıltılı bir nefes vererek odağıma giren beyaz tavana odaklandım. Temiz ve boyalı tavanda belli belirsiz, kirli beyaz renginde bir örümcek ağır vardı ama buna rağmen tertemizdi.

Rüyamda, İrlanda kızılı saçlı olgunu ve kocamı basmış olmasaydım mutlu uyanabilirdim.

Hayır, kâbusumda.

Dört bir yanımı saran yabancı his, sırtımın misafir olduğu bir yumuşaklık hissiyle bir çarşaf arasında birbirine girmiş iki farklı beden gibiydi. Sızlayan bedenim, acıyla kıvranan şakaklarım doğrulmama engel olmamıştı. Yumuşacık yatağın içinde avuçlarımdan güç alarak yavaşça doğruldum. Hemen komodinin üstüne tıka basa doldurulmuş bir tepsi vardı. Huysuz bir şekilde, kaşlarımı çatmış tepsiye bakarken; tepkim tepsiye değil, beni esir alan ağrıyaydı.

Büyük bir bardağın içine ağzına kadar doldurulmuş taze sıkılmış portakal suyu, haşlanmış yumurta, salam, en sevdiğim içi biberli yeşil zeytin, yumuşacık görünen beyaz peynir ve vişne reçeli. Dudaklarım zoraki bir kıvrımla yukarı bükülürken, kahvaltı tepsisine uzanmak istedim ama midem bunu reddedip, yukarı doğru bir yumruğu gelişigüzel salladı. İçim sarsılırken, şu an hiçbir şey yememem gerektiğini kavrayabilmiştim.

Komodinin üstünde duran ilaç ve su bardağı da ilgimi çekmişti. Hızlıca ilaca atılırken bir elimle şakaklarımı ovdum. Ardından beyaz hapı dilimin ucuna yerleştirip suya uzandım ve suyu tek dikişte hapla birlikte mideye gönderdim. Küçük bir öksürük krizinin ardından artık biraz daha rahatlamıştım ama o kör edici ağrı hâlâ şakaklarımda dolaşıp beynimi tekmeliyordu.

Bacaklarımı karnıma kadar çektiğimde üstümde yalnızca kocama ait bir kazak olduğunu anlamıştım. Kollarımı çıplak bacaklarımın etrafına doladım ve yavaşça esnedim. Odamın kapısı tıklatıldığında dudaklarımın aralanmasına yetecek kadar süre bile tanınmadan kapı aniden açıldı ve Sılay üstünde yeşil pijamalarıyla kapıda belirdi. Hızlıca içeri sızıp kapıyı arkasından kapattıktan sonra yatağa atladı ve yatağın yayları onun atlamasının getirdiği hınçla beni yavaşça yukarı zıplattı.

"Günaydın," dedi gözlerini hızlıca gözlerime odaklayarak. "Hazırlanmalısın."

Yorgun görünüyordu. Yeşilin ağırlıklı olduğu çakır rengi gözlerinin altında siyah halkalar vardı ve bu hiç uyumadığının yazılı bir metni gibiydi. Kaşlarımı kaldırarak onun yüzünü hızlıca inceledim. Dolgun dudakları solgundu, gözlerinin arkasına sakladığı kelimeler dudaklarına dökülmek için gözbebeğini yumrukluyordu sanki.

"Günaydın." Sertçe yutkunduğumda aynı acıyı hissettim. "Sen uyumamış gibisin?"

Hızlı bir şekilde bağdaş kurup, upuzun bacaklarını şekle soktuğunda ona şaşkınlıkla baktım. Gözlerini bağdaş kurduğu bacaklarının üstüne koyduğu parmaklarına çevirdi ve uzun parmaklarını incelerken, omuz silkti. "Uyumadım çünkü."

Kaşlarımı çatarken şakaklarım bir kez daha sızladı. "Neden? İkizlerimi ezmekten falan mı korktun?"

"Heh. Komik kız." Yüzünü buruşturduktan sonra bir kez daha omuz silkerek gözlerini tekrardan parmaklarına indirdi. "Uyuyamadım işte, boş ver beni sen. Hadi kahvaltını yap da hazırlan. Ümran ikizlere mama yedirdi, seni bekleselerdi çocuklar açlıktan ölürdü."

Burnumu kırıştırdım. "Saat o kadar geç oldu mu ya? Sıraç nerede?"

"Öğleni çoktan geçti, akşama doğru gidiyor. Ağabeyim kardeşinle birlikte dışarı kadar çıktı. Buradaki ızbandutları ziyaret edecek. Çok şeker adamları var ya hani..." Gözlerini devirdi ve eliyle silah işareti yaptı. "...onları."

Durgunlaşsam da yadırgamamıştım. Sessizce kahvaltımı ettikten sonra hızlı bir şekilde hazırlanmaya başladım. Mavi ve Umut'u biraz oynattıktan sonra Temmuz ve Sıraç da eve gelmişlerdi. Ayda ve Merve bize uğradıklarında çoktan hazırlandıklarını söylemiş, Başak'ı uyandıramadıklarından yakınmışlardı. Nihayet herkes çantalarını omuzladığında, Temmuz kapının eşiğinde dikilmiş, omzunda çantası olan ve kucağında Mavi'yi tutan Sılay'ı izliyordu. Kardeşimin gözlerinde görülmeye değer bir ışık vardı, sırtını kapıya yasladı ve güçlü kollarını göğsünün üstünde toplayarak Sılay'ı izlemeye devam etti. Kıvırcık saçlarının alnına düşürdüğü gölgeler, mavi gözleriyle büyük bir tezatlık oluşturuyordu.

Çantanın fermuarını çekerken göz ucuyla onları izlemeye devam ettim. Sıraç, kucağında oğluyla koridorda telefon görüşmesi yapıyordu. Temmuz, bir süre daha izlendiğinin farkında bile olmadan Mavi'yle oynayan Sılay'ı izledi. Dudaklarında silik bir tebessüm oluştuğunda kalbim ani bir tekmeyi göğsüme indirdi. Sılay'ı izlerken o kadar başka görünüyordu ki... Arabalara olan tutkusundan ve öylesine takıldığı kızlardan uzak bir Temmuz gibi...

"Çok merak ediyorum," diye fısıldadı sakin bir sesle. Doğrudan Sılay'a bakıyordu ve sözler onun için dökülmüştü dudaklarından. Sılay kaşlarını kaldırarak ona baktığında bir an duraksadı ve yüzündeki kan çekilirken sertçe yutkundu.

"Neyi?" Sesi titriyordu, iri çakır renkteki gözlerini kaçırmaya çalıştı. Gözlerimi kıstım ve sinsi bir şekilde kenara çekilerek onları dinlemeyi sürdürdüm.

"Cevabını."

Sılay tokat yemiş gibi irkilirken Temmuz'a sırtını döndü. "Dalga geçmeyi bırak, marul. Yemedim çünkü."

Temmuz başını yavaşça duvara vurup gözlerini tavana çevirdiğinde, "Kucağına yakışıyor," diye fısıldadı.

Yanaklarım sanki görmememem ve duymamam gereken bir şeye şahit olmuş gibi kızarıp yanmaya başladığında, Sıraç'ın küfrüyle titredim. "Beceriksiz orospu çocukları!" diye kükredi, Umut'un kollarında titrediğinden emindim. Sırtımı duvara yaslarken Sılay ve Temmuz da şaşkınca koridora doğru bakmıştı. Sıraç'ın pahalı rugan ayakkabıları koridorda karanlık sesler çıkararak sert adımlarla bize yaklaşırken, yutkunmak zorunda hissettim kendimi.

Simsiyah kravatsız takımının siyah gömleğinin ilk iki düğmesi açıktı. Takımının siyah ceketinin bir kolunda Umut'u tuttuğu için yukarı sıyrılmıştı. Siyah bir gümüş gibi parlayan kol düğmelerine baktıktan sonra bakışlarımı sert çenesine ve gerilmiş dudaklarına çevirdim. Gözleriyle buluştuğumda gözlerinde öfkenin lav kıvamını görmüştüm. Dağlarının eteklerinden aşağı dökülen lavlar, volkanın kinini koruna işlemişti. Umut ürkek bir şekilde babasına bakıyordu. Sıraç, telefonunu cebine attıktan sonra, "Hazırsanız çıkıyoruz," dedi sabit bir sesle. Sesi o kadar sabitti ki, bir çivi gibi olduğum yere çakıldığımı hissettirmişti bana.

Hiçbir şey sormadım. Kucağında çocuğumuzu tutarken onu daha fazla germeye niyetim yoktu. Çantaları alıp evden çıkarken içimde eski bir sayfa açılmış ve geçmişin dizeleri önüme dökülmüştü sanki. Sıraç, kucağında oğluyla kapıyı kilitlerken gözlerimi kısarak son kez evin dışına baktım. Ev, içindeki ruhları sokağa kusmuştu.

Halim, Savaş ve diğerleri sokağın başında bizi bekliyorlardı. Etrafta siyah giyimli adamlar vardı ama bize dikkatlerini vermemişlerdi bile. Aralarında bir şeyler konuşuyorlardı. Eski bir evin önünde dikilen siyah giyimli adam telefonla görüşüyordu. Sıraç'ı fark ettiği an elini kaldırarak, "Sıraç Bey!" diye bağırdı, üslubuna bir miktar saygı ekleyerek.

Ümran ve Halim birkaç adım önden yürüyorlardı, Melek Halim'in kucağındaydı. Ayda ve Başak kol kola girmişler, Sılay da Mavi'yi benim kucağıma vererek onlara katılmıştı. Savaş kız kardeşiyle yürürken, Doğukan da ürkek adımlarla onları takip ediyordu şu an.

Sıraç, boşta olan elimi sıkıca kavradığında ikimizin de diğer elleri bize ait mucizeleri taşıyordu. Parmaklarım onun gergin boğumlarının arasından geçip parmaklarını zincirledi. Kara bulutları kovmak adına bakışlarımı omzumun üstünden ona çevirdiğimde, o da omzunun üstünden bana baktı ve sokak lambalarının altında yavaşça yürürken adımlarını yavaşlattı. Siyahlı adam bize doğru geliyordu, adımları telaşlıydı.

"Sıraç Bey! Şahin Bey geldi, Yirmi Altı'da sizi bekliyor, gitmeden görmek istemiştiniz ve bir türlü karşılamadınız. O yüzden haber vermem gerektiğini düşündüm." Adam başını hızlıca önüne eğip ceketinin düğmelerini ilikledi.

Şahin?

Ha, orospu çocuğu olan.

"Tamam, İsmail. Ben uğrarım. Şimdi gidiyorum, buralar size emanet ve o yavşak Engin'in mekânlarda olay çıkartmasına da izin vermeyin." Çenesiyle adamı selamladıktan sonra adam önümüzden çekildi. Herkes önden gidiyordu, biz ikimiz ise arkada kalmıştık ama böylesi çok daha iyiydi.

Adının İsmail olduğunu öğrendiğim adam mesajı almışçasına anında ortadan toz olurken, Sıraç bizi yönlendirdi ve tekrar yürümeye başladık. Elinden elime akan şefkatli öfkeyi hissedebiliyordum. Avuçları terlemesine rağmen soğuk ve gergindi. Avucunun avucumda yarattığı baskıyı kalbimin duvarlarında hissedebiliyordum.

"Sıraç?"

Mavi kulağımla oynarken, Sıraç omzunun üstünden bana baktı. Çelikleşmiş mavi gözlerinin etrafındaki çelik parçaları kızışmış kaynıyordu sanki. "Bir sorun mu var?" diye fısıldadım.

"Yok, ömrüm." Sesi keskin bir bıçak gibi düşüncelerime girip kelimelerimi kana bularken, gözlerimi gözlerine diktim ve elini daha sert kavradım. Acaba Perihan'ın numarasını kaydetmiş miydi? Eve varır varmaz telefonunu kurcalamam ve eğer kaydetmişse seriden silmem gerekiyordu.

"Telefonda kimle konuşuyordun?"

"Yavuz'la," diye kestirip attı. Bakışlarını önüne çevirdiğinde şirketle bir sorun olduğunu anında kavrayabilmiştim. Parmaklarım onun parmaklarının etrafında uysalca kıvrılırken, "Benden bir şeyler sakladığında sana sinir oluyorum, Sıraç," diye homurdandım.

"Uzatma, Mayıs." Mekanik sesi, içimin boş duvarını çatlatacak kadar kuvvetli bir yumruk atmıştı. Elimi elinden çekmek istedim ama buna izin vermedi. Huzursuzluk yoğun bir kıvam kazanarak göğsümün üstünde turlamaya başladığında, nefesimi tuttum ve, "Peki, Sıraç," dedim düz bir sesle.

Cevap vermedi. Parmaklarım parmaklarında ağırlaşırken, sessizce onu takip ettim. Kulüplerin önüne geldiğimizde, diğerleri bizi beklemek yerine Sılay'ın şifresini bildiği çıkışa yöneldiler. Kucağımda Mavi'yle kırgın bir tavırla Sıraç'ın elini tutarken, Kulüp Yirmi Altı'nın kapısı aralandı ve hafif müzik, tüy bile kıpırdatmayacak bir narinlikle kulaklarıma doldu. Mavi aniden açılan kapıdan dışarı dökülen kızıl ışığa gözlerini büyüterek bakıp, dudaklarını öne uzatarak tatlı bir ses çıkarttı.

Sıraç beni içeri çekerken, Umut da Mavi'ye benzer sesler çıkarıyordu ama bu daha çok uykusu geldiğinde çıkardığı seslerdendi. Onu heyecanlandırmak öyle kolay değildi. Granit bar tezgâhının önünde sırtı dönük oturan adamın silueti tanıdıktı. Siyah saçları üç numara tıraş edilmiş, sırtında büyük bir ejderha şekli olan siyah bir tişört giymişti. Varlığımızı hissettiği an hızlıca bize doğru döndü ve tanıdık yüzünü anında anımsarken, gözlerinde yeşeren bir parıltıyla ayağa kalktı.

"Ulan!" diye bağırdı, kollarını iki yana açıp, başını iki yana sallayarak. "Lan sizi iki kişi gönderdim, dört kişi döndünüz!"

Aniden bedenime çarpan mutluluk, dudaklarımın bilinçsizce yukarı kıvrılmasına neden olurken, Sıraç'ın öfkeden buz tutan parmakları bir anda çözülmüştü sanki. İçeri doğru küçük adımlar atarken, Mavi'nin gözleri ışık oyunlarındaydı ve kendini kaybetmiş gibi tatlı sesler çıkararak pembe damaklarını gösteriyordu. Şahin hemen önümüzde dikildiğinde, gözlerinde sıcak bir tebessümle, "Eşek sıpaları!" diye bağırdı. "Amcanızım lan ben sizin. Merhaba."

"Düzgün konuş çocuklarımla kötü kadın mamulü." Sıraç'ın sesinde hafif bir gevşeme, alay vardı. Parmakları bir anda parmaklarımı daha sıkı kavradı ve kırgınlığı ikimizin avucunda ezmeye çalıştı sanki. "Seni aradım ama bulamadım yine hangi delikteydin?"

Şahin eliyle kısa saçlarını okşayıp göz kırptı. "Bilirsin, hiç rahat bırakmıyorlar beni, kardeşim. Oğlum harika görünüyorsunuz lan!" Şaşkınlıkla elini ağzına götürdü ve başını sallayarak bize baktı. "Kim derdi ki girdiği yerde destur çekilen Sıraç Karayel aile kurabilecek! Başardın, piç kurusu!"

"Başaramayacağım şey yok, biliyorsun." Sıraç'ın dudağının kenarı tehlikeli bir şekilde yukarı kıvrıldı ve elimi daha sıkı kavradı. "Ben istediğimi alırım."

"Bilmem mi kardeşim. Ama unutma... Hiçbir zaman ondan başka bir şey istemedin, Karayel." Yumruğunu yavaşça Sıraç'ın omzuna vurduktan sonra elini Umut'a uzattı ve, "Aynı babana benziyorsun, yakışıklı it," diye homurdandı. "Yenge kusura bakma, kızınla da tanışmak isterdim ama kız senin kucağında ve Karayel'in kızı. Müsait yerlerim yemiyor şu an."

"Bence de yemesin, birader. O müsait yerlerine hiç hoş olmayan şeyler sokarım çünkü." Sıraç çenesini öne uzatarak, "Kızım ve karımla arana en az bir beş metre mesafe aç bakalım."

Şahin kollarını havaya kaldırarak teslim oluyormuş gibi yaptı. "Sen kemik fantezilerini üstümde kurgulamadan ben beş metreyi açıyorum o zaman, kardeşim," dedi neşeli bir tavırla. "Ulan onu bunu bırak da, bir şu kızın sana koşuşunu bir de şu kapıdan kucağınızda çocuklarınızla el ele girişinizi ömrüm boyunca unutmayacağım. Başardın, göt herif."

"Benim ömrüm boyunca unutmayacağım o kadar çok şey var ki. Ömrüm boyunca." Sıraç omzunun üstünden kısık gözlerle bana baktığında kırgınlık bir kavanoz gibi patladı ve çelimsiz kırıkları etrafa saçıldı.

"Yakın zamanda İzmir'e geliyorum, kardeşim," dedi Şahin sırıtırken. "Birkaç ay kalacağım, bana babanın dairelerinden birini ayarlarsın, değil mi?"

"Ayarlarız. Şimdi gitmemiz gerek, seni gördüğüme sevindim boynuzlu alageyik." Sıraç ruhsuz bir şekilde gülümsedi. "İzmir'e geldiğinde ara beni."

"Yine çok kibar." Şahin sırıtarak bana baktı ve ardından elini Sıraç'a uzatıp, "İki dakika bırak yengemin elini de bir tokalaşalım, dağlı," dedi samimi bir şekilde.

Sıraç elimi daha sıkı kavradığında midem sarsılmıştı. Gözlerini kıstı ve elimi yavaşça bırakırken bir an hayal kırıklığına uğradığımı düşündüm. Umut'u diğer koluna geçirirken, şaşkın bir şekilde ona bakıyordum. Elimi tutan değil de diğer elini Şahin'e uzattığında, gözlerim şokla irileşti. Şahin'in de şaşkınlığı koyu renk irislerinden okunuyordu şu an.

Şahin, Sıraç'ın diğer elini uzatması yüzünden o da diğer elini uzatmak zorunda kaldı ve Sıraç'la tokalaşırken fısıldadı: "Söylenilenlerden daha hastalıklı, değil mi?"

Sıraç'ın dudaklarında şeytanı bile utandıracak bir tebessüm çiçeklendi. Ölümcül vaatler, cehennemden yükselen alevlere batırılmış kelimelerle süslü bir tebessümdü. "Tahmin bile edemeyeceğin kadar."

Mekândan çıktığımızda Umut'u tekrar diğer tarafına almış, ellerimizi buluşturmuştu. Meşalelerin yandığı tünele girdiğimizde sessizlik bir çığ gibi üstümüze yığılmış, buzlaşmış karlarını tenimizde eritmeye başlamıştı. Ateşin çatırtısını dinlerken, ayakkabılarımızın çıkardığı gıcırtılarda ateşe eşlik ediyordu.

"Gittiğimizde hiçbir şey aynı olmayacak," diye fısıldadım durgun bir sesle. "Biz artık daha mutlu bir aile olacağız."

Sıraç'ın parmakları parmaklarımın etrafında kasıldı. Parmaklarının etrafını saran damarlardaki nabzın çarpışını hissediyordum. "Evet." Sesi durgundu. "Kimsenin aileme zarar vermesine izin vermeyeceğim."

"Biliyorum."

Adımlarımız meşalelerde yanan alevleri titretmeye yetse de, yavaş ve dingindi. Mavi hâlâ kulağım ve saçlarımla oynuyordu, Umut kafasını Sıraç'ın boyun girintisine gömmüş, mavi emziğini kıpırdatarak derin bir uykuya dalmıştı kısa sürede.

"Mayıs." Sıraç'ın sesi tedirgindi.

"Yangınım?"

"İhaleyi kaybettik." Sesi o kadar düzdü ki, duvara çarpmışım gibi bir etki yarattı. Olayları kavrama yetim kısa süreliğine devri dışı kalırken, bakışlarımı omzumun üstünden Sıraç'a çevirdim. Onun bakışları da mekanik bir şekilde bana çevrilirken, kalbim uğursuz bir hisle sarsıldı ama nedense bu his beni korkutmaya yetmiyordu.

"Şafak Uzar ile zorunlu bir ortaklık başlatıldı."

10. YENİDEN DİRİLİŞ

Kötüye baş eğmiş kim varsa, iyiye hasret yaşamak zorundaydı. İyiye sırtını dönen kim varsa, kötüye muhtaç kalırdı.

Zorunlu anlaşma...

O günden sonra Şafak'ı bir daha görmeyeceğimi düşünmüş olsam da işlediğim günahın sırrını diline mühürleyen Şafak, akıl almaz bir şekilde hayatımızın ortasına düşmüştü. Yaklaşık iki aydır her şey yolunda olsa da bir şeylerin patlak vermesinden korkmuyor değildim.

Tahta kaşığı bir kez daha çorbanın içine daldırıp karıştırdım ve kaşlarım çatılırken derin bir nefes aldım. "Mecbur değiliz," dedi Sılay kabuklarını bir köşeye soyduğu domatesleri rendelerken. "Yani biliyorsun işte. Onu yemeğe çağırmak akıl işi gelmiyor bana. Üstelik ağabeyim... Bilmiyorum."

Sıraç'ın şu an Şafak'a karşı çok büyük bir tepki göstermeyeceğini az çok biliyordum. Şafak'ta büyük bir sırrımız vardı, evet ve her nedense ona olan güvenim çok keskindi. "Bu anlaşmayı ilk duyduğumda duvara çarpmışım gibi hissetsem de Şafak'ın kötü biri olmadığını biliyorum, Sılay," dedim kısık bir sesle. Yüzeyinde küçük baloncuklar oluşan çorbayı bir kez daha karıştırdım. Güzel kokulu buharı yükseldi ve yüzümü yaktı. "Artık her şeyin yolunda gitmesini istiyorum."

"Gerilecekler."

Omzumun üstünden Sılay'a baktım. Kafasına kocaman bir topuz yapmıştı. Gri, tek omzu düşmüş bir tişört giymişti ve tişörtün önünde domates lekeleri vardı. Kaygılı görünüyordu. "Endişelenmene gerek yok, halledeceğiz."

Yeşil gözlerini kaldırıp bana bomboş bir ifadeyle baktıktan sonra yanaklarının içini dişledi. "Fethiye'den gelmemizin üzerinden neredeyse iki ay geçti," dedi soluk bir sesle. "Bu iki ay içinde ağabeyimin gergin olmadığı tek bir gün bile yoktu. Şimdi bir de onu evimizde ağırlamak... Bilmiyorum." Derin bir nefes alıp diğer domatesi eline aldı ve rendeye bastırarak hareket ettirmeye başladı. "Temmuz da Şafak'tan hoşlanmıyor."

"Bu iki ay içinde Sıraç ve Şafak arasında herhangi bir gerginlik yaşanmadı," dedim gönül rahatlığıyla. "Aksine neredeyse her gece Sıraç ile konuşuyoruz ve yavaş yavaş Şafak'a olan önyargılarının kırılmaya başladığını görebiliyorum. Bu gece güzel olacak."

Belki de içten içe Şafak'ı görmek istemeyen Sılay'dı. Yine de bu düşünceyi kafamdan atmaya çalıştım. Fethiye'deyken iplerin tamamen koptuğunu, Sılay ve Temmuz'un çoktan bir ilişkinin tohumlarını topraklarına ektiklerini biliyordum. Hatta o tohum çatlamış, aralarındaki şey filizlenmişti. Mutfağın kapısı aniden açıldığında irkildik, Melek elinde büyük bir kavanozla içeri girdikten sonra, "Mayıs bak bak," dedi ve kavanozu iki eliyle sıkıca tutarak göğüs kafesinin ortasına bastırdı. "Bu Ceyen Anne'nin en sevdiği yeçeldenmiş Duyanneannem veydi!" Durkadın Sultan, İzmir'e geldiğimizden beri yanımızdaydı, durumu git gide iyiye gittiğinden hastaneden çıkmasında bir sakınca görmemişti doktor. Melek, Durkadın Sultan'ı o kadar çok seviyordu ki, ona Duyanneannem diyordu. Elimdeki tahta kaşığı tezgâha bıraktıktan sonra dizlerimin üstüne çöküp kollarımı Melek'e açtım. Melek, elindeki kavanozu ikimizin arasında bırakarak bana sıkıca sarıldı. Reçel kavanozu göğsüme batarken, sanki göğsüme batan içinde tatlı olan bu kavanoz değil de acı hatıralardı. Yüzümü Melek'in saçlarının arasına gömüp, "Sevdin mi peki reçeli?" diye sordum.

"Çok sevdim! Kaşık kaşık yesem doymam!" Kıkırdadı. Sılay'ın gözlerinin üstümüzde olduğunu biliyordum şu an. Salonda yürütecin tekerleklerinin ve üstündeki oyuncakların sesi geliyordu. "Melek," dedim yavaşça Melek'ten ayrılıp onun saçlarını okşayarak. "Mavi yürüteçle bir yerlere çarpmasın. Göz kulak ol ona, tamam mı?"

Mavi'nin kıpır kıpır olmasından dolayı onu yürütece biraz erken başlatmıştık. Umut'u yürütece bindirdiğimizde hiçbir sonuç alamıyorduk. Çünkü tüm gününü uyuyarak geçirmeyi tercih ediyordu... Melek elindeki reçel kavanozunu parmak uçlarında yükselerek tezgâhın üstüne bıraktıktan sonra mutfaktan çıktı. Gözüm yavaşça açık duran pencereye kaydı. Henüz akşam olmamıştı ama gün batmaya başladığından gökyüzü soluk tonda bir maviyi kucaklamıştı. Durkadın Sultan elinde bir hortumla diktiği çiçekleri sularken, sımsıkı topuz yaptığı saçlarının üstüne altında durduğu ağacın tomurcukları dökülüyordu.

"Durkadın Sultan yanımızdayken daha huzurlusun sanki," dedi Sılay ayağa kalkıp rendelediği domateslerin içinde olduğu kabı tezgâha bırakırken. "Bu aralar yüzün daha sık gülüyor."

"Çünkü o yanımızdayken annem de buradaymış gibi hissediyorum." Gözlerim yavaşça reçel kavanozuna kaydı. "Annem buradaymış gibi hissetmem demek, güvende hissediyorum demekle aynı kapıya çıkıyor."

Sılay kalçasını tezgâha yaslayıp kollarını göğsünün üzerinde topladı. "Bir anne nasıl hissettirir hiçbir fikrim yok," dedi puslu bir sesle. Bir an kalbime kaynar su dökülmüş gibi hissettim. Sanki kalbimi saran damarlar biri tarafından acımasızca çekiştirildi. "Ama sen bu evin içindeyken çok daha tanıdık geliyor o bahsettikleri his. Anlatılanlara yakın yani."

Gözlerimi reçel kavanozundan çekemesem de,reçel kavanozuna düşen yansımasını görebiliyordum. Yavaşça ona doğru döndüm ve onu kollarımın arasına çektim. Yüzünü yavaşça omzuma yasladıktan sonra domatesli ellerini belime yerleştirdi. "Batırdım üstünü başını," dedi hınzır bir sesle. "Bu sana kurulmuş bir pusuydu aslında."

"Aptal," diye homurdandım. "Ayda ve Başak gelecek mi?"

"En son mesaj attıklarında alışveriş yapıyorlardı. Elleri boş gelmek istemediler. Daha doğrusu Başak'ı biliyorsun... Gelir o... Ama Ayda her zamanki gibi kibarlık yapıp bir pastaneye girmiştir."

"Savaş ve Merve de birazdan burada olur." Sılay'dan ayrılıp üst dolabı açtım ve birkaç baharat çıkarttım. "Tabakları falan hazırlamıştık değil mi?"

"Ümran halletti," dedi iç çekerek. "Ya Mayıs..."

"Hım?"

"Bir şey soracağım ama..."

"Sor," dedim baharat dolu kavanozun kapağını açarken. "Ne oldu yine?"

"Şu deli yürek Savaş ve Ayda..." Lafın nereye gideceğini anlamış olsam da renk vermedim. "Yani şey gibi... Şey gibi değiller mi?"

"Ney gibi?"

"Şey işte be..."

"Temmuz ve senin gibi mi?" diye sorduğumda omzuma sertçe vurup, "Ya of!" diye homurdandı. "Hayır... Sanki ikisi de birbirine bir şey hissediyor ama şey edemiyor gibi..."

"Olacağı varsa olur," dedim tatlı bir tebessümle. "Kaderden kaçamazsın."

∞

Ayda aldığı tatlıyı buzdolabına koyarken, Başak salatayı yemek masasına taşıyordu. Mavi yürüteciyle köşeye vururken Temmuz da onun arkasından koşup kendine zarar vermemesi için ona göz kulak oluyordu. Elimdeki çorba tenceresini masaya bıraktığım anda kapının zili çaldı. Bir an tereddüt içinde kalsam da kimseye nem vermemeye çalıştım ve kapıya yöneldim. Sıraç'ın anahtarı vardı ama kapıyı benim açmamı daha çok seviyordu. Kapıyı açtığımda bakışlarım direkt kocama kaydı. Sıraç yüzünde biraz gergin bir ifadeyle doğrudan gözlerimin içine bakarken,

Halim ve Şafak da farklı yerlere bakarak gerginliği kırmak adına küçük girişimlerde bulunuyorlardı.

"Hoş geldiniz," dedim sesimi sıcak tutmaya özen göstererek. "İçeri girin."

İçeri girdiklerinde Sıraç koltuğun üstünde yatan Umut'u kucaklayıp havaya kaldırdı ve bezinin üstünü öpüp, "Üff," diyerek geri çekildi. "Yine doldurmuş bu Mayıs!"

"Sanki sen hiç doldurmuyordun ha," diyerek çıktı Sılay mutfaktan. Bir an Temmuz'un gerildiğini hissettim. Şafak'ın bakışları yavaşça Sılay'a kaydı ama çok uzun sürmeden Sıraç ve Umut'a döndü. Temmuz omzunun üstünden Şafak'a cins cins baktıktan sonra dişlerini sıkıp Mavi'yi kucağına aldı ve yürütecin içinden çıkarttı.

"Sus kız çişli." Sıraç Umut'u yerine geri yatırdıktan sonra koltuğun boş kısmına oturup kravatını gevşetti. "Oturacak mısınız yoksa dikilecek misiniz öyle beyler?"

Şafak duraksadı, Halim tekli koltuklardan birine yerleşirken Şafak birkaç saniye evi inceledi ve o da hemen Halim'in karşısındaki tekli koltuğa oturdu. Sıraç her ne kadar normal davranmaya çalışsa da bir yanının son derece gergin olduğunu görebiliyordum.

"Yemek hazır," dedim sofrayı işaret ederken. "Biraz dinlenin, başlayalım."

Sılay sandalyelerden birinin sırtıyla oynarken Ayda mutfaktan çıktı. Bakışları kısaca salonda dolaştığında gözlerinin aradığı kişinin şu an burada olmadığını fark ettim. "Şey, Savaş ve Merve nerede kaldı?" diye sordum Ayda'nın zihninde devinen soruyu dillendirerek.

"Merve Almanca kursuna başlamış. Onu alacaktı Savaş, oradan buraya geçecekler," dedi Halim ensesini kaşırken. "Birazdan burada olurlar."

"Onları bekleyelim o zam-" diyecektim ki kapının zili bir kez daha çaldı. Ayda kapıya yöneldiğinde onu durdurmadım ve gözlerimi ona dikerek izlemeye başladım. "Ben açayım," dedi mahcup olmuş bir sesle ve kapıyı açtı. Savaş elindeki siyah kaskı bileğine geçirirken siyah saçlarını boşta kalan eliyle karıştırdı ve dağıttı. Gözleri Ayda'ya dokunurken bir an ikisi de duraksar gibi oldu. Savaş'ın siyah gözlerinde belli belirsiz bir şeyler yakalar gibi oldum ama çok sürmedi, o şeyi anında kapıların arkasına kapattı ve kapıyı kilitledi.

"Merhaba," dedi Merve gülümseyerek. "Geç kaldık biraz, kusura bakmayın."

"Kim onlar? Ha siz miydiniz? Çok da lazım değildiniz aslında ama..." Sıraç uyuz bakışlarını Merve'ye doğrulttuğunda Merve, "Ah canım benim, uzak gözlüğünü getireyim ister misin?" diye sordu imayı alayla karıştırıp Sıraç'ın yüzüne yaşını fırlatırken...

"Haha," dedi Sıraç. Yapay bir şekilde gülerken yüzünde mimik oynamıyordu. "Almanca kursuna mı gidiyorsun yoksa Cem Yılmaz'dan ders mi alıyorsun? Eğer Cem Yılmaz'dan ders alıyorsan boşuna para verme, bırak. Sendeki bu kapasitesizlikle seni değil Cem Yılmaz, rahmetli Kemal Sunal bile kurtaramaz."

"Ay yazık bunun kulakları da duymuyor artık galiba..."

"Şu kız kardeşini susturur musun?" Sıraç homurdanarak bakışlarını farklı yöne çevirdiğinde Merve, "Bayılıyorum seninle uğraşmaya Yaşlıyel," dedi kahkaha atarak.

"Bak Yaşlıyel diyor ya!"

Temmuz kucağındaki Mavi'yi Sıraç'ın kucağına bırakırken, "Kabullen," dedi ifadesiz bir sesle. "Yaşlandın."

"Budarım seni." Sıraç Temmuz'a sanki karşısında kanlısı varmış gibi baktı. "Kökünü koparırım."

"Yirmi dört yaşında değil misin sen neden hepsi senin yaşına bu kadar takmış durumda?" diye sordu Şafak kafası karışmış gibi bir Sıraç'a bir Merve'ye bakarken.

Hepimiz aynı anda gülmeye başladığımızda yüz ifadesi paramparça olmuş bir şekilde Şafak'a bakan tek kişi Sıraç'tı. Evin duvarlarında kahkahalar çınlarken Sıraç fısıldadı:

"Yirmi beş."

11. ŞAFAK SÖKÜYOR

Belki de bir insan için en zoru inine düşmanı kabul etmekti. Bu tıpkı şeytanın cehennemine Tanrı'yı buyur etmesi gibi geliyordu kulağa. Karşımda oturan, çatalını yaptığım yemeğe batıran bu adamın silahından fırlayan kurşunun tadı hâlâ sırtımda sızlıyordu sanki. Gözlerimi Şafak'tan uzaklaştırmaya çalıştım ve tabağıma yoğunlaştım. Şafak da tıpkı bizim gibi gergin görünse de bir yanım sanki uzun süredir aramızdaymış gibi hissediyordu. Sanki onda bize yabancı olan tek şey yaptığı kötülüklerdi ama ruhu hep yanımıza aitti. Boşta duran avucumun içi bir ekmek sıcaklığındaki el ile dolduğunda kafamı kaldırıp omzumun üstünden yan tarafıma baktım. Yangın mavisi gözleri tıpkı içinde ateş yanan bir safir gibi görünüyordu. "Sevdam?" diye fısıldadı yalnızca benim duyabileceğim bir tonlamayla.

"Hım?"

"İyiyiz?" dedi sorar gibi. Şu an iyi olmasını dilediğim kişi oydu. İş başındayken sık sık Şafak ile yan yana olduğunu biliyordum fakat şu an onları yan yana, aynı masada görüyordum. Bu biraz tuhaf gelse de yadırgıyor da değildim.

"İyiyiz," diye fısıldadım tebessüm ederken.

"Ee?" dedi Başak dirseklerini masanın kenarlarına yaslarken. "Şimdi bu suratsız Yunan Tanrısı Sıraç ağabeyin nesi oluyor?"

Aniden öksürmeye başladığımda Sılay şok içinde Başak'a bakıyordu. Savaş elinin dış tarafını dudaklarının üstüne örttü ve tuhaf bir ses çıkartarak güldü. Şafak kafasını kaldırdı ve bakışlarını Başak'a doğrulttu. Yüzünde hiçbir duygu belirtisi olmasa da doğrudan Başak'a bakıyordu.

Durkadın Sultan, "Çok ayıp Başak," diye fısıldadı huzursuz bir tonlamayla.

"Hayda! Ne dedim ki şimdi ben Duriş Sultan?"

"Misafire suratsız Yunan Tanrısı denir mi güzel kızım?" Bir an bakışlarımız Durkadın Sultan'a döndü. Önce anlayamasa da hepimiz gülecekmiş gibi ona baktığımızdan eliyle ağzını örtüp kıkırdadı. "Yahu öf!" dedi tatlı tatlı. "Beni de iyiden iyiye kendinize benzettiniz ha!"

Gülmeye başladığımızda içimdeki huzurun tohumları çatlamaya başladı ve bir an feraha erdiğimi hissettim. Başak dirseğini masaya koyarak masaya biraz daha abandı, dirseğinin altında kalan çatalın ucu havaya kalkmıştı ve doğrudan Şafak'ı işaret ediyordu. "Parola?" diye sordu aniden. Şafak tek kaşını kaldırıp allak bullak olmuş bir ifadeyle Başak'a baktı. "Parola ulan?" diye sordu Başak bir kez daha.

"Ne diyorsun?" diye sordu Şafak şaşkın şaşkın.

"Hiç mi Türk filmi izlemedin be?"

"Aynı dili konuştuğumuzu düşünmüyorum şu an," dedi Şafak bakışlarını Başak'tan uzaklaştırıp önündeki yemeğe çevirerek. "Niye Türkçe konuşuyoruz ikimiz de?"

"Şu sofraya oturduğumuzdan beri yaklaşık üç kez bana 'parola?' diye sordun? Anlamıyorum kardeşim? Parolanı girmeyince konuşamıyorsan bir sus, girmiyorum parolanı falan." Şafak kaşlarını çatarak Başak'a baktı. "Hasbinallah ya."

"Ha?" Başak bir an duraksadı. Şu an gülmemek için dudağımı dişliyordum resmen. Şafak cidden Başak'ın yapmaya çalıştığı espriyi anlamamış mıydı? "Kardeş senin adın Şafak değil mi?"

Şafak gözlerini devirdi. "Evet."

"İşte ben de diyorum ki 'Parola?' anlamıyor musun?"

"Allah aşkına açıkla," dedi Şafak elindeki çatalı kenara bırakarak. "Açıkla hadi."

"Yandık," diye fısıldadı Halim.

"Bak şimdi hani Kemal Sunal, Halit Akçatepe ve Şener Şen'in müthiş filmi Şaban Oğlu Şaban vardı ya?" Şafak kafasını salladı. "Şimdi orada Şener Şen ve Kemal Sunal'ın efsane sahnesi vardı hani askeriyede?"

Şafak, "Ee?" dedi alay dolu bir sesle tıpkı Başak gibi dirseklerini masaya koyarak.

"Hani Şener Şen diyor parolayı bilemeyen ben olursam beni bile geçirmeyeceksin diye Kemal Sunal nöbet tutarken." Derin bir nefes aldı. "Öf anlatınca bütün büyüsü kaçıyor ya."

"Parola?" dedi Şafak aniden. Başak'ın gözleri kocaman açıldı ve, "Başak!" diye bağırdı heyecanla.

Şafak'ın dudağı yavaşça yukarı doğru kavislendi. "Bilemedin," dedi elini Başak'a doğru uzatırken. "Şafak."

Başak bir an anlamayan gözlerle Şafak'ın gözlerinin içine ve ona uzanan eline baktı. Birkaç saniye geçtikten sonra elini Şafak'a uzattı ve masanın ortasında elleri birbirlerini buldu. Sılay kafasını kaldırıp ikisine dikkatle baktı ve bir an gözlerinde huzursuz bir ifade belirdi. Bu bir kıskançlık değil de endişe gibiydi. Şafak ve Başak'ın elleri birbirinden ayrıldı. Başak'ın Şafak tarafından zarar görmesinden korktuğunu düşündüm. Ama içimden bir his böyle bir şeyin olmayacağını savunuyordu.

"Kardeşim yemin ediyorum adama acıyacaktım ama şu an bize acıyorum. Az önce neye maruz bırakıldığımızın farkında mısınız?" diye sordu Halim dehşet içinde ortada duran salata tabağına bakarken. "Atlatabileceğim umarım."

Sıraç güldü, bir an için bu gülüşün gerçekten içinden kopup geldiğini düşününce içim sıcacık oldu. Durkadın Sultan yavaşça kalkarken, "Afiyet olsun size," dedi gülümseyerek. "Ben Mavi ve Umut'u kontrol edeyim. Terlememiştir inşallah lokumlarım."

"Durkadın Sultan yormasana kendini," diye çemkirdi Sıraç aniden. "Kuş kadar yiyorsun zaten."

Durkadın Sultan takma dişlerini göstererek genişçe tebessüm etti. "Canım oğlum benim," dedi içinden kopa kopa. "Sen de benim yaşıma gelince göreceksin, yediğimiz her şey ağırlık yapıyor. Şeker, kolesterol falan biliyorsun... Çok yemiyorum o yüzden."

"Senin yaşına gelmesine şurada ne kaldı Duriş Sultan," dedi Merve ağzındaki lokmayı bitirmeden kıkırdarken. "Çoğu gitti, azı kaldı..."

Sıraç boş duran eline çatalının yanındaki bıçağı alıp, "Saplarım şunu olmayan zekâna," diye homurdandı. "Dünya üzerindeki kapladığı alan soğan cücüğü kadar bir de utanmadan kalkmış benim yaşıma laf ediyor."

"Kurban ol sen bana yaşı kırık insan... Sana laf söylemiyorsam bu da saygımdan..."

"Savaş susturacak mısın indireyim mi tabağı şunun alnının çatısına?" diye homurdandı Sıraç. Başımı onun omzuna yavaşça yasladım ve, "Sakin ol, Öküzcük," diye fısıldadım.

"Ooo aşk mı var aşk mı var?" Başak kaşlarını indirip kaldırırken, Ayda dirseğiyle Başak'ın boşluğuna vurup, "Edepsiz," diye homurdandı.

"Ne vuruyorsun ya?" dedi Başak dudaklarını bükerek. Kafamı kaldırdığımda Şafak'ın çatık kaşlarla Başak'a baktığını gördüm. Sanırım kızın nasıl bir model olduğunu anlamaya çalışıyordu.

"Aranma," dedi Ayda sert bir sesle. "Ye yemeğini."

"Annem gibisin ha," diye homurdandı Başak. "Nasıl vuruyor öyle pata küte ya."

"Biber bile sürerim ağzına," dedi Ayda yumuşarken.

"Sen de beni seviyorsun ondan bu nazların senin..."

"Başak."

"Tamam."

"Aşırı tatlısınız ya," dedi Merve salatadan tabağına alırken. "Cidden imreniyorum sizin dostluğunuza. Birbirinizin diğer yarısı gibisiniz."

"Evet," dedi Ayda hafifçe tebessümde bulunurken. "Sılay da o iki yarıyı birbirine diken ip gibidir. Bir arada tutar bizi."

"Bu mu bir arada tutuyor sizi?" Savaş güldü ama onlara değil yemeğine bakıyordu. "Defolu ip."

"Ya sen oradan konuşma eşkıya kılıklı herif. Ye yemeğini, zıkkımlan," dedi Sılay cins cins Savaş'a bakarken. "Ağabeyim Merve'yle, sen benimle uğraşmaya bayılıyorsunuz resmen ya."

"Kısasa kısas," diye güldü Savaş kafasını kaldırıp Sılay'a bakarken. Birden gözleri Sılay'dan ayrıldı ve yavaşça Ayda'nın olduğu yöne doğru kaydı. Ayda ensesine, şalının üstüne elini koymuş elindeki çatalı yemeğine batırıp çıkarırken Savaş'ın bakışları bir süre Ayda'nın üzerinde sabit bir şekilde öylece durdu.

"Mayulcuğum ve benim düğünüm ne zaman olacak kısmetse?" diye sordu aniden Melek. Hemen babasının yanındaki sandalyede oturuyordu. Halim kulaklarına kadar kızarıp kocaman gözlerle kızına bakarken Ümran, "Melek!" diye homurdandı.

Bir süredir hiçbir sohbete katılmadan önündeki yemeğe işkence uygulayan kardeşim kafasını kaldırıp, "Bir sen kalmıştın bana Marul demeyen. Demişsindir gerçi, hatırlamıyorum," dedi bomboş bir sesle. "Kendimi manavdaki marul sepetinin içinde en üstte duran en çok ellenmiş marul gibi hissediyorum."

"Kalbini mi kıydım?" dedi Melek dudaklarını bükerek.

"Bu masada kimsenin kalbini kıramayacak tek insan sensin, meleğim," dedi Temmuz hiç beklemediğim bir anda. Gözlerimi ona çevirdiğimde hiçbirimize değil, Melek'e bakıyordu. "Hadi ye yemeğini."

Şafak'ın bakışlarının Temmuz'a dokunduğunu görür gibi oldum ama bunun üstünde durmadım. Sorunsuz bir şekilde yemeğimizi yedikten sonra kızlarla birlikte hızlı bir şekilde masayı toparladık ve bulaşıkları bulaşık makinasına yerleştirdik. Sılay çayı koyarken ben de o sırada kahve yapıyordum. Ayda buzdolabını açtı ve dolaptan aldığı tatlıyı çıkartıp, "Mayıs Abla," dedi diğer eliyle şalının üstünden kafasını kaşırken. "Tatlı tabakları nerede?"

"Ha..." dedi Başak tatlı tabaklarının olduğu dolabı işaret ederek. "Burada kanka. Geçenlerde çikolatamı Sılay'dan saklamaya çalışırken keşfettim."

"Arsız," diye homurdandı Ayda gözlerini belerterek Başak'a bakarken.

"Rahat olun kızlar, burası sizin de eviniz."

"Öyle deme abla," dedi Ayda iç çekerek. "Siz bir şey demiyorsunuz tamam da başkası anlayış göstermez ki ona. Biri kalbini kıracak edecek diye ödüm kopuyor yeminle."

"Ya senin götünü yerim götünü!" diye bağırdı Başak Ayda'nın boynuna atılırken.

Ayda tatlıyı düşürmemek için havaya kaldırıp başını iki yana salladı ve güldü. "Ya sen benim başıma bela mısın Başak?"

"Evet!"

Merve tepsiye çay bardaklarını dizerken, "Geçenlerde ağabeyimle sizden konuştuk," dedi sakin bir sesle. "Yani senden ve Başak'tan, Ayda."

Ayda'nın bakışları donuklaştı. Başak kafasını Merve'ye doğru çevirdiğinde gözlerinde herhangi bir parıltı görmedim. "Sizi çok sevimli bulduğumu falan söyledim. Ağabeyim Başak'ın sevimli olduğunu ama Ayda'nın sevimli olmadığını söyledi." Duruldum. Ayda'nın kalbinin kırılacağı düşüncesi mideme kramplar saplanmasına neden oldu. "Ayda'yı daha çok kadınsı ve olgun buluyormuş. Şey gibi... Anne."

"Demek kadınsı..." Sılay aniden kahkaha atınca, Ayda kıpkırmızı kesildi. "Ne gülüyorsun?" diye sordu tatlıyı tezgâhın üstüne bırakırken.

"Bilemeyeceğim artık canım ya..." dedi Sılay gülmeye devam ederken.

"Ben de bilemeyeceğim," dedi Merve aniden. Ayda'nın kulaklarına kadar kızardığına yemin edebilirdim.

"Utandırmayın kızı," diye söylendim pişen kahveyi fincanlara boşaltırken. "Siz çok hırlısınız sanki. Senin Doğukan ile senin de Temmuz ile neler karıştırdığınızın farkındayım ben."

"Oha ya!" diye cırladı Merve.

"Öyle bir şey yok," dedi aniden Ayda bakışlarını Başak'a çevirerek. "Yani ben ve o onlar gibi değiliz."

"Sen neden bu kadar panik yaptın ki şimdi?" diye sordu Başak aval aval Ayda'ya bakarken. Ayda'nın niyetini az çok anlayabilmiştim. Başak'ın Savaş'a karşı hisleri olduğunu düşünüyordu, bu gözle görülür bir şeydi aslında. Aklı sıra arkadaşını incitmekten korkuyordu ama Başak'ın şu an Savaş'tan etkilenmediğini görebiliyordum.

"Panik falan yapmadım," dedi Ayda nefes nefese. "Yok öyle bir şey."

Başak'ın anlamadığı her halinden belliydi. Mutfakta kısa bir sessizlik yaşandı. Sıraç aniden mutfağa daldığında o sessizlik kırıldı ve parçalarına ayrıldı. "Ne dedikodular dönüyor burada?" diye sordu bana doğru yürürken. "Bir olmuş kimi çekiştiriyorsunuz yine?"

Büyük ellerini karnıma bastırdı ve güçlü kolunu bana doladı. Kafamı geriye atarak onun köprücük kemiğinin biraz altına yasladım. "Paslanmışım," diye fısıldadım. "Kendimi yaşlı hissediyorum."

"Yaş konusuna hiç girmesek mi, minik şeytan?" Güldü. Burnunu saçlarıma bastırıp derin bir nefes alarak saç diplerimi kokladı. "Yine cenneti sürmüşsün tenine."

"Kıskanıyorum," dedi Sılay hemen yanımıza ilişerek. Sıraç kolunu kaldırdı ve Sılay'ı kolunun altına çekip ikimize de aynı anda sarıldı. Kız kardeşinin saçlarını öperken, "Kıskanmış mı benim zümrüt yeşilim?" diye sordu kısık bir sesle. "Oy sidikli seni."

"Ya ağabey ya!"

"Ne var? Yalan mı? On beş yaşına kadar altına işemedin mi?"

"Yalan ya!" Durdu ve pis pis sırıttı. "On dört bir kere."

"Eşek sıpası!" Sıraç çekilip Sılay'ın poposuna bir tane vurduktan sonra, "Hanımlar işiniz bittiyse beni karımla birkaç dakika yalnız mı bıraksanız acaba ya?" diye sordu.

Ayda hızlıca tabakları çıkarıp tatlıları tabaklara doldururken, "Çıkıyorum ağabey," dedi panikle. "Kız Başak, tut şunun ucundan!"

Sıraç güldü. "Yavaş, savaş çıkmadı."

Kızlar mutfaktan çıkarlarken Merve'ye kahveleri de almasını söyledim. Sıraç kollarını boynuma doladı ve ellerini göğüslerimin üstünde birleştirip kafasını enseme gömdü. "Çok güzel kokuyorsun," diye fısıldadı ürpermeme neden olacak şekilde nefesini enseme üfleyerek.

"Yalan atma," dedim kısık bir sesle. "Üstüme yemek kokusu sindi. Hem terliyim de."

"Senin terin bile şifa," derken dudakları enseme dokunuyordu. "Terin bile cennet kokuyor."

"Konuşma böyle." Kalbim öyle hızlı çarpıyordu ki, sanki ne kadar zaman geçerse geçsin bu değişmeyecekti. Benim kalbim onun için hep dörtnala salınacak, yerinden çıkıp göğüs kafesimi parçalayacakmış gibi çarpacaktı.

"Neden?" diye sordu kahve kokulu nefesini bana sunarak. "Utanıyor musun yoksa, Karamaça?"

Aniden irkildim. Kalbim biraz öncekinden daha hızlı çarpmaya başladı. "Bana böyle seslenmeni özlemişim," diye ağzımdan kaçırdım.

"Şu an bir Karayel'sin," dedi kısık bir sesle. "Ama kalbimin bir köşesinde daima Karamaça'm olarak kalacaksın."

Elimi elinin üstüne koydum. "Şafak'ın burada olması seni germiyor değil mi?"

"Açıkçası birkaç kez onu öldürmeyi düşündüm, biliyorsun," dedi durgun bir sesle. "Ve bu bir şaka değil."

"Evet," diye onayladım onu.

"Ama onunla zaman geçirirken onun farklı yönlerini de görmeye başladım. Senin bahsettiğin, görmemi istediğin yönlerini..." Duraksadı. "Yine de sana zarar verdiği gerçeğini yok sayamam, bunu silemem biliyorsun. Ama deniyorum. Senin, ailemizin huzuru için çabalıyorum. Çabalarken o da bana yardımcı olacak şeyler yaparak işimi bir nebze olsun kolaylaştırıyor işte."

"Şafak kötü bir insan değil," dedim Sıraç'ın sinirleneceğini bile bile.

"Bunu durmadan dile getirmene gerek yok, Mayıs."

"Ama bunu sen de biliyorsun."

"Evet," diye kabullendi. "Ama yine de..."

"Beni vurdu," dedim tek seferde. "Ama beni ve çocuklarımızı kurtardı."

"Atsan atılmaz satsan satılmaz pezevenk," diye homurdandı.

"O zaman atmaya da satmaya da çalışma. Henüz çok taze, üç aydır senin hayatında. Bu yemek... Yani yediğimiz bu yemek bile güzel bir adımdı bana kalırsa."

"Onu boş ver şimdi," diye geçiştirdi. "Durkadın Sultan'ın durumu nasıl?"

"İyiye gidiyor. Doktoruyla sık sık görüşüyorum."

Sıraç beni yavaşça kendisine doğru çevirdi. Kollarını belimin kenarlarına koydu ve hemen bel boşluğuma elini yerleştirdi. Sıcak nefesi yüzüme dökülüyordu, yakıcıydı. "Biz şimdi gerçek bir aileyiz," dedi tam gözlerimin içine bakarak.

Elimi yanağına götürdüm, avucumu sakallarına bastırıp başparmağımla yavaşça elmacık kemiğini okşadım. Boğazımı yakan his hemen oradaydı. Her an ağlayacakmışım, geçmişi kusarken geleceği sütümle besleyecekmişim gibi hissediyordum. "Biz gerçek bir aileyiz," dedim derin bir nefes alarak. "Her şey geride kaldı, Karayel."

Salona dönerken ikimiz de el eleydik. Şafak birkaç kez Durkadın Sultan'ın kucağındaki Umut'u sevmişti ama sevişi bile mesafeliydi. Sıraç pek bir şey demese de Şafak ne zaman elini Umut'a uzatsa pürdikkat Şafak'a bakıyordu. Bu tıpkı bir aslanın yavrusunu bir başka aslanın önünde görmesi gibiydi. Ona zarar vermeyeceğini biliyordu ama içgüdü olarak gözünü yavrudan ve diğer aslandan ayıramıyordu.

Temmuz'un sessizliği herkesin dikkatini çekse de kimse bunun altında yatanları eşeleyip gün yüzüne çıkarmadı. Sılay'ın endişeli bakışları arada bir Temmuz'a dokunuyor, sonra ondan ayrılıp hemen önünde yatan Mavi'ye kayıyordu. Şafak ve Sıraç'ın bir ihale hakkında konuşurken birkaç kez farkında olmadan şakalaştıklarını görmüştüm. Melek babasının kucağında uyuyakalmış, Ümran da kafasını kocasının omzuna yaslamış kızının saçlarını okşarken gülümseyerek edilen sohbeti dinlemişti. Lavaboya gidip geri döndüğümde iki kişinin salonda olmadığını fark ettim.

∞

Bir kadının kalbine dokunmak, küçük bir çocuğun dağılan misketlerini toplarken ki heyecanını verirdi bir adama.

Savaş sigarasını dudaklarının arasına götürdü, sigaranın ucunu çakmağıyla tutuştururken kafasını kaldırdı ve yıldızlar tarafından kuşatılmış berrak gökyüzüne baktı. Siyah kumaşın üstüne serpiştirilmiş beyaz elmaslar gibi görünüyordu yıldızlar. Sigarasından bir nefes aldığında kapının açılıp kapanış sesini duydu.

Kafasını yavaşça eğdi, kaşları çatıldı ve bakışları omzunun üstünden arkaya doğru kaydı. Genç kız siyah şalını düzeltirken Savaş'a değil yere bakıyordu. Savaş sigarayı bir kez daha dudaklarıyla buluştururken gözlerini kızdan ayırmadı.

Kız bir elini koluna götürdü ve o kolunu avucuyla ovalayıp derin bir nefes aldı. "Bu gece soğuk mu sanki biraz?" diye fısıldadı kendi kendine. Aslında sonbahara yeni girmişlerdi, hava sıcak bile denilebilirdi.

Savaş sigaranın dumanını dudaklarından dışarı bıraktıktan sonra, "Üşüyorsan içeri gir," dedi tok bir sesle. Kızın boşluğunda yankılanan bu ses, genç kızın korkuyla irkilmesine neden oldu. Kız başparmağını ağzına götürüp damağına bastırdı. "Ödümü patlattın," dedi zarif bir sesle. "Gittin sanmıştım."

Savaş kıza dikkatle baktı. "Gitmedim."

"Ha doğru kız kardeşin burada..." Kız elini alnına götürüp bakışlarını kaçırdı. "Ama ne bileyim... Öyle aniden çıkınca..."

"Gittim mi sandın?" Savaş'ın kalın tok sesi, Ayda'nın kalbinde çınladı sanki.

Kız kafasını yavaşça kaldırdı. İri kahverengi gözlere gecenin karanlığı çöktü, ayın ışığı harelerinde dans etmeye başladı. "Gittin sandım."

Savaş bir süre hiçbir şey söylemedi. Kız bahçenin ortasına doğru yürürken gözlerini kızdan ayırmıyordu. Kız hemen hamağın önünde durdu. Elini hamağın bağlı olduğu ağaçlardan birine koydu ve kafasını havaya kaldırıp gökyüzüne baktı. İçinde kıpır kıpır bir his büyüdü. Yıldızlar mıydı bu hissin sebebi? Ay mıydı? Gece miydi? İzmir miydi? Bu adam mıydı?

Adam kıza doğru yürüyünce kız gözlerini gökyüzünden çevirip adama dikti. Savaş Ayda'nın hemen önünde dikildiğinde, Ayda Savaş'ın teninden gelen sigara ve pahalı erkek parfümü kokusunu soludu. Onun ona bu kadar yakın durması Ayda'nın kalbinin daha hızlı feryat etmesine neden olmuştu. Geri çekilmek istiyordu ama bu mümkün gelmiyordu. Sanki bedeninde bir mıknatıs vardı da bu adamın teni komple demirdendi.

"Gitmem," dedi Savaş, Ayda'nın hiç ummadığı bir anda. Aniden. Pat diye.

Her nedense kalbinde kuşku ormanları yetiştiren bu kız, bu adamın tek bir sözüyle o koskoca ormanı ateşe vermişti sanki. İnandı. Sanki ona inanmaktan başka bir çaresi yoktu. Sanki kalbinde bir kanser vardı, bu adam kanseri kıran o umut ışığıydı.

"Gitmez misin?" diye sordu kız kendini tutamadan. Yüreğinde derin bir suçluluk duygusu barındırıyordu. En yakın arkadaşının bu adama meyilli olmasından ölesiye korkuyor, arkadaşını kırmaktansa ölmeyi yeğliyordu.

Savaş kıza biraz daha sokuldu. Bir elini kızın elini koyduğu ağaca koydu ve kızı ağaç ile arasına aldı. Aralarındaki boy farkından dolayı gözlerini indirerek kıza baktı. "Gitmem," dedi karanlık bir sesle.

Kız geri çekilmek istedi. Bu ona hiç doğru gelmiyordu. "Lütfen," dedi neden lütfen dediğini bilmez şekilde. "Lütfen."

"Seni korkutan ne?" diye sordu aniden Savaş. "Neden benden kaçıyorsun? Üç aydır benden kaçmadığın tek bir gün bile olmadı. Neden?"

"Çünkü doğru değil," dedi Ayda nefes nefese.

"Doğru olmayan ne, Ayda?"

Kız kafasını önüne eğdiğinde, Savaş kalbinden yükselen derin bir ıstırap hissetti. Sigarayı yere attıktan sonra o sigarayı tutan elini kızın çenesine koydu ve büyük parmaklar kızın çenesini kavradı. Canını acıtmadan hafifçe baskı uyguladı ve kızın kafasını yukarı kaldırdı. "Sen benim gözlerime bakmaktan mı korkuyorsun?"

Kız korktuğu gözlere dikkatle bakarken gözleri dolacak gibi oldu.

"Sen benden mi korkuyorsun?" diye sordu bu kez Savaş.

Kız sertçe yutkundu. "Ben senden gelecek her şeyden korkuyorum," diye itiraf etti. "Kaçmam gerek benim senden."

Savaş duraksadı. Ayda haklıydı. Savaş korkunç bir adamdı ama sevemez miydi? Savaş parmaklarını kızın çenesine hafifçe sürterek başını yavaşça sol omzuna düşürüp çatık kaşlarla kıza baktı. "Sen benden değil kendinden korkuyorsun, kedicik."

"Belki de."

Savaş duraksadı. Bunu beklemiyordu. "Beni etrafında istemiyor musun?" diye sordu kızın gözlerinin içindeki cennetin kapısına bakarken. O cennetin kapısı ona açılmazdı, biliyordu. Günah kokan elleriyle bir cennetin kapısına dokunuyordu. Buna ne hakkı vardı? Yoktu.

Kız üstündeki ince yeleğin eteğini kavradı, avuçladı ve sıktı. "Öyle demedim."

"Ne dedin?"

"Geri dur biraz," dedi sesi titrerken. "Bir gören olacak."

"Sen birinin görmesinden mi korkuyorsun?" diye sordu Savaş kızın yüzünü incelemeye devam ederken.

Kız, siyah gözlere baktı. O gözlerde zafer vardı. O gözlerde yenilgi vardı. O gözlerde bitmiş bir hikâyenin son cümlesi vardı. O gözlerde yeni açılan bir sayfanın ilk satırı vardı. O gözlerde henüz kurumamış bir mürekkep, kenarları aşınmış bir defter yaprağı vardı. O gözlerde yasak, o gözlerde günah vardı.

O gözlerde asla uzağa gidemeyeceği bir memleket vardı.

Savaş yaklaştı. Ayda buna karşı koyamadı. Artık kaçacak hiçbir yeri yokmuş gibi hissediyordu. Sanki yaralı bir ceylandı. Tüfeği ona doğrultup ateşleyen o gaddar avcıya vurulmuştu.

Ceylan, avcıya vurulmuştu.

Savaş'ın üst dudağı, Ayda'nın iki dudağının arasına yerleşti. Kaderden kalbe sarkan bir ip vardı. O ip yavaşça kalbe dolandı, sıkı bir düğüm attı. Kaderi ve kalbi birbirine bağladı.

Savaş yavaşça kızı öpmeye başladığında ikisinin de kalbi karanlıkta ucunda ateş yanan bir meşale gibi parıldıyordu. Işık saçıyordu. Bir yıldız kaydı, arkasında upuzun bir kuyruk, upuzun bir yara izi bıra ktı. Gökyüzünde, yıldızın jiletinin açtığı yara izi büyüdü, yıldız tozları yeryüzüne döküldü. Ayda'nın korkuyla titreyen elleri yavaşça havalandı. Savaş'ın yüzünü avuçlarının arasına aldığında yaptığı şeyin ne kadar yanlış olduğunun farkındaydı.

Ama birbirlerini öpmekten vazgeçmediler.

Belki de kırmızı iplik bir kez daha kaderleri birbirine bağlamıştı.

12. UCU KIRIK AY PARÇASI

Sılay Karayel'den...

Oturduğum kafenin açık mavi renkteki rüzgâr çanları bir kez daha şangırdadı.

Önümdeki test kitabına bomboş gözlerle bakarken bir yandan da elimdeki kalemi aynı ritimle test kitabının köşesine vuruyordum. Üniversite sınavı için çalışmam gerekiyordu ama bunun yerine bomboş bir ifadeyle test kitabını izlemek bana daha zevkli geliyordu şu an. Son olaylardan sonra Temmuz da ben de sınava giremediğimiz için sınava yeniden hazırlanıyorduk. Ayda ve Başak da şanslarını ikinci kez denemekten yana kullanmışlardı. Biraz önce siparişini verdiğim sıcak çikolatanın sıcak buharı yüzüme çarpıyordu.

Açık mavi renkteki rüzgâr çanları bir kez daha şangırdadı.

"Ne düşünüyorsun böyle sen?" Bu sesin sahibi Ayda'ydı. Çantasını sandalyeye astıktan sonra hemen karşıma oturdu ve garsona eliyle küçük bir işarette bulundu.

"Sınavı düşünüyorum," dedim ruh gibi bir sesle.

"Daha zaman var," dedi garson çocuk menüyü önüne bırakırken. "Teşekkürler. Ben bir sade kahve alayım."

"Aslında kafamı dağıtmaya çalışıyor da olabilirim," dedim Halaymen Osman ağabeyimle kısa bir açık oturum başlattıktan hemen sonra. "Bu aralar halay mendillerinin ütüsü hiç bozulmuyor resmen."

"Ne?"

"Hiç," dedim halaysızlık başıma vurduğundan saçmalıyordum. Bakışlarım yavaşça Ayda'ya kaydığında gözünün telefonunda olduğunu fark edince, "Hayırdır?" diye sordum kaşlarımı çatarak. "Senin elinde telefon görmek, Satürn'ün halkasına oturup kadın kız kesmek gibi bir şey."

Yanaklarının içini dişlediğini gördüm. "Hiç," dedi ama hiç inandırıcı dememişti. Osman ağabey tek kaşını kaldırarak, "Neler oluyor kuzum?" moduna girdi.

"İki üç gündür sende bir haller var," dedim dirseklerimi masanın kenarına yerleştirip. Elimdeki kalemin başıyla yanağımı kaşıdım. "Arka planda neler dönüyor Sebastian? Benden ne saklıyorsun?"

Ayda derin bir nefes alıp, "Savaş'tan mesaj bekliyorum," dedi durgun bir sesle.

Bir an idrak edemedim. "Ney?"

"Duydun işte." Gözlerini masaya dikti. Başı hafif öne eğik duruyordu. Yanlış bir şey yapmış gibi kıvranıyordu ama bunda yanlış bir şey yoktu ki. "Ondan mesaj bekliyorum."

"Ha..." Tek kaşımı kaldırdım. "Neden?"

Alt dudağını dişlerinin arasına aldı. Kıvranıyordu ama neden kıvrandığını anlamak güçtü. "Ayda, söyleyecek misin artık?"

"Başak duyarsa ne yaparım?" dedi aniden.

"Neyi?"

Rüzgâr çanları bir kez daha şangırdadı. Aramızda kısa bir sessizlik yaşandı. Ayda derin bir nefes alarak, "Sana bir şey söyleyeceğim ama nasıl söylenir bilmiyorum ki ben," dedi gözlerini bana dokundurtmadan.

"Ayda lafı eveleyip geveleme de söyle güzelim."

"Hani sizde yemek yediğimiz o gece var ya... Şafak denen adam falan gelmişti." Sertçe yutkundu. "O gece."

"Evet?" Ayda susunca tek kaşımı kaldırdım. "Cımbızla mı alayım kızım ağzından lafları?"

"O gece biz Savaş'la bahçedeydik," dedi hızlıca. "Nasıl olduğunu anlamadım ben."

"Neyin?"

"Şeyin."

"Neyin güzelim?"

"Ya..."

"Kızım söylesene!" diye bağırdığımda garson çocuk elinde kahveyle yanımızda bitti. Çocuk irkilmiş gözlerle bana bakınca ensemi kaşıyarak sırıttım. Bu çocuğun benden daha çok korkmasına neden oldu. "Ayda beni cinnete getirtme," diye fısıldadım. "Söyle artık."

"Öptü beni."

Bir an idrak edemedim. Sanki sesler ve görüntüler birbirine girdi. Az önce önümden geçen yaşlı amcanın yüzünde Mahmut Tuncer şarkısı çalıyordu.

"Sılay?"

Cevap veremedim. Ayda endişeyle bana doğru uzanıp koluma dokundu. Yine tepki veremedim. Öylece Ayda'ya bakıyordum şu an. Sanki tüm tepkilerim çekilmişti. "Sılay?" dedi tekrar korkarak. "İyi misin?" Duraksayıp bir kez daha dokundu. "Sılay?"

"Ne, dünyaya otobotlar mı saldırmış?" diyerek irkildiğimde ikimiz de birbirimize bakakaldık.

"Sılay..."

"Ne? Merkür'de su mu bulunmuş?"

"Sılay."

"Ne? Mahmut Tuncer ve Drake düet mi yapmış? Olamaz. Mahmut Tuncer elden gidiyor."

"Sılay."

"Ne? Ağabeyimin yirmi altıncı doğum günü mü yaklaşıyor?"

"Sılay, Savaş beni öptü diyorum ya!" diye bağırdığında biri yere kitabını düşürdü. İkimiz de aynı anda o tarafa baktığımızda Başak hemen karşımızda ağzı kocaman açılmış ikimize bakıyordu.

"Savaş seni öptü mü?" diye bağırdı dehşet içinde. Kafedeki

herkesin gözü bizim masamıza döndüğünde elimi alnıma koydum ve gözlerimi yumdum. "Ve benim bundan haberim yok!"

"Şey..." Ayda panik yaparak ayağa kalkınca gözlerimi açtım, Başak kafasını iki yana sallayarak, "Bırak ya," dedi bomboş gözlerle. "Cidden saklayacak mıydın?"

"Saklamayacaktım," dedi Ayda. Kızcağızın eli ayağı birbirine girmişti şu anda. "Gerçekten... Ben... Sadece..."

Başak aniden boşta duran sandalyeyi çekip oturdu ve heyecanlı heyecanlı, "Ee?" dedi gözlerini kocaman açarak. "Nasıl oldu? Nerede oldu?"

Ayda yerine oturdu. Endişeli gözleri Başak'ın üstündeydi ama ben durumu çoktan çakmıştım. "Anlatsana!" diye homurdandı Başak dudak bükerek. "Ben geldim diye mi susuyorsun?"

"Ama..."

"Ne ama kızım?" Başak kaşlarını çattı. "Ee çıkma teklifi falan etti mi sana? Nasıl etti?"

Ayda gözlerini masaya çevirirken, "Çıkma teklifi falan yok," dedi kuru bir sesle. "Böyle şeyler düşünme."

Başak anlam veremeyen gözlerle Ayda'ya bakınca, Halaymen Osman ağabeyimin de dürtmeleri sonucu olaya el atma kararı vererek, "Anlasana," diye fısıldadım. "Senin Savaş'tan hoşlandığını düşünüyor."

"Şaka?" Başak gözlerini kırpıştırarak Ayda'ya baktı. "Ben aptal değilim," dedi her harfin üstüne basarak. "Senin o adamdan etkilendiğini görebiliyordum. Tamam yakışıklı falan, beğenmiştim ama ona karşı hiçbir şey hissettiğim falan yok benim. Bunca zaman bunu kendine dert edindiğini söyleme bana Ayda!"

Ayda'nın göz altları kıpkırmızı görünüyordu. "Gerçekten mi?" diye sordu, sesi titriyordu.

"Gerçekten!" Başak kollarını Ayda'nın boynuna doladı ve ona sıkıca sarıldı. "Kör değilim, birbirinize ilginiz olduğunu görebiliyordum ben. Bir gün bana birine âşık olduğunu söyleyeceğin günü hep bekledim, biliyor musun? Saçma sapan düşüncelere kapılma lütfen. Biz dostuz."

"Seni çok seviyorum," dedi Ayda ağlak bir sesle. Bir an şaşkınlıkla gözlerimi hızlıca kırpıştırdım. İkisini gerçekten çok sevdiğimi bir kez daha anlamıştım. "Ben de seni çok seviyorum," dedi Başak sırıtarak. "Ve şimdi derhal bana sıcak çikolata ısmarlıyorsun."

"Köpek ya!" diye homurdandı Ayda. "İstediğin sıcak çikolata olsun senin!"

Sohbetin geri kalanı Savaş'ın Ayda'yla başlayan ilişkisinin üzerine kuruluydu. Savaş, Ayda'nın avucuna telefon numarasını sıkıştırıp salona döndüğünde Ayda bir süre olduğu yerde kendine gelememiş falan. Yüzümde kocaman bir sırıtışla dinlemiştim tüm bunları. Yine de içten içe huzursuz olan yanımın zincirlerini kırmaya çalışıyordum. Ayda'nın ailesi yönetimi elden bırakmayan, sert kurallara sahip bir aileydi ama iyi insanlardı. Yine de Savaş'ı pek seveceklerini düşünmüyordum açıkçası. Bu düşünce zehirli bir tohum gibi zihnimin kıyılarında çatlarken onlardan uzaklaşmaya çalıştım.

Günün geri kalanında harap olmuş bir şekilde eve gelmeyi başarmıştım. Taksiciyle doksan kuruş kavgası etmiş, sonunda adamı pes ettirerek doksan kuruşumu geri almış ve eve girmiştim. İçeri girdiğimde Mayıs çalışma masasının önünde oturuyor, test çözüyordu. Bu yıl üniversite sınavına gireceğini hatırlayınca dudaklarımı büzdüm. Ağabeyim gerçekten dünyanın en mükemmel ağabeyi, en mükemmel babası ve hiç kuşkusuz en mükemmel kocasıydı. Mayıs'ın hayallerinin yarım kalmasına göz yummamış ve üniversite konusunda ona büyük destek vermişti.

Merdivenleri tırmanırken, "Aa geldin mi?" diye bağırdı Mayıs sonunda beni fark ederek.

"Evet," dedim tırabzanlara tutunarak. "Şimdi de odama çıkıyorum."

"Yemek yedin mi?" Masanın önünden kalktı. "Karnın aç mı?"

Havaya bir öpücük attım ve o öpücüğün uçup Mayıs'ın yanağına konduğunu hayal ettim. "Yedik bir şeyler kızlarla," dedim yorgun bir sesle. "Şimdi bir duş alıp biraz kitap okuyacağım."

Yürütecin o inanılmaz patırtısı duyulduğunda, Mayıs mutfağa doğru baktı. "Mavi yürütecin üstünde terör estiriyor yine," dedi gözlerini devirerek. "Bu kız çok hareketli..."

"Kime çekmiş acaba?" diye sordum her şeyden habersiz.

"Acaba?" dedi Mayıs gözlerini bana dikerek.

"Tamam belki birazcık bana..." Güldüm. "Hadi ben kaçtım."

"Akşam yemeğine ineceksin, Sılay," dedi Mayıs ketum bir tavırla. "Çıkarım yukarı, saçından sürüyerek aşağı indiririm seni. Görmüyorum sanma, son günlerde çok zayıfladın sen."

"Sen şişkolaşıyorsun diye beni mi kıskanıyorsun acaba?" diye dalga geçtiğimde dudaklarını büktü. Aslında fiziği iki çocuk doğurduğuna inanılmayacak şekilde çok düzgün ve güzeldi. Fazla kilo almamıştı zaten. Aldığı kiloları da hızla vermişti ama onunla böyle uğraşmaktan büyük zevk alıyordum. Yukarı tırmanırken bir şeyler homurdandı ama üstünde durmadım çünkü gerçekten üstümden tır geçmiş gibi hissediyordum.

Tam odamın kapısının önüne geldiğimde banyonun kapısı açıldı ve sıcak buhar dışarı boca oldu. Kaşlarımı çatarak açılan kapıya baktım. Temmuz altında yalnızca bir havluyla hemen önümde duruyordu. Kıvırcık saçları ıslaktı ve düz gibi duruyordu, saçlarından damlayan sular göğsünün pürüzsüz yüzeyine akıyor, uzun yollar çizerek kasıklarına kadar iniyordu. Bir an Osman ağabeyin halay mendiliyle gözlerini örttüğünü görür gibi oldum, sonra dünya birkaç dakikalığına daha güzel bir yer oldu...

Toz mavisi iri gözler doğrudan yüzüme perçinlendiğinde sertçe yutkunup, "Sıhhatler olsun," diye fısıldadım gözlerimi kaçırarak.

"Neredeydin?" diye sordu sert bir sesle. "Bugün dershanede de görünmedin."

"Kızlarla kafedeydik," dedim gözlerimi o çıplak bedenden uzak tutmaya çalışarak. Kalbimin içinde bir deniz vardı ve denizin üstünde Davut Güloğlu horon tepiyordu.

"Kafedeydiniz?" dedi sorar gibi.

"Evet." Ona sırtımı döndüm ve elimi odamın kapısının kulpuna koydum. "Takıldık öyle. Çok yorgunum."

Aniden nefesini ensemde hissettiğimde damarlarım genişledi. Sanki bileğimde akan kanın yönü değişmişti. Alnını kafamın arkasına yasladı. "Gözümün önünde olmanı istiyorum," dedi kısık bir sesle. "Anladın mı?"

"Ne?"

"Bu aralar çok yalnız kalamıyoruz," dedi acı dolu bir sesle. "Bu hoşuma gitmiyor."

"Vakit kalmıyor. Bir de bu yıl sınava gireceğiz biliyorsun." Sertçe yutkundum. Ben de onunla yalnız kalamadığım için kendimi kötü hissediyordum ama şu an Temmuz da gördüğüm şey yalnız kalamamaktan kaynaklanan bir yakınma değildi. Bu başka bir şeydi. Onu az çok tanıyordum artık.

"O zaman benim için vakit yarat, Kezorella."

Bir anda kasıldım. "Bunu sonra konuşalım mı?" diye fısıldadım kısık bir sesle.

Temmuz kendini bana biraz daha bastırdığında gözlerim irileşti. Ilık nefesi okul gömleğimin altından içeri, çıplak tenime aktı. Sanki diken üstündeymişim gibi irkilerek geri çekilmeye çalıştığımda, "Dur," dedi boğuk bir sesle. "Çok özledim."

Sertçe yutkundum. "Temmuz bir gören olacak şimdi."

"O adamı gördüğünde bir şey hissediyor musun?" diye sorduğunda hiç beklemediğim bu soru karşısında taş kesildim.

"Sen ne saçmalıyorsun?" diye sordum sert bir sesle. "Ne dediğinin farkında mısın?"

"Evet," derken gergindi. "Farkındayım." Beni kapıyla arasında sıkıştırdığında bir elimi kapının yüzeyine koydum. Kaşlarım çatılmış, bedenim tamamen gerilmişti. Temmuz dişlerini sıktığında ürperdim. Şu an Temmuz'u itmek, ondan uzaklaşmak istiyordum. Onu görmek, onunla konuşmak istemiyordum. Böyle bir şeyi bana sorarak bana nasıl hissettirdiğinin farkında mıydı? Niye bana bu tarz bir işkence uygulamayı tercih ediyordu ki? Evet, o gece Şafak'ı görmüştü ama üç aydır Şafak zaten evimizin içine tıpkı bir yıldırım gibi düşmüştü zaten. Bu üç ay içerisinde Temmuz'daki tuhaf değişimin farkında olsam da şu an o değişimi çok daha net görebiliyordum.

"Yanlış anlama," diye homurdandı. "Sana kötü bir şey demeye çalışmıyorum."

"Şu an söylemeye çalıştığın her ne ise onu nasıl söylemen gerektiğini öğrenmeden benimle konuşma," dedim sert bir sesle. "Sen ne dediğini bilmiyorsun."

"Saçmalama," diye karşı çıktığında ona doğru dönüp onu ittim. Bana kocaman gözlerle baktığında elim hâlâ çıplak göğsünün üzerinde duruyordu. "Ne saçmalamayayım?" diye sordum gözlerimden ona ateş püskürtürken. "Kalkmışsın bana o adamı görünce bir şey hissediyor musun diye soruyorsun. Kafasız mısın sen?"

Kalbim deli gibi çarpmaya başlamıştı. Çatık kaşlarla Temmuz'a bakarken o da dikkatle bana bakıyordu. Başımı iki yana sallayarak elimi göğsünden çektim ve odamın kapısını açıp içeri girdim. Gözlerimiz birbirinden ayrılmadan hemen önce, "Aptal!" diye bağırdım ve kapı ikimizin arasına kapandı.

Sırtımdaki çantayı yatağa fırlattıktan sonra saçlarımı geriye atıp dişlerimi sıktım. Gözlerim dolmaya başlamıştı çoktan. Benim duygularıma hiç mi güvenci yoktu onun? Bu saçmalık da ne demek oluyordu? Yatağa yüzüstü yatmak ve ayaklarımı sallayarak anırarak ağlamak istiyordum ama bunu yapmayacaktım. Ayağımı hırsla yere vurdum. "Aptal Marul!" diye bağırdım duymasını umursamadan. "Koca kafalı! Beyinsiz!"

Çevremdekilerin beni anlamadığı zamanlar olurdu. Böyle zamanlarda bir köşeye geçer sessizce etrafımı izler, anlamadığım şeyleri anlamaya çalışırdım. Çünkü bilirdim ki, beni anlamadığını düşündüğüm kim varsa, benim de onları anlamadığım zamanlar oluyordu. Milyarlarca kelimeyi tek bir sözlüğe sığdıran insanlar, tek bir cümleyi kurmaya korkar hale gelmişti.

Özür dilerim.
Seni seviyorum.
Sana kırgınım.
Beni kırdın.
Beni affet.
Seni kırdım.

Güldüm. Dudaklarım titriyordu. Birçok kez babamın suratına, "Seni seviyorum!" diye bağırmak istemiştim. "Seni seviyorum! Beni kırdın!" Sonra ağlamak istemiştim kendimi tutmadan. "Özür dilerim. Beni affet!" Sonra önünde diz çökmek istiyordum. "Sana kırgınım! Beni kırdın!" Kafamı kaldırıp gözlerinin içine yaşlarla dolu gözlerle bakmak istiyordum. "Seni seviyorum! Beni affet!"

"Aptal Marul," diye fısıldadım. "Seni seviyorum! Beni kırdın!"

13. AY PARÇASININ NABZI

Gözlerimi araladığımda üstüme karabasan gibi çöken o umutsuzluk duygusu ayaklarını tavandan aşağı sarkıtmıştı sanki. Bir süre hareket dahi etmeden tavanı izledim. O tavanın üstünde kendime anılar yarattım, o anıları unuttum, yeni bir insan oldum ve olduğum insanı öldürdüm. Neden böyle hissetmek zorundaydım? Belki de abartıyordum. Üç aydır yeterince birbirimize vakit ayıramadığımız içindi tüm bu hislerin sebebi? Belki de ona gerçekten kırılmıştım.

Bilmiyordum.

Dershaneye gitmek istemiyordum.

"Sılay dershaneye geç kalacaksın!" diye bağırdı Mayıs aşağıdan. "Bir şeyler yemeden evden çıkmana izin vermeyeceğimi biliyorsun değil mi küçük hanım?"

Evet, biliyordum. Ama gerçek şu ki susuzluktan dilim damağıma yapışsa bile bir bardak su görmeye dahi tahammülüm yoktu. Her şey midemi bulandırıyordu. "Sılay! Uyan!"

"Uyandım," diye fısıldadım duymayacağını bile bile. "Uyandım."

Hazırlanmak benim için ölümdü. Dershaneye giderken genelde üzerime gömlek tarzı şeyler giyiyordum. Üzerimdeki gömleği parçalayacağımı sanmıştım bir ara. Okullar henüz yeni açılmış olsa da hocalar vızır vızır ders yaptığı için okula gitmek zorundaydım. Eteğimi giyip fermuarını çektikten sonra çantamı hazırlamadan omzuma astım ve odadan çıktım. Saçlarıma tarak girmemişti ama yine de kötü görünmüyordu. Mayıs kahvaltı masasının önündeki bebek zımbırtılarına koyduğu Mavi ve Umut ile ilgilenirken sandalyelerden birini çekip masaya oturdum.

"Günaydın," dedim neşesiz bir sesle.

"Günaydın güzelim." Mayıs kafasını kaldırıp bana baktığında yüzü kireç gibi oldu. "Bu ne hal be?"

"Keyfim yok hiç," diye geçiştirdim. "Ağabeyim nerede?"

"Durkadın Sultan ile bahçedeler. Temmuz sabah çok erken çıkmış," dedi düşünceli bir sesle. "İşi falan mı vardı? Sen bilirsin kesin."

"Ben nereden bileceğim be?" diye çemkirdim yersiz yere. Mayıs bana garip garip baktıktan sonra çaydanlığı kaldırdı ve bardağa çayı doldurdu. O geri zekâlı Marul erkenden neden gitmişti ki? Beni görmek istememiş miydi acaba? Bunun düşüncesi bile karnıma ağrı girmesine neden oldu. Ben onu görmek için kanıma mum dikip, o mumu eritebilecekken o hem kalbimi kırıp hem nasıl olurdu da beni görmek istemezdi? Hırsımı çatala sapladığım salam diliminden çıkardım. Ağabeyim ve Durkadın Sultan içeri girdiklerinde hâlâ aynı salam dilimine eziyet ediyordum. Ağabeyim, Mayıs'ın başının üstünü öptükten sonra gazetesini eline aldı ve ilk sayfayı açarak yerine oturdu.

"Günaydın bal böceğim," dedi Durkadın Sultan saçımı severek. "Sen saçlarını taramadın mı çakır gözlüm?"

"Taramadım valla Durkadın Sultan," dedim keyifsiz bir sesle. "Hiç canım istemedi."

Durkadın Sultan gülümsedi. "Dur ben iki dakikada örerim şimdi saçını," dedi hevesli bir sesle. Bir an bunu yadırgasam da karşı koymadım. Durkadın Sultan elinde bir saç fırçasıyla yanıma döndüğünde, "Durkadın Sultan'ım sofrada şu bitlinin saçını taramayacaksın inşallah?" dedi ağabeyim göz ucuyla bize bakarak.

"Altın, gümüş, yakut gibidir benim kızımın saçları," dedi

Durkadın Sultan o sıcacık kalbinden akan sevgiyi bana hissettirerek. Yüzümde oluşan tebessüme dur diyemedim.

"Kıskanma be pis öküzümsü!"

"Kim? Ben mi kıskanacağım seni?" Ağabeyim muzip bir şekilde güldü. "O saçları az örmedim ben."

Bir an yutkunamadım. Gözlerim birkaç saniye ağabeyimin yüzünde dolaştı, sonra bakışlarımı ondan kaçırdım. Evden çıkmadan hemen önce Mayıs kapının önünde kolumu yakalayıp çekiştirerek, "Ne oldu sana?" diye sordu küçük bir anne edasıyla. Onun benimle ilgilenmesini seviyordum, bana kendimi değerli hissettiriyordu ama şu an tek istediğim biraz yalnız kalabilmekti.

"Hiçbir şey."

"Temmuz ile mi tartıştınız, ölümü gör doğru söyle," dedi dikkatle gözlerimin içine bakarak.

"Hayır, Temmuz ile tartışmadık," diye yalan söyledim. Kolumu kapının kenarına yaslayıp gözlerimi kısarak, "Ama sana bir haberim var," dedim gizli bir ajan gibi. "Aslında şaşırmayacaksın çünkü bence senin de beklediğin bir şeydi.

Mayıs'ın derin mavi gözlerinde merak belirdi. "Ne oldu kız?" diye sordu kaşlarını kaldırarak.

"Bil bakalım ne oldu?"

"Müneccim miyim ben Sılay nereden bileyim?"

Muzip muzip sırıttığımda Mayıs'ın gözleri daha da kısıldı ve tek kaşı havaya kalktı. "Bak sen böyle yaptıkça daha çok merak ediyorum. Söyleyecek misin?"

"Ayda ve Savaş birlikte," dedim sırıtarak. "Yani sanırım."

"Ha?" Mayıs'ın zaten iri olan gözleri kocaman açıldı. "Ne?"

"Duydun bebeğim..."

Mayıs omzunun üstünden salonu kolaçan ettikten sonra, "Bu haberin kesinlik derecesi ne?" diye sordu heyecanlı heyecanlı. "Bir de Ayda Başak'ı sorun ediyordu sanırım... O problemi nasıl aştı? Başak biliyor mu?"

"Asıl olay burada başlıyor. Ayda bana Savaş'ın onu öptüğünü söylediğinde Başak bunu duydu..." Duraksadım. Mayıs'ın ağzı kocaman açıldı. "Savaş Ayda'yı öpmüş mü?" diye bağırdı sesini ayarlayamadan. Ağabeyim, "Kim kimi öpmüş?" diye sordu bakışlarını bize çevirirken. "Ne çeviriyorsunuz siz?"

"Sıçtı Cafer," diye homurdandım. "Hadi sen açıkla kocana. Ben kaçıyorum."

"Ya dur!" dedi Mayıs kolumu çekiştirerek. "Başak ne dedi peki?"

"Başından beri her şeyin farkında olduğunu söyledi. Saf görünür ama çok anlayışlıdır o," dedim kapıdan çıkarken. "Hadi gittim ben. Akşam görüşürüz."

∞

Yüzünüzde buruk bir tebessüm oluşturan tüm anıların ruhumuzu içine tıktığımız çöp kovasının köşesinde küflenmeye başladığını fark ettiğinizde büyüyordunuz. İçimde beni kendimden kurtarmasını istediğim farklı biriyle yaşıyordum sanki. Dershanenin bahçesindeki korkulukların üzerine oturmuş ayaklarımı aşağı sarkıtarak sallarken gözlerim boşluğa takılmıştı.

"Şş yavru," dedi Başak yanıma zıplayıp çantasını köşeye bıraktıktan sonra. Sınavzedeler olarak ikimiz de aynı dershanedeydik. Temmuz'un bugün dershaneye gelmediğini öğrendiğimde mideme yumruk yemişim gibi hissetmiştim.

"Hım?" diye mırıldandım huysuz bir şekilde.

"Neyin var senin?" diye sordu elini yanağıma koyup okşayarak.

"Temmuz'u görmedin bugün hiç değil mi?" diye sordum karın ağrımı ortaya sererek. Bana kalbimin tüm kirli çamaşırlarını sermişim gibi baktı. "Görmedim," dedi tebessüm ederken. "Derdin bu muydu?"

Yanaklarımın içini şişirdim. Sanki kalbimde bir kanca takılıydı ve kancanın ucuna bağlı olan ip Temmuz'un elindeydi. O benden uzağa adım attığı an ip geriliyor, kanca kalbimi deşiyordu. Bir gün kalbimin onsuzluktan yırtılmasından korkuyordum.

O benim olmayacak duam bile olsa en azından alnımı bastırdığım secde kadar yakınımda dursaydı.

"Nasıl hissediyorsun?" diye sordu Başak ondan beklenmeyecek şekilde ciddi bir tavırla. Hava çok sıcak olmasa da ılıktı, bu yüzden askılı bir tişört ve o tişörtün üzerine kolları kısa bir deri yelek giymişti.

"Nasıl hissediyorsun derken?"

Ellerini korkulukların üstüne bastırdığında avuçlarında tırtıklı betonun izinin kalacağını biliyordum. "Sen benim aksime kalbini tanıyorsun," dedi kuru bir sesle. "Nasıl hissettiriyor?"

Duraksadım. İri hareli gözlerini yere dikti. Yüzü solgun duruyordu. "Sen kalbini tanımıyor musun?" diye sordum yavaşça.

"Tanısam nasıl hissetmem gerektiğini bilirdim."

"Ne demek istiyorsun?"

"Kendimi size gösteremiyorum," dedi, sesi yorgundu. "Ayda ilişkisini bana söylemekten korktu çünkü benim o adamdan hoşlandığımı düşündü. Çünkü ben kendimi gösteremiyorum. Hem birinden nasıl hoşlanılır bile bilmiyorum ki ben."

Elimi onun omzuna koyup hafifçe sıktım. "Ayda senin incinmeni istemediği için böyle yaptı, biliyorsun."

"Ama beni yanlış anladı," dedi dudak bükerek. "Az daha benim yüzümden mutluluğuna kilit vurmak zorunda kalacaktı. Bu çok korkunç geliyor bana. Dün gece hiç uyuyamadım biliyor musun?" Yüzünü bana doğru çevirdi. "Şu göz altı torbalarıma bir bak!"

"Of Başak." Güldüm. "Sen kalbini tanımıyor değilsin. Bu nasıl bir şey biliyor musun? Her gün aynı saatte durakta karşılaştığın birini düşün. Birbirinizi tanımadığınızı düşünüyorsunuz ama bir süre sonra farklı bir yerde birbirinizle karşılaştığınızda hemen birbirinizi tanıyorsunuz. Sen ve kalbin de böylesiniz işte. Birlikte yaşıyorsunuz, birbirinizi tanıyorsunuz ama henüz konuşma şansı bulamadınız."

"Kalbim ve ben aynı durakta aynı otobüsü bekliyoruz yani... Öyle mi?" diye sordu saf saf.

Güldüm. "Evet," diye onayladım onu. "Kalbin ve sen aynı durakta aynı otobüsü bekliyorsunuz. Bir gün konuşacaksınız."

Başak anlamayan gözlerle yüzüme baksa da bir gün kalbiyle

iş birliği yapmak zorunda kalacağımı bildiğimden başka bir şey söyleyip onun kafasını bulandırmadım. Çünkü biliyordum ki, aşk denen kanser kapını araladığında önce bedeni ardından da ruhu tılsımlıyordu. Dershanenin hemen önünde bir motor sesi duyduğumuzda ikimiz de kafamızı kaldırıp motor sesinin geldiği yöne baktık. Savaş kafasındaki siyah kaskı çıkartırken bir ayağını zemine koyup ayağından güç alarak motorun üstünde oturmaya devam etti. Siyah, dağınık saçlarını karıştırdıktan sonra bakışları dershanenin bahçesinde turladı. Derse gelen kız erkek fark etmeksizin tüm öğrenciler pürdikkat Savaş'a bakarken, bu Savaş'ın umurunda bile değildi.

"Aha geldi Ayda'nınki," dedi Başak omzuyla omzuma vurarak. "Nerede bizim kız, biliyor musun?"

"En son İngilizce hocasıyla konuşuyordu." Bacaklarımı sarkıttığım yerden aşağı zıpladığımda Savaş'ın bakışları bizi buldu. Elimi kaldırıp ona kısaca işaret yaptıktan sonra elini yavaşça havaya kaldırarak bana selam verdi. Başak ile birlikte onun yanına yürüdük. Şu an tüm dershanenin gözü üstümüzdeydi resmen.

"Ayda'yı mı arıyorsun?" diye sordu Başak çat diye.

Dudaklarımı içeri doğru çekerken Savaş'ın yüzündeki düz ifade sarsılır gibi oldu. "Ay utanma utanma," dedi Başak aniden. "Biliyoruz biz sizin öpüştüğünüzü."

Savaş'ın yüzü tamamen pancara döndüğünde, "Bakma sen şuna," diye çemkirdim. "Boşboğaz bu."

Savaş kaskını koluna geçirip, "Haksız sayılmaz," dedi düz bir sesle. "O nerede?"

"İner birazdan. Hocalardan birinin yanındaydı."

Savaş'ın bakışları dershanenin giriş kapısına kayınca Ayda'nın orada olduğunu fark ettim. Siyah bir şahinin bakışlarını andıran keskin bakışları kıza doğrudan saplanmıştı resmen. Omzumun üstünden baktığı yöne bakınca Savaş'ın kalbinin kesik kesik çarpmasına neden olan kızı, yani arkadaşımı gördüm. Koyu yeşil bir şal takmıştı ve sıcaktan pembeleşen yanaklarının üstündeki belli belirsiz çilleri parıldıyordu. Kapıda bir kızla sohbet ediyordu.

"Neden ona tıpkı aklını başından almış gibi bakıyorsun?" diye sordum kısık bir sesle.

Savaş gözlerini Ayda'dan ayırmadı. "Çünkü aklımı başımdan aldı."

Dudaklarım iki yana gerilirken, "Aklı başından alınınca beyinsiz olmuyor mu insan?" diye sordu Başak yersiz bir şekilde. "Sen beyinsiz misin?"

Savaş tepki vermedi. Ben de gözlerimi devirmekten başka hiçbir şey yapmadım. Az önce güneşli olan hava yavaşça bulutları toplamaya başlamıştı. Ayda, Savaş'ın hemen bahçede onu beklediğini fark ettiğinde bir an duraksadı. Şalını düzelttikten hemen sonra gözlerini kaçırarak merdivenleri inmeye başladı.

Savaş gözlerini Ayda'nın yüzüne sabitledi ama Ayda şu an ona bakamıyordu bile. "Ona bir merhaba demeye ne dersin?" diye sordum Ayda'ya göz kırparak. "Seni görmeye gelmiş."

Ayda gözlerini kaçırarak, "Merhaba," dedi titreyen bir sesle. Şu an titreyen yalnızca sesi değildi. Elleri de zangır zangır titriyordu. Âşık olmak böyle bir şeydi sanırım. Soğuk terler boşalıyordu sırtından ama aynı zamanda ellerin buz gibiydi. Sanki onun ellerine dokunsan, o ellerdeki ateş buzlarını kıracak, ellerini eritecekti.

Savaş'ın bakışları yumuşadı.

Farkında olmadan tebessüm ettim. Osman ağabey halay mendilinin kenarlarıyla oynarken onun da dudaklarında manidar bir tebessüm belirmişti ama yüzüme değil, halay mendilinin kenarındaki işlemelere bakıyordu.

"Biz gidelim o zaman," dedim Başak'ın kolunu tutup çekerken. "İşimiz vardı."

"Hayır işimiz falan yok," dedi Başak saf saf. "Ne işi be?"

Savaş kaşlarını kaldırarak bakışlarını zemine çevirdi. Ayda hâlâ kıpkırmızıydı. "Ha..." dedi bayan köşeli jeton Başak. "Evet ya işimiz vardı bizim yürü Sılay."

Gülüşerek çifte kumruları arkamızda bıraktık. Tam köşeyi dönecekken bir arabanın fren sesiyle kalbim göğsümün altında defalarca kez şiddetle sekti. Oradan oraya çarptı. Korku dolu gözlerle kafamı kaldırdığımda bir spor arabanın hemen önümde durduğunu gördüm. Saçlarımı kulaklarımın arkasına sıkıştırırken sertçe yutkundum. Başak, "Oha be ezseydin!" diye bağırdı kaşlarını çatarak.

Arabanın kapısı aniden açıldı ve Temmuz içinden çıktı. "Arabaya bin," dedi dümdüz bir sesle.

"Ne diye binecekmişim?"

Toz mavisi gözleri gözlerimi bulduğunda zihnimdeki tüm sesler sustu. "Binecek misin?" diye sordu sert bir sesle.

"Hayır," diye ayak direttim.

Spor arabanın kapısını açık bırakıp yanıma geldi. Başak nefesini tutmuş ikimize bakıyordu. Hatta şu an çevremizdeki herkes bize bakıyordu. "Bin, Sılay," dedi sert bir sesle. Doğrudan gözlerimin içine bakarken toz mavisi gözler alev alev yanıyordu.

"Tartışmak istemiyorum," dedim net bir şekilde. "Beni rahat bırak."

"Gelmelisin," dedi Temmuz çatık kaşlarla yüzümü incelerken. "Burada olmaz. Gelmek zorundasın. Bin şu arabaya."

"Ne burada olmaz?" diye çıkıştım. Yağmur atıştırmaya başlamıştı. Sanırım sonbaharın en serin yağmuruydu üzerime yağmaya başlayan. Kıvırcık saçları ıslanmaya başladığında gözlerini gözlerimden bir an olsun ayırmamıştı. Onun gözlerinin içine bakarken yaşamaktan vazgeçen bir kalp hastasının göğsüne iliştirilen yeni bir kalbin uyum sağlamaya çalışan panikli ve kuşkucu vuruşlarını görüyordum.

"Binmeyecek misin?"

"Binmeyeceğim," diye itiraz ettim. "Hayır."

Başak, "Herkes size bakıyor," diye fısıldadı kulağıma doğru uzanarak. Omuz silktim ve gözlerimi Temmuz'dan çekmeden, "Umurumda değil," diye tısladım.

"Öyle mi?" Temmuz iki kaşını da havaya kaldırıp kafasını salladı. "Sen bilirsin."

"Aynen. Ben bilirim." Tam yanından geçip gidecektim ki kolumu yakaladı ve beni kendine doğru çekti. Onu iterken, "Bırak be!" diye çemkirdim. "Salak!"

"Hiçbir yere gidemezsin sen," dedi dudaklarını ıslanmaya başlayan saçlarıma bastırırken. "Uzun süredir yaptığım şeylerin ne kadar saçma olduğunun farkındayım ama elimde değil, seni çok kıskanıyorum." Durdum. Söyledikleri kalbimin heyecanla çarpmaya başlamasına neden olmuştu. Yüzümü iki göğsünün, kaburga kemiklerinin arasına gömdü. "Son zamanlarda çok fazla düşünüyordum," diye itiraf etti sesi titrerken. "Ama sen tenime renk oldun benim. Sanki kalbim senin avuçlarının arasında duruyor ve taştan. Ama sen biraz sıksan, çok değil... Biraz, Sılay. Un ufak edecek, toprağını dökeceksin sanki damarlarımın. Parmaklarının arasına girecek kanımda birikmiş ne kadar anı varsa." Sertçe yutkundu. Yağmur hızlanmaya başlamıştı. "Sen sanki tüm o binaların içinde hâlâ yapraklarını döküp yeniden yeşermeyi başaran o tek kalmış ağaçsın. Ne birine benziyorsun ne de birbirine benzeyen onca şeyin arasında farklı görünmeye çalışıyorsun. Bu yüzden sen. Her şeye rağmen sen. Öldürsen de sen. Yaşatsan da sen. Darılsan da sen. Kırılsan da sen. Kırsan da sen, ay parçası."

"Temmuz..." Ellerimi iki göğsünün arasına koydum. Yüzümü yağmurdan koruyan göğsünün ortasına ifademi astım. Beni yavaşça kendinden uzaklaştırdığında yağmur damlaları yüzüme çarpmaya başladı. Kirpiklerime gelen damlalar yüzünden gözlerimi kısıp duruyordum ama bakışlarım onun yüzüne sabitli duruyordu.

"Beni eksik bırakma," dedi tam gözlerimin içine bakarken.

Durdum. Bunca zaman ne kadar eksik bırakılmışım, o eksik yerler birbirine sokularak kemik gibi kaynadı sanki. Kapandı tüm aralıklar. Yağmur biraz daha hızlandığında Temmuz aniden tek dizinin üstüne çöktü. Kıvırcık saçları sırılsıklam olmuş, neredeyse çenesine kadar inmişti. Toz mavisi gözlere yağmurun gölgeleri devriliyordu. Dudaklarım aralandı ama hiçbir şey söyleyemedim.

Göğüs kafesimin üstünde ceviz kırıyordu sanki biri.

"Annem, babam öldükten sonra bile her gün onun giyeceği bir gömlek çıkarır ve o gömleğe uygun bir de kravat bulur, babamın yattığı taraftaki tekli koltuğun üzerine sererdi. Ben öldüğümde bile gömleğimi elbise dolabından sen çıkar, kravatımı sen seç istiyorum, Sılay."

Birkaç yabancı ağızdan tezahüratlar yükselmeye başladığında ne diyeceğimi bilemez şekilde Temmuz'a bakıyordum. Ellerime uzandı ve iki eliyle iki elimi kavrayıp parmaklarımı parmaklarının etrafına geçirdi. Ellerimizi birbirine kilitledi.

"Şu hayatta bir mucizem olsun." Sol dudağı yukarı kıvrıldı. "Yaşamak için bir sebebim olsun."

Derin bir nefes aldım.

"Sılay," dedi başını sağ omzuna yatırarak. "Evlensene benimle."

"Tek bir şartla," dedim sert bir ifadeyle. Herkes sustu. Temmuz'un bakışları dondu. "Takma dişlerimizi aynı kabın içine bırakana dek ölmek yok. Ölmeyeceksin. Duydun mu?"

Temmuz'un yüzünde geniş bir tebessüm büyüdü. İki yanağındaki o ölüm çukurum olacağını düşündüğüm ama yaşam sularıyla dolu olduğunu fark ettiğim gamzesi içeri doğru gömüldü. Birkaç ıslık sesi duyuldu. Birbirine çarpan eller ıslık sesini takip etti. Herkes elleri kızarana dek alkışlarken Temmuz ayağa kalktı ve kollarını koltuk altlarımdan geçirip kucakladı. Yağmur bizi ıslatırken, beni kollarında döndürmeye başladı. Ben de kollarımı onun boynuna sıkıca doladım ve onu içimdeki yaraya tuz basar gibi bağrıma bastım.

"Seni seviyorum," diye fısıldadım gözlerimden yaşlar akarken. Aynı anda dudaklarımda büyüyen tebessümün içine gömdüğüm ne kadar çocuk cesedi varsa hepsi çiçek olup toprağı yarmış, başını göğe kaldırmıştı.

"Çok seviyorum," dedi üstüne basa basa.

Ben bu küçük adamın vazosunda kuruyup yapraklarını ayakucuna dökmek isteyen o dalından koparılmış çiçektim.

14. HEP BİRLİKTE

Mayıs Karayel'den...

Kıyıya değil de daha derine yüzdüğünü fark eden bir insanın attığı son kulaç suyun durgun örtüsünü bozmadan hemen önce yıkılırdı hayaller.

Bedenimi rengârenk kurdelelerle donatmak istiyordum. Tıpkı bir dilek ağacı gibi.

Parmaklarım Sıraç'ın sakalının başladığı çizgide dolaştı. Tırnaklarıma sürdüğüm bordo ojenin üstüne yansıyan turuncu lambanın ışığının parıltısını izliyordum. Sıraç tavana bakarken sessizdi.

"Dalgınsın," diye fısıldadım yanağımı köprücük kemiğinin üstüne yaslayarak. Yatağın üzerindeydik. Üstünde tişört yoktu, altında yalnızca bir eşofman vardı. Çıplak teni biraz soğuktu, göğsünün üstündeki dövmenin çevresini saran tüyleri soğuktan dikilmişti.

"Sen bana dokununca gevşiyorum," dedi kuru bir sesle. "Her şeyi unutuyorum."

Gülümseyerek dudaklarımı köprücük kemiğine bastırdım. Elimi sakal çizgisinden çekmedim. "Sılay ve Temmuz hakkında ne düşünüyorsun?" diye sordum. Ona bu haberi benim vermemi istemişlerdi. Sıraç'ın ilk duyduğundaki donuklaşan ifadesi ve bembeyaz kesilen yüzünü hâlâ hatırlayabiliyordum.

"Kardeşini gördüğüm yerde doğramayı düşünüyorum," dedi sakin bir sesle. "Ama Sılay için ondan daha iyi birini bulamam. İyi derken... Yani benim yönetebileceğim birinden bahsediyorum." Ona tip tip bakmak istesem de bunu yapmadım.

"En azından önce nişan yapılabilir," dedim kısık bir sesle. "Üniversiteyi bitirdiklerinde de evlenirler."

"Bir şeyi ne kadar uzatırsan suyu o kadar çabuk çıkar Mayıs," dedi Sıraç düşünceli bir sesle. "Ateş ve barutu bir arada uzun süre tutarsak patlamanın sonucuna da katlanmamız gerekir."

"Ee o zaman?"

"Sılay benim küçük kız kardeşim," derken sesi durgundu. Sertçe yutkundu. Âdem elması sert bir kavisle boğazı boyunca kaydı. "Onun büyümesi düşüncesi kalbimi sıkıştırıyor."

"Ölürüm senin o kalbine," dedim elimi kalbinin üstüne koyup hafifçe okşayarak. "Sıkışmasın."

Kalbinin üstünde duran elimin üstüne elini koydu ve avucuyla elimi komple kapladı. "Farkında mısın?" diye sordu kısık bir sesle. "Git gide rayına oturuyor her şey."

"Evet," dedim. "Öyle."

"Yakında sınava gireceksin ve hayallerin yarım kalmayacak," diye güvence verdi bana. Bakışları kısaca beşiğe kaydı. "Onlar çok çabuk büyüyor. Sılay ve Temmuz bile evlilik düşünecek yaştalar. Artık gölgelerle yaşamıyoruz. Güneş tepemizde parlıyor."

"Böyle olduğu için mutluyum," diye fısıldadım.

Burnundan sert bir nefes vererek güldü. "Ben de mutluyum," dedi dürüst bir şekilde.

Yavaşça doğruldum ve bacaklarımı iki yana açarak Sıraç'ın kucağına oturdum. Uzun, siyah saçlarım onun yüzüne dökülecek şekilde kafamı öne eğdim ve alnımı alnına yasladım. Büyük ellerini kalçalarıma koyup gülümsedi. Teninden gelen yeni çekilmiş kahve kokusunu ciğerlerime doldururken, "Biliyor musun?" diye sordum sırıtarak. "Ayda ve Savaş birlikteymiş."

Sıraç'ın gözlerinin kocaman açıldığını gördüm. Alnını alnıma sürtüp, “Siktir,” dedi kaşlarını kaldırarak. “Ne ara?”

“Olmuş işte.” Doğruldum ve ellerimi kaburgalarının arasına koyup gözlerimi beşiğe çevirdim. “Yakında onlar da biz evleneceğiz diye dikilebilirler karşımıza...”

“Kimler?”

Beşiktekilere bakarken, “Onlar,” dedim dudak bükerek.

“Mayıs onlar daha bebek lan bir tanem abartmadın mı sence de?”

“Ama olacak olan bu!” diye çemkirdim. “Vermem ben oğlumu kimselere.”

Sıraç’ın yüzünde muzip bir ifade oluştu. Aniden doğrulduğunda yüz yüze geldik. Çıplak teni tenime yapıştı. “Ben de kızımı vermem kimselere,” dedi burnunu boynuma sürterken.

“Vermezsin sen.”

“Seni de kimselere vermem.”

Güldüm. “Vermezsin.”

Tek kaşını kaldırdı. “Sen beni verir misin yoksa?”

Kollarımı boynuna dolayıp ona sıkıca sarılırken, “Hayatta vermem!” dedim gülümseyerek. “Benimsin sen. Sadece benim. Karayel'im.”

∞

Öğlene doğru elimdeki test kitabının kapağını kapattım. Sıraç bugün evdeydi, saatlerdir Umut ve Mavi ile ilgileniyor, beni neredeyse hiç iplemiyordu. “Bugün biraz dışarı çıkalım mı?” diye sordum masanın üzerindeki sürahiyi alıp boş bardağın içini suyla doldururken.

Sıraç, Mavi’nin elini ağzından çıkartıp, “Nereye gidelim?” diye sordu. Koltukta iki büklüm olmuş kızının elini emikliyordu...

“Uzun zamandır birlikte bir şeyler yapmıyoruz,” dedim sudan birkaç yudum arka arkaya alarak.

“Her gece bir şeyler yapıyoruz Mayıs...”

Bir an gerçekten elimdeki bardağı ona doğru fırlatacağımı

falan sandım. "Hasbinallah ya," diye homurdandım huysuz huysuz. "Hepten evli mutlu çocukluya bağladık. Hiç atraksiyon yok."

"Canın atraksiyon istiyor?" dedi sorar gibi. Sesinde hoş olmayan bir ima vardı. Bir parmağını Umut'un avucuna bıraktı. Umut babasının parmağını sıkmaya başladı. "Mesela tavan arasında seks yapmak? Nasıl? Bence bol atraksiyonlu..."

Yüzümde dehşet büyüyüp ifademi etkisi altına aldı. "Ciddi misin ya?"

"Evet," derken sesinde muzip bir tonlama vardı. "Güzel fikir değil mi sence de?"

"Değil. Ben seninle vakit geçirmek istiyorum."

"Sevdam ne yapalım anlamıyorum ki? Yemeğe çıkalım? Alışverişe gidelim? Ne bileyim..." Kafasını kaşıdı.

"Daha farklı bir şey," diye homurdandım. "Sosyalleşelim istiyorum."

"Sinemaya gidelim?" diye sorduğunda Durkadın Sultan salona girdi.

"Gidin tabii," dedi Durkadın Sultan. "Hiç gezmiyorsunuz siz. Çocuklara ben bakarım."

"Hayır, ben çocuklarımı da alıp sosyalleşmek istiyorum," diye çemkirdim.

"Bu veletleri sinemada imkânı yok tutamayız Mayıs. Salonu birbirine katarlar. Kimseye film izletmez bu yerli Çakiler." Sıraç dehşet içinde gözlerini Mavi ve Umut'a çevirdi. "Şunların sıfatına bakar mısın?"

"Aslında... Neden hep beraber bir şeyler yapmıyoruz ki? Tüm grubu toplayarak," dedim kaşlarımı kaldırarak. "Hem bir farklılık olur."

Sıraç başta bu fikirden pek hoşlanmasa da sonunda dize gelmiş, herkese telefon açarak buluşma saatini belirlemişti. Bir alışveriş merkezinde buluşacak, sonrasında da bir şeyler yapacaktık. Başta Şafak'ı çağırmakla çağırmamak arasında gidip gelse de, sonunda bunun aradaki soğukluğu biraz daha parçalamak için iyi bir fikir olduğuna onu inandırdım ve Şafak'ı da bu buluşmaya davet etti.

Altımda beyaz, dizleri yırtık bir kot, üstüme de meşhur bebe yaka gömleklerimden en açık tondaki mavi rengini geçirdiğimde Sıraç da kot pantolonunun kemerini bağlıyordu. "O dizlerin hali ne?" diye sordu tek kaşını kaldırıp kemerin tokasını geçirirken.

"Ne varmış dizlerimde?" diye sordum anlamadığımı belli ederek.

"Köpek saldırmış gibi duruyor," dedi huysuz bir sesle. "Sevmedim."

"Sen çok biliyorsun," diye çemkirdim. "Umut'un ana kucağını bulamıyorum. Ranzanın altına baksana bir."

"Bebek arabasıyla çıkarmayacak mıyız?"

"Hayır," dedim allığı yanaklarıma belli belirsiz değdirip kapağını kapattıktan sonra.

"Birini sırtına birini de göğsüne mi takacaksın yoksa Mayıs?" diye sordu Sıraç. Üstüne bu sabah Durkadın Sultan'ın benden daha iyi ütülediği beyaz gömleği geçirdi.

"Kim demiş onu?" Ona alaycı bir bakış gönderdim. "Bir tanesini sen takacaksın."

Sıraç'ın yangın mavisi gözlerinin surlarındaki şaşkınlık mayın gibi patladı. "Ney?" diye sordu dehşet içinde. "Ney? Ney? Ney?"

"Duydun," dedim bilmiş bilmiş. "Ana kucağından birini sen takacaksın, Karayel."

"Hayatta olmaz!"

Umut ve Mavi yatağın ortasında yatıyorlardı. Mavi'ye açık mavi, Umut'a da koyu mavi renkte birer tulum giydirmiştim. Hava bugün yeterince sıcaktı. Mavi tavanı izleyerek tuhaf sesler çıkarırken, Umut her zaman olduğu gibi uyuklamaya devam ediyordu.

"Bağırma," diye homurdandım.

"Ana kucağı takacaksın diyorsun kızım," dedi bana doğru yürüyüp kaşlarını çatarak. "Hepten çizdireceksin karizmamı sen benim."

"Sende karizma mı kalmış..."

Sıraç dirseğimin biraz altından beni kavradıktan sonra kendine doğru çevirdi ve tam gözlerimin içine bakarak, "Ne o?" diye sordu. "Beni artık büyüleyici bulmuyor musun, minik şeytan?"

"Seni büyüleyici bulmadığım tek bir Allah'ın günü bile yok," diye fısıldadım ona sokulup göğüslerimi göğüslerine yaslayarak. Sertçe yutkunup gözlerini yavaşça göğüslerime doğru indirdi. Kendimi ona biraz daha bastırdığımda kalp atışlarımın hızlandığını hissettim. Üstümdeki etkisi başımı döndürüyordu.

Benim ondan önceleri içimde bir boşluk vardı. Ne yaptıysam dolduramıyordum, belki de nasıl doldurulur bilmiyordum. Gün geçtikçe o boşluğun derinliğine derinlik ekiliyordu, çukur git gide büyüyordu sanki. O boşluk çukurunun içindeyken kurtulmak istiyor muydum bilmiyordum ama kurtulmak için çırpınmadığımı Sıraç o çukurun içine yanıma düştüğünde anlamıştım.

"Sen benim o düştüğüm çukurun içine merdiven uzatan kişi değilsin," diye fısıldadım burnumu çenesine sürterken. "Sen o çukurun içine, benim yanıma düşensin."

Sıraç'ın büyük eli yavaşça belime doğru kaydı ve beni sıkıca kavradı.

Onun kanının sıcaklığında sarhoş oluyordum.

"Ya birlikte ölecektik o çukurun içinde," dedi kısık, etrafında gül yapraklarının uçuştuğunu düşündüğüm bir sesle. "Ya da o çukurun içinde yaşamaya alışacaktık birlikte."

"Ben o çukurun içini tüm dünyaya değişmem," diye itiraf ettim.

Yangın mavisi gözlerini gözlerime taşıdı ve tıpkı bir mücevheri zincire mıhlıyormuş gibi gözlerini gözlerime mıhladı. "Sanki bir silahsın, patlayıp duruyorsun göğsümde."

Kafamı kaldırdım. Dudaklarımız arasında birkaç santim kalana dek ona sokuldum. Tam dudaklarımız birbirine dokunacaktı ki Mavi huysuz bir homurtu çıkararak ağlamaya başladı. Sıraç ile aynı anda gözlerimizi kapattık ve derin bir nefes alıp birbirimizden uzaklaştık.

"Zaraliye seni," dedi Sıraç Mavi'yi kucağına alıp alnından öperken. "Kıskandın mı sen babanı?"

Güldüm. "O ana kucağından kurtulamayacaksın biliyorsun değil mi?" diye sordum.

"Hatırlatma şunu." Sıraç Mavi'yi omzuna yatırıp sırtını sıvazladı. "Ne diyeyim. Ona da tamam..."

Arabadan inip alışveriş merkezinin önüne geldiğimizde Mavi'yi Sıraç'ın göğsüne kanguru modelindeki ana kucağıyla bağlamıştım. Aynı şekilde Umut da benim kucağıma bağlıydı. Hemen girişteki takı mağazasının önünde bizi bekleyen kalabalığı görünce, "Maske falan taksaydım keşke," dedi Sıraç huzursuz bir sesle. Çevremizdeki herkes dönüp bize bakıyor, bazıları, "Ya çok tatlılar!" falan diyordu.

Halim, Sıraç'ı öyle görünce, "Artık gerçekten hayret bile edemiyorum..." dedi yüzünü eliyle örterek. "Hey gidi hey..."

"Sus yemin ederim ağzınla götün arasında yer değişikliği yaparım," diye homurdandı Sıraç, Halim'e cins cins bakarken.

Sılay bileğine bağladığı balonla oynuyordu. Başak, son zamanların favori eylemi olan Şafak ile uğraşma eylemini gerçekleştirmekle meşguldü. Savaş, Ayda'nın elini sıkıca tutmuş, kavramıştı. Bakışlarım ikisinin eline kaydığında Ayda utanarak bakışlarını farklı bir tarafa çevirdi. Dudaklarım yukarı doğru kıvrıldı. Melek, Temmuz'un elini tutup asılarak, "Oyun salonuna gidelim ne oluysun!" diye bağırıyordu.

Halim, "Bıraksana kızım Temmuz ağabeyini," dedi gergin bir sesle.

"Hayatta bıyakmam!"

"Yavrum bıraksana ağabeyini..."

"Bıyakmam!"

Halim yapmacık bir şekilde gülümsedi. Gözü seğiriyordu. "Melek, bırak çocuğum..."

Melek, Temmuz'un kolunu daha sert çekiştirdi. "Hayıy ya!" diye bağırdı kaşlarını çatıp ayaklarını yere vura vura.

"Melek," dedi Halim gözlerini kızına dikip. "Yanıma geliyorsun. Hemen."

Melek dudaklarını büktü. Ağladı ağlayacak gibi duruyordu. Ümran, "Bağırmasana çocuğa," dedi kısık bir sesle. "Gel annem sen. Bakma bu öküz babana."

Temmuz, "Sorun yok Halim ağabey," dedi Melek'i kucaklayıp başının üstünü öperek. "Ben ilgilenirim onunla."

"Aslanım kusura bakma," dedi Halim. "Çok seviyor işte seni. Çocuk daha."

"Ne çocuğu be!" diye bağırdı Melek, Temmuz'un sırtına dirseklerini yaslayıp babasına dil çıkararak. "Çocukmuş! Genç kızım ben!"

Gülüşerek oyun salonuna doğru yürürken Sıraç ile el eleydik. Umut açık duran saçlarımla oynarken etrafa bayık bakışlar atıyordu. Yürüyen merdivenlere bindiğimizde Mavi yine damaklarını göstererek gülünce bir an Sıraç'ın kızımın kafasını tutup komple ağzına alarak ısırıp koparacağını falan sandım.

Kalbimde ılık ılık akan bu hissin adına aile deniyordu.

Oyun salonunun önüne gelince Halim kullanacağımız oyuncaklar için kart aldı. Savaş ve Ayda arkada kalmıştı. Hemen oyun salonunun çaprazındaki takı dükkânının önünde dikiliyorlardı. Bakışlarım kısaca takıcının vitrinine kaydığında, ikisinin de gözlerinin yüzüklerde olduğunu gördüm. Sanki istiyorlardı ama yapamıyorlardı. Her ne kadar sahte de olsa yüzükler ikisinin de ilgisini çekmiş gibi görünüyordu.

Oyun salonunun içi büyüktü. Bir kısımda yalnızca çocukların kullanabileceği oyuncaklar varken, bir kısım da tüm yaşlara hitap eden şeyler vardı. Halim, "Bowling oynayalım mı?" diye sordu Sıraç'a bakarak.

Şafak, "Sıraç'ın kucağında bebek var. Adil olmaz o oyun," dedi düz bir sesle.

Oyun salonunun içi oyuncak bebek gibi kokuyordu ama bu hoş bir kokuydu. Sıraç, "Her türlü alırım aklını. Şartlar beni zorlamaz," dedi bilmiş bir tavırla. "Kızımı kucağımdan indirmeden de alırım bu tirreğin boyunun ölçüsünü."

"Kızım kucağındayken ağır bir topu kaldırıp hiçbir yere fırlatamazsın," diye çıkıştığımda bana omzunun üstünden cins cins baktı. "Gayet de fırlatırım," dedi düz bir sesle.

Başak, Şafak'ın kolunu tutup çektiğinde gözlerimiz o ikiliye döndü. "Deve!" diye seslendi Başak. "Binelim mi şuna, ha?" Eliyle atlıkarıncayı işaret ediyordu. Yaş sınırı olan bu oyuncağa ikisinin binmesinin imkânı yoktu sanırım. Bakışlarım Şafak'a döndü. Şafak oyuncağa çatık kaşlarla bakarken, Başak onun kolunu çekmeye devam ediyordu. "Lütfen ya!" dedi heyecanlı heyecanlı. "Hadi!"

Şafak başta bu fikirden hiç hoşlanmasa da Başak o kadar içten bir şekilde yalvarıyordu ki, Şafak'ın yüzündeki o sert ifade kırılır gibi oldu. Derin bir nefes aldı, aldığı nefesi ağzından verip, "Başıma bela mısın sen kızım ya?" diye sordu yorgun bir sesle.

"Ne olur be..."

Şafak yanaklarının içini havayla doldurdu. Ayda ve Savaş da sonunda oyun salonundan içeri girmişlerdi. Şafak bir elini beline koyduktan sonra diğer kolunu Başak'ın elinden kurtardı ve elini saçlarının arasına daldırıp saçlarını karıştırdı. "İyi yürü," dedi sabit bir sesle.

Bir an duyduğuma inanamasam da Başak o kadar çok mutlu olmuştu ki, tıpkı bir çocuk gibi Şafak'ın etrafında dönüyor, ellerini birbirine çarparak, "Ya sen var ya!" diye bağırıyordu. "Çok iyi bir devesin sen!"

Temmuz ve Melek birlikte araba yarışı yapıyor, Temmuz bilerek Melek'e yeniliyordu. Sılay o kadar çok sıkılmıştı ki elindeki balonla oyun salonunun ortasında öylece dikiliyordu. Sıraç ve Halim bowling oynamaya başlayınca yüreğim ağzımda atmaya başladı. Sıraç arka arkaya lobutları devirirken, Halim, "Hileci köpek nasıl yapıyorsun lan?" diye bağırıp duruyordu.

Sıraç yeşil bir topu eline aldı ve Mavi'nin alnını öptükten hemen sonra hızla yürüdü, hızla topu fırlattı ve top son hızda lobutlara çarpıp tamamını devirdi. "Oha!" diye bağırdım kendimi tutamayarak. Yukarıda Halim ve Sıraç'ın isimlerinin ve skorlarının yazdığı yerde dev bir *'STRIKE!'* yazısı belirince Sıraç bana doğru döndü ve göz kırptı.

"Kocanı hafife alma," diye fısıldadı dudaklarının arasından.

"Sen harikasın!" dedim yerimde duramayarak. Mavi kıkırdayarak babasının sakallarına dokundu ama bunu bilinçli mi yapmıştı bilmiyordum. Bir an Sıraç'ın da benim de ifademiz dondu. Mavi bir kez daha kıkırdadı.

Atlıkarıncaya binen Şafak ve Başak'ı gördüğümde gülmeden edemedim. Şafak ifadesiz bir şekilde atlıkarıncanın sapını tutmuş, bomboş gözlerle etrafa bakarken cansız bir manken gibi görünüyordu. O sırada hayatı sorguladığından yana içimde hiçbir şüphe belirtisi kalmamıştı...

Bir ara gözlerim tekrar arkama kaydığında artık Sılay'ın yalnız olmadığını fark ettim. Yanında ondan birkaç santim kısa duran bir kız vardı. Buğday tenli kızın saçları simsiyahtı. Saçlarını eliyle geriye attığında Sılay elini kızın saçlarına uzattı ve karıştırıp gülümsedi.

"Sılay?" diye seslendim merakla.

Bakışları bana doğru yöneldi. "Hım? Bakma sen bana... Ben kanka buldum kendime!" Kızın koluna girip oyuncaklara doğru yürürken bana el salladı.

Savaş ve Ayda da bir kız grubunun yanında dikiliyorlardı. Kızların yaşları küçük gibi görünüyor olsa da konunun ne olduğunu merak edip onlara yöneldim. Kızlardan biri gözlüklüydü, küt saçları omuzlarına doğru salınıyordu.

"Ne yapıyorsunuz?" diye sordum Umut'un saçlarını ellerimle geri tararken. Gözlüklü kızın bakışları doğrudan bana kaydı. Beyaz tenli, zayıf ama güzel bir kızdı. "Merhaba!" dedi heyecanla aniden.

"Merhaba?"

"Ben Zeynep," dedi gülümseyerek. "Ayda'nın kapı komşusuyum. Şey... Siz Mayıs'sınız değil mi?"

"Evet?" dedim sorar gibi. Ne olduğunu anlamaya çalışıyordum şu anda.

Savaş, "Bu güzel kızlar senin namını çok duymuş," dedi kızlara göz kırparak. "Ayda senin burada olduğunu söyleyince çıldırdılar."

Diğer iki kız da gülümseyerek bana bakıyordu. "Merhaba," dedi Zeynep'e oranla daha kısık sesli bir kız. "Ben Rojda. Çok memnun oldum, Mayıs."

"Merhaba," dedi diğer kız da hemen arkasından. "Ben Aycan."

"Çok memnun oldum," dedim tek tek ellerini sıkarken. "Ama konuyu hâlâ anlayabilmiş sayılmam kızlar..."

"Ben açıklayayım abla," dedi Rojda heyecanlı bir sesle. "Ayda bizim öğretmenimiz gibidir. Ondan Arapça dersi alırken bize seni ve Sıraç ağabeyi anlatıyordu. Başta sizin gerçek olduğunuza inanmadık. O kadar güzeldiniz ki... Yani şey. Kitap karakteri sanıyorduk biz sizi."

Duraksadım. Zeynep parmağını Umut'un küçük eline uzattığında, Umut kızın parmağını kavradı. Zeynep'in yüzünde hoş bir tebessüm büyüdü. "Çok tatlı," diye fısıldadı. "Tıpkı adı gibi. Umut saçıyor."

Bakışlarım Ayda'ya doğru kaydı. "Ceyda'da vardı," dedi Ayda mahcup bir sesle. "O şu an Sılay'ın yanında. Çünkü Sılay'ı gerçekten dev seviyor."

"Az önceki kız?" diye sordum. "Sılay'ın yanındaki mi?"

"Evet," dedi Aycan gülümseyerek. "Sılay bir kitap karakteri ya da ne bileyim bir oyuncu falan olsa ancak bu kadar sevilebilirdi sanırım. Ceyda Sılay'a tapıyor."

"Kızlar..." Duraksadım. "Cidden ne diyeceğimi bilemiyorum ben şu an."

Sıraç aniden kolunu omzuma attığında Aycan kocaman açılmış gözlerle Sıraç'a baktı. Beyaz tenine kan oturduğuna gözlerimle şahit oldum. Zeynep hâlâ Umut'un elleriyle oynuyor, Rojda ise beni inceliyordu. "Ne oluyor bakalım burada?" diye sordu Sıraç. "Kim bu kızlar?"

"Sanırım bizim küçük güzel hayranlarımız," dedim yanaklarım ısınırken.

"Nasıl?"

"Şöyle ki," dedi Aycan kıpkırmızı olmuş suratını Sıraç'tan gizleme gereği dahi duymadan. "Öyle güzel seviyorsun ki, Nilgün Marmara olup kuş koyasım geliyor yolunuza."

En dipten çok yükseğe düşer gibi hissettim. Dipten yükseğe düşülür müydü? Düşülüyordu. Varlığından haberdar olmadığımız insanların sevgisini gördüğümüz zaman anlıyorduk belki de. Bir yerlerde bizi seven insanlar vardı. Belki onları tanımıyorduk ama tanımadığımız bir kalbin içinde yaşamımızı sürdürmeye devam ediyorduk.

"Belki siz bizi tanımıyorsunuz ama," dedi Zeynep bakışlarını Aycan'a çevirerek. Aycan devam etti. "Biz sizi çok seviyoruz."

Sıraç'ın da benim gibi donakaldığını fark ettim. Mavi ve Umut her şeyden habersiz çevrelerine bakarken öylece kızlara bakıyorduk. Zeynep, "Çok şaşırdığınızı biliyoruz," dedi mahcup bir sesle.

"Şey..." Aycan kafasını kaşıdı. "Biz sizi daha fazla rahatsız etmesek mi?"

Dönüp Sıraç'a baktım. İçimin çukurları çiçeklerle dolmuştu. "Kalsanıza," dedi Sıraç hiç ummadığım bir anda. "Bugünü bizimle geçirin."

Rojda'nın gözleri kocaman açıldı. Aycan'ın beyaz teni sanki mümkünmüş gibi birkaç ton daha kızardı, hatta kız artık bordo rengini almıştı. "Sizi rahatsız etmek istemeyiz," dedi Zeynep ama içten içe Sıraç'ın teklifinin onu ne kadar mutlu ettiğini görebiliyordum.

"Rahatsız etmezsiniz kızlar. Kalsınlar, değil mi Mayıs?"

"Kesinlikle," dedim gülümseyerek.

Ana kucaklarını çıkartıp Mavi'yi Aycan'ın kucağına, Umut'u da Zeynep'in kucağına vermiştim. Başta tedirgin olsam da kızlar öyle dikkatli kucaklamıştı ki çocuklarımı, sanki onlara canımı emanet etmişim gibi sıkı tutuyorlardı. Doğruydu. Onlara canımı emanet etmiştim şu an. Kollarımı açtığımda ilk giren Rojda oldu. "Aman Allah'ım ya!" dedi sesi titrerken. "Gerçekten masal gibi bir kadınsın sen!"

"Demesene öyle," diyebildim. Kulaklarıma kadar kızarmıştım. Rojda benden ayrıldığında Zeynep Umut'u Rojda'nın kucağına bıraktı ve kollarımın arasına girdi. Çok küçük bir bedeni olduğu için onu kavramak çok kolaydı. Onu bağrıma bastığımda tuhaf bir hisle dolup taştım. Sanki bir mağaranın içine güneş ışıkları çizgiler halinde uzanmış, yerdeki su birikintisinin üstünde parlamaya başlamıştı.

"Çok güzel kokuyorsun," dedi Zeynep. "Tıpkı Ayda'nın anlattığı, Sıraç ağabeyin o söylediği cennet gibi."

Utancın da ötesinde bir şeydi şu an hissettiğim. Önce Aycan, ardından Zeynep ve Rojda Sıraç'a o kadar sıkı sarıldılar ki, kıskanmam gerekse de kıskanamadım. Sıraç sanki yıllardır tanıdığı kardeşlerini, kendi çocuklarını kucaklıyor gibi kucaklamıştı kızları.

Birinin arkamda bir çığlık attığını duydum.

"Sıraç!"

Tam o yöne dönecekken bir kızın son hızla Sıraç'a doğru koştuğunu gördüm. Sıraç kocaman olmuş gözlerle ne olduğunu anlamaya çalışırken, adının Ceyda olduğunu öğrendiğim kız Sıraç'ın boynuna atladı ve Sıraç şok içinde olanlara bakarken, "Oha!" diye bağırdı kız tekrardan. "Sarıldım!"

"Şey..." Aycan gözlerini kaçırdı. "Bu da Ceyda işte..."

Sılay bileğine bağladığı balonla, "Bana daha sıkı sarılmadı ama ya," diye homurdandı. Ceyda Sıraç'ı anında satarak ondan uzaklaştı ve bu kez Sılay'a doğru dönüp ona sıkıca sarıldı. Sılay kollarını kızın omzuna doladı ve ellerini kızın ensesinde birleştirdi. Kıza sıkıca sarılıp, "Osman ağabey konusu aramızda kalsın, olur mu?" diye fısıldadı.

Ceyda, "Daima!" dedi yüzünü Sılay'ın saçlarının arasına gömerken.

"Ya aşırı tatlısın sen ya! Resmen halayboylarım feels geçiriyor senin yüzünden..." Sılay kıkırdadı. "Isıracağım."

"Isır! Temmuz denen adam nerede?" Ceyda kaşlarını çatarak etrafa bakındı. "Seni ona yar etmeye niyetim yok."

"Aman!" Sılay saçlarını savurdu. "Umurumda değil. Hadi birlikte çarpışan arabalara binelim!" Sılay kızı tutup çekince arkasından bakakaldım.

Günün devamında adının Ceyda olduğunu öğrendiğim o kız erkek kardeşimi oyun salonunun içinde kovalamıştı. Sılay ile birlikte çarpışan arabalarda bir kızı dövmekle tehdit etmişler, birkaç oyuncağa daha binip yakınlık derecelerini bayağı ileri seviyeye taşımışlardı. Savaş motor yarışı yapılan oyuncağa binmiş, on üç yaşında bir çocuğa açık ara farkla yenilmişti.

Oyun salonundan çıkarken pilim bitmişti diyebilirim. Mağazaların yan yana dikildiği o aydınlık yolda yürürken Ceyda bana sokulup, "Sana sarılamamıştım," dedi mahcup bir sesle. "Sarılabilir miyiz Mayıs?"

Kollarımı açıp o küçük kız çocuğunu kucakladım. Bugün benim için gerçekten dolu dolu geçmişti. Onları tanımayı beklemiyordum, onların varlığından haberdar bile değilken şimdi onları içimizde, aramızda görüyordum. Bir şeyler yemek için McDonald'sa girdik. Yan yana dizilmiş masaları bizim için birleştirdiler. Siparişler alınırken Umut ve Mavi Ümran ile Halim'in kucağında hayatlarından son derece memnun bir şekilde biberonlarının içindeki sütü içiyorlardı. Sütü ısıtmak için restoranın mutfağını kullanmıştım. Daha doğrusu mutfağa girmek yasak olsa da söz konusu Sıraç Karayel olunca yasaklar çiğneniveriyordu.

Patates kızartmalarına gömülmeden hemen önce, "Ceyda Sılay'a olan bu sevginin sebebi ne?" diye sordum merakıma yenik düşerek.

Ceyda hemen Sılay'ın yanında oturuyordu. Ortalarında Sılay'ın bileğine bağlı duran balon vardı. "Bilmem," dedi gözlerini kaçırarak. "Onu kendime çok yakın buluyorum."

Sılay göz ucuyla kıza baktı. Çakmak çakmak bakan çakır gözlerinin içinde kıza beslediği şefkati görür gibi oldum. "Onu görmeyi çok istiyordum," diye devam etti Ceyda.

"Ayda'nın komşusu olup Sılay'ı hiç görmemen tuhaf geldi."

"Sılay hiç Ayda'nın evine gelmiyordu ki," dediğinde kafama dank etti. Son olaylardan sonra Sılay kafasına göre birilerinin evinde kalmadığı gibi farklı evlere gitmeyi de sevmiyordu. Genelde ya bizim evde ya da dışarıda buluşuyorlardı.

Temmuz'un gözlerinin Sılay'ın üstünde dolandığını görünce Ceyda'nın kaşları çatıldı. "Önüne dön bak yeminle saplarım sana burger tepsisini."

"Ne istiyor bu benden ya?" diye çemkirdi Temmuz.

Sılay tebessüm ederek kafasını Ceyda'nın omzuna yasladı. "Beni istiyor," dedi şakayla karışık. "Sanırım cinsel tercihimi değiştireceğim Temmuz..."

"Kolaydı o," dedi Temmuz düz bir sesle.

"Tehdit etme kızı," diye çıkıştı Ceyda.

Sıraç, "Cinsel bilmem ne falan kesin kapatın şu konuyu Ceyda'ya gerek kalmadan ben komple masayı saplayacağım şimdi şu ermemiş bamyaya," dedi sakin bir sesle.

Yaklaşık bir saat boyunca hem yemek yemiş hem de sohbet edip birbirimizi tanıma şansı bulmuştuk. Tam kalkacakken Ceyda'nın dudakları bükülmüştü resmen. Kızlarla vedalaşırken, Ceyda köşeye sinmiş öylece Sılay'ı izliyordu. Sılay ona doğru yürüyünce Ceyda gözlerini kaçırdı. Sılay bileğindeki balonun ipini çözdükten sonra o balonun ipini Ceyda'nın bileğine bağladı ve kollarını kızın bedenine sarıp kızı kendine doğru çekti. Ceyda'nın gözyaşları şıpır şıpır akmaya başlayınca Sılay, "Ağlama, ağlarım," dedi kısık bir sesle.

"Sen yeter ki ağlama," dedi Ceyda daha sıkı sarılarak. "Ben hiç ağlamam."

Sılay kızdan ayrılınca kızın yanağından küçük bir makas alıp göz kırptı. "Tekrar görüşeceğiz," dedi gülümseyerek. "O güne dek kendine dikkat et."

Alışveriş merkezinden çıkarken kızlardan çoktan ayrılmıştık. Umut ve Mavi ana kucağına bağlı bir şekilde uyuyordu. Onların rahatsız olmasından korkarak adımlarımı hızlandırmıştım ki birinin arkamda burnunu çektiğini duydum.

Bakışlarım omzumun üstünden arkaya kaydı. Sılay gözlerini ovalıyordu.

"Sılay?"

"Ya ben Ceyda'yı çok sevdim! Onu eve alamaz mıyız?" diye bağırdı ve daha şiddetli bir şekilde ağlamaya başladı.

Güldüm.

"Aptal."

15. ANNE

8 ay sonra...

Mayıs Karayel'den...

Havva'nın kızlarıyız. Sever, sevişir, günaha girer belki, belki biraz yanarız. Havva'nın kızlarıyız, Âdem'in oğullarına sevdalı...

Aynaya düşen yansımamın beni anlatamadığını fark ettiğimden beri, aynada gördüğüm kişinin ben olduğuna pek inanmıyordum doğrusu. Yüzümde, yok denecek kadar az pudra ve biraz da rimel vardı. Mayısın en sıcak günlerinden birini yaşıyor olmamıza rağmen, gökyüzünde güneş yoktu ve soluk mavi gökyüzünü süsleyen gri bulutlar kasvetin ninnisini bağrına toplu iğne ile iliştirmişti.

Makyaj masamın önündeki ıslak mendil kutusundan bir mendil çıkardıktan sonra yüzümdeki pudrayı tek seferde sildim ve kirlenen mendili hemen yan tarafımdaki çöp kovasının dibine fırlattım. Annemin yeşil elmas küpelerini kulağımdan çıkarıp kutusuna yerleştirdim. Terden nemlenen ensemi avucumun içiyle sildikten sonra, oturduğum yerden kalktım ve göz alışkanlığı olarak Mavi ve Umut'un beşiklerinin olduğu köşeye baktım. Orada artık bir kitaplık vardı. Mavi ve Umut'un odalarını sonunda ayırmıştık, çok değil bir süre önce birinci yaşlarını kutlamıştık ve artık geceleri huzursuzluk çıkarmıyorlardı. Bebeklerin odasını ayırmak, en çok da Karayel'in işine gelmişti...

Telefonum, komodinin üzerinde şarj olurken bir anda titreyerek ürkütücü bir ses çıkarttı. Olduğum yerde irkilerek telefona yöneldim ve yatağın kenarına oturup telefonun ekran kilidini açtım. Ekranda, Mavi ve Umut'un doğum gününde çekilen fotoğrafları vardı. Sıraç, onları kucağına almıştı ve önünde büyük, yarısı mavi, yarısı da pembe olan bir doğum günü pastası duruyordu.

Hafifçe tebessüm ederek gelen mesajı açtım.

Kimden: Karayel'im
Seni özledim. (15:10)

Kime: Karayel'im
Ben de seni özledim. (15:12)

Her gün, bir kez bile aksatmadan aynı mesajı atıyordu. Çok değil, yalnızca birkaç saat sonra evde olacak olmasına rağmen bu onun günlük ritüeli haline gelmişti ve benim de işime gelmiyor desem yalan olurdu. Biraz sonra gözüm, telefonun hemen üzerindeki tarih kısmına kayınca, oturduğum yerin sarsıldığını hissettim. Sahi ne zamandan beri tarihleri karıştırır olmuştum?

17 Mayıs... "17 Mayıs," diye mırıldandım, çatık kaşlarla telefona bakarken. "...yarın doğum günüm, öyle mi?"

On yedi... On sekiz... On dokuz Ve... Hayır! Telefonu aniden komodinin üzerine bırakırken, kalbimde bir panik dalgası büyüdü ve eklemlerimin terlediğini hissettim.

Onlar basamağı iki olan bir sayının yaşım olacağı gerçeğini kabul etmek istemiyordum.

Annem, yirmiden sonraki yaşların çok çabuk geçtiğini söylerdi. Onunla ilgili hatırladığım en net şeylerden biri de bazı bazı oturup bana anlattığı, akıl verdiği şeylerdi. Cam parlaklığındaki mavi gözlerini karşımda görür gibi olunca, boğazımın düğümlendiğini hissettim. Onu özlüyordum. Büyüyordum ve o yanımda değildi, bulutlardan bizi izledikleri yalnızca bir kandırmaca değildi, öyle değil mi?

"Versene ulan tokamı!" diye bağırdı birisi hemen odanın dışından. Koridordaki hareketlilik, yerini büyük bir gürültüye bıraktığında, oturduğum yerden hızlıca fırlayarak kalktım ve kapıyı açtığım gibi koridora çıktım. Sılay, elinde siyah dişli, aynalı bir saç fırçasıyla hemen Temmuz'un üzerindeydi. Temmuz, yerde boylu boyunca yatıyordu ve bir elinde de koyu yeşil bir saç tokası vardı. Sılay hırsla Temmuz'un göğsünü yumruklayarak, "Ulan kalleş marul, versene lan tokamı! Beynini delerim fırçayla!" diye bağırdı.

"Al?" Temmuz, her zaman olduğu gibi çok rahattı. Yüzümde belli belirsiz bir tebessümle ikisini izlemeye devam ettim.

"Şu tarağın sapını var ya..." Sılay, fırçanın sapını çevirerek bir bıçak tutar edasıyla tutarak Temmuz'u tehdit etti. "...bak yemin ediyorum saplarım bu sapı senin o toz mavisi koca gözlerine, baba kafalı!"

"Ney kafalı?"

"Baba kafalı!"

Evet, bu ikisi yakında evlenecekti...

Temmuz, yüzünde şaşkın bir ifadeyle Sılay'a baktığında, Sılay'ın gözü bir an benden tarafa kaydı ve elinde tehditkâr bir şekilde tuttuğu fırça aniden Temmuz'un suratına düştü. Bu ikisi yakında evlenecek olmalarına rağmen hâlâ çocuk gibi kavga edip duruyorlardı... Temmuz, acı içinde elini yüzüne götürüp inlerken, Sılay hiç oralı olmadan Temmuz'un üstünden kalktı ve, "Bebişim," dedi kocaman sırıtarak. "Neredeydin kız sen yenge sultan?"

Kollarımı göğsümün üstünde topladım. "Ümranlardaydım." Gözüm Temmuz'a kaydı, toz mavisi gözleri kızarmıştı ve acıyla burnunu tutarak ağzının içinde bir şeyler geveliyordu. Tokayı da hemen yan tarafına düşürdüğünden, Sılay yüzünde galibiyetin getirdiği bir sırıtışla tokayı yerden alarak yumruğunu Temmuz'un karnına geçirdi.

"Lan vurmasana Allahsız vurmasana!" diye homurdandı Temmuz yüzünü buruşturarak. "Günün on iki saatini bu kızın şiddetine maruz kalarak geçirmeye başladım!"

"Konuşma lan hıyarağası!" dedi Sılay tokasıyla saçlarını tepeden bir topuz yaparken. "İmambayıldıdan sonra şimdi de marulbayıldı moda akımının öncülüğünü yaptırtma bana! Yeni yeni tarifler üretirim üzerinden!"

"Yabani," dedi Temmuz yavaşça doğrulurken. "Bir gün elimde kalacaksın, Kezorella. Ekmek çarpsın, çok pis şeyler yapacağım sana."

"Önümde taciz etme şu kızı. Evlendikten sonra ne halt yerseniz yiyin," dedim Temmuz'a dik dik bakarken, sesimdeki tehdidi emmiş olacak ki, yüzünü buruşturarak bana çevirdi iri bakışlarını. "Aferin ya," dedi kafasını sallayarak. "Hemen bir çeteleşme, hemen bir gruplaşma!"

Sılay, meşhur Recep İvedik gülüşü eşliğinde, "Konuşma lan göt," dedi göbeğini tutarak.

"Sılay!" diye uyardım Sılay'ı, kollarım hâlâ göğsümün üstünde birbirine bağlıydı, Sılay omuz silkerek dudaklarını büzüştürüp tıpkı bir kız çocuğu gibi gözlerini farklı bir yöne çevirdi.

"Sen de hepten anne modeli oldun başımıza," dedi farklı yöne bakarken. "Yakında terlik atma şampiyonasına katılıp derece de alırsın sen."

Bir an, sanki yaşıma bir ima yapılıyormuş gibi sersemlesem de bozuntuya vermeden tek kaşım havada Sılay'a bakmayı sürdürdüm. Sanırım Sıraç'ın ne hissettiğini az çok kavramaya başlamıştım. Hayır, herhangi bir yaş sendromuna girdiğim falan yoktu. Yani... Öyle olmasını umut ediyordum. Öyleydi. Sanırım.

Her ağaç yaşlanmadan önce defalarca yaprak döker, tekrar yapraklarını yeşertirdi. Kaç kez yaprak dökmüş, kaç kez tekrar yaprağa durmuştu dallarım? Takvim yapraklarına sığdırıyorduk, ağaç dallarında kuruyup yere dökülen yapraklarımızı. Belki de bir ağaçtan farklı kılan, buydu bizi.

Hem önümde bir LYS sınavı vardı. Tamam onlar da o sınava girecek olabilirlerdi ama ben aynı zamanda iki çocuk annesiydim. Zor oluyordu.

"Abla sen kilo da aldın sanki biraz ya," dedi Temmuz, kotunun gerilen bağların düzeltirken. Bir an, boş zamanlarında cehennemin tuvaletlerinde tuvalet bekçiliği yapıp, kordan kâğıtlarla insanların kıçını yakan zebellah gibi baktım ona. Bakışımın farkına varmış olacak ki, "Yok şaka yapıyorum," diye geçiştirdi ve bir an duraksayıp baktı. "Ama kıçın aldı başını gidiyor, haberin ola..."

Son zamanlarda üç dört kilo aldığım doğruydu ama bunun görüntümde o kadar büyük bir fark yarattığını düşünmüyordum açıkçası. Temmuz'a aldırmadan Mavi ve Umut'un odasına yöneldiğimde, bir süre arkamdan benimle dalga geçmiş olsa da, sonunda yine Sılay ile tıpkı iki çocuğu aratmayan kavgalarına kaldıkları yerden devam etmeye başladılar. En son, Sılay elindeki kurşun kalemi Temmuz'un kulağına sokmuştu ve kalemin ucu Temmuz'un kulağında kırılmıştı da ucu kulağının deliğinden çıkartmaya çalışıyorlardı.

İçeri girdiğimde Mavi'yi beşiğin içinde otururken, Umut'u da her zaman olduğu gibi uyurken bulmuştum. Mavi'nin önünde turuncu bir oyuncak vardı ve bütün ilgisini o oyuncağa vermiş şekilde oynarken, emziği ağzından düştü düşecek gibi duruyordu. İçerisi onların kokusunun yoğunluğuyla tıpkı cennet gibi kokuyordu. İri mavi gözleri benim odadaki varlığımı fark edip bana çevrildiği an, ağzındaki emziğin düşmesine neden olacak cinsten kocaman gülümsedi ve heyecanla dolu, tam olarak seçilmeyecek birkaç harfi yuvarlayarak telaffuz etti. Heyecanlandığında tuhaf sesler çıkarıyordu benim küçük kızım...

"Annem..." dedim kocaman gülümseyip kollarımı açarak. "Oyun mu oynuyormuş benim kızım?"

"Hihihi." Hemen üstte iki dişi kısacıktı ve altta da minik bir dişi vardı. Gülünce ağzı köpürüyordu, bu beni de güldürdü. Eliyle yüzünü kapatarak heyecanını gizlemeye çalıştı. Bebek pembesi ve duru beyaz arasındaki tenine kalbimde büyüyüp bir alev topu şeklini alan şefkatle baktım.

Umut, altında kısa mavi bir şort ve üstünde beyaz atlet ile dağınık bir şekilde uyuyordu. Ağzındaki emziği hareket ettirerek emiyordu ve yanağını yastığına yaslamıştı. Alnının kristalleşmiş ter damlalarıyla parladığını görünce hemen beşiğe yöneldim ve kenardaki temiz havlu ile Umut'un alnındaki teri kuruladım.

Dirseklerimi beşiğin korkuluklarına yaslayıp, dudaklarımı bükerek Mavi'yi izlemeye başladığımda, Mavi de şaşkın bir ifadeyle bakışlarıma karşılık vermeye başladı. Derin, içli bir of çektikten sonra, "Biliyor musun..." diye mırıldandım, Mavi'den gözlerimi ayırmadan. "...yarın doğum günümmüş."

İri gözlerini kırpıştırarak dikkatle bana bakmayı sürdürdü. "Yirmi yaşına giriyorum. Bu... Açıkçası bana biraz tuhaf geliyor çünkü babanı tanıdığımda henüz on yedi yaşındaydım. Son birkaç yıl içinde, yirmi yaşına girecek bir kadına oranla daha yaşlı hissetmeme sebep olacak şeyler yaşadığımı da göz önünde bulundurursak, kırk yaşına giren bir menopozlu gibi hissediyorum şu an kendimi. Bu normal mi sence?" Derin bir nefes aldım. "Mavi, sence ben kilo mu aldım?"

Dudaklarını öne uzatarak, "Hu..." diye mırıldandı ve oyuncağıyla oynamaya kaldığı yerden devam etmeye başladı. Evet, umursanma sürem işte bu kadar kısaydı.

Akşama doğru düşünceler kafamın içindeki büyüyerek çığ oluşturma işlemine kaldığı yerden devam etmişti. Evdekilerin de tarihten bihaber olduğunu düşünmeye başlamıştım çünkü Sılay cephesi de Temmuz cephesi de gayet normal davranıyorlardı. Sılay'ın Gerçek Kesit oyunculuğu bir şeyleri hemen ele verirdi fakat Sılay şu an Gerçek Kesit oyunculuğundan, yerini sonunda Oscar ödülü alabilen Leonardo Dicaprio oyunculuğuna bırakmıştı sanki.

Akşam yemeğini hazırlamış, fakat hiç tadım olmadığından doğrudan odama çıkmıştım. Sıraç'ın gelmesine henüz bir buçuk saat olduğundan ılık bir duş almış, üzerime mavi saten geceliğimi geçirmiştim. Balkon kapısını sonuna kadar açıp, ıslak saçlarımla pikenin altına sığındım. Mayıs ayının boğucu sıcağına rağmen yağmur atıştırmaya başlamıştı. Gökyüzü siyah ve mavinin arasında kalmış bir lacivert Araf'ı yaşarken, odanın kapısı yavaşça aralandı.

"Miniğim?"

Kalbim sanki on yedi yaşımın sonlarındaki çırpınışı gibi büyük bir tutkuyla çırpınırken, bu adamın üstümdeki etkisinin ne zaman azalacağını düşündüm. Azalmıyor, sanki her gün bir diğer güne büyük bir fark atarak çoğalıyordu. Omzumun üstünden kapıya doğru baktığımda, karanlık silueti gözümün çerçevesini nadide bir fotoğraf gibi doldurdu.

"Neyin var senin? Yemek de yememişsin." Sesinde endişe vardı, kapıyı tamamen örttüğünde, bedeni karanlığa gömüldü. Ayakkabısının çıkarttığı sesleri dinlerken, derin nefesler alıyordum. Komodinin üstündeki abajurun ışığını açtıktan sonra yatağın ucuna oturdu ve omzuma küçük bir öpücük kondurdu. Dudaklarından omzuma konan buse, bir kuşun kanadından usulca yeryüzüne doğru süzülen tüy kadar yumuşak ve şefkatliydi.

"İyi misin, güzelim? İstersen bir doktora gidelim," diye fısıldadı, dudaklarını omzumdan çekmeden. Bir elini koluma koyup yavaşça okşadı ve omzumu bir kez daha öptü. "Ateşin falan da yok, bir yerin mi ağrıyor?"

"Hayır," diye fısıldadım, başımı önüme çevirip, gözlerimi balkondan dışarıya dikerek. "Yorgun hissediyorum biraz, hepsi bu."

"Dürüst müsün?"

"Evet," diye salladım kaşlarımı çatarak. "Yalan borcum mu var sana?"

"Koskoca kadın oldun, hâlâ çocuk tripleri," dedi dalga geçer gibi, bir an kaşlarım tamamen çatıldı ve bedenimin bir kısmını ona çevirerek dik dik ona baktım. Yangın mavisi gözleri çakmak çakmaktı, kirli sakalı uzamıştı ve belirgin elmacıkkemikleri ışığın etkisiyle gölgelerini yanaklarına düşürmüştü. Kocamın bu kadar büyüleyici görünmesi, kesinlikle onun değil benim sorunumdu.

"Koskoca kadın oldum, öyle mi?" diye hırladım dişlerimin arasından.

Sıraç, yüzünde geniş bir tebessümle, "Kartladın," dedi sanki damarıma basmak istiyormuş gibi.

Bir an, ikimizi kanlı uzuvların uçuştuğu ve arka planında Kurtlar Vadisi dizisinin olay müziğinin çaldığı bir ringin ortasında düşündüm. Uçuşan uzuvlar Sıraç Karayel'e aitti.

Sıraç boynundaki kravatı gevşeterek, "Böyle bakınca..." dedi sinsi bir sesle. "...nasıl da harekete geçirdin oğlumu..."

Yüzümü buruşturdum. "Pis."

"Hoşuma gidiyor," dedi kravatı bir çırpıda çıkararak. "Biraz daha kız bana, hadi."

"Sıraç şu an zerre çekici gelmiyorsun gözüme."

"Kız tövbe de," dedi Sıraç aniden sıçrayarak. "Ağzın yüzün yamulacak şimdi ha."

"Ciddiyim," dedim ve tam önüme dönecekken, Sıraç yavaşça ayağa kalktı ve gömleğinin düğmelerini çözmeye başladı. Gözlerimde büyük bir şaşkınlıkla dik dik ona bakarken, bir yandan da hafifçe bedenini hareket ettiriyor, doksanların modası olan sıcak sohbet reklamlarındaki adamlar gibi kendince seksi bir şekilde dans ettiğini sanıyordu.

"Sıraç..."

"Mayıs..."

"Ne yapıyorsun..."

"Ortalığı kızıştırmaya çalışıyorum..."

"Sıraç şu an Bülent Ersoy'un, Hani Bizim Sevdamız adlı şarkısına çektiği klibinde kaslı adama yaptığı cilveler kadar komik ve iticisin."

"Yapma be," dedi aniden duraksayarak. "O kadar mı kötü kız?"

"O kadar kötü..."

Gömleği sıyırıp kenara attıktan sonra, "O zaman ben hiç kasmıyorum, çiftleşme zamanı gelmiş boz ayı gibi dalıyorum olaya?" dedi yüzünde sinsi bir sırıtışla.

"Uğraşma benimle," diye tavır alarak önüme dönüp kafamı yastığın altına soktuğumda, Sıraç, "Baksana bana bir," diye fısıldayarak elbise dolabına yöneldi. Bir yandan kıyafetlerini çıkarırken, bir yandan da benimle iletişimi kurmaya çalışıyordu ama aniden omuzlarıma düşen depresyon havası yüzünden ona karşılık bile veremiyordum.

"Bak ben duşa giriyorum, on dakikada çıkacağım ve çıktığımda eğer hâlâ o yatağın içinde olursan, seni pikenin içinde dürüm yapar, omzuma atar, öyle çıkarım bu odadan."

"Odadan neden çıkacakmışsın?"

"Bir şeyler yiyelim işte dışarıda," dedi banyoya yönelirken. "Hadi kaldır o gün geçtikçe biraz daha irileşen koca kıçını, karpuz yata yata büyürmüş. Diyarbakır'ı İzmir'e düşman mı edeceksin sen, en büyük karpuzu İzmir'den çıkararak..."

"Yemeyeceğim bir şey ben!" dedim yastığın altından, sesim bu yüzden bayağı bir boğuk çıkmıştı. "Kıçım falan da büyümedi benim ayrıca!"

"He büyümedi he."

"Sıraç!"

"Ömrüm!" Boğazından boğuk bir ses çıkararak güldü ve banyoya girdi. Ardından banyoda eko yapan sesiyle bir kez daha bağırdı. "Mayıs, çık o yataktan!"

Dediğini yapıp yataktan çıkmak neredeyse on dakikamı almıştı, Sıraç'ın suyun altında çok kalmayı sevmesi benim açımdan iyiydi. Üstümdeki geceliği çıkarıp, boy aynasındaki görüntüme şöyle bir baştan aşağı göz gezdirdim. Belim her zaman olduğu gibi inceydi lakin Sıraç haklıydı, kalçadan kilo almaya müsait bir fiziğim vardı ve kalçam genişlemişti. Yüzümü buruşturarak kalçalarımı tutup, parmaklarımı bastırarak dişlerimi sıktım. "Hem yaşlı hem de şişko!"

Dışarısı her ne kadar sıcak olsa da, aynı zamanda da yağmurlu olduğundan ince uzun kollu bir badi ve altına da koyu lacivert bir kot pantolon giyip, ayaklarıma düz taban hafif botları geçirdim. Saçlarımın ıslak olmasını önemsemeden hemen tepeden sıkı bir topuz yaptıktan sonra vişneli dudak nemlendiricimi dudaklarıma sürdüm ve ben nemlendiricinin kapağını kapatmadan, Sıraç banyodan çıktı. Yoğun buhar ve şampuan kokusu da beraberinde onunla birlikte odaya doluşmuştu. Taze çekilmiş kahveye karışan ıslak kokuyu solurken, bir an içimdeki tüm kasvetin dağılıp, zerreciklerine ayrılarak yok olduğunu hissettim.

Altına kotunu giymişti ama üstü çıplaktı, boynuna akan suların çizdiği yolu izliyordum. Saçlarını, elindeki küçük havlu yardımıyla kurularken, pazıları genişlemişti. Göğsündeki dövmenin etrafından kasıklarına doğru akan suyun çizdiği kavisli yol, bir duvara vurulan balyoz darbesi etkisini göğsümün kafesine iliklemişti.

Üstüne hızlıca siyah bir tişört geçirdikten sonra boynuma dudaklarını sürterek, "Çıkalım mı?" diye sordu, biraz isteksiz de olsam onu kırmaya niyetim yoktu ve başımı sallayarak onu onayladım. Ayakkabılarını giyip odanın çıkışına yöneldiğinde, "Sıraç, arabanın anahtarlarını almadın," dedim dönüp komodine doğru yürürken.

"Almayacağım, bırak," dedi bana bakmadan kapıyı açıp. "Yürüyelim."

"İyi de yağmur yağıyor."

"Sadece çiseliyor."

Omuz silkip balkonun kapısını sıkıca örttüm ve Sıraç'ı da takip ederek alt kata indim. Alt kata indiğimde, Sılay ve Durkadın Sultan'ı televizyon başında bulmuştum. Bu aralar yeni başlayan, kardeşinin yerine geçen bir adamı canlandıran Şükrü Özyıldız'a ağızlarının sularını akıtarak bakıyordu ikisi de. Varlığımızın bile farkında olmadan, "Ulan be," dedi Sılay dizlerini karnına çekip ekrana açlıkla bakarak. "...ulan ben asfalt olayım, sen tır, geç üstümden be!"

Tam o sırada, Temmuz elinde bir fincanla mutfaktan çıkıyordu. Mutfağın kapısına dikilerek çatık kaşlarla televizyon ekranına baktı. "Durkadın Sultan," dedi Sılay iç çekerek. "Sence de on numara herif değil mi, ha?"

"Maşallah taş gibi," dedi Durkadın Sultan, önündeki fasulyeleri çıtlatmaya devam ederken. "Baksana şu dudaklara, köfte köfte..."

Tam ağzımı açacaktım ki, Sıraç parmaklarını dudaklarıma bastırarak beni susturdu ve kaşlarını çatıp başını sol omzuna yatırarak onları dinlemeye devam etti. Temmuz'un da Sıraç'tan farkı yoktu şu an.

"Ateistlere şunu gösterelim, beş vakit namaz kılıp secde etmezlerse ben de Sılay değilim bak! Of yavrum be!"

"İlahi," dedi Durkadın Sultan kıkırdarken. "Güldürüyorsun beni, deli kız. Ama hakkı var, maşallah dalyan dalyan!"

"Değil mi, değil mi?" diye sordu Sılay, heyecanla. "Durkadın Sultan, sever mi beni görse? Benden iyisini mi bulacak hem? Mete! Ah Mete!" dedi heyecanla. Mete, adamın dizide canlandırdığı karakterin ismiydi, daha gerçek adını bile bilmediği bir adama sevdalanmıştı bizim kız.

"Senden iyisini mi bulacak kız!"

"Bulamaz Durkuşum Sultan'ım, bulamaz değil mi?"

"Ben onu bir bulurum," dedi aniden Temmuz, resmen kükremişti. "Onu tek seferde değil, parça parça siker, folloş ederim!"

"Hahay güleyim de yabana gitmesin," dedi Sılay dik dik Temmuz'a bakarak. "Sünnetin de fazlalığını kökünden almışlar, neyiyle nereyi ney ediyorsa..."

"Geçen sefer ısırmasından korktuğun şeyden bahsediyorsun, değil mi?" deyince Temmuz, Sıraç işte bu kez sessiz kalan taraf olmadı. Koskoca evi tavaf ederek koşturdular. Sıraç'ın eline bıçak ne zaman geçmişti bilmiyordum ama eğer Temmuz hızlı bir koşucu olmasaydı, Sılay'ın ilk dediği gerçek olacaktı ve kardeşim artık neyle neyi ney edebilirdi Allah Kerim'di.

Sonunda Sıraç'ı sakinleştirdiğimde, Temmuz çoktan toz olmuştu toz olmuş olmasına ama Sıraç bu kez de kırmızı görmüş boğa bakışlarını kız kardeşine çevirmişti. Neyse ki Sılay'ı Sıraç'ın şerrinden koruyacak olan zilin sesi, Durkadın Sultan'dan yükseldi.

"Bir yere mi gidiyorsunuz?" diye sordu ama her nedense sesinde yapmacık bir aura sezimler gibi olmuştum.

Sıraç, "Evet," dedi gayet doğal bir şekilde. "Çok geç kalmayız."

Sılay ve Durkadın Sultan bir an için öyle bir bakıştılar ki, cidden olay yeri incelemedeki dedektiflerin, kadının kocasından şüphelenip kocayı sorguya çekmeden önceki birbirlerine attığı o tuhaf bakış belirdi gözlerimin önünde.

Sılay, Gerçek Kesit oyunculuğunu aratmayacak bir şekilde, "Aaa!" dedi harfleri sanki tek tek söylüyormuş gibi. "Demek dışarı çıkıyorsunuz. Vay canına. Ne kadar da güzel bir karar. Evet, dışarı çıkmalısınız. Çünkü neden çıkmayasınız?"

"Sılay, neden heceleyerek konuşuyorsun?" Bu Sıraç'ı da şaşırtmış gibi.

Sılay, tekrardan heceleyerek, "Yok, canım," dedi Gerçek Kesit kötü kaynana edasıyla. "Ne hecelemesi?" Bunu söylerken de heceliyordu.

Sıraç elimi tutup beni çıkışa yönlendirdiğinde, Sılay oyunculuğunu geçtim, duruşuna da Gerçek Kesit görüntüsü eklemiş, yapay bir gülümsemeyle bize el salladı. Öyle bir el sallıyordu ki, sanırsınız sürgüne gidiyorduk ya da dönüşü olmayan bir yola sapacaktık.

Bahçeye çıktığımızda, yeni biçilmiş çimen kokusuna bir de yağmurun kokusu eklendiğinden, baş döndürücü bir koku şölenine maruz bırakılmıştım. Bir de yanımda dünyanın en ütopik kokusuna sahip olan adam olunca daha da farklılaşıyordu her şeyin tadı. Parmaklarının arasına dolanan parmaklarım şimdiden terlemişti, gökyüzündeki gri bulutlar yavaşça çekilmeye, yıldızlar kendini göstermeye başlamıştı.

Küçük yağmur damlaları yüzüme çarpıyordu ama o kadar güçsüzdü ki, onları hissetmek için ayrıca çaba harcıyordum şu an. Bahçeden çıkıp kaldırımda ilerlemeye başladık. Karanlık çoktan çökmüştü ama saat hâlâ erkendi ve buna rağmen sokakta yok denecek kadar az araba vardı. Toprağı ıslatan yağmurun ıslak kokusunu ciğerlerime doldururken, sokak ışıklarının altından yürüdüğümüz için bedenimiz bir ışığa, bir de karanlığa maruz kalıyordu. Bu bana, ikimizin de bağışıklık kazandığı bir şeyin varlığını hatırlatmıştı.

Ölüm.

Epeyce bir yürüdükten sonra, "Nereye gidiyoruz?" diye sordum, sabırsız bir şekilde.

"Bir yere."

"Çok açıklayıcı oldu," dedim yandan ona kısa bir bakış atarken.

"Senin huysuzluğun üzerinde bugün, köfte seni..."

"He," dedim sinir bozucu bir sesle. "Tıpkı yaşlı kadınlar gibi, değil mi? Şu huysuz ihtiyar kadınlar gibi..."

"Yani andırmıyorsun dersem de haksızlık olur şimdi..."

"Sen kendine bak," diye homurdandım, ona bakmadan önüme dönüp adımlarımı hızlandırmaya çalışırken. Ama elim onun avucunun içinde olduğundan, hızlanmak öyle sandığım kadar kolay da değildi. Beni tutup kendine doğru çekti ve sırtım onun kaslı göğsüne çarptı.

"Ben alıştım," dedi kulağıma doğru, ürpertici bir ses tonuyla. "Geçen hafta bunun çok hoşuna gittiğini haykırıyordun, yani olgun bir erkek olarak seni dü-"

"Sıraç!"

Kulağıma doğru gülerek, "Hâlâ utanıyorsun, değil mi?" diye fısıldadı. "Yaptığımız tüm o ahlaksız şeylere rağmen hâlâ bu konu seni delice utandırıyor."

Dirseğimle karnına vurarak ondan uzaklaştım ama ellerimiz ayrıldığı için biraz eksik hissetmiştim. Yanaklarım uyuşuyor, yanıyor ve dahası dediği gibi hâlâ o şeyi yaptıktan sonra utanıp kabuğuma çekilmeye, ondan saklanmaya çalışıyordum. Bedenimi her zerresini anlatabilecek kadar net bir şekilde ezberlemiş olmasına rağmen, her seferinde ilk kez görüyormuş gibi tepkiler veriyordu ve bu da beni utandırıyordu haliyle.

"Şu köşeden sağa dön," dedi birden Sıraç arkamda sakince yürürken. Dediğini yaptım, yol yokuştu ve yokuş aşağı inerken, bu sokak beni biraz ürpertmişti. Omzumun üstünden Sıraç'a baktım, ardından dayanamayıp gerisin geri döndüm ve onun kolunun altına girerek, ürkek ürkek etrafa bakmaya başladım. Ona sığınmak; çölde bulunan bir ağacın altına çöküp, güneşin zararlı ışınlarından bedenini sakınıp, biraz olsun esintiyi teninde hissedebilmek gibiydi.

"Kolumun altına saklanışına ölürüm senin," dedi beni kendine bastırıp, kolunun altına saklayarak.

Bir kolumu beline sarıp, başımı göğsünün hizasına koyarak yürümeye devam ettim. Yağmur çiseliyordu ve ben sanki yağmuru ilk defa görüyormuşum gibi hissediyordum. Yaşamaya değer, cümlesi bu adamın doğduğu gün inmişti bana göre yeryüzüne.

"Yaşamaya değersin."

"Ha?"

"Ayı," dedim yüzümü göğsüne bastırarak. "Benim ayım."

İnsanlar, yıldız yağmurları gibiydi. Her bir yıldız, sonunda yeryüzüne ya da uzayın boşluğuna savrulmanın tadını alacaktı. Bunun anlamı bir insanlık için ölümken, yıldızların bize bir dilek sunuşuydu. Ölürken bile bir insanın arsız benliğinden çıkagelen dileği gerçekleştirmeyi göze alan o yıldız, bu adamın varlığıydı.

Bu adam, benim yıldızımdı.

Bir süre, hiçbir şey söylemeden yürüdük. Hatta o kadar çok

yürümüştük ki, saat epeyce geç olmuştu. İleriye değil, hareket eden ayaklarımıza bakıyordum. "Hım," diye fısıldadı aniden. "Neydim ben, tekrar söyle?"

"Ne?"

"Az önce söylediğin şeyi," dedi kısık bir sesle. "İşte onu, tekrar söyle."

"Yaşamaya değersin," diye fısıldadım, çenemi göğsü boyunca kaydırıp alttan alttan ona bakarak. Sıraç'ın gözü kısaca kol saatine kaydı ve dudaklarında belli belirsiz bir tebessüm çiçek açtı.

"Güzel..." Gözlerini gözlerimden ayırmadan, çenesiyle karşıyı işaret ederken, "Bak," diye fısıldadı, kısık ve boğuk sesiyle.

Önce anlayamasam da, dediğini yaptım. Kafamı hafifçe kaldırdım ve gözlerimi hemen karşıya çevirdim. O an, dünya bir saniyeliğine de olsa dönmeyi bıraktı. Kuşların ayak izi bıraktığı kaldırımların, kuşun pençesi kadar küçük yarıklar açılarak ayrıldığını, o yarıkların içinden pembe kiraz çiçeklerinin fırladığını düşündüm. Gökyüzü, sanki açık bir yara gibi açılmıştı bir anda, yıldızlar artık daha parlak ve canlıydı.

Hemen karşımda duran onun ortaokulu, benim de ilkokulu beraber okuduğumuz okuldu.

Okulun duvarında ise muhteşem bir el emeğinin olduğu belli olan, görkemli bir el yazısı vardı.

Kaç yaşına girecek olursan ol,
sen benim için vişne yerken
kahkaha atan o küçük kız çocuğusun.

"İyi ki doğdun, minik şeytan."

"Sen..." dedi Sıraç, kulağıma doğru eğilip dudaklarını boynuma sürterek. "...daima benim küçük kızımsın. Yirminde de, yetmişinde de."

Tam o sırada okulun olduğu yerde büyük bir gürültü koptu ve gökyüzündeki çatırtı, ışıltılı renklere bıraktı yerini. Ardı arkası kesilmeyen havai fişekler öyle hızlı akın ediyordu ki gökyüzüne, daha biri tam olarak rengini vermeden, diğeri hemen yanında patlıyordu. Sokak panayır yerine dönmüştü ve havai fişeğin yaydığı rengârenk ışıklar yüzümü aydınlatıyordu.

Gözlerimin içini yakmaya başlayan yaşlar dökülmek için an kollarken, Sıraç beni kollarının arasına çekti. Saat on ikiye vurmuş muydu gerçekten? Üçüncü kez bu adamın kollarında yeni yaşımı karşılıyordum. Kalbim saatin tik tokları gibi gür bir şekilde çarparken kendi akrebini yelkovanının kalbine, parmaklarımı Sıraç'ın sırtına gömerek ona sıkıca sarıldım. Başımın üstünü öperken, "Belki dilden dile gezemeyecek seninle aşkımız, belki bilmeyecekler bizim birbirimize nasıl yandığımızı... Belki insanların gözünde bir Ferhat ile Şirin, Kerem ve Aslı, bir Leyla ve Mecnun olmayacağız ama..." Alnını alnıma yaslayıp, yangın mavisi gözlerinin içindeki yeşil korları gözlerime dikti. "...ne zaman bir yangın çıksa ormanda, bunun sebebi ikimiz olacağız."

"Kaderin kırmızı ipliği..."

"Yangın," diye böldü Sıraç. "Yangın, Mayıs. O bağladı bizi."

Ona sarıldım. Ona, bir yangından çıkmış gibi sarıldım. Ona, tüm kudretine rağmen kollarımda küçücük kalan yaralı bir çocuğa sarılır gibi sarıldım.

Eve döndüğümüzde saat çoktan gecenin ikisi olmuştu ve tüm ışıklar kapalıydı. Sıraç'ın o okulun duvarlarına nasıl onu yaptırtabildiğini düşünüyordum ama o Sıraç'tı, yaptırtamayacağı hiçbir şey yoktu. Düşünmenin anlamı yoktu. "Herkes uyumuş," dedim kapının kilidini yavaşça çevirirken. "Acaba Mavi ve Umut'un mamasını verdiler mi? Gece bir şeyler yiyemeden uyuyamıyor ikisi de."

"Durkadın Sultan onlara gözü gibi bakıyor," dedi Sıraç, çenesini başımın üstüne yaslayıp kapıyı açmamı beklerken.

"Orası öyle..." Kapıyı açtığımda Sıraç'a çevirdim kafamı. "Ne bileyim evha-"

Aniden ışıkların açılma sesini duymamla, korkuyla kafamı içeri çevirmem bir oldu. Sıraç da ben de far görmüş tavşan gibi içeriye öylece bakarken, bir anda konfetiler patlatıldı ve herkes hep bir ağızdan bağırmaya başladı.

"İyi ki doğdun, Mayıs!"

Dehşet içinde içeriye bakarken, gözlerim hızlıca etrafı analize başladı. Herkesin kafasında yılbaşı süsü olan o uzun, kule şeklindeki şapkalardan vardı ve ne yalan söyleyeyim, Savaş ve Şafak'ı o şapkayla görmek kahkahamın boğazıma dizilmesine neden olmuştu. Bir an ne tepki vereceğimi bilemedim, Sıraç'ın haberi olmadığı her halinden belliydi.

Ayda Savaş'a göz ucuyla bakarak hafifçe kıkırdayınca, Savaş sinirlenip kafasındaki şeyi çıkarmaya çalıştı ama şapkanın lastiği çenesinin altına geçik olduğundan bir an çıkaramayıp sinirlendi. Şapkayı çekiştirirken, Merve de elindeki fotoğraf makinesiyle benim far görmüş tavşan halimi çekiyordu.

Başak saçma sapan hareketler yaparken, Şafak yalnızca gülümseyerek onu izliyordu.

Gerçek Kesit oyuncusu Sılay, yüzünde geniş bir gülümsemeyle Mavi'yi kucağında oynatarak, "Annecik doğmuş!" dedi heyecanla sırıtarak.

Temmuz da Umut'u kucağına almıştı. Bu saatte uyanık olan çocuklarım yüzünden bu iki salağa mı kızayım, olanlara mı şaşırayım, yoksa menopozlu kadınlar gibi gözyaşlarımı tutamayıp salonun ortasına oturup öküz gibi ağlayayım mı bir türlü karar veremiyordum şu an.

Savaş, "Çıkmıyor lan bu!" diye bağırdı şapkayı biraz daha asılarak. "Kim taktı lan bunu kafama benim!"

"Ulan Ankaralı," dedi Halim kahkaha atarak Melek'i kucaklarken. "Ankara'nın pavyonlarına düşmüş bir abla edasıyla kıvıra kıvıra çıkarmaya çalışma şu şapkayı, etkileniyorum..."

"Sen kimden etkileniyorsun bakayım Halim?" dedi Ümran dik dik bakarak.

Ayda kıkırdayarak, "Şapşal," diye fısıldadı ve parmak uçlarında yükseldi, ilgiyle ikisini izlerken yüzümdeki tebessüme dur diyememiştim. Yavaşça Savaş'ın kafasındaki yılbaşı şapkasını çıkarırken Savaş öyle gevşemişti ki, uslu bir kedi yavrusu gibi doğrudan kıza bakıyor, şapkasının çıkartılmasını bekliyordu.

"İşte bu kadar," dedi Ayda utangaç bir tebessümle geri çekilirken. "Kurtardım seni."

Savaş'ın siyah gözlerinde farklı bir duygu kıpırtısı yakaladım. Hipnoz olmuş gibi, "Kurtardın," diye fısıldadı ama bunu kimsenin duymadığına emindim, yalnızca dudaklarını kıpırdatmıştı. "Kurtardın beni."

Ayda gülümsedi. Onu kurtardığını biliyordu.

Kalbimin ölü topraklarına yepyeni tohumlar ekmiş, ölü toprağımı yeri gelmiş kan ile sulamıştım ve sonunda kanın ıslak rengiyle beslenen toprağım, dallarında umutlara gebe çiçekler olarak fırlamıştı ruhumdan. Artık ölü topraklarıma dökülen ne kandı ne de ıstırap. Her bahar yeni çiçeklere gebe kalan dallarım, her sonbaharda da döküyordu yapraklarını topraklarıma. Topraklarıma karışan çiçekler ruhumdaki katranı yavaşça temizlerken, aile olmanın tadı yeniden asılıyordu boynuma tıpkı gümüşten bir kolye gibi. Fetih Karamaça'nın yokluğuna eklenen bir de Ceren Karamaça yokluğundan sonra bu insanlar tekrardan aile olmayı tattırmıştı bana...

Ümran pastanın mumlarını yakarken, olduğum yerde öylece bekledim bir süre. Kalbim, mantığımın çürüttüğü tüm duyguları yeniden canlandırmış, bir kalbin ilk atışı gibi tekrardan canlandırmıştı uyuyan tüm fikirlerimi. "Üfle," dedi Ümran kocaman gülümsemesiyle.

Sıraç, hemen arkamda belime sarılıyordu. "Üflemeden önce bir dilek tutmayı sakın unutma," diye fısıldadı kulağıma.

"Mutluluk," diye geçirdim içimden. "Onlarla, sonsuz mutluluk..."

Üfledim yanan ateşe. Bu ateş, bizim yangınımızın bir parçasıydı. Biz, onunla ateşten var olmuş iki bedendik belki de. Ateşi insanoğluna şeytan göndermişti, bir aşkın içine saklayarak. Bir aşk, tüm insanlığı ateşin zarafetiyle büyülemiş, kandırmış ve ateşi arzulatmıştı. Ateşi arzulayan tüm bedenler, ruhlarını aynı ormanın derinliklerine atmış, ardından da ateşi çakmıştı.

Yangın kaçınılmazdı.

Tebessüm ettim, ateş sönüp yerini gri bir sise bırakırken. Biz bir ormanı, içinde binlerce âşık ruh varken yakmıştık. Belki biz de yanmıştık ama başarmıştık. Ateş, aşkın bekçisiydi ve hiçbir ruh, yanmadan aşkı tadamazdı.

Yanmıştık.

Uğultu, Umut'un evin içindeki herkesi şok edecek şeyi mırıldanmasıyla yerini sessizliğe bıraktı.

"Anne."

16. AY PARÇASI

Sılay Karayel'den...

Beyazı tenine yakıştırır Havva'nın kızları.
Kefeni de bilir, gelinliği de.

Dümdüz fön çekilmiş saçlarımın üstüne takılan papatyadan tacı düzeltirken gözlerim karşımdaki boy aynasındaydı. Kolsuz sutyen yaka gelinliğimin üstünde küçük ay parçaları vardı. Sol kolumda, dirseğimin biraz üzerinde gümüş renginde bir bilezik duruyordu.

O büyük günün geldiğini babamın yanımda olmadığını fark edince anladım.

Odamın kapısı tıklatıldığında gerildim. Ayağımdaki topuklu ayakkabılar tabanıma iğne sokuluyormuş gibi hissettiriyordu. Ayaklarımın arkasına birer tane yara bandı yapıştırmıştım ama yine de ayakkabı dürtüp duruyordu.

"Gel," dedim tiz bir sesle.

Kapı açıldı. İçeri giren ağabeyimdi. Simsiyah bir takım elbise giymişti, gömleği bile siyahtı. Kravat takmamıştı. Halaymen Osman ağabey sessizdi. Elindeki halay mendilini yüzüne bastırıp hüngür hüngür ağlamamak için kendini zor tuttuğunu düşünüyordum.

Ağabeyimin o elmas gibi parlayan mavi gözleri doğrudan gelinliğime kaydı. Gözlerinin aynasına yansımam düştü. Zaman avuçlarımızda parçalandı. Sanki daha dün gibiydi her şey. Onun kollarında büyümüştüm. Babamdan görmediğim her şeyi onda görmüştüm.

Eğer bir adama ikinci şans vermek zorunda kalsam, ikinci şansı vereceğim kişi babam değil ağabeyim olurdu. Ama o şansı kullanmamı gerektirecek bir şey yapmayacağını da çok iyi biliyordum.

Tam şu an onun dizlerinin önüne kapanıp hem ağlamak hem de kusmak istiyordum.

Bana doğru birkaç adım attığında kalbimin etrafına dolanmış bir kablonun içinden elektrik akımı geçiyordu sanki. Gözlerim dolmasın diye Allah'a yalvarıyordum içten içe. Ağabeyim hemen önümde durdu. Yüzü ifadesiz olsa da gözleri alev alevdi.

"Cennetin bir parçası gibi görünüyorsun," dedi kuru bir sesle. "Hoş, sen her zaman cennetin bir parçasıydın."

Ona baktım. Birbirimizden başka kimsemiz yoktu bu dünya üzerinde. Annemiz yoktu. Babamız varken bile yoktu. Şimdiyse gerçekten yoktu. Yıkık dökük bir çocukluktan kırık dökük ve yaralı çıkmıştık. Gözlerimi ondan kaçırırken ağabeyimin yüzündeki ifade yumuşar gibi oldu. Büyük elini yanağıma koydu.

"Şu an benim dünyamın en güzel ayrıntısı olduğunu fark ettim," diye itiraf etti. "Ama bunu Mayıs duymasın."

Güldüm. Kirpiklerim bile titriyordu şu an. "Benim dünyamın ayrıntısı olamayacak kadar dünyamsın sen ağabey," dedim kısık bir sesle. Gözlerimi yere sabitledim. Çok da uzun olmayan tırnaklarımı avuç içlerime batırdım. "Biz birbirimizin yetimiyiz."

"Hayatım boyunca hep seni tamamlamaya çalıştım," derken dürüsttü. Bunu ben de biliyordum. Hiçbir zaman kendini değil, her zaman beni düşünmüştü. Ağabeyimin tüm hayatı boyunca önceliği ben olmuştum. Bunu görmezden gelemezdim. Yanağımı okşadı, yüzümdeki pudranın parmaklarına bulaşmasından korktum. Ama bu korkunun nedeni makyajımın bozulacak olmasından kaynaklanmıyordu. Eli kir olmasın istiyordum.

Çünkü o eller kaç tetik çekerse çeksin benim dünyamın en temiz eliydi.

Ben o ellere ağlardım.

"Umut'un ilk anne demesi beni çok etkiledi," diye itiraf etti Mayıs'ın geçenlerde kutladığımız doğum gününde olanları hatırlatarak. Mayıs tam dört gün boyunca durmadan ağlamıştı ve ağabeyim de Mavi'ye baba dedirtmeye çalışmıştı. "Ama sonra bir şey hatırladım."

Kafamı kaldırıp ona baktım. "Ne hatırladın?"

Ağabeyim elini cebine attı. Cebinden kırmızı bir kuşak çıkarttıktan hemen sonra bana doğru sokuldu. Anlayarak kollarımı hafifçe kaldırdım. Ağabeyim elindeki kırmızı kuşağı belime bağlarken gözlerini gözlerimden ayırmadı.

"Senin ilk kelimen ağabeydi." Dudaklarını alnıma bastırdı. "Benim güzel Sılay'ım."

Gözlerim dolu dolu olduğunda ağabeyim, "Ağlama," diye uyardı beni. "Makyajın akınca tıpkı bir pandaya benziyorsun." Diğer cebinden kırmızı kadife bir kutu çıkarttı. Kutuyu açtı. Kutunun içinde zarif, beyaz altından yapılma bir kolye vardı. Ağabeyim, "Arkanı dön bakalım," dedi gülümseyerek. Arkamı dönmektense yüzümü aynaya çevirdim, ağabeyim de arkama geçti. Kolyenin hilal şeklindeki ucu gerdanımdan aşağı sarktı.

"Çok güzel bu," diye fısıldadım.

"Her insanın taşmadan önce son bir damlası olur," dedi ağabeyim ellerini çıplak omuzlarıma koyup gözlerini aynadaki yansımamıza dikerek. "Benim son damlam da sensin. Sana zarar veren kişiye neler yapabileceğimi biliyorsun değil mi? Onu bu dünyada barındırmam. Sen aya duyulan özlemisin annemin. Yakında tercihler açıklanacak. Mayıs da, sen de, Temmuz da istediğiniz bölümlerde okumaya başlayacaksınız. Geri zekâlı bir kocan, harika bir ailen ve daima arkanda duracak olan ağabeyin senin için her zaman burada olacağız."

Bir çocukmuşçasına küstüğüm her şey dimdik durmuş ruhumun kapılarını kırmaya çalışırken birçok kez kendime parçalanmıştım. Babası tarafından ruhunun kemiği kırılmış bir kızın gülümseyişinin asıldığı darağacı olurdu yüzü. Yüzüme astığım tüm tebessümlerin celladı bendim. Kendimi birinin arkasına saklamak yerine, yarattığım şeylerin arkasına saklanarak nefes almaya çalışmıştım.

Almıştım da.

Ağabeyimin koluna girdim. Karnımdaki ağrının geçmesini bekledim. Beni konukların önüne o indirecekti. Evimizin o büyük bahçesi sabahtan beri bizim için hazırlanıyordu. Dışarıda ıslık sesini andıran hoş bir melodi çalıyordu.

Merdivenlerin başına geldiğim an merdivenlerin sonunda sırtı bana dönük şekilde bekleyen adama baktım. Kıvırcık saçlarını jölelemiş, arkaya doğru yatırmıştı. Simsiyah takımı jilet gibi ütülenmişti. Hemen çaprazında korkulukların etrafına dizilmiş arkadaşlarıma baktım. Ayda bordo bir kıyafet seçmişti, şalının üstünde gümüş bir bronş vardı. Mayıs ateş kırmızı bir elbise giymiş, bileğinden dirseğine kadar uzanan bir yılan bileziği takmıştı. Su dalgası yaptırdığı saçları o kadar uzundu ki, beline kadar geliyordu neredeyse. Başak üstünde uçuk pembe bir gece kıyafetiyle aralarında en çocuksu görünen kişi olsa da makyajı yüzüne o kadar çok yakışmıştı ki, ona hayranlıkla baktım.

Temmuz yavaşça bana doğru dönerken ağabeyimle birlikte merdivenleri inmeye başladık.

Toz mavisi gözleri tenime asıldığında kalbim öyle hızlı çarpmaya başladı ki, bir an olduğum yere kalbimi kusacağımı sandım. Sanki ruhumun dikişleri açıldı, açılan dikişlerden bir sürü kırmızı iplik ucu aşağı doğru sarktı. İpliğin her bir ucu bu küçük adamı işaret ediyordu.

Takımının yakasına beyaz bir papatya iliştirmişti.

Göğsümdeki yumruk sanki git gide daha da genişliyordu. Son merdiveni de indiğimde ağabeyim beni yavaşça Temmuz'a teslim edip, "Emanetime iyi bak," dedi kısık bir sesle.

"Emanetini kalbime diktim," dedi Temmuz gözlerini benden ayırmadan. Bir an elim ayağım boşaldı, Temmuz'un koluna girerken eğer o olmasaydı kesin düşeceğimi düşündüm.

"Hadi bakalım," dedi Mayıs gülümseyerek. "Başlasın!"

"Harika görünüyorsunuz," dedi Ayda arkamdan.

Gülümsedim ve Temmuz'a baktım. Onun da gözleri beni bulmuştu.

"Ay parçası," diye fısıldadı.

Gözlerimi anında ondan kaçırdım. Dudaklarımda silinmeyen bir tebessüm asılı duruyordu. Konukların içine çıkarken aniden başımızın üstünden dökülmeye başlayan papatya yaprakları şok olmama neden oldu. Dans edeceğimiz pistin sırtı bir ağaca dayalıydı ve ağaçtan aşağı sarkan ışıkların üstünden dökülen papatya yaprakları tüm pisti kaplamıştı.

Bir alkış tufanı yaşandı.

"Gitmez canımın peşinde,
Bitmeyen acım.
Almadan rahat vermeyecek,
Artık anladım.
Kaçar gündüzlerden sığınacak yer ararım,
Olmaz gecelerden de ben zaten korkarım.
Tenhalarda boşluklarda yüreğim,
Gün mü desem gece mi yaşadığım?
Ne fark eder ki hepsi karanlık.
Tenhalarda yokluklarda bedenim,
Gün mü desem gece mi yaşadığım?
Ne fark eder ki hepsi zindanlık?
Sevmeyi bilmeyen ay parçasını,
Doldurdum her acı geceme.
Nasıl da soğudu her yanımı odamın,
Gecem karanlık kaldı.
Gecem buzlarla kaplı[1]*..."*

Ellerim resmen titriyordu. Dans ediyorduk ama ayaklarım sanki çimenden pistin üstünde değil de bulutların üstündeydi. Küçük Melek tüm gün ağlamış olmasına rağmen şu an sanki hiçbir şey olmamış gibi Başak'ın küçük erkek kuzeniyle dans ediyordu.

Yüzümü yavaşça Temmuz'un omzuna koydum ve damarlarımı tüketen bu hissin azalmasını bekledim. Işıkların altında onun ay parçası olarak parlıyordum.

[1] Buray'ın seslendirdiği Ay Parçası isimli şarkı...

Nikâh memurunun masada oturduğunu görüyordum. Birazdan kıyılacak olan nikâh benim nikâhımdı, bu düğün benim düğünümdü. Ağabeyim sırtını ağaca yaslamış pürdikkat beni izlerken birkaç kez onunla göz göze geldim. Göğsümde uyuyan çocuğun cesedi sızladı.

Dansımız bittiğinde Temmuz elimi tutup beni nikâh masasına doğru yürüttü. Savaş ve Ayda nikâh şahitlerimiz olacaktı. Oturup gözlerimi etrafta gezdirdiğimde herkesin gözü üzerimdeydi. Konukların arasında Ceyda'nın da olduğunu görünce yanaklarımın içini dişledim. Gözleri ağladığını ele verir şekilde kıpkırmızı olsa da benim adıma mutlu olduğu her halinden belliydi. Yavaşça elimi kaldırıp parmaklarımı kıpırdatarak ona el salladığımda sırıtarak bana el salladı.

"O halde başlıyoruz," dedi nikâh memuru gülümseyerek. "Öncelikle gelin hanımı tanıyalım. Adınız soyadınız?"

Halaymen Osman ağabey kafasını kaldırdığında bir süre onunla bakıştık. Benden mi bahsediyordu bu kadın? Bir kadına bir çevreme baktığımda kadın gülümsedi. "Gelin Hanım?" dedi sorar gibi.

"Ha..." Sesim aniden yankılanınca çevremdeki herkes gülmeye başladı. "Sılay Karayel."

"Baba adı?"

Göğsüme yumruk yemişim gibi kadına baktığımda ağabeyimin gözlerinin üzerimde olduğunu biliyordum. Biri kalbimi sıkıp bırakmıştı sanki. Temmuz elimi sıkıca tuttu, parmaklarımız birbirine girdi. "Mehmet Ali."

"Anne adı?"

Sertçe yutkundum. "Eylül."

"Doğum yeriniz?"

"İzmir."

"Damat Bey sizi de tanıyalım."

"Temmuz Karamaça," dedi Temmuz elimi bırakmadan.

"Baba adı?"

"Fetih."

"Anne adı?"

"Ceren," dedi Temmuz gurur duyar gibi.

"Doğum yeriniz?"

"İzmir."

"Evet şahitlerimizi tanıyalım," dedi tekrar nikâh memuru.

Ayda, "Ayda Altındal," dedi kısık bir sesle.

"Savaş Sonyürek," dedi Savaş.

"Teşekkürler. Sizler birbirinizle evlenmek için bizlere beyanda bulundunuz. Beyanlarınızda ve kimlik bilgilerinize göre evlenmenize bir engel yoktur. Şimdi bir kerede şahitler ve bizim önümüzde bir kez daha söyleyiniz. Hastalıkta ve sağlıkta, varlıkta ve yoklukta, iyi günde ve kötü günde, hiçbir baskı altında kalmadan birbirinizle evlenmek istiyor musunuz?" Adam kafasını kaldırıp bana baktı. "Gelin Hanım?"

Dudaklarımı ıslatırken Temmuz'un bakışlarını yan profilimde hissedebiliyordum. Derin bir nefes alıp, "Evet," diye fısıldadım. Bunun herkes tarafından duyulmayacağını fark edince de, "Evet!" diye bağırdım bu kez.

Bir alkış tufanı koptu.

"Damat Bey?"

"Evet!" dedi Temmuz hiç beklemeden. Duraksama dahi yaşamadan.

Savaş, "Amma da meraklıymışsın kardeşim," dedi gülerek. Ayda da Savaş'ın dediğine gülünce, "Seni de göreceğiz," diye fısıldadı Temmuz. Ayda'nın da Savaş'ın da yanaklarına kanın çöktüğünü gözlerimle gördüm.

"Çiftimizin evlenmek istediğini duydunuz, siz de şahitlik ediyor musunuz?" diye sordu nikâh memuru bu kez Savaş ve Ayda'ya.

"Ediyorum," dedi Ayda gülümseyerek.

"Düşünmem lazım," diye fısıldadı Savaş pis pis bana bakarken. Ardından sırıtarak, "Edelim o zaman, hadi bakalım ya," dedi ve tüm konuklar kahkahalarla gülmeye başladı.

İmzayı atarken ellerim titriyordu. "Kız ayağına bassana şu dümbüğün!" diye bağırdı Ceyda kalabalığın içinden. O saniyeye kadar aklımda olmayan bu şeyi zihnime eken kişiye baktıktan sonra Temmuz'a fırsat bırakmadan ayağına bastım ve Temmuz acıyla inlerken kocaman gülümsedim.

Yaşanan sessizliğin içinden Mavi'nin sesi duyuldu.

"Baba."

Ağabeyimin gözleri kocaman açıldı.

Ve gecenin koynunda havai fişekler patlamaya başladı.

Babası tarafından ruhunun kemiği kırılmış bir kızın gülümseyişinin asıldığı darağacı olurdu yüzü.

Ruhumun kemiği kaynıyordu.

17. MAVİ KÜL

Mavi.

Hayır, hayır! Renklerden mavi değil, adım Mavi.

Soğuk balkon demirlerine avuçlarını bastırmayı seven, eskittiği tüm yaşların üstünde babasının çizdiği seksek çizgisine basmadan, annesinden aldığı taş ile oyununa devam eden o küçük kız. Mayıs Karamaça'dan aldığı masmavi gözlerinin üstüne Sıraç Karayel'in yarattığı düşleri seren o küçük kız. Kalbindeki ılık rüzgârla doğduğu ay olan ilkbahara nefesini veren, babasının küçük kızı.

Annesinin kıpır kıpır yaramaz kızı.

Kavuştuğum tüm zaferleri efsaneleşmiş bir aşkın toprağına ekip büyütürken, tüm kaybedişlerini gökyüzüne üflemeyi bana birbirine deliler gibi âşık iki insan öğretti.

Annem.

Babam.

"Mavi!" diye seslendi annem alt kattan. "Mehir ve arkadaşların geldi! Umut'u da uyandırıp aşağı in!"

Önünde durduğum aynaya düşen yansımama, ardından da aynanın önünde duran çerçevenin içindeki kadına baktım. Anneannem ve annemin çekilen son fotoğrafıydı bu. Annem burada benim yaşımda, anneannem de annemin yaşındaydı. Aynaya düşen yansımanın gözleri bu iki kadının gözlerinin tıpatıp aynısıydı.

"Günaydın anneanne," diye mırıldandım gülümseyerek. Okul çantasını sırtıma attıktan sonra odamın duvarlarında son kez göz gezdirdim. Hemen karşımda duran duvarda dedemin fotoğrafı vardı. Sanırım ona gerçekten âşıktım. Fethi Karamaça. Siyah gözlerinin arkasına Ceren Karamaça'yı hapseden o mükemmel adam...

"Akşam görüşürüz dede."

Odanın kapısını kapatırken gözlerim açık duran bağcıklarıma kaydı. Spor ayakkabılarımın açılan bağcıklarına gözlerimi kısarak baktıktan sonra, "Bir kez daha düşecek olursam iskeletimdeki son sağlam kemiği de kıracağım için üzgünüm, bana hazırladığın komployu sona erdiriyorum," dedim ve eğilip bağcıklarımı bağladım. "Umut!" Umut'un odasının kapısına vurdum. Umut'un kapısını yumrukladım.

Umut'un kapısına tekme attım.

"Lan uyansana, bak yemin ediyorum halamın öğrettiği o dansı yaparım tüm gün arkadaşlarının önünde. Rezil ederim bak seni." İçeri daldığımda tek gözüm kapalıydı. Erkek kardeşim, yani ikizim olan Umut, genelde Tarzan gibi uyuduğu için onun fazlalık yerlerini görmeye hiç niyetim yoktu.

Umut kafasını yastığın altına soktuğunda üstünün çıplak olduğunu fark ettim. Altında gri bir boxerdan başka hiçbir şey yoktu. Sırtındaki kaslar gerildi, iki kanadın arasında Mehmet Ali dedemin sırtında olan benin aynısından vardı. Tabii ben o beni hiç görmemiştim ama bana bu sırrı babam vermişti. "Uyansana lan dırzo!"

"Lan bir git başımdan ya," diye homurdandı Umut. Kafasını yastığın altına sokup yüzüstü yattığı için sesi boğuk çıkmıştı. "Çık git kızım odamdan. Ben okulu bıraktım."

"Babam okulu bıraktığını biliyor mu Umut?" diye sordum gözlerimi yukarı kaydırıp devirirken. Umut'un tavanında geçen ay arkadaşlarıyla yapmaya çalışırken yapamadıkları çiğ köfte asılı duruyordu. Babam bunu gördüğünde Umut'un yeni çıkmaya başlayan sakallarını çeke çeke onu bahçeye çıkartmış, üç ay önce yol kenarında küçük bir kutunun içinde yavruyken bulduğumuz ama şu an bir dinozor büyüklüğünde olan Kral'ın kakalarını temizletmişti.

"Babam öğreninceye kadar açıktan bitiririm ben," dedi tekrar uykulu bir sesle. "Kızım gider misin uyuyacağım ya."

"Uyuyamazsın," dedim dudaklarımı büzerek.

"Ya kurt mu var senin kıçında ya? Bir kere de senin uykun olsun, sen uyanma ya!" Oflayarak doğruldu. Saçları darmadağındı. Uykudan kızaran göz altlarının üstündeki kül grisi gözlerine bakınca duraksadım. Belli bir yaşa kadar mavi olan gözlerinin rengi zamanla griye dönmüştü ama yine de bazen mavi olduğu oluyordu. "Giyineceğim, in aşağıda bekle beni."

"İnersem uyursun yine ya!"

Umut gözlerini devirdi. "Uyuyacak olursam yine çığırarak girersin içeri. Hiç çekemem," dedi kalın bir sesle. "Naş."

"Tamam," dedim omuzlarımı silkerek. "Sonuçta eğer beni kandırıp yine uyursan bu kez yukarı çıkan ben değil Sıraç Karayel olur ve o bağırmakla kalmaz. Teşekkürler..." Bir şey demesini beklemeden odadan çıktım ve merdivenleri hoplaya zıplaya inmeye başladım. Tam Durkadın Sultan'a çarpmak üzereyken durdum. Oldukça yaşlanmış olmasına rağmen yüzündeki gülümseme hâlâ aynıydı sanki. "Günaydın Sultan'ım!" dedim kıpır kıpır. Yanağından bir makas aldığımda, "Deli kız," diyerek güldü. "Arkadaşlarını ağaç ettin. Anan ikisin aynı..."

Sırıttım. "Bekleyecekler efendim..."

"Baban ve annene görünmeden çıkma." Merdivenlere baktı. "O tembel teneke nerede?"

"Nerede olabilir? Yatağa yapışmıştı ama kaldırdım alimallah... Elimden uçanla kaçan kurtulur."

Durkadın Sultan, "Hadi hadi görün annenle babana da öyle çık artık," dedi. "İçeri çağırdım arkadaşlarını ama girmediler."

"Çekiniyorlar babamdan," diye fısıldadım sanki bir devlet sırrından bahsediyormuş gibi. "Allah var ama şimdi haklılar yani Durkadın Sultan. Babamdan bahsediyoruz... Adam yaşını aldıkça küçülüyor..."

Mutfağa girerken Efe yavaşça ayağıma sürtündü. Artık daha şişman ve yaşlı olduğu için zor hareket ediyordu. Eşi

Nazlı'yı geçen yaz kaybetmiştik, sanırım Efe'nin de çok uzun bir zamanı kalmamıştı. Kalbim kederle dolarken, "Kız Zaraliye," diye seslendi birisi içeriden. Dudaklarım anında yukarı doğru çekildi. Mehir babamın dizinde oturuyordu. Kıvır kıvır saçlarına bakınca aklıma eski Bonus kart reklamları gelse de ona çok yakıştırıyordum. Çikolata gibi bir teni, yemyeşil gözleri vardı ama saçları aynı dayımın saçları gibi kıvırcıktı. Mehir beni görünce iki derin gamzesini de göstererek gülümsedi.

Babamın siyah saçlarının arasına ekilmiş beyaz saçları severken, "Dayımın saçları çok güzel değil mi ya?" diye mırıldandı.

Annem, "Hatırlatmayın şuna saçını..." dedi gülerek. Elindeki kâseyi kahvaltı masasına bırakırken, "Bir şeyler yiyecek misin?" diye sordu bana.

"Yok anne, arkadaşlar dışarıda bekliyor. Mehir'den başkası da eve giremiyor biliyorsun..." Bakışlarım babama kaydı. "Bölgesine girilmiş kurt gibi hırlıyor ya hani birileri..."

"Kim?" dedi babam mavi gözlerini belerterek. "Ben? Allah kuru iftiradan saklasın."

Mehir babamın kucağından kalktı. Bu sene liseye yeni başlamıştı, biz lisenin son yılındaydık ama Mehir ile aynı okulda okuduğumuz için hepimiz birlikte gidiyorduk okula. Babam önündeki gazeteyi açarken, "O kart bamya baban işe mi gitti?" diye sordu babam düz bir sesle.

"Hayır. Annemle beraber buraya uğrayacaklardı," dedi Mehir esnerken. "Mavi, hadi çıkalım artık. Geç kalacağız."

Mehir yanımdan geçip mutfaktan çıktığında annem ve babamla baş başa kaldık. Hemen yavru bir kedi gibi babama sokuldum ve kollarımı onun boynuna dolayıp dizine oturdum. "Bir daha benden başkasını bu dize oturttuğunu göreyim yoluveririm o kalan siyah saçlarını tek tek," diye tehdit ettim onu. "Bu kucak benim. Bu diz benim. Benden başkası yasak sana."

Babamın ateş gibi yanan mavi gözlerinde kendimi gördüm. Bana öyle sıkı sarıldı ki, cennetin kapısının iki kanadı onun kollarıydı da, o kollar bana açılıp beni içine aldı ve cenneti üzerime kilitledi sanki.

"Sana yaşarım," dedi anneme söylediğinin tam tersini söyleyerek. Annem kıskanmış gibi dibimizde bitince babam diğer kolunu kaldırıp onu da o kapıdan içeri aldı. Cenneti üstümüze mühürledi. "Sana ölürüm."

Umut aniden içeri girdiğinde, "Sana da dayak atarım," dedi babam huysuz bir sesle.

Umut, "Yine bana karşı sevgi dolusun peder," dedi saçlarını karıştırırken. "Yürü hadi çıkalım."

"Paran var mı?" diye sordu babam tek kaşını kaldırarak.

"Var peder, eyvallah."

"Allah'ın İzmir apaçisi ya," dedi babam gözlerini kısarak. "Zerre bana benzemiyor bak yemin ediyorum."

Aniden halamın sesi yankılandı. "Emin misin?" diye sordu. Halam içeri girdiğinde ona hayranlık dolu gözlerle baktım. Çakır gözlerinin üzerine çektiği incecik eyeliner onun zaten iri olan gözlerini daha da muhteşem göstermişti. Mehir de kafasını içeri uzatıp annesine hayranlıkla baktı.

"Günaydın," diyerek içeri girdi dayım ve Mehir'in kafasının üzerini öptü. Siyah takım elbisesinin içinde çok asil görünüyordu. O kıvırcık saçlarını artık kısa kestirdiği için görmek mümkün olmasa da Mehir onu aratmıyordu.

"Kart bamya da teşrif etmiş," dedi babam huysuz huysuz. Gözlerini elindeki gazeteye çevirdi.

"O gazeteyi burnunun dibine kadar sokacağına bir yakın gözlüğü alalım diyorum sana," dedi dayım sırıtarak. Onlar birbirleriyle kapışmaya başlamadan hemen önce kaşlarımı oynatarak dışarıyı işaret ettim ve Umut ile Mehir de bana uyarak mutfaktan çıktılar. Kapının önünde bekleyen arkadaşlarımızla kısa bir muhabbetin içine daldıktan sonra bahçe kapısına doğru yürüdük.

O sırada içeride halam, "Bak böyle böyle!" diye bağırdı kıkırdayarak.

"Allah cezanı vermesin hâlâ inatla CanKan dansı yapıyor ya," diye kahkaha attı annem.

"Ya demesene öyle! Ay neyse, bak ne diyeceğim sana. Bu akşam bizde mangal yakacağız. Ayda ile Savaş çocuklarını kreşten alınca bize geçecekler. Şafak ve Başak'ın da doktor randevusu vardı, çocukların cinsiyetini öğrenecekler bugün. Doğukan ile Merve'de Fethiye'den dün döndü. Halim ile Ümran malum... Her gün bizde... Toplanıyor muyuz tam kadro gençlik?" diye bağırdı halam.

"Sılay," dedi dayım düz bir sesle. "Senin ağabeyin kırk iki yaşında."

"Kırk bir!" diye itiraz etti babam.

Gülerek oradan uzaklaştık. Babamın yaş takıntısı sonsuza tek sürecekti sanırım. Aşmamız imkânsız gibi bir şeydi. Okula yaklaşana kadar ne Asu ile ne Berna ile pek konuşmadım. Umut da en arkada sallana sallana yürüyordu zaten. Sinan ile Gencay gece yaptıkları halı saha maçından konuşuyorlardı.

Okulun önüne geldiğimizde bir an adımlarım durdu. Umut yanımdan geçip gitti. Berna omzunun üzerinden bana bakarken yavaşça gülümsedi.

"Akşamki parti için bir maske seçmeyi unutma Mavi," dedi ve düğümler çözülmeye başladı.

Derin bir nefes aldım.

Kafamı kaldırıp hemen karşımda duran annemin hikâyesinin başladığı lisenin kapısına baktım.

Umutsuzluk tamamen susmuştu.

Sahte bir dikiş izindense, gerçek bir yanık iziyle her daim çekilsin isterim etim.

Bırak bir kıvılcım çaksın kaderinin üstünde. Ateş yansın kalbinin içinde. Yangın büyüsün anılarınla harlanarak. Kor dökülsün avuçlarına. Kül ol ve durma, uç gökyüzüne.

Ben Mavi Eylül Karayel.

Gökyüzüne bir avuç kül üflüyorum.

Son...

mu?

BİNNUR ŞAFAK NİGİZ
I
KIVILCIM
YANGIN
MAVİSİ

BİNNUR ŞAFAK NİGİZ
II
ATEŞ
YANGIN
MAVİSİ
DOKUZ

BİNNUR ŞAFAK NİGİZ
III
YANGIN
YANGIN
MAVİSİ

BİNNUR ŞAFAK NİGİZ
IV
KOR
YANGIN
MAVİSİ

BİNNUR ŞAFAK NİGİZ
V
KÜL
YANGIN
MAVİSİ